# 세계 대전 Z

# 세계 대전 Z

WORLD WAR Z

맥스 브룩스 장편소설 | 박산호 옮김

황금가지

WORLD WAR Z:
An Oral History of the Zombie War

*by Max Brooks*

| 차 례 |


서문 7

경고 11

비난 76

대공포 109

전세가 역전되다 171

미국 국내 전선 223

그 밖의 세계 여러 나라 300

전면전 423

작별 510

감사의 글 531

# 서론

그것에는 이름이 여러 개 있다. '위기', '암흑시대', '걸어 다니는 역병' 여기에 좀 더 새롭고 '근사한' 이름으로 '세계 대전 Z' 또는 '1차 Z 전쟁'이란 것도 있다. 개인적으로 나는 이 마지막 이름이 필연적으로 '2차 Z 전쟁'이 있을 것이라고 암시하기 때문에 별로 좋아하지 않는다. 내게 있어서 이 일은 항상 '좀비 전쟁'이고, '좀비'라는 단어의 과학적 정확성에 많은 사람들이 이의를 제기할지도 모르지만, 거의 인류를 멸종시킬 뻔했던 그 생물체에 대해 전 세계적으로 더 공감할 수 있는 단어를 찾으라고 한다면 그 사람들도 난감할 것이다. 좀비란 말은 여전히 파괴적인 단어로 수많은 기억과 감정을 불러일으킬 수 있는 힘에서 타의 추종을 불허하며, 바로 이 기억과 감정이 이 책의 주제이다.

인류 역사상 가장 큰 전쟁을 담은 이 기록은 나와 유엔 전후 위원회 보고 위원장 간에 있었던 좀 더 사소하고, 개인적인 충돌 덕분에 태어났다. 이 위원회를 위해 내가 처음에 한 일은 무보수로 좋아서 하는 일이나 마찬가지였다. 내 여행 경비, 보안 출입, 내가 데리고 다닌 수많은 번역가들(인간과 전자제품)뿐 아니라 작지만 가치를 헤아릴 수 없는, 음성으로 작동되는 필사기 '팔'(세계에서 가장 타자 속도가 느린 사람이 받을 수 있는 가장 좋은 선물) 모두 내가 이 프로젝트에 바치는 존경과 가치를 역설해 주고 있다. 그래서 새삼 말할 필요도 없지만, 내가 작업한 분량의 거의 절반이 최종 보고서에서 삭제됐다는 걸 알게 됐을 때 나는 큰 충격을 받았다.

"너무 개인적인 체험에 의존했어."

의장은 우리가 벌인 수많은 '활발한' 토론 중에 이렇게 말했다.

"너무 많은 사견과 감정이 들어갔어. 이 보고서는 그런 걸 원하는 게 아니야. 우리는 '인간적인 요소'에 가려지지 않은 분명한 사실과 수치를 원해."

물론 그녀의 말이 옳았다. 공식적인 보고서는 냉정하고 확실한 데이터를 모은 것으로, 미래 세대가 '인간적인 요소'에 영향 받지 않고 그 종말론적인 10년에 걸쳐 일어난 사건들을 연구할 수 있게 해 준 객관적인 '전투 후 보고서'였다. 하지만 이 인간적인 요소야말로 우리를 과거와 강렬하게 연결시켜 주는 것 아닌가? 미래 세대가 자신과 별반 다르지 않은 개인들의 개인적인 이야기에 관심을 쏟는 만큼 사건의 연대순 배열과 수치에 관심을 가질까? 인간적인 요소를 배제함으로써 우리는 역사와 멀어지게 되고, 그것 때문에 어쩌면 (그런 일은 없어야겠지만) 그 일을 다시 반복하게 되는 위험을 무릅쓰고 있는 것 아닐까? 그리고 결국에는 인간적인 요소만이 인간과, 이제 우리가 '언데드'라고 부르는 적을 구분하는 진정한 차이가 아닐까? 나는 다소 노련하지 못하게 '상사'에게 이런 주장을 폈다.

"이 이야기들이 그냥 죽게 내버려 둘 수는 없어요."

내가 마지막으로 소리 지르자 그녀는 곧장 이렇게 대꾸했다.

"그럼 죽게 놔두지 마. 책을 써. 자네는 그간 쓴 노트도 다 가지고 있고, 그것을 쓸 수 있는 법적인 권리도 있어. 자네가 직접 (비속어를 삭제해서) 쓴 책에 이런 이야기를 생생하게 살리겠다는데 누가 말리겠어?"

어떤 비평가들은 물론 세계 대전이 끝난 지 얼마 안 된 시점에서 나온 개인적인 역사책이란 개념에 대해 이의를 제기할 것이다. 어쨌든 미 대륙에서 승리의 날이 선포된 지 12년밖에 안 지났고, 마지막 세계열강이 '중국 승리의 날'을 맞이하게 된 것을 축하한지 고작 10년이 지났을 뿐이다. 사람들이 대부분 중국 승리의 날을 공식적인 교전의 끝으로 간주하는 걸 고려해 보면, 한 유엔 동료가 했던 말처럼 우리가 어떻게 이 전쟁에 대해 진정한 견해라는 걸 가질 수 있겠는가? 그의 말은 이랬다.

"우리는 전쟁을 치르는 한 평화로웠다."

이 주장은 일리가 있는 주장이었고 따라서 답을 해 보고자 한다. 이 세대의 경우, 이 평화의 10년간을 얻기 위해 싸우고, 고생해서, 승리한 사람들에게 시간은 아군일 뿐 아니라 적군이기도 하다. 그렇다, 미래는 세월을 통해 얻은 지혜와 성숙해진 전후 세계의 빛에 기억을 비춰 더 큰 지혜를 더해 줄 것이다. 그러나 이런 많은 기억들이 지나치게 망가지거나 허약해진 신체와 영혼에 간혀 그들의 승리가 일궈 낸 결실을 보지 못한 채 사라질지 모른다. 전 세계적인 평균 수명이 과거 전쟁 전 수명에 비해 보잘것없다는 것은 이제 비밀도 아니다. 영양실조, 환경오염, 이전에 근절했던 질병의 발생은, 경기가 다시 좋아지고 전반적인 건강 보험 체계를 갖춘 미국에서조차 당면한 현실이다. 우리에겐 육체적, 심리적 희생자들을 치료해 줄 충분한 자원이 없는 것이다. 이 적군, 시간이라는 적군 때문에, 시간을 통해 얻은 지혜라는 사치를 단념하고 나는 이 생존자들의 이야기를 출판하기로 한 것이다. 아마 지금으로부터 수십 년이 흐른 뒤에는 누군가 좀 더 나이 들고 좀 더 현명해진 생존자들의 회상을 기록하는 일을 떠맡게 될 것이다. 아마 내가 그중 하나가 될지도 모른다.

비록 이 책이 주로 기억에 관한 책이 되겠지만 이 책에 나온 사람들의 이야기와 관련이 있기 때문에 원 위원회 보고서에 나오는 기술적이고, 사회적이고, 경제적인 여러 가지 세부 내용이 포함되어 있다. 이 책은 내 책이 아니라 그들의 책이며 가능한 한 내 존재를 드러내지 않으려고 했다. 책의 본문에 나온 질문들은 독자들이 할 만한 질문을 보여 주기 위해 쓴 것이다. 나는 어떤 종류의 판단이나 논평도 삼가려고 노력했고, 만약 이 책에서 제거돼야 할 인간적인 요소가 있다면 그건 내 개인의 것이다.

# 경고

## 중국 연방, 대충칭

전쟁 전 한창 잘나갈 때 이 지역은 인구가 3500만이 넘는 것이 자랑거리였다. 지금은 고작해야 5만 명 남짓이 산다. 정부가 재건 기금을 집중 투입할 곳으로 인구가 밀집된 연안 지역을 택하면서 이곳은 제때 지원을 받지 못하고 있다. 여기에는 중앙 전력망도 없고 양쯔 강 말고는 수돗물도 나오지 않는다. 그러나 잔해들을 치운 거리는 깨끗했고, 지역 '안보평의회'가 모든 종류의 전후 소요를 미연에 방지했다. 평의회 의장은 전쟁 당시 부상을 입고 연로한 몸으로 용케 환자들을 왕진하며 다니는 의사 광진슈이다.

내가 처음 그 재앙이 발생한 것을 목격한 곳은 공식적인 지명이 없는 한 외딴 마을이었습니다. 그 동네 주민들은 그곳을 '신

(新)다창'이라고 불렀지만, 사실 이 이름은 실제 지명이라기보다 일종의 향수에서 생겨난 것이죠. 이들이 이전에 살던 '구다창'은 농가와 집들과 심지어 나무들까지 삼국 시대부터 있었던 2000년 된 마을이라고 전해지던 곳이었습니다. 삼협 댐이 완공되고 저수지 수위가 차오르기 시작하면서 다창 지역 대부분의 벽돌 하나 하나가 모두 해체돼서 더 높은 지대에 다시 세워졌습니다. 그러나 이 신다창은 이제 사람들이 사는 마을이 아니라 '국립 역사박물관'이 되었습니다. 이 불쌍한 농부들로서는 그대로 보전된 고향을 방문객으로서만 찾아갈 수 있다는 현실이 애통한 아이러니였을 것입니다. 아마도 그런 이유에서 이중 몇몇이 자신들이 새로 세운 촌락의 이름을 '신다창'이라고 지은 듯합니다. 이름만이라도 자신들의 유산과 연결시켜 보려고 했던 것 같습니다. 나로서는 또 다른 신다창이 존재한다는 것을 알지 못했기 때문에 그 전화를 받았을 때 내가 얼마나 어리둥절했을지 선생님도 짐작이 갈 것입니다.

병원은 조용했습니다. 음주 운전 사고가 늘어나는 추세였지만 그날 밤은 한가한 편이었죠. 우리는 종종 한국 전쟁 때 전사한 중국군보다 할리 데이비슨을 타다 죽은 중국 젊은이들이 더 많다는 말을 했을 정도니까요. 그래서 이렇게 마침 한가로운 교대 조에 든 것을 고마워하고 있던 참이었습니다. 나는 무척 피곤했고 허리와 발도 쑤시더군요. 병원에서 호출하는 방송을 들었을 땐 담배를 한 대 태우면서 동이 트는 것을 보려고 밖으로 나가던 참이었습니다. 그날 밤 근무한 병원의 접수계원이 신참이라 사투리를 잘 못 알아듣겠더군요. 사고가 났다고 했나, 아니면 환자가 있다는 말을 들었어요. 비상사태인 건 확실했고, 즉시 구조팀을 파견해야 한다고 했죠.

내가 무슨 할 말이 있나요? 의술을 통장 잔고를 불리는 방편으로만 생각하는 새파랗게 젊은 후배 의사들이 단순히 '농민' 몇 명 돕자고 가진 않을 것이고. 내겐 아직까진 구닥다리 혁명 분자 기질이 남아 있는 것 같아요. "인민에게 책임을 지는 것이 우리의 의무다."* 이 구호가 아직까지 내겐 중요했고…… 나는 정부가 포장하겠다고 떠벌리기만 하고 실천에 옮기지 않았던 거친 비포장 도로 위를 내 디어**를 타고 덜컹덜컹 흔들리면서 그걸 떠올려 보려고 했습니다.

그 마을을 찾느라 진땀깨나 흘렸어요. 공식적으로 그곳은 존재하지 않기 때문에 어떤 지도에도 나와 있지 않았죠. 나는 여러 번 길을 잃어버렸고, 길을 물어본 동네 사람들은 모두 내가 그 박물관 마을을 찾고 있다고 계속 생각했죠. 마침내 작은 언덕배기에 집들이 옹기종기 모여 있는 곳에 도착했을 때는 짜증이 날 대로 난 상태였습니다. 이런 생각을 했던 것이 기억나요. 시시한 일로 불렀기만 해 봐라. 막상 사람들의 얼굴을 보니까 그런 생각을 한 게 후회스럽더군요.

모두 일곱 명이 침대에 누워 있었는데, 거의 의식이 없었어요. 마을 사람들이 그들을 새 마을 회관에 옮겨다 놓았더군요. 벽과 바닥은 시멘트뿐인 데다 공기는 차갑고 축축했죠. '이러니 병이

---

* 1945년 8월 13일 「일본 제국주의에 맞선 전쟁에서 승리한 후의 정국과 우리 정책」에서 발표된 '마오쩌둥 주석의 말'에서 인용한 것.

** 중화인민 공화국에서 전쟁 전에 생산된 자동차 이름.

날 수밖에 없지'라고 생각했죠. 나는 마을 사람들에게 누가 이 사람들을 간호했는지 물었습니다. 사람들은 '안전하지' 않기 때문에 아무도 돌보지 않았다고 대답하더군요. 나는 그 회관 문이 밖에서 잠긴 것을 알아챘습니다. 마을 사람들은 분명히 겁에 질려 있었습니다. 모두 어깨를 움츠리면서 속삭이고 있었죠. 멀찍이 떨어져서 뭔가 빌고 있는 사람들도 있었고. 그 사람들을 보니 열불이 나더군요. 당신도 이해하시겠지만, 그 사람들에게 개인적으로 화가 난 게 아니라 그 사람들의 그런 행동이 바로 우리 중국을 그대로 대표하고 있다는 사실에 화가 났습니다. 우리는 수 세기에 걸친 외세의 억압과 착취와 굴욕 끝에 마침내 세계 속의 중화라는 우리의 정당한 자리를 되찾아 가던 중이었습니다. 우리는 세계에서 가장 부강한 초강대국으로 우주에서 사이버 세계까지 모두 지배하고 있었습니다. 세계가 마침내 '중국의 세기'가 열리는 때라고 인정하기 시작한 시기였지만, 아직도 수많은 중국인들이 과거의 양샤오에 살던 신석기 시대 야만인들처럼 정체돼서 미신을 믿었죠. 바로 이 무지한 농부들처럼 말입니다.

첫 번째 환자를 보기 위해 무릎을 꿇었을 때 난 아직도 이런 거창한 문화적 비판 의식에 사로잡혀 있었죠. 그녀는 열이 40도로 펄펄 끓었고 사시나무 떨듯 몸을 떨고 있었어요. 횡설수설하던 그녀는 내가 팔다리를 움직여 보려고 하니까 가늘게 신음을 내더군요. 그녀의 오른쪽 팔뚝에는 물린 상처가 있었습니다. 상처를 좀 더 가까이서 들여다보고 나서 짐승이 문 게 아니란 걸 깨달았습니다. 상처의 반지름과 잇자국으로 봐서 체격이 작은 어른이나 어린아이가 문 것이 틀림없었죠. 이렇게 감염 원인을 추측하긴 했지만 실제 부상 부위는 놀랄 정도로 깨끗했습니다. 나는 다시 한 번 마을 사람들에게 누가 이 환자들을 간호하고 있었는지 물었습니다. 그들은 아무도 없었다고 거듭 대답하더군요. 난 그 말이 사실일 리가 없다는 것을 알고 있었습니다. 인간의 입에는 세상에서 가장 지저분한 개보다도 더 많은 박테리아가 살고 있습니다. 만약 이 여자의 상처를 닦아 준 사람이 없었다면, 어떻게 상처가 감염돼서 욱신거리지 않을 수 있었겠어요?

나는 다른 여섯 명의 환자들을 진찰했습니다. 모두 비슷한 증상을 보였고, 신체의 다양한 부위에 비슷한 상처가 나 있었습니다. 나는 그 환자들 중에서 가장 의식이 또렷한 남자에게 누가 혹은 무엇이 이런 상처를 입혔는지 물었습니다. 그는 내게 사람들이 '그'를 진정시키려고 하다가 이런 일이 일어났다고 말했습니다.

"누구요?"

나는 마을 건너편에 있는 폐가의 잠긴 문 안에서 '첫 환자'를 발견했습니다. 그 아이는 열두 살이었습니다. 아이의 손목과 발은 플라스틱 노끈으로 묶여 있더군요. 묶인 끈 주변의 피부가 벗어져 있었지만 핏자국은 보이지 않았어요. 마찬가지로 다리나 팔에 있는 둥글게 벌어진 상처나 오른쪽 엄지발가락이 있었던 자리에 생긴 큰 틈 사이에도 핏자국은 없었어요. 아이는 짐승처럼 몸부림치고 있었습니다. 으르렁거리는 소리가 들리지 않도록 사람들이 아이의 입에 재갈을 물려 놓았더군요.

처음에 마을 사람들은 날 막으려고 했습니다. 그들은 그 아이가 '저주받았다'고 하면서 그 아이를 만지지 말라고 경고했어요. 나는 사람들의 만류를 무시하고 마스크와 장갑을 집었습니다. 아이의 피부는 아이가 누워 있는 시멘트 바닥처럼 회색이고 차가웠어요. 아이는 심장 박동도 맥박도 잡히지 않았습니다. 크고 사나운 눈이 퀭하니 꺼져 있더군요. 그 두 눈이 마치 먹잇감을 노리는 야수처럼 내게서 떨어지지 않았어요. 진찰하는 내내 아이는 불가사의할 정도로 적개심을 보이면서 묶인 손으로 나를 잡으려고 하고 재갈이 물린 입으로 물려고 했습니다.

아이가 너무 요동을 쳐서 나는 마을 사람들 중에서 가장 건장한 남자 둘에게 아이를 잡고 있어 달라고 부탁해야 했습니다. 그 남자들은 처음엔 꿈쩍도 안 하고 토끼 새끼처럼 문간에서 움츠리고 있더군요. 장갑과 마스크를 끼면 감염될 위험이 없다고 설명했는데도 머리를 절레절레 흔들기에, 그럴 만한 법적인 권한도 없지만 단호하게 명령했죠.

그러자 일이 수월해졌습니다. 두 명의 황소 같은 장정이 내 옆에 무릎을 꿇고 앉아서 한 명이 아이의 발을 잡고 있는 동안 다른 한 명은 아이의 손을 붙들고 있었습니다. 혈액 샘플을 채취하려고 했는데, 나온 것은 찐득찐득한 갈색 물질뿐이었죠. 내가 바늘을 빼는 동안 아이는 다시 격렬하게 발작을 일으키면서 반항하기 시작했습니다.

아이의 팔을 잡고 있던 내 '간호병' 중 한 명이 팔을 붙들고 있는 것을 포기하고 차라리 자기 무릎으로 아이의 팔을 바닥에 눌러 꼼짝 못하게 하는 게 더 안전하다고 생각했던 모양입니다. 하지만 아이가 다시 경련을 일으키다가 왼팔이 뚝 부러지는 소리가 들렸습니다. 들쭉날쭉 찢어진 요골과 척골이 아이의 회색 살을 뚫고 삐져나왔습니다. 아이는 비명도 지르지 않았고 심지어 무슨 일이 일어났는지 알아차리지도 못한 것 같았지만, 그길로 두 명의 조수는 펄쩍 뛰어서 방에서 달아나 버렸습니다.

나는 본능적으로 몇 발짝 뒤로 물러섰습니다. 인정하기 창피하지만 난 성인이 된 후로 오랜 세월 환자를 돌보던 의사였습니다. 훈련도 받았고…… 인민해방군이 날 '길렀다'고 해도 과언이 아닙니다. 나는 전쟁에서 부상을 입은 병사들을 물릴 만큼 많이 치료하면서 여러 번 죽을 고비를 넘겼는데, 그런 내가 이 연약한 아이를 정말로 무서워했단 말입니다.

아이는 내가 있는 쪽으로 몸을 뒤틀면서 기어오기 시작했는데, 한쪽 팔은 완전히 찢겨 끈에서 풀려났죠. 살과 근육이 완전히 찢겨 나가 이젠 뭉텅이만 남았더군요. 아이는 절단된 왼손에 묶여 있지만 이제는 자유로워진 오른팔로 몸을 끌면서 바닥을 기어오기 시작했습니다.

나는 급히 밖으로 나가서 문을 잠갔습니다. 침착해지려고 애를 쓰면서 공포와 수치심을 다스리려고 노력했죠. 마을 사람들에게 그 아이가 어떻게 감염됐는지 물었을 때 내 목소리는 아직도 갈라져 있었습니다. 아무도 대답하지 않았어요. 그 아이가 얇은 나무판에 주먹을 대고 힘없이 문을 두드리는 소리가 들리기 시작했습니다. 그 소리를 듣고 놀라 펄쩍 뛰지 않았던 게 그나마 다행이었습니다. 마을 사람들이 내 얼굴에서 핏기가 가신 것을 눈치채지 않았기를 바랄 뿐이었습니다. 나는 두렵기도 하고 울화가 치밀어서, 이 아이에게 무슨 일이 일어났는지 알아야 한다고 소리를 질렀죠.

한 젊은 여자가 앞으로 나왔는데, 아마 그 아이의 엄마인 것 같았습니다. 얼굴을 보니 며칠째 울고 있었다는 걸 알 수 있었습니다. 울어서 눈이 붉게 부어 있더군요. 그녀는 아이와 아이의 아버지가 삼협(三峽) 댐 저수지에 가라앉은 폐허에 '달 낚시'(보물을 찾으러 저수지 속으로 다이빙하는 것을 뜻하는 말 — 옮긴이)를 갔다가 그 일을 당했다고 털어놓았습니다. 무려 1100개의 촌락과 마을과 도시들까지 수몰된 지역이니 귀중품을 발견할 수 있을 거라고 사람들이 생각한 거죠. 그 당시 이런 일은 아주 흔한 풍습이면서 동시에 불법이었습니다. 그녀는 남편과 아이가 약탈을 한 것이 아니라, 자신들이 살던 구다창으로 가서 제대로 이사도 못하고 물속에 잠겨 버린 집에서 몇 가지 가보를 찾아오려고 했던 것뿐이라고 설명했습니다. 그녀는 그 점을 거듭 강조했고 나는 경찰에 신고하지 않겠다고 약속하면서 말을 끊었죠. 그녀는 마침내 아이가 발이 뭔가에 물려서 울면서 물 위로 올라왔다고 설명했습니다. 아이는 물속이 너무 어둡고 탁해서 무슨 일을 당했는지 몰랐다고 합니다. 아이의 아버지는 다시 보지 못했고.

나는 휴대전화를 꺼내서 군대 시절부터 알고 지낸 오랜 전우로 지금은 충칭 대학 전염병 연구소*에서 근무하고 있는 쿠에이(구원구이) 박사에게 전화를 걸었습니다. 우리는 농담을 주고받으면서 서로의 건강과 손자들에 대한 이야기를 나누었죠. 그것이 적절한 순서였죠. 그러다 내가 그 질병의 발병에 대해 말했고, 그가 시골 사람들의 위생 습관에 대해 농담을 하는 것을 들었습니다. 나는 그를 따라 웃으려고 애를 쓰면서 아무래도 심각한 일인 것 같다고 말했습니다. 마지못해 그는 내게 증상이 어떤지 묻더군요.

* 충칭 의대 부속으로 전염병과 기생충 관련 질병 연구를 하는 연구소.

다 이야기했습니다. 물린 자국, 열, 그 아이, 그 팔. 그의 얼굴이 갑자기 굳어지더니 미소가 사라졌습니다.

그는 내게 감염된 사람들을 보여 달라고 했습니다. 나는 회관으로 돌아가서 휴대전화 카메라로 환자들을 한 명씩 보여 줬습니다. 그는 내게 카메라를 좀 더 가까이 대서 상처 부위를 직접 보게 해 달라고 하더군요. 그렇게 하고 나서 다시 휴대전화의 액정을 보니 그의 비디오 영상이 끊겼더군요.

"거기 꼼짝 말고 있게나."

그는 이제 냉정하고 사무적인 목소리로 말했습니다.

"감염된 사람과 접촉했던 사람들의 이름을 모두 기록해 둬. 이미 감염된 사람들은 감금시켜. 그중 하나라도 혼수상태에 빠지면 방에서 내보내고 문단속은 철저히 해야 해."

그는 마치 이런 말을 미리 연습했거나 어딘가에서 보고 읽는 것처럼 단조롭고 기계적인 목소리로 지시했습니다. 그가 내게 물었죠.

"자네 무장했나?"

"아니, 왜 그래야 하는데?"

나는 되물었습니다. 그는 사무적인 태도로 다시 연락하겠다고 말했습니다. 그는 먼저 전화를 몇 통 걸어야 하고 몇 시간 내로 '지원팀'이 올 것이라고 말했습니다.

Z-8A 육군 헬리콥터를 탄 50명의 남자들이 한 시간도 못 돼서 도착했습니다. 모두 유독 물질 처리 복장을 입고 있었습니다. 그들은 보건부에서 나왔다고 말하더군요. 거짓말도 상대를 봐 가면서 해야지, 지금 누구를 속이겠다는 수작인지 어깨에 힘

주고 다니면서 약자들을 괴롭히고 겁주는 뻔뻔한 태도를 보면 이런 깡촌에 사는 시골뜨기들도 국가 안전부*에서 나왔다는 걸 눈치 챌 정도였는데 말이죠.

이들은 먼저 회관부터 처리했습니다. 환자들의 사지에는 족쇄를 채우고 입에는 재갈을 물려서 들것에 실어 밖으로 데리고 나왔어요. 그런 다음 아이에게 가더군요. 아이는 시체 운반용 부대에 담겨 나왔습니다. 아이 엄마는 남아 있던 마을 사람들과 함께 '검사'를 받기 위해 모이는 동안 내내 통곡하더군요. 그들은 마을 사람들의 이름을 적고 피를 뽑았습니다. 그리고 한 사람씩 차례로 주민들의 옷을 모두 벗기고 사진을 찍더군요. 마지막으로 옷을 벗긴 사람은 말라비틀어진 노파였어요. 그 노파는 비쩍 마르고 구부정한 몸에 얼굴엔 셀 수도 없이 주름이 패어 있는 데다 어렸을 때 전족을 했는지 발이 아주 작더군요. 그녀는 '의사들'에게 앙상한 손으로 종주먹을 들이대더군요.

"지금 너희들은 벌 받는 거야."

그 노파는 소리를 질렀죠.

"이건 평두(酆都)의 복수야!"

쓰촨성 평두 현에 있는 염라대왕의 사당을 말한 것이었습니다. 구다창처럼 그곳은 중국의 차세대 대약진 운동의 발목을 잡은 불운한 곳이었습니다. 그곳은 주민들을 대피시키고 철거한 후 마을 전체가 수몰된 곳이었습니다. 난 결코 미신을 믿는 사람이 아니며 민중의 아편(종교)에 중독되지도 않았습니다. 나는 의사이고 과학자입니다. 내가 볼 수 있고 만질 수 있는 것만 믿습니다. 나는

* 전쟁 전 국가 안보부.

평두를 저속한 싸구려 관광객용 속임수일 뿐이라고만 생각했습니다. 물론 이 쪼그랑할멈의 말에 내가 동요를 일으켰다는 건 아니지만, 그녀의 어조, 그녀의 분노…… 이 노파는 살아오면서 이미 충분한 재앙을 목격했습니다. 군벌들, 일제, 문화 혁명이란 정신 나간 악몽…… 이 노파는 그걸 이해할 만큼 충분히 배우지 못했지만, 또 다른 폭풍이 다가오고 있다는 것을 알고 있었던 겁니다.

내 동료인 쿠에이 박사 또한 이 모든 것을 너무나 잘 이해하고 있었습니다. 그는 심지어 자신의 목숨을 걸고 내게 경고를 해 줘서 '보건부' 사람들이 도착하기 전에 내가 몇 사람에게 전화를 해서 경고를 해 줄 수 있는 충분한 시간을 벌어 줬습니다. 그 경고는 그가 내뱉은 한 마디였는데, 소련과 '사소한' 국경 충돌이 벌어진 이후로 아주 오랫동안 그가 입에 담지 않았던 말이었습니다.

그때는 1969년. 우리는 전바오 섬에서 1킬로미터도 채 떨어져 있지 않은 우수리 강의 하류에 있는 우리 편 흙으로 만든 벙커 안에 있었습니다. 러시아인들이 그 섬을 탈환하려고 준비하면서 우리 군대를 대포로 두들겨 대고 있었습니다.

쿠에이와 나는 우리와 몇 살 차이 나지 않는 어린 병사의 배에 박힌 폭탄 파편을 제거하려고 안간힘을 쓰고 있었습니다. 그 소년병의 창자가 찢어져서 열리면서 그의 피와 배설물이 우리 가운에 뒤범벅이 되었더랬죠. 7초 간격으로 일제 사격이 벌어졌고 우리는 상처에 흙이 쏟아지는 것을 막기 위해 그 아이의 몸 위로 우리 몸을 굽혀서 막았는데, 그 아이에게 가까이 다가갈 때마다 힘없이 엄마를 찾으며 흐느껴 우는 소리를 들을 수 있었죠. 거기에는 또한 다른 목소리들도 들렸죠. 우리 쪽 강에 있어선 안 되는 절망적이고 화난 목소리들이 우리 벙커 바로 입구 쪽 한 치 앞을 분간할 수 없는 어둠 속에서 들리더군요. 우리는 벙커 입구에 보초로 보병 두 명을 세워 놨는데 그중 하나가 "스페츠나즈(소련군 특수부대)!"라고 소리치고 어둠 속을 향해 총을 쏘기 시작했습니다. 우리 편인지 상대편인지 분간할 수 없었지만 이제 다른 총소리들도 들리더군요.

또다시 격렬한 총격전이 벌어졌고 우리는 죽어가는 아이 위로 몸을 숙였습니다. 쿠에이의 얼굴은 내 얼굴 바로 옆에 있었습니다. 그의 이마에선 쉴 새 없이 땀이 흘러내리고 있었습니다. 호롱불의 희미한 불빛으로도 떨고 있는 그의 창백한 얼굴이 보이더군요. 그는 환자를 보다가, 벙커 입구를 보다가, 나를 보더니 불쑥 말하더군요.

"걱정하지 마, 모든 게 괜찮아질 거야."

평생 한 번도 긍정적인 말이라곤 해 본 적 없는 친구의 입에서 나온 말이었습니다. 쿠에이는 매사를 걱정하는 신경과민에 심술궂은 친구였죠. 두통이 생기면 뇌종양에 걸렸다고 생각했고 비가 올 것 같으면 그해 농사는 망쳤다고 생각을 하는 타입이었죠. 이것이 상황을 통제하는 그의 방식이자 삶을 살아가는 전략이었습니다. 이제 현실이 그 어떤 숙명적인 자신의 예측보다 불길해 보이자 그는 어쩔 수 없이 사고방식을 정반대로 바꾸는 수밖에 없었습니다.

"걱정하지 마, 모든 게 괜찮아질 거야."

난생처음으로 그가 예측한 대로 일이 벌어졌습니다. 러시아 군은 결코 강을 넘어오지 않았고 우리는 그 소년 병사의 목숨까지 구했습니다.

그 후로 오랫동안 나는 그런 미약한 희망이나마 품을 수 있게 한 상황에 대해 그에게 놀렸고, 그는 자신이 다시 그런 말을 하는 건 그때보다 더 끔찍하고 참혹한 상황이 닥쳤을 때일 거라고 항상 대답하곤 했죠. 이제 우리는 늙어 버렸는데 그때보다 더 참혹한 일이 일어나려 하고 있었죠. 그건 바로 그가 나에게 무장을 했냐고 물어본 직후였어요.

"아니. 왜 그래야 하는데?"

잠깐 침묵이 흘렀는데 분명 다른 사람들도 우리 대화를 듣고 있었을 겁니다. 그가 말했습니다.

"걱정하지 마. 모든 게 괜찮아질 거야."

바로 그때 나는 여기서만 이런 일이 일어난 게 아니란 걸 깨달았습니다. 나는 전화를 끊고 재빨리 광주에 있는 딸에게 전화를 걸었습니다.

사위는 차이나 텔레콤에서 근무하고 있는데 한 달에 일주일 정도는 해외에 나가 있었습니다. 나는 딸에게 다음번 사위가 해외 출장을 갈 때 손녀를 데리고 같이 나가서 가능한 한 오래 거기 있는 게 좋겠다고 말했습니다. 내겐 설명할 시간이 없었습니다. 첫 번째 헬리콥터가 나타나면서 휴대전화 신호가 잡히지 않았습니다. 내가 딸에게 간신히 할 수 있었던 마지막 말은 이것이었습니다.

"걱정하지 마. 모든 게 괜찮아질 거야."

광진슈는 중국 국가 안전부에 체포돼서 공식적인 기소 과정 없이 투옥되었다. 그가 마침내 탈출했을 때 그 질병은 이미 중국의 국경을 넘어 확산된 후였다.

## 티베트 인민 공화국, 라싸

세계에서 인구가 가장 많은 이 도시는 아직도 지난주에 치른 총선의 여파에서 벗어나지 못하고 있었다. 사회민주당이 라마당을 상대로 압승을 거두었고, 거리는 아직도 흥겨워하는 사람들로 시끌벅적했다. 나는 보도에 있는 혼잡한 카페에서 누리 텔레발리를 만났다. 우리는 기쁨에 들뜬 사람들 속에서 이야기하느라 소리를 질러야 했다.

그 질병이 발병하기 전에는 육상 밀수로 별 재미를 못 봤지. 여권 만들고, 가짜 관광버스를 준비하고 목표 지점에서 접촉할 연락책과 보호책을 준비하는 것 자체가 돈이 너무 많이 든다 이거지. 당시 수지맞는 루트는 타이와 미얀마 둘뿐이었소. 내가 살던 카시에서는 구소련 공화국으로 가는 길밖에 없었는데, 거긴 아무도 안 가려고 하지. 나도 처음엔 서터우(蛇頭)*가 아니었소. 수입상이었지. 여러 나라에서 별별 시답잖은 핑계로 생아편, 다이아몬드 원석, 여자 아이, 남자 아이, 뭐든 돈이 될 만한 건 다 들여왔지. 그런데 그 재앙이 이 모든 것을 홀라당 바꿔놨소. 갑자기 거래하

* 서터우: '뱀머리'라는 뜻. 중국인들을 대상으로 밀입국을 주선하는 범죄조직. 밀입국자는 런서(人蛇, 인간뱀)라고 불린다.

자는 제안이 쇄도하기 시작했는데 중국의 유민*들만 그런 게 아니라 힘깨나 쓴다는 상류층 사람들이 의뢰를 해 오기 시작했지. 도시 전문 직업인들에다 자영 농민에 심지어 하급 공무원들까지 오더만. 이 사람들이야말로 잃을 게 많은 사람들이었지. 이들은 목적지는 상관없이 무조건 여길 벗어나고 싶어 했소.

**그 사람들이 뭘 때문에 도망치는지 알고 있었나요?**

우리도 소문을 듣긴 했지. 카시 어딘가 하는 데서도 그 질병이 발병했소. 정부가 재빨리 입단속을 시켰지만. 그러나 뭔가 잘못됐다는 걸 알고 있었던 것 같소.

**정부에서 선생님이 하는 일을 막으려고 하지 않았나요?**

공식적으론 그랬지. 밀수범에 대한 형벌 수위도 올라갔고, 국경 검문을 강화했지. 심지어 본보기로 셰투 몇 명을 공개 처형했소. 진실을 알지 못했다면, 내막을 모르는 사람이 보기엔 아주 효과적인 진압책이었을 거요.

**그런 조치가 별 효과를 거두지 못했단 말인가요?**

난 그저 내 덕분에 많은 사람들이 돈푼깨나 만졌단 말을 하는 거요. 국경 경비대원들, 관료들, 경찰, 시장까지. 이때만 해도 100위안짜리 지폐에 나온 마오쩌둥 주석의 얼굴을 최대한 많이 봐 주는 게 주석 동지에 대한 경의를 표하는 법으로 통하는 중국의 호시절이었다 이 말이오.

---

* 유민: 중국의 '떠도는 인구'인 집 없는 노동자들.

**선생님도 대박 났겠군요.**

카시는 겁나게 발전한 신흥 도시였소. 내 생각에 서쪽으로 가는 모든 육상 교통의 90프로, 아마 그 이상이 카시를 거쳐 갔을 거요, 그 나머지 얼마 안 되는 사람들이 비행기를 탔을 것이고.

**항공편으로?**

소수만 그랬다는 거지. 난 항공 사업에는 손만 담근 정도였소, 카자흐스탄이나 러시아로 가끔 항공 화물 몇 번 나른 정도. 건수가 작았지.

매주 수천 명의 사람들을 빼내는 광주나 강소 같은 동부와는 상대가 안 됐지.

**좀 더 자세히 설명해 주겠어요?**

항공 밀수는 동부 지방에서 스케일이 큰 사업이었소. 이쪽 사람들은 지갑이 빵빵해서 미리 예약한 여행 패키지에 일등급 관광 비자까지 지불할 여유가 있는 사람들이었으니까. 이 사람들은 런던이나 로마나 샌프란시스코 같은 곳으로 비행기를 타고 날아가서 현지 호텔에 묵으면서 하루 관광을 나갔다가 흔적도 없이 사라져 버리는 거요. 그건 액수가 컸소. 나도 항상 항공 수송 쪽으로 진출하고 싶었는데.

**하지만 감염은 어쩌고요? 발각될 위험은 없었나요?**

그건 575 항공편 사건 후에 그렇게 된 거고. 처음엔 그렇게 비행기를 타고 가던 사람들 중에는 감염자가 많지 않았소. 감염됐더라도 초기였지. 항공편으로 사람들을 빼돌리는 셰투는 아주 신중했소. 감염 증세가 악화된 조짐이 보이면 절대로 옆에 가지 않았지. 이 셰투들도 자기 밥그릇은 지켜야 했으니까. 출입국 관리들을 속이기 전에 먼저 셰투를 감쪽같이 속여야 하는 게 황금률이지. 비행기를 타려면 완벽하게 건강해 보이면서 또 그렇게 행동해야 하는 데다 항상 시간에 쫓기니까. 575 항공편 사건이 있기 전에 한 부부에 대한 이야기를 들은 적이 있소. 한 거부와 그 처에 대한 이야기인데. 남편이 좀비에 물렸소. 선생도 알겠지만, 심각한 건 아니었는데 모든 주요 혈관들이 사라지는, '천천히 타오르는' 뭐 그런 사례였지. 내 생각에 그 부부는 다른 많은 감염자들처럼 서양에는 치료법이 있을 거라고 생각했던 것 같소. 그 부부는 남편의 상태가 악화되기 시작했을 때 파리 호텔에 막 도착했소. 아내가 의사를 부르려고 했지만 남편이 말렸지. 다시 송환될까 봐 두려웠던 거요. 대신 남편은 부인에게 자신이 혼수상태에 빠지기 전에 그냥 여기 놔두고 가라고 했소. 부인은 남편이 시키는 대로 했고 이틀 동안 들리던 신음과 난리법석을 참고 견디다 마침내 호텔 직원이 문 앞에 걸어 놓은 '방해하지 마시오.'란 사인을 무시하고 방으로 들어갔지. 파리 참사가 어떻게 시작됐는지 나도 잘은 모르지만 왠지 설득력 있는 이야기지 않소.

**그 부부가 의사도 부르지 않았고, 송환될까 봐 두려워했다고 말했는데 그렇다면 왜 굳이 서양에서 치료받으려고 했던 거죠?**

정말로 그 사람들 심정을 몰라서 하는 소리요? 이 사람들은 절박했소. 감염된 데다 인세 정부가 끌고 가서 '치료'를 받게 할지 모르는 상황에 처했단 말이오. 당신이 사랑하는 사람, 가족, 아이가 감염됐는데 다른 나라에 실낱같은 희망이라도 있다면, 당신이라면 무슨 짓을 써서라도 가 보지 않을 거 같소? 당신이라면 희망이 있을 거라고 믿고 싶지 않겠소?

**그 사업가의 부인이 다른 감염자들처럼 사라졌다고 했죠.**

그건 그 재앙이 발생하기 전부터 항상 그런 식이었지. 어떤 사람들은 가족과 함께 있었고, 친구들과 함께 지낸 사람들도 있고. 더 가난한 사람들은 현지 중국 마피아에게 진 바오*를 갚느라 등골이 휘게 일해야 했소. 대부분은 숨어 들어온 나라의 지하 세계로 그냥 스며들었지.

**빈민가를 말하는 건가요?**

그렇게 부르고 싶다면야 선생 맘이고. 자기 나라에 그런 곳이 있다는 걸 아무도 인정하기조차 싫어하는 곳보다 숨기에 더 좋은 곳은 없잖소. 그렇지 않다면 왜 그렇게 수많은 선진국의 빈민가에서 그 질병이 그렇게 많이 발병했을 것 같소?

**많은 셰투들이 외국에 가면 기적의 치료제가 있을 것이란 헛된 믿음을 퍼뜨렸다는 말이 있던데.**

그런 놈들도 있었지.

---

* 바오(Bao): 탈출하면서 중국 마피아에게 피난민이 진 빚.

**선생님은 안 그랬나요?**

(침묵)

**아닌가요.**

(묵묵부답)

**575 항공편이 어떻게 항공 밀수를 바꿔 놨죠?**

규정이 한층 강화되긴 했지만 몇몇 나라만 그랬고. 항공 밀수업자들은 신중하면서 동시에 수완이 좋았지. 그 작자들이 이런 말을 하더군. 모든 부잣집에는 하인들이 드나드는 문이 따로 있는 법이라고.

**그게 무슨 뜻이죠?**

서유럽 국가에서 보안을 강화하면 동유럽으로 가면 된다는 거지. 미국에서 들여보내 주지 않으면 멕시코를 통해 가면 되는 거고. 이미 자기 나라 국경에 이런 식으로 감염자들이 버글거리고 있는데도 부자 백인 나라들은 이런 식으로 하면 안전하다고 느꼈겠지. 선생도 알다시피 이건 내 전문 분야가 아니오. 난 육상 수송이 전공인 데다 내 활동 무대는 중앙아시아 쪽이오.

**거기는 들어가기가 더 쉬운가요?**

그쪽 인간들은 솔직히 내게 건수 좀 달라고 통사정을 하지. 경기는 불황이고 관리들은 둔해 터진 데다 돈만 밝히는 족속들이라 사례를 받는 대가로 사실상 우리 서류 작업을 도와주는 편이오. 거기에는 심지어 셰투도 있었는데, 그 야만스러운 언어로 그 작자들을 뭐라고 부르는지 모르겠지만 하여간에 그런 치들이 있었는데. 그 치들이 우리랑 손잡고 감염자들을 구소련 공화국을 경유해서 인도나 러시아나 이란 같은 나라로 빼돌려 주는 일을 했지. 그 감염자들이 어디로 가는지 물어보지도 않았고, 결코 알고 싶은 마음도 없었지만. 내 일은 국경에서 끝나니까. 서류에 도장 찍고, 타고 갈 차량에 추적 장치를 달고, 국경 수비대원들에게 적당히 뇌물을 찔러 주고, 내 몫을 챙기면 그걸로 땡이지.

**감염된 사람들을 많이 봤나요?**

처음엔 별로 없었소. 이 우라질 병이 상당히 진행 속도가 빠르더군. 이건 항공 수송과는 또 사정이 다르지. 카시까지 가는 데 수 주가 걸릴 수 있고, 내가 듣기론 감염이 아무리 서서히 진행된다고 해도 며칠을 버티지 못한다고 하던데. 감염된 고객들은 대개 가는 도중에 좀비가 되고 거기서 증세가 발각돼서 지역 경찰들에게 끌려갔소. 나중에 감염자들의 수가 폭증하고, 경찰이 감당하지 못하게 되면서 가는 도중에 감염자들이 여럿 보이기 시작하더군.

**그 감염자들은 위험했나요?**

그런 일은 거의 없었소. 대개 가족들이 팔다리를 묶어 놓고 입에도 재갈을 물려 놓았더군. 가끔 뭔가 차 뒤에서 움직이거나, 옷이나 두꺼운 담요 밑에서 슬며시 꿈틀거리는 모습을 보곤 했지. 차 트렁크를 두드리는 소리가 나거나 아니면 나중에 소형 트럭 뒤에 있는 나무 상자의 바람구멍을 두드리는 소리가 나기도 하고.

바람구멍이라니…… 그 사람들은 자기가 사랑하는 이에게 어떤 일이 일어나고 있는지 정말 몰랐던 거요.

**선생님은 알았나요?**

그때는 알았지만 그 사람들에게 설명하려고 해 봤자 소용없는 일이었지. 난 그냥 돈만 받고 가고 싶어 하는 곳으로 보내 줬소. 난 운이 좋은 편이었지. 해상 밀수는 건드리지 않아도 됐으니까.

**그건 더 어려웠나요?**

어렵기도 하고 위험하기도 하지. 연안 지방에 사는 내 동업자들은 감염자들이 결박을 풀고 배에 탄 승객 전체를 감염시킬 수 있다는 가능성에 대비해야 했소.

**그 사람들은 어떻게 했죠?**

다양한 '해결책'이 있다고 들었소. 가끔은 배가 인적이 없는 해안에 멈춰 서서 거기가 목적지건 아니건 상관없이 감염된 사람들을 해변에 '내려 버리는' 거요. 어떤 선장들은 아무것도 없는 망망대해에 몸부림치면서 괴로워하는 사람들을 던져 버렸다고 하는 이야기를 들었소. 아마 그래서 이 재앙이 발생하던 초기에 수영하던 사람들이나 다이버들이 흔적도 없이 사라지기 시작했을지 모르겠소. 그렇지 않다면 왜 세계 도처에 있는 수많은 사람들이 좀비들이 파도 속에서 걸어 나오는 걸 봤다고 이야기하겠소. 최소한 나는 그런 일은 겪지 않아도 됐으니까.

나도 그런 비슷한 경우가 있었는데 그런 일을 당하니까 이제

이 짓도 그만둬야겠다는 생각이 들더군. 아주 낡아빠진 고물 트럭이 하나 있었소. 거기 딸린 트레일러에서 신음이 들리더군. 여러 명이 알루미늄 판에 주먹을 대고 두들기고 있었소. 트럭이 실제로 앞뒤로 흔들리고 있었다니까. 트럭 운전석에는 시안에서 온 아주 부유한 증권 인수업자가 타고 있었소. 그 인수업자는 미국의 신용 카드 부채를 사들여서 떼돈 벌었지. 자신의 일가 전체 비용을 댈 만큼 돈이 많은 사람이었소. 그 남자가 입은 아르마니 양복이 여기저기 구겨지고 찢어졌더군. 뺨에는 긁힌 상처가 있었고, 눈에는 그즈음 내가 매일매일 보기 시작한 그런 광란의 불길이 이글거리고 있더군. 운전기사의 눈빛은 달랐소. 나와 같은 눈빛이었지. 어쩌면 이젠 더 이상 돈이 그렇게 중요하지 않을 것 같다는 그런 표정을 한 눈이었소. 나는 그 운전기사에게 50달러를 더 찔러 주고 행운을 빌어 줬지. 나로선 그게 할 수 있는 일의 전부였소.

**그 트럭의 목적지는 어디였나요?**

키르기스스탄.

## 그리스, 메테오라

**그 수도원들은 가파르고, 접근하기 힘든 바위 위에 지어진 것으로, 일부 건물은 수직 기둥처럼 높은 곳에 자리 잡고 있었다. 원래 오스만 튀르크의 공격을 피하려는 매력적인 은신처였던 이곳은 나중에 좀비들의 공격도 피할 수 있는 안전한 곳임이 판명됐다. 전후에 급증하는**

순례자들과 관광객들의 요구에 호응해서 수도원으로 가는 계단은 모두 쉽게 접었다 펼 수 있는 나무나 금속 재료로 제작됐다. 메테오라는 최근에 순례자와 관광객 모두에게 각광받는 여행지가 됐다. 어떤 사람들은 지혜와 영적인 각성을 찾아 이곳에 왔고 어떤 이들은 그냥 평화로운 분위기를 찾아 왔다. 스탠리 맥도널드는 후자였다. 고향인 캐나다 전역을 누비며 거의 모든 군사 작전에 참전했던 베테랑인 캐나다 육군의 프린세스 퍼트리샤 경보병연대 제3대대는 키르기스스탄에서 대대적인 마약 단속 작전 중에 처음으로 좀비를 만났다.

우리를 미국의 '알파 팀'과 헷갈리지 말아 주시오. 이건 미국이 긴급 배치군을 파견하기 훨씬 전에, '대공포'가 확산되기 전에, 이스라엘이 자체적으로 검역 격리를 하기 훨씬 전에…… 이 일은 심지어 케이프타운에서 처음으로 대대적이고 공개적으로 질병이 발병하기도 전에 일어난 일이오. 이 일은 누구도 무슨 일이 벌어지고 있는지 몰랐을 때, 막 그 병이 퍼지기 시작할 때 일이오. 우리가 맡은 임무는 전 세계 테러리스트들의 주요 수출 작물인 아편과 마리화나를 단속하는 늘 하던 일이었소. 그 바위투성이 황무지에서 우리가 그때까지 본 거라곤 그게 다였지. 마약상들과 폭력배들과 그 지역에서 고용된 어깨들. 그게 우리가 예상한 전부였소. 우리가 대비한 것도 그게 전부였고.

동굴 입구는 찾기 쉬웠지. 우리는 대상에서 나온 핏자국을 따라 거기까지 추적했소. 금방 뭔가 잘못됐다는 걸 알았지. 거기엔 시체가 한 구도 없었소. 경쟁 부족들은 항상 다른 부족들에 대한 경고로 희생자들의 시체를 절단해서 보란 듯이 놔두곤 했는데.

거기에는 무지막지한 양의 피와 갈색으로 썩어 가는 살점들이 흩어져 있었지만, 우리가 찾은 유일한 시체는 노새 떼뿐이었소. 이 노새들은 총을 맞은 게 아니라 야생 동물들에게 당한 것 같아 보였지. 배가 갈가리 찢겨 있고 몸 여기저기에 크게 물린 자국이 있더군. 우리는 들개들이 한 짓일 거라고 추측했소. 그 빌어먹을 것들이 북극 지방에 사는 크고 고약한 늑대들처럼 계곡을 휘젓고 다녔으니까.

제일 헷갈렸던 게 짐이었는데 아직도 노새 안장에 실려 있는 것도 있고 노새 주변에 흩어져 있는 것도 있었지. 이봐요, 이게 영역 싸움이 아니라 종교 분쟁이거나 부족 간의 복수전이라고 해도 이렇게 상등품의 가공하지 않은 배드 브라운*이나 완벽한 성능의 공격용 라이플이나 손목시계, 미니 디스크 플레이어, 지피에스(GPS) 같은 값비싼 전리품을 버리는 사람은 없는 법이오.

그 핏자국은 와디(사막 지방에 있는 개울 — 옮긴이)에서 벌어진 대학살 현장에서 산길을 따라 계속 이어지더군. 피를 아주 많이 흘렸소. 누구든 그 정도로 피를 흘렸으면 다시 일어서지 못했을 텐데. 어떻게 된 일인지 그렇게 걸어갔더군. 그 사람은 치료를 받은 것도 아니었소. 다른 사람의 발자국이 없었거든. 우리가 추측한 바 이 남자는 피를 흘리면서 달리다가 얼굴을 땅바닥에 대고 엎어졌지. 아직도 모래에 그 남자의 피투성이 얼굴이 찍힌 걸 볼 수 있었소. 어떻게 된 일인지 그 남자는 질식하지도 않고, 과다 출혈로 죽지도 않고, 얼마 동안 누워 있다가, 다시 일어나서 걷기 시작했더군. 이 새 발자국들은 예전 발자국과는 아주 달랐소. 더

* 아프가니스탄의 바다크하샨 지방에서 크는 아편 종류를 가리키는 별명.

천천히 가면서 발자국 간격도 좁아지더군. 오른발을 질질 끌면서 가고 있었는데 낡은 나이키 운동화 한 짝을 잃어버렸기 때문이었소. 그 질질 끌린 자국엔 체액이 점점이 뿌려져 있더군. 피도 아니고, 인간의 체액도 아니고, 딱딱하고 검게 응고된 분비물이었는데 우리 중 그게 뭔지 알아볼 수 있는 사람은 없었소. 우리는 그 분비물과 발자국을 따라서 동굴 입구까지 왔지.

거기 도착했을 땐 우리를 맞아 주는 일제 사격도 없었고, 이렇다 할 반응도 없었지. 동굴 입구를 지키는 사람이 하나도 없이 활짝 열려 있는 것을 발견했소. 이내 시체들이 보이기 시작했는데 모두 자신이 설치한 부비 트랩에 당한 사람들이었지. 이 사람들은 달아나려고, 동굴에서 나가려고 했던 것처럼 보이더군.

그 뒤로 동굴의 첫 번째 방에서 일방적인 총격전의 첫 증거를 봤소. 일방적이라고 한 이유는 동굴의 한쪽 벽만 총알 자국으로 벌집처럼 구멍이 나 있어서였지. 그 반대쪽 벽에 총을 쏜 사람들이 있었소. 모두 발기발기 찢겨 있더군. 사지와 뼈가 조각조각 찢겨서 갉아 먹혔는데, 아직도 무기를 쥐고 있는 사람들도 있었고, 잘려 나간 손 하나가 아직도 낡은 마카로프(러시아 권총—옮긴이)를 잡고 있었소. 그 손에는 손가락이 하나 없었소. 방 건너편에서 수백 번이 넘게 총을 맞은, 무장하지 않은 또 다른 남자의 몸에서 그 손가락을 발견했지. 총을 여러 방 맞고 머리가 날아가 버렸더군. 이 사이에 그 손가락을 아직도 물고 있었소.

동굴에 있는 모든 방의 상황이 다 비슷했소. 바리케이드가 부서져 있었고 무기들이 나뒹굴고 있더군. 더 많은 시체들과 시신 조각들이 나왔소. 그나마 시신이 훼손되지 않은 건 미리에 총을 맞은 시체들뿐이더군. 이 생지옥이 의무실에서 시작됐다는 것을 핏자국, 발자국, 탄피와 총알 자국으로 알 수 있었소.

우리는 야영 침대 몇 개가 모두 피투성이인 걸 발견했소. 방구석에서 머리가 없는, 내 짐작에 아마도 의사 같은 사람이 더러운 시트와 옷가지들과 낡아빠진 나이키 운동화 왼발 한 짝이 있는 침대 옆 흙바닥에 쓰러져 있는 걸 봤지.

우리가 확인한 마지막 굴은 부비 트랩 때문에 무너져 있었소. 석회석 밖으로 손 하나가 튀어나와 있었는데, 그 손이 아직도 꿈틀거리고 있었소. 난 본능적으로 몸을 앞으로 숙이고 그 손을 잡았는데 무시무시한 힘으로 날 쥐더군. 강철처럼 쥐면서 내 손가락을 바스러뜨릴 뻔했소. 나는 뒤로 물러서서 손을 빼려고 애를 썼소. 그런데 놔 주질 않더라고. 나는 발에 힘을 주고 서서 손을 더 세게 잡아당겼소. 먼저 팔이 돌무더기에서 빠져나오더니, 그다음에 머리가 나오고, 커다란 눈과 회색 입술의 찢긴 얼굴이 나오더니 또 다른 손이 나오면서 내 팔을 잡아당기는 와중에 그자의 어깨가 쑥 빠져나왔소. 나는 뒤로 벌렁 넘어졌는데 그때 그것의 상체가 나와 함께 딸려 나왔지. 허리 밑은 아직도 돌무더기 속에 박혀 있었고 내장과 창자들이 상체와 돌 속에 갇혀 있는 하체를 이어 주고 있었소. 그것은 아직도 움직이면서, 나를 손톱으로 할퀴면서, 내 팔을 입으로 물려고 했소. 나는 무기를 찾아 더듬었지.

내가 쏜 총알은 위를 겨냥해서 놈의 턱과 얼굴을 이어 주는 부분을 명중시켜 뇌가 천장에 점점이 뿌려졌소. 그 일이 일어났을 때 그 굴에 있던 사람은 나뿐이었소. 내가 유일한 목격자였지.

"당신은 정체불명의 화학 약품에 노출된 거요."

에드먼튼으로 돌아간 뒤 나는 이런 진단을 받았소. 그게 아니면 백신을 맞고 나서 일어난 부작용이라고 설명하더군. 그리고 우리에게 PTSD* 치료제를 듬뿍 안겨 주었소. 나는 푹 쉬면서 장기적인 '평가'를 받아야 한다고 했고.

'평가'란 아군일 때 쓰는 말이고, 적군일 땐 평가가 아니라 '심문'을 받는 거요. 군대에선 적에게 저항하는 법과 자신의 마음과 정신을 지키는 법을 가르치지만, 아군에게 저항하는 법, 특히 당신이 '진실'을 볼 수 있도록 '도와준다고' 생각하고 있는 사람들을 거역하는 법은 가르치지 않소. 결국 그 사람들이 날 설득시킨 게 아니라 내가 스스로 합리화했지. 나는 그 사람들이 하는 말을 믿고 싶었고, 그 사람들이 날 도와주게 놔두고 싶었소. 나는 노련한 베테랑이었소. 훈련도 완벽하게 받았고 죽으라 노력했지. 내가 인류를 위해 어떤 일을 할 수 있는지 알고 있었고 마찬가지로 인류가 내게 어떤 일을 할 수 있는지도 알고 있었소. 난 매사에 대비가 돼 있다고 생각했지. (그는 초점이 잡히지 않는 눈으로 계곡을 내다봤다.) 제정신을 가진 사람이라면 어떻게 이런 일에 대비를 할 수 있겠소?

## 브라질, 아마존 열대 다우림

**나는 '인터뷰 대상'의 위치를 발각시키지 않기 위해 눈가리개를 한 채 도착했다. 외부인들은 그들을 야노마미, '사나운 사람들'이라고 불**

* PTSD: 외상 후 스트레스성 장애.

렸다. 이 이름이 그들의 호전적인 본성을 나타낸 것인지, 아니면 그들의 새 마을이 주위에서 가장 키가 큰 나무들에 매달려 있어서 선진국보다도 그 위기를 더 잘 버틸 수 있었는지를 의미하는지는 알 수 없다. 또한 페르난도 올리베이라, '세상 끝'에서 온 수척한 백인 마약 중독자가 그들의 손님인지, 마스코트인지, 죄수인지도 분명하지 않았다.

나는 지금도 의사예요, 그렇게 다짐하죠. 그래요, 나는 갑부였고 재산이 끝없이 늘어나고 있었지만 최소한 난 의술을 행했어요. 내가 뭐 십대 아이들의 코를 깎고 썰거나 수단 남자의 '거시기'*를 계집애같이 생긴 팝 가수에게 붙여 주는 그런 요상한 일을 한 것도 아니잖아요. 난 아직 의사고, 아직도 사람들을 돕고 있고, 만약 이 일이 세상의 모든 잘난 체하는 사람들이 보기에 그렇게 '부도덕한' 일이라면 위선적인 선진국 시민들이 왜 계속 여기를 찾아올까요?

그 소포는 환자가 도착하기 한 시간 전 얼음에 재워진 채 플라스틱 피크닉용 냉장고에 담겨 공항에서 배달됐어요. 심장을 구하기란 정말 하늘의 별 따기예요. 간이나 피부 조직하고도 다르고 '암묵적 동의' 법이 통과된 뒤로는 아무 병원이나 시체 공시소에서 구할 수 있는 신장하고도 차원이 달라요.

그건 검사한 건가요?

뭐 하러? 뭔 검사를 하려면 먼저 뭘 찾고 있는지 알아야 하잖

---

* 전쟁 전에는 간통으로 잡힌 수단 남자들의 성기를 절단해서 세계 암시장에 팔았다는 소문이 있었다.

아요. 그때는 걸어 다니는 역병에 대해 우리가 몰랐잖아요. 간염이나, 에이즈 같은 전통적인 질환에는 신경이 쓰였지만 그런 병에 대한 검사조차 할 시간이 없었어요.

**왜 그렇죠?**

비행기로 수송해 오면서 이미 너무 지체됐기 때문이죠. 장기를 얼음에 영원히 재워 둘 순 없잖아요. 이번 경우도 너무 지나치게 밀어붙였죠.

**그건 어디서 가져온 거죠?**

주로 중국이죠. 내 브로커는 마카오에서 활동해요. 내가 믿는 사람이죠. 신원이 확실해요. 브로커가 상품이 '깨끗하다'고 보장해 주면 그렇게 믿어요. 그럴 수밖에 없죠. 내 브로커는 이 일에 따르는 위험을 알고, 나도 알고, 환자도 알고 있으니까. 뮐러 씨는 이미 심장병을 앓고 있는 데다 우심증(심장이 오른쪽에 있음—옮긴이)이라고 장기의 위치가 거꾸로 된 극히 희귀한 유전 질환이 있었어요. 그의 장기들은 모두 정확히 반대되는 위치에 있었어요. 간은 왼쪽에 있고 심장의 입구는 오른쪽에 있고 그런 식이죠. 우리가 얼마나 특이한 상황에 처했는지 당신도 이해하겠죠. 평범한 심장을 반대편으로 돌려서 그 사람의 가슴 속에 이식해 버릴 수는 없는 거니까요. 그런 식으로 일이 돌아가지 않아요. 우리는 환자와 정확히 똑같은 신체 조건을 가진 사람의 신선하고 건강한 심장이 필요했어요. 중국 말고 어디서 그런 행운을 찾을 수 있겠어요?

**그게 단순히 행운이었을까요?**

(미소를 지으며)'정치적 편의주의'도 한몫했겠죠. 난 브로커에게 필요한 구체적인 특징을 설명해 줬고, 3주 후에 「짝을 찾았다」는 짧은 제목의 이메일을 한 통 받았죠.

**그래서 박사님이 수술을 집도했나요?**

나는 조수였고 실바 박사가 수술 전체를 집도했죠. 그 사람은 저명한 심장 외과의로 상파울로에 있는 알베르트 아인슈타인 이스라엘 병원에서도 중요한 수술만 하는 전문가였어요.

그 작자는 심장외과의치고도 지독하게 거만했어요.

글쎄, 나를 마치 1년차 레지던트처럼 굴리는데 그런 밥맛인 놈 밑에서 일하려니. 내가 알아서 기어야 했죠. 하지만 어쩔 수 없었어요.

뮐러 씨는 새 심장이 필요했고, 나는 해변에 있는 집에 새로 약초 욕탕을 하나 지으려던 참이었거든요.

뮐러 씨는 마취에서 깨어나지 못했어요. 수술이 끝나고 몇 분 안 돼서 회복실에 누워 있는데 심상치 않은 증상이 나타나기 시작했어요. 체온, 맥박, 산소포화량. 나는 걱정스러웠는데 이것 때문에 나의 '대선배' 의사가 성가셨나 봐요. 그는 면역을 억제하는 약 때문에 생긴 자연스러운 반응이거나 아니면 현대 의학 사상 가장 충격적인 수술 중 하나를 막 받은 과체중에, 허약한 67세의 노인이 보일 수 있는 단순하고 예상된 합병증일 거라고 말했죠. 나는 그 재수 없는 자식이 내 머리를 토닥이지 않아서 놀랐을 정도라니까요. 그는 내게 집에 가서 샤워도 하고 눈 좀 붙인 다음 여자 한두 명 불러서 재미 좀 보라고 하더군요. 자기는 여기 남아서 환자를 보면서 뭔가 변화가 생기면 날 부르겠다고 했어요.

(올리베이라는 화가 나서 입을 오므리면서 옆에 있던 수상쩍은 잎사귀 뭉치를 씹었다.)

그래서 내가 무슨 생각을 해야 했겠어요? 아마 OKT3(항체의 일종으로 이식 수술 시 면역 억제 약으로 사용됨—옮긴이) 약 때문에 그러거나 아니면 그냥 내가 소심한가 보다 그런 생각을 했죠. 그건 태어나서 내가 처음으로 한 심장 이식 수술이었어요. 내가 뭘 알았겠어요? 그런데도 너무 신경이 쓰여서 잠잘 생각이 안 들더군요. 그래서 난 환자가 고통 받고 있을 때 훌륭한 의사가 마땅히 해야 할 일을 했죠. 시내로 놀러 나갔어요. 춤추고, 진탕 마시고, 정체 모를 여자들과 적당히 음탕한 짓을 해 대면서 놀았죠. 처음엔 윙 울리고 있는 것이 내 전화인지도 몰랐어요. 전화를 받기까지 족히 한 시간은 걸린 것 같아요. 우리 병원 접수계원인 그라지엘라가 반쯤 정신이 나가서 전화를 했더군요. 뮐러 씨가 한 시간 전에 혼수상태에 빠졌다고 말하는데, 말이 채 끝나기도 전에 난 차에 올라탔죠. 병원까지 차로 30분이 걸렸는데 가는 내내 실바와 내 자신을 죽으라 저주했어요. 걱정할 만한 합당한 이유가 있었던 거잖아! 내가 맞았어! '자존심이 세군요.'라고, 선생이라면 그렇게 말하겠죠. 내 짐작이 옳았다는 건 내게도 치명적인 여파가 닥칠 일이었지만, 그 와중에 난 무적의 실바 박사의 평판에 오점이 남게 돼서 은근히 고소해하고 있었죠.

병원에 도착해 보니 간호사인 로시가 히스테리를 부리는 것을 그라지엘라가 진정시키고 있는 게 눈에 들어오더군요. 그 불쌍한 간호사는 어떻게 달래 볼 수가 없을 정도였어요. 내가 로시의 한 쪽 뺨을 세게 쳤더니 그제야 정신을 차리기에 도대체 무슨 일인지 물었죠. 왜 제복에 피가 묻어 있냐? 실바 박사는 어디 있냐? 왜 환자들 몇 명이 밖에 나와 있고, 저 빌어먹을 쾅쾅거리는 소리는 뭐냐? 그녀는 뮐러 씨의 심전도 그래프가 갑자기 한 줄로 쫙 그어지면서 숨이 끊어졌다고 말하더군요. 의료진들이 소생시키려고 진땀 빼고 있는데 갑자기 뮐러 씨가 눈을 뜨더니 실바 박사의 손을 물었다고 말했어요. 뮐러 씨와 실바 박사는 몸싸움을 벌였고 로시도 도우려고 하다가 물릴 뻔했다더군요. 그녀는 실바 박사를 내버려 두고 방에서 도망쳐 나와서 문을 잠가 버렸다고 말했어요.

나는 하마터면 웃음을 터뜨릴 뻔했어요. 정말 터무니없는 이야기지. 그런 일이 가능하지도 않겠지만 실바 박사가 실수를 해서 오진을 했던 게 분명해. 뮐러 씨가 막 침대에서 일어나서 혼수상태에서 넘어지지 않으려고 실바 박사를 잡으려고 했던 것일 거야. 분명 그럴듯한 이유가 있었을 텐데. 그런데 그녀의 제복은 피로 범벅이 되어 있었고 뮐러 씨의 병실에서는 희미하게 소란스러운 소리가 계속 나고 있었죠. 나는 나 자신보다는 그라지엘라와 로시를 진정시키기 위해 내 차로 총을 가지러 갔죠.

**총을 가지고 다니시나요?**

나는 리우데자네이루에 살아요. 내가 거시기 하나만 달랑 달고 다녀야겠어요? 난 뮐러 씨 병실로 돌아가서 노크를 여러 번 했죠. 아무 소리도 들리지 않더군요. 나는 뮐러 씨와 실바 박사의 이름을 속삭였어요. 아무도 대답하지 않더군요. 문 밑으로 피가 흘러 나왔어요. 병실에 들어가 보니 바닥에 피가 흥건했어요. 실바는 저쪽 구석에 누워 있었고, 뮐러 씨는 그 두껍고 창백한 털투성이 등을 내게 돌린 채 실바 박사 위로 몸을 구부리고 있더군요. 내가 어떻게 뮐러 씨의 관심을 끌었는지 기억이 나질 않아요. 이름을 불렀는지, 욕을 했는지 아니면 아무것도 안 하고 그냥 거기 서 있었는지. 뮐러 씨가 고개를 돌려 나를 봤는데 입에서 피투성이 살점이 하나 떨어지더군요. 가슴에 꿰맨 봉합선이 살짝 벌어져서 절개된 부위 사이로 진하고 검은 젤라틴 같은 점액질이 스며 나오는 걸 봤어요. 그는 흔들거리면서 일어서서 나를 향해 쿵쿵 소리를 내며 걸어오더군요.

나는 권총을 들어서 그의 새 심장을 향해 겨눴어요. 그 총은 데저트 이글이라고 이스라엘제로 크고 화려한 총이었는데 순전히 과시용으로 산 거죠. 세상에, 난 한 번도 총을 쏴 본 적이 없었어요. 총을 쏘면 그 충격으로 뒤로 반동하게 된다는 것도 몰랐죠. 총알이 미친 듯이 발사되면서 글자 그대로 그의 머리를 날려 버렸어요. 운이 좋았죠, 그게 다예요. 이 겁나게 운 좋은 바보가 연기가 모락모락 나는 총을 들고 서 있는데 뜨뜻한 오줌이 다리를 타고 흐르더군요. 이번에는 내가 그라지엘라에게 몇 대 뺨을 맞고 나서야 정신을 차리고 경찰에 신고했어요.

**당신은 체포됐나요?**

돌았어요? 이 경찰들은 내 파트너예요. 내가 어떻게 국내산 장기를 구할 수 있었다고 생각해요? 내가 어떻게 그 소란을 해결할 수 있었다고 생각해요? 그 경찰들은 그런 일 전문이에요. 경찰은 우리 병원의 다른 환자들에게 살인마가 병원에 난입해서 뮐러 씨와 실바 박사를 살해했다고 설명했어요. 그리고 다른 병원 직원들과도 이야기가 어긋나지 않도록 모두 입을 맞추게 했죠.

**시체들은 어떻게 처리했나요?**

경찰에서 실바 박사를 '차 강탈' 사건의 희생자로 분류했어요. 경찰이 박사의 시체를 어디로 빼돌렸는지 모르겠어요. 아마 신의 도시(City of God)에 있는 빈민가에 버리고 이야기에 좀 더 신빙성을 더하기 위해 마약 거래에 연루됐다는 식의 이야기를 꾸며 냈겠죠. 경찰들이 박사를 화장시켰거나, 아니면 아주 깊이…… 묻었기를 바라지만.

**당신이 생각하기에 박사가……**

나도 모르겠어요. 박사가 사망했을 때 뇌는 완벽한 상태였어요. 만약 시체 운반용 부대에 들어가 있지 않다면…… 흙이 부드럽다면. 그 흙을 파고 나오는 데 시간이 얼마나 걸릴 것 같아요?

(그는 잎사귀를 하나 더 씹으면서 내게도 권했지만 거절했다.)

**뮐러 씨는 어떻게 됐나요?**

부인에게도, 오스트리아 대사관에도 아무 설명도 하지 않았어요. 위험한 도시에서 경솔하게 돌아다니던 관광객이 한 명 더 납치된 사건으로 치부됐을 뿐이에요. 뮐러 부인이 그 스토리를 믿긴 했는지, 아니면 뒷조사를 해 보려고 했는지는 나도 모르겠어요. 그녀는 아마 자신이 얼마나 운이 좋은 사람인지 결코 몰랐을 겁니다.

**왜 부인이 운이 좋았다는 거죠?**

지금까지 뭘 들었어요? 만약 뮐러가 우리 병원에서 소생되지 않았다면 어떤 일이 벌어졌겠어요? 그 상태로 집까지 무사히 도착했다면 어떤 난장판이 벌어졌을까요?

**그게 가능해요?**

두말하면 잔소리죠! 생각해 봐요. 감염이 심장에서 시작됐기 때문에 바이러스가 순환계로 곧장 들어가서 심장 이식 수술을 받은 몇 초 후에 즉각 뇌로 전달됐을 겁니다. 그 장기가 간이거나 신장이거나 혹은 피부 이식 수술이었다고 생각해 봐요. 그러면 감염이 확산되는 데 시간이 좀 더 오래 걸렸을걸요. 특히 바이러스가 소량이었다면 더 그랬을 것이고.

**하지만 기증자는…….**

기증자 자체가 완전히 좀비가 될 필요도 없어요. 만약 그 기증자도 감염된 지 얼마 안 됐다면요? 그 장기 자체가 완전히 감염된 게 아닌지도 모르고. 장기에 바이러스가 극소량만 있어도 감염되는 건지도 몰라요. 그 장기를 다른 사람의 몸에 이식하면 혈류에 그 바이러스가 도달할 때까지 며칠 혹은 몇 주가 걸릴 수도 있어요. 그때쯤 되면 환자는 어느 정도 회복해서 행복하고 건강하게 정상적인 생활을 즐기고 있을 수도 있죠.

**하지만 그 장기를 꺼내는 사람이 누구든…….**

자신이 어떤 상대와 대적하고 있는지 모르겠죠. 나도 몰랐어요. 그땐 아주 초기 단계였고 아무것도 아는 사람이 없었죠. 그리고 그 사람들이 알고 있었더라도, 예를 들면 중국 군대처럼, 부도덕한 일이라고 까발리고 싶더라도, 그 대재앙이 발생하기 오래전부터 중국은 처형된 정치범들에게서 장기를 꺼내 팔아서 떼돈을 벌고 있었어요.

그 조그만 바이러스 하나 때문에 중국 놈들이 황금 알을 낳는 거위의 목을 비틀 것 같아요?

**하지만 어떻게…….**

먼저 희생자가 죽은 직후에 심장을 꺼내야 하는데, 어쩌면 아직 살아 있을 때 꺼낼지도 모르고. 그런 짓을 종종 했다고 하던데, 있잖아요, 신선도를 보장하기 위해 살아 있는 장기를 제거하는 거. 그래서 얼음에 포장해서 리우데자네이루로 가는 비행기에 실어 보내는 거죠. 중국은 세계 인간 장기 시장에서 가장 큰 수출업자였어요. 얼마나 많은 각막, 뇌하수체…… 세상에, 그 중국 놈들이 얼마나 많은 오염된 신장을 전 세계 시장에 풀어놓았을지는 아무도 모르는 거죠. 그리고 지금까지 말한 건 장기뿐이잖아요! 정치범들이 '기증'한 난자, 정자, 혈액에 대해 한번 이야기해 볼까요? 당신이 생각하기엔 그 감염이 지구를 휩쓴 유일한 경로가 이민뿐이라고 생각해요? 처음에 질병에 걸린 사람들이 모두 중국인은 아니었어요. 사람들이 갑자기 알 수 없는 이유로 사망했다가 좀비에게 물리지도 않았는데 소생한 이야기는 들어 본 적 없어요? 왜 그렇게 수많은 감염 사건이 병원에서 발생했겠어요? 불법 중국 이민자들은 병원에 가지 않아요. 대공포가 확산되기 전에 얼마나 많은 사람들이 불법 장기 이식 수술을 받았는지 알기나 해요? 그중 10퍼센트만 오염된 장기더라도, 심지어 1퍼센트만 오염됐더라도…….

**그 이론에 대한 증거가 있나요?**

아뇨, 하지만 그렇다고 해서 그런 일이 일어나지 않았다는 건 아니죠! 내가 얼마나 많은 이식 수술을 했는지 생각해 보면, 유럽, 아랍, 심지어 잘난 체하는 미국 환자들 말이에요. 자신이 새로 받게 될 신장이나 췌장이 어디서 왔는지 물어본 양키는 거의 없었어요. 신의 도시에서 온 빈민가 아이 것이든, 중국 정치 교도소에 수감됐던 복도 지지리도 없는 대학생이었든 상관하지 않았죠. 누구 건지도 몰랐고 개의치 않았어요. 그냥 여행자 수표에 서명하고, 수술을 받은 후에, 마이애미든 뉴욕이든 집으로 돌아가는 거죠.

**그 환자들을 찾아내서 경고하려고 해 본 적이 있나요?**

아뇨, 안 했어요. 난 그 스캔들에서 회복해서 다시 명성을 쌓고 고객 기반을 다지고 통장 잔고를 채우느라 여력이 없었죠. 그 일을 잊고 싶었고 더 이상 파헤쳐지지 않길 원했어요. 그 일이 얼마나 위험했는지 깨달았을 땐 좀비란 놈이 이미 우리 집 문을 긁고 있더군요.

## 서인도 연방, 바베이도스, 브리지타운 항구

IS 임핑고가 '큰 배'라는 말을 듣긴 했는데 사실 그 배의 '돛'이란 미끈한 3동선 선체에 솟아오른 네 개의 수직 풍력 터빈을 가리킨 것이다. 프로톤 교환 막과 바닷물을 전기로 전환하는 기술을 사용한 연료 전지가 연결된 것을 보면, 배 이름의 첫 자인 IS가 왜 '무한'이라는 뜻을 의미하는지 납득하게 된다. 논란의 여지 없이 차세대 해상 수송 수단으로 격찬을 받은 이 배를 제외하고, 현재 정부 깃발을 달지 않고 항해하는 배를 보기란 극히 힘들다. 임핑고는 민간인이 소유해서 운영하고 있다. 제이콥 냐티가 이 배의 선장이다.

나는 남아프리카의 뉴 아파르트헤이트 운동이 시작되던 시절에 태어났어요. 온 국민이 환희에 차 있던 그때 새 정부는 '한 사람에게 한 표를' 보장하는 민주주의뿐 아니라 전 국민에게 일자리와 주택을 제공하겠다고 약속했어요. 우리 아버지는 그게 당장 실시된다고 생각했죠. 그런 공약은 수년, 어쩌면 수 세대에 걸쳐 힘겹게 이뤄지는 장기적인 목표라는 것을 이해하지 못하셨어요. 아버지는 그동안 살던 부족 자치구를 떠나 도시로 이사 가면 번쩍거리는 새 집과 빵빵한 보수를 주는 일자리가 우리를 기다리고 있을 거라고 생각하셨죠. 아버진 단순한 분으로 하루하루 근근이 벌어먹고 사는 노동자였죠. 자신이 변변한 교육을 받지 못해서 가족을 위해 더 나은 삶을 꿈꾸신 걸 비난할 순 없죠. 그래서 우리는 케이프타운 외곽에 있는, 네 개의 흑인 거주 지역 중 하나인 카옐리차에 정착했어요. 지루하고, 아무런 희망도 보이지 않고, 굴욕적으로 가난한 삶이었죠. 난 그런 환경에서 컸답니다.

그 일이 일어나던 날 밤 나는 버스 정류장에서 집으로 걸어가고 있었어요. 빅토리아 부두에 있는 TGIF에서 일을 막 끝내고 새벽 5시쯤이었어요. 그날 밤은 재미가 좋았어요. 팁도 두둑이 받았고, 트라이 네이션(Tri Nation, 럭비 토너먼트를 전문적으로 다루는 뉴스 — 옮긴이)에서 나오는 뉴스 덕분에 모든 남아프리카인들이 열광했죠. 스프링복스(남아공의 럭비 팀 — 옮긴이)가 올 블랙스(뉴질랜드 럭비 팀 — 옮긴이)에 또다시 압승을 거뒀죠!

(그는 그 추억을 떠올리며 싱긋 웃었다.)

아마 처음엔 그런 생각을 하느라 산만해져 있었는지도 모르고, 어쩌면 그냥 기진맥진해서 그랬는지도 모르겠는데 총소리가 들리기 전에 몸이 먼저 본능적으로 반응하더군요. 그 당시 내가 살던 동네에서 총소리가 들리는 건 예사였어요. 카옐리차에서의 내 삶의 신조는 '일 인당 총 한 자루'였으니까. 그런 동네에서 살려면 참전 용사처럼 본능적으로 생존 기술을 익히게 되죠. 내 본능은 면도날처럼 예리했어요. 나는 쪼그리고 앉아서 소리가 들려오는 쪽을 삼각 측량을 해서 찾으면서 동시에 몸을 숨길 수 있는 든든한 곳을 찾고 있었죠. 이 동네 집들은 대부분 임시변통으로 지은 판잣집이었는데, 간신히 서 있는 들보에 나무 쓰레기나 구겨진 양철이나 그것도 아니면 플라스틱 널빤지로 고정시켜 지은 것들이죠. 1년에 적어도 한 번씩은 화마가 이런 집들을 쓸어 버렸고 총알도 이런 집은 그냥 공기를 뚫고 지나가는 것처럼 휙 뚫고 지나가 버려요.

나는 전속력으로 달리면서 차 한 대 크기의 선적 컨테이너로 만든 이발소 뒤에 쭈그리고 앉았어요. 몸을 피하기에 완벽한 곳은 아니었지만 사격이 멈출 때까지 숨어서 몇 초 정도 기다리기는 충분한 곳이었어요. 그런데 그게 그렇지가 않았어요. 권총 소리, 산탄총 소리 그리고 결코 잊을 수 없는 그 딸가닥거리는 소리, 러시아제 칼라슈니코프 자동소총 소리가 들리더군요. 동네 갱들이 벌이는 싸움치고는 너무 길었어요. 이제 비명과 고함 소리도 들리기 시작하더군요. 연기 냄새도 나고, 군중들이 소란스럽게 움직이는 소리가 들렸어요. 나는 구석에서 살며시 내다봤죠. 수십 명의 사람들이 대부분 잠옷 바람으로 소리치고 있었어요.

"도망가요! 거기서 나와요! 그들이 오고 있어요!"

내 주위 주택가 불빛이 일제히 켜지더니 판잣집에서 사람들이 무슨 일인가 의아해하면서 내다보더군요.

"무슨 일이죠?"

"누가 온다는 거요?"

그렇게 물어보는 사람들은 젊은이들이었어요. 더 나이 든 사람은 무턱대고 달리기 시작했어요. 그들은 다른 종류의 생존 본능, 조국에서 노예로 살았던 시절에 타고난 그 생존 본능을 가지고 있었던 거죠. 당시에는 모두 '그들'이 누구인지 알고 있었고, 만약 '그들'이 오고 있다면 할 수 있는 거라고는 죽으라 뛰면서 기도하는 것뿐이었죠.

**선장님도 달렸나요?**

그럴 수 없었어요. 우리 식구들, 어머니와 여동생 둘이 군중이 도망쳐 나오는 바로 그 장소, 라디오 지보넬레 역 근처에서 살았거든요. 아무 생각도 나지 않았어요. 한마디로 넋이 나간 거죠. 그냥 돌아 나와 골목길이나 한적한 거리를 찾아가야 했는데.

나는 군중을 헤치고 반대 방향으로 간신히 빠져나갔어요. 판잣집들이 있는 쪽으로 몸을 숨기면서 갈 수 있을 거라고 생각한 거죠. 그러다 누군가에게 밀려 한 판잣집에 부딪쳐 넘어지면서 한 쪽 플라스틱 벽이 나를 돌돌 말아 버렸고, 그러다 집 전체가 무너져 버렸어요. 나는 그 플라스틱 판 속에 갇혀서 숨을 쉴 수가 없었어요. 누군가가 내 몸 위를 밟고 지나가면서 머리를 사정없이 밟아 버리더군요. 나는 몸부림을 치면서 흔들어서 간신히 그 플라스틱 판에서 빠져나와 거리로 데굴데굴 굴러 나왔죠. 그렇게 바닥에 엎드려 있다가 그들을 보게 됐어요. 열대여섯 명쯤 됐는데 불타오르는 판잣집을 배경으로 그림자들이 너울거리는 게 보였어요. 얼굴은 보이지 않았지만 신음이 들리더군요. 그들은 어깨를 앞으로 구부리고 팔을 치켜든 채 나를 향해 척척 걸어왔어요.

나는 일어섰는데, 머리는 어지럽고 온몸이 안 아픈 곳이 없었어요. 본능적으로 몸을 움츠리고 가장 가까운 판잣집의 문간으로 뒷걸음질해서 들어갔어요. 뭔가가 뒤에서 날 잡아당기며 내 옷깃을 잡아채서 찢어졌죠. 나는 몸을 빙그르르 돌리다가 상체를 확 숙이면서 그 자식을 세게 걷어찼죠. 나보다 덩치도 크고 몇 킬로는 더 나가 보이는 놈이더군요. 까만 액체가 그의 하얀 셔츠 앞쪽에서 흘러내렸어요. 가슴팍에는 나이프가 툭 튀어나와 있었는데 갈비뼈 사이에 칼자루까지 깊숙이 꽂혀 있더군요. 그가 내 옷깃 자락을 무는데 아래쪽 턱이 벌어져 옷자락이 빠졌어요. 그러니까 으르렁거리면서 내게 돌진하더군요. 나는 피하려고 했어요. 그가 내 손목을 잡았죠. 뭔가 제꺽 부러지는 소리가 들리더니 온몸으로 고통이 전류처럼 퍼지더군요. 나는 무릎을 꿇고 쓰러져서 데굴데굴 구르면서 그 자식의 발을 걸어 넘어뜨리려고 했던 것 같아요. 그러다 무거운 프라이팬이 손에 잡히더군요. 나는 그걸 잡고 힘껏 휘둘렀죠. 그놈의 얼굴을 정통으로 갈겼어요. 계속 그 프라이팬으로 그 자식 머리를 때려서 뼈가 빠개지고 뇌가 내 발치로 흘러내릴 때까지 후려쳤죠. 놈은 마침내 푹 쓰러지더군요. 그 집 입구에 막 다른 놈이 나타나던 순간 난 피했죠. 이번에는 이 집의 부실한 자재가 내게 도움이 됐어요. 나는 뒤쪽 벽을 차서 부수고 도망갔는데 그거 한 방 찼다고 집 전체가 폭삭 주저앉더군요.

나는 어디로 가는지도 모르면서 무작정 달렸어요. 달리는 와중에 판잣집과 불길과 나를 잡으려고 달려드는 손들이 출현하는 악몽이 파노라마처럼 스치고 지나가더군요. 나는 한 여자가 구석에 숨어 있던 한 판잣집을 지나쳐 가게 됐죠. 그 여자 옆에는 아이 둘이 찰싹 달라붙어서 울고 있더군요. 내가 말했죠.

"나랑 같이 가요! 제발, 가요, 가야 해요!"

나는 그녀에게 손을 내밀면서 가까이 다가갔죠. 그녀는 아이들을 자기 옆으로 끌어당기면서 끝이 날카로운 드라이버를 내게 휘두르더군요. 그녀의 커다란 눈이 겁에 질려 있었어요. 난 뒤에서 소리가 나는 것을 들을 수 있었어요. 판잣집들이 무너지는 소리, 놈들이 판잣집을 부수면서 서서히 다가오고 있었어요. 나는 코사어(남아프리카 공화국의 부족 언어 ― 옮긴이)에서 영어로 바꿔 애원하듯이 말했죠.

"제발, 도망가야 해요!"

다시 그녀에게 손을 내밀었지만 그녀는 내 손을 찌르더군요. 나는 거기에 그녀를 내버려 뒀어요. 달리 어떻게 할 방도가 없었죠. 아직도 잠을 잘 때나 가끔 눈을 감으면 그녀가 보여요. 가끔 그녀는 내 엄마고 그 우는 아이들은 내 여동생들로 보이죠.

나는 판잣집들 틈 사이로 밝게 비치는 빛을 봤어요. 그래서 그 쪽을 향해 죽을 둥 살 둥 달렸죠. 안에 있는 사람들을 소리쳐 부르려고 했지만 숨이 찼어요. 그 판잣집 벽을 부수고 뛰어 들어갔는데 갑자기 맨바닥에 쓰러졌죠. 머리 위의 불빛이 눈이 멀 정도로 환했어요. 뭔가 내 어깨를 내리치는 게 느껴졌어요. 내 생각에 땅바닥에 쓰러지기도 전에 이미 기절했던 것 같아요.

나는 흐로테 스휘르 병원 병실에서 의식을 찾았어요. 한 번도 이런 회복실 안에 들어와 본 적이 없었는데, 아주 깨끗하고 모든 게 눈부시게 하얗더군요. 난 내가 죽은 줄 알았어요. 내가 먹었던 약 때문에 그런 기분이 들었을 겁니다. 전에는 약이란 건 먹어 본 적도 없었고 심지어 술 한 방울 입에 대지 않았거든요. 나는 내 아버지처럼, 우리 동네 사람들처럼 살고 싶지 않았어요. 그때까지는 성실하게 살아 보려고 그렇게 노력했는데, 그런데 지금은…….

병원에서 내 혈관에 넣어 준 모르핀인지 뭔지는 정말 근사하더군요. 아무것도 걱정되지 않았어요. 사람들이 경찰이 내 어깨에 총을 쐈다고 말했을 때도 신경 쓰지 않았어요. 내 옆 침상에 누워 있던 남자가 숨을 거두자마자 황급히 실려 나가는 걸 봤죠. 나는 사람들이 '광견병'이 발발했다고 말하는 것을 엿들었을 때조차 아무런 생각이 안 들더군요.

**누가 그런 말을 하던가요?**

나도 모르죠. 아까 말했지만 난 그때 약에 맛이 간 상태였으니까. 그냥 병실 밖 복도에서 사람들이 화난 목소리로 크게 말다툼을 벌이던 게 기억나요.

"그건 광견병이 아니었단 말이오!"

그 사람들 중 하나가 소리를 질렀죠.

"광견병에 걸린 사람들은 그렇지가 않아요!"

그다음에…… 뭔가…… 그리고 말했죠.

"그럼 어쩌잔 말이오, 지금 바로 아래층에 열다섯 명이나 있는데! 밖에 얼마나 그런 종자들이 많이 있을지 누가 알겠소!"

웃기죠, 나는 그 대화를 항상 떠올리면서 내가 어떻게 생각하고, 느끼고, 행동해야 했나를 생각해 보곤 해요. 마침내 약 기운에서 깨어나, 정신을 차리고, 악몽을 직면하기까지 시간이 꽤 많이 흘렀죠.

## 이스라엘, 텔아비브

위르겐 바름브룬이 에티오피아 음식의 팬이어서 우리는 팔라샤 레스토랑에서 만났다. 혈색 좋은 분홍색 피부와 하얗게 제멋대로 뻗친 눈썹이 아인슈타인 헤어스타일과 잘 어울려서 사람들이 그를 정신 나간 과학자나 대학 교수로 착각할 만했다. 그는 과학자도 교수도 아니다. 어떤 이스라엘 정보 기관에 있었는지, 아직 현역으로 뛰고 있을지도 모르지만 결코 그 사실은 인정하지 않은 채 그는 솔직하게 자신이 한때 스파이였다는 걸 인정했다.

대부분의 사람들은 일이 일어나기 전까지는 그런 일이 일어날 수 있다는 걸 믿지 않습니다. 어리석거나 약해서가 아니라 인간 본성이 그렇죠. 믿지 않는다고 해서 누구든 비난할 생각은 없어요. 내가 그런 사람들보다 더 영리하다거나 더 잘났다고 우기고 싶지도 않아요. 내 생각에 정말 중요한 건 우리가 고향을 선택할 수 없다는 겁니다. 나는 우연히도 자기 일족이 멸종될까 끊임없이 두려워하는 사람들을 조상으로 둔 것뿐입니다. 이것이 우리의 정체성이자 사고방식의 일부죠. 우리는 수많은 시행착오를 거치면서 항상 경계해야 한다는 것을 배웠어요.

그 역병에 대한 경고를 처음 받은 건 타이완에 있는 친구와 고객을 통해서였어요. 그 친구들이 우리가 새로 만든 소프트웨어 해독 프로그램에 대해 불만을 늘어놓더군요. 그 프로그램이 중화인민 공화국에서 온 이메일을 해독하지 못했거나 아니면 너무 엉망으로 해독해서 문서 자체를 이해할 수 없다고 하더군요. 나는 소프트웨어에 문제가 있는 게 아니라 번역된 메시지 자체에 문제가 있는 게 아닌가 하는 의심이 들었어요. 중국 본토의 공산주의자들. 사실 그 작자들도 이젠 더 이상 공산주의자가 아니란 생각이 들긴 하지만. 그 노인네에게서 뭘 원하는 거죠? 중국인들에게는 너무 오랜 세월 동안 수많은 나라에서 너무 많은 컴퓨터를 사용하는 나쁜 버릇이 있었죠.

타이베이에 내 이론을 제시하기 전에 먼저 그 뒤죽박죽된 메시지를 직접 검토해 보는 게 좋을 듯싶었어요. 그 문서 자체는 완벽하게 해독돼 있어서 놀랐죠. 하지만 내용이…… 그 문서는 먼저 숙주를 죽였다가 나중에 부활시켜서 일종의 정신 나간 살인마 좀비로 만든다는 신종 바이러스 발생에 대한 내용을 담고 있더군요. 물론 나는 이게 사실일 거라고 믿지 않았어요. 특히 그로부터 몇 주 뒤에 타이완 해협에서 위기 상황이 발생하면서 미쳐 날뛰는 시체들에 대한 모든 메시지가 갑자기 끊겼거든요. 나는 암호 속에 암호를 숨긴, 이른바 이중 암호가 있었던 게 아닌가 하고 의심했어요. 그거야말로 인간이 의사소통을 시작하던 시절부터 있었던 기본적인 절차니까. 물론 중국 공산주의자들이 정말로 시체가 살아서 돌아다닌다는 말을 한 건 아니겠죠. 아마 신무기 시스템이나 극비 전쟁 계획을 뜻하는 말이었겠죠. 나는 그 문제를 무시하고 잊어버리려고 했죠. 하지만 손에서 거미줄을 뿜는 당신네 나라의 수퍼 영웅이 이런 말을 하곤 했잖아요.

"뭔가 감이 오는데.(My spider sense was tingling. 스파이더맨이 악당들의 행동을 눈치 챌 때 종종 하는 대사 — 옮긴이)"

얼마 지나지 않아 딸의 결혼 피로연에서 사위가 다니는 히브리 법대 교수 중 하나와 이야기를 나누게 됐어요. 그 교수는 수다쟁이인 데다 술도 거나하게 걸쳤더군요. 그는 남아프리카에서 일을 하고 있는 사촌에게서 골렘(유대 전설에 나오는 인조인간 — 옮긴이)에 대한 이야기를 들었다고 횡설수설하더군요. 골렘에 대한 이야기를 아나요? 랍비가 석상에 생명을 불어넣었다는 오래된 전설 있잖아요. 메리 셸리가 그 아이디어를 훔쳐서 프랑켄슈타인을 쓴 거랍니다. 난 처음엔 아무 말도 안 하고 그냥 듣기만 했죠. 그 남자는 그 골렘들이 진흙으로 만든 것도 아니고 전설에 나오는 것처럼 그렇게 온순하고 순종적이지도 않다는 이야기를 계속 재잘거리더군요. 인간의 시체를 소생시키는 부분을 듣자마자 나는 그 사촌 전화번호를 물었어요. 알고 보니 그 사촌은 '아드레날린 투어'라고, 상어에게 먹이를 주는, 익스트림 레저 스포츠 같은 일을 케이프타운에서 하고 있더군요.

(그는 눈동자를 대굴대굴 굴렸다.)

분명 상어가 그 남자에게서 먹이를 받아먹긴 한 모양이었어요, 직접 그 사람 손에서 말이에요. 그래서 그 남자는 카옐리차의 첫 희생자들이 실려온 흐로테 스휘르 병원에서 회복 중이었다고 하더군요. 자신의 눈으로 직접 그 사건들을 본 건 아니었지만, 병원 직원에게 들었다는 이야기가 내 낡은 녹음기를 다 채우고도 남더군요. 그래서 그의 이야기와 함께 해독된 중국 이메일들을 내 상관에게 넘겼죠.

그리고 바로 이런 면에서 우리 나라의 독특하고도 위험한 안보 환경의 득을 보게 됐죠. 1973년 10월 아랍인들이 기습 공격을 감행해서 우리를 지중해 연안으로 거의 다 몰고 갔을 때 말이죠. 우리는 모든 정보를 다 가지고 있었고, 경고란 경고는 다 받았는데도, 마지막 순간에 '공을 놓쳐' 버렸답니다. 우리의 가장 성스러운 축일에 몇몇 나라가 힘을 합쳐서 재래식 무기로 전면전을 걸어올 거라는 가능성은 생각지도 못했죠. 기강이 빠진 거라고 해도 좋고, 경직된 분위기 때문이었다고 해도 좋고, 도저히 용서할 수 없는 군중 심리라고 비난해도 할 말이 없어요. 한 무리의 사람들이 벽에 쓰인 글을 보면서, 제대로 읽었다고 서로 칭찬해 주는 모습을 한번 상상해 봐요. 사실은 그 사람들 뒤에 거울이 하나 걸려 있는데, 그 거울에 메시지의 진짜 의미가 비춰지죠. 하지만 아무도 그 거울을 보지 않았어요. 아무도 그게 필요하다고 생각하지 않았던 거죠. 흠, 히틀러가 시작한 유대인 학살을 아랍인들이 거의 마무리하게끔 방치한 치명적인 실수를 저지른 후에, 우리는 그 거울이 필요할 뿐 아니라 그 거울이 영구적으로 우리의 국가 정책이 돼야 한다는 걸 깨달았어요. 1973년 이후 아홉 명의 정보 분석가들이 같은 결론을 내리면 열 번째 분석가는 의무적으로 그 결론에 반대해야 했어요. 아무리 그 가능성이 어이없고 터무니없는 것이더라도 더 깊이 파 봐야 했죠. 만약 이웃 나라의 원자력 발전소가 무기 급 플루토늄을 제조하는 데 사용됐을지 모른다면 일단 파 보는 거죠. 만약 어떤 독재자가 나라 전역에 쏘아 버릴 수 있는 탄저병 포탄을 발사할 대포를 만든다는 소문이 나면 파 보는 거죠. 만약 죽어 버린 시체가 피에 굶주린 살인 기계로 소생될 손톱만큼의 가능성이라도 있다면, 확고부동한 진실을 발견할 때까지 파 봐야 하는 거죠.

그래서 나는 파고 또 팠어요. 처음엔 쉽지 않았어요. 중국의 상황은 알 수가 없고. 타이완 해협의 위기 때문에 모든 정보 수집이 중단됐고. 이용할 수 있는 정보가 거의 없는 상태였죠. 많은 정보들이 쓰레기였는데 특히 인터넷에 떠도는 것들이 그랬죠. 우주에서 온 좀비라는 설, 51구역에서 온 좀비라는 설. 그나저나 당신네 나라 사람들은 왜 그리 51구역에 환장합니까? 얼마 뒤 좀 더 쓸 만한 정보들이 들어오기 시작하더군요. 케이프타운에서 일어난 것과 비슷한 '광견병' 사례들. 그때까진 그걸 아프리카 광견병이라고 부르지 않았어요. 나는 최근 키르기스스탄에서 돌아온 캐나다 산악 경찰 몇 명의 정신 감정 결과를 읽었죠. 그리고 살해당한 심장외과의에 대한 사건 전모를 친구들에게 보라고 올린 한 브라질 간호사의 블로그도 찾았죠.

대부분의 정보는 유엔 세계 보건 기구에서 나왔어요. 유엔은 관료정치가 탄생시킨 걸작으로 수많은 귀중한 정보 덩어리들이 채 읽지도 않은 보고서들 속에 산더미처럼 쌓여 있었죠. 세계 도처에서 비슷한 사례들이 꼬리를 물고 일어났는데 모두 '그럴듯한' 설명과 함께 무시됐더군요. 나는 그 사례들을 조각조각 모아서 새로운 위협이라는, 완벽하게 아귀가 맞는 모자이크를 만들어 냈어요. 문제가 되는 대상들은 실제로 한 번 죽었고, 성향도 무시무시하게 적대적인 데다 누구도 부인할 수 없을 만큼 빠른 속도로 퍼지고 있었어요. 나는 아주 흡족한 발견을 하나 했죠. 그들을 전멸시키는 방법.

**뇌를 공격하는 거죠.**

(그는 껄껄 웃었다.) 요즘은 그게 마치 일종의 마술 묘기처럼, 말하자면 성수나 묘책같이 말하더군요. 왜 그 생물체들을 전멸시키는데 굳이 뇌를 파괴해야 하나요? 인간을 멸종시키는 데도 그것만이 유일한 방법이 아니던가요?

**인간 말씀이신가요?**

(그는 고개를 끄덕였다.) 사실 인간은 뇌 빼면 시체잖아요? 신체라고 하는 복잡하고 허약하기 짝이 없는 기계가 뇌를 살리고 있는 거잖아요. 뇌는 조금만 손상되거나 음식이나 산소 같은 필수

품이 없어도 살 수 없어요. 그것이 바로 우리와 '언데드'들 사이에 존재하는 유일한 차이점이죠. 그들의 뇌는 살아남기 위한 지원 시스템이 필요하지 않아요. 그래서 뇌라는 장기 자체를 공격해야 하는 거죠. (그는 오른손을 총 모양으로 만들어서 관자놀이에 댔다.) 간단한 해결책이긴 한데 우리가 그 문제를 미리 알았더라면! 그 재앙이 얼마나 빨리 확산됐는지 고려해 보고 나는 외국 정보계에서 정보를 구하는 것이 신중할 것이라고 생각했죠.

폴 나이트는 엔테베(우간다 남부 호반의 도시로, 1976년 팔레스타인 게릴라가 납치한 비행기를 급습하여 이스라엘군이 인질을 구출한 곳 — 옮긴이) 시절부터 오랜 지기였죠. 아민(이디 아민, 아프리카의 히틀러라고 불리는 폭군 — 옮긴이)의 검은 메르세데스와 똑같이 생긴 메르세데스를 한 대 더 붙여서 교란시키자고 했던 게 그의 아이디어였어요. 폴은 그가 근무하던 기관이 '개편'된 직후 정부 정보부에서 은퇴해서 메릴랜드 베데스다에 있는 개인 컨설팅 회사에서 일하고 있었죠. 그의 집을 방문했을 때 나는 그가 여가 시간에 나와 같은 프로젝트를 진행하고 있었을 뿐 아니라 그가 작성한 파일이 내 파일만큼이나 두껍고 방대하다는 것에 충격을 받았죠. 우리는 서로의 파일을 읽어보면서 그날 밤을 홀딱 새웠습니다. 둘 다 한마디도 하지 않았어요. 내 생각에 우리는 파일을 읽는 것 외에는 주변을 의식하거나, 심지어 서로 옆에 있다는 것조차 느끼지 못했던 것 같아요. 우리는 거의 같은 시간에 파일을 다 읽었는데 그때 막 동쪽에서 동이 터 오기 시작하더군요.

폴은 마지막 페이지를 넘긴 후 나를 보면서 아주 사무적인 목소리로 말했죠.

"상황이 꽤 심각하군, 그렇지?"

나는 고개를 끄덕였고, 그도 화답해서 고개를 끄덕인 뒤 이렇게 말했어요.

"그럼 이제 어떻게 할까?"

**그렇게 해서 그 유명한 「바름브룬 나이트」 보고서가 작성됐군요.**

사람들이 제발 그렇게 좀 부르지 말았으면 좋겠는데. 그 보고서의 저자는 우리 말고도 열다섯 명이 더 있어요. 바이러스 학자, 정부 요원들, 군사 분석가들, 기자들, 심지어는 인도네시아에서 처음 그 재앙이 발생했을 때 자카르타에서 선거를 감시 중이던 유엔 옵서버도 있어요. 모두 자기 분야에서 일류였는데 우리와 접촉하기 전에 다 같은 결론을 내렸더군요. 우리 보고서는 100페이지가 조금 못 됐어요. 간결하면서도 포괄적이었고, 이 재앙이 참혹한 전염병이 되지 않기 위해 필요하다고 생각한 모든 내용을 다 적었죠. 남아프리카 전쟁 계획에 많은 공이 돌아갔고, 나는 그럴 만하다고 생각하긴 하지만, 더 많은 사람들이 우리 보고서를 읽고 그 권고 사항을 실천했다면 애초에 그런 계획이 필요하지도 않았을 겁니다.

**하지만 선생님의 보고서를 읽고 조치를 취한 사람들도 있었잖아요. 선생님 정부도 그렇고.**

간신히 그렇게 했죠, 그러느라 돈이 얼마나 들었는지 한번 보세요.

## 팔레스타인, 베들레헴

터프한 용모와 세련된 매력만 보면 살라딘 카데르는 영화배우 같았다. 그는 싹싹했지만 알랑거리지 않았고 자신만만했지만 거만하지 않았다. 그는 칼릴 지브란 대학의 도시 계획과 교수로 모든 여학생들을 골고루 예뻐해 주는 교수였다. 우리는 대학 이름과 같은 석상 밑에 앉아서 이야기를 나누었다. 중동의 가장 부유한 도시 중 하나인 이곳에 있는 다른 물건들처럼 청동 석상도 햇빛을 받아 눈부시게 반짝거리고 있었다.

나는 쿠웨이트에서 나고 자랐습니다. 내 가족은 아라파트가 사담 후세인 측에 붙어서 시류를 거스른 1991년, 걸프전이 끝나고 쫓겨나지 않은 운 좋은 사람들 중 몇 명이었죠. 우리는 부유하지 않았지만 그렇다고 생활고에 시달린 것도 아니었어요. 나는 편안하게 세상의 풍파를 겪지 않고 커서 철이 없었죠.

나는 매일 방과 후 일하던 스타벅스 카운터 뒤에서 알자지라 방송을 보곤 했어요. 그날 오후는 정신없이 바빴고 가게는 사람들로 벅적거렸죠. 그 소란스러운 소리와 조소와 야유 소리를 들었어야 했는데. 유엔 총회장만큼이나 시끌시끌했죠.

물론 우리는 그게 시온주의자(시오니즘은 유대인들의 선민사상을 말함 — 옮긴이)들의 거짓말이라고 생각했어요, 그렇게 생각하지 않은 사람이 있었겠어요? 유엔 총회에서 이스라엘 대사가 이스라엘이 자발적인 검역 격리 정책을 실시할 것이라고 발표했을 때 내가 무슨 생각을 해야 했겠어요? 아프리카 광견병이 실제로 죽은 시체를 피에 굶주린 식인종으로 만드는 새로운 역병이라는, 그의 미친 이야기를 믿어야 했겠어요? 어떻게 그렇게 무식한 소리를, 그것도 가장 증오하는 적의 입에서 나온 헛소리를 믿을 수 있겠어요?

나는 그 뚱뚱한 대사가 한 연설의 두 번째 부분, 외국에서 태어난 유대인, 이스라엘에서 태어난 부모를 둔 모든 외국인들, 이전 점령 지구에 살고 있는 모든 팔레스타인인들과 한때 이스라엘 국경 내에 살았던 팔레스타인 사람을 가족으로 둔 모든 사람들은 망명을 원하면 조건 없이 받아들이겠다는 부분은 듣지도 않았어요. 그 마지막 부분은 우리 가족에게도 해당되는 조건이었죠. 우리 가족은 시온주의자들이 공격했던 67년 전쟁의 피난민들이었거든요. 팔레스타인 해방 기구 지도부의 지시에 따라 우리는 이집트와 시리아 형제들이 유대인들을 바다로 쓸어 버리고 우리는 곧장 돌아올 수 있으리라 믿으면서 고향을 떠났더랬죠. 난 한 번도 이스라엘, 즉 통일된 팔레스타인이라는 새 나라에 편입될 곳에 가 본 적이 없었고요.

**이스라엘인들이 어떤 계략을 품고 있다고 생각했나요?**

내 생각은 이랬어요. 시온주의자들은 점령지에서 막 축출됐다, 자기들 말로는 레바논과 최근 대부분의 가자 지구에서 한 것처럼 자발적으로 떠났다고 하지만 우리는 우리가 그들을 몰아냈다는 걸 알고 있었죠. 그들은 다음에 올 치명적인 타격이 자신들이 국가라고 부르는, 불법적인 잔악무도함을 파괴시키리라는 걸 알고 있었고, 그 최후의 공격에 대비하기 위해 외국에서 태어난 유대인들과 총알받이들을 고용해서. 그리고 난 내가 너무 영리해서 이 부분을 혼자서 알아냈다고 생각했는데, 가능한 한 많은 팔레스타인 사람들을 인간 방패로 사용하기 위해 납치한다고 생각했죠! 난 모든 것을 꿰뚫어보고 있었다고 생각했죠. 열일곱 살짜리들이 생각하는 게 대개 그렇잖아요?

우리 아버지는 나의 훌륭한 지정학적 통찰력에 공감하지 않으셨죠. 아버진 아미리 병원의 수위였는데, 처음으로 대대적인 아프리카 광견병이 발병하던 날 밤 병원에서 근무 중이셨어요. 아버지가 직접 시체 안치대에서 시체가 일어서는 걸 보시거나 공포에 질린 환자들과 경비원들이 살육되는 걸 보진 않으셨지만, 대학살의 여파를 충분히 보시고 쿠웨이트에 머물러 있는 건 자살 행위라는 확신을 가지게 되셨죠. 아버진 이스라엘이 자체 검역 격리를 하겠다고 선포한 그날 떠나기로 결정하셨어요.

**교수님으로선 괴로운 결정이었겠군요.**

그야말로 신성모독이었죠! 나는 아버지가 합리적으로 생각하도록 설득하면서 유치한 논리를 들이댔죠. 아버지에게 알 자지라에서 나온 영상을 보여 드렸죠. 팔레스타인의 웨스트 뱅크에서 찍은 축하하고 시위하는 영상이었어요. 눈을 뜬 사람이라면 이제 해방이 머지않았다는 걸 알 수 있었죠. 이스라엘은 모든 점령 지역에서 철수해서 실제로 알 콰즈, 자신들은 이스라엘이라고 부르는 곳을 대피할 준비를 하고 있었어요. 모든 파벌 싸움, 우리의 다양한 저항 조직들 간의 폭력도 유대인들에 대한 최후의 공격을 위해 통일하는 그 순간 모두 사라지게 된다는 걸 난 알고 있었어요. 왜 우리 아버지만 그걸 몰랐냐고요? 왜 몇 년 아니 몇 달만 지나면 고향에 돌아갈 수 있다는 걸, 이번에는 피난민이 아니라 해방자로 돌아갈 수 있다는 걸 모른 걸까요?

**아버님과의 논쟁은 어떻게 해결됐나요?**

'해결'이라. 참 듣기 좋게 돌려 말하는군요. 알 자흐라에서 더 큰 두 번째 재앙이 발생한 직후 그 일은 '해결'됐죠. 아버지는 일을 그만두시고, 은행 예금을 다 찾으시고, 의당 그래야 했듯이 짐을 다 싸셨죠. 전자 티켓도 다 확인했고. 방 뒤쪽에 있는 텔레비전에서는 폭동 진압 경찰들이 어떤 집의 문을 향해 쳐들어가는 장면이 쾅쾅 울려 대고 있었죠. 텔레비전에서는 그 경찰들이 집 안의 뭐에 대고 총을 쏘고 있는지 볼 수 없었죠. 공식적인 보고로는 '친서구 극단론자'들이 폭력 사태를 일으켰다고 비난하고 있었죠. 나와 아버지는 항상 그렇듯이 말다툼을 벌이고 있었어요. 아버지는 내게 병원에서 보신 것들, 우리 지도자들이 위험을 인정할 때쯤이면 너무 늦어 버린다는 점 등을 설득하려고 하셨죠.

나는 물론 아버지의 소심한 무지와 '투쟁'하지 않으려고 하는 아버지의 마음을 비웃었죠. 우리 동족을 필리핀 외국 노동자보다 조금 더 나은 존재로 취급한 나라에서 변기나 닦으면서 일생을 보낸 남자에게 내가 뭘 더 기대하겠어요? 아버지는 통찰력도 잃어버리고 자존심도 없다. 시온주의자들이 더 나은 삶을 살게 해주겠다는 허튼 약속을 하고 있는데 아버지는 개처럼 펄쩍 뛰어들어 그 기회를 잡으려고 한다고 대꾸했어요.

아버지는 가능한 한 최대의 인내심을 발휘해서, 아버지 자신도 가장 호전적인 알 아크사 순교자만큼이나 이스라엘 놈들을 증오하지만 이스라엘만이 유일하게 다가오는 폭풍에 적극적으로 준비하고 있으며, 우리 가족을 무상으로 보호하고 품어 줄 유일한 나라인 것 같다고 하셨죠.

난 아버지 얼굴에 대놓고 비웃은 다음에 폭탄선언을 했어요. 아버지에게 나는 이미 야신의 아이들*의 웹 사이트를 찾았고 쿠웨이트에서 활동하고 있다는 채용 담당자에게서 올 이메일을 기다리고 있다고 말했어요. 나는 아버지에게 원하면 유대인들의 창녀가 되라고 말하면서, 하지만 다음번에 우리가 재회할 때는 포로수용소에 있는 아버지를 내가 구해낼 때일 거라고 말했죠. 나는 꽤 자랑스럽게 이런 말을 떠벌리면서 내 말이 참으로 근사하다고 속으로 우쭐해 있었죠. 나는 아버지의 얼굴을 노려보면서 테이블에서 일어서서 최종 선언을 했어요.

"확실히 알라가 보시기에 가장 비열한 짐승은 믿지 않는 자들이다!"**

저녁 식탁에 갑자기 침묵이 흘렀죠. 어머니는 밑을 보시고 내 여동생들은 서로 마주 보았어요. 들리는 소리라곤 현장에 나가 있는 흥분한 리포터가 모든 사람들에게 진정하라고 소리치는 텔레비전 소리뿐이었죠. 제 아버지는 체격이 큰 분이 아니었어요. 그때 내가 아버지보다 컸던 것 같아요. 그리고 쉽게 화를 내는 분도 아니었어요. 언성 한 번 높이신 적이 없었죠. 아버지 눈에서

---

* 야신의 아이들(Children of Yassin): 죽은 셰이크 야신의 이름을 딴 청소년 테러리스트 조직. 엄격한 고용 규정하에 모든 순교자들은 18세 미만이어야 한다.

** 코란 8부 55장에 나온 "확실히 알라가 보시기에 가장 비열한 짐승들은 믿지 않는 자들이며, 따라서 그들은 믿지 않을 것이다."

내가 알아볼 수 없는 뭔가가 번뜩 떠오르더니 갑자기 전광석화처럼 저를 벽으로 확 밀어 버리면서 한 대 쳤는데, 얼마나 세게 쳤는지 왼쪽 귀가 윙윙거리더군요.

"넌 가야 해!"

아버지는 제 어깨를 잡아서 계속 그 싸구려 플라스틱 벽에 대고 쿵쿵 패대기를 치면서 고함을 지르셨어요.

"난 네 아비야! 내 말에 복종해!"

아버지가 한 번 더 얼굴을 쳤는데 대번에 눈앞이 가물가물해지더군요.

"식구들이랑 같이 가. 아니면 살아서 이 방을 못 나가게 될 줄 알아!"

그리고 또다시 고함을 지르면서 그야말로 혼쭐을 내시더군요. 온순하고 물러 터진 아버진 어디 가고 어디서 이 사자 같은 사나이가 홀연히 나타났는지 의아했죠. 아버지는 그야말로 새끼를 보호하는 사자 같았죠. 아버지는 내 목숨을 구하기 위해 자신에게 남은 유일한 무기가 공포라는 것을 알았고, 내가 그 역병의 위협을 두려워하지 않는다면, 염병할, 아버지라도 두려워하게 만들어야 했죠!

**효과가 있었나요?**

(껄껄 웃었다.) 나는 정말 열렬한 순교자였죠, 카이로까지 엉엉 울면서 끌려갔으니까.

**카이로요?**

이스라엘에서 쿠웨이트까지 가는 직항 노선이 없었어요. 아랍 연맹이 여행 금지 조치를 실시한 후 이집트에서조차 직항으로 갈 수 없었죠. 우리는 쿠웨이트에서 카이로까지 비행기를 타고 가서 카이로에서 버스를 타고 시나이 사막을 건너서 타바에 있는 교차로까지 가야 했죠.

국경에 가까이 가서 처음으로 그 벽을 봤어요. 아직 공사가 끝나지 않아서 콘크리트 기초 위에 벌거벗은 철 들보들만 솟아 있더군요. 난 아랍 세계 시민들은 알지 못했던 그 악명 높은 '안보 담장'에 대해 알고 있긴 했지만, 그 담은 웨스트 뱅크와 가자 지구만 둘러싸고 있다고 믿었거든요. 이 불모의 사막 한가운데 직접 나와 보니 이스라엘인들이 국경을 따라 공격을 대비하고 있다는 내 이론을 확인할 수 있겠더라고요. 난 생각했죠.

'좋았어. 이집트 형제들이 드디어 배짱을 되찾았군.'

타바에서 버스에서 내려 한 줄로 걸어서 아주 크고 사납게 생긴 개들이 들어 있는 우리를 지나가라는 지시를 받았어요. 우리는 한 사람씩 걸어서 우리를 지나갔죠. 비쩍 마른 흑인인 국경 수비대원(유대인에도 흑인*이 있다는 걸 난 몰랐는데)이 손을 내밀어 제지하곤 했죠.

"거기서 기다려요!"

그는 간신히 알아들을 수 있는 아랍어로 부르고는 말했어요.

"당신, 이리 와 봐요!"

---

* 이 시점에서 이스라엘 정부는 '모세 Ⅱ' 작전 계획을 완료했다. 이 작전은 마지막 남은 에티오피아 '팔라샤'인들을 이스라엘로 수송하는 작전이었다. 팔라샤인은 에티오피아에 사는 유대교를 신봉하는 햄족을 가리킨다.

내 앞에 서 있던 남자는 노인이었어요. 길고 하얀 턱수염을 기르고 있었고 지팡이에 몸을 의지하고 있었죠. 그 노인이 우리를 지나치자 갑자기 개들이 사나워져 짖어 대면서 으르렁거리고 개장 속에서 물고 덤비려고 난리를 피웠죠. 즉시 사복을 입은 두 명의 건장한 남자들이 그 노인의 옆에 가서 귀에 대고 뭔가 속삭이더니 어딘가로 데려갔어요. 그 노인은 다쳤다는군요. 그의 디시대샤(원피스처럼 생겼으며 발목까지 내려오는, 아랍의 남성용 겉옷—옮긴이) 엉덩이 부분이 찢어져서 갈색 피로 얼룩져 있었죠. 하지만 이 남자들은 분명 의사가 아니었고, 그들이 그 노인을 데려간 아무런 특징도 없는 검은색 트럭 역시 앰뷸런스가 아니었어요. 나는 노인의 가족들이 흐느껴 울고 있을 때 생각했죠.

'나쁜 새끼들. 자기들에게 아무짝에도 쓸모가 없는 병자들과 노인들은 추려낸다는 거지?'

그리고 우리 가족이 개들의 시험을 겪어야 할 차례가 됐죠. 개들은 나나 다른 식구들에게 짖지 않았어요. 심지어 한 마리는 내 여동생이 손을 내미니까 꼬리까지 흔들더군요. 하지만 우리 뒤에 선 남자한테는 다시 짖고 으르렁대고, 정체를 알 수 없는 남자들이 또 다가오더군요. 나는 고개를 돌려서 그 남자를 봤는데, 백인으로 아마 미국인이거나 캐나다인이었던 것 같은데, 아니, 미국인이었던 것 같아요, 영어가 어찌나 시끄럽던지.

"이봐, 난 괜찮다니까!"

그 남자는 소리를 지르면서 저항했죠.

"이봐, 이 자식아, 도대체 뭐 하는 거야?"

그 남자는 양복에 넥타이에 온두 말쑥하게 차려입었고 기기에 어울리는 가방을 들고 있었는데 그 이스라엘 남자들과 싸우기 시작하면서 가방을 옆으로 던져 버렸죠.

"여보쇼, 이봐요. 내 몸에 손대지 마란 말이야! 나도 같은 편이라니까! 제발!"

그의 셔츠 버튼이 찢어져서 벌어지면서 배를 단단히 감고 있던, 피에 얼룩진 붕대가 보이더군요. 사람들이 그를 끌고 트럭 뒤쪽으로 가는 동안에도 계속 소리를 지르면서 발길질을 해 댔죠. 나는 도무지 영문을 알 수 없었죠. 왜 이 사람들을 가려낸 걸까? 분명 아랍인이라고 그런 것도 아니고, 다쳤다고 그런 것도 아니었어요. 피난민 중 몇 명이 부상을 입었는데도 수비대원들의 시달림을 받지 않고 무사히 빠져나가는 것을 봤으니까. 그들은 모두 검은색 트럭이 아니라, 대기 중인 진짜 앰뷸런스로 안내를 받아 탔어요. 분명 그 개들과 관련이 있다는 걸 알았죠. 이 작자들이 광견병 환자들을 가려내고 있었나? 그게 가장 그럴듯해 보였고 여로함 밖에 억류되기 전까지 그 이론을 계속 믿고 있었죠.

재정착과 검역. 그 당시에 난 그걸 감옥으로 봤어요. 우리가 그런 대접을 받을 거라고 예상했죠. 텐트들, 벌집처럼 꽉 찬 사람들, 경비원들, 가시철조망, 펄펄 끓는, 타는 것 같은 네게브 사막의 태양. 우리는 포로처럼 느껴졌고, 사실 포로였죠. 아버지에게 "내가 그럴 거라고 했죠?"라고 감히 말할 용기는 없었지만 아버진 내 뚱한 얼굴 표정에서 다 읽으셨을 겁니다.

내가 예상하지 못했던 부분은 신체 검사였어요. 매일 일단의 의료진에게서 검사를 받았죠. 혈액, 피부, 머리카락, 침, 심지어는 오줌과 대변까지.* 진을 빼는, 굴욕적인 경험이었어요. 그나마 그 모든 일을 참을 수 있었고, 이슬람 억류자 중에서 대대적인 폭동이 일어나지 않았던 유일한 이유는 검사를 실시하는 의사들과 간호사들이 대부분 팔레스타인 사람들이었다는 겁니다. 내 어머니와 여동생들을 검사한 의사는 저지시티라는 곳에서 온 미국 여의사였어요. 아버지와 날 검사한 의사는 가자의 자바리야에서 왔는데 그 사람도 몇 달 전에 바로 여기에 억류되어 있었다고 하더군요. 그는 계속 우리를 달랬죠.

"여기 오길 잘하신 겁니다. 이제 알게 될 거예요. 힘든 거 잘 아는데 이 길만이 살길이에요."

그 의사는 우리에게 이스라엘인들이 말한 모든 것이 진실이라고 말했죠. 점점 더 그 의사의 말을 믿고 싶어 하는 마음이 커져 가면서도 아직 완전히 그 말을 믿을 수는 없었어요.

우리는 모든 서류가 처리되고 의료 검사가 완료될 때까지 여로함에 3주간 있었습니다. 있죠, 그 3주 내내 그들은 우리 여권에 눈길도 주지 않았답니다. 아버지가 그 서류를 제대로 갖추느라 온갖 고생을 다 하셨는데 말이죠. 그 사람들은 그런 점에는 신경 쓰지 않았던 것 같아요. 이스라엘 방위군이나 경찰이 과거의 '율법에 맞지' 않는 행동 때문에 체포하지 않는 한, 그들이 원한 것은 완벽한 건강 증명서뿐이었어요.

사회복지부에서 우리에게 주택 지원금, 무료 교육, 우리 식구 전체를 먹여 살릴 수 있는 월급을 주는 직장을 아버지에게 제공

* 당시 그 바이러스가 인간 몸에서 나온 단단한 배설물 상태에서도 살아남을 수 있는지 확실하지 않았다.

하는 증표를 주더군요. 텔아비브행 버스를 타면서 나는 생각했죠.

'이건 현실이라기엔 너무 기가 막힌데. 언제고 나쁜 일이 벌어질 거야.'

비어 시바라는 도시에 들어가자마자 그 일이 일어났죠. 나는 자느라 총소리도 듣지 못했고 운전사 앞의 차 유리가 부서지는 소리도 듣지 못했어요. 버스가 옆으로 기울어지면서 깜짝 놀라 잠에서 깼죠. 우리가 탄 버스가 한 건물 옆구리를 박았더군요. 사람들이 비명을 지르고 있었고, 사방이 깨진 유리와 피로 난장판이 됐죠. 우리 가족은 비상 출구 근처에 있었어요. 아버지가 문을 발로 차서 열고 우리를 차 밖으로 밀어냈죠.

창문에서, 문간에서 사람들이 총을 쏴 대고 있었어요. 군인 대 민간인들, 총이나 수제 폭탄을 든 민간인들이 싸우고 있는 것을 봤죠. 바로 이거야! 난 생각했어요. 심장이 터질 것같이 뛰었어요!

'해방 운동이 시작됐어!'

내가 뭔가 해 보기도 전에, 싸우고 있는 동지들에게 합류하려고 달려가기도 전에 누군가 내 셔츠를 쥐고 스타벅스 문간으로 끌고 들어가더군요.

나는 식구들 바로 옆 바닥에 던져졌는데, 여동생들은 울고 있었고 엄마는 동생들을 감싸 안고 계셨죠. 아버지는 어깨에 총을 맞으셨어요. 이스라엘 방위군 군인 한 명이 날 바닥으로 밀면서 유리창을 보지 못하게 했죠. 난 피가 끓었어요. 무기로 쓸 수 있는 뭔가를 찾기 시작했어요. 저 이스라엘 놈의 목구멍에 쑤셔 박을 수 있는 기다란 유리조각 같은 거라든지 뭐 그런 걸 찾았죠.

갑자기 스타벅스 뒷문이 홱 열리자 그 군인은 몸을 돌리고 총을 발사했어요. 피투성이 시체 한 구가 바로 우리 옆 바닥에 쓰러졌는데 그의 경련을 일으키는 손에서 수류탄이 굴러 나오더군요. 그 군인은 수류탄을 집어서 거리로 던지려고 했어요. 그러다 그 폭탄이 중간에 폭발했죠. 그의 몸이 폭발 충격에서 우리 가족을 막아 줬어요. 그는 살해당한 내 아랍 형제의 시체 위로 쓰러졌죠. 하지만 그는 아랍인이 아니었어요. 눈물이 마르면서 난 그의 페예스(유대인 특유의 머리와 수염 깎은 모양—옮긴이)에다가 야물커(유대교 정통파 남자가 기도할 때 쓰는 작은 테 없는 모자—옮긴이)와 피투성이 술(기도 때 남성 어깨걸이에 다는 청색과 흰색 끈으로 꼰 것—옮긴이)이 그의 축축하고 갈기갈기 찢어진 바지에서 삐져나온 것을 봤습니다. 그 군인은 유대인이었고 거리에 있는 무장한 반군들도 마찬가지로 유대인이었어요! 그때 격렬했던 그 전투는 팔레스타인 폭도들이 일으킨 봉기가 아니라 이스라엘 내전의 서막이었던 거죠.

**교수님이 보시기에 그 전쟁의 원인은 뭐였나요?**

원인은 여러 가지였다고 봐요. 팔레스타인인들의 본국 귀환도 인기 없는 정책이었고 웨스트 뱅크에서 전면적으로 철수한 것도 마찬가지였죠. 전략적 부락 재정착 프로그램 때문에 노발대발한 사람들이 한둘이 아니었을 겁니다. 많은 이스라엘인들이 요새화되고 자급자족할 수 있는 복합 주거 단지를 만들기 위해 자기 집이 불도저로 밀리는 것을 봐야 했어요. 내가 보기엔 알 콰사가 그 분노에 불을 지른 거죠. 연립 정부는 그곳이 가장 큰 약점이자 통제하기에 너무 큰, 이스라엘의 심장부로 즉각 이어지는 구멍이라고 판단했죠. 정부는 그 도시의 주민들을 대피시켰을 뿐 아니라 나블루스 전체와 헤브론의 인구 밀집 지대 주민들 또한 대피시켰죠. 그들은 종교적 보수주의자들이 얼마나 거세게 반발할지는 상관없이, 1967년의 경계선을 따라 더 낮은 벽을 다시 세우는 것이 실질적인 안전을 보장할 수 있는 유일한 방법이라고 믿었던 거죠. 선생도 아시겠지만 내가 이런 사실을 알게 된 것은 한참 후였어요. 이스라엘 방위군이 마침내 승리를 거둘 수 있었던 유일한 요인도, 대부분의 반군들이 극단적인 정통파 유대교도들이라 군대를 간 적이 없었기 때문이었다는 사실도 나중에서야 알았죠. 선생은 그걸 알았나요? 난 몰랐어요. 난 사실상 내 평생 그렇게 증오하던 사람들에 대해 아는 게 하나도 없다는 걸 깨달았죠. 내가 진실이라고 생각했던 모든 것이 그날 허공으로 사라지면서, 우리의 진정한 적의 얼굴을 보게 됐죠.

나는 식구들과 함께 이스라엘 전차* 뒤쪽으로 달려가고 있었는데, 그때 그 아무런 특징이 없는 트럭 한 대가 모퉁이를 돌아오더군요. 로켓 추진 유탄이 그 엔진에 명중됐어요. 그 트럭은 공기 중으로 튀어오르면서 땅바닥에 거꾸로 처박혀서 빛나는 오렌지색 불덩이로 폭발했죠. 탱크 문 앞까지 도착하려면 몇 발짝 남아서 그 사건이 일어나는 걸 볼 수 있었죠. 불타오르는 트럭 잔해에서 형체들이 기어 나오고 있었는데 옷과 피부가 불타오르는 가솔린에 뒤범벅이 된, 그야말로 천천히 걸어 다니는 불덩어리들이었죠. 우리 주위에 있던 군인들이 그 형체에 대고 총을 발사하기 시

* 대부분 나라들의 전차와는 달리 이스라엘의 '메르카바'는 뒷쪽에 보병이 타고 내리는 문이 있다.

작했어요. 나는 총알들이 아무런 해도 입히지 못한 채 그 형체의 가슴을 펑펑 소리를 내면서 뚫고 지나가는 걸 봤죠. 내 옆에 있던 분대장이 소리쳤죠.

"브로쉬(B'rosh)! 요레 브로쉬(Yoreh B'rosh)!"

그러자 군인들이 무기를 다시 겨냥했어요. 그 형체들…… 놈들의 머리가 날아가 버렸죠. 그것들이 땅에 쓰러지면서 가솔린이 머리 없는 시체들을 태워서 숯 검댕으로 만들어 버렸죠. 갑자기 난 아버지가 내게 그동안 경고하려고 했던 것, 이스라엘인들이 전 세계인들에게 경고하려고 했던 것을 이해하게 됐죠! 내가 이해하지 못했던 건 왜 세상 사람들이 그 말을 듣지 않았냐는 거죠.

# 비난

미국, 버지니아 주 랭글리

미국 CIA 국장의 사무실은 기업 임원이나 의사나 평범한 소도시 고등학교 교장 선생님의 사무실 같았다. 책장에는 어디서나 흔히 볼 수 있는 참고 도서 전집이 꽂혀 있고, 벽에는 졸업장과 사진들이 걸려 있고, 책상에는 신시내티 레즈의 포수인 자니 벤치가 사인한 야구공이 있었다. 뭔가 다른 걸 기대하고 있었다는 걸 이번 인터뷰 주인공인 밥 아처는 내 표정을 보고 알았다. 나는 바로 그 이유 때문에 여기서 인터뷰를 하자고 그가 제안한 게 아닐까 하는 의심이 들었다.

CIA 하면 이 조직에 대한 통속적이고 영구적인 두 가지 신화가 떠오를 거요. 그 첫 번째 신화는 우리의 임무가 미국을 겨냥한, 상상할 수 있는 모든 위협을 찾아 전 세계를 뒤지고 다닌다는 것이고, 두 번째는 우리에게 그런 일을 할 만한 힘이 있다는 것이지. 이 신화는 그 특성상 반드시 은밀히 존재하면서 돌아가야 하는 조직의 부산물이오. 비밀은 공백을 뜻하고 편집증적인 억측보다 그 공백을 더 잘 채워 주는 것은 없지.

"이봐, 자네 누가 모모를 처치했단 말 들었지, 그게 CIA 작품이었다며. 바나나 공화국에서 일어난 쿠데타는 어쩌고, 그것도 CIA가 손을 쓴 거라던데. 이봐, 그 웹 사이트 볼 때 조심해, 누가 어떤 웹 사이트를 방문했는지 일일이 체크하는 게 누군지 알아? 바로 CIA야!"

이게 바로 전쟁 전 대부분의 사람들이 CIA에 대해 가지고 있는 이미지였고 이런 이미지야말로 우리가 쌍수를 들면서 조장했던 이미지였소. 우리는 나쁜 놈들이 우리를 의심하고, 두려워하고, 우리 국민들을 해치려고 하기 전에 다시 한 번 생각해 보게 하고 싶었지. 우리의 이미지를 사방에 촉수를 뻗치고 있는, 일종의 전지전능한 문어로 만드는 게 우리에게 이로웠지. 유일한 단점은 우리 편도 그 이미지를 믿고 있었다는 거요. 그래서 아무 경고도 없이 언제고 어딘가에서 무슨 일이 생기면 누가 욕을 먹는 줄 아시오?

"이봐, 어떻게 그 미치광이 나라가 핵무기를 손에 넣었지? CIA는 뭘 하고 있었던 거야? 왜 그 미치광이가 그 많은 사람들을 도륙한 거야? 도대체 CIA는 어디 있었어? 어떻게 시체들이 벌떡벌떡 일어나기 시작했는데, 놈들이 우리 거실 창문을 부술 때까지 우리는 몰랐던 거지? 도대체 그 망할 CIA는 어디 있었냐고?"

진실은 CIA든 미국의 어떤 공식, 비공식 정부 기관이든 간에 그렇게 전지전능하게 모든 것을 꿰뚫고, 모든 것을 다 아는 철인들이 아니라는 거요. 우선 우리에겐 그만한 자금이 없어요. 심지어는 백지 수표를 휘날리던 냉전 시대에도 지구 상에 있는 모든 뒷방, 동굴, 골목길, 매음굴, 엄폐호, 사무실, 가정, 차, 논을 감시할 만한 눈과 귀를 동원하는 것은 물리적으로 가능하지 않았소. 오해하진 마시오. 우리가 무능하단 말을 하자는 건 아니니까. 아마 우리 팬들과 비평가들이 오랫동안 우리가 했다고 의심했던 일들 중 일부는 정말로 우리 작품일 수도 있소. 하지만 진주만* 시절부터 대공포 시절까지 떠돌던 모든 터무니없는 공모 이론을 합쳐 보면 미국보다 더 강력한 조직일 뿐 아니라 인류 전체의 노력을 모두 합친 것보다 더 강력한 조직이 나올 게요.

우리는 고대의 비밀과 외계인의 기술을 지닌 은밀한 초능력 집단이 아니오. 아주 현실적인 한계와 극단적으로 제한된 재원을 가진 조직일 뿐인데 모든 잠재적인 위협을 추적하느라 그 빈약한 재원을 다 써 버려야 한다는 게 말이 되오? 이 점이 바로 정보기관의 실상에 대한 두 번째 신화를 건드리게 되지. 우리는 우연히 새롭고 그럴듯한 위험을 찾기를 빌면서 마냥 부족한 재원으로 무리하게 일을 벌일 순 없소. 대신 이미 분명하게 존재하는 위협을 찾아 거기 초점을 맞추는 거지. 옆집에 사는 소련인이 당신 집에 불을 지르려고 하는 마당에 저 밑에 있는 아랍 친구들을 걱정하고 있을 순 없잖소. 갑자기 우리 집 뒷마당에 아랍 놈들이 쳐들어왔는데 중화 인민 공화국을 걱정할 수도 없는 거고, 중국 공산당

* 원래 전략 정보국이었던 CIA는 일본이 진주만을 공격한 6개월 후인 1942년 6월에 창설됐다.

들이 한 손에 퇴거 명령서를, 또 다른 손에는 화염병을 들고 당신 집 문 앞에 서 있는데 그 와중에 그 사람 어깨 너머로 걸어 다니는 시체가 있는지 살펴볼 수는 없지 않소.

**하지만 그 역병이 중국에서 시작되지 않았나요?**

그랬소, 마찬가지로 현대 스파이 역사상 가장 거대한 마스키로프카(2차 대전 당시 사용된 기만술—옮긴이)도 거기서 나왔지.

**무슨 뜻이죠?**

그건 사기였소, 완전 물 타기였지. 중국인들은 자신들이 우리의 첩보 대상 1호라는 걸 알고 있었소. 그들은 결코 자신들이 전국적으로 주도하는 '보건과 안전' 소탕 작전을 숨길 수 없다는 걸 알고 있었소. 지금 하고 있는 일을 위장할 수 있는 최선의 방법은 공공연하게 감추는 것이라는 걸 깨달은 거지. 소탕 작전 자체에 대해 거짓말을 하는 게 아니라 뭘 소탕하는지만 거짓말을 한 거요.

**반체제 인사 진압이라는 겁니까?**

그것보다 규모가 더 컸소. 타이완 해협 사건, 타이완 국립 독립당의 승리, 중화 인민 공화국 국방장관 암살, 예비 공작, 전쟁 위협, 시위와 그에 따른 진압 모두 국가 안보부가 공작한 것이고 이 모든 것이 중국 내에서 불거지고 있는 진정한 위협을 세계가 보지 못하도록 하기 위한 것이었소. 그게 또 아주 잘 먹혀 들어갔지! 중국에 대해 우리가 찾은 모든 정보, 사람들이 갑자기 실종되고, 십난 처형되고, 야간 통행금지가 실시되고 예비군이 다시 징

집되고 모든 것이 중국공산당 표준 업무 방침에 들어맞았으니까. 사실 모든 게 너무 아귀가 딱딱 맞고 설득력이 있어서 우리는 타이완 해협에서 3차 대전이 일어날 거라고 생각하고 좀비 역병이 막 발생하기 시작한 나라들에 있던 모든 정보원들을 중국으로 집중시켰더랬소.

**중국인들의 수완이 그 정도로 좋았군요.**

우리가 그만큼 형편없었단 말도 되지. 우리 에이전시의 절정기는 아니었소. 아직도 그 숙청의 여파로 휘청거리고 있던 참이라.

**조직 개편 말인가요?**

아니오, 내가 말한 건 숙청이지, 그건 개편이 아니라 숙청이었으니까. 조 스탈린이 최정예 지휘관들을 쏴 버리거나 투옥시켜서 국가 보안을 망친 정도는 우리 행정부가 그놈의 '개편'으로 우리 보안을 망친 것에 비하면 새 발의 피였소. 마지막으로 치른 소규모 전투에서 우리는 참패했는데, 누가 그 뒷감당을 다 했는지 아시오. 정치 의제 하나 정당화시키라고 해서 기껏 그렇게 했는데 그게 정치적으로 부담이 되면 애초에 그 명령을 내렸던 작자가 군중들과 한데 몰려 우리를 욕한단 말이오.

"도대체 처음에 우리보고 전쟁하자고 한 놈이 누구야? 이 난장판에 우리를 끼어들게 만든 게 누구냐고? CIA잖아!"

우리는 국가안보법을 어겨 가면서까지 스스로를 보호할 수 없었소. 그냥 앉아서 당하는 수밖에. 그래서 그 결과가 뭐냐면, 쓸 만한 놈들은 몽땅 다 빠져나가 버렸소. 민간 분야로 갈 수 있는데 왜 여기 남아서 정치적인 마녀 사냥이나 당하고 있겠소? 밖에 나가면 월급도 더 짭짤하고 근무 시간도 한가하고 아마 사람들에게 존경도 더 받고 자신의 진가를 인정받을 수도 있을 텐데. 우리는 많은 인재와 더불어 풍부한 경험, 주도권, 가치를 헤아릴 수 없는 분석적인 추론 감각을 잃었소. 남은 거라곤 찌꺼기들, 알랑방귀 뀌는 놈들, 그리고 앞을 내다볼 줄 모르는 고자들뿐이었소.

**하지만 모두 그렇게 나간 건 아니겠죠?**

물론 아니지. 실제로 우리 일에 소신이 있는 사람들이 남긴 했소. 우리는 돈이나 근무 조건을 보거나 가끔 칭찬이나 받자고 여기서 일한 게 아니었으니까. 국가에 봉사하기 위해 여기 있었던 거요. 우리는 국민들을 안전하게 지켜 주고 싶었소. 하지만 그런 이상을 가지고 있더라도 모든 피와 땀과 눈물이 결국엔 무위로 돌아간다는 것을 깨달을 시기가 오게 되었소.

**그럼 국장님은 무슨 일이 일어나고 있는지 알고 있었군요.**

아니. 아니, 그럴 순 없었지. 확인할 방법이 전혀 없었소…….

**하지만 의심은 하고 있었죠.**

좀 냄새가 나긴 했소.

**더 구체적으로 말해 주실 순 없나요?**

미안하지만 안 되겠소. 하지만 그 이야기를 수차례 동료에게 꺼낸 적이 있다는 정도는 말해 두지.

**그래서 어떻게 됐죠?**

항상 똑같은 말이지. "잘리고 싶냐."

**실제로 그랬나요?**

(고개를 끄덕인다.) 한 고위 간부에게 말했는데…… 5분 정도 우려된다는 내용의 보고를 했소. 이렇게 와 줘서 고맙다고 하면서 즉시 알아보겠다고 했지. 그다음 날 전근 명령이 떨어졌소. 그 날 즉시 부에노스아이레스로 가라더군.

**바름브룬 나이트 보고서에 대해서 들어 본 적이 있나요?**

지금이야 물론 훤하지만 그때는…… 그 서류는 원래 폴 나이트가 직접 제출했는데, 국장만 볼 수 있게 극비 사안이라는 표시가 돼 있었소. 그런데 그것이 대공포가 일어난 지 3년이 지난 뒤 FBI의 샌 안토니오 지부 사무실 서기 책상 밑에서 발견됐다더군. 그 보고서는 학술적인 보고서로 판명이 됐는데, 내가 전근된 직후 이스라엘이 자발적인 검역 격리 성명을 대대적으로 발표했거든. 갑자기 사전 경고 시간이 끝나 버린 거요. 진실이 만천하에 드러났소. 문제는 이제 누가 그 진실을 믿느냐는 거지.

## 핀란드, 발라야르비

지금은 '사냥철'인 봄이다. 날씨가 따뜻해지고 얼어붙은 좀비들이 소생하기 시작하면서 매년 실시하는 일제 소탕 및 청소 작전을 실시하기 위해 유엔 북군이 도착했다. 매년 좀비들의 수가 줄어들고 있다. 현 추세로 보면 이 지역은 10년 내에 완전히 '안전'해질 것으로 예상된다. 나토군 총사령관 트라비스 담브로시아는 이 작전을 지휘하기 위해 직접 왔다. 장군의 목소리는 부드러웠고 일말의 슬픔이 서려 있었다. 인터뷰하는 내내 그는 내 눈을 피하지 않으려고 애를 썼다.

실수했다는 걸 부인하진 않겠소. 대비를 더 잘할 수 있었을 거라는 점도 부인하지 않겠소. 아마 우리가 미국인들을 실망시켰다는 걸 처음으로 인정한 사람이 바로 본인일 거요. 난 그냥 그 이유를 국민들이 알아줬으면 좋겠소.

"이스라엘인들이 하는 말이 맞으면 어떻게 하지?"

유엔 총회에서 이스라엘 대사가 그 발표를 한 후 다음 날 아침 합참의장이 한 첫마디였소.

"저들의 말이 옳다는 건 아니오."

의장은 그 점을 강조하면서 계속 말했지.

"그냥 가정해 보는 거지, 저들이 옳다면?"

그는 으레 하는 말이 아니라 툭 까놓고 말해 보자는 거였소. 합참의장은 그런 사내였소. 대화를 '가정'해 보면서, 이 대화가 단순히 지적인 연습일 뿐이라는 환상 속에서 놀아 보자는 거였지. 결국, 세상 사람 모두 이 끔찍하고 황당한 일을 믿을 준비가 안 된 상황인데 왜 이 방에 있는 사람들이 믿어야 했겠소?

우리는 싱글거려 가면서 중간 중간 농담도 섞어 가면서 속이 훤히 들여다보이는 수작을 하고 있었는데, 그러다 언제 분위기가 변했는지는 나도 모르겠소. 아주 미묘한 변화라 아무도 분위기가 바뀐 걸 눈치 채지 못했겠지만, 갑자기 수십 년에 걸친 전투 경험을 지니고 일반 뇌 전문 외과의보다 더 많은 학구적 훈련을 받았던, 그 방에 가득 찬 군사 전문가들이 모두 솔직하게 공개적으로 걸어 다니는 시체가 끼칠 수 있는 위협에 대해 의논하기 시작했소. 그건 마치…… 댐이 무너지는 것 같았지. 금기가 깨지고, 진실이 마침내 터져 나오기 시작했소. 그건…… 해방된 순간이었지.

**그래서 장군님은 개인적으로 의심하고 계셨나요?**

이스라엘에서 공개적으로 발표하기 전에 몇 달 동안 그랬지. 합참의장도 그랬고. 그 방에 있는 사람들 모두 들은 이야기가 있거나 뭔가 의심하고 있었소.

**바름브룬 나이트 보고서에 대해서 들어 보신 분이 있었나요?**

아니, 우리 중엔 하나도 없었소. 나도 그 이름을 듣긴 했지만 내용에 대해선 전혀 짐작도 못했소. 대공포가 일어나고 2년이 지나서야 그 보고서를 손에 넣긴 했소. 거기 제시된 대부분의 군사 조치가 우리가 했던 것과 일치하더군.

**장군님이 했던, 뭐라고요?**

백악관에 우리가 건의했던 조치들. 우리는 미국 내에 존재하는 위협을 제거하는 것뿐 아니라 전 세계적으로 좀비들의 수를 줄여서 봉쇄하는, 포괄적이고 전체적인 프로그램을 약술했더랬소.

**그래서 어떻게 됐죠?**

백악관에선 1단계 작전을 맘에 들어 했소. 비용도 적게 먹히고, 빠르고, 제대로만 실시한다면 100퍼센트 비밀리에 할 수 있었으니까. 1단계 작전은 병이 창궐한 지역에 특수 부대를 투입하는 거였소. 조사해서 좀비들을 격리시킨 후 제거하라는 명령이었소.

**제거요?**

무자비하게 말하자면.

**그 정예 팀이 알파 팀이었나요?**

그렇소, 선생, 그들의 작전은 대성공을 거두었지. 그 전투 기록은 향후 140년간 공개되지 않겠지만, 미국 특수부대 역사상 가장 혁혁한 성과를 거둔 순간 중 하나라고 말할 수 있소.

**그러면 뭐가 잘못된 거죠?**

1단계 작전 상으로는 잘못된 게 없소. 하지만 알파 팀은 그야말로 미봉책이어야 했소. 그들의 임무는 그 위협 자체를 절멸시키는 것이 아니라 2단계 작전을 진행시킬 수 있는 시간을 벌어 주는 거였소.

**하지만 2단계 작전은 결코 완료되지 못했죠.**

완료는 고사하고 시작조차 못했지. 미군이 그렇게 치욕스럽게 기습을 당한 건 바로 이런 이유 때문이오.

2단계 작전은 대대적이고 국가적인 규모의 사업을 요했는데, 그런 프로젝트는 제2차 세계 대전 중에서도 가장 암울한 시기 이후론 볼 수 없었던 그런 작전이오. 그런 일을 벌이자면 막대한 국가 재원과 열화와 같은 국민의 지지와 성원이 있어야 했는데 그 당시엔 둘 다 전무했고 미국인들은 막 길고 지루한 전쟁을 끝낸 참이었소. 모두 지쳐 있었지. 볼 장 다 본 거지. 1970년대처럼 민심은 전쟁이란 말만 들어도 열불이 나려던 상태였소.

공산주의, 파시즘, 종교적 근본주의와 같은 전체주의 정권에서는 대중의 지지란 기정사실이오. 전쟁을 시작할 수도 있고, 질질 끌 수도 있고, 정치적 역풍에 대해선 눈곱만큼도 걱정할 필요 없이 누구든 언제까지고 군대에 처넣을 수 있으니까.

민주주의에서는 그와는 극과 극을 달리지. 대중의 지지란 한정된 국가 자원처럼 반드시 아껴 가면서 관리해야 하오. 현명하게, 절약해 가면서 투자한 것에 대해 최대 수익을 뽑아낼 수 있도록 써야 하는 거요. 미국이란 나라는 특히 전쟁 피로에 예민하고, 패배할 것 같은 느낌보다 더 거세게 반발을 불러오는 것도 없소. 내가 '느낌'이라고 말한 이유는 미국이란 나라가 근본적으로 도 아니면 모라는 사고방식을 가진 사회이기 때문이오.

우리는 이겨도 압승을 거두고, 터치다운을 하고 일회전에서 케이오를 시켜야 직성이 풀리는 사람들이지. 우리는 자신뿐만 아니라 다른 모든 사람들이, 우리의 승리가 논란의 여지가 없을 만큼 확실하며 전적으로 압도적이라는 것을 보여 줘야 성이 차거든. 그러지 않으면…… 대공포 전에 우리가 어땠는지 한번 생각해 보시오. 우리는 그 최후의 소규모 전투에서 결코 패배한 게 아니오. 사실 아주 까다로운 임무를 가진 것도 없이 극히 불리한 상황에서 해냈지. 우리는 승리했지만 대중의 생각은 달랐소. 그건 우리

민족성이 요구하는 대대적인 압승이 아니었기 때문이지. 너무 오랜 시간을 끌었고, 돈도 무지하게 쏟아 부은 데다, 너무 많은 사람들이 죽거나 치명적인 불구가 됐던 거요.

우리는 대중적인 지지를 다 소모해 버렸을 뿐 아니라 사실상 적자 상태에 있었소.

2단계 작전의 금전적 가치에 대해 한번 생각해 보시오. 미국 시민 한 명을 입대시키는 데 얼마나 많은 돈이 드는 줄 아시오? 그리고 그 시민 한 명이 실제 작전에 투입됐을 때의 비용만 따지자는 게 아니오.

그렇게 작전에 투입하려면 훈련시켜야지, 장비도 갖춰 줘야지, 먹이고 재우고 수송하고 건강관리도 해 줘야지. 나는 장기적인 달러 가치, 즉 미국의 납세자들이 살아 있는 동안 그 한 명의 시민을 위해 쏟아 부어야 할 돈에 대해 말하고 있는 거라오. 이건 막대한 재정적 부담인데 당시 우리는 기존의 군대를 유지할 자금만 간신히 있었을 뿐이오.

금고가 비어 있지 않았더라도, 2단계 작전을 완료하기 위해 필요한 모든 제복을 만들 돈이 있었다고 해도 지금 누구를 속여서 그 제복을 입히겠소? 이 문제는 미국인들의 전쟁 피로를 직통으로 건드리는 일이었소.

전사하고, 불구가 되고, 정신적으로 만신창이가 되는 '전통적인' 공포만으로는 충분치 않아서 이제 우리는 완전히 새로운 종류의 문제, '배신'이라는 문제를 안고 있었소. 군인들 중 몇이나 복무 기간이 연장됐다거나, 10년 동안 민간인으로 살던 전직 예비군이 갑자기 현역으로 재소집됐다는 이야기를 들어 봤소? 얼마나 많은 예비병들이 직장이나 집을 잃었는지 이야기를 들어 봤소? 얼마나 많은 사람들이 망가진 채 다시 일상으로 돌아오거나, 아니면 아예 돌아오지 못했는지 이야기를 들어 봤소? 미국인들은 정직한 국민이라 공정한 거래를 원하오. 다른 나라 사람들이 그런 사고방식을 순진하고 심지어 유치하다고 생각하는 건 나도 알고 있지만 이건 우리의 가장 신성한 원칙 중 하나지. 미국 정부가 약속을 어기고, 사람들의 개인적인 삶을 빼앗아가고, 자유를 박탈하는 것을 본다면…….

베트남전 후에 내가 서독에서 아직 팔팔한 소대장이었을 때 군인들이 탈영하지 않도록 동기 부여 프로그램을 설립해야 했소. 이 마지막 전쟁을 치른 후엔 어떤 유인책으로도, 아무리 많은 보너스를 줘도, 복무 기간을 축소시켜 줘도, 민영 비디오 게임*으로 위장된 온라인 채용 도구를 써도 우리의 고갈된 병력을 채울 수 없었소.

우리 세대는 전쟁 맛을 볼 대로 다 봐서 시체들이 우리나라를 먹어 치우기 시작했을 때 이미 지치고 기운이 빠져서 그들을 막을 힘조차 없었던 거요.

나는 민간 지도부를 비난하는 것도 아니고, 군인들이 정부 덕을 못 봤다는 말을 하는 것도 아니오. 이것이 우리의 시스템이고 이 시스템은 세계 최강의 것이오. 하지만 이 시스템은 반드시 보호하고 수호해야 하고 다시는 이렇게 오용되는 일이 없어야 할 거요.

* 전쟁 전, 미 정부가 '아메리카스 아미'라는 제목의 슈팅 게임을 일반인들에게 무료로 온라인에서 제공했는데, 어떤 사람들은 정부가 신병을 모집하기 위해 머리를 쓴 것이라고 의심을 품었다.

## 남극 대륙: 보스토크 기지

전쟁 전 이 전초 기지는 지구상에서 가장 외딴곳으로 간주됐다. 남극 근처 보스토크 호수의 4킬로미터에 이르는 얼음 표면 위에 있는 이곳은 최저 기온이 세계 기록인 섭씨 영하 89도이고, 최고 기온이 영하 22도를 웃도는 일이 거의 없는 곳이다. 이 극한의 추위와 육상 교통으로 이 기지에 오려면 한 달이 걸린다는 점이 브레킨리지 '브렉' 스콧에게는 아주 매력적이었다.

우리는 기지 내 지열 발전소에서 전력을 끌어 온, 시설을 대폭 강화한 지구 최단의 온실인 '돔'에서 만났다. 이런 시설들과 다른 많은 개량 공사는 스콧이 러시아 정부로부터 이 기지를 임대한 후 모두 설치한 것이다. 그는 대공포가 발생한 후 이 기지를 떠나지 않았다.

선생은 경제에 대해 좀 아시오? 내 말은 전쟁 전 알짜배기인 글로벌 자본주의에 대해 좀 아냐 말이오. 그 경제란 놈이 어떻게 돌아가는지 아시오? 난 그런 거 잘 모르고, 안다고 떠들어 대는 놈들은 모두 헛소리를 하는 거요. 경제에는 어떤 규칙도 없고, 과학적으로 절대적인 사실도 없소. 돈을 따는 것도 잃는 것도 전혀 예측할 수 없는 노름과 같은 거지. 그나마 납득이 갔던 유일한 규칙은 워튼 경영대학원의 경제학 교수가 아니라 역사학 교수에게서 배운 거요. 그 양반이 그러더군. '두려움.'

"두려움이야말로 지구상에서 가장 고가의 상품이다."

그 한 방에 나는 그냥 맛이 갔지.

"텔레비전을 켜 봐."

교수님이 그러셨소.

"뭐가 보이나? 사람들이 자기 물건을 팔아먹는 거? 아니야. 사람들은 제군들에게 자신의 상품이 없으면 살 수 없다는 두려움을 팔아먹고 있는 거야."

우라지게 정곡을 찌른 말씀이었소. 늙는 게 두렵고, 외로울까 봐 두렵고, 가난해질까 두렵고, 실패할까 봐 두려운 것. 두려움이야말로 인간의 가장 근본적인 감정이지. 두려움이 바로 핵심이라는 거요. 인간의 두려움만 건드리면 뭐든 팔아먹을 수 있다. 그게 내 영혼의 진언이었소.

"두려움을 자극하면 팔린다."

내가 처음 그 질병에 대해 들었을 때 당시는 아직도 아프리카 광견병이라고 사람들이 그랬는데, 그때 일생일대의 기회가 왔구나 하는 감이 들었소. 나는 그 케이프타운 질병 발병에 대한 첫 보도를 잊을 수 없소. 처음 10분은 실제 사건을 보도하더니 나머지 한 시간 내내 지루하게 그 바이러스가 미국까지 오면 어떻게 해야 하나 추측하던 보도 말이오. 신이 그 뉴스에 축복을 내리신 거요. 나는 30초 후에 단축 다이얼을 눌렀소.

나는 가장 가깝고 소중한 사람들 몇 명과 만났소. 모두 같은 보도를 봤더군. 내가 제일 먼저 그럴듯한 선전 문구를 생각해 냈소. 백신, 광견병에 접종하는 진짜 백신. 하느님이 보우하사 광견병에 치료제란 없소. 치료제란 사람들이 자신이 감염됐다고 생각했을 때만 사는 거요. 하지만 백신이란 말이지! 예방책이잖소! 그런 질병이 있다고 사람들이 두려워하는 한 그 백신을 계속 맞을 거란 말이오!

우리는 생물 의학 업계 인사들과 그보다 더 많은 의원들과 정치가들을 무수히 접촉했소. 한 달도 채 지나지 않아서 실험 계획안을 작성하고 며칠 내로 제안서를 뽑아 낼 수 있었소. 18홀 한 바퀴 돌고 나니까 게임 끝이더군.

**식품 의약국은 어쩌고요?**

제발, 지금 농담하는 거요? 당시 식품 의약국은 국내에서 가장 재원도 달리고 관리도 부실한 조직 중 하나였소. 내 생각에 그 작자들은 엠 앤드 엠(M&M)에서 레드 넘버 2*를 없앤 일에 대해 아직도 축배를 들고 있었던 것 같은데. 게다가 이 조직은 미국 역사상 가장 기업 친화적인 행정 조직 중 하나요. 존 피어폰트 모건과 존 데이비슨 록펠러가 대통령만 생각하면 무덤에서라도 발딱 일어서지 않겠소? 백악관 직원들은 우리가 제출한 비용 평가 보고서를 읽어 보지도 않더군. 내 생각에 그쪽에선 이미 어디 묘수가 없나 기웃거리고 있었던 것 같소. 식품 의약국을 거쳐 두 달 만에 급행으로 통과시켜 주었소. 의회에서 대통령이 했던 그 연설 기억나시오? 유럽에서 일정 기간 테스트까지 한 마당에 그 백신의 발목을 잡고 있는 건 다름 아닌 우리의 '비대해진 관료주의' 때문이라고 기염을 토하던 거? "우리에게 필요한 건 거대한 정부가 아니라 거대한 보호막이고 그것도 일류 보호막이 필요합니다!"라고 떠들어 댔던 거 기억할 거요. 진짜 배꼽 잡는 이야기지, 내 생각에 국민들 절반은 그 방송을 보고 오르가슴을 느꼈을 거요. 그날

* 사실이 아님: 1976년에서 1985년 사이에 빨간 엠 앤드 엠이 없어지긴 했지만 붉은색 염료 넘버 2는 사용한 적이 없다.

밤 대통령 지지율이 얼마나 치솟았더라, 60퍼센트, 70퍼센트? 바로 그날 우리 회사 주가가 389퍼센트로 대박을 쳤소! 바이두 닷컴쯤은 아무것도 아니야!

**그렇지만 그게 효과가 있을지 없을지 몰랐죠?**

그게 광견병에 효과가 있을 거라는 건 알고 있었고, 사람들이 말하길 일종의 정글 광견병의 변종이라고 했으니까.

**누가 그런 말을 했어요?**

선생도 알면서 그러시오, '그 사람들', 예를 들면 유엔이나 뭐 그런 치들. 다 그게 그거라고 했잖소, '아프리카 광견병'이라고.

**실제로 환자에게 시험해 봤나요?**

왜 그래야 하지? 사람들은 그게 일치하는 변종인지 확실하지 않아도 항상 독감 예방 주사를 맞잖소. 이 백신과 독감 바이러스가 다른 게 뭐가 있소?

**하지만 그 피해는…….**

누가 일이 그 지경까지 갈 거라고 생각이나 했겠소? 이전에 얼마나 많은 질병 공포증이 있었는지 알기나 하시오? 빌어먹을, 석 달에 한 번씩 흑사병이 전 세계를 휩쓸고 지나간다고 생각해도 무방할걸. 에볼라, 사스(SARS), 조류 독감 같은 것들을 보소. 도대체 얼마나 많은 사람들이 이 공포증을 무기로 돈을 긁었는지 알기나 하오? 염병, 난 방사능이 많이 들어간 폭탄이 떨어질 거라고 사람들이 벌벌 떨던 시절에 아무짝에도 쓸모없는 방사능 퇴치 알약을 만들어서 태어나서 처음으로 100만 달러를 벌었소.

**하지만 누군가 그 사실을 알게 된다면…….**

도대체 뭘 알게 된다는 거지? 우리는 사기 친 적 없다 이거요, 알겠소? 정부에서 그게 광견병이라고 해서 광견병 백신을 만든 것뿐이오. 우리는 유럽에서 그 백신 테스트를 했고 그 테스트를 기초로 해서 만든 약을 유럽에서 테스트했다고 말했지. 엄밀히 말하면 거짓말한 게 아니잖소. 우리는 잘못한 게 하나도 없다 이거요.

**하지만 누군가 그게 광견병이 아닌 걸 알아낸다면…….**

누가 감히 입을 열 건데? 의학계에서? 우리는 그 백신을 의사 처방 약으로 해서 의사들도 우리가 버는 만큼 챙길 수 있도록 조처를 해 놨더랬소. 그리고 또 누가 있더라? 백신을 통과시킨 식품의약국? 법안을 일사천리로 통과시킨 의원들? 공중위생국장? 백악관? 이거야말로 누이 좋고 매부 좋은 상황이라는 거요. 모두가 영웅이 되고 모두가 돈을 만진단 말씀이지. 그 백신 팔랭스가 시장에 나오고 반년 뒤엔 더 저렴한 유사 상품들이 나오기 시작했소. 거기다 공기 청정기 같은 보조 제품들도 쏟아져 나왔고.

**하지만 그 바이러스는 공기로 전염되는 게 아니잖아요.**

그게 중요한 게 아니라니까! 중요한 건 모두 같은 상표를 달고 나왔다는 거지! "제약회사가 만든." 나는 이 말만 하면 되는 거요. "일종의 바이러스성 감염을 막아 줄 수도 있습니다." 그거면 충분했소! 이젠 과거에 사람들이 꽉 찬 극장에서 "불이야!"라고 소리치는 게 왜 불법이었는지 이해했소. 사람들이 이런 식으로 말하진 않잖소.

"이봐, 연기 냄새 안 나는데. 정말 불이 나긴 난 거야?"

절대 이렇게 말하지 않소. 대신 이렇게 말하지.

"이런 망할, 불났네. 튀어!" (그는 껄껄 웃었다.)

나는 실내 공기 청정기, 차량용 공기 청정기로 돈깨나 벌었소. 최고의 히트 상품은 비행기에 탈 때 목에 거는 너절한 장치였소! 그 장치가 두드러기쑥(국화과 식물로 알레르기의 원인이 된다.—옮긴이)이라도 걸러 냈는지는 모르겠지만 팔리긴 신나게 팔리더군.

대박도 그런 대박이 없어서 유령 회사를 차리기 시작했소. 왜 있잖소, 나라 전역에 제조 시설을 세울 계획을 가지고 말이오. 이 유령 회사 주식들은 실제 회사 주식만큼이나 많이 팔렸지. 이젠 안전이 문제가 아니라 안전이라는 아이디어를 판다는 것 자체가 핵심이었던 거요! 처음에 미국에서 그 좀비 사건이 터지기 시작했을 때 플로리다에 있던 한 남자가, 자기는 좀비에게 물렸는데 팔랭스를 맞아서 살았다고 말했던 거 기억나시오? 아하하! (그는 일어서서 미친 듯이 성행위 흉내를 냈다.) 그 멍청이가 누구였는지 모르겠지만 복 많이 받아야 해.

**하지만 그건 팔랭스 때문이 아니었잖아요. 당신이 만든 백신은 사람들을 보호해 주지 못했어요.**

대신 두려움을 막아 줬잖소. 내가 판 건 그거였소. 제기랄, 팔랭스 덕에 생물공학 산업 분야가 회복하기 시작했고, 그래서 주식 시장이 즉각적으로 활기를 띠게 됐고 결국엔 경기가 회복된다는 인상을 받아서 소비자 자신감이 회복되고 여차저차해서 실제로 경기가 회복됐잖소! 팔랭스가 불황을 끝낸 거요! 내가…… 이 내가 경기 침체를 끝낸 거라고!

**그래서 그다음에 어떻게 됐죠? 재앙이 악화되고 나서 언론에서 마침내 기적의 치료제는 없다고 보고했잖아요?**

정확히 그렇게 됐지. 아, 그년 이름이 뭐지, 빌어먹을 계집년이 하나 있는데. 그년이 제일 먼저 입을 놀렸잖아! 그년이 도대체 무슨 짓을 했는지 좀 보라고! 우리 모두를 엿 먹였다니깐! 고것 때문에 이 모든 악순환이 시작됐소. 그 계집이 대공포를 야기한 거요.

**그럼 당신은 개인적으로 책임질 일이 하나도 없다는 건가요?**

뭘 책임져야 하는데? 돈 그거 조금 만졌다고? 흠, 사실 조금은 아니지. (낄낄거린다.) 내가 한 일은 우리 중 누구라도 했을 일을 한 것뿐이오. 나는 내 꿈을 추구했고, 내 몫을 챙긴 것뿐이라고. 누군가를 비난하고 싶으면 누구든 그게 광견병이라고 처음에 말한 사람을 비난하든가, 아니면 광견병이 아니란 걸 알면서도 우리에게 백신 제조 허가를 내준 사람을 욕하시오. 젠장맞을, 누군가 손가락질하고 싶으면 조사도 해 보지 않고 넙죽넙죽 돈을 내준 멍청한 소비자들을 손가락질하라지. 나는 결코 그 인간들 대가리에 총구를 댄 적 없소. 자신들이 직접 선택한 일이오. 그 사람들이 나쁜 거지, 내가 나쁜 게 아니라고. 나는 결코 누구도 직접적으로 해치지 않았고 누군가 너무 멍청해서 자해를 한 셈이라면 그게 얼빠진 놈이지. 물론…… 지옥이란 게 있다면……(말하면서 낄낄거린다.)……거기서 얼마나 많은 얼간이들이 날 기다리고 있을지 생각하고 싶지 않소. 다만 환불해 달라는 소리만 하지 말아 주길 빌 뿐이지.

## 미국, 텍사스 주 아마릴로

**그로버 칼슨은 그 도시의 실험적인 생물학적 변환(폐기물을 에너지로 전환하는 것) 공장에서 연료 수집자로 근무 중이다. 그가 수집하는 연료는 똥이다. 나는 수많은 까치들이 날아다니는 목초지에서 전직 백악관 참모가 손수레를 밀고 다니는 걸 따라다녔다.**

물론 우리는 이스라엘인들이 경고하는 보고서를 받았소, 우리가 도대체 뭐라고 생각해요? 우리를 CIA로 보는 거요? 우리는 이스라엘이 문제의 발표를 하기 3개월 전에 그 보고서를 읽었소. 국방부에서 호들갑을 떨기 전에 내가 직접 대통령에게 사건을 보고했고 그다음에 대통령이 그 메시지를 논의하기 위해 전체 회의까지 소집했소.

**그 회의는 어땠나요?**

그딴 건 무시하고 모든 노력을 기존의 위협에만 집중하라는, 만날 하는 헛소리였지. 우리는 모든 행정부가 그렇듯이 매주 이런 보고서를 수십 개씩 받고 있었는데 모두 자신의 특별한 유령이 '인류 생존에 가장 큰 위협'이 된다고 주장하는 것들이었소. 머리 좀 굴려 보시오! 편집증적인 정신병자들이 "늑대다!"라고 하거나 "지구 온난화다!"라고 하거나 아니면 "좀비!"라고 소리치는데 연방 정부가 일일이 반응한다면 이 나라가 도대체 어떻게 굴러가겠소? 제발이지. 우리는 워싱턴 이래 모든 대통령이 그랬던 것처럼 현실적인 위협 평가에 직접 연관된 신중하고 적절한 대응책을 제시했소.

**그렇게 해서 알파 팀이 태어났군요.**

알파 팀은 다른 많은 조치들 중 하나일 뿐이었소. 국가 안보 보좌관이 이 일에 얼마나 무심했나 생각해 보면 우리는 실제로 이 사건에 모범적으로 대처했던 셈이오. 우리는 국립과 지방 사법기관에 그 질병이 발생할 경우에 어떻게 대처해야 하는지 보여 주는 교육용 비디오를 제작했소. 보건복지부는 가족이 감염된 경우에 대응하는 방법을 홈페이지에 게시했지. 그리고 참, 식품 의약국을 통해 팔랭스를 급행 처리한 건 어쩌고?

**하지만 팔랭스는 듣지 않았어요.**

아하, 하지만 그런 약 하나 발명하는 데 시간이 도대체 얼마나 걸리는지 알기나 해요? 암이나 에이즈 연구에 얼마나 많은 시간과 돈이 들어갔는지 보시오. 당신이 미국 국민들 앞에 나가서 이 두 질병 중 하나의 연구 기금을 전용해서 평생 듣지도 보지도 못한 질병 연구를 하겠다고 발표한다고 한번 생각해 보시오. 전쟁

중에도, 전쟁이 끝난 뒤에도 우리가 그 질병에 대해 그렇게 막대한 투자를 했는데도 아직 치료제도 없고 백신도 없잖소. 우리는 팔랭스가 위약이라는 걸 알고 있었지만, 그런 게 있다는 것 자체가 고마웠소. 팔랭스가 일단 사람들을 진정시켜 주는 동안 우리는 우리 일을 할 수 있었소.

뭐, 우리가 사람들에게 진실을 고백하는 게 나았다는 말을 하려는 거요? 그게 신종 광견병이 아니라 시체를 소생시키는 불가사의하고 초자연적인 역병이라는 말? 어떤 무서운 상황이 발생했을지 당신이 짐작이나 하시오? 시위와 폭동으로 사유재산이 파괴되면서 수십억 달러가 허공으로 사라지는데? 바지에 오줌이나 질금거리는 의원들이 정부를 마비시키고 결국엔 아무짝에도 쓸모없으면서 겉보기만 번지르르해 보이는 좀비 보호법 같은 걸 의회에서 급행으로 통과시키는 꼴을 상상이나 해 봤소? 그게 이 정부의 정치적 자산에 어떤 손해를 입힐지 상상할 수 있겠소? 그때 우리는 대선을 치러야 했는데 고전을 면치 못할 싸움이었소. 우리는 '청소반'이었는데 그게 뭐냐면 이전 정부가 남긴 모든 쓰레기를 치워야 하는, 복도 지지리도 없는 작자들을 칭하는 말이오. 이 정부는 지난 8년간 쌓아 놓은 쓰레기로 동산을 하나 만들었더군! 우리가 그나마 정권을 계속 지킬 수 있었던 건 우리가 새로 내세운 꼭두각시가 계속 약속을 남발했기 때문이오. "평화와 번영으로 돌아가겠다."라는 약속이지. 미국인들은 그 이하로는 절대 수용하지 않을 태세였으니까. 국민들은 이미 힘든 시절을 겪을 만큼 겪었다고 생각하고 있는데 이제 그야말로 전대미문의 악재가 다가오고 있다고 말하는 건 그야말로 자폭이오.

**그러면 백악관에서는 그 문제를 해결하려고 노력한 적이 없군요.**

이 사람이 정말 사태 파악 못하시네. 당신이 정말 빈곤 문제를 '해결'할 수 있소? 범죄 문제를 '해결'할 수 있냐고? 질병, 실업, 전쟁, 아니면 다른 사회적인 질환들을 '해결'할 수 있을 것 같소? 절대 아니지. 그나마 바랄 수 있는 건 사람들이 계속 살아갈 수 있을 정도로만 그 문제들을 관리해 주는 거요. 이런 건 냉소주의가 아니라 성숙이라고 부르는 거요. 비를 멈추게 할 순 없소. 우리가 할 수 있는 건 지붕을 만들어 놓고 새지 말라고 빌거나, 아니면 최소한 우리에게 표를 던질 사람들은 비를 맞지 않게 해 주는 거지.

**그게 무슨 뜻이죠?**

순진한 척하시긴.

**정말입니다. 그게 도대체 무슨 뜻입니까?**

좋아요, 뭐 어쨌거나. "스미스 씨 워싱턴에 가다."(상원의 부패에 맞서는 이상주의자 의원을 그린 1939년도 미국 영화—옮긴이) 아시오? 이게 무슨 말이냐 하면, 정치적으로 말하면 권력을 유지하기 위해선 권력 기반이 요구하는 것을 잘 들어줘야 한다 이 말이오. 그 사람들을 기분 좋게 해 주면 계속 백악관에 있을 수 있는 거요.

**그래서 일부 질병 발병 사례가 무시된 겁니까?**

세상에, 당신은 우리가 그 질병을 잊어버린 것처럼 말하는군.

**지방 법 집행 기관에서 연방 정부에게 추가 지원을 요구한 적이 있나요?**

경찰에서 인원을 더 배치해 달라, 장비를 더 좋은 걸로 바꿔 달라, 훈련 시간을 늘려 달라, 아니면 지역 사회 봉사 활동 프로그램 자금을 더 달라고 징징거리지 않았던 적도 있소? 그 계집애 같은 놈들은 군인만큼이나 상태가 안 좋지. 항상 '필요한 것을' 제대로 못 받는다고 투덜대지만 그 사람들이 자기 모가지를 걸고 세금을 올리진 않잖소? 그 작자들은 빈민가에 사는 흑인들을 도와주느라 교외에 사는 백인 부자들에게 당신네 돈을 갖다 써야겠다고 설명할 일이 없지 않느냐 말이오?

**공개적으로 발각될 것은 걱정하지 않았나요?**

누구에게 발각된다는 거요?

**언론, 미디어요.**

'미디어'라. 또 다른 공황이 닥치면 주식 시장에서 주가가 곤두박질치게 될, 세계에서 가장 큰 기업 중 일부가 소유하고 있는 그 네트워크들 말하는 거요? 그 미디어 말이오?

**그럼 백악관에서 실제로 은폐를 조장한 게 아니란 말이죠?**

우리는 그럴 필요가 없었소, 자기들이 다 알아서 하던데. 그들도 우리만큼, 아니 어쩌면 우리보다 더 잃을 게 많았소. 게다가 이 사람들은 미국에서 첫 사례가 발표되기 1년 전에 이미 그 스토리를 알고 있었소. 그러다 겨울이 오고 팔랭스가 나오면서 사건

이 묻힌 거지. 아마 그쪽에서도 소수의 정의감에 불타는 젊은 기자들을 '입막음'시켰겠지만 현실은 이 모든 일이 몇 달이 지난 후엔 이미 낡은 기삿거리가 돼 버렸다는 거요. 그럭저럭 이 사태도 '관리할 수 있는' 수준이 된 거지. 사람들은 이런 상황에 맞춰 살아가는 법을 익히기 시작했고 이미 다른 뉴스를 목말라 하고 있었소. 특종을 터뜨리려면 큰 건수를 터뜨려야 하고, 그러자면 항상 신선한 뉴스를 공급해야 하는 거지.

**하지만 비주류 언론 매체도 있었잖아요.**

아, 있기야 있지, 하지만 누가 그런 걸 듣겠소? 동성애자, 가방끈이 무지하게 길어서 똑똑한 척하는 재수 없는 놈들 말고 누가 그런 걸 듣겠소? 아무도 없지! 현실 감각이 한참 떨어지는 PBS나 NPR 같은 소수 극단론자들의 방송을 누가 신경이나 쓰는 줄 아시오? 이런 엘리트들이 "시체가 걸어 다닌대!"라고 소리칠수록 평범한 미국인들은 등을 돌려 버리지.

**그럼 제가 당신의 입장을 제대로 이해했는지 한번 짚어 보죠.**

내가 아니라 정부의 입장이오.

**정부는 이 문제에 충분히 관심을 쏟았다는 것이 정부 측 입장이라는 거죠.**

이제야 말귀를 알아먹네.

**정부란 게 항상 공사다망한 데다 특히 그 당시 미국인들이 결코 원**

하지 않았던 게 또 다른 대중적 공포였다는 걸 감안하면 말이죠.

바로 그거요.

그래서 당신은 그 위협이 해외에 파견한 알파 팀과 본국에 있는 일부 추가 법 집행 기관을 훈련함으로써 '관리할 수 있는' 소소한 문제라고 봤다는 거죠.

그렇소.

비록 당신이 그에 반대되는 경고, 즉 이 질병은 결코 대중의 일상생활과 공존할 수 없고, 실제로 전 세계적인 재앙으로 확대되고 있다는 경고를 받았더라도 말이죠.

(칼슨 씨는 침묵을 지킨 채 나를 노려보다가 '연료'를 한 삽 퍼서 카트에 담았다.) 제발 철 좀 들어요.

## 미국, 몬태나 주 트로이

팸플릿에 보면 이 동네는 '새로운 미국'을 위한 '새로운 지역 사회'라고 나와 있다. 이스라엘의 '마사다'(이스라엘의 서해 남서쪽 벼랑 위에 있는 고대 유적으로, 기원전 2세기 후반 마가바이오스조의 요새—옮긴이) 모델을 본뜬 이곳은 보면 한눈에 이곳이 한 가지 목적을 염두에 두고 지어졌다는 것을 알 수 있다. 건물들은 강화된 콘크리트 벽을 굽어볼 수 있는 완벽한 조망을 가진, 6미터 높이의 지주 위에 세워졌다. 각각의 주택은 쉽게 접었다 붙였다 할 수 있는 계단으로 출입하게 돼 있고 비슷한 신축 자재를 쓴 통로로 이웃집과 연결되어 있다. 태양전지 지붕, 보호 벽, 정원, 망루 탑, 두꺼운 철로 보강된 미닫이문 같은 특징들 덕분에 트로이는 거주민들에게 찬사를 받았고, 덕분에 트로이 개발업자는 미 대륙 전역에 이 같은 단지를 지어 달라는 주문을 일곱 건이나 받아 놓은 상태였다. 트로이 개발업자이자 건축가이며 초대 시장은 메리 조 밀러이다.

아, 그럼요, 저도 걱정했죠, 내 차 할부금이랑 팀의 사업 대출에 대해서. 수영장 바닥 틈이 점점 커지는 것도 그렇고 해조막이 엉기는, 염소 처리 안 된 필터도 걱정스럽고. 인터넷 브로커가 이건 그냥 초보 투자자의 불안일 뿐이고 일반 연금 계획보다 더 수익성이 높다고 안심시켜 줘도 우리 유가증권도 걱정스러웠죠. 에이든에겐 수학 과외 교사를 구해 줘야 하고, 제나는 축구 캠프에 가져갈 제이미 린 스피어스표 축구화를 사 줘야 하는데. 시부모님은 크리스마스를 우리 집에 와서 보낼까 생각 중이시고. 내 남동생은 재활원에 있었고. 핀리에겐 벼룩이 생겼고 물고기 중 한 마리는 왼쪽 눈에 일종의 곰팡이 균이 생겼죠. 이걸로 걱정거리가 끝난 것도 아니에요. 정신 사납게 하는 일이 하나 둘이 아니었어요.

**뉴스는 보셨나요?**

보긴 봤죠, 하루에 5분 정도. 지역 뉴스랑 스포츠랑 연예인들 가십 기사 같은 거죠. 왜 텔레비전을 보면서 굳이 우울해해야 하죠? 매일 아침 체중계에 올라설 때마다 우울해지는 것도 충분한데.

**다른 경로는 어때요? 라디오는 안 들으셨나요?**

아침에 출근하느라 차 몰고 가는 시간에요? 그 시간은 저의 명상 시간이에요. 아이들을 학교에 데려다 주고 그 방송을 듣죠. (방송 프로그램 제목은 법률적인 이유로 공개하지 않음.) 그 진행자가 농담하는 거 들으면서 하루를 견뎌 낸답니다.

**그럼 인터넷은 어때요?**

인터넷이 어쨌다고요? 내게 인터넷은 쇼핑하는 곳이고 제나에겐 숙제하는 곳이고. 팀에겐…… 다시는 보지 않겠다고 내게 맹세를 하는 포르노 동영상을 보는 곳이죠. 인터넷에서 내가 보는 유일한 뉴스는 에이오엘(AOL, America On Line) 홈페이지에 뜨는 뉴스뿐이에요.

**직장에선 동료들끼리 뭔가 이야기가 있었을 텐데.**

아, 처음에는 그랬죠. 좀 무섭기도 하고 이상한 이야기가 돌았죠. "있잖아, 내가 듣기론 그게 진짜론 광견병이 아니래." 같은 이야기들. 하지만 그해 겨울이 오면서 그런 흉흉한 소문도 줄어들고 (기억나죠?) 어쨌든 간밤에 텔레비전에서 본 연예인들 살 빼기 캠프 이야기나 휴게실에 없는 직원들 험담하는 게 훨씬 재미있잖아요.

3월인가 4월에 회사에 출근했는데 루이즈 부인이 자기 책상을 치우고 있더군요. 난 부인이 잘렸거나 아니면 외부로 차출을 당했거나, 있잖아요, 내가 정말로 두려워하는 일을 당했나 보다 생각했죠. 부인은 내게 '그들' 때문이라고 말하더군요. 부인은 항상 그 일에 대해 '그들'이라거나 아니면 '지금 일어나는 모든 일'이라는 식으로 표현했어요. 부인은 이미 집을 팔고 알래스카, 포트 유콘 근처에 있는 오두막집을 샀다는 이야기를 하더군요. 그건 들던 중 가장 어리석은 이야기였어요. 특히 루이즈 같은 사람이 그런 말을 하리라고는 짐작도 못 했어요. 그녀는 무식한 멕시코인들과는 달리 '아주 똑똑한' 사람이었거든요. 이런 말을 해서 미안하긴 하지만 그 당시엔 내 사고방식이 그랬죠.

**바깥 분께서는 한 번이라도 걱정하시지 않던가요?**

아뇨, 하지만 아이들은 걱정했어요. 말로 표현하거나 의식적으로 두려워한 건 아닌 것 같지만. 제나는 애들하고 자주 싸우더군요. 에이든은 우리가 불을 켜 놓지 않으면 잠을 자려고 하지 않았어요. 아이들이 팀이나 나보다 더 많은 정보를 접한 건 아니겠지만, 아이들에겐 어른들처럼 그런 걱정을 차단할 일상적인 근심거리가 없었던 거겠죠.

**당신과 남편은 어떻게 대처했나요?**

에이든에게는 졸로프트(우울증 치료제 — 옮긴이)와 리탈린 SR(행동 항진증 치료제 — 옮긴이)를 맞히고 제나에겐 아데랄 XR(주의력 결핍 과잉 행동 장애 치료제 — 옮긴이)를 맞혔어요. 한동안은 안심이 되더군요. 그나마 분통 터졌던 일은 아이들이 이미 팔랭스를 맞았기 때문에 그 나머지 예방 주사들은 보험 처리가 안 됐다는 거죠. 팔랭스가 나오자마자 식구들은 모두 맞았죠. "팔랭스 한 방이면 마음의 평화가 온다." 그게 우리가 그 위기를 준비하는 방식이었죠. 팀은 총을 한 자루 샀어요. 남편은 나를 사격 연습장에 데려가서 총을 쏘는 법을 가르쳐 주겠다고 약속만 계속 했는데.

"일요일에."

항상 그렇게 말했죠.

"이번 주 일요일에 가자."

남편이 일요일에 바쁘다는 건 나도 알고 있었어요. 남편은 일요일엔 정부랑 놀아나느라 정신이 없었죠. 5미터 크기에 쌍둥이 엔진이 달린 요트가 남편의 정부였죠. 사실 난 별로 신경 쓰지 않았어요. 우리는 모두 약을 먹었고, 최소한 남편이 글록 자동권총을 쏘는 법은 알고 있었으니까요. 그건 화재 경보기나 에어백처럼 삶의 일부였죠. 아마 한 번씩 생각해 보긴 했겠죠, 그건 항상 그냥, 그냥 대비용으로. 그리고 이렇게 온갖 걱정거리가 쌓여 있는 마당에, 매달 새로운 두통거리가 생기기 마련이잖아요. 그런데 이 모든 걸 어떻게 일일이 다 쫓아다닐 수 있겠어요? 어떤 게 진짜로 위험한 건지 어떻게 알겠어요?

**어떻게 알게 됐나요?**

그냥 암흑이 찾아왔어요. 게임이 시작된 거죠. 팀은 코로나 맥주를 마시면서 안마 의자에 앉아 있었어요. 에이든은 거실 바닥에 앉아 비디오 게임을 하고 있었죠. 제나는 방에서 숙제를 하고 있었고. 나는 세탁기를 내리느라 핀리가 짖는 소리를 듣지 못했어요. 흠, 듣긴 했는데 별생각을 안 했던 것 같아요. 우리 집은 동네에서 가장 멀리 떨어져서 산기슭에 있었거든요. 우리는 샌디에이고 근교의 노스 카운티에서 이제 막 개발된, 조용한 동네에 살고 있었어요. 마당 잔디밭에 토끼나 가끔 사슴이 뛰어가면 핀리는 숨이 넘어갈 듯 짖어 대곤 했죠. 나는 핀리에게 시트로넬라(향료용 식물 — 옮긴이)가 든 짖는 소리 차단 목걸이를 사 줘야 한다고 메모해 놓은 쪽지를 힐끗 봤던 거 같아요. 언제 다른 개들이 짖기 시작했는지, 언제 거리에서 차 경보기가 켜지는 소리를 들었는지 잘 모르겠어요. 총소리 같은 소리가 났을 때 비로소 서재로 뛰어갔죠. 팀은 아무 소리도 못 들었다더군요. 오디오 볼륨을 너무 크게 올려 놨더라고요. 난 계속 남편에게 청력 검사를 받아 보라고 잔소리를 했죠. 20대에 헤비메탈 밴드를 미친 듯이 들었으니. (한숨을 쉰다.) 에이든은 뭔가 소리를 들었다고 하더군요. 그게 무슨 소린지 내게 물었어요. 나도 모르겠다고 대답하려는데 에이든의 눈이 동그래지더군요. 에이든은 내 뒤에 있는 뒷마당으로 나가는 유리로 된 미닫이문을 보고 있었어요. 나는 유리가 깨지는 순간 막 몸을 돌렸죠.

그건 153센티미터 정도 되는 키에, 축 처진 좁은 어깨에, 배를 쉴 새 없이 헐떡이고 있더군요. 셔츠도 안 입고 있었는데 얼룩덜룩한 회색 피부가 모두 찢기고 얽은 자국이 나 있었어요. 그것에게선 물비린내, 말하자면 썩은 다시마와 소금물 냄새가 났어요. 에이든은 펄쩍 뛰어서 내 뒤로 달려왔죠. 팀은 의자에서 일어서서 우리와 그것 사이에 섰어요. 순식간에 그간의 모든 거짓말이 무너지는 것 같았죠. 팀이 필사적으로 방 주변을 둘러보면서 무기가 될 만한 것을 찾고 있는데 그것이 팀의 셔츠를 움켜쥐었어요. 둘이 카펫 위에 부둥켜안고 쓰러져서 몸싸움을 하며 뒹굴었죠. 팀은 우리에게 침실로 가라고 하면서 총을 가져오라고 소리 질렀어요. 우리가 복도로 나갔을 때 제나가 비명을 지르는 소리를 들었어요. 나는 제나의 방으로 달려가서 문을 확 열어젖혔죠. 또 다른 놈, 이번엔 큰 놈이었는데 185센티미터는 돼 보이고 거대한 어깨에 팔뚝도 무시무시하더군요. 창문이 깨져 있었고 그놈이 제나의 머리채를 잡고 있었어요. 아이는 "엄마아아아아아아아아!"라고 비명을 지르고 있었죠.

**그래서 어떻게 하셨나요?**

나는…… 나도 정확히 모르겠어요. 기억해 보려고 하지만 모든 게 너무 빨리 일어나서. 그것의 목을 잡았어요. 그게 입을 떡 벌리고 제나를 물려고 하고 있었죠. 나는 놈을 죽어라고 잡고…… 잡아당겼는데…… 아이들 말이 내가 그것의 머리를 찢어 버렸다고, 그냥 그대로 찢어져서 살과 근육과 그 밖의 다른 것들이 너덜거리는 채로. 나는 그게 가능하다고 생각하지 않는데. 아마 아드레날린이 넘치다 보면…… 내 생각에 아이들은 수년간 기억 속에서 그 일을 키워 가면서, 날 아줌마 헐크 같은 괴물로 만든 것 같아요. 어쨌든 내가 제나를 풀어 줬다는 건 알아요. 그건 기억나는데. 그리고 1초 뒤에 팀이 셔츠에 그 찐득찐득하고 검은 액체를 사방에 묻혀가지고 방에 들어왔어요. 한 손에는 총을 들고 다른 손에는 핀리의 끈을 쥐고 있더군요. 팀은 내게 차 열쇠를 던지면서 아이들을 교외로 데리고 가라고 했어요. 우리가 차고로 달려가는 동안 팀은 뒷마당으로 달려갔어요. 나는 시동을 걸면서 팀의 총소리를 들었죠.

# 대공포

미국, 테네시 주, 멤피스, 파넬 주 방위군 기지

개빈 블레어는 미국 민간 초계 부대의 정수인 D-17 전투 비행선 조종사이다. 그는 타고난 파일럿이다. 민간인일 때는 후지 필름의 광고용 소형 비행기를 몬다.

세단, 트럭, 버스, 레크리에이션용 차량, 운전할 수 있는 것은 모두 지평선에 일렬로 죽 늘어서 있었어요. 트랙터도 보이고, 콘크리트 믹서도 보이더군요. 정말이에요, 심지어는 아무것도 없이 '신사들의 클럽'이라고 써 놓은 거대한 광고판을 단 평상형 트레일러도 봤어요. 사람들이 그 광고판 위에 앉아 있더군요. 사람들은 앉을 수 있는 곳이면 어디든 앉았어요. 지붕 위에도 앉아 있고 그물 선반 사이에도 앉아 있더군요. 그걸 보고 있으려니 사람들이 원숭이처럼 기차에 매달려 있는 낡은 인도 사진이 생각나더군요.

도로에는 정말 온갖 쓰레기들이 널려 있었어요. 여행 가방들, 상자들, 비싼 가구들도 있더군요. 그랜드 피아노도 한 대 있었어요, 농담하는 거 아니에요. 트럭 위에서 누가 던져 버린 것처럼 산산이 조각난 피아노였어요. 버려진 차도 아주 많았어요. 어떤 차들은 길옆으로 밀려나 있었고, 어떤 것들은 해체돼 있었고, 어떤 것들은 불에 탄 것처럼 보이더군요. 나는 많은 사람들이 걸어서 들판을 지나거나 도로 옆을 걸어가는 것을 봤어요. 어떤 사람들은 차 창문을 두드리면서 온갖 것을 들이대더군요. 어떤 여자들은 자기 몸을 드러내고. 이 사람들은 거래를 해 보려고 했던 것 같아요, 기름을 얻자는 거겠죠. 설마 차를 태워 달라고 그랬던 건 아니었을 겁니다. 사람들이 차보다 더 빨리 움직이고 있었으니까. 터무니없는 말이지만, 하지만……(그는 어깨를 으쓱했다.)

약 50킬로미터쯤 올라간 길 위쪽에선 차가 그나마 조금씩 움직이고 있었어요. 그쪽 분위기는 한결 진정됐을 거라고 생각하시겠죠. 현실은 그렇지 않았어요. 사람들은 전등을 번쩍거리고, 앞차를 들이받고 차에서 나와서 소란을 피워 대고 있었죠. 그리고 사람들이 길가에 누워 있는데 간신히 움직이거나 아예 미동도 하지 않고 누워 있는 게 보이더군요. 사람들이 달려가면서 그 누워 있던 사람들을 지나치는데, 손에 물건을 들거나 아이들을 안거나 아니면 아무것도 없이 모두 같은 방향으로 달려가고 있었어요. 몇 킬로미터 더 가서 왜 그랬는지 이유를 알았죠.

그 생물체들이 차들 사이에 몰려 있었어요. 외곽 도로에 있던 운전자들은 차를 돌려 빠져나오려고 하다가 진창에 빠져서 내부도로를 막고 있었죠. 사람들은 차 문을 열 수 없었어요. 차들이 너무 가깝게 몰려 있었죠. 나는 괴물들이 열려 있는 차 창문으로 손을 넣어서 사람들을 밖으로 끌어내거나 자기들이 직접 차 안으로 들어가는 것을 목격했어요. 많은 운전자들이 차 안에 갇혀 있었어요. 문이 닫혀 있었는데 내 생각에 아마 잠가 놨던 것 같아요. 창문이 모두 올라가 있었는데 모두 안전장치가 된 유리였어요. 죽은 자들은 안으로 들어갈 수 없었고, 산 자들은 밖으로 나올 수 없는 상황이었죠. 차 안에 있던 사람들 몇 명이 겁에 질려서 총으로 차 앞 유리를 박살내 그나마 있던 유일한 방어책을 없애 버리는 걸 봤어요. 바보 같으니라고. 차 안에서 문 잠가 놓고 있으면 몇 시간이라도 벌었을 텐데, 어쩌면 도망칠 수도 있었고. 어쩌면 도망칠 수도 없고 더 빨리 죽었을 수도 있었겠지만. 중앙 도로에 소형 오픈 트럭에 말을 실은 트레일러가 달려 있더군요. 그 트레일러는 미친 듯이 앞뒤로 흔들리고 있었어요. 말들이 아직 그 안에 있었는데.

그 괴물 떼가 계속 차들 사이를 이동하면서 글자 그대로 사람들을 먹어치우면서 정체된 차들을 통과하고 있었고, 그 불쌍한 사람들은 도망치려고 안간힘을 쓰고 있더군요. 지금까지도 잊을 수 없는 건 어디든 갈 데가 없었다는 겁니다. 이 도로는 I-80으로 링컨과 노스 플랫 사이에 있는 긴 고속도로였어요. 이 두 곳은 그 사이에 있는 다른 작은 소도시들처럼 주민들 대다수가 감염된 상태였어요. 도대체 그 사람들은 어딜 가려고 생각하고 있었을까요? 누가 이런 대탈출을 조직했을까요? 누가 이런 걸 조직이나 했을까요? 사람들은 차들이 한 줄로 떠나는 것을 보고 묻지도 않고 거기에 합류했을까요? 나는 어떤 상황이었을지 상상을 해 보려고 했죠. 차들은 앞뒤로 숨이 막히게 턱턱 붙어 있지, 애들은 울어 대고 개들도 따라서 짖고 몇 킬로미터 뒤에서 누가 따라오고 있는지 알면서 앞에 가는 누군가는 어디로 가는지 알고 있으리라 희망하고 기도하는 모습 말입니다.

1970년대 모스크바에서 한 미국 기자가 했던 실험에 대해 들어 본 적이 있나요? 그는 평범하고 특징 없는 건물을 그냥 하나 골라서 그 앞에 서 있었대요. 어떤 사람이 그 기자 뒤에 줄을 섰고, 그러다 몇 분 지나면서 몇 명이 더 그 뒤에 서고 그러다 마침내 그 블록 전체에 사람들이 빙 둘러 줄을 서더라는 거죠. 아무도 무엇 때문에 줄을 서는지 묻지 않았대요. 그냥 줄을 설 만한 이유가 있을 거라고 믿은 거죠. 그 이야기가 사실인지는 말할 수 없어요. 어쩌면 그냥 도시 전설이거나 냉전 시대에 떠돌던 허튼소리였겠죠. 그 누가 알겠어요?

## 인도, 알랑

나는 아자이 샤와 해변에 서서 한때는 자부심이 넘쳤던 배들의 녹슬어 가는 잔해를 지켜봤다. 정부는 이 난파선들을 처리할 자금이 없었고, 시간과 자연이 이 배들을 고철 덩어리로 만들어 가면서 이 배들은 이 해변이 한때 목격했던 대학살에 대한 침묵의 기념비로 남아 있다.

사람들은 여기서 일어난 일이 특이한 일이 아니라고 하죠. 전 세계적으로 바다와 육지가 만나는 곳이라면 사람들은 바다에서 살아남을 가능성을 찾아 떠다니는 것은 뭐든 타려고 필사적으로 노력했죠.

나는 바브나가르에서 평생 살았지만 알랑이 어떤 곳인지 몰랐어요. 난 대학을 졸업한 후로 '지피'라고 지적 노동에 종사하는 전문가 즉 사무실 매니저로 일했죠. 내가 한 유일한 육체노동이라곤 컴퓨터 자판을 치는 것뿐이었는데 그나마도 모든 소프트웨어에 음성 인식 프로그램을 깔면서 안 하게 됐죠. 알랑이 조선소라는 것은 알고 있었고, 그래서 처음에 거길 가려고 했던 거죠. 나는 그곳이 우리 모두를 안전한 곳으로 데려다 줄 배들을 대량 생산해 내는 건설 현장일 거라고 예상했어요. 그 반대일 거라고는 상상도 못했죠. 알랑은 배를 만드는 곳이 아니라 죽이는 곳이었어요. 전쟁 전 이곳은 세계 최고 규모를 자랑하는, 배를 해체하는 곳이었죠. 인도의 고철 회사들이 세계 각국에서 배를 사들여 이 해변으로 가져와서 해체하고, 자르고, 가장 작은 볼트 하나까지 완전히 분해하는 곳이었어요. 내가 본 몇 십 대의 배들은 짐을 신거나 제대로 작동하는 배가 아니라 처분을 기다리는 벌거벗은 폐선들이었죠.

거기엔 건선거(바닷물을 빼었다 들였다 할 수 있게 설비하여, 큰 배를 수리하거나 청소할 때에 그 배를 들여놓는 구조물 — 옮긴이)도 없고 조선대(선체를 조립하여 선박을 건조하는 대 — 옮긴이)도 없었어요. 알랑은 조선소라기보다는 하나의 긴 모래사장에 가까웠죠. 통상적인 절차는 배들을 해안으로 밀어 올려서 마치 뭍에 올라온 고래처럼 오도 가도 못하게 해 놓는 거였죠. 내가 품은 유일한 희망은 새로 도착해서 아직 앞바다에 정박된 채로 남아 있는 배들, 빼대도 남아 있고 석탄 창고에 연료도 좀 남아 있는 배들이 있을 거라는 거였죠. 이런 배 중 하나인 베로니크 델마가 해변에 올라와 있는 비슷한 처지에 있는 배 중 하나를 바다로 끌어가려고 했죠. 이미 여기저기 탄 자국이 있는 컨테이너선인 에이피엘(American President Lines, 세계 5대 선박회사 중 하나—옮긴이) 튤립의 고물에 밧줄과 체인으로 대강 연결시켰죠. 나는 델마 호가 막 엔진을 가동하던 찰나에 도착했어요. 델마 호가 매어 놓은 줄이 팽팽해지도록 힘을 쓰면서 하얀 포말이 부서지던 게 보였어요. 매어 놓은 밧줄 중에서 얇은 것들이 총소리처럼 찢어지는 소리가 들리더군요.

하지만 밧줄보다 더 강했던 쇠사슬들은…… 그 사슬들은 폐선보다 더 질기게 버티더군요. 튤립 호를 뭍에 올리면서 용골이 심하게 부러졌던 게 분명해요. 델마 호가 튤립을 끌고 가기 시작하자 금속이 삐걱거리면서 나는 끔찍한 소리가 났어요. 튤립 호는 글자 그대로 딱 절반으로 부러져서 뱃머리는 해변에 남아 있는데 고물은 바다로 끌려갔죠.

누구든 어찌해 볼 여지가 없었죠. 델마 호는 이미 전속력으로 가면서 튤립의 고물을 깊은 바닷물로 끌고 들어갔고, 거기서 튤립은 뒤집혀서 금방 물속으로 가라앉았어요. 그 배의 모든 선실과 통로와 열린 갑판의 서 있을 수 있는 공간이란 공간엔 모두 사람이 꽉 차서 최소한 1000명 이상은 있었을 텐데. 그들의 비명은 배에서 공기가 빠져나가는 천둥 같은 소리 때문에 묻혀 버렸죠.

**그 피난민들은 왜 그냥 해변에 있는 배에 올라타서 사다리를 끌어 올려 좀비들이 못 오게 하고 기다리지 않았나요?**

지나고 보니까 그런 이성적인 말이 나오는 거죠. 당신은 그날 밤 여기 없었잖아요. 조선소는 해안선까지 사람들로 발 디딜 틈이 없을 정도였어요. 사람들이 미친 듯이 달리는 뒤로 불이 났죠. 수백 명의 사람들이 배까지 헤엄쳐서 가려고 했어요. 실패한 사람들로 바닷물이 막힐 정도였다고요.

수십 척의 조그만 보트들이 해안에서 배까지 왔다 갔다 하면서 사람들을 실어 날랐어요.

"돈 내놔. 가진 걸 다 내놓으면 태워 주지."

이렇게 말하는 사람들도 있었죠. 돈이든, 음식이든, 그들이 판단하기에 가치가 있다고 생각한 건 다 받더군요. 어떤 배의 선원들은 여자, 그것도 젊은 여자만 받는 걸 봤어요. 또 다른 배에서는 피부색이 옅은 사람만 받더군요. 그 빌어먹을 놈들이 일일이 얼굴에 회중전등을 들이대서 나같이 피부색이 검은 사람들을 솎아내더군요. 심지어 어떤 선장은 자기 배 진수대의 갑판에 서서 권총을 휘두르면서 소리를 지르고 있더군요.

"지정 카스트는 안 받아, 불가촉 천민은 안 받는다고!"

불가촉 천민? 카스트? 그런 판국에 누가 그런 걸 생각하고 앉았답니까? 그리고 정말 황당했던 건 실제로 몇몇 노인들이 줄에서 빠져나왔단 거예요! 도대체 가당키나 한 이야기입니까?

선생의 이해를 돕기 위해 극단적으로 부정적인 예만 강조하고 있는 겁니다. 부당한 이익을 보거나 혐오감을 주는 정신병자 같은 놈들이 한 놈 있으면, 아직 맑은 업을 지닌 선량하고 친절한 사람들이 열 명이 있었죠. 많은 어부들과 소형 보트 주인들이 식구들하고 홀가분하게 도망칠 수 있었는데 계속 목숨을 걸고 해변으로 돌아와 줬어요. 그들이 얼마나 위험한 모험을 했는지 한번 생각해 봐요. 그 보트 때문에 살해될 수도 있고, 아니면 그냥 해변에서 고립될 수도 있고, 또 그렇지 않으면 물 밑에 있는 수많은 수중 구울(ghoul, 이슬람교 국가에서 무덤을 파헤치고 송장을 먹는다고 전해지는 귀신으로 여기서는 좀비의 별칭으로 쓰임 — 옮긴이)들의 공격을 받을 수도 있었어요.

그 구울들은 꽤 많았어요. 감염된 피난민들이 배로 가려고 헤엄치다 익사한 후에 다시 소생했죠. 그때는 썰물 때라 사람이 빠져 죽을 만했지만 먹잇감을 찾는 구울이 서 있을 수 있는 높이였거든요. 헤엄을 치던 사람들이 갑자기 물 밑으로 사라지거나, 보트가 승객들을 태운 채 뒤집혀서 물속으로 끌려 들어가는 걸 많이 볼 수 있었죠. 그런데도 그 어부들과 보트 주인들은 계속 해변으로 사람들을 구하기 위해 돌아오거나, 심지어 물속에 있는 사람들을 구하기 위해 보트에서 뛰어내리더군요.

저도 그렇게 해서 목숨을 구했어요. 나는 헤엄쳐서 배로 가려고 했던 사람들 중 하나였죠. 배들은 실제 거리보다 훨씬 더 가까이 있는 것처럼 보였어요. 나는 수영을 잘했지만 바브나가르에서 그날 내내 목숨을 걸고 싸우면서 걸어오느라 간신히 떠 있을 힘만 남아 있었죠. 내가 의도했던 배에 도착했을 땐 도움을 청할 공기가 폐에 남아 있질 않았어요. 통로가 없었죠. 배의 평평한 측면이 내 위에 있었어요. 나는 배의 철로 된 부분에 주먹을 대고 두드리면서 남아 있는 마지막 숨을 쥐어짜서 도와달라고 소리를 질렸어요.

내가 막 물 밑으로 미끄러져 내려가고 있는데 힘센 팔 하나가 내 가슴을 안는 것이 느껴졌죠. '올 것이 왔군.' 나는 생각했죠. 이제 내 살을 물어뜯겠지. 나를 바다 속으로 끌어내리는 대신 그 팔은 날 수면 위로 끌어올렸어요. 나는 윌프레드 그렌펠 경(Sir Wilfred Grenfell)이라는 이름의, 과거에 캐나다 연안 경비정이었던 배에 올라탔죠. 나는 돈이 하나도 없다고 사과하면서 태워 준 것에 대해 몸으로 때우겠다고, 시키는 것은 뭐든 하겠다고 말하려고 했죠. 그 선원은 그냥 미소만 짓고는 말했어요.

"꽉 잡아요. 이제 막 출발하려던 참이오."

배가 출발하면서 갑판이 떨리다가 기울어지던 게 느껴지더군요.

지나가면서 다른 배들을 지켜보노라니 정말 끔찍했어요. 배에 올라탄 감염된 피난민 중 일부가 소생하기 시작했어요. 어떤 배들은 떠다니는 도살장이 됐고, 또 다른 배들은 정박한 채로 불에 태워졌죠. 사람들은 바다로 뛰어내렸어요. 물 밑으로 가라앉은 많은 사람들이 다시는 떠오르지 않았죠.

## 미국, 캔자스 주 토페카

섀런은 어느 모로 보나 미인이라고 할 만했다. 긴 빨간 머리와 반짝거리는 초록색 눈동자에 몸매가 댄서나 전쟁 전의 슈퍼모델처럼 늘씬했다. 그녀는 또한 정신연령이 네 살 정도였다.

우리는 야생의 아이들을 위한 로스먼 사회 복귀 시설에 있었다. 섀런의 사회복지사인 로버타 켈너 박사는 그녀의 상태를 운이 좋은 편이라고 묘사했다.

“어쨌든 섀런은 말도 하고 사고도 조리 있게 해요. 아주 기본적이지만 최소한 제 기능을 하고 있어요.”

커너 박사는 열성적으로 인터뷰에 응했지만 로스먼 프로그램 국장인 소머스 박사는 냉랭했다. 이 프로그램에 대한 재정 지원은 꾸준하지 못했고 현 정부는 이 프로그램 전체를 폐쇄시키겠다고 위협하고 있었다.

섀런은 처음에는 낯을 가렸다. 그녀는 나와 악수도 하지 않고, 눈도 맞추려고 하지 않았다. 섀런이 발견된 곳이 위치타의 폐허이긴 했지만 그녀가 원래 어디서 그 일을 당했는지는 알 수 없었다.

엄마랑 난 교회에 있었어요. 아빠가 우리를 찾으러 올 거라고 말했죠. 아빤 할 일이 있다고 했어요. 우리는 교회에서 아빠를 기다려야 했어요.

모두 거기 있었어요. 모두 이런저런 걸 가지고 있었어요. 시리얼과 물과 주스와 침낭과 손전등과……(그녀는 라이플총 모양을 몸짓으로 나타냈다.) 랜돌프 부인에게 하나 있었어요. 그러면 안 됐는데. 그건 위험한 거예요. 아줌마가 위험한 거라고 말했어요. 아줌마는 애슐리 엄마예요. 애슐리는 내 친구예요. 난 아줌마에게 애슐리는 어디 있냐고 물었어요. 아줌마는 울기 시작했어요. 엄마는 내게 애슐리에 대해 물어보지 말라고 하고 랜돌프 부인에게 미안하다고 했어요. 랜돌프 부인의 치마에는 지저분하게 빨간 얼룩과 갈색 얼룩이 묻어 있었어요. 아줌마는 뚱뚱했어요. 팔이 크고 부드러웠죠.

거기엔 다른 아이들도 있었어요, 질이랑 애비랑 다른 아이들. 맥그로 부인이 아이들을 봐 주고 있었어요. 모두 크레용을 가지고 벽에 색칠을 하고 있었어요. 엄마는 가서 그 아이들하고 같이 놀라고 그랬어요. 그래도 괜찮다고 했어요. 댄 목사님이 괜찮다고 엄마에게 말했대요.

댄 목사님도 교회에 있었는데 사람들에게 말하려고 애를 썼어요.

"여러분, 제발……. (섀런은 깊은 저음의 목소리를 흉내 냈다.) 제발 진정하세요. '괴물들'이 오고 있어요, 진정하고 '괴물들'을 기다립시다."

아무도 목사님 말씀을 듣지 않았어요. 모두 서서 이야기를 하고 있었어요. 사람들은 자기 것에 대고 이야기를 하려고 했는데 (휴대전화를 쥐고 있는 몸짓을 한다.) 그러다 화가 나서 그것을 던져 버리고 막 욕을 했어요. 댄 목사님이 불쌍했어요. (그녀는 사이렌 소리를 흉내 냈다.) 밖에서 소리가 났어요. (다시 그 소리를 냈다. 처음에는 부드럽게 하다가 점점 커지다 다시 희미해지기를 여러 번 반복했다.)

엄마는 코모도 부인과 다른 엄마들과 이야기를 하고 있었어요. 아줌마들은 말다툼을 하고 있었어요. 엄마도 화가 났죠. 코모도 부인은 계속 이렇게 말했어요.

"(천천히 화가 난 목소리로)만약 그럼 어쩔 건데요? 당신이 뭘 할 수 있어요?"

엄마는 머리를 흔들고 있었어요. 코모도 부인은 손짓을 하면서 말하고 있었어요. 난 코모도 부인이 싫어요. 부인은 댄 목사님 사모님이에요. 잘난 척하는, 심술궂은 아줌마예요.

누군가 소리를 질렀어요.

"그들이 온다."

엄마는 달려와서 나를 안았어요. 사람들은 벤치를 가져다 문 옆에 놨어요. 벤치란 벤치는 모두 문 옆에 놨어요.

"빨리!"

"문을 막아."

(섀런은 다른 여러 명의 목소리를 흉내 냈다.)

"망치가 필요해!"

"못!"

"그들이 주차장에 있어!"

"이쪽으로 오고 있어!"

(섀런은 커너 박사에게로 몸을 돌렸다.)

해도 되나요?

(소머스 박사는 자신 없어 보였다. 커너 박사는 미소를 지으며 고개를 끄덕였다. 나는 나중에 이런 이유 때문에 방에 방음 장치가 돼 있다는 것을 알게 됐다. 섀런은 좀비의 신음을 흉내 냈다. 확실히 내가 들어 본 소리 중 가장 비슷했다. 불안해 보이는 표정을 보니 소머스 박사와 커너 박사도 같은 생각인 게 분명했다.)

그들이 오고 있어요. 더 커졌어요. (다시 그녀는 좀비의 신음을 흉내 냈다. 그리고 테이블을 오른손 주먹으로 쾅 내리쳤다.) 그들이 교회 안으로 들어오고 싶어 했어요. (그녀는 기계적으로 세게 테이블을 내려치고 있었다.) 사람들이 비명을 질렀어요. 엄마는 날 꽉

안아 줬어요.

"괜찮아."

(섀런은 자신의 머리를 쓰다듬기 시작하면서 목소리가 부드러워졌다.)

"저놈들이 널 잡게 놔두지 않을 거야. 쉬이."

(이제 그녀는 테이블에 양 주먹을 대고 치면서 마치 여러 명의 좀비들의 흉내를 내는 것처럼 더 혼란스럽게 치기 시작했다.)

"문을 지켜야 해!"

"잡아! 잡아!"

(섀런은 유리가 깨지는 소리를 흉내 냈다.) 문 옆 앞쪽 창문이 깨졌어요. 불이 나갔죠. 어른들이 모두 무서워했어요. 모두 비명을 질렀죠.

(섀런은 다시 엄마 목소리로 말했다.)

"쉬이. 아가야. 저놈들이 널 해치게 놔두지 않을 거야."

(그녀의 손이 부드럽게 머리카락을 쓰다듬다 얼굴로 가서 이마와 뺨을 어루만졌다. 섀런은 커너에게 뭔가 묻는 표정을 던졌다. 커너는 고개를 끄덕였다. 섀런의 목소리가 갑자기 뭔가 큰 게 부서지는 소리를 흉내 냈는데 목구멍 깊은 곳에서 담이 끓는 소리가 났다.)

"그들이 오고 있어요! 쏴요, 쏴 버려요!"

(그녀는 총소리를 흉내 내다가…….)

"놈들이 널 잡게 내버려 두지 않겠어, 그대로 놔두지 않겠어."

(섀런은 갑자기 뒤를 넘어다보면서 내 어깨 너머로 존재하지 않는 뭔가를 보는 듯했다.)

"아이들! 놈들이 아이들을 건드리지 못하게 해!"

코모도 부인이 그렇게 말했어요.

"아이들을 구해요! 아이들을 구해요!"

(섀런은 더 많은 총소리를 냈다. 그녀는 두 손을 둥글게 모아 보이지 않는 형체에게 세게 내리쳤다.) 이제 아이들이 울기 시작했어요.

(그녀는 물체를 가지고 찌르고, 주먹으로 박고, 내리치는 몸짓을 했다.)

애비가 엉엉 울었어요. 코모도 아줌마가 애비를 안았어요. (그녀는 뭔가, 아니면 누군가를 들어 올리는 동작을 하더니 벽을 향해 그 안은 것을 흔들다 벽에 대고 세게 쳤다.) 그러자 애비가 울음을 그쳤어요. (섀런은 다시 자신의 얼굴을 쓰다듬기 시작했는데, 엄마 목소리가 아까보다 더 차가워졌다.)

"쉬. 괜찮아, 아가, 괜찮아."

(그녀의 손이 얼굴에서 목으로 내려와 목을 세게 조르기 시작했다.)

"놈들이 네게 손을 대지 못하게 해 줄게. 절대로 그렇게 놔두지 않을 거야!"

(섀런은 가쁜 숨을 몰아쉬었다. 소머스 박사가 그녀를 중단시키기 위해 움직였다. 커너 박사가 손을 들어 올렸다. 섀런은 갑자기 멈추고 총소리에 팔을 풀었다.)

따뜻하고 촉촉하고 짭짤한 맛이 나고 눈이 따끔거렸어요. 누군가 와서 날 안고 데려갔어요. (그녀는 테이블 위에 올라서서 축구하는 것 같은 동작을 했다.) 날 주차장에 데려다 줬어요.

"달려, 섀런, 멈추지 마!"

(이번 목소리는 그녀의 엄마가 아닌 다른 사람의 목소리였다.)

"그냥 달려, 계속 달리는 거야!"

그들이 내게서 그녀를 떼어 놨어요. 그녀의 팔이 날 놔 줬죠. 그 팔은 아주 크고 부드러웠어요.

## 신성 러시아 제국
## 바이칼 호수, 알혼 아일랜드, 후지르

그 방은 테이블 하나, 의자 두 개, 큰 벽거울 하나 외엔 비어 있다시피 했는데 그 거울은 분명 한쪽 방향에서만 보이는 거울이었을 것이다. 나는 인터뷰 상대 맞은편에 앉아 내게 제공된 종이 철에 인터뷰 내용을 적고 있었다. (내 녹음기는 '보안'상 이유로 쓸 수 없었다.) 마리아 주가노브의 얼굴은 수척했고, 머리엔 흰머리가 나고 있었고, 이 인터뷰 때 입겠다고 고집한 해어진 전투복 솔기가 터져 나갈 듯 팽팽했다. 방 안에는 우리 둘밖에 없었지만 그 방의 유리 거울을 통해 사람들이 감시하고 있다는 걸 느낄 수 있었다.

우리는 대공포가 있다는 것도 몰랐어요. 완전히 고립됐죠. 그 미국 여자 앵커가 뉴스를 터뜨려서 대공포가 시작되기 한 달 전 우리 캠프는 무기한 보도 관제에 들어갔어요. 막사에 있던 모든 텔레비전이 사라지고, 개인이 가지고 있던 라디오와 휴대전화도 압수됐죠. 내겐 5분간 통화료를 선불한 값싼 일회용 휴대전화가 하나 있었어요. 그게 우리 부모님이 제게 해 줄 수 있는 전부였죠. 나는 태어나서 처음으로 집 밖에서 보내는 내 생일에 부모님에게 그 통화를 하기로 했죠.

우리는 러시아의 황량한 남부 공화국 중 하나인 북오세티아에 주둔해 있었어요. 우리의 공식적인 임무는 오세트인들과 잉구시인 소수 민족들 사이의 인종 갈등을 방지하는 '평화 유지'였죠. 순환 근무가 막 끝나려던 참에 우리는 세상으로부터 차단됐어요. 그들은 '국가 안보' 문제라고 하더군요.

**'그들'이 누구였죠?**

모두 다요. 우리 장교들, 헌병대, 심지어 어느 날 갑자기 하늘에서 뚝 떨어진 것같이 보이는 사복 입은 민간인도 하나 있었죠. 비열한 땅딸보에 쥐새끼처럼 얼굴만 비쩍 마른 사내였죠. 우리는 그를 '쥐새끼 얼굴'이라고 불렀어요.

**그 사람이 어떤 사람이었는지 알아보려고 했나요?**

뭘요, 제 개인적으로요? 아뇨. 아무도 그런 짓은 안 했어요. 아, 투덜대기는 했죠. 군인들은 투덜대는 게 몸에 배었잖아요. 하지만 뭐 진지하게 불평할 시간도 없었어요. 보도 관제가 실시된 직후 우리는 전투 경계 태세에 돌입했으니까. 그때까지는 일이 쉬웠죠. 빈둥거리면서 매일 똑같이 지겹고 반복적인 일상에 가끔 산으로 산책을 나갈 때 말고는요. 그런데 이제 전투복을 다 갖춰 입고 완전 무장한 채 며칠씩 이 산들을 누비고 다녀야 했죠. 우리는 모든 마을, 모든 집을 다 찾아갔어요. 지나가는 농부들과 여행객들을 심문하고…… 나도 몰라요. 지나가는 염소까지 붙잡고 물어봤을걸요.

**사람들에게 질문을 했다고요? 뭣 때문에요?**

저도 모르죠. 식구들은 모두 집에 있나요? 실종된 사람은 없어요? 광견병에 걸린 동물이나 사람에게 공격받은 사람은 없나요? 그 부분이 저로서는 가장 혼란스러운 질문이었어요. 광견병? 동물이 광견병에 걸렸다는 건 이해가 갔지만 사람이라니? 그리고 신체검사도 부지기수로 했어요. 사람들을 모두 홀딱 벗겨 놓고 의료진들이 구석구석 샅샅이…… 뭔가를 찾아서…… 뭘 찾는지 우리에겐 말해 주지도 않고 찾더군요.

납득이 가는 게 하나도 없었죠. 한번은 숨겨 놓은 무기고를 하나 찾았는데 AK-74 자동소총, 그보다 조금 더 오래된 AK-47과 탄약이 그뜩 있더군요. 아마 우리 대대에 있는 어떤 썩어 빠진 기회주의자에게서 산 무기였겠죠. 우리는 그 무기가 누구 것인지도 몰랐어요. 마약 운반책이었는지, 아니면 지역 갱들이었는지 그것도 아니면 우리가 애초에 거기 배치된 이유였던 '보복 부대'의 무기였는지. 그랬는데 우리가 그걸 어떻게 했는지 알아요? 그냥 그 자리에 놔뒀어요. 그 키 작은 민간인, '쥐새끼 얼굴'이 마을 장로들하고 사적으로 은밀한 모임을 가졌어요. 무슨 이야기가 오간건지 모르지만 이거 하나만은 말할 수 있어요. 그 노인들은 겁나서 죽을 사람들처럼 보였죠. 연방 성호를 그으면서 조용히 기도를 하더군요.

우리는 이해할 수 없었어요. 모두 혼란스럽고 화가 났죠. 도대체 무슨 일을 하고 있는지 오리무중이니 말이에요. 우리 부대에 늙은 역전 용사 바부린이라는 사람이 있었어요. 그 사람은 아프가니스탄 주둔 경험도 있고 체첸 내전에도 두 번이나 참전했죠.

옐친 대통령의 탄압이 시작됐을 때 듀마(러시아 국회 — 옮긴이)에 처음으로 발포했던 게 그가 몰던 비엠피(BMP)*였다는 소문도 돌았어요. 우리는 그 사람이 들려주는 이야기를 좋아했죠. 선량하고…… 들키지 않겠다 싶을 땐 항상 고주망태였는데. 그 무기 사건 후로 사람이 180도 달라졌어요. 웃지도 않고 이야기도 일절 없었죠. 내 생각에 그 이후론 술 한 방울 입에 대지 않았고, 내게 별말도 안 했지만 그나마 한 말이 이거였죠.

"감이 좋지 않아. 뭔가 터지고 말거야."

그 말이 무슨 뜻인지 물어보려고 하면 어깨를 으쓱하면서 자리를 피해 버리더군요. 그 사건 이후로 부대 사기도 말이 아니었죠. 모두 긴장한 채 의심만 잔뜩 품고 있었어요. 쥐새끼 얼굴은 항상 거기, 어둠 속에서 사람들의 말을 듣고, 지켜보면서 장교들 귀에 대고 뭐라고 속삭이곤 했죠.

그는 세상의 끝처럼 보이는, 이름도 없는 한 외딴 마을에 우리가 소탕 작전을 나갔을 때 따라왔어요. 우리는 으레 하는 수색과 심문 절차를 다 했어요. 막 마치고 마무리를 하려던 참이었는데, 갑자기 조그만 여자 아이가 마을에 있는 유일한 도로로 달려오더군요. 아이는 울고 있었는데 분명 겁에 질려 있었어요. 아이는 부모에게 뭐라고 재잘거렸는데…… 시간을 내서 그 사람들 말을 좀 배워둘 걸. 그러고는 들판을 향해 손가락질을 하더군요. 거기엔 또 다른 작은 몸집의 소녀가 진창을 헤치면서 갈지자걸음으로 우리를 향해 오고 있었어요. 티호노프 중위가 쌍안경을 들고 봤는데 얼굴에서 핏기가 사라지더군요. 쥐새끼 얼굴이 옆에 와서

* BMP: 지금은 러시아인 과거 소련 군대에서 발명해서 사용한 보병 전투 차량

자신의 쌍안경으로 보더니 중위의 귀에 대고 뭔가 속삭였어요. 소대 저격병인 페트렌코에게 총을 들어 아이를 조준하라는 명령이 떨어졌죠. 그는 명령에 따랐어요.

"아이가 보이는가?"

"네."

"발포하라."

내 생각엔 일이 그런 식으로 일어난 것 같아요. 모두 멈칫했던 게 기억나는군요. 페트렌코는 중위를 올려다보더니 명령을 반복해 달라고 했죠.

"내가 하는 말 들었잖아."

중위는 화난 목소리로 말했죠. 나는 페트렌코보다 더 멀찍이 떨어져 있었지만 나도 중위가 하는 말을 들었죠.

"지금 당장 목표물을 제거하란 말이야, 당장!"

페트렌코의 라이플 끝이 가늘게 떨리고 있는 게 보였어요. 페트렌코는 용감하거나 강한 남자와는 거리가 먼 빼빼 마른 꼬맹이였지만 갑자기 무기를 내리고 명령에 따를 수 없다고 말했어요. 순식간에 그냥 그렇게 해 버리더군요.

"아뇨, 못하겠습니다."

하늘에 떠 있는 태양도 얼어 버린 것 같았어요. 다들 어찌할 바를 몰랐는데 그중에서도 티호노프 중위가 가장 심했죠. 모두 서로 얼굴만 쳐다보다가 벌판을 봤어요.

쥐새끼 얼굴이 천천히, 그야말로 아무 생각 없는 사람처럼 거기를 걷고 있더군요. 그 소녀는 이제 얼굴이 보일만큼 가까이 다가왔어요. 아이의 큰 눈이 쥐새끼 얼굴에게 고정되어 있더군요.

아이는 팔을 들고 있었는데 이제 그 새되고 귀에 거슬리는 신음이 들리더군요. 쥐새끼 얼굴은 들판 한가운데서 아이와 만났어요. 도대체 무슨 일이 일어난 건지 우리가 알아차리기도 전에 이미 상황이 종료됐죠. 한 번의 매끄러운 동작으로 쥐새끼 얼굴은 코트 밑에서 권총 한 자루를 꺼내더니 아이의 눈 사이를 쏴 버리고 몸을 돌려 우리 쪽으로 천천히 걸어오더군요. 한 여자가, 아마 그 아이의 엄마였던 것 같은데 와락 울음을 터뜨리더군요. 그녀는 무릎을 꿇고 주저앉아 우리에게 침을 뱉으면서 저주했죠. 쥐새끼 얼굴은 개의치 않았고 심지어 그런 일이 일어난 것조차 모르는 눈치더군요. 그는 티호노프 중위에게 뭔가 속삭이더니 마치 모스크바 택시를 불러 세운 것처럼 비엠피에 다시 올라타더군요.

그날 밤, 나는 잠을 이루지 못한 채 침대에 누워서 그날 일을 떠올리지 않으려고 애썼어요. 나는 헌병들이 페트렌코를 체포한 거나 우리 무기가 압수됐다는 사실을 생각하지 않으려고 했죠. 나는 쥐새끼 얼굴이 그 불쌍한 아이에게 한 짓을 생각하면 불쾌하고, 화가 나고, 앙심을 품어야 하고, 그 일을 막기 위해 내가 손 하나 까딱하지 않았던 걸 생각하면 죄의식조차 느껴야 한다는 걸 알고 있었죠. 그때 느껴야 할 감정은 그런 것들이란 걸 알고 있었는데. 그런데 나는 두렵기만 했어요. 뭔가 안 좋은 일이 터지고 말 거라고 바부린이 했던 말만 계속 생각났죠. 그냥 집으로 돌아가서 부모님을 보고 싶었어요. 만약 끔찍한 테러리스트의 공격이 있었다면 어떻게 하지? 전쟁이 났다면 어떻게 하지? 우리 식구들은 바로 중국 국경이 내다보이는 비킨에 살고 있었어요. 식구들이 괜찮은지 연락을 해야 했어요. 나는 너무 걱정돼서 토하기 시작했고 결국 의무실로 실려 갔죠. 그래서 그날 순찰을 돌지 못했고, 그다음 날 오후 그들이 돌아왔을 때까지도 침대에 누워 쉬고 있었죠.

난 침대에 누워서 한물간 셈나트사트*를 다시 보고 있었죠. 소란스러운 자동차 엔진 소리, 사람들의 목소리가 들리더군요. 연병장에 이미 군중이 모여 있었어요. 사람들을 밀치고 앞으로 가 보니 아카디가 군중들 한가운데에 서 있더군요. 아카디는 우리 분대의 기관포수로 곰 같은 덩치의 사내였죠. 우리는 친구였어요. 다른 남자들이 나한테 집적대는 걸 아카디가 지켜 줬죠. 제 말이 무슨 뜻인지 알죠? 그는 나를 보면 여동생이 생각난다고 했어요. (슬픈 미소를 짓는다.) 나는 그를 좋아했어요.

누군가 그의 발치에서 기어 다니고 있었어요. 노파 같아 보였는데 머리에 삼베로 만든 두건을 쓰고 목에 쇠사슬이 감겨 있더군요. 옷이 찢어져 있었는데 다리는 박박 문질러서 깨끗하더군요. 다리에 핏자국은 없었고 다만 그 끈적거리는 검은 고름이 있었어요. 아카디는 크고 분노한 목소리로 연설을 하고 있었어요.

"거짓말은 이제 그만! 근무 중에 민간인들을 사살하라는 명령도 그만해! 내가 이 작은 할망구를 이렇게 굶긴 이유는……."

나는 티코노프 중위를 찾았지만 보이지 않더군요. 아랫배가 차가워지는 게 느껴졌어요.

"……모두에게 보여 주고 싶어서!"

아카디는 사슬을 들어서 바부슈카(여자용 머리 스카프 — 옮긴

* 셈나트사트는 십대 소녀를 겨냥한 러시아 잡지이다. 제목인 17은 같은 제목을 가진 미국 잡지 《세븐틴》을 불법으로 도용한 것이다.

이)를 쓴 노파의 목을 치켜 올렸어요. 그가 두건을 잡아서 찢어 버렸죠. 그녀의 얼굴은 몸의 다른 모든 부위처럼 회색이었고, 눈은 크고 사나웠죠. 그녀는 늑대처럼 으르렁거리면서 아카디를 잡으려고 했어요. 그는 힘센 팔로 그녀의 목을 쥐고 저만큼 거리를 두고 세웠죠.

"우리가 여기 있는 이유를 모두 보시오!"

그가 벨트에서 칼을 꺼내 노파의 심장에 찔렀어요. 나는 너무 놀라 숨을 쉴 수 없었어요, 다른 사람들도 마찬가지였죠. 그가 칼자루까지 들어갈 정도로 깊숙이 찔렀는데도 노파는 계속해서 몸을 꿈틀거리면서 으르렁거렸어요.

"이게 보이지!"

그는 고함을 지르면서 몇 번 더 찔렀어요.

"이걸 보란 말이야! 이게 바로 놈들이 우리에게 숨긴 거야! 이게 바로 놈들이 우리 등골이 휘도록 찾게 한 거라고!"

사람들이 고개를 끄덕이면서 동조하기 시작한 소리가 들리더군요. 아카디는 계속 말했어요.

"이런 것들이 사방에 퍼져 있으면 어떻게 할 거야? 이런 것들이 우리 고향에 와서 지금 우리 식구들과 같이 있으면 어떻게 할 거지?"

그는 가능한 한 많은 사람들과 눈을 맞추려고 했죠. 그 노파는 신경 쓰지 않았고. 그의 손이 조금 느슨해지면서 노파가 풀려나 그의 손을 물었어요. 아카디는 포효했죠. 주먹으로 노파의 얼굴을 묵사발로 만들었어요. 노파는 땅에 쓰러져서 꿈틀거리면서 꼴깍 소리를 내며 검은 액체를 흘리고 있었죠. 그는 부츠로 노파의 목숨을 완전히 끊었죠. 모두 두개골이 으깨지는 소리를 들었어요.

아카디의 주먹에 생긴 상처에서 피가 흘러 내렸어요. 그는 하늘을 향해 종주먹을 들이대면서 목에 있는 혈관이 불끈 튀어나오도록 소리를 질렀어요.

"우리는 집에 가고 싶다."

그는 고함을 질렀어요.

"우리 가족을 보호해야 한단 말이야!"

군중들이 흥분하기 시작했어요.

"옳소! 우리는 우리 가족을 보호해야 해! 여긴 자유 국가야! 민주주의의 나라야! 우리를 가둬 놓을 수 없어!"

나도 역시 다른 사람들과 함께 소리 지르고 있었죠. 그 노파, 심장에 칼이 꽂혔는데도 죽지 않는 그 생물체. 만약 그것들이 우리 집에 있다면? 그것들이 우리가 사랑하는 사람들을 위협하고 있다면. 내 부모님을? 공포와 의심과 얽히고설킨 부정적인 감정들이 모두 합쳐져서 격분했죠.

"우리는 집에 가고 싶어! 집에 가고 싶어!"

소리를 지르고, 또 지르고, 그러다…… 총알 한 발이 내 귀를 스치는 소리가 나더니 아카디의 왼쪽 눈이 파열됐어요. 나는 내가 달린 것도, 최루 가스를 마신 것도 기억이 나질 않아요. 언제 스페츠나츠가 나타났는지 기억도 안 나는데 갑자기 주위에 놈들이 나타나서 우리를 때려눕히고, 모두 수갑을 채웠는데 그중 하나가 내 가슴을 어찌나 세게 밟았던지 나는 그 자리에서 죽는 줄 알았어요.

**그게 10대 1 처형이었나요?**

아뇨, 그건 시작에 불과했어요. 반란을 일으킨 건 우리 부대가 처음이 아니었어요. 헌병대가 기지를 폐쇄시킬 때부터 사실상 시작된 거죠. 우리가 우리만의 작은 '시위'를 하고 있었을 때 정부에선 어떻게 질서를 복구할 것인지 다 결정해 놓은 상태였죠.

(그녀는 제복을 바로잡고 다시 말을 잇기 전에 평정을 찾으려고 했다.)

'10대 1 처형'을 하려면…… 전에는 이 말이 그냥 몰살시킨다는 말인 줄 알았어요. 그 끔찍한 피해와 파괴. 그건 정말로 10대 1, 열 명 중 하나가 죽어야 한다는 걸 뜻했죠. 그리고 놈들이 우리에게 그 짓을 했어요.

스페츠나츠가 우리에게 모두 군복을 완벽하게 갖춰 입고 연병장에 모이라고 했어요. 새 부대장이 의무와 책임, 조국을 지키겠다는 우리의 맹세와 우리의 이기적인 배신 행위와 두려움 때문에 어떻게 그 맹세를 어겼는지에 대해 일장 연설을 하더군요. 그런 말들은 내 생전 처음으로 들어 본 말이었죠. 의무? 책임감? 러시아, 나의 러시아는 정치에 무관심한 혼란 덩어리에 지나지 않아요. 우리는 혼란과 부패의 한가운데서 그냥 하루하루 연명하느라 몸부림치고 있었어요. 심지어 군대도 애국심으로 똘똘 뭉친 곳은 아니었죠. 군대는 거래하는 법을 배우고, 하루 세 끼와 잠자리를 얻고, 군인들에게 봉급을 지불하는 것이 편할 것 같다고 정부가 결정할 땐 가끔 집에 부칠 푼돈도 받는 그런 곳이었죠. 조국을 지키겠다는 맹세? 그런 말은 우리 세대가 하는 말이 아니었어요. 그건 위대하고 애국심이 넘치는 전쟁 영웅들, 갈가리 찢겨진 소비에트 깃발을 들고 바래고 좀먹은 제복에 수많은 메달을 주렁주렁 달고서 붉은 광장에 몰려들곤 했던 기운 빠지고 노망난 노땅들이나 하던 말이지. 조국에 대한 의무라는 것도 웃기는 소리예요. 하지만 난 웃지 않았어요. 처형이 임박했다는 걸 알고 있었죠. 무장한 군인들, 위병들이 우리 주변에 우뚝 서 있었고 나는 준비를 하고 있었죠, 온몸이 총 맞을 준비를 하면서 바짝 죄어들었는데, 이 말이 들리더군요.

"너희 같은 응석받이 놈들은 민주주의가 그냥 하늘에서 뚝 떨어진 줄 알지. 너희는 민주주의를 바라고, 민주주의를 달라고 떼를 쓰지! 자, 이제 그 민주주의를 연습할 시간이 왔다."

그의 말 한마디, 그 한마디가 아직까지 뇌리를 떠나지 않아요.

**그가 한 말이 무슨 뜻이죠?**

누가 처벌을 받아야 할지 우리가 결정해야 했어요. 10명씩 한 그룹을 만들어 그중 누가 처형당해야 할지 투표를 해야 했죠. 그 다음에 우리는…… 군인들인 우리가 직접 친구들을 살해해야 했어요. 놈들은 우리 옆으로 작은 손수레를 밀고 다니더군요. 아직도 그 수레바퀴가 삐걱거리는 소리가 들려요. 그 손수레 안에는 어른 주먹 크기의 날카롭고 무거운 돌들이 가득 들어 있었어요. 어떤 이들은 흐느껴 울면서, 우리에게 살려 달라고 아이처럼 호소하고 빌었어요. 어떤 이들, 바부린 같은 사람들은 그냥 아무 말 없이 무릎을 꿇고 앉아 내가 그의 얼굴에 돌을 내려치자 내 얼굴을 똑바로 보더군요.

(그녀는 한숨을 쉬면서 어깨 너머의 그 유리 거울을 힐끗 바라봤다.)

머리 하나는 정말 잘 굴렸지. 지독하게 잘 굴린 거죠. 전통적인 방식으로 처형했더라면 기강도 강화되고 위에서 시키면 시키는 대로 꿇었을 텐데. 우리 모두를 공범으로 만들어서 우리를 공포뿐 아니라 죄의식으로 모두 옭아맨 거죠. 우리는 싫다고 하고, 거부하고, 총을 맞을 수도 있었지만 그러지 않았어요. 그냥 시키는 대로 했어요. 우리는 모두 자유의지로 그렇게 선택했고, 그 선택에 그렇게 큰 대가가 따랐기 때문에 누구도 다시는 그런 선택을 하고 싶어 하지 않을 겁니다. 우리는 바로 그날 자유를 포기했고 기꺼이 우리의 자유가 사라지는 것을 지켜봤죠. 그 순간 이후 우리는 진정 자유롭게 살았어요, 누군가 다른 사람을 가리키면서 "저 사람들이 그렇게 하라고 했어요! 내 잘못이 아니라 저 사람들 잘못이에요."라고 말할 수 있는 자유 말이에요. 자유란(하느님이 우리를 도우시길) 이렇게 말하는 게 자유죠.

"난 그냥 명령에 따랐을 뿐이에요."

## 서인도 연방, 바베이도스, 브리지타운

트레보의 바는 '황량한 서인도' 더 구체적으로 말하면 각 섬의 경제특구를 구현한 곳이다. 이곳은 전후 카리브 해 하면 연상되는 삶의 질서와 평온을 떠올릴 만한 곳이 아니다. 원래 그렇게 생겨 먹지 않은 곳이다. 담장을 쳐서 섬의 다른 지구들과 차단돼 혼란스러운 폭력과 환락의 문화에 영합한 이 경제특구는 '섬을 찾아오는 뜨내기들'의 주머니를 비우기 위해 특별히 설계된 곳이다. 내 이런 불편한 심기가 T 숀 콜린스의 마음에 든 모양이다. 이 거구의 텍사스 사나이는 내 쪽으로 '킬 데블' 럼주 한 잔을 쓱 밀어 주더니 부츠를 신은 거대한 발을 테이블에 휙 걸쳤다.

내가 소싯적에 하던 일을 뭐라고 불러야 할지. 아직까지 이거다 싶은 이름이 없다 이거야. '도급업자'라고 부르면 꼭 건식 벽체나 세우고 회반죽을 뭉개고 있어야 할 것 같잖아. '민간 보안업자'라고 하면 쇼핑 몰에 서 있는 얼빠진 경비원 같고. '용병'이 그나마 가장 비슷한 명칭이겠지만 내가 생각할 때 그것처럼 또 현실과 동떨어진 말이 없거든. 용병이란 문신투성이에 콧수염을 기른 베트남전 베테랑이 제3세계 어딘가의 시궁창에 처박혀서 때리고 내지르면서 기를 써 대는 걸 말하잖아. 나는 절대 그런 사람이 아니란 말이지. 그래, 난 참전 용사였고, 돈 받고 훈련받은 걸 써먹긴 했지만…… 군대가 우스운 건 말이지, 항상 훈련시킬 때 사회에서 '잘 팔리는' 기술을 가르친다고 구라를 친단 말이지. 하지만 그 작자들이 결코 말해 주지 않았던 건 이쪽 사람들을 경호하면서 저쪽 사람들을 죽이는 법을 아는 게 돈을 가장 쉽게 만지는 방법이라는 거였지.

아마 난 용병이었겠지만 내 얼굴을 보고 그걸 짐작하기란 쉽지 않을걸. 나는 말쑥한 용모에, 미끈한 차에, 집도 휘황찬란하고, 가정부까지 일주일에 한 번씩 불렀으니까. 친구들도 많았고, 결혼할 가능성도 있었고, 컨트리클럽의 핸디캡도 프로만큼이나 좋았지. 가장 중요한 것은 전쟁 전에 일하던 것과 별다를 바 없는 직장에서 일했다는 거지. 거기엔 첩보 작전도 없고, 밀실도 없고 한

밤중에 봉투가 왔다 갔다 하는 일도 없었지. 휴가도 있고, 병가도 있고, 의료보험이랑 황송하게도 치과 보험까지 몽땅 다 제공됐어. 난 세금도 우라지게 많이 냈어. 개인연금도 내고. 난 해외로 튈 수도 있었어. 불러 주는 곳은 많았는데 마지막 전투에서 전우들이 당하는 꼴을 보고 생각했지. 염병, 관둬, 그냥 뚱뚱이 회사 사장들이나 아무짝에도 쓸모없는 멍청한 연예인들 보디가드나 하자. 그래서 그런 일을 하고 있는데 대공포가 들이닥쳤지.

그 사람들 이름은 밝히지 않아도 괜찮겠지, 그렇지? 개중에 아직 살아 있거나 현역으로 활동하고 있는 치들이 있는데, 아직도 고소한다고 덤빈다니까. 엄청 황당한 놈들이야. 이 모든 게 엎어졌는데도 아직도 정신 못 차린단 말이야. 오케이, 그래서 이름이나 장소는 밝힐 수 없지만, 어쨌든 어떤 섬이라고 생각하면 돼. 졸나게 큰 섬. 맨해튼 바로 옆에 있는 기다란 섬이지. 그걸로 날 고소할 수는 없겠지, 그렇지?

내 의뢰인이 뭘 하는 인간인지는 나도 잘 몰라. 연예 오락 사업이나 아니면 대형 금융 거래업자라지 아마. 진짜 모른다니까. 내 생각에 어쩜 우리 회사의 수석 주주 중 하나인지도 모르겠어. 하는 일이 뭐든 간에 그 작자는 돈을 긁으면서 해변에 있는 죽여주는 아파트에 살았어.

내 의뢰인은 유명 인사들과 사귀는 걸 좋아했지. 그의 계획은 겁을 먹은 유명 인사들에게 구세주 놀이를 하면서, 자기 이미지를 높여 줄 수 있는 사람들에게 전시와 전후에 피난처를 마련해 주자는 거였지. 그런데 거기에 사람들이 환장하면서 덤벼들더군. 배우들, 가수들, 래퍼와 프로 운동선수들과 토크쇼나 리얼리티 쇼에 나오는 전문가들과 심지어는 유복하고 싸가지 없고 피곤해 보이는 창녀로 유명한, 그 돈 많고 싸가지 없고 피곤해 보이는 창녀 본인까지 오더라니까.

그중에 커다란 다이아몬드 귀걸이를 한 레코드 업계의 거물이 하나 있었지. 그 작자에겐 유탄 발사기가 장착된 잔뜩 멋 부린 에이케이(AK)가 하나 있었어. 그는 이 총이 스카페이스(누아르 액션 영화 — 옮긴이)에 나온 것과 정확히 똑같은 복제품이라고 입에 거품을 물고 떠들더군. 차마 그 작자에게 몬타나 선생이 쓴 소총은 M-16 A1이란 말을 할 수가 없었지.

그리고 정치 코미디 쇼를 하는 작자도 있었어. 그 인간은 조그만 타이 스트리퍼의 젖가슴 사이에 코카인을 깔아 놓고 들이마시면서 지금 일어나는 일은 산 자 대 죽은 자의 결전일 뿐 아니라 사회, 경제, 정치, 환경까지 통틀어 우리 사회 전반적으로 충격파가 퍼질 거라고 떠들어 대더군. 그 작자가 말하길 '대대적인 부인'의 시기에 이미 모두들 무의식중에 진실을 깨닫고 있었고 그래서 마침내 진실이 드러났을 때 모두들 그렇게 흥분했던 거라고 했지. 과당이 높은 옥수수 시럽과 미국의 여성화에 대해 장광설을 늘어놓기 전까진 그 가설도 꽤 그럴듯했는데 말이야.

미친 소리 같겠지만 그런 인물들이 그런 곳에 있을 거라는 예상이 들더군, 최소한 나는 그랬지. 내가 예상 못했던 건 그들이 달고 다니는 '패거리'들이었지. 모두 하는 일에 상관없이 나도 잘 모르겠어, 얼마나 많은 스타일리스트와 홍보 담당자와 비서들을 끌고 다녀야 하는지. 그 패거리 중 일부는 아주 쿨한 사람들이었는데 그냥 돈 보고 좇아온 사람들도 있었고, 거기 있으면 안전한 거라고 생각해서 쫓아온 사람들도 있었어. 젊은 놈들 중에는 그냥 환심을 사려고 그랬던 놈들도 있고. 그런 걸로 그 아이들을 욕할 순 없지. 하지만 개중에는 중증 왕자병에 걸린 밥맛인 놈들도 있었어. 무례하기 짝이 없고 막무가내로 뻔뻔스럽게 주위 사람들을 자기 하인 부리듯 부리는데. 그중에 인상 깊었던 놈이 하나 있는데 아마 '일 좀 제대로 해!'라고 쓰인 야구 모자를 쓰고 다녀서 그럴 거야. 내 생각에 그 작자는 유명 탤런트 쇼를 제작하는 뚱보의 비서실장쯤 되는 것 같았어. 그 뚱보가 자그마치 부하 직원들을 열네 명이나 달고 다니더라고! 처음에는 이 사람들을 다 경호하는 건 불가능할 거란 생각이 들었던 기억이 나. 그런데 저택을 한 바퀴 둘러보고 보스가 준비에 만전을 기한 것에 감탄했지.

보스는 그 집을 생존주의자의 판타지 왕국으로 변신시켜 놨더군. 몇 년 동안 부대 하나는 너끈히 먹일 수 있는 건조식품을 비축해 놓고, 곧바로 바다와 연결시킨 탈염제 장치를 통해서 물이 무한정 나오게 해 놨더군. 그 집에는 풍력 터빈, 태양전지 판, 안마당에 묻어 놓은 거대한 연료 탱크가 달린 여분의 발전기까지 있었어. 게다가 좀비들이 집에 접근하지 못하게 보안 조치를 철저히 해 뒀더군. 벽을 높이 쌓고, 동작 감지기에, 무기에. 카, 그 무기들을 봤어야 했는데. 보스가 진짜 그 방면으로는 완벽하게 준비해 놨는데 그중에서도 가장 자랑스러워했던 건 집에 있는 모든 방이 전 세계로 하루 온종일, 일주일 내내 방송되는 인터넷 방송 장치가 돼 있었다는 거지. 그게 바로 그의 '가장 친하고' '가까운' 친구들을 집에 묵게 한 진짜 이유였어. 그는 편안하고 안전한 곳에서 폭풍을 피하고 싶었을 뿐 아니라 전 세계에 그가 해냈다는 걸 과시하고 싶었던 거야. 그거야말로 그가 추구한 명성이었지, 그 나름대로 세상의 이목을 끌려고 발악을 했던 거야.

그 저택의 거의 모든 방에 웹캠이 설치됐을 뿐 아니라 또한 오스카 시상식의 레드 카펫에서나 볼 수 있는 기자단이 진을 치고 있었어. 난 솔직히 연예 언론 산업 규모가 어느 정도인지 전엔 몰랐어. 그곳에 유명 잡지와 텔레비전 쇼에서 나온 기자들이 수십 명은 있었을 거야. "기분이 어때요?" 나는 그런 질문을 많이 받았지. 어떻게 버티고 있어요? 앞으로 어떤 일이 일어날 것 같아요? 그리고 맹세하는데 이런 질문도 받았지. 지금 입고 있는 옷이 무슨 브랜드죠?

내게 있어 가장 초현실적이었던 순간은 부엌에서 다른 직원들과 보디가드들과 함께 뉴스를 보던 순간이었어. 그 뉴스에 누가 나왔는지 추측할 수 있겠나? 바로 우리였어! 옆방에서 소파에 앉아 또 다른 뉴스를 보고 있는 '스타'들 중 몇 명을 향해 카메라가 돌아가고 있었어. 뉴욕의 어퍼 이스트사이드에서 생중계로 보내는 뉴스였지. 좀비들이 3번가까지 쳐들어와서 사람들은 육박전으로 해머와 파이프 같은 걸 들고 싸우고 있었지. 모델스(1889년에 창설된 미국의 대형 스포츠 대형 스포츠 용품 판매업체 — 옮긴이) 매니저는 가게에 있던 야구 방망이들을 사람들에게 나눠 주면서 '대가리를 까요.'라고 소리 지르고 있더군. 롤러스케이트를 타고 다니던 남자가 하나 보였지. 그 남자는 하키 스틱을 손에 쥐고 있었는데 하키 날에 고기 써는 큰 식칼이 볼트에 달려 있더군. 그 남자는 수월하게 시속 30킬로미터로 달리고 있었는데 그 정도 속도면 벌써 좀비들 목 한두 개는 날렸겠더군. 카메라가 모든 걸 보여 줬어. 앞에 있던 하수구에서 갑자기 썩은 팔뚝 하나가 쑥 나오더니 그 남자를 홱 쳐서 넘어뜨려 코를 깨 놓더니 비명을 지르는 그 남자의 말총머리를 끌고 하수구로 기어 들어가더군. 바로 그 순간 우리 거실에 있던 카메라가 한 바퀴 돌면서 그 광경을 지켜보던 스타들의 반응을 찍더군. 몇 명이 헉 하고 놀랐는데 정말로 그런 사람들도 있지만 몇 명은 연기한 거지. 난 가짜로 눈물 흘리는 척했던 사람들보다는 그 롤러스케이트 타던 남자를 '멍청한 자식'이라고 부른 그 싸가지 없는 창녀가 더 맘에 들더군. 어쨌거나 그 여잔 솔직했잖아. 나는 세르게이라고, 불쌍하고 서글프게 생긴 덩치 큰 사내 옆에 서 있던 기억이 나. 러시아에 대한 그의 이야기를 듣고 모든 제3세계 구덩이가 심하게 무더운 건 아니란 걸 알게 됐지. 카메라가 이 연예인들의 반응을 열심히 찍고 있을 때 그가 러시아어로 뭐라고 중얼거리더군. 내가 알아들을 수 있었던 유일한 단어는 바로 '로마노프'란 말이었는데 무슨 뜻인지 물어보려고 했을 때 비상경보기가 울리는 소리를 들었어.

뭔가가 건물 벽 주위로 몇 킬로미터에 걸쳐 설치해 놓은 압력 감지기를 건드렸지. 그 압력 감지기는 좀비가 하나만 와도 울리는 민감한 감지기였는데 지금은 미친 듯이 울리고 있더군. 무전기는 쉴 새 없이 꺽꺽댔지.

"비상, 비상, 남서쪽 코너. 빌어먹을, 수백 명이 몰려오고 있다!"

그 저택은 우라지게 커서 내 사격 위치에 도착하는 데 몇 분이 걸렸어. 나는 망보는 자식이 왜 그리 안달하는지 이해할 수 없었지. 밖에 200명 정도 몰려오는 게 어때서. 그 좀비 놈들이 벽을 기어오를 수 있는 것도 아닌데. 그러다 그 친구가 소리 지르는 걸 들었지.

"그들이 달려오고 있어! 이런 제기랄, 겁나게 빨라!"

겁나게 빨리 달리는 좀비란 말을 듣는 순간 속이 뒤집어지더군. 만약 좀비들이 달릴 수 있다면, 벽을 타고 오를 수도 있을 것이고, 벽을 타고 오를 수 있다면, 생각을 할 수 있을지도 모르고, 생각을 할 수 있다면…… 이제야말로 오싹해지기 시작했지. 내가 3층 손님용 침실 유리창에 도착했을 때 보스의 친구들은 무기고를 털어서 80년대 액션 영화에 나오는 엑스트라들처럼 날뛰고 있더군.

난 총의 조종간을 발사 위치로 놓고 조준경 덮개를 젖혔지. 광증폭 회로와 열 감지 화상 회로를 갖춘 최신식 조준경이었어 좀비는 체열이 없어서 두 번째 기능은 쓸모없었어. 그래서 수백 명의 달리는 사람들에게서 타는 듯한, 밝은 초록색 이미지를 보자 목이 바짝바짝 탔지. 그건 좀비들이 아니라 사람들이었어.

"저기 있다!"

사람들이 소리 지르는 게 들리더군.

"뉴스에 나온 바로 그 집이야!"

사람들은 사다리와 총과 아이들을 안고 있었어. 그중 두서넛은 등에 무거운 가방을 메고 있더군. 사람들은 이제 1000명의 구울들을 막는 용도로 사용된 강철 소재로 된 앞문을 노리고 있었어. 폭발이 일어나면서 문이 경첩에서 떨어져 나가서 마치 거대한 닌자 표창처럼 집 안으로 날아오더군.

"발사!"

보스는 무전기에 대고 고함을 질렀어.

"저놈들을 때려눕혀. 죽이란 말이야! 쏴아아아!"

적당한 말이 없으니 그 사람들을 '공격자들'이라고 부르지. 그 공격자들이 이제 집으로 몰려 들어왔어. 안마당은 주차한 차들로 가득 차 있었지. 스포츠카, 허머와 심지어는 풋내기 미식축구 선수가 타고 온 거대한 타이어를 단 트럭 차들이 모두 불덩어리가 돼서 옆구리가 폭파되거나 그냥 그 자리에서 불에 타 바퀴에서 진한 기름투성이 연기가 나면서 앞도 보이지 않고 모두 숨도 제대로 쉴 수 없었지. 들리는 소리라곤 우리 편과 사람들의 총소리밖에 없었는데 우리 편이라고 경비들만 총을 쐈던 게 아니야. 바지에 오줌을 지리지 않던 거물들 중에 이참에 람보 놀이를 해 보자고 생각한 놈들이나, 같은 졸병들 앞에서 대장을 보호해야겠다고 생각한 놈들이 함께 총을 갈겨 대고 있었지. 많은 거물들이 부하들에게 자신을 보호하라고 그러데. 막무가내로 우기니까 그렇게 하는 애들도 있더라고. 평생 총이라곤 만져 본 적도 없는 불쌍한 스무 살짜리 비서들 말이야. 그런 아이들은 오래 버티지 못했어. 하지만 내내 굽실거리다가 배신 때리고 공격자들 쪽으로 붙은 인간들도 있었지. 호모같이 생긴 한 미용사가 종이 자르는 칼로 한 여배우의 입을 그어 버리는 걸 이 두 눈으로 봤고, 아이러니하게도 '일 좀 제대로 해' 씨가 탤런트 쇼 제작하는 사내에게서 수류탄을 뺏으려고 엎치락뒤치락하다가 두 사람 손에서 수류탄이 터지는 것도 봤지.

그건 정말 생지옥이었어. 세상의 종말이 있다면 그런 모습이었을 거야. 집의 일부는 불타고 있었고, 사방이 피범벅인 데다, 시체나 시체 조각이 그 으리으리한 물건들 위에 널려 있었지. 나는 그

창녀가 끌고 다니던 조막만 한 개 새끼를 봤어. 우리 둘 다 뒷문으로 꽁지가 빠지게 달려가는 중이었지. 우리는 서로 빤히 바라봤지. 만약 우리가 대화를 나눴다면 이런 말이 오고 갔을 거야.

"네 주인은 어쨌어?"

"그러는 넌?"

"저들이 알아서 하겠지."

보디가드들이 대부분 이런 식으로 행동했고 그날 밤 내가 총 한 방 쏘지 않았던 것도 바로 그 이유에서였지. 우리는 좀비에게서 부자들을 지키라고 돈을 받은 거지, 안전하게 숨을 곳을 찾아온 평범한 사람들에게서 부자들을 보호하라고 고용된 건 아니었거든. 사람들이 앞문으로 들어오면서 지르는 소리가 다 들리더군.

"술병은 어디 있어?"라거나 "저 여자들을 덮쳐."라는 말이 아니었어. 그 사람들은 이렇게 소리치더군.

"불을 꺼!"

"여자들과 아이들은 이층으로 보내!"

나는 바닷가로 달려가는 길에 정치 코미디 쇼를 제작하는 사내를 밟고 갔지. 그와 그의 정치적 라이벌이라고 생각했던 가죽같이 질긴 늙은 여자가, 내일이란 없다는 듯이 필사적으로 몸을 섞고 있었는데 정말 그들에게 내일은 없었는지 몰라. 난 모래사장에 도착해서 서프보드를 하나 발견했는데 그게 아마 내가 어렸을 때 살던 집보다 값이 더 나갔을 거야. 그리고 나는 지평선에 비치는 빛을 향해 나아가기 시작했지. 그날 밤 바다에는 수많은 보트가 떠 있었고, 많은 사람들이 다지 트럭에서 내리고 있었어. 나는 그들 중 하나에게 날 뉴욕 항구까지 데려다 달라고 했지. 다행히 다이아몬드 귀걸이 한 쌍을 뇌물로 주고 보트를 탈 수 있었어.

(그는 마시던 럼주를 비우고 한 잔 더 달라는 신호를 보냈다.)

가끔 나는 자문하곤 해. 왜 그 사람들은 그냥 입 닥치고 있지 않았을까? 내 보스뿐 아니라 그 싸가지 없이 굴던 버러지 같은 놈들 말이야. 그 작자들은 위험을 피할 수 있는 재력이 있었는데 왜 그걸 쓰지 않았을까. 이를테면 남극이나 그린란드로 냅다 튀거나 아니면 그냥 그 저택에 군소리 없이 처박혀서 대중의 시선을 피할 수 있었잖아? 하지만 스위치를 그냥 꺼 버리지 못하는 것처럼 그럴 수가 없었나 봐. 그런 근성 때문에 애초에 스타가 됐겠지. 뭐 나 같은 놈이 그런 걸 알겠어?

(웨이터가 새 술을 한 잔 가져오자 숀은 남아프리카 공화국의 은화를 한 닢 튕겨 줬다.)

"있을 때 팍팍 과시해야지."

## 그린란드, 아이스 시티

표면에서 보이는 것이라곤 통풍구들, 300킬로미터 밑에 있는 미로로 신선하고 차가운 공기를 계속 공급해 주는 바람잡이들(wind catcher)뿐이다. 한때 이 인간의 손으로 만든 공학의 경이에 살았던 25만 명의 주민들 중에서 현재 남아 있는 사람들은 거의 없다. 일부는 작지만 성장해 가는 관광 산업을 진흥시키기 위해 여기 남았다. 일부는 이곳 관리자로 유네스코에서 재개된 세계 유산 프로그램에서 나오는 연금을 받아 살아가고 있다. 과거에 이란 혁명 수비대 공군 소령이었던 아흐마드 파라나키안 같은 사람들은 달리 갈 곳이 없다.

인도와 파키스탄. 남한과 북한 혹은 나토와 바르샤바 조약 기구. 양쪽이 상대를 겨냥해 핵무기를 사용하는 일이 생긴다면 인도와 파키스탄일 겁니다. 모두 그걸 알고 있었고, 예상하고 있었고, 바로 그래서 그 일이 현실로 실현되지 않은 거죠. 사방에 위험이 항상 존재했기 때문에 그런 사태를 피하기 위한 모든 장치가 준비돼 있었어요. 양국 수도에 긴급 직통 전화가 개설돼 있었고, 대사들은 막역한 사이였고, 장군들, 정치가들, 그 과정에 관여한 모든 이들이 모두가 두려워하는 그날이 결코 오지 않도록 확실하게 훈련받았죠. 사태가 그렇게 전개되리라곤, 나는 결코 생각하지 못했어요, 상상도 하지 못했죠.

우리 나라는 다른 나라들처럼 감염 정도가 심하지 않았어요. 국토가 험준한 산악 지대에 있어서 교통이 불편했어요. 인구도 상대적으로 적었죠. 국토 면적을 고려하고 많은 도시들이 거대한 군대에 의해 쉽게 격리될 수 있다는 걸 생각해 보면 우리 지도부가 얼마나 낙관적이었는지 상상하는 게 어렵지 않을 겁니다.

문제는 난민들이었어요. 동쪽에서 수백만 명의 난민들이 밀려왔어요, 수백만 명이! 발루치스탄 지역(이란 남동부와 파키스탄 남부의 산악 지대 — 옮긴이)을 경유해 흘러 들어와 우리 계획을 엉망으로 만들었죠. 아주 많은 지역이 감염된 상태였는데 엎친 데 덮친 격으로 좀비들이 떼거리로 도시를 향해 어기적거리면서 행진해 오고 있었죠. 우리 국경 수비대원들은 감당할 수 없었고, 전초 기지 전체가 구울의 물결에 묻혀 버렸죠. 국경을 폐쇄할 방법도 없었고, 동시에 국민들이 발병해서 쓰러지는데 대처할 방법도 없었어요.

우리는 파키스탄 정부에게 그쪽 국민들을 통제해 달라고 요구했죠. 그들은 최선을 다하고 있다고 우리를 안심시키더군요. 우리는 그 자식들이 거짓말하고 있다는 걸 알고 있었죠.

난민의 대다수는 인도에서 안전한 곳으로 가려고 파키스탄을 지나치는 길이었죠. 이슬라마바드에 있던 작자들은 그 난민들을 기꺼이 통과시켜 줬죠. 자기들이 직접 문제를 해결하는 것보다는 다른 나라에 떠넘기는 게 훨씬 낫다 이거죠. 우리 두 나라가 병력을 통합해서, 적절하게 방어할 수 있는 장소에서 합동 작전을 펴자는 계획이 나왔죠. 그런 계획을 검토 중이란 걸 난 알고 있었죠. 파키스탄의 팝(the Pab), 키르타, 중부 브라후이 산맥 같은 곳에서 말이죠. 아무리 많은 난민이든, 좀비든 통제할 수 있는 계획이었어요. 그런데 거부됐어요. 그쪽 대사관의 피해망상에 걸린 대사관부 육군 무관들 자식 몇 명이 자기 땅에 외국 군대가 알짱거리기만 하면 즉각 전쟁 선포로 간주하겠다고 까놓고 말하더군요. 그쪽 대통령이 그 제안서를 보기나 했는지 모르겠어요. 우리 지도자들은 그 대통령과 직접 이야기를 해 본 적이 없거든요. 인도와 파키스탄의 관계가 얼마나 긴밀한지 선생도 잘 알고 있겠죠. 우리는 그런 관계가 아니었어요. 외교적 기구가 없었죠. 우리가 아는 거라곤 그 지옥에 떨어질 대령이 자기 정부에 우리가 자기네 서쪽 지방을 합병하려고 한다고 거짓말했다는 것뿐이에요!

하지만 우리가 뭘 할 수 있었겠어요? 매일 수십만 명이 우리 국경을 넘어오고 있었고 그중 수만 명은 이미 감염된 상태였을 텐데! 우리는 특단의 조치를 취해야 했죠. 스스로를 보호해야 했어요!

양국을 이어 주는 도로가 하나 있었어요. 미국 기준으로는 작은 도로였고 그나마 대부분 포장도 안 됐지만 그 도로가 발루치스탄에 있는 주요 남부 간선도로였어요. 그 도로에 있는 딱 한 곳, 케치 강 다리를 끊어 놓으면 모든 난민 통행량의 60퍼센트를 효과적으로 차단하게 되죠. 나는 철통같은 호위를 받으며 직접 그 작전을 수행하기 위해 밤 비행을 했죠. 광증폭기도 필요 없더군요. 수 킬로미터 밖에서도 어둠 속에서 길고 하얗게 한 줄로 서 있는 헤드라이트들이 보였어요. 심지어 권총 같은 소형 무기들이 번득이는 것도 보이더군요. 그 지역은 심하게 감염돼 있었어요. 나는 그 다리의 중심 토대, 복구하기 가장 힘든 부분을 노렸죠. 폭탄이 그 부분을 깨끗하게 갈라 놨죠. 그 폭탄들은 그런 일을 하기에 충분한 고성능 재래식 폭탄이었죠. 당신네 나라가 편리한 대로 우리 나라와 동맹을 맺었던 시절에 당신들의 도움을 받아 지은 다리를 역시 같은 목적으로 미군 전투기들이 파괴시키곤 했죠. 수뇌부에서도 그런 아이러니를 느꼈죠. 개인적으로 나는 별다른 감정이 없었어요. 내 전투기가 가벼워지는 게 느껴지자, 나는 점화구를 누르고 내 정찰기의 보고를 기다리면서 제발 파키스탄에서 보복하지 않기를 전력으로 빌었죠.

물론 하느님은 내 기도를 들어주시지 않았죠. 3시간 후에 킬라사페드(Qila Safed)에 있는 파키스탄 수비대가 우리 국경 경비 구역에 무지하게 쏘아 대기 시작했어요. 우리 대통령과 아야톨라(이란 시아파에서 신앙, 학식이 깊은 인물에 대한 칭호 — 옮긴이)도 이젠 물러날 용의가 있다는 걸 알았어요. 우리는 원하던 일을 해치웠고 그쪽은 그에 대한 복수를 감행했죠. 그만하면 서로 할 만큼 했으니 이제 그만 덮어 두는 거죠. 하지만 누가 상대방에게 그 이야기를 할 것인지? 테헤란(이란의 수도 — 옮긴이)에 있던 파키스탄 대사관은 암호와 무선 통신을 모두 파괴해 버렸어요. 그 쳐 죽일 대령 놈이 '국가 기밀'을 우리에게 넘겨주느니 차라리 자기 머리에 총알을 박아 버린 거죠. 우리는 긴급 직통 전화도 없고, 외교적인 루트도 없었어요. 파키스탄 지도부와 연락할 방법이 전무했죠. 심지어는 지도자라고 할 만한 사람이 남아 있는지조차 알 수 없었죠. 난장판도 그런 난장판이 없었고, 혼란이 분노로 바뀌고, 그 분노가 이웃 나라로 향한 거죠. 매시간 갈등이 고조됐죠. 국경 분쟁이 일어나고, 공습이 연속되고. 모든 일이 눈썹 휘날리게 일어나 사흘에 걸쳐 재래식 무기를 사용한 전투를 벌이면서 양쪽 다 분명한 목표도 없이 그냥 공포에 질리고 격분한 채로 날뛰었죠.

(그는 어깨를 으쓱했다.)

우리는 짐승을 만들어 냈어요. 어느 쪽도 길들일 수 없는 핵 괴물을. 테헤란, 이슬라마바드, 콤, 라호르, 벤다르 압바스, 오르마라, 이맘 호메이니, 파이살라바드. 아무도 그 폭발에서 얼마나 많은 사람들이 사망했는지, 혹은 방사능 구름이 우리 나라, 인도, 동남아시아, 태평양을 거쳐 미국에까지 퍼지면서 얼마나 많은 사람들이 사망하게 될지 몰랐습니다.

아무도 우리 두 나라 사이에 그런 일이 일어나리라곤 생각하지 못했습니다. 제기랄, 그 사람들이 처음부터 우리 핵 프로그램을 만드는 데 일조했어요! 이 사람들이 재료와 기술을 공급해 주고 북한과 러시아의 배신자들을 중개해 주고…… 우리의 이슬람 형제들이 도와주지 않았다면 애초에 핵보유국이 되지도 못했을 겁니다. 아무도 예상하지 못했던 일이죠. 하긴 누가 시체가 살아나리라고 예상이나 했겠어요? 오직 한 사람만이 이 일을 예상할 수 있었겠지만 나는 그 사람을 더 이상 믿지 않아요.

## 미국, 콜로라도 주 덴버

내가 탄 기차는 연착했다. 서쪽 도개교가 시험 중이었다. 토드 웨이니오는 플랫폼에서 나를 기다리는 게 싫지 않은 것처럼 보였다. 우리는 그 역의 승리의 벽화 밑에서 악수를 했다. 그 벽화는 세계 대전 Z에서 미국인이 겪은 일 중에서 가장 쉽게 알아볼 수 있는 이미지다. 원래 사진으로 찍은 것을 그린 이 벽화는 허드슨 강의 뉴저지 쪽에 서 있는 한 분대 병력의 군인들이 등을 돌리고 서서 맨해튼에 동이 트는 것을 보는 장면을 묘사한 그림이다. 이번 인터뷰 대상자가 이 거대한 평면 초상화 옆에 서 있으니 아주 작고 연약해 보였다. 그의 세대가 대부분 그런 것처럼 토드 웨이니오는 겉늙어 보였다. 튀어나온 올챙이배에 머리가 빠지면서 세어 가고 있었고, 오른쪽 뺨에 나란히 길고 깊게 세 줄로 난 흉터를 보면 과거에 미 육군 보병이었던 이 남자가 아직까지, 연령상으로는 이제 인생을 막 시작할 나이라는 게 믿기 힘들었다.

그날 하늘은 붉었어요. 그 엄청난 연기, 그 망할 것이 여름 내

내 공기 중에 꽉 차 있었어요. 그래서 모든 것이 붉은 호박색으로 보였는데 마치 지옥 색깔의 안경을 통해 세상을 보는 것 같았어요. 그게 용커스에 대한 내 첫인상이었어요. 뉴욕 북쪽에 있는 이 작고 침울한 녹색 교외 말입니다. 내 생각엔 아무도 용커스에 대해 들어 본 적이 없는 것 같아요. 난 확실히 들어 본 적 없는데, 이제 거기는 진주만과 동급으로 유명해지고 있었지요. 아니, 진주만은 아니다. 그건 기습이었으니까. 이건 진주만 공습이라기보다 리틀 빅 혼(1876년 미군의 인디언 토벌전—옮긴이)에 가까웠어요. 우리는, 흠, 최소한 지도부는 무슨 일이 일어나고 있는지 알고 있었겠죠.

어쨌든 알고 있어야 했어요. 요지는 그건 기습이 아니라 전쟁…… 아니면 비상사태, 그것도 아니면 선생이 부르고 싶은 대로 불러도 상관없지만, 중요한 건 이미 그 일이 일어나고 있었다는 거죠. 사실 모든 사람들이 공포에 빠져 허우적대기 시작한 3개월 전부터 그 일은 진행되고 있었어요.

그때 상황이 어땠는지 기억나죠? 사람들이 발광해서는 집 창문 같은 곳에 널빤지를 대고, 음식과 총을 훔치고, 움직이는 건 모두 쏴 버렸잖아요. 그 사람들이 아마 좀비보다 더 많이 사람들을 죽였을걸요. 그 무턱대고 총질하고 다니는 람보들과 '묻지마' 방화와 교통사고와 그 모든 일들. 내 생각에 지금 '대공포'라고 부르는 그 엿 같은 폭풍이 처음에는 좀비가 사람들을 죽인 것보다 더 많이 죽였을 것 같아요.

상황이 그 모양이었으니 권력자들이 요란하게 치고받는 전투를 한번 해 보자는 아이디어를 낸 것도 무리가 아니라고 생각해요. 그들은 자기들이 아직 상황을 통제하고 있다는 걸 보여 주고, 사람들을 진정시켜서 진짜 문제에 대처하려고 했던 거죠. 나도 그건 알겠어요. 그래서 그 작자들은 선전용으로 좀비들의 야코를 죽여 놓는 전쟁이 필요했고 그것 때문에 결국 내가 용커스에 처박히게 된 거죠.

사실 좀비들을 저지하기에 용커스가 나쁜 곳은 아니었어요. 마을 한쪽은 이 작은 계곡에 들어앉아 있고, 서쪽 언덕 바로 너머에 허드슨 강이 흐르고 있었죠. 밀 리버 공원 도로가 우리 주 방위선의 한가운데를 관통하고 있었고, 고속도로로 밀려오는 난민들을 따라 좀비들이 곧장 우리에게 오고 있었죠. 이곳은 자연 그대로의 요충지였고 이곳을 고른 것은 그날 나온 유일하게 괜찮은 아이디어였죠.

(토드는 또다시 'Q'를 한 개비 꺼냈다. Q는 미국에서 재배한 담배 종류로 담배 함량이 4분의 1 들었다고 해서 그 이름이 붙었다.)

왜 지도부에서 우리를 지붕 위에 배치시키지 않았냐고요? 거기엔 쇼핑센터도 하나 있고 차고도 두 개나 있었고 근사하고 평평한 지붕이 달린 큰 건물들이 있었죠. A&P(1859년 홍차 판매 회사로 설립된 대형 슈퍼마켓 연쇄점 — 옮긴이) 건물 위로 중대 하나가 너끈히 올라갈 수 있을 정도였죠. 우리는 거기서 계곡 전체를 굽어보면서 좀비들의 공격을 완벽하게 피할 수 있었는데. 거기에 20층짜리 아파트가 한 채 있었는데, 내 생각에 각 층에서 고속도로가 훤히 보였단 거죠. 왜 각 창문마다 라이플 팀을 배치하지 않았냐고요?

지휘관들이 우리를 어디에 배치한 줄 알아요? 마대 자루에 모래를 채워 쌓은 날림 진지 참호 속, 바로 땅바닥에 우리를 세워 뒀죠. 우리는 이 복잡한 사격 위치를 준비하느라 너무 많은 시간과 정력을 낭비했어요. 훌륭한 '은폐 및 엄폐'라고 상부에서 그러더군요. 은폐 및 엄폐라니, 맙소사. '엄폐'란 실질적이고 통상적인 방어 행위, 즉 직사화기나 곡사화기 및 공중 투하 병기로부터 자신을 보호한다는 뜻입니다. 이게 과연 우리가 지금 맞서 싸워야 하는 적입니까? 이제는 좀비가 공습에 포병 지원까지 요청한답니까? 그리고 왜 우리가 은폐 걱정을 해야 한답니까, 이 전투의 핵심은 좀비들이 우리에게 곧장 몰려들게 하자는 건데! 정말 덜떨어져도 한참 덜떨어진 놈들이 지휘관이랍시고! 모두 다 그 모양이었어요!

지휘관이 누구였든 그 인간은 분명 중세 시대 기사 중 한 명이었을 거란 생각이 들더군요. 왜 있잖아요, 러시아가 서부 독일을 칠 수 없도록 보호하라는 훈련을 받느라 코피깨나 쏟았던 장군들 말입니다. 융통성이라곤 손톱만큼도 없는 근시안적인 장군들 같으니라고.

아마 국지전을 치르느라 성질도 날 만큼 난 노인네들이었겠죠. 그 장군은 분명 꽉 막힌 사람이었을 걸요. 우리가 한 모든 일이 냉전 시대에 한 방어와 한 치도 다르지 않은 냄새가 났으니까. 상부에서 탱크용 은폐호까지 파라고 했던 거 알아요? 엔지니어들이 A&P 주차장에서 그 참호들을 곧바로 날려 버렸죠.

**탱크가 있었나요?**

이봐요, 없는 게 없었다니깐. 탱크에 브래들리 보병 전투 차량에, 50구경 기관총에서 최신형 바실레크(Vasilek) 박격포까지 장착한 험비도 있었어요. 최소한 이런 것들은 유용하게 쓰니까 전투를 벌였죠. 우리에겐 스팅어 지대공 미사일이 장착된 어벤저 험비도 있었고, 고속도로 옆을 흐르는 7센티미터 깊이의 지류에 딱 맞는 교량 전차도 있었어요. 레이더와 온갖 장비로 꽉꽉 들어찬 XM5 대전자전 지원 차량이 여러 대 있었고…… 그리고…… 에 또, 심지어는 그 많은 장비들 한가운데 조립식 변소 컨테이너까지 설치해 놨죠. 수압이 괜찮아서 근처에 있던 모든 건물의 변기는 사용 가능했는데 왜 그런 짓을 했을까요? 쓸데없는 잡동사니란 잡동사니는 다 싣고 다녔으니! 교통만 막히게 하고 보기만 그럴싸한 것들을 죄다 짊어지고 다녔는데 내 생각엔 그게 목적이었던 것 같아요, 그럴싸해 보이는 게 이 전투의 목적이었던 것 같다는 거죠.

**언론 때문에 그랬겠죠.**

당연 그랬죠, 군바리 두세 명당 최소 기자 한 명이 붙어 다녔으니까!* 같이 행군하거나 트럭을 타고 따라오기도 하고, 언론사 헬리콥터는 또 몇 대나 빙빙 돌고 있었는지. 그렇게 헬리콥터가 많이 떠다니니 몇 대쯤은 맨해튼에서 그 참사가 일어났을 때 사람들을 구하려고 했을 거라고 선생은 생각했을지 모르겠지만, 흥, 그건 모두 홍보용으로 우리의 거대하고 원기 왕성한 살상력, 그것도 아니면 가무잡잡한 자태를 보이려고 그랬던 거라고요. 이중 일

---

* 과장된 표현이지만 역사 상 어느 때보다 용커스 전투의 군인당 기자 비율이 높았다.

부는 사막 전투에서 막 돌아와서 다시 페인트칠을 할 시간도 없었으니까요. 차량들만 그랬던 게 아니라 우리 모두 다 쇼, 쇼, 쇼를 위한 거였어요. 상부에선 우리에게 MOPP4(Mission Oriented Protective Posture)를 발령했어요. 그게 뭐냐면, 임무 지향 보호 태세 4단계라는 건데, 방사능이나 생화학전 보호용인 엄청 크고 무지 무거운 옷과 마스크를 쓰게 했단 말이에요.

**상관들이 좀비 바이러스가 공기로 전염되는 거라고 믿었던 게 아닐까요?**

그랬다면 기자들은 왜 그런 식으로 보호하지 않았죠? 왜 우리 '잘난 상관'들이나 방어선 바로 뒤에 있던 사람들은 방탄복을 안 입었죠? 우리 군바리들이 수십 겹의 고무와 활성탄으로 만든 두껍고 무거운 방탄복을 입고 땀을 줄줄 흘리고 있을 때 그치들은 전투복만 입고 시원하고 편하게 퍼져 있었어요. 그리고 도대체 어떤 또라이 천재가 우리에게 그런 방탄복을 입힐 생각을 했을까요? 지난번 전투에 군인들에게 방탄복을 충분히 지급하지 않았다고 언론에서 쪼아 대서? 왜 좀비랑 싸우는 데 헬멧이 필요하대요? 헬멧이 필요한 건 좀비들이지 우리가 아니라고요! 이게 다가 아니에요, 우리에겐 네트워크 장비가 있었는데…… 랜드 워리어 전투 통합 체계라는 거예요. 개별 전투원과 지휘부를 모두 하나로 연결하는 전자 장비 일습이죠. 우리는 접안경을 통해 지도, 지피에스(GPS) 데이터, 실시간 위성 정찰 데이터를 다운받을 수 있었죠. 그걸로 전장에서의 자신의 정확한 위치, 전우들의 위치, 악당들의 위치를 모두 파악할 수 있었는데, 실지로 자신이나 전우의 무기에 달린 비디오카메라를 통해 방어선 너머나 모퉁이 너머에 뭐가 있는지도 볼 수 있었어요. 랜드 워리어 시스템은 모든 병사들이 전투 사령부가 가진 정보를 공유하고, 사령부가 모든 병사들을 하나의 단일 부대로 통제할 수 있게 해 줬죠. 카메라 앞에 선 장관들이 '넷 중추'란 말을 지겹게 하더군요. '넷 중추'와 '사차원 전쟁'. 표현은 화려하지만 보호 장비와 방탄복을 입고 참호를 파면서 랜드 워리어를 차고 규정상 들고 다녀야 할 탄약을 짊어지고 역사상 가장 뜨거운 여름 중에서도 가장 폭염이 작열하는 날에 참호를 판다고 할 때, 그런 똥 같은 말이 가당키나 해요? 그 지랄 법석을 떨면서 서 있는데 좀비들이 나타나기 시작했을 때 정말이지 이게 꿈인지 생시인지 믿기지 않더군요.

처음엔 인적이 끊어진 고속도로를 막고 있는 버려진 차 사이로 하나씩, 둘씩 갈지자걸음으로 왔어요. 난민들은 이미 대피를 시켜 놨죠. 그래요, 그게 그나마 상부에서 잘한 마지막 조치였어요. 요충지를 고르고 시민들을 대피시킨 것, 그건 잘했는데, 그 외 나머지는…….

좀비들이 MLRS(Multiple Launch Rocket System, 다연장 로켓 발사 시스템—옮긴이)를 사용하기로 정해 놓은 1차 살상 지역 안으로 들어오기 시작했어요. 나는 로켓이 발사되는 소리를 듣지 못했어요. 머리에 쓰고 있던 두건 때문에 소리는 안 들렸지만 로켓이 목표를 향해 질주하는 모습이 보이더군요. 로켓이 날아가면서 둥글게 구부러져 외피가 벗겨지면서 플라스틱 고정축에 달려 있던 소형 폭탄들이 드러났죠. 이 소형 폭탄들은 수류탄 크기의, 장갑 관통력도 어느 정도 있는 대인 살상용 무기였죠. 이 폭탄들이 좀비들 사이로 흩어지면서 땅이나 버려진 차에 닿는 순간 폭발했어요. 차의 연료 탱크가 작은 화산처럼 폭발하고 간헐천처럼 불꽃이 치솟으면서 '강철 비'와 함께 파편이 후드득 쏟아져 내렸죠. 까놓고 말하지만 우리가 좀 성급했죠. 모두 마이크에 대고 환호를 올리면서(저도 빠질 수 없었죠.) 좀비들이 넘어지기 시작하는 걸 보고 있었어요. 800미터 정도 되는 고속도로 전체에 30 혹은 4, 50명 정도 되는 좀비들이 널브러져 있었어요. 첫 폭격으로 최소 4분의 3 정도 되는 좀비들이 당했죠.

**고작 4분의 3이라고요.**

(토드는 화가 잔뜩 난 표정으로 담배의 마지막 한 모금을 길게 빨았다. 서둘러 그는 새 담배로 손을 뻗었다.)

그래요, 그리고 바로 그때 걱정해야 했는데. '강철 비'가 좀비 하나하나를 건드리면서 그들의 몸속을 조각조각 찢어놨죠. 그 빌어먹을 곳 여기저기에 장기와 살이 널려 있었고, 좀비들이 우리를 향해 걸어오는데 계속 그 장기와 살이 떨어져 내리고 있었어요. 하지만 머리에 총을 쏜다는 게, 신체가 아니라 뇌를 파괴하려고 노력하지만 그 좀비들의 뇌가 작동되고 몸을 움직일 수 있는 한…… 어떤 좀비들은 아직 걸어오고 있었고, 서 있을 수도 없을 정도로 폭격을 맞은 놈들은 기어오고 있더군요. 맞아요, 우리는 걱정해야 했는데, 망할 놈의 시간이 없었죠.

한두 놈씩 띄엄띄엄 흘러들던 좀비들이 이제 물결을 이뤄 오더군요. 이젠 수십 명씩 불타오르는 차 사이로 시커멓게 몰려오는데. 좀비들이 웃긴 게 하나 있는데, 선생은 좀비들이 옷을 쫙 빼

입었을 거라고 생각하죠. 언론에서 그렇게 장난을 쳤죠, 특히 초기에. 예를 들면 정장 같은 옷을 입은 평범한 미국인들의 전형적인 모습인데 시체라는 점이 다를 뿐이라는 식으로 묘사했죠. 좀비들은 전혀 그렇지 않았어요. 대부분의 감염자들, 특히 초기에 감염된 좀비들, 전염병의 1차 파도가 닥쳤을 때 희생된 사람들은 치료를 받다가 아니면 자기 집 침대에서 죽었죠. 대부분의 좀비들이 병원 환자복이나 잠옷을 입고 있었어요. 트레이닝이나 속옷만 입은 좀비들도 있었고. 아니면 그냥 홀딱 다 벗고 돌아다니는 좀비들도 많았어요. 그 좀비들의 몸에 난 상처 자국, 몸에 말라붙은 벌어진 상처 자국을 보니 땀이 죽죽 흐르는 장비 속으로도 소름이 오싹 끼치더군요.

두 번째 '강철 비' 효과는 처음 것의 반절밖에 안 되더군요. 더 이상 불탈 연료 탱크도 없고 이제 머릿수가 많아진 좀비들이 어쩌다 보니 모두 바싹 붙어서 머리 부상을 당하지 않게 서로 보호해 주는 형상이 됐더군요. 나는 아마 그때까지도 그렇게 겁을 먹지는 않았던 것 같아요. 내 용기는 사라졌지만 좀비들이 군대의 살상 지대에 들어오면 다시 돌아올 거라고 확신하고 있었죠.

어쨌든 언덕 너머 너무 뒤쪽에 있어서 팔라딘 자주포 발사음은 듣지 못했지만, 그 포탄이 내려앉는 소리를 듣기도 했고 보기도 했을 겁니다. 고폭약을 파편으로 둘러싼 통상형 155밀리 고폭탄이었죠. 이것들은 로켓보다도 파괴력이 적더군요.

**왜 그랬죠?**

그건 풍신 효과가 없었어요. 폭탄이 사람 근처에서 터지면 급자 그대로 풍선처럼 사람 몸에 있는 체액이 터지게 돼 있어요. 좀비에겐 그런 효과가 없었어요, 아마 인간보다 체액이 적었거나 그 체액이란 게 액체라기보다 젤 같아서 그랬던 거 같은데. 나도 모르죠. 하지만 그건 손톱만큼도 쓸모가 없었고 에스엔티(SNT) 효과도 마찬가지였어요.

**SNT란 게 뭐죠?**

갑작스러운 신경성 외상(Sudden Nerve Trauma), 뭐 그런 이름이었던 거 같은데. 이건 근거리에서 터지는 고성능 폭탄의 또 다른 효과죠. 그 외상이 너무 커서 때로는 하느님이 생명 스위치를 꺼 버린 것처럼 장기, 두뇌, 모든 것이 그냥 그 즉시 기능이 정지되죠. 전기 충격, 이딴 것과 관계가 있다던데. 나도 잘 몰라요, 내가 뭐 염병할 의사도 아니고.

**그런데 그런 효과가 없었단 거죠.**

전혀! 내 말은, 오해하지 마요, 좀비들이 그 집중포화 속에서 손끝 하나 다치지 않았단 말은 아니에요. 좀비들의 몸뚱이가 폭발해서 사방으로 조각조각 날아다니고, 심지어는 머리통째로 날아다니는 것도 봤어요. 그 빌어먹을 크리스털 코르크 마개처럼 하늘로 펑 소리를 내며 날아다니던 눈도 끔벅이고 턱도 움직이던 머리통들이 보이는데, 우리가 놈들을 확실히 쓰러뜨리고 있긴 했지만 필요한 만큼 빨리도 아니고 많이도 아니었어요!

좀비들의 물결은 이제 강물처럼 불어나서 구부정하니 몸을 구부리고, 신음을 내면서, 난도질된 형제들을 밟으면서 천천히 흐르는 물결처럼 우리 쪽으로 끊임없이 어기적어기적 걸어오고 있었죠.

2차 살상 지대는 전차의 120밀리 주포와 브래들리 장갑차의 체인건, 개량형 토우 미사일 같은 걸로 직격을 퍼붓는 거였죠. 험비에서도 박격포와 미사일과 마크19 같은 놈들을 발사하기 시작했죠. 마크19란 기관총 같은 건데 총알 대신 유탄을 발사하는 겁니다. 코만치 헬기들이 윙 소리를 내면서, 우리 머리 바로 위로 지나가는 것같이 느껴지는 체인건과 헬파이어 대전차 미사일과 히드라 로켓포를 발사했어요.

그건 고기 다지는 기계, 장작 패는 기계, 좀비들 떼거리를 톱밥처럼 덮어 버린 독극물질이었어요.

'이런 공격을 받고도 살아남을 수 있는 건 아무것도 없어.'

얼마 동안은 내 생각이 맞는 것처럼 보였어요. 불길이 죽기 시작하기 전까지는.

**죽기 시작했어요?**

불길이 점차 가늘어지면서, 시들시들해지다가…….

(순간 그는 조용했다가 다시 분개하며 인터뷰에 집중했다.)

그걸 생각한 사람이 하나도 없어요, 하나도! 예산 삭감과 공급 문제 같은 이야기로 날 휘두를 생각은 하지 마요! 유일하게 공급이 부족했던 건 염병할 상식뿐이었어요! 웨스트포인트, 국방대학교, 엉덩이까지 메달을 꿰찬, 별 네 개짜리 똥자루들 중에서 이렇게 말한 사람이 하나도 없었어요.

"이봐, 우리에게 빽적지근한 무기도 넘쳐나니, 그 좀비들에게 쏠 것도 충분할 거야!"

작전을 계속하기 위해 얼마나 많은 대포를 쏴야 하고, 얼마나 많은 로켓을 쏴야 하고, 얼마나 많은 산탄을 쏴야 하는지 아무도…… 탱크엔 유산탄이라고 하는 것들이 있었는데, 이게 간단히 말하면 거대한 산탄총과 같아요. 수많은 텅스텐 구슬을 퍼붓는 포탄인데 그나마 명중시키지도 못해요. 좀비 하나당 한 100개씩 쏘아 댔나, 어쨌든 그게 그나마 괜찮은 무기였는데! 그런데 M1 전차 한 대당 세 개밖에 없었어요, 세 개라고요! 장탄수가 40발인데 달랑 세 개라니! 나머지는 보통 대전차 고폭탄이나 날개 안정식 철갑탄이었죠. '은 탄환'이라고 전차 장갑을 뚫고 가는 열화우라늄 다트가 걸어 다니는 시체 한 무리에 어떤 영향을 미치는지 알아요? 제로예요! 60톤이 넘는 탱크에서 좀비 떼거리에게 발포를 하는데 아무 효과도 없는 걸 볼 때 어떤 기분이 드는지 알아요? 유산탄을 세 번이나 쐈는데! 화살촉탄은 또 어떻고? 요즘 뜨는 무기가 화살촉탄이잖아요. 어떤 무기든 즉시 산탄총으로 바꿔 주는 그 작은 강철 대못들 말이에요. 우리는 화살촉탄이 새로 발명된 무기인 것처럼 말하고 있지만 사실 화살촉탄은 한국 전쟁 때도 있었던 아주 오래된 무기예요. 우리는 히드라 로켓과 마크 19에도 화살촉탄을 썼어요. 그걸 좀 상상해 봐요, 마크 19 한 정이 1분당 350발을 발사하는데, 한 번 발사할 때마다 대못이 100개* 있단 말이에요! 그게 전쟁의 흐름을 바꿔 놓진 않겠지만, 하지만…… 젠장맞을!

불길은 사그라져 가고 있는데, 좀비들은 계속 몰려들고, 그 공포는…… 모두 느끼고 있었죠. 분대장에서부터 내 주변에 있는

---

* 전쟁 전 표준 40밀리 유탄 탄두에는 115개의 강철 화살이 들어 있었다.

전우들의 행동에서, 마음속의 그 작은 목소리가 계속 속삭이고 있었죠.

"아, 우리는 죽었다, 완전 죽음이야."

우리는 마지막 방어선으로 화력에 있어 뒤처리반이나 다름없었죠. 중화기들의 따끔한 맛을 용케 피해간 운 좋은 좀비들을 닥치는 대로 골라내 끝장내기로 되어 있었는데. 계획상으론 우리 세 명당 한 명이 무기를 발사하고, 열 명 중 하나가 좀비 하나를 끝장내야 하는 걸로 돼 있었는데.

좀비들 수천 명이 고속도로 가드레일 위로, 옆길로, 주택가 주변을 돌아오거나 통해서 몰려오고 있었는데, 얼마나 많은 놈들이 몰려오는지 우리가 쓰고 있던 두건 속으로 신음이 윙윙 울릴 정도였죠.

조종간을 발사에 놓고, 표적을 보고 있다가 발포 명령이 떨어졌는데…… 난 SAW* 사수였어요. SAW가 뭐냐면 분대 자동 화기라는 건데, 조심조심 짧게 점사하는 경기관총이에요. 드르륵 쏘는 동안 "뒈져 씨팔 뒈져" 하고 중얼거리고 멈출 정도로 짧게. 첫 점사는 너무 낮았어요. 나는 한 놈의 가슴에 맞혔죠. 그놈은 뒤로 홱 날아가서 아스팔트 위에 떨어지더니 마치 아무 일도 일어나지 않은 것처럼 제꺼덕 일어서더군요. 세상에, 그 자식들이 다시 일어났을 땐…….

(담배가 그의 손가락 사이로 타들어갔다. 그는 꽁초를 떨어뜨리고 보지도 않은 채 뭉개 버렸다.)

---

* SAW: Squad Automatic Weapon(분대 자동 무기)의 약자로 중기관총을 가리킨다.

나는 내 총과 똥줄을 통제하기 위해 최선을 다했죠.

"똑바로 대가리를 노리란 말이야."

계속 그렇게 다짐했죠.

"정신 차려, 머리만 노려."

그 와중에도 SAW 제 총은 계속 "이 씹새들아, 제발 좀 뒈져." 라고 지껄이고 있더군요.

우리라면 좀비들을 막을 수 있었겠죠, 그래야 마땅했고. 군인 하나당 총 한 자루, 그거면 충분하잖아요, 그렇죠? 직업 군인들에게, 훈련된 저격병들에게. 어떻게 좀비들이 그렇게 빠져나갈 수 있었지? 사람들은 아직도 그 질문을 하죠, 비평가들과 그 자리에 없었던, 탁상공론이나 일삼는 장군들 말이에요. 선생이 생각하기에 그게 그렇게 간단한 일 같아요? 군에서 빵이 치는 내내 인체의 정중앙을 맞히라는 '훈련'을 받았다가, 갑자기 총을 쏠 때마다 머리만 맞히는 명사수로 변신한다는 게 가능할 것 같아요? 선생이 생각하기에 그 정신병자들에게나 입히는 구속복을 입고, 질식할 것 같은 두건을 쓰고, 총을 다시 장전하거나 막힌 곳을 뚫어 가면서 싸우는 게 쉬울 것 같아요? 현대전의 첨단 과학의 모든 경이가 망신당하는 꼴을 그대로 다 보고, 대공포의 지옥 같은 3개월을 살아온 끝에, 당신이 현실로 알고 있던 모든 일들이 심지어 존재해서도 안 되는 적들에게 산 채로 잡아먹히는 광경을 본 마당에, 우리가 어떻게 빌어먹을 제정신을 차리고 냉정하게 방아쇠를 당길 수 있겠어요?

(그는 방아쇠를 당기는 집게손가락으로 나를 가리켰다.)

어쨌거나 우리는 했어요! 우리는 그래도 맡은 임무를 다해 가면서 좀비 놈들을 요절냈죠! 만약 병력이 더 있었고, 무기도 더 있었다면, 그냥 우리 일에만 집중할 수 있었다면…….

(그는 주먹을 쥐었다.)

랜드 워리어, 최첨단이라고 있는 돈 없는 돈 다 처들인, 번드레한, 염병할, 넷 중추 랜드 워리어. 그냥 맨눈으로 지금 벌어지는 일을 보는 걸로도 죽을 맛인데, 그 정보 전송 네트워크란 놈 덕분에 좀비 떼가 얼마나 거대한지 우리는 여실히 볼 수 있었어요. 지금 우리가 얼굴을 맞대고 있는 좀비만도 수천 명은 될 텐데, 그들 뒤로 수백만 명이 있었어요! 기억해요? 우리는 뉴욕 시내 감염자 태반과 대적하고 있었던 셈이죠! 이건 염병할 타임 광장까지 쭉 이어져 있는 불멸의 뱀의 머리에 불과했던 거였는데! 우리가 그런 모든 걸 볼 필요가 없었는데. 내가 그런 것까지 알 필요가 없었잖아요! 머릿속에서 조잘거리던 그 겁에 떨던 목소리가 커지더군요.

"아, 우리는 죽었다, 진짜 죽음이야!"

갑자기 그 말이 내 머릿속이 아니라 진짜로 들렸어요. 내 이어폰에서 나오는 소리였어요. 어떤 얼간이가 입을 다물지 못할 때마다 랜드 워리어 덕분에 확실하게 부대원 전체가 그 말을 들었죠.

"저건 해도 해도 너무 많잖아!"

"우리는 얼른 튀어야 해!"

또 다른 소대에 있던 누군가가(이름은 나도 모르겠는데) 소리를 질러 대기 시작했어요.

"내가 그 자식 머리를 맞혔는데 죽지 않았어! 좀비들은 머리에 맞아도 죽지 않아!"

나는 그 얼간이가 뇌를 명중시키지 못했을 거라는 확신이 들었죠. 그런 일도 일어날 수 있어요. 총알이 뇌는 건드리지 않으면서 두개골 안쪽만 스쳐 지나가는 거죠. 아마 그 얼간이도 진정하고 생각이란 걸 해 봤다면 그 점을 깨달았을 텐데. 공포란 좀비 바이러스보다 전염성이 더 강했고, 랜드 워리어의 놀라운 성능은 그 바이러스가 공기를 타고 퍼지도록 확실하게 제 기능을 발휘했죠.

"뭐야?"

"좀비들이 안 죽어?"

"그 말을 누가 한 거야?"

"네가 머리에 총을 쐈다고?"

"이런 염병할! 그 자식들은 절대 안 죽는단 말이야!"

네트워크 전체에서 이런 말들을 들을 수 있었는데, 그러면서 그 네트워크에 있던 군인들 모두 오줌을 지리기 시작했죠.

"모두 입 닥쳐!"

누군가 소리를 질렀죠.

"모두 제자리에! 네트워크를 차단해!"

좀 더 나이 든 목소리였다는 건 분간할 수 있었지만 갑자기 밀려드는 비명에 그 목소리가 묻혀 버렸고 갑자기 내 접안경(다른 사람들 것도 그랬겠지만)에 이가 몽땅 부러진 입에서 피가 솟구치는 광경이 잡혔어요. 그 장면은 방어선 뒤쪽 집 마당에 서 있던 자식에게서 찍힌 것이죠. 그 집 주인들은 급하게 떠나면서 몇 명의 좀비 가족을 가둬 놨던 게 분명해요. 전투의 폭파 충격이 그 잠긴 문이나 자물쇠 같은 것을 헐거워지게 했던 것 같아요. 그 좀비들이 갑자기 집에서 튀어나와서 이 불쌍한 자식을 덮쳤던 거죠. 그의 총에 달린 카메라가 이 모든 것을 완벽한 각도에서 잡아서 우리 모두에게 전송했어요. 좀비들은 모두 다섯 명이었는데 남자가 하나, 여자가 하나, 아이들이 세 명이었는데 모두 그 불쌍한 자식을 누르고 있었어요. 좀비 남자는 그 자식의 가슴에 올라타 있었고, 아이들은 팔을 잡고 군복 위로 물어뜯으려고 애를 쓰고 있었어요. 좀비 여자가 그가 쓰고 있던 마스크를 찢어 버렸는데 그 불쌍한 인간의 얼굴에 떠오른 공포가 생생히 보이더군요. 그 여자가 그 불쌍한 놈의 아래턱과 아랫입술을 물어뜯을 때 그 자식이 지르던 비명을 잊을 수가 없어요.

"놈들이 우리 뒤에 있다!"

누군가 소리 질렀어요.

"놈들이 주택가 뒤에서 오고 있어! 방어선이 무너졌다! 사방에 좀비들 천지야!"

갑자기 화면이 어두워졌는데, 외부에서 끊긴 것 같았어요. 그 목소리, 아까 그 나이 든 목소리가 다시 들리더군요.

"네트워크를 꺼!"

그는 명령을 내리면서 떨리는 목소리를 진정하려고 무진 애를 썼는데 그러다 링크 자체가 완전히 끊겼죠.

분명 그것들이 우리 머리 위를 맴돌고 있었을 텐데, 분명 몇 초는 걸렸을 텐데, 그런데도 커뮤니케이션 라인이 끊기자마자 바로 그 순간 하늘에서 갑자기 F-35 편대의 새된 소리가 들렸어요. 그 전투기들이 무기를 투하하는 걸 보지는 못했어요. 나는 참호 바닥에서 군대와 신과 더 깊이 파지 못했던 내 손을 저주하고 있었죠. 땅이 흔들리더니 하늘이 어두워졌어요. 파편이 사방에 있었고, 흙과 재와 내 머리 위로 날아다니고 있는 것들은 모두 타고 있었죠. 나는 내 견갑골 사이에 부드러우면서도 무거운 뭔가가 내려앉는 것을 느꼈어요. 나는 옆으로 굴렀는데 그것은 시커멓게 타서 아직도 연기가 나고, 아직도 나를 물어뜯으려고 하는 머리가 달린 사람의 상반신이었죠. 나는 그것을 발로 차서 굴려 버리고 마지막 JSOW*가 떨어지고 나서 몇 초 뒤에 숨어 있던 참호에서 허겁지겁 빠져나왔어요.

나는 좀비 무리가 있었던 곳에 떠 있는 검은 연기구름을 멍하니 보고 있다가 문득 정신을 차렸죠. 고속도로, 주택가, 모든 것이 이 컴컴한 구름에 덮여 있었어요. 다른 전우들이 구멍에서 나오고, 탱크와 브래들리의 해치가 열리면서 모두 멍하니 그 암흑을 응시하고 있던 것이 희미하게 기억나요. 내가 느끼기엔 몇 시간 동안 정적이 흐른 것 같더군요.

그러다 염병할 꼬마들의 악몽처럼 그 연기 속에서 좀비들이 나왔어요. 어떤 놈들에게선 연기가 나고 있었고, 아직 타고 있는 놈조차 있었는데, 어떤 좀비들은 걷고 있었고, 어떤 것들은 기어가고 있었고, 어떤 것들은 그냥 찢어진 배로 몸을 질질 끌면서 오고 있는데…… 아마 스무 놈 중 하나는 아직도 움직일 수 있었고, 그렇게 남은 놈들이…… 제기랄, 2000명 정도? 그리고 그들 뒤로 같은 종족들과 섞여서 우리를 향해 쉴 새 없이 다가오는, 공습의 피해를 전혀 입지 않은 100만 명의 좀비들이 오고 있었다고요!

바로 그때 우리의 마지막 방어선이 무너졌어요. 모든 게 한꺼번에 기억나진 않아요. 섬광이 번뜩했던 게 보여요. 사람들이, 기자

---

* 통합 원거리용 무기(Joint Standoff Weapon)의 약칭.

들이 투덜대면서 달아나고 있었죠. 세 명의 불타는 좀비들이 요세미티 샘(만화 주인공 — 옮긴이)같이 코밑수염을 길게 기른 취재기자를 끌어내리기 전에 조끼에서 베레타 권총을 꺼내려고 애쓰던 모습이 기억나고, 어떤 무식한 놈이 언론사 밴의 문을 억지로 열어서 훌쩍 들어가 예쁘게 생긴 금발 머리 리포터를 던져 버리고 차를 몰고 나가려는데 탱크가 와서 둘 다 뭉개 버리던 장면도 기억나요. 두 대의 뉴스 헬기가 충돌해서 강철 비가 우수수 쏟아지던 것도 생각나네요. 코만치 조종사 하나는 용감하고 잘생겼던 그 빌어먹을 자식이, 회전날개를 돌려서 다가오는 좀비들을 해치우려고 했죠. 그 날개 날이 다가오는 좀비 바로 앞까지 주사위 꼴로 잘라 가다가 차 한 대에 걸려 그 자식을 A&P로 휙 날려 버리더군요. 발포는…… 군인들이 닥치는 대로 미친 듯이 쏘아 댔는데, 내가 입고 있던 방탄복의 흉판에 한 방 맞았죠. 그 자리에 그대로 서 있었는데, 마치 벽에 정통으로 부딪힌 느낌이 들더군요. 난 그대로 엉덩방아를 찧었는데, 숨도 쉴 수 없었고 그 와중에 어떤 바보 같은 놈이 내 눈 바로 앞에서 섬광탄을 터뜨렸어요.

세상이 하얗게 변하면서 귀에서 윙윙 소리가 나더군요. 나는 꼼짝 못하고 그 자리에 얼어붙었는데, 손들이 와서 나를 할퀴고, 내 팔을 잡아당기더군요. 나는 발로 차고 주먹으로 쥐어박으면서 반격을 하고 있는데 내 가랑이가 뜨뜻해지다가 축축하게 젖더군요. 소리를 질렀지만 내 목소리가 들리지 않았어요. 더 많은 손들이, 더 센 힘으로 날 어딘가로 끌고 가려고 했어요. 내가 발로 차고, 몸부림치고, 욕을 하고, 비명을 지르고 있는데, 갑자기 누가 내 턱에 세게 한 방을 먹이더군요. 그걸 맞고 뻗은 게 아니라 갑자기 진정되더군요. 그건 내 전우들이었어요. 좀비는 사람을 치지 않죠. 전우들이 날 가장 가까운 브래들리로 질질 끌고 갔어요. 해치가 닫히면서 빛이 한 줄기 사라지는 것을 볼 수 있을 정도로 눈이 밝아지더군요.

(그는 Q를 한 개비 더 집으려다 갑자기 그만 피우기로 했다.)

나는 '전문적인' 역사가들이 용커스 전투가 어떻게 현대 군사 장비의 처참한 실패를 대변해 주고 있는지, 군대는 전쟁이 끝나갈 무렵에야 비로소 그 전쟁에 맞는 전술을 익혀서 다음번 전쟁을 대비한다는 격언을 증명했다고 떠들기 좋아한다는 말을 알고 있어요. 내 개인적인 견해로 그 말은 다 소똥 같은 소리예요. 물론 우리는 대비도 제대로 못했고, 우리의 장비, 훈련, 내가 방금 말했던 모든 것이 모두 일류뿐이었지만 정작 제 기능을 발휘하지 못했던 무기는 공장에서 대량으로 뽑아 올 수 있는 그런 무기가 아니었어요. 그건 아주 오래된, 나도 잘은 모르지만, 전쟁만큼이나 오래된 무기가 제 기능을 발휘하지 못한 거죠. 그 무기란 바로 공포예요. 진정한 전투란 상대의 목숨을 빼앗거나 심지어 다치게 하는 게 아니라 상대를 겁줘서 도망가게 하는 것이 전투라는 걸, 꼭 손자병법을 읽어야 아는 게 아니잖아요. 적의 기세를 꺾어라, 그게 바로 모든 승리한 군대들이 지향하는 바죠. 그래서 모두 얼굴에 전쟁 분장을 하고 '전격전'을 벌이고…… 이라크 전쟁의 첫 전투를 우리가 뭐라고 했죠, '충격과 외경심'이라고 했나요? 그거야말로 완벽한 이름이죠, '충격과 외경심'이라! 하지만 적이 충격 받지도 않고 외경심도 갖지 않는다면 어떻게 하죠? 그렇게 하지 않는 게 아니라 생물학적으로 그게 안 된다니까요! 그날 뉴욕 시내 외곽에서 그 일이 벌어진 거죠, 그 실패 때문에 우리는 그 망할 놈의 전쟁에서 패배한 겁니다. 우리가 좀비에게 충격을 주고 외경심을 심어 줄 수 없다는 사실이 부메랑처럼 우리 면전에 돌아왔고, 현실에서는 오히려 좀비가 우리에게 충격을 주고 외경심을 심어 주었죠! 그들은 두려워하지 않았어요! 우리가 어떤 짓을 하건, 얼마나 많은 좀비를 죽이건, 그들은 결코 우리를 두려워하지 않을 겁니다!

용커스 전투는 미국인들에게 자신감을 회복시켜 주기로 된 날이었지만 대신 우리는 사실상 미국인들에게 꿈 깨라고 말한 거나 다름없어요. 만약 남아프리카 공화국 플랜이 없었다면(난 확신해요.) 우리 모두 지금 구부정하게 어기적거리고 다니면서 신음하고 있었을걸요.

내가 마지막으로 기억하는 것은 브래들리가 마치 장난감 차처럼 뒤집히는 장면이었어요. 어디를 맞았는지 모르겠지만 아마 명중에 가까웠던 것 같아요. 내가 외부에 완전히 무방비 상태로 서 있었다면 지금 이 자리에 있지 못할 거라는 걸 확신해요.

열 기압 무기의 효과에 대해 들어 본 적이 있나요? 어깨에 별을 단 사람들에게 그 효과에 대해 물어본 적이 있나요? 내 거시기를 걸고 장담하지만 절대 진실을 알아내지 못할 겁니다. 열기와 압력, 계속 커지다가 폭발해서 글자 그대로 지나가는 길에 있는 모든 것을 뭉개서 태워 버리는 불덩이에 대해 듣게 되겠죠. 열기와 압력, 그게 바로 열 기압을 뜻하는 겁니다. 정말 고약한 물건 같죠? 당신이 결코 듣지 못할 부분은 그로 인한 즉각적인 여파로 그 불덩이가 갑자기 수축됐을 때 생기는 진공이에요. 그때끼지 목숨을 부지하고 있는 사람들은 모두 폐에서 공기가 빨려 나가거나(상부에선 결코 누구에게든 인정하지 않을 진실이지만) 폐가 입 밖으로 튀어나와서 찢어지는 거죠. 분명 그런 종류의 끔찍한 이야기를 말해 줄 만큼 생존자가 오래 살지 못하기 때문에, 그래서 국방성에서 그렇게 말끔하게 진실을 은폐할 수 있겠죠. 만약 그런 좀비 사진을 보거나 그런 증상을 보여 주는 걸어 다니는 증거, 공기주머니와 숨통이 입술 밖으로 나와 덜렁거리면서 걸어 다니는 사람을 보면 내 전화번호를 가르쳐 줘요. 용커스 전투의 또 다른 베테랑을 만나는 건 언제든 환영이니까.

# 전세가 역전되다

남아프리카 합중국(United States of Southern Africa)
케이프타운, 로벤 아일랜드

졸레와 아자니아는 책상에 앉아 나를 맞으면서 창문으로 들어오는 시원한 바닷바람을 쐴 수 있게 자기와 자리를 바꿔 앉자고 권했다. 그는 책상이 어질러진 점에 대해 사과하고 인터뷰를 하기 전에 책상에 있는 노트들을 치워야 한다고 고집했다. 아자니아 씨는 『무지개 주먹: 전쟁 중인 남아프리카』의 3부 중간 부분을 집필하던 중이었다. 이 책은 마침 우리가 토론하던 주제, 좀비 전쟁의 흐름을 바꿔 남아프리카가 파멸 직전에 소생하던 그 순간에 대한 내용을 다루고 있다.

'냉정하다.' 역사상 가장 물의를 일으킨 인물 중 하나를 묘사하는 말치곤 좀 진부한 말이긴 하지. 어떤 사람들은 그를 구원자로 숭배하고, 또 어떤 사람들은 그를 괴물로 매도하지만 선생이 한 번이라도 폴 레데커를 만나서, 그의 세계관과 문제들에 대해 이야기를 해 본 적이 있다면, 더 중요한 것으로 세계를 괴롭히는 그 문제에 대한 해결책에 대해 말해 본 적이 있다면 그 남자에 대해 선생이 받은 지울 수 없는 인상은 아마 항상 이 단어, 냉정하다는 표현일 것이오.

폴은 항상, 뭐, 항상은 아니겠지만, 적어도 성인이 된 후로 인간의 가장 근본적인 결함은 감정이라고 믿었소. 그는 심장이란 뇌에 혈액을 공급하기 위해서만 존재해야 하고 그 밖의 다른 것들은 시간과 정력 낭비라고 말했소. 대학에서 그가 쓴 논문은 모두 역사적, 사회적 난국에 대한 대안이 되는 '해법'을 다루고 있었는데 아파르트헤이트 정부의 관심을 처음에 끌었던 것도 그 논문들 때문이었소. 많은 성격 분석 전기 학자들이 그를 인종차별주의자로 낙인찍으려고 했지만 정작 폴 자신은 인종차별주의를 이렇게 정의했소.

"인종차별주의란 인간의 불합리한 감정의 개탄할 만한 부산물이다."

또 다른 사람들은, 인종차별주의자라면 한 인종을 증오하기 위해서 최소한 다른 한 인종은 사랑해야 한다고 주장했지. 폴은 사랑과 증오 자체를 자신과는 무관한 감정으로 봤소. 그에게 있어 그런 감정들은 '인간 조건의 방해물'만 됐고, 다시 그의 말로 표현해 보자면 대강 이런 거요.

"인류가 자신이 지닌 인간성만 버릴 수 있다면 무엇을 성취할 수 있는지 상상해 보라."

사악하다고? 사람들은 대부분 그의 그런 면을 사악하다고 하겠지만, 반면, 특히 프레토리아(남아프리카 공화국의 행정 수도 — 옮긴이)의 권력의 노른자위를 쥐고 있는 소규모의 엘리트 집단은 그의 그런 면을 '해방된 지성의 값을 헤아릴 수 없는 원천'으로 믿었지.

1980년대 초반은 아파르트헤이트 정부에 있어 아주 중요한 시기였소. 이 나라는 가시방석에 앉아 있는 꼴이었지. 에이엔시(ANC, 아프리카 민족 회의)가 있었고, 잉카타 자유당이 있었고, 심지어는 전면적으로 흑백 간의 인종 대결을 한판 벌여 보자고 공개적인 반란을 모색하는 극단적인 아프리카너(남아프리카 태생의 백인 — 옮긴이) 우익분자들도 있었소. 그리고 주변에는 적대적인 이웃나라들만 득실거렸고, 앙골라 같은 경우는 구소련의 후원을 받은 쿠바가 앞장서서 내전을 주도하고 있는 형편이었소. 엎친 데 덮친 격으로 서구 민주주의 국가들로부터 점점 소외당하고(여기엔 중요한 무기 금수 조치도 포함되어 있다.) 있었으니 생존을 위한 마지막 전쟁을 치러야 한다는 생각이 프레토리아의 마음에서 떠나지 않았던 건 당연한 일이었지.

그래서 그들은 정부의 극비 기밀 '오렌지 플랜'을 수정하기 위해 레데커의 도움을 청했소. '오렌지 플랜'은 아파르트헤이트 정부가 1948년 처음으로 정권을 잡았을 때부터 존재했소. 그것은 이 나라의 소수 민족인 백인들을 위한, 최후의 날을 대비한 가상 시나리오로 남아프리카 토착민인 흑인들이 전면적으로 폭동을 일으킬 경우의 대처 방법을 계획한 것이었지. 시간이 흐르면서 이 플랜은 그 지역의 변화하는 전략적 정세를 감안해서 계속 갱신됐소. 강산이 한 번씩 변할 때마다 상황은 점점 더 불길해져 갔소. 주변 국가들이 계속 독립하고 남아프리카 자체 내에서 대다수 국민들의 자유에 대한 열망이 커지면서 프레토리아의 지도부는, 본격적으로 대결하면 백인 정부가 끝장날 뿐 아니라 그들의 인생 자체가 종치게 생겼다는 걸 깨달았소.

바로 이때 레데커가 무대에 등장한 거요. 그가 수정한 오렌지 플랜은 대략 1984년경에 완료됐는데, 백인들을 위한 생존 전략의 결정판이었소. 레데커는 모든 변수를 다 계산에 넣었소. 인구 수치, 국토의 지형, 자원, 물류. 레데커는 쿠바의 화학 무기와 남아프리카 공화국의 핵무기 선택권까지 그 계획에 포함시켜서 갱신했을 뿐 아니라 '오렌지 84'를 역사적인 계획으로 만든 요소로, 아프리카너 중 누구를 희생시키고 누구를 구해야 할 것까지 판단해서 계획에 포함시켰소.

**희생시킨다고요?**

레데커는 모두 구하려고 하다가는 정부 자원이 한계에 이르러서 결국 모두 죽는다고 믿었소. 그는 그 상황을 이렇게 비유했지. 침몰하는 배에서 모든 사람을 보트에 태울 공간은 없다고 말이오. 레데커가 어느 정도였냐면 누구를 보트에 태워야 할지까지 계산해 놨소. 그는 사람들의 소득, 지능지수, 출산 능력, 위기가 일어날 가능성이 있는 지대와 구제 대상자가 있는 곳까지 거리를 포함한 모든 '바람직한 특성'의 체크리스트를 만들었소.

"이 전투로 인한 첫 번째 희생자는 바로 우리 자신의 감상적인 생각으로, 이것을 제거하지 못할 경우 우리는 파멸하게 된다."

이것이 그의 제안서의 마지막 구절이었소.

오렌지 84는 탁월한 계획이었소. 명쾌하고, 논리적이고, 효율적이었는데 이것 때문에 폴 레데커는 남아프리카에서 가장 미움을 산 사람 중 하나가 됐소. 그의 주적은 좀 더 급진적이고 근본주의적인 아프리카너들로 인종차별적인 몽상가들이면서 극도로 종교적인 인물들이었소. 나중에 아파르트헤이트 정부가 실각한 뒤 그의 이름이 일반 사람들 사이에 떠돌기 시작했소. 그는 '진실과 화해위원회 청문회'에 출석하라는 소환을 받았지만, 당연히 거절했소.

"내 목숨 하나 구하자고 연기를 할 순 없네."

그는 공개적으로 말하면서 이런 말을 보탰소.

"내가 무슨 짓을 하건 사람들이 어차피 날 찾아올 거 아닌가."

그리고 결국 사람들이 그를 찾아오긴 했는데 레데커가 예상했던 식으로 찾아온 건 아니었을 거요. 그 일은 당신네보다 몇 주 먼저 시작된 우리의 대공포 시기에 일어났소. 레데커는 비즈니스 컨설턴트로 일하면서 모아 놓은 돈으로 산 드라켄스버그 오두막집에 숨어 있었소. 그는 사업을 좋아했소.

"인간이라면 목표가 있어야지."

그는 그런 말을 하곤 했소.

그는 오두막집 문이 폭발해서 경첩에서 떨어져 나가면서 국가정보국 요원들이 집 안으로 뛰어 들어왔을 때도 놀라지 않았소. 그 요원들은 레데커의 이름과 신원과 과거의 행적을 확인했지. 그들은 그에게 단도직입적으로 오렌지 84 플랜의 저자냐고 물었소. 그는 자연스럽게 아무런 감정도 싣지 않고 그렇다고 대답했지. 그는 이들의 침입이 막판 복수전일 거라고 의심하면서 그대로 받아들였소. 어쨌거나 세상이 뒤집힌 판인데 '아파르트헤이트 악마들' 몇 놈 잡아 족치는 거야 어떻겠냐는 생각으로 쳐들어왔다고 생각한 거지. 그가 결코 예상치 못했던 건, 그렇다고 대답하자 요원들이 무기를 내려놓고 쓰고 있던 가스 마스크를 벗었다는 거요. 모두들 피부색도 제각각이더군. 흑인, 아시아인, 심지어 백인도 하나 있었는데 키가 훌쩍 큰 아프리카너가 한 명 들어오더니 이름이나 계급도 밝히지 않고 무턱대고 물어보더군.

"이 사태에 대한 대비책을 세워 두셨겠죠, 선생. 그렇지 않소?"

사실 레데커는 좀비 전염병에 대해 자신만의 해법을 짜고 있던 중이었소. 그 고립된 은신처에서 달리 뭐 할 게 있었겠소? 그건 지적인 운동 같은 거지. 그는 살아남아서 그 보고서를 읽을 사람이 있으리라곤 생각도 하지 못했소. 그 보고서는 이름도 없었는데 그가 나중에 설명한 이유는 이랬소.

"이름이란 원래 다른 것들과 이것을 구분하기 위해서 짓는 것이야."

그때까지 그의 계획 말고는 다른 계획이 없었기 때문이오. 이번에도 레데커는 모든 변수를 다 고려했는데 국가의 전략적인 상황뿐 아니라 좀비들의 생리, 행동과 '전투 원칙'까지 모두 다 넣었더군. 세계 모든 공립 도서관에서 레데커 플랜의 세부 사항을 찾아볼 수 있겠지만 여기 몇 가지 기본적인 원칙이 있소.

첫째, 모든 사람을 구할 수 있는 방법은 없다. 질병이 너무 광범위하게 확산됐다. 그 위협을 효과적으로 격리시키기엔 무장 병력이 이미 너무 약화돼 있으며 국가 전체에 산발적으로 배치돼 있어서 시간이 지날수록 더 힘이 빠지게 된다. 그래서 병력을 통합

해서 특별한 '안전지대'로 철수시키는데 바라건대 산, 강, 심지어는 외국의 섬과 같은 자연적인 장애물의 효과를 볼 수 있는 그런 곳이어야 한다. 일단 이 안전지대에 병력을 집중시키면, 이 군대가 그 영역 내에 있는 감염자들을 절멸시킬 수 있고, 그 후 사용 가능한 자원을 모두 써서 차후에 발생할 좀비들의 맹공격에 대비할 수 있을 것이다. 이것이 그 계획의 앞부분이었는데 기존의 전통적인 군사 후퇴 작전만큼이나 설득력이 있었소.

계획의 두 번째 부분은 민간인들의 대피 부분으로 이 부분은 레데커 본인이 아니고선 아무도 구상하지 못할 그런 내용이었소. 그는 소수의 민간인만 안전지대로 대피시킬 수 있을 거라고 계산했소. 이 사람들은 언젠가는 하게 될 전시 경제 복구에 필요한 노동력을 공급해 줄 뿐 아니라, 이미 안전지대에 있는 사람들에게 지도자들이 '그들의 안전을 돌봐 주고 있다는' 것을 증명하고 정부의 정통성과 안전성을 유지하기 위해 구해 주는 거지.

이런 일부 민간인 대피에는 또 다른, 뛰어나게 논리적이면서 동시에 사악하고 교활한 이유가 있었소. 레데커가 악마의 신의 전당에서도 슈퍼스타가 될 거라고 많은 사람들이 확신할 그런 이유였지. 남겨진 사람들은 특별 격리 구역에 집단 수용되는 거요. 이들은 군대가 안전지대로 후퇴할 때 좀비들의 시선을 다른 데로 끌기 위한 일종의 '인간 미끼'지. 레데커는 이 감염되지 않은 채 격리된 난민들을 살려 놓고, 잘 보호하고, 가능하다면 지속적으로 이런 사람들을 공급해서 좀비 떼를 그 자리에 붙들어 놓을 수 있게 해야 한다고 말했소. 이 계획의 천재성, 역겨움을 이제 아시겠소? '생존자들을 포위하고 있는 좀비 하나는 곧 군대를 향해 덤벼드는 좀비가 하나 줄어드는 것을 의미하기 때문에' 사람들을 포로로 잡아 놓는다는 거요. 바로 그 부분에서 그 아프리카너 요원은 레데커를 올려다보고 성호를 그으면서 말했소.

"당신에게 신의 가호가 있기를, 박사."

또 다른 요원이 말했소.

"우리 모두에게 신의 가호가 있어야 해."

그 말은 그 작전을 지휘하고 있는 것으로 보이는 흑인 요원의 입에서 나온 말이었소.

"자, 이제 박사를 데리고 나가지."

몇 분 뒤 이들은 레데커가 처음에 오렌지 84 플랜을 작성했던 바로 그 킴벌리 지하 기지로 헬리콥터를 타고 도착했소. 그는 대통령과 살아남은 각료들이 회의를 하고 있는 곳으로 안내됐는데, 거기서 그의 보고서가 낭독됐소. 사람들이 아우성을 치고 난리가 났는데 그중에서도 국방 장관의 목소리가 가장 컸소. 그는 줄루족(남아프리카 공화국의 나탈주에 사는 용맹한 부족 — 옮긴이) 출신으로 벙커에 숨어 있는 것보다는 거리에서 싸우는 쪽을 택할 용사였지.

부대통령은 대중 홍보를 더 걱정했소. 그는 이 플랜에 대한 뉴스가 국민들에게 새어나가는 날에는 자신에게 어떤 일이 일어날지 생각만 해도 몸서리가 나는 표정이었소.

대통령은 레데커의 보고서에 사적으로 모욕을 받은 것 같은 표정이었소. 그는 국방장관의 멱살을 잡고 도대체 왜 이런 치매에 걸린 아파르트헤이트 전범을 데려왔느냐고 힐난했지.

그 장관은 더듬거리면서 왜 대통령이 그렇게 화를 내는지 모르겠다고, 레데커를 찾아서 데려오라고 한 건 대통령이 아니었냐고 되물었소.

대통령은 어이가 없어 두 손을 번쩍 치켜들면서 자기는 절대로 그런 명령을 내린 적이 없다고 고함을 질렀지. 그때 방구석 어딘가에서 가냘픈 목소리로 누가 말했소.

"내가 시켰어."

그는 뒤쪽 벽에 기대어 앉아 있었소. 이제 일어선 그는 무상한 세월에 구부정해진 체격을 지팡이에 기대고 있었지만 기상은 그 어느 때보다 강하고 정력적이었지. 그 늙은 정치가, 우리의 새로운 민주주의의 아버지, 원래 이름은 롤리흘라흘라. 그냥 '말썽꾸러기'로 번역하는 사람들도 있더군. 그가 일어서자 다른 사람들은 모두 앉았소. 폴 레데커만 빼고. 그 노인은 레데커에게서 눈을 떼지 않으면서 전 세계 사람들에게 너무나 친숙한, 웃으면 눈이 하나도 보이지 않는 그 유명한 미소를 레데커에게 날리면서 이렇게 말했소.

"몰로, 몰로보 웜."

번역해 보자면, "안녕하신가, 내 부족이여."

그는 천천히 폴에게 걸어가서, 남아프리카의 각료들에게 등을 보인 채로 그 아프리카너의 손에 있던 보고서를 들어 올리더니 갑자기 크고 힘찬 목소리로 말했소.

"이 계획이 우리 국민들을 살릴 것이오."

그리고 폴을 가리키면서 말했소.

"이 사람이 우리 국민들을 살릴 것이오."

그리고 바로 그 순간, 역사가들이 이 화제가 기억에서 사라지는 순간까지 논쟁하게 될 바로 그 순간이 왔소. 그 늙은 정치가는 그 백인 아프리카너인 폴을 껴안았소. 다른 사람들이 보기엔 이건 단순히 그 정치가가 즐겨 하는 힘찬 포옹으로만 보였겠지만 폴 레데커에게는…… 나는 대다수의 정신 분석 전기 작가들이 계속해서 폴을 영혼이 없는 인간으로 묘사하고 있는 걸 알고 있소. 일반적으로 통용되는 관념은 바로 이거요. 폴 레데커, 감정도 없고, 동정심도 없고 마음도 없는 인간. 그러나 우리가 가장 존경하는 작가 중 하나로 스티븐 비코(1946~1977, 남아프리카공화국의 인권운동가—옮긴이)의 오랜 지기이자 전기 작가인 사람이 폴 레데커가 실제로는 감수성이 매우 민감한 인물이라고 주장했소. 사실 폴은 아파르트헤이트 정부 치하에서 살기에는 너무 여린 사람이었다는 거요. 그는 감정을 없애려는, 일생에 걸친 전쟁이야말로 폴 레데커가 매일 목격하는 증오와 잔혹한 일상 속에서 정신을 놓지 않을 수 있었던 보호책이었다고 했소. 폴 레데커의 삶에 대해선 알려진 게 별로 없었소. 그에게 부모가 있긴 했는지, 아니면 국가가 그를 키웠는지, 그에게 친구가 있었는지, 아니면 어떤 식으로든 사랑을 받아 보긴 했는지 아무도 모르지. 직장 동료들은 그와 어떤 사회적인 상호작용을 하거나 심지어는 동료로서 육체적으로 친밀함을 표시하는 행동을 하긴 했는지조차 기억하지 못했소. 우리의 국부가 해 준 포옹, 이 진실한 감정이 아무도 깨지 못했던 그의 단단한 껍데기를 파고들었지.

아마 이 모든 이야기가 너무 감상적인지 모르겠소. 우리가 아는 것이라곤 그가 무정한 괴물이었고, 그 노인의 포옹이 그에게 아무런 영향도 끼치지 못했다는 거요. 하지만 그게 누군가 폴 레데커를 본 마지막 날이었다는 건 당신에게 말해 줄 수 있소. 심지어는 지금도 그에게 무슨 일이 일어났는지 아무도 모르오. 바로 그때 내가 개입했지. 레데커 플랜이 전국적으로 실시되기 시작했던 그 혼란스러웠던 몇 주 동안에 말이오. 처음엔 내 말을 듣게 하는 것조차 힘들었지만 일단 내가 폴 레데커와 오랫동안 함께 일했고, 더 중요한 것은 남아프리카에 살아남은 그 누구보다 레데커의 생각을 나보다 더 잘 아는 사람이 없다는 걸 사람들에게 이해시켰는데 그들이 어떻게 날 거부할 수 있었겠소? 나는 그 후퇴 작전에 참가해서 도왔고, 후에 병력 통합 기간에도, 그리고 전쟁이 끝난 직후까지 일했소. 최소한 그들은 내 서비스에 고마워했소. 그렇지 않고서야 내게 왜 이런 호화스러운 거처를 마련해 줬겠소? (그는 싱긋 웃었다.) 폴 레데커는 천사면서 악마였지. 그를 증오하는 사람들도 있었고, 숭배하는 사람들도 있었소. 나는, 난 그냥 그가 안됐소. 그가 아직 살아 있다면, 어딘가 살아 있다면, 마음의 평화를 찾았기를 진심으로 빌고 있소.

나를 초대해 준 손님과 작별 인사로 포옹을 하고 나는 본토로 가는 페리를 타러 다시 차에 실려 왔다. 내가 출입증에 서명하는 동안에도 보안은 철통같았다. 그 키가 큰 아프리카너 경비는 다시 내 사진을 찍었다. "아무리 조심해도 모자라요, 선생." 그가 내게 펜을 건네면서 말했다. "그분을 지옥으로 보내려고 노리는 사람들이 한둘이 아니라서." 나는 로벤 아일랜드 정신병원이란 표제 밑의 내 이름 옆에 서명을 했다. 내가 방문한 환자 이름은…… 폴 레데커였다.

## 아일랜드, 아마

자신은 가톨릭 신자가 아니지만 필립 아들러는 교황의 전시 피난처를 방문하는 사람들의 대열에 합류했다. "마누라가 바이에른 사람이라서." 그는 우리가 묵고 있는 호텔의 바에서 설명했다. "성 패트릭 대성당에 성지 순례를 해야 해서요." 전쟁이 끝난 뒤 그가 독일을 떠난 건 이번이 처음이었다. 우리는 우연히 만났다. 그는 녹음기를 써도 괜찮다고 흔쾌히 응했다.

함부르크는 심각하게 감염됐더랬죠. 좀비들이 길거리와 건물, 노이어 엘브투넬에서 쏟아져 나왔죠. 우리는 민간 차량을 써서 봉쇄하려고 했지만 좀비들은 마치 통통 부은 징그러운 벌레들처럼 툭 터진 공간이면 어디서고 꿈틀거리고 있더군요. 사방에 피난민들이 쫙 깔려 있었어요. 이들은 멀게는 작센 지방에서까지 바다로 도망칠 수 있을 거라고 생각하고 왔죠. 배란 배는 모조리 떠난 지 오래였고, 항구는 도떼기시장 같았죠. 1000명이 넘는 사람들이 라이놀츠 알루미늄베르크에 발이 묶여 있었고, 최소한 그 세 배 되는 인원이 유로카이(독일 함부르크의 컨테이너 터미널 운영회사—옮긴이) 터미널에 바글거리고 있었죠. 먹을 것도 없고, 깨끗한 물도 없고, 밖에서는 살아 있는 시체들이 우글거리고, 막연히 구출되기만 기다리고 있었는데, 또 그 안에 감염자가 얼마나 있었는지는 나도 모르겠어요.

항구는 시체들, 하지만 아직 움직이고 있는 시체들로 꽉꽉 막혀 있었죠. 우리는 폭동 진압용 물대포를 쏴서 좀비들을 항구로 날려 보냈죠. 총알도 아끼고 덕분에 거리 청소도 한 셈이죠. 급수전의 수압이 줄기 전까지는 썩 괜찮은 아이디어였는데. 우리는 이틀 전에 부대장을 잃었어요. 황당한 사고였죠. 우리 부대원 중 하나가 부대장 위에 올라탄 좀비를 쐈는데, 총알이 그 괴물의 머리를 직통으로 관통하면서 감염된 뇌 조직의 일부가 묻은 총알이 부대장의 어깨로 들어가 버렸어요. 정말 미치고 팔짝 뛸 노릇이죠? 부대장은 죽기 직전에 내게 지휘권을 이양했어요. 내 첫 공식적인 임무가 부대장의 숨통을 끊는 것이었습니다.

나는 르네상스 호텔에 전투 사령부를 세웠죠. 거긴 자리도 괜찮았고, 우리 부대와 수백 명의 난민들을 수용할 수 있게 공간도 넉넉하고 발포하기에도 완벽한 곳이었어요. 바리케이드를 지키는 임무를 맡지 않았던 내 부하들은 이곳과 비슷한 건물을 이런 식으로 개조하려고 작업 중이었죠. 도로가 봉쇄되고 기차도 운행 못하는 상황에서 가능한 한 많은 민간인들을 격리해 두는 것이 최선이라고 나는 생각했죠. 상부에서 도와주러 올 것이다, 다만 언제 오느냐가 문제라고 생각하고 있었어요.

그때 막 백병전을 할 수 있게 개조한 무기들을 찾으러 선발대를 조직하려던 참이었죠. 탄약이 얼마 남지 않았거든요. 그때 퇴각하라는 명령이 떨어졌어요. 그 명령 자체가 특이한 건 아니었어요. 우리 부대는 대공황이 시작된 날 후로 계속 퇴각하던 중이었으니까. 이상했던 건 재집결 지점이었죠. 사단에서 그리드 좌표를 사용한 지도를 사용해서 명령을 전달했는데 이 재앙이 시작된 이후 처음 있는 일이었어요. 그전까지는 그냥 공개 채널을 통해 민간인들이 쓰는 지명을 사용했거든요. 그렇게 한 이유는 난민들도 군인들이 어디에 집합하는지 알 수 있게 하려는 배려에서였어요. 그런데 냉전이 끝난 후 우리는 한 번도 사용해 보지 않았던 지도를 사용해서 그 명령이 암호로 전달된 거죠. 나는 그 좌표를 세 번이나 확인했어요. 상부에선 우리 부대에게 노르트오스트제 카날 바로 북쪽인 샤프슈테트로 가라고 했어요. 차라리 덴마크로 가라고 하지!

그리고 민간인들을 이동시키지 말라는 엄격한 명령을 받았죠. 더 심했던 건 사람들에게 우리가 떠나는 걸 알리지 말라는 명령까지 받았다는 거죠! 정말 이해할 수 없는 상황이었어요. 우리보고 슐레스비히홀슈타인주로 철수하라면서 난민들은 여기 남겨두라고요? 이건 그야말로 꼬리를 자르고 냅다 도망치라고 하는 거 아닙니까? 뭔가 단단히 착오가 있는 게 분명했죠.

나는 확인하기 위해 다시 물었죠. 대답은 같았어요. 다시 물었죠. 아마 상부에서 틀린 지도를 보고 있거나 우리에게 통보도 하지 않은 채 암호를 바꿨을지도 모르는 일이니까. (그게 처음 있는 일도 아니었고.)

그런데 어느 결에 내가 전 북부 전선의 총사령관인 랭 장군과 통화를 하고 있더군요. 장군의 목소리가 떨리고 있었어요. 총알이 왔다 갔다 하는 아비규환의 와중에 그의 목소리가 흔들리고 있다는 게 느껴지더군요. 그는 착오가 아니며 함부르크 주둔병 중에서 살아남은 놈들을 모아서 즉시 북쪽으로 진군하라고 하더군요. 이럴 순 없어. 난 혼잣말을 했죠. 웃기시네, 참? 난 현재 일어나는 거의 모든 일을 받아들일 수 있었어요. 죽은 시체가 일어나서 전 세계를 꿀꺽하려 한다는 사실까지 받아들이겠지만, 간접적으로 대량 학살을 야기하게 될 명령을 따른다는 것은.

나는 충성스러운 군인이지만 마찬가지로 서독인입니다. 선생은 그 차이를 아시겠어요? 동독에서는 제2차 세계대전 중에 저질러진 잔악한 행위에 자신들은 책임이 없다고 배우며, 훌륭한 공산주의자로서 그들은 다른 사람들처럼 히틀러의 희생양에 지나지 않는다는 말을 듣고 자랍니다. 왜 스킨헤드족과 원조 파시스트들이 동독에서 주로 출현하는지 그 이유를 이제 아시겠죠? 그들은 과거에 대한 책임감을 서독인들만큼 느끼지 않아요. 서독인들은 태어나면서부터 우리 조부모들의 치욕스러운 과거가 남긴 짐을 져야 한다고 교육받습니다. 우리는 군인이라고 하더라도 처음 맹세한 의무는 결과에 상관없이 우리의 양심을 따라야 한다는 교육을 받았죠. 나는 그런 식으로 컸고, 배운 그대로 반응했죠. 나는 랭 장군에게 도저히 양심상 그 명령에 따를 수 없다고, 이 난민들을 보호하지 않고 내버려 둘 순 없다고 말했죠. 이제는 장군이 노발대발했죠. 그는 내게 지시를 따르든지 아니면 나, 더 중요하게는 내 부하들이 반역죄로 '러시아식 효율성'에 따라 처벌받을 것이라고 말했습니다. '마침내 우리가 이 지경까지 타락했구나.' 하고 나는 생각했죠. 러시아에서 무슨 일이 일어났는지 우리는 다 듣고 있었죠. 군인들의 항명, 진압, 군인 열 명당 하나씩 처형당한 사실. 나는 주위에 있는 소년병들, 열여덟이나 아홉으로 지치고 겁에 질린 채 목숨을 걸고 싸우고 있는 아이들을 둘러봤죠. 이 아이들에게 그런 일이 일어나게 할 순 없었죠. 나는 철수하라는 명령을 내렸습니다.

**부하들은 어떻게 받아들였죠?**

대놓고 불평하는 부하들은 없었어요. 자기들끼리 좀 다투긴 했는데, 난 못 본 척했죠. 부하들은 맡은 바 임무를 다했죠.

**민간인들은 어땠나요?**

(침묵했다가) 우리는 뿌린 대로 거둔 셈이죠.

"너희들 어디로 가는 거야?"

사람들이 건물에서 소리를 지르더군요.

"돌아와, 이 겁쟁이들아!"

나는 대답을 해 주려고 했어요.

"아니요, 여러분을 구하러 돌아올 겁니다. 내일 인원을 보충해서 돌아올 겁니다. 여기 그대로 머물러 계시면 내일 돌아올 겁니다."

사람들은 우리를 믿지 않았죠. 한 여자가 이렇게 소리치는 게 들리더군요.

"염병할 허풍쟁이들! 당신들이 내 아이가 죽게 내버려 두고 있어!"

사람들은 대부분 거리에 있는 좀비들이 너무 두려워 우리를 따라오려고 하지 않았어요. 몇몇 용감한 시민들은 우리 보병 전투 차량에 매달려 억지로 해치 문을 열고 들어오려고 했죠. 우리는 그런 사람들을 한 방 먹여서 떨어뜨렸어요. 건물에 갇힌 사람들이 잡동사니, 램프, 가구들을 우리 위로 던지기 시작해서 해치를 닫아야 했죠. 내 부하 중 한 명은 똥오줌이 가득 든 양동이에 맞았죠. 총알 하나가 내가 탄 마르더 보병 전투 차량의 해치를 윙

소리를 내며 스치고 가는 소리도 들었어요.

도시를 빠져나가는 길에 우리는 새로 조직한 신속 대응 안정 부대를 마지막으로 지나쳤어요. 그들은 그 주 초에 좀비들에게 심하게 당했더랬죠. 당시에는 몰랐지만 이 부대는 소모품으로 분류된 부대 중 하나였어요. 우리 퇴각을 엄호하고, 너무 많은 좀비들이나 난민들이 우리를 따라오지 못하게 막는 역할을 하도록 특파된 것이었습니다. 이들은 끝까지 버티라는 명령을 받았죠.

그 부대의 부대장은 그의 레오파드 전차 전망대 뒤에 서 있었죠. 우리는 아는 사이였어요. 보스니아에서 나토(북대서양 조약기구)의 평화 이행 부대에서 함께 복무했죠. 그가 내 목숨을 구했다고 말하면 신파 같지만 정말 나를 향해 날아오는 세르비아인의 총알을 그가 맞았죠. 마지막으로 그를 만났던 건 사라예보에 있는 병원에서였는데, 거기서 우리는 여기 사람들이 국가라고 부르는 이 정신병원을 빨리 빠져나가자고 농담을 했죠. 이제 조국의 심장부에 있는, 완전히 결딴난 아우토반(독일의 고속도로 — 옮긴이)에서 우리가 이렇게 마주친 거죠. 우리는 서로를 뚫어지라 보면서 눈으로 인사를 나눴죠. 나는 장갑차로 쑥 들어가서 지도를 보는 척하면서 기사가 내 눈물을 보지 않도록 했죠.

'내가 돌아오면, 저 자식을 쏴야 하잖아.'

나는 속으로 되뇌었죠.

**랭 장군 이야기를 해 주세요.**

나는 만반의 준비를 다했죠. 화난 표정도 안 짓고, 장군이 걱정할 만한 여지도 주지 않고. 보고서를 제출하고 내 행동에 대해 사과하는 거죠. 아마 장군은 내게 일종의 격려의 말을 하면서 우리의 철수 작전에 대해 설명하거나 정당화하려 들겠죠. 난 생각했죠, 좋았어, 장군이 그런 말을 할 때 꾹 참고 들어서 장군을 안심시켜야지. 그러다 악수를 하려고 장군이 일어서면 총을 꺼내 과거의 우리나라였던 땅의 지도에 대고 그 동독 놈의 뇌를 날려 버려야지. 아마 장군의 전 부하들, '그냥 명령대로' 한다는 다른 꼭두각시들도 다 그 자리에 있겠지. 그놈들이 날 잡기 전에 내가 먼저 놈들을 해치워 버려야지! 모든 게 완벽할 거야. 난 코흘리개 히틀러 유겐트처럼 지옥으로 행진해 들어가지는 않겠어. 난 장군과 다른 모든 사람들에게 진정한 독일의 군인이 뭔지 보여 주겠다는 말씀이지.

**하지만 그런 일은 일어나지 않았죠.**

그렇죠. 랭 장군 사무실까지는 어찌어찌 갔어요. 우리가 운하를 통과하는 마지막 부대였죠. 장군은 그걸 기다리고 있었죠. 보고서를 받자마자 책상에 앉아서 최종 명령서 몇 가지에 서명을 하고 가족들에게 보내는 편지에 주소를 쓰고 봉하더니 자기 머리에 총알을 박아 버리더군요.

나쁜 자식. 함부르크에서 거기까지 가면서 느꼈던 증오보다 지금 더 그 자식을 증오해요.

**왜 그렇죠?**

지금은 왜 우리가 그때 그렇게 해야 했는지 이해하니까요. 그건 프로흐노 계획*의 일부였어요.

**그걸 알았다면 오히려 장군에 대한 동정심이 일지 않던가요?**

지금 농담해요? 바로 그래서 내가 그 개자식을 증오하는 거라고요! 그 자식은 이것은 단지 장기전의 첫 단계일 뿐이고 이 장기전에서 승리하기 위해서는 그와 같은 인재들이 필요했단 걸 알고 있었단 말이에요. 염병할 겁쟁이 자식. 양심에 거리꼈다고 내가 말했던 거 기억나요? 우리는 누구도 비난할 수 없어요, 그 계획의 설계자나, 부대장이 아니라 오직 본인만 비난할 수 있는 거죠. 우리는 스스로 선택을 해야 하고 그 선택의 결과를 안고 매일 매일 고통스럽게 살아가야 해요. 그 빌어먹을 놈은 그걸 알고 있었던 거죠. 그래서 그 자식은 우리가 민간인들을 버린 것처럼 우리를 버린 겁니다. 그는 우리 앞에 가파르고 위험천만인 산길이 죽 뻗어 있다는 걸 알고 있었어요. 우리는 모두 그 길을, 우리가 버리고 온 사람들에게 행한 업보를 짊어진 채 힘겹게 올라가야만 했어요. 장군은 그럴 수 없었던 거죠. 장군은 그 무게를 이기지 못했던 겁니다.

## 우크라이나, 오데사, 예브첸코 퇴역 군인 요양소

**그 방에는 창문이 없었다. 희미한 형광등이 콘크리트 벽과 불결한 병원 침대 위를 비추고 있었다. 이곳에 있는 환자들은 주로 호흡기 장**

---

* 레데커 플랜의 독일식 계획.

애를 앓고 있는데 변변한 약이 없어서 많은 환자들의 증상이 악화됐다. 여기엔 의사도 없고 간호사와 잡역부도 절대적으로 부족해서 환자들의 고통이 가중되고 있다. 최소한 이 병실은 따뜻하고 건조했는데 지금 한겨울인 이 나라에서는 이것만으로도 상상할 수 없는 사치였다. 보단 타라스 콘드라티크는 병실 끝에 있는 침대에 똑바로 앉아 있었다. 전쟁 영웅인 그는 침대 주위에 시트를 두른 걸로 프라이버시를 보호받는다고 여겼다. 인터뷰를 시작하기 전에 그는 손수건에 대고 기침을 했다.

카오스. 이 말 말고는 모든 체제, 질서, 통제가 산산이 붕괴된 상황을 어떻게 달리 묘사해야 할지 모르겠소. 우리는 루크, 로브노, 노보그라드, 지토미르, 이렇게 네 번의 격전을 막 치렀지. 빌어먹을 지토미르. 선생도 아시겠지만 내 부하들은 모두 기진맥진해 있었소. 지금까지 그들이 목격한 것, 해야만 했던 일들, 그 와중에 철수하면서, 적들을 따돌리면서 도망가는 것 모두 진이 빠지는 일이었지. 매일 들리는 소식이라곤 또 다른 도시가 무너지고, 또 다른 도로가 봉쇄되고, 또 다른 부대가 전멸됐다는 것뿐이었소.

키예프는 전선 뒤에 있어서 괜찮을 거라고 했소. 이곳은 우리의 새로운 안전지대의 중심이라 수비대도 완전히 배치되고, 물자도 다시 풍족하게 공급받을 수 있는, 조용한 곳이어야 했는데. 그랬는데 도착하자마자 무슨 일이 일어났는지 아시오? 거기서 쉬면서 무기를 수선하라는 명령을 받았을 것 같소? 차량을 수리하고, 인원을 재편성하고, 부상당한 곳을 치료하라는 명령? 헛다리짚었소, 물론 아니었지. 왜 만사가 상식적으로 돌아가겠소? 한 번도 그래 본 적이 없는데.

안전지대는 다시 이동했는데 이번에는 크림(크림 반도에 있던 구소련 자치 공화국 — 옮긴이)으로 옮겨 갔더군. 정부는 이미 세바스토폴로 이동했다고 하기보다는…… 도망쳤지. 문명사회의 질서란 사라졌지. 키예프는 완전히 비워졌소. 이것이 군대, 아니 군대에서 살아남은 잔챙이들이 맡은 임무였지.

우리 중대는 파토나 브리지의 탈출 경로를 감독하라는 명령을 받았소. 파토나 브리지는 세계 최초로 전기로 용접한 다리로, 많은 외국인들이 그 다리를 파리의 에펠탑의 업적에 비교했지. 그 도시에선 대대적인 복구 프로젝트를 계획 중이었는데 이전의 영광을 되찾으려는 꿈이었소. 하지만 우리나라에서 하는 일이 다 그렇잖소, 그 꿈은 결코 실현되지 않았소. 좀비 위기가 닥치기 전에도 그 다리는 교통 체증의 악몽이었지. 이제 그 다리는 난민들로 물샐틈없이 붐비고 있었지. 육상 교통수단이 그 다리에 올라오지 못하도록 차단하기로 되어 있었지만 약속됐던 바리케이드, 민간인들이 억지로 밀고 들어올 수 없게 해 준다던 콘크리트와 철로 된 바리케이드는 도대체 어느 구석에 있냐고? 사방에 소형 라그(Lags)와 구식 지그(Zhigs)들과 메르세데스 벤츠도 몇 대 보이고 심지어는 다리 정중앙에 거대한 GAZ 트럭이 옆으로 뒤집어져서 떡 버티고 있더군! 우리는 그 트럭 차축 주위에 체인을 감아서 탱크로 잡아당겨 움직여 보려고 했소. 꿈쩍도 하지 않더군. 우리가 대체 뭘 할 수 있었겠소?

우리는 무장한 소대였단 말이오, 아시겠소. 헌병이 아니라 탱크를 가진 부대였단 말이지. 하긴 헌병이라곤 그림자도 보지 못했소. 그곳에 헌병이 있을 거라고 확답을 받고 왔는데 와서 보니 헌병은 흔적도 없고. 마찬가지로 다른 다리 주위에 있는 다른 '부대'들도 전혀 보이지 않았소. 이들을 '부대'라고 부르는 것 자체가 웃긴 소리지. 이 사람들은 군복을 입은 사무원과 요리사들 떼거리였으니까. 얼렁뚱땅 입대한 사람들이 갑자기 교통 통제를 맡게 됐소.

우리 중 누구도 이런 상황에 대비하거나, 훈련을 받은 적도 없었고, 그럴 장비도 없었고…… 상부에서 우리에게 지급하겠다고 약속한 폭동 진압용 장비인 방패와 방탄복은 어디에 있으며 물대포는 도대체 어디에 있는 거냐고? 우리가 받은 명령은 모든 피난민들을 '처리'하라는 것이었소. '처리'란 말을 아시겠소, 선생? 이 말은 피난민들 중에서 감염된 사람들을 가려내라는 뜻이오. 하지만 좀비 냄새를 맡을 수 있는 개들이 도대체 어디에 있단 말인지? 개도 없이 감염된 사람들을 어떻게 솎아내겠소? 당신이라면 어떻게 하시겠소? 피난민들을 세워 놓고 일일이 검사하시겠소? 그렇소! 그런데 바로 그렇게 하라는 명령을 우리가 받았단 말이오. (그는 고개를 절레절레 흔들었다.) 상부에서는 정말로 겁에 질려 날뛰는 불쌍한 난민들, 등에 죽음을 짊어지고 몇 미터만 가면 안전해진다고 믿고 있는 그 사람들이 질서 정연하게 줄을 서서 우리가 시키는 대로 옷을 홀딱 다 벗고 구석구석 검사하게 놔둘 거라고 생각했을까? 정말로 사내들이, 우리가 자신의 부인과 어머니와 어린 딸들의 발가벗은 몸을 검사하는 것을 옆에 서서 바라보기만 할 거라고 생각했을까? 선생은 상상할 수 있겠소? 그런데 우리는 실지로 그렇게 하려고 했소. 다른 대안이 없었으니까. 우리 중 한 사람이라도 살아남으려면 감염자들을 격리시켜야 했으니까. 피난민들 중에 감염자들이 섞여 있다면 이들을 대피시키는 것 자체가 무의미한 일 아니겠소?

(그는 머리를 흔들면서 씁쓸하게 웃었다.) 그건 한마디로 재앙이었지! 어떤 사람들은 대놓고 거부하고, 어떤 사람들은 무턱대고 도망치려고 하거나 심지어는 강으로 뛰어들더군. 여기저기서 싸움이 벌어졌소. 내 부하들 여러 명이 심하게 두들겨 맞았고, 세 명이 칼에 찔렸고 하나는 겁에 질린 노인이 쏜 녹슬고 낡은 토카레프에 맞았지. 그 불쌍한 자식은 강물에 떨어지기도 전에 죽었을 거요.

아시겠지만 나는 그 자리에 없었소. 지원을 요청하느라 무전기에 매달려 있었지! 상부에서는 지원 병력이 오고 있으니 무너지지 말고, 절망하지 말라고, 계속 그러더군.

드네프르(러시아 서부의 강 ― 옮긴이) 너머로 키예프가 불타고 있었소. 도시 중심에서 검은 연기 기둥이 솟고 있었지. 우리는 바람 불어오는 쪽에 있었는데, 나무와 고무와 인육이 타는 악취가 말도 못했소. 우리는 좀비들이 얼마나 가까이 왔는지 몰랐는데 아마 1킬로미터쯤 떨어져 있었나, 아니면 그보다 더 가까이 왔을 수도 있었겠지. 언덕 위로 그 불길은 수도원을 통째로 집어삼키고 있었소. 말도 못할 비극이었지. 벽도 높고, 전략적인 위치로 봐서 거기라면 좀비들과 한판 벌일 만했는데. 사관생도 1년차라도 그 수도원 정도면 난공불락의 요새로 바꿀 수 있을 정도였소. 지하실에 물자를 비축하고, 문을 봉쇄하고, 탑에 저격수들을 배치해 두는 거요. 그 다리를…… 염병할, 영원히라도 지킬 수 있었는데!

강둑 건너편에서 무슨 소리가 들렸다는 생각이 퍼뜩 들었소. 그 소리, 왜 있잖소, 그놈들이 모두 한데 모여 가까이 있을 때 나는 소리. 심지어 사람들이 고함을 지르고, 욕설을 퍼부어 대고, 자동차 경적을 울리고, 멀리서 저격수가 총을 쏴 대는 와중에도 그 소리는 분간할 수 있지.

(그는 좀비들의 신음 소리를 흉내 내려고 하다가 걷잡을 수 없이 기침을 하면서 쓰러졌다. 그는 얼굴에 손수건을 갖다 댔다. 손수건은 피로 흥건했다.)

그 소리 때문에 나는 무전기에서 물러나 도시를 굽어봤소. 뭔가가 내 시야에 들어왔는데, 지붕 위로 아주 빠르게 다가오고 있었소.

제트기 한 대가 나무 꼭대기 높이로 우리 머리 위를 질주해서 지나가더군. 모두 네 대로 수호이 25 공격기 편대였는데 아주 가까운 곳에서 낮게 날아 육안으로도 식별할 수 있었소. 도대체 뭔 일이지 하고 나는 생각했소. 이것들이 다리 입구를 엄호하려고 저러는 건가? 다리 뒷부분을 폭파하려고 하는 건가? 최소한 몇 분 동안은 로브노에서 이 전술이 먹히긴 했지. 루크는 목표물을 확인하려는 것처럼 선회하더니 다시 기체를 낮게 기울이고 우리를 향해 곧장 날아왔소! 이런 개새끼들, 이것들이 다리를 날려 버리려고 하네! 나는 생각했소. 이것들이 대피 작전을 포기하고 우리 모두를 죽일 작정이구나!

"다리에서 떨어져!"

나는 소리 지르기 시작했소.

"모두 도망쳐!"

대중에게 순식간에 공포가 퍼졌소. 공포가 마치 전류처럼, 파도처럼 퍼지는 것을 볼 수 있었소. 사람들이 비명을 지르기 시작하면서 앞으로, 뒤로, 서로서로 밀면서 빠져나가려고 하기 시작했소. 수십 명이 강물로 뛰어내렸는데 무거운 옷에다 신발을 신고 있어서 헤엄도 칠 수 없었소.

나는 사람들을 끌어서 다리를 건너게 해 주면서 빨리 도망가라고 말해 주고 있었소. 폭탄이 투하되는 것을 봤는데 마지막 순간에 다리에서 뛰어내려 폭발의 충격에서 피할 수 있을 거라고 생각했소. 그러다 낙하산이 펴지면서 갑자기 모든 상황을 깨닫게 됐소. 눈 깜짝할 사이에 나는 일어서서 겁에 질린 토끼 새끼처럼 돌진하고는 소리 질렀소.

"해치 닫아! 닫으란 말이야!"

나는 가장 가까이 있던 탱크로 뛰어들어 해치를 닫고 승무원들에게 확실하게 닫혔는지 확인하라고 시켰소. 그것은 구식 T72 전차였소. 몇 년 동안 테스트도 해 보지 않았던 차내 기압 유지 장치가 작동할지 알 수 없었소. 우리가 할 수 있는 거라곤 우리의 철제 관 속에서 벌벌 떨면서, 목숨을 부지할 수 있기를 바라며 기도하는 것밖에 없었소. 사수는 훌쩍거리고 있었고, 전차 조종수는 잔뜩 얼어 있었고, 이제 막 스무 살밖에 안 된 하사관인 지휘관은 목에 걸고 있던 작은 십자가를 쥐고 바닥에 동그랗게 몸을 웅크리고 앉아 있었소. 나는 그 하사관의 정수리에 손을 올려놓고 잠망경에 시선을 고정시킨 채 우리는 괜찮을 거라고 계속 안심시켰소.

생물학 무기인 RVX는 가스 공격으로 시작되는 게 아니오. 비로 공격하지. 작고 기름기 있는 물방울들이 접촉하는 모든 물질에 달라붙어요. 그 물방울이 사람들의 털구멍, 눈, 폐로 들어가지. 들어간 용량에 따라 효과는 즉각 나타날 수 있소. 피난민들의 사지가 떨리기 시작하고, 약품이 중추 신경계로 퍼지면서 효력을 발휘하자 힘없이 팔을 떨어뜨리는 모습이 보였소. 사람들은 눈을 비비고, 말을 하고, 움직이고, 숨을 쉬려고 안간힘을 썼소. 갑자기 방광과 창자가 열리면서 사람들이 똥과 오줌을 지린 그 속옷 냄새를 맡을 수 없다는 게 기뻤지.

왜 상부에서 저런 짓을 하지? 난 이해할 수 없었소. 수뇌부에서는 화학약품이 좀비들의 털끝 하나 건드리지 못한다는 걸 몰랐나? 지토미르 전투에서 대체 뭘 배웠단 말이야?

처음 움직이기 시작한 시체는 한 여자였는데, 다른 시체들이 움직이기 일이 초 전에 그녀를 보호하려고 했던 것처럼 보이는 한 남자의 등을 경련이 이는 손으로 더듬고 있었소. 그녀가 힘없이 일어서자 그 남자는 옆으로 툭 미끄러졌소. 그녀의 얼굴은 얼룩덜룩했고 거무스름한 정맥으로 마치 거미줄을 친 것 같아 보였소. 그녀가 나나 아니면 탱크를 봤다는 느낌이 들었소. 그녀의 턱이 축 처지더니 팔이 올라갔소. 다른 시체들, 사십 명, 오십 명 중 하나꼴로 좀비에게 물렸던 것을 숨기려고 했던 이들이 소생하기 시작하는 게 보였소.

그러자 이 모든 상황이 이해가 됐소. 그래요, 지도부는 지토미르 전투에서 중요한 교훈을 배웠고 이제 냉전 시대에 비축해 둔 무기를 효과적으로 쓸 방법을 찾아낸 거요. 선생이라면 감염자들과 정상인들을 어떻게 분리해 내겠소? 어떻게 감염자들이 전선 너머로 전염병을 퍼뜨리지 않도록 할 수 있겠소? 이게 바로 그 한 방법이었소.

이제 좀비들은 완전히 소생해서, 두 발로 굳건히 서서 천천히 다리를 건너 우리를 향해 발을 질질 끌면서 오기 시작했죠. 나는 사수를 불렀어요. 그 자식은 간신히 더듬더듬 대답하더군요. 난 그 자식의 등을 발로 한 대 차고 목표를 보라고 호통 쳤소! 몇 초가 지난 후 그는 그 첫 번째로 소생한 여자를 조준해서 방아쇠를 당겼소. 공축 기관총이 불을 뿜는 동안 나는 귀를 막았고, 다른 탱크들도 우리가 하는 대로 했지.

20분이 지나자 상황이 완전히 종료됐소. 나는 명령을 기다리면서 적어도 우리 현황이나 공습 효과를 보고해야 한다는 것을 알고 있었소. 나는 루크 여섯 대가 다시 질주하는 것을 봤는데 다섯 대는 다른 다리들을 향해 출발하고, 마지막 한 대는 도시 중심을 향해 날아가고 있었소. 나는 우리 부대원들에게 철수해서 남서쪽으로 무작정 가라고 명령했소. 우리 주변엔 가스 공격이 시작되기 전에 막 다리를 건넜던 시체들이 널려 있었지. 우리가 그 시체들을 치고 지나가자 퍽퍽 소리가 났소.

선생은 위대한 애국 전쟁 박물관 단지에 가 본 적이 있소? 그곳은 키예프에 있는 가장 인상적인 건물 중 하나요. 그 단지의 안마당은 기계로 가득 차 있었소. 혁명 시대에서 현재까지 모든 종류와 크기의 총과 권총들이 있었지. 그 박물관의 출구에 두 대의 탱크가 서로 마주 보고 있었소. 이제 그 탱크는 다채로운 색깔의 그림으로 장식되어 있었고, 아이들이 탱크에 올라가서 놀 수 있었소. 거기에는 1미터 크기의 철 십자가가 하나 있었는데 죽은 히틀러 신봉주의자들에게서 뺏은 수백 개의 진짜 철 십자가를 녹여 만든 것이오. 거기엔 격전을 치르는 장면을 묘사한, 바닥에서 천장까지 꽉 채운 거대한 크기의 벽화가 있었소. 독일군을 격파해 우리 조국에서 몰아낸 힘과 용기의 격렬한 파도 속에서 우리 병사들이 모두 하나로 연결되어 있었소. 국토 수호에 대한 상징들이 거기 많이 있었는데 그중에서도 가장 장관인 것은 어머니 러시아(Rodina Mat, 로디나 마트)의 조각상이었소. 그녀는 그 도시에서 가장 큰 건축물로, 스테인리스만 사용해 만든 60미터가 넘는 걸작이었소. 키예프에서 내가 마지막으로 본 것은 그 조각상으로, 영원한 승리를 기념하며 높이 쳐든 방패와 검과 달아나는 우리를 내려다보는 그녀의 차갑고 빛나는 눈동자였소.

## 캐나다, 마니토바 주 샌드레이크 국립공원

제시카 헨드릭스는 북극 가까이 있는 그 드넓은 불모지를 손으로 가리켰다. 그곳의 아름다운 풍광은 폐허로 바뀌어 있었다. 버려진 차들, 잔해와 시체들이 회색 눈과 얼음 속에서 부분적으로 얼어 있었다. 위스콘신 주의 와우케샤 출신으로 지금은 귀화한 캐나다인인 그녀는 이 지역의 자연보호 복구 프로젝트에 참여하고 있다. 수백 명의 자원봉사자들과 함께 그녀는 공식적인 교전이 종결된 후 매년 여름 이곳을 찾고 있다. 이 프로젝트가 상당한 진전을 이뤄 냈다고 주장하긴 하지만 끝이 보인다고 할 수 있는 사람은 하나도 없다.

나는 정부를 욕하지는 않아요. 거 왜 있잖아요, 우리를 보호하기로 했던 사람들 말이에요. 객관적으로 보면 이해할 수 있을 것 같기도 해요. 로키 산맥 너머 서쪽으로 가는 군대 꽁무니에 모두 달고 갈 순 없는 노릇이니까. 정부에서 그 많은 사람들을 어떻게 다 먹일 것이며, 또 우리 중에서 좀비들을 어떻게 가려낼 것이며, 분명 물귀신처럼 우리를 따라올 좀비 군단을 어떻게 감히 막을 수 있었겠어요? 나도 정부에서 왜 가능한 한 많은 사람들을 북쪽으로 따돌리려고 했는지 이해할 수 있어요. 안 그러면 어쩌겠어요. 무장한 군대로 로키 산맥에 우리를 못 들어오게 막겠어요, 우크라이나인들처럼 독가스 공격이라도 할까요? 최소한 우리가 북쪽으로 갔다면 살아남을 가능성이 있었을지도 모르죠. 일단 기온이 떨어지고 좀비들이 얼어 버리면 우리 중 일부는 살아남을지도 모르죠. 그런 일들이 전 세계적으로 일어나고 있었어요. 겨울이 올 때까지 살아남을 수 있기를 바라면서 사람들이 무조건 북쪽으로 피난을 갔죠. 그렇다니까요, 정부가 우리를 따돌리고 싶어 했던 걸 욕하지도 않고, 용서할 수도 있어요. 하지만 아주 무책임하게 우리를 따돌렸던 것, 많은 사람들이 목숨을 부지할 수도 있었을 극히 중요한 정보를 제대로 주지 않았던 것은, 그건 결코 용서할 수 없어요.

그때는 8월이었어요. 용커스 전투가 끝난 지 2주가 지났고, 정부가 서쪽으로 철수하기 시작한 지 사흘 뒤였어요. 내가 살던 곳에서는 좀비 전염병이 그리 많이 발생하지 않았어요. 내가 본 건 딱 한 건이었는데 좀비 여섯 명이 떼로 몰려 한 노숙자를 먹고 있더군요. 경찰이 신속하게 그 좀비들을 처리했죠. 그 일은 우리 집에서 세 블록 떨어진 곳에서 일어났는데 바로 그때 아버지가 피난을 가자는 결정을 내리셨어요.

우리 식구들은 거실에 있었어요. 아버지는 새로 산 라이플총을 장전하는 법을 배우는 중이었고 어머니는 막 창문에 못질을 끝낸 참이었죠. 텔레비전의 모든 채널에서 좀비 뉴스밖에 나오지 않았는데 좀비들을 보여 주는 생방송이거나 아니면 용커스 전투를 녹화한 영상이었죠. 지금 와서 생각해 봐도 뉴스 미디어가 얼마나 형편없었는지 아직도 믿기지가 않는다니까요. 온통 조작된 정보만 틀어 주면서 알맹이가 있는 확실한 정보는 거의 없었으니까. 서로 다른 소리만 해대는 '전문가' 나부랭이들 입에서 나온 말을 방송용으로 요약해서 방영하면서 모두 지난번 뉴스보다 더 '충격적이고' 더 '심도 깊은' 보도처럼 보이려고 안달을 하는 꼴이라니. 다들 갈피를 못 잡고 헤매면서 어찌할 바를 모르는 것 같았어요. 그나마 유일하게 의견 일치를 본 것이라곤 '모든 민간인들은 북쪽으로 가라'는 거였죠. 극한의 추위에서는 좀비들이 얼어버리니까, 그것만이 우리의 유일한 희망이었죠. 우리가 들은 건 그게 다였어요. 북쪽 어디를 가라는 건지, 뭘 가져가야 하는지, 어떻게 살아남아야 하는지에 대한 지시는 하나도 없고, 입이 있는 사람은 모두 하는 소리인, 텔레비전 화면 바닥에 계속 기어 나오는 자막에서 보이는 구호뿐이었죠.

"북쪽으로 가라. 북쪽으로 가라. 북쪽으로 가라."

아버지가 말씀하셨죠.

"결정했어. 오늘 밤 여길 떠서 북쪽으로 가자."

아버지는 결연한 어조로 말하려고 애를 쓰시면서 라이플을 찰

싹 치셨죠. 아버지는 평생 총이라곤 만져 보지도 않은 분이었어요. 그야말로 신사 중의 신사였죠. 천성이 다정한 분이셨고. 키 작고, 대머리에 웃을 땐 얼굴이 붉어지는 통통한 얼굴에 썰렁하고 시시한 농담을 즐기는 분이었어요. 또 관대한 분이기도 했지요. 항상 칭찬하거나 웃어 주시고, 어머니 모르게 살짝 용돈도 찔러 주고. 아버진 우리 가정을 든든하게 지켜 주시면서 중요한 결정은 어머니에게 맡겼죠.

어머니는 아버지의 결정에 반박하면서 아버지가 합리적으로 이 사태를 보게 하려고 애를 쓰셨어요. 우리는 설선(만년설의 최저 경계선—옮긴이) 위에 살고 있고 필요한 것은 집에 다 있다. 사재기한 걸 쌓아 두고, 집을 요새로 만들고, 첫 서리가 내릴 때까지 꽁꽁 숨어 있으면 되는데 왜 굳이 미지의 땅으로 길고 힘든 여행을 떠나야 하느냐? 아버지는 어머니의 설득을 귓등으로도 들으려고 하지 않으셨어요. 가을이 오면 우리는 모두 죽은 목숨이다, 다음 주에 죽을 수도 있다! 아버지는 대공포에 완전 이성을 잃었어요. 아버지는 우리에게 이 여행을 좀 긴 캠핑 여행으로 생각하면 될 거라고 하셨어요. 우리는 사슴 버거와 야생 딸기 디저트를 먹게 될 거라고요. 아버진 내게 낚시하는 법을 가르쳐 주시겠다고 약속하시면서 애완용으로 기를 토끼를 잡게 되면 어떤 이름을 지어 주고 싶은지 물어보셨어요. 아버지는 평생 와우케샤에서 한 발짝도 나와 본 적이 없었어요. 캠핑의 캠 자도 모르는 분이셨죠.

(제시카는 얼음 속에 있는 뭔가를 보여 줬다. 그것은 부서진 디브이디 컬렉션이었다.)

사람들이 여행할 때 가져온 게 이런 거예요. 헤어 드라이어, 게임큐브, 노트북 같은 걸 수십 개씩 가져왔더군요. 이런 것들을 정말 쓸 수 있다고 생각할 만큼 사람들이 어리석었다곤 생각하지 않아요. 아마 어떤 사람들은 정말 그랬을 수도 있죠. 내 생각에 대부분은 그냥 그런 물건들을 잃어버릴까 봐 무서워서 그랬던 것 같아요. 집을 반년씩이나 비워 뒀다 돌아와서 집이 털린 모습을 보는 게 두려웠던 거죠. 우리는 사실 나름대로 현명하게 짐을 꾸렸다고 생각했어요. 따뜻한 옷들, 취사도구, 약장에 있던 약들과 가져갈 수 있는 통조림 식품은 모두 챙겼죠. 보기에 대충 2년은 충분히 먹을 수 있는 양인 것 같았어요. 그런데 가는 길에 절반을 먹어치웠죠. 그건 별로 걱정스럽지 않았어요. 북쪽으로 가는 여행은 내겐 모험 같았거든요.

봉쇄된 도로와 폭력에 대해 들리는 모든 이야기들이 우리와는 딴 세상의 이야기라고만 생각했어요. 우리는 북쪽으로 가는 1차 피난민 집단이었죠. 우리보다 먼저 떠난 사람들은 캐나다인들뿐이었고 그나마 모두 진작 떠나서 보이지도 않았어요. 도로에는 아직도 차들이 많이 다니고 있었어요, 지금까지 본 중 최고로 많은 차들이 있었지만 모두 꽤 빨리 달렸고, 대로변에 있는 도시나 공원이 있는 곳만 막혔죠.

**공원요?**

공원, 지정된 야영장, 그만하면 충분히 멀리 왔다고 사람들이 생각한 곳은 어디든지요. 아버지는 이런 사람들을 근시안적이고 어리석다고 깔봤죠. 아버지는 우리가 아직도 사람들이 모인 곳에 너무 가까이 있고, 살아남을 수 있는 유일한 길은 최대한 멀리 북쪽으로 가는 거라고 말씀하셨죠. 어머니는 그건 그 사람들 잘못이 아니고 대부분은 기름이 떨어져서 그런 걸 거라고 토를 다셨죠.

"그럼 그건 누구 잘못인데."

아버진 그렇게 응수하셨죠.

우리는 미니 밴 지붕에 여분의 기름통을 많이 준비해 왔어요. 아버지는 대공포가 시작된 초창기부터 기름을 사재기해 놓으셨어요. 차를 몰고 가다 보면 대로변의 주유소 주위로 차들이 몰려 있는 광경을 여러 번 봤는데 대부분의 주유소에는 이미 '기름 없음'이라고 쓴 거대한 표지판이 바깥에 걸려 있더군요. 아버지는 그 주변을 지날 때는 무지 빠르게 달리셨죠. 아버지는 배터리 충전이 필요한 길거리에 세워진 차들이나, 차에 태워 달라고 하는 히치하이커들이 보이면 잽싸게 달리셨어요. 그렇게 태워 달라고 하는 사람들이 많았는데, 어떤 경우엔 도로 옆에 한 줄로 서서 진정한 피난민이란 이런 것이라는 걸 온몸으로 보여 주는 사람들이 걸어가는 경우도 많았죠. 가끔 차가 한 대 서서 커플 한 쌍을 태워 주려고 하면 갑자기 사람들이 너도나도 태워 달라고 벌 떼처럼 달려들곤 했죠.

"저런 바보 같은 짓을 하다니, 똑똑히 봤지?"

아버지는 이런 식이었어요.

우리도 여자 한 명을 태워 준 적이 있었어요. 혼자서 바퀴가 달린 항공용 여행 가방을 끌면서 걸어가고 있더군요. 특별히 해를 끼칠 것 같지 않았고, 빗속에 혼자 걸어가고 있었어요. 아마 그래서 어머니가 아버지에게 차를 세우고 태워 주라고 했을 거예요. 그 여자는 위니펙(캐나다 마니토바 주의 주도 — 옮긴이)에서 온 패티라고 했어요. 패티는 어쩌다 여기 오게 됐는지 말하지 않았고 우리도 묻지 않았어요. 패티는 진심으로 고마워하면서 가진 돈을 우리에게 모두 주려고 했어요. 어머니는 그 돈을 받지 않고 우리가 가는 곳까지 데려다 주겠다고 약속했죠. 그녀는 흐느껴 울면서 고마워했죠. 내가 부모님의 선행에 대해 자랑스러워하고 있는데 패티가 재채기를 하더니 손수건을 꺼내서 코를 풀더군요. 우리 차에 탄 후로 패티는 왼손을 주머니에서 꺼내지 않았었어요. 왼손엔 천이 감겨 있었는데 피 같아 보이는 짙은 색 얼룩이 져 있더군요. 그녀는 우리가 자신의 왼손을 보고 있는 걸 알고 갑자기 불안해 보이더군요. 패티는 우리에게 걱정하지 말라고 하면서 왼손은 사고로 다쳤다고 했어요. 아버지는 어머니를 보셨는데 두 분 모두 침묵을 지키셨어요. 저를 쳐다보려고 하시지도 않았고, 아무 말도 하지 않으셨어요. 그날 밤 자는데 차 문이 쾅 닫히는 소리를 들었어요. 뭐 특별히 이상한 일이라곤 생각하지 않았어요. 항상 화장실 가느라 중간 중간 차를 세우곤 했으니까. 내가 화장실에 가야 할 때는 부모님이 항상 날 깨우셨지만 이번에는 미니 밴이 움직이고 있을 때까지 무슨 일이 일어난 건지 몰랐어요. 패티를 찾았는데 이미 가 버렸더군요. 내가 부모님에게 어떻게 된 일이냐고 물으니까 패티가 내려 달라고 부탁했다고 말씀하셨어요. 난 차 뒤를 보고 아직 패티가 보인다는 생각이 들었어요, 작은 형체가 조금씩 멀어져 가면서 점점 더 작아지는 모습이. 패티가 우리를 따라오려고 달리는 것처럼 보였지만 나는 너무 피곤하고 혼란스러워서 확신할 수 없었죠. 아니면 그냥 알고 싶지 않았던 건지도 몰라요. 그때 북쪽으로 가면서 난 많은 일을 못 본 척했죠.

**예를 들면 어떤 거요?**

예를 들면 차를 따라 달려오지 않았던 다른 '히치하이커'들요. 그런 사람들이 많았던 건 아니에요. 우리는 1차 피난민 집단이었으니까. 가장 많을 때 여섯 명 정도 도로 한복판에서 헤매다가 우리가 가까이 다가오자 팔을 들었죠. 아버진 그 사람들 사이를 요리조리 피해서 빠져나갔고 어머니는 그때마다 내게 머리를 숙이라고 하셨어요. 한 번도 그 사람들을 가까이에서 본 적은 없어요. 나는 의자에 얼굴을 묻고 눈을 질끈 감았죠. 보고 싶지 않았어요. 계속 사슴 버거와 야생 딸기만 생각했죠. 마치 약속의 땅에 가는 것 같았어요. 일단 우리가 북쪽으로 충분히 멀리 가면 모든 일이 괜찮아질 거라고 알고 있었죠.

한동안은 그랬어요. 한 호숫가에 거대한 야영지가 있었는데 사람들도 별로 많지 않았고, 좀비들이 나타나더라도 '안전하다'는 느낌을 줄 정도의 인원이었죠. 모두 정말 싹싹했고, 크고 집단적인 안도감이라는 분위기가 있었죠. 처음에는 파티에 온 것 같았어요. 매일 밤 모두 밖에서 요리를 해 먹으면서 그날 사냥하거나 낚은 걸 불에 같이 구워 먹었는데 주로 생선이었죠. 남자들 몇 명이 호수에 다이너마이트를 던지면 쾅 하는 큰 소리가 난 다음에 수면 위로 물고기들이 둥둥 떠올랐죠. 그 폭발 소리, 사람들이 쓱싹쓱싹 나무를 베는 휴대용 동력 사슬 톱 소리, 차 라디오나 사람들이 가져온 악기로 연주한 음악 소리를 결코 잊지 못할 거예요. 밤이면 모두 통나무를 쌓아 놓은 거대한 모닥불 가에 모여 앉아 노래를 부르곤 했어요.

그땐 아직 나무도 있었고, 2차와 3차 난민 집단이 나타나기 전이었죠. 그때는 나뭇잎과 나무 밑동을 태우다 나중엔 손에 잡히는 건 모두 태웠죠. 플라스틱과 고무가 타는 냄새가 입과 머리카락에 배었는데 정말 지독했죠. 그 무렵엔 물고기도 모두 다 잡아먹었고 사람들이 사냥할 수 있는 것도 죄다 사라졌죠. 걱정하는 사람은 하나도 없어 보였어요. 모두 겨울이 와서 좀비들이 꽁꽁 얼 것만 기대하고 있었죠.

**하지만 일단 좀비들이 얼면 당신들은 어떻게 겨울을 나려고 했죠?**

좋은 질문이에요. 대부분의 사람들이 그 정도의 앞일도 생각하지 않았던 것 같아요. 아마 그들은 '당국'에서 우리를 구하러 오거나 아니면 그냥 짐을 꾸려서 집으로 갈 거라고 생각했죠. 많은 사람들이 대부분 그날그날 닥치는 일만 생각하면서, 마침내 안전한 곳에 왔다는 사실에 고마워하면서, 모든 일이 저절로 해결될 거라고 자신만만했죠.

"눈 깜짝할 사이에 모두 집에 돌아가게 될 거야."

사람들은 이렇게 말하곤 했죠.

"크리스마스가 되기 전에 끝나는 거야."

(그녀는 얼음 속에 있는 또 다른 물건을 가리켰는데, 스펀지 밥 스퀘어팬츠 침낭이었다. 그 침낭은 갈색으로 얼룩져 있었다.)

선생님은 여기가 어디라고 생각하세요? 난방 빵빵하게 한 침실에서 파자마 파티를 하는 곳? 그래요, 사람들이 제대로 된 침낭을 못 구했을 수도 있어요. 캠프 장비를 파는 가게들이 항상 제일 먼저 매점되거나 약탈당하는 곳이니까. 하지만 얼마나 무지한 사람들이 있는지 상상도 하지 못할 거예요. 많은 사람들이 선벨트(미국 버지니아 주에서 캘리포니아 주 남부에 이르는 온난 지대 — 옮긴이)에서 왔고 그중 멀게는 남부 멕시코에서 온 사람들도 있어요. 어떤 사람들은 부츠를 신고 침낭에 들어가기도 했어요. 그러면 혈액 순환이 되지 않는데. 몸을 데워 보려고 술을 마시는 사람들도 있는데 그렇게 하면 체열이 더 많이 나와서 실제로는 체온이 더 낮아지게 되죠. 안에 달랑 티셔츠 하나 입고 거대한 코트를 입고 있는 사람들도 있어요. 이런 사람들은 운동을 거하게 해서 팍팍 열을 냈다가 더워서 코트를 벗어 버리죠. 그러면 온몸이 땀으로 범벅이 되는데 입고 있던 면 옷에 그대로 땀이 배죠. 산들바람이 불어오기 시작하면…… 많은 사람들이 그 첫해 9월에 몸져누웠죠. 감기와 독감으로. 그리고 남은 사람들에게 퍼뜨렸죠.

처음에는 사람들이 모두 친절했어요. 서로 도왔죠. 서로 필요한 것을 바꾸거나 사기도 했어요. 아직까지는 돈이 가치가 있었죠. 모두 은행이 곧 다시 열릴 거라고 생각했어요. 아버지와 어머니가 음식을 구하러 갈 때면 이웃 사람들에게 절 봐 달라고 부탁하곤 했죠. 내겐 소형 서바이벌 라디오가 하나 있었는데 태엽을 감아서 돌아가는 종류라서 매일 밤 뉴스를 들을 수 있었어요. 모두 군대가 철수하면서 민간인들을 버리고 간다는 이야기뿐이었죠. 우리는 미국 지도를 보면서, 그 뉴스를 들으며 뉴스가 방송되고 있는 도시와 마을을 짚곤 했죠. 나는 아버지의 무릎에 앉곤 했어요. 아버지는 말씀하셨죠.

"봐라, 이 사람들은 제때 빠져나오지 않았어. 우리처럼 현명하지 못했어."

아버지는 억지로 미소를 지으려고 하셨어요. 한동안은 아버지 말씀이 옳다고 생각했죠.

하지만 한 달이 지나고, 음식이 떨어지기 시작하고, 날씨가 점점 추워지고, 낮이 짧아지면서 사람들이 야박해지기 시작했어요. 더 이상 캠프파이어도 하지 않았고, 야외 요리나 노래 부르는 것도 사라졌죠. 캠프장은 난장판이 됐지만 아무도 자기가 버린 쓰레기를 줍지 않았어요. 사람이 싸지른 똥을 밟은 적도 두어 번 있어요. 심지어 그것조차 묻으려고 하는 사람이 없더군요.

부모님은 더 이상 이웃 사람들에게 날 봐 달라고 하지 않았어요, 믿지 못했던 거죠. 상황이 점점 위험해지면서 싸움도 잦아졌어요. 두 여자가 털 코트 하나 가지고 싸우다가 가운데가 쫙 찢어지는 것도 봤어요. 또 차에서 뭘 훔치려고 하던 남자를 차 주인 남자가 잡아서 타이어 레버로 그 훔치려던 남자의 머리를 내려치던 것도 봤어요. 격투를 벌이고 고함을 지르는 일들이 대부분 밤에 일어났죠. 가끔 총소리가 들리고 누군가 비명을 지르는 소리가 들리기도 했죠. 한번은 누군가 우리 미니 밴 위로 걸쳐 놓은, 임시변통으로 만든 텐트의 주변을 오가는 소리를 들었어요. 어머니는 내게 고개를 숙이라고 하고 내 귀를 손으로 덮어 주셨어요. 아버지가 밖으로 나가셨죠. 귀를 손으로 막았는데도 고함소리가 들리더군요. 아버지의 총소리가 났어요. 누군가 비명을 질렀죠. 아버지가 차로 돌아오셨는데 얼굴이 새하얗게 질려 있었어요. 무슨 일이 일어났는지 아버지에게 결코 묻지 않았어요.

유일하게 모두 뭉쳤던 때는 좀비 하나가 나타났을 때였어요. 이 좀비들은 3차 피난민 집단을 따라온 놈들이었는데 혼자 다니거나 몇 명 떼거리로 모여 다니는 놈들이었죠. 이틀 걸러 이런 놈들이 나타났죠. 누군가 경보를 울리면 모두 함께 모여서 놈들을 막아냈어요. 그리고 끝나기가 무섭게 다시 등을 돌렸죠.

호수 물이 얼 정도로 날씨가 추워지고, 좀비 무리가 더 이상 나타나지 않자 많은 사람들이 이제 집에 걸어서 가도 안전하겠다고 생각했죠.

**걸어서요? 왜 차를 타고 가지 않고?**

기름이 없었어요. 사람들이 요리할 때 쓰거나 차 히터를 틀어놓느라고 다 써 버렸죠. 매일 굶주려서 반쯤 죽어가는, 남루한 옷차림의 불쌍한 사람들이 쓸 데도 없는 물건을 잔뜩 짊어지고, 얼굴엔 필사적으로 희망찬 표정을 지으며 나타나곤 했어요.

"저 사람들은 도대체 자기들이 어디로 간다고 생각하는 걸까?"

아버지는 이런 말씀을 하시곤 했죠.

"남쪽으로 내려갈수록 춥지 않다는 걸 모르나? 거기에서 뭐가 자기들을 기다리고 있는지 모르는 거야?"

아버지는 우리가 무조건 버티면 조만간 상황이 나아질 거라고 확신하고 있었어요. 그때가 10월이었는데 그때만 해도 난 아직 인간같이 보였죠.

(우리는 너무 많아서 셀 수도 없는 뼈 부더기를 발견했다. 구덩이

속에 있었는데 절반은 살얼음이 얼어 있었다.)

나는 상당히 통통한 아이였어요. 운동은 안 하면서 패스트푸드와 간식을 입에 달고 살았죠. 8월에 그곳에 도착했을 때는 살이 좀 빠져 있었죠. 11월이 됐을 땐 해골바가지 같았어요. 어머니와 아버지도 별반 다를 바 없었죠. 아버지의 배도 홀쭉해졌고 어머니도 광대뼈가 툭 튀어나왔죠. 부모님은 많이 싸우셨는데 별걸 다 가지고 싸우셨어요. 그게 다른 무엇보다 더 무섭더군요. 두 분은 집에 계셨을 때는 한 번도 언성을 높인 적이 없었거든요. 두 분은 교사였고 '진보적인' 분들이었단 말이에요. 가끔 긴장된 분위기에서 조용히 밥을 먹은 적은 있었지만 이런 식은 아니었어요. 두 분은 기회만 생기면 서로에게 덤벼들었죠. 한번은, 추수감사절 무렵이었던 것 같은데, 나는 침낭에서 나올 수가 없었어요. 배가 퉁퉁 붓고 입과 코에 종기가 생겼죠. 이웃 사람의 알브이(RV, 레크리에이션용 차량—옮긴이)에서 냄새가 풍겼어요. 그 사람들은 뭔가 요리하고 있었는데, 고기 같았는데 냄새가 정말 환상적이었죠. 어머니와 아버지는 밖에서 말다툼을 하고 있었어요. 어머니가 '그것'만이 유일한 살길이라고 하셨죠. 나는 '그것'이 뭔지 몰랐죠. 어머니는 '그것'이 '그렇게 나쁜' 것만은 아니다, 우리가 아니라 이웃 사람들이 '그 일을' 하니까라고 말씀하셨죠. 아버지는 우리는 그런 수준으로까지 타락할 수 없다고 말씀하시면서 어머니더러 창피한 줄 알라고 하셨어요. 어머니는 아버지를 맹공격하면서 새된 목소리로 우리가 여기 있는 것도, 내가 죽어가는 것도 모두 아버지 잘못이라고 소리를 질렀죠. 어머니는 아버지에게 진정한 남자라면 어떻게 해야 할지 알 거라고 말했어요. 어머니는 아버지를 겁쟁이라고 부르면서, 어머니랑 내가 얼른 죽어 버리고 어머니가 알고 있었던 것처럼 아버지는 혼자 '호모'로 살고 싶어 한다고 말했죠. 아버지는 어머니에게 주둥아리를 닥치라고 했죠. 아버지는 욕이라곤 모르는 분이었는데. 뭔가 철썩 치는 소리가 밖에서 났어요. 어머니가 오른쪽 눈에 눈 덩어리를 대고 들어오셨어요. 아버지가 어머니를 따라 들어오셨죠. 아무 말씀도 하지 않으셨어요. 아버지는 마치 딴사람처럼, 내가 한 번도 보지 못했던 그런 표정을 하고 계시더군요. 아버지는 내 서바이벌 라디오, 다른 사람들이 사려고, 아니면 오랫동안 훔치려고 했던 그 라디오를 집으시더니 이웃 사람의 차를 향해 가셨어요. 아버진 10분 뒤에 라디오는 없이 김이 펄펄 나는 뜨거운 스튜가 담긴 큰 양동이를 하나 들고 오셨어요. 입 안에서 살살 녹더군요. 어머니는 너무 빨리 먹지 말라고 하셨어요. 어머니는 작은 스푼으로 내게 그 스튜를 떠 먹이셨죠. 어머니는 안심하는 표정이었어요. 훌쩍거리셨죠. 아버지는 아직 그 무서운 표정을 하고 계셨어요. 몇 달 뒤 아버지와 어머니 두 분 다 쓰러지셔서 내가 두 분에게 그것을 먹여 드려야 했을 때 내가 그 표정을 하게 됐죠.

(나는 그 뼈 더미를 조사하기 위해 무릎을 꿇었다. 모두 부러져 있었고 골수가 나와 있었다.)

12월 초에 진짜 겨울이 시작됐죠. 눈이 글자 그대로 우리 머리 위까지 쌓였는데, 오염돼서 두꺼운 회색 눈이 산처럼 쌓였죠. 야영지는 고요해졌죠. 더 이상 싸움도 없었고 총소리도 들리지 않았어요. 크리스마스가 되자 음식이 풍부해졌죠.

(제시카는 작은 넓적다리처럼 보이는 것을 치켜들었다. 그것은 칼

로 살이 깨끗하게 발라져 있었다.)

사람들이 말하길 그해 겨울에 1100만 명이, 그것도 북미에서만 그 정도 죽었다고 하더군요. 다른 곳에서 죽은 사람들은 치지도 않았죠. 그린란드, 아이슬란드, 스칸디나비아 같은 곳 말이에요. 시베리아는 생각도 하고 싶지 않아요. 중국 남부에서 온 피난민들, 도시 밖으로 한 번도 나가 본 적이 없는 일본 피난민들, 인도에서 온 불쌍한 피난민들 말이에요. 그때가 첫 회색 겨울로 하늘에 떠다니는 오물이 날씨를 변화시키기 시작한 때였죠. 사람들은 그 오물 중의 일부는, 얼마나 많은지 나도 모르지만, 사람의 유골에서 나온 재라고 하더군요.

(그녀는 구덩이 위에 표지를 꽂았다.)

오랜 시간이 흐른 뒤에 마침내 태양이 나오고, 날씨가 따뜻해지면서 눈이 녹기 시작했어요. 7월 중순이 되자 여기에도 봄이 왔고 좀비도 왔죠.

(자원 봉사 팀원 중 한 명이 우리를 불렀다. 좀비 하나가 몸의 절반이 땅속에 묻혀 있었는데 허리 아래로 얼어 있었다. 머리, 팔, 상체는 아직도 팔팔하게 살아서 휘저으면서, 신음하며 우리를 할퀴려고 했다.)

그렇게 꽁꽁 얼었는데 그들은 어떻게 살아났을까요? 모든 인간 세포에는 물이 있잖아요, 그렇죠? 그 몸속의 물이 얼면, 팽창해서 세포벽을 터뜨려 버리죠. 그래서 사람들을 공상 과학 영화처럼 영원히 동면시킬 수 없는 거잖아요. 그런데 왜 좀비는 그게 가능할까요?

(좀비는 우리 쪽으로 몸을 쑥 내밀었다. 그의 얼어붙은 상체 아래

쪽이 끊어지기 시작했다. 제시카는 무기로 쓰는 긴 쇠지레를 들더니 아무렇지도 않게 그 생물체의 두개골을 내리쳤다.)

## 인도, 라자스탄, 피콜라 호수, 우다이푸르 호수 궁전

자그니와스 섬의 토대를 완전히 덮고 있는, 이 목가적이고 동화 속에 나오는 것 같은 건물은 한때 마하라자(인도의 토후국의 왕—옮긴이)의 대저택이었다가, 호화로운 호텔로 개조됐다가, 콜레라가 발생해서 몰살당하기 전까지는 수백 명의 피난민들이 머무는 은신처였다. 프로젝트 매니저 사다르 칸의 지휘 하에 이 호텔은 호수와 근처에 있는 도시처럼 생명을 되찾아가기 시작했다. 당시의 일을 회상하는 칸의 목소리는 전투로 단련된, 고등교육을 받은 민간 엔지니어라기보다는 어쩌다 보니 혼란스러운 산악 도로에 있게 된 자신을 떠올리는, 젊고 겁에 질린 일등병 같았다.

그 원숭이 떼가 기억나요. 수백 마리가 자동차들 위를 기어오르고, 잽싸게 달리고, 심지어는 사람들 머리를 밟고 지나가기도 했죠. 멀게는 찬디그라에까지 그런 원숭이들이, 좀비들이 거리에 넘쳐나자 건물 지붕과 발코니에서 펄쩍펄쩍 뛰어다니는 걸 볼 수 있었죠. 원숭이들이 흩어져 깍깍거리면서 좀비들이 잡으려고 뻗는 팔을 피해 전선주로 민첩하게 기어오르던 모습이 기억나요. 어떤 놈들은 공격당할 때까지 있지도 않더군요. 원숭이들도 알고 있었던 거죠. 그런데 이제 그 원숭이들이 여기, 이 좁고 꼬불꼬불

한 히말라야의 염소가 지나다니는 길에 있었죠. 사람들은 그걸 도로라고 불렀지만 전쟁 전에도 그곳은 황천길로 가는 직행 코스로 악명 높은 곳이었죠. 수천 명의 피난민들이 물밀듯 밀려와서 길가에서 옴짝달싹못하고 있는, 버려진 차들 옆으로 혹은 위로 지나갔죠. 피난민들은 그때까지도 여행 가방이랑 상자 같은 것을 고생스럽게 들고 다니더군요. 한 남자는 고집스럽게 컴퓨터 모니터를 끌어안고 있었어요. 원숭이 한 마리가 그 남자의 머리 위로 올라왔는데 거기를 발판 삼아 다른 곳으로 가려고 했겠지만, 길 가장자리에 서 있었던 그 남자에게 원숭이가 갑자기 올라타는 바람에 둘 다 절벽으로 굴러 떨어졌죠. 1초 간격으로 사람들이 발을 헛디뎌 굴러 떨어지는 것 같더군요.

사람들이 너무 많았어요. 게다가 그 길에는 심지어 난간조차 없었고. 나는 버스 한 채가 통째로 뒤집어진 걸 봤는데 어떻게 그렇게 됐는지조차 알 수 없었지만 버스는 꿈쩍도 안 하고 있더군요. 버스 문은 지나다니는 사람들에 막혀 열 수가 없어 승객들은 버스 유리창으로 기어 나오고 있었어요. 여자 하나가 유리창 밖으로 반쯤 나왔을 때 버스가 절벽 쪽으로 기울어졌어요. 뭔가 그녀의 팔을 단단히 붙잡고 매달려 있었죠. 나는 그게 움직이지도 않았고, 울지도 않았고, 그건 그냥 옷 뭉치였다고 나 자신을 설득했죠. 손이 닿을 만한 곳에 있던 사람들 중에서 그녀를 도와준 사람은 한 명도 없었어요. 심지어는 거들떠보지도 않고 그냥 가던 길을 가더군요. 가끔 그 일이 꿈에 나오는데 사람들과 원숭이 떼를 구분할 수 없었죠.

나는 원래 거기에 있을 사람이 아니었어요, 난 공병도 아니었고요. 내 소속은 BRO*였죠. 내 일은 도로를 건설하는 거지, 날려 버리는 게 아니라고요. 나는 심라에 있는 집결 지역을 헤매고 다니면서 우리 부대에서 남은 사람들을 찾고 있는데 그때 이 공병 부대의 무커지 병장이 내 팔을 덥석 잡더니 묻더군요.

"이봐, 병사, 자네 운전할 줄 아나?"

내가 그렇다는 뜻으로 뭐라고 중얼거린 것 같은데 갑자기 그 작자가 나를 지프차의 운전석에 밀어 넣더니 자기는 무릎에 무전기같이 생긴 장치를 안고 냉큼 올라타더군요.

"고갯길로 다시 돌아가! 가라고! 당장!"

나는 그 길을 따라 끼이익 소리가 날 정도로 미끄러지면서 달리는 와중에 필사적으로 나는 지프차 기사가 아니라 증기 롤러 기사고 그마저도 잘 모는 것도 아니라는 것을 설명하려고 했죠. 무커지는 내 말은 듣지도 않더군요. 그는 무릎에 있는 장치를 만지작거리느라 여념이 없었어요.

"폭탄 설치는 끝났어. 우리는 명령이 떨어지기만 기다리면 돼!"

"뭔 폭탄요? 명령은 또 뭐고?"

"고갯길을 날려 버리라는 거지, 이 멍청아!"

그는 소리를 지르면서 이제 막 뇌관이라고 내가 깨달은, 자기 무릎에 있는 장치를 가리키더군요.

"그렇게 안 하면 어떻게 그 좀비 놈들을 막을 수 있겠어?"

나는 막연하게나마 부대가 히말라야로 퇴각하는 것이 일종의 마스터플랜과 관계가 있고, 그 플랜의 일부로 좀비들이 오는 모든 산길을 차단하는 걸 알고 있었죠. 하지만 내가 그 계획에 빠져선

* BRO: 국경 도로 관리국.

안 될 참가자가 되리라곤 꿈에도 생각하지 못했죠. 우리는 지금 문명인으로서 대화를 하고 있으니, 우리가 그 고갯길에 도착해서 아직도 피난민들이 넘쳐나는 걸 봤을 때 내 불경스러운 반응이나 무커지의 불경스러운 반응에 대해선 여기 언급하지 않을게요.

"이 길은 비우기로 했는데! 피난민은 일절 없어야 했어!"

그가 꽥 소리를 지르더군요.

우리는 도로의 산 쪽 출입구를 안전하게 지키기로 한 부대인 라시트리아 소총 부대에서 한 병사가 지프차를 지나 달려가는 것을 봤죠. 무커지는 차에서 뛰어내려서 그 병사를 잡았어요.

"도대체 이게 뭐야?"

그는 곰 같은 체격의 거친 남자로 불같이 화가 나 있었죠.

"너희가 이 도로를 비워 두기로 했잖아."

무커지에게 붙들린 남자도 그만큼이나 화가 나고 겁에 질려 있었죠.

"당신 할머니를 쏘고 싶다면 당신이나 그렇게 해요!"

그는 하사관을 밀치고 달려가 버리더군요.

무커지는 무전기를 켜고 도로에 아직 난민들의 통행량이 너무 많다고 보고했죠. 극도로 긴장하고 흥분한 한 젊은 장교의 목소리가 나와서, 그가 내린 명령은 그 길에 얼마나 많은 사람이 있건 날려 버리는 거였다고 쏘아 주더군요. 무커지는 열이 받아서 도로가 빌 때까지 기다리겠다고 대답했죠. 우리가 지금 이 길을 날려 버리면 수십 명의 민간인들을 황천길로 보낼 뿐 아니라 길 건너편에 있는 수천 명의 발을 묶어 놓게 된다는 거죠. 그 도로는 결코 비워지지 않을 것이고, 길 건너편에 있는 사람들 뒤에 있는 것이라곤 도대체 몇 백만 명이 될지 모르는 좀비 떼밖에 없다고 그 장교가 소리를 빽 지르더군요. 무커지는 좀비들이 길 입구에 도착하는 즉시 날리겠으며 1초라도 전에는 절대 폭파시키지 않겠다고 대꾸하더군요. 그는 하찮은 중위 따위가 뭐라고 나불거리건 절대 민간인을 희생시키는 짓은 하지 않겠다고…….

무커지는 그런 말을 하다가 갑자기 뚝 그치더니 내 머리 위의 뭔가를 보더군요. 나도 고개를 홱 돌렸다가 라지 싱 장군의 얼굴과 떡하니 마주치게 됐죠! 갑자기 그 장군이 어디서 나타났는지, 왜 그가 거기 있었는지. 지금까지 아무도 내 이야기를 믿지 않았죠. 그가 거기 있었다는 걸 안 믿는 게 아니라 내가 거기 있었다는 걸 말이죠. 내가 델리의 호랑이와 마주 보고 있었단 말이죠! 자신이 우러러보는 사람을 직접 보게 되면 실제보다 훨씬 더 커 보인다는 말을 들은 적이 있어요. 내 마음속에서 그 장군은 실제로 거인처럼 보였죠. 찢긴 군복을 입고, 피투성이 터번을 감고, 오른쪽 눈을 안대로 가리고 코에 반창고(그의 부하 중 하나가 간디 공원에서 마지막으로 탈출하는 헬리콥터에 그를 억지로 태우기 위해 얼굴에 한 방 먹였다가 코를 부러뜨렸다고 한다.)를 붙이고 있었지만. 라지 싱 장군…….

(칸은 숨을 깊이 들이마셨는데, 그의 가슴은 자부심으로 꽉 차 있었다.)

"제군."

장군은 말을 시작했죠. 그는 우리를 '제군'이라고 부르면서 아주 신중하게 이 도로를 즉시 파괴해야 한다는 점을 설명해 줬어요. 공군, 공군이라고 부르기도 민망할 정도로 얼마 남지 않은 군인들도 모든 산길을 차단하는 것에 관한 자체 명령을 받았다는 거죠. 바로 이 순간에, 샴샤 전투 폭격기 한 대가 이미 우리 머리 위에 자리를 잡고 있었어요. 우리가 맡은 임무를 수행할 능력이 없거나, 할 용의가 없다면 그 재규어 전투기의 파일럿이 '시바의 천벌'을 시행하라는 명령을 받았다는 이야기였어요.

"그게 무슨 뜻인지 알고 있나?"

라지 싱 장군이 물었죠. 아마 그는 내가 너무 어려서 이해하지 못하거나 왜 그런지 모르겠지만 내가 이슬람교도라고 추측했던 것 같은데, 내가 힌두의 파괴의 신인 시바에 대해 일자무식하다고 해도 군복을 입은 사람이라면 모두 열핵 무기 사용에 대한 '비밀' 암호에 대한 소문을 암암리에 듣고 있었죠.

**그 무기를 사용하면 산길이 파괴되지 않았을까요?**

그랬겠죠, 그리고 산도 절반이 날아가 버렸겠죠! 그렇게 되면 깎아지른 듯한 절벽으로 둘러싸인 좁디좁은 병목이 사라지고 대신 완만하게 비탈진 거대한 진입로가 생겨요. 이 산길들을 파괴하고자 하는 의도의 핵심은 좀비들이 접근하지 못할 장벽을 만들자는 것인데, 이제 원자무기를 가지고 잔뜩 흥분해 있는 어떤 무식한 공군 장교가 좀비들에게 안전지대로 직행할 수 있는 완벽한 입구를 만들어 주겠다는 소리잖아요!

무커지는 헉 하더니 어찌할 바를 모르고 있었는데 그 호랑이 장군이 뇌관을 달라고 손을 내밀더군요. 항상 영웅이었던 장군은 그 순간까지도 대량 학살이란 멍에를 자신이 짊어지겠다고 한 거죠. 무커지는 울 것 같은 표정으로 장군에게 그것을 넘기더군요.

라지 싱 장군은 그에게 고맙다는 말을 하고, 나에게도 고맙다는 말을 하더니, 기도를 속삭이고는 발사 버튼을 엄지손가락으로 눌렀어요. 아무 반응도 없어서 그는 다시 눌렀지만 역시 아무 일도 일어나지 않았어요. 장군은 배터리와 연결 부분을 모두 체크하고 세 번째로 눌렀어요. 역시 무반응. 뇌관에 문제가 있었던 게 아니었죠. 여기서 500미터 내려간 길에 묻어 놓은 폭탄, 피난민들이 다니는 길 바로 한가운데에 묻어 놓은 폭탄에 뭔가 문제가 생긴 거죠.

이젠 끝장이야. 나는 생각했죠. 우리는 다 죽었어. 그때 내 마음속에는 핵폭발을 피하기 위해 여기서 얼른 튀어서 가능한 한 멀리 도망가자는 생각뿐이었죠. 그런 절체절명의 순간에 내 한 목숨만 챙기다니, 아직도 그런 생각을 했다는 데 죄책감이 들어요.

고맙게도 라지 싱 장군은 반응을 보였죠. 살아 있는 전설이 반응하리라고 사람들이 예상했던 방식 그대로. 그는 우리에게 얼른 여기를 빠져나가서 목숨을 구해 심라로 가라고 명령한 후에 획 돌아서더니 곧장 피난민의 인파 속으로 뛰어들었죠. 무커지와 나는 서로 마주 보다가, 망설이지 않고(이런 말을 할 수 있어서 기뻐요.) 장군을 좇아 달려갔어요.

우리 역시 영웅이 돼서, 장군을 보호하고 인파로부터 장군을 막아 주고 싶었어요. 정말 어이없는 짓이었지. 해일처럼 피난민들이 우리를 삼킨 순간 뒤로 우리는 결코 장군을 보지 못했어요. 사방에서 사람들이 나를 밀고 당기더군요. 눈에 언제 한 방 맞았는지도 모르겠어요. 나는 군 용무로 지나가야 한다고 소리를 질렀죠. 아무도 듣지 않았어요. 나는 허공에 대고 총을 몇 발 쐈죠.

아무도 신경 쓰지 않더군요. 아예 사람들을 향해 총을 쏠까 심각하게 고민했다니까요. 난 그들만큼이나 절망스러웠어요. 옆을 보니 총을 뺏으려고 드는 어떤 사내와 무커지가 엉켜서 싸우고 있더군요. 나는 장군을 찾았지만 인파 속에서 찾을 수가 없었죠. 장군의 이름을 부르면서 사람들 머리 위로 장군의 머리를 찾아보려고 했어요. 소형 버스 지붕 위로 올라가 장군의 향방을 알려고 했죠. 그러다 바람이 불어왔어요. 그 바람이 계곡을 휘갈기며 지나가는 악취와 좀비들의 신음을 몰고 왔죠. 내 앞에, 약 500미터 앞에 있던 군중들이 달리기 시작했어요. 난 눈을 부릅떴다가…… 가늘게 떴어요. 좀비들이 몰려오고 있었어요. 천천히 느긋하게, 그러면서 자기들이 지금 먹어치우고 있는 피난민들만큼이나 빽빽하게 몰려서 오고 있더군요.

버스가 흔들리면서 나는 떨어졌어요. 처음엔 움직이는 사람들의 파도에 떠 있다가 갑자기 그 밑으로 떨어지면서 구둣발과 맨발이 내 몸을 밟고 지나갔어요. 갈비뼈가 부러지는 것이 느껴졌고, 기침을 했는데 입속에서 피 맛이 나더군요. 나는 버스 밑으로 기어갔어요. 온몸이 불붙은 것처럼 아프더군요. 말도 나오지 않았고 보이지도 않더군요. 다가오는 좀비들의 소리가 들렸어요. 내 짐작에 200미터도 떨어져 있지 않았던 것 같아요. 나는 절대 다른 사람들처럼, 조각조각 찢긴 희생자들, 루프나가르에 있는 사트루즈(Satluj) 강둑에서 몸부림치면서 피 흘리고 있던 소처럼 죽진 않겠다고 맹세를 했죠. 나는 손으로 권총을 찾아 더듬었는데 손이 움직이질 않았어요. 나는 욕을 하면서 울었죠. 그런 지경에 이르면 신을 찾을 거라는 생각이 들었는데 그땐 너무 무섭고 화가 나서 버스 아래쪽에 대고 박치기를 하기 시작했죠. 열나게 치면 내 대가리를 박살낼 수 있겠다고 생각한 거죠. 갑자기 귀청이 터질 것 같은 굉음이 들리더니 내 밑에 있던 땅이 솟아올랐어요. 비명과 신음이 강력한 폭발의 압력을 받아 날아다니는 먼지에 섞였죠. 나는 버스에 세게 얼굴을 맞곤 기절해 버렸어요.

정신이 들었을 때 가장 먼저 기억나는 것은 아주 희미한 소리였어요. 처음에는 그게 물소리인 줄 알았어요. 빠르게 뭔가 뚝뚝 떨어지는 소리 같았죠. 똑똑똑, 이런 식으로. 그 똑똑 소리가 점점 더 분명해지면서 갑자기 다른 두 소리가 들린다는 걸 알았죠. 내 무전기에서 딱딱거리는 소리가 났고…… 그게 어떻게 부서지지 않았는지 아직까지 모르겠어요…… 그리고 영원히 사라지지 않는 좀비들의 울부짖는 소리. 나는 버스 밑에서 밖으로 기어 나왔죠. 최소한 서 있을 수 있을 만큼 다리는 괜찮았어요. 나는 내가 혼자라는 것을, 피난민도 없고, 라지 싱 장군도 없이 홀로 서 있다는 것을 깨달았죠. 나는 인적이 끊긴 산길 한가운데 산더미처럼 쌓인, 사람들의 버려진 소지품 한가운데 서 있었죠. 내 앞으로는 까맣게 타 버린 절벽이 있었죠. 그 아래로는 끊긴 도로의 반대편이 보였어요.

신음 소리는 바로 거기에서 나고 있었어요. 좀비들이 아직도 나를 향해 오고 있었죠. 앞을 보면서 팔을 뻗치고 그들은 산산이 부서진 절벽의 가장자리로 떼를 지어 떨어지고 있었어요. 바로 그 똑똑 소리가 거기에서 나오는 거였죠. 그 시체가 까마득하게 밑에 있는 계곡 바닥에 부딪치면서 나는 소리였죠.

호랑이 장군이 손으로 폭단을 터뜨린 게 분명했어요. 내 짐작으로는 좀비들이 나타났던 바로 그때 장군이 폭탄을 찾은 것 같아요. 제발 좀비 놈들이 장군에게 이빨을 들이대지 않았길 바라요. 난 현재 현대식 4차선 산악 고속도로 위에 서 있는 자신의 동상을 보며 장군이 기뻐했기를 바라고 있어요. 그때는 장군의 희생에 대한 생각은 들지 않더군요. 심지어는 이 모든 일이 현실이라는 실감조차 들지 않더군요. 좀비들이 폭포수처럼 떨어지는 광경을 아무 말 없이 지켜보면서 내 무전기에서 들리는 다른 부대들의 보고를 듣고 있었죠.

"비카스나가르(Vikasnagar): 안전함."

"빌라스푸르: 안전함."

"자왈라 무키(Jawala Mukhi): 안전함."

"모든 도로 안전함: 상황 끝!"

'내가 꿈을 꾸고 있는 건가.'

나는 생각했죠. 내가 미친 건가?

그 원숭이도 상황 파악에 도움이 안 되더군요. 그놈은 버스 지붕에 앉아서 좀비들이 절벽으로 떨어지는 것을 지켜보고 있었어요. 놈의 얼굴이 어찌나 고요하고 총명해 보이는지, 정말로 그 상황을 이해하는 것처럼 보였어요. 난 그놈이 내게 얼굴을 돌려 이렇게 말해 주길 바랄 뻔했다니까요.

"지금이 바로 이 전투의 전환기야! 우리가 결국 놈들을 막아낸 거야! 마침내 안전해졌어!"

그놈은 그딴 말은 안 하고, 갑자기 조그만 고추가 툭 튀어나오더니 내 얼굴에 대고 오줌을 갈기더군요.

# 미국 국내 전선

## 뉴멕시코 타오스

아서 싱클레어 주니어는 구세계 귀족의 화신 같은 인물이다. 키가 후리후리하고 날씬한 데다 짧은 백발에 말할 땐 잘난 체하는 하버드 억양이 나온다. 그는 나와 눈을 마주치지도, 질문에 대한 답을 하느라 멈칫하지도 않고, 허공에 대고 말을 했다. 전시에 싱클레어 씨는 미국 정부가 신설한 디스트레스(DeStRes), 전략적 자원부(Department of Strategic Resources)의 장관이었다.

나는 누가 처음에 'DeStRes'란 약자를 생각해 냈는지, 그게 얼마나 'distress(고민거리)'라는 단어와 발음이 똑같은지 의도적으로 알면서 그렇게 고안해 냈는지 모르겠지만 정말 작명 하나는 끝내 주게 했지. 로키 산맥에 방어선을 정해서 이론상의 '안전지대'를 만들어 냈을지는 모르겠지만 현실적으로 그 지역에는 파편들과 난민들뿐이었소. 사람들은 굶어 죽어 가고, 질병이 만연했고, 노숙자들이 수백만 명이었지. 산업은 초토화됐고, 교통과 상업은 증발해 버린 데다 이 모든 상황이 로키 산맥의 방어선을 공격하는 좀비들과 우리 안전지대 내에 들끓고 있는 좀비 바이러스 감염자들로 인해 한층 더 악화됐지. 우리는 사람들이 다시 일어설 수 있도록 해야 했소. 옷과 식량과 주택과 일자리를 마련해 줘야 했지. 그렇게 하지 않으면 안전지대로 설정된 이곳은 단지 닥쳐올 위기를 앞당기는 꼴밖에 안 됐으니까. 그래서 디스트레스가 창설됐고, 선생도 상상할 수 있듯이 난 많은 실습을 받아야 했소.

처음 몇 달간, 이 시들어 가는 늙은 두뇌에 얼마나 많은 정보를 쑤셔 넣어야 했는지 표현도 못하겠소. 각종 브리핑에, 시찰에, 잠자리에 들 때면 베개 밑에 매일 밤 새로운 책이 한 권씩 있었지, 헨리 J 카이저(조선업계의 거물 — 옮긴이)에서 보 응우옌 지압(베트남 전쟁 영웅 — 옮긴이)의 책까지. 나는 철저하게 파괴된 도시 계획 사업과 현대 미국 군수를 통합시키는 데 도울 수 있는 모든 아이디어, 말, 지식과 지혜가 필요했소. 내 부친이 살아 계셨다면 내가 쩔쩔매는 꼴을 보고 웃으셨을 거요. 부친은 뼛속까지 철저한 뉴딜 정책 지지자이자 뉴욕 주의 감사관으로 프랭클린 델라노 루스벨트 대통령을 잘 보조하셨던 분이었소. 부친은 본질상 거의 마르크스주의자 같은 방법을 쓰셨지. 에인 랜드(1905~1982, 러시아 태생 미국 작가로, 소설 『아틀라스』에서 "음식과 독약의 타협 사이에서 승리하는 것은 죽음뿐이다."라는 말을 남겼다. — 옮긴이)가 무덤에서 벌떡 일어나 좀비 대열에 기꺼이 합류하게 만들, 그런 종류의 집단 농장 정책을 밀어붙이셨소. 나는 항상 아버지가 전수하려고 하셨던 교훈을 거부했고, 그런 말을 안 들으려고 멀리 월 스트리트까지 달아나 버렸소. 그런데 지금은 그때 도대체 무슨 말씀을 하셨는지 기억해 내려고 골머리를 쓰고 있는 형편이오. 그 뉴딜 정책 지지자들이 미국 역사상 다른 어떤 세대들보다 잘한 게 하나 있다면 그건 적절한 도구와 인재를 찾아서 확보하는 것이었소.

**도구와 인재라고요?**

내 아들이 영화에서 한 번 들었던 말이오. 우리가 하는 복구 노력을 제대로 표현한 용어란 느낌이 들더군. '인재'란 잠재적인 노동인구와 숙련 노동자의 수준과 그 노동력을 어떻게 효과적으로 이용할 수 있을 것인지 묘사한 단어라오. 솔직히 말해 현재 우리가 보유한 인재는 치명적으로 적소. 우리 경제는 탈공업화 또는 서비스 기반 경제로 아주 복잡하고 고도로 분화되어 있어서 개개인은 자신이 속한 제한되고 구획화된 기구 내에서만 제 역할을 할 수 있소. 우리가 최초로 실시한, 인구 고용 조사에 나열된 '직업'들을 선생이 봤어야 하는데. 모두가 일종의 '중역'이거나 '대표'이거나 '분석가'이거나 '컨설턴트'로 전쟁 전의 세계에서는 잘나가는 직업이었겠지만 현재 위기 상황에서는 아무짝에도 쓸모가 없는 직업들이오. 우리에게 필요한 사람들은 목수, 벽돌공, 기계제작 수리공, 총포공 같은 사람들이지. 물론 이런 사람들이 있긴 있었지만 절대적으로 부족하고. 1차 노동인구 조사에 따르면 현 민간 노동력의 65퍼센트가 F6 등급, 즉 별 소용이 없는 직업을 가지고 있다는 뜻이오. 우리는 대대적인 직업 재훈련 프로그램을 만들어야 했소. 간단히 말해서 수많은 사무직 직원들의 손에 기름때를 묻혀야 했다는 말이지.

그 일은 쉽지 않았소. 항공 교통은 전무했고, 도로와 철도는 난장판이었고, 연료는, 신이시여, 워싱턴 주의 블레인에서 캘리포니아의 임페리얼 비치까지 기름 한 통 찾을 수 없었소. 설상가상으로 전쟁 전의 미국은 교외 통근자 위주의 인프라를 갖추고 있었지만, 그런 방법은 또한 극심한 수준의 경제적 분리 상황을 야기했지. 교외 주민 전체가 중상류층의 전문직 종사자들이어서 금이 간 창문 하나 바꿔 끼우는 기본적인 방법도 모르는 사람들뿐이었소. 그런 지식을 가진 사람들은 육체노동자들로 대부분 '빈민가'에서 살고 있었는데, 전쟁 전에는 차로 한 시간 걸리던 곳이 지금은 최소 하루는 족히 걸어야 하는 곳이 된 거요. 오해하지는 마시오, 인류도 처음엔 걸어서 여행했다는 건 알고 있으니까.

이 문제에 대한 해법(아니 도전이라고 해야지, 우리에게 문제란 없으니까)은 난민 캠프를 만드는 거였소. 수백 개의 난민 캠프가 있었는데 어떤 캠프는 주차장만 한 작은 캠프였고 또 어떤 것은 수 킬로미터에 걸친 큰 캠프로 산과 해안에 흩어져 있었는데 모두 정부 지원을 필요로 했고, 모두 급격하게 고갈되는 자원을 무지하게 빨리 소모시키는 존재들이었소. 다른 도전들을 공략하기 전에 먼저 처리해야 할 과제는 이 캠프를 비워야 한다는 것이었죠. F6 등급이면서 몸을 쓸 수 있는 사람들은 모두 미숙련 노동자가 됐소. 파편을 치우고, 곡물을 수확하고, 무덤을 팠소. 파야 할 무덤이 아주 많았소. A1으로 분류된 사람들, 전시에 유용하게 쓸 수 있는 기술을 가진 사람들은 CSSP(지역 공동체 자급자족 프로그램—옮긴이)에 소속됐소. 여러 분야의 강사들이, 가방 끈만 길고 의자에만 앉아 있던 칸막이 책상 사무원족들에게 자급자족할 수 있는 지식을 가르치는 임무를 맡았지.

이 프로그램은 즉시 성공을 거뒀소. 3개월이 지나자 정부 지원 요청이 눈에 띄게 줄었소. 전쟁에서 승리하는 데 이 점이 얼마나 중요한지 아무리 강조해도 모자랄 지경이오. 이렇게 되면서 우리는 제로섬 게임, 생존에 기반을 둔 경제에서 본격적인 전시 생산 체제로 전환할 수 있었으니까. 이것이 국민 재교육 법령으로 CSSP가 자생적으로 발전된 것이었소. 이건 2차 세계 대전 이후로 가장 큰 규모의 직업 훈련 프로그램이자 우리 역사상 분명 가장 극단적인 프로그램이었다고 장담할 수 있소.

**가끔 가다 NRA(뉴딜 정책으로 설립한 정부 기관—옮긴이)가 처한 문제에 대해 언급하셨는데.**

그러지 않아도 그 말을 하려던 참이었소. 대통령은 내게 물리적이거나 물류적인 문제에 대처하는 데 필요한 힘을 주셨지. 유감스럽게도 대통령이든, 지상의 그 누구든 내게 줄 수 없었던 것은 사람들의 사고방식을 바꿀 수 있는 힘이었소. 내가 전에 설명했던 것처럼 미국의 노동력은 철저하게 분리되어 있었고, 많은 경우 그런 분리에는 문화적 요소가 포함되어 있소. 우리 강사들 중 절대 다수가 이민 1세대들이지. 이 사람들은 자기 한 몸 돌보는 방법도 알고 있었고, 최소한의 물자를 가지고 자신들의 능력만으로 살아가는 법을 익힌 사람들이오. 뒷마당에 텃밭을 가꾸고, 자기 집을 직접 수리하고, 기계적으로 수명이 다할 때까지 최대한 오래 가전 제품을 사용하는 사람들이 이런 사람들이지. 이런 사람들이 그 나머지 사람들에게 우리의 편안한, 일회용 위주의 소비 생활 양식과 결별하도록 가르치는 게 아주 중요했소. 비록 이들의 노동력 덕분에 애초에 우리가 그런 생활양식을 누릴 수 있었지만.

그렇소, 여기엔 인종 차별주의도 있었지만 마찬가지로 계층 차별주의도 존재했소. 당신이 예전에 끗발 있던 기업 변호사라고 치지. 살아오면서 대부분의 시간을 계약서를 검토하고, 거래를 중개하고, 전화기에 대고 수다를 떠는 게 당신의 일이었소. 당신은 그런 일에 재주가 있었고, 그래서 부자가 됐고, 덕분에 배관공을 불러서 화장실 변기를 고치게 할 수 있었고 그래서 계속해서 전화기에 대고 수다를 떨 수 있었지. 일을 더 많이 할수록, 돈이 더 많이 들어왔고, 더 많은 돈을 벌 수 있게 잡다한 일을 떠맡길 수 있는 하인들을 더 많이 고용하게 됐지. 세상이 그런 식으로 돌아갔단 말이오. 그러나 이젠 그게 통하지를 않소. 계약서를 검토하거나 거래를 중개할 필요 자체가 없어진 거요. 이제 필요한 건 변기를 고치는 거지. 그래서 갑자기 당신의 편의를 봐주던 사람이 당신의 선생님이 될 수도 있고 심지어는 상사가 될 수도 있소. 어떤 사람들에겐 이런 상황이 좀비보다 더 무서웠지.

한번은 진상 조사 시찰차 엘에이에 갔다가 재교육 강의실 뒷자리에 앉게 된 적이 있었소. 강의를 듣던 훈련생들은 모두 연예 사업계에서 한자리씩 맡았던 거물들이었죠. 과거의 에이전트들, 매니저들, '크리에이티브 중역들'(도대체 그게 뭐 하는 자리인지는 모르겠소만)이 뒤섞여서 앉아 있었소. 그들의 반발심, 거만함이 다

이해가 됐소. 전쟁 전에는 연예 산업이 미국의 가장 중요한 수출품이었으니까. 그런데 이제 그들은 캘리포니아 주의 베이커스필드에 있는 군수품 제조공장의 수위가 될 훈련을 받고 있었소. 캐스팅 감독이었다는 여자가 결국 폭발하더군. 어떻게 감히 자기 같은 사람에게 이런 하찮것없는 일을 시킬 수 있느냐고! 그녀는 예술 극장의 단장이었고, 지난 다섯 개의 시즌에서 시청률 1위부터 3위까지 오른 시트콤들의 캐스팅을 담당했고, 지금 그녀의 강사가 몇 번을 거듭 태어나서 번 돈을 다 합친다고 해도 자신이 받던 주급보다 작을 것이라고 김을 뿜어 대더군. 그 여잔 계속 강사의 이름을 불렀어요.

"마그다."

계속 이렇게 부르더군.

"마그다, 그만하면 충분해요. 마그다, 제발."

처음에 나는 이 여자가 그냥 교양 없이, 선생님이라는 호칭을 끝끝내 부르지 않는 것으로 강사를 모욕하려고 하는 줄 알았소. 나중에 알고 보니 마그다 안토노바는 과거에 이 여자의 청소부였더랬소. 그랬지, 어떤 사람들에게는 이 모든 일이 아주 힘들었지만, 많은 사람들이 나중에 자신들의 예전 직업보다 새로운 일자리에서 더 큰 정서적 만족을 느꼈다고 인정했소.

나는 포틀랜드에서 시애틀로 가는 연안 연락선에서 한 신사를 만났소. 그는 광고 에이전시의 면허 인가 부서에서 일했는데, 주로 텔레비전 광고에 사용할 클래식 록 음악 사용권을 따는 일을 했다더군. 이제 그는 굴뚝 청소부라고 했소. 시애틀에 있는 대부분의 가정에 더 이상 중앙난방이 되지 않고, 겨울이 예전보다 길고 추워져서 쉴 틈이 없다더군.

"제가 이웃 사람들을 따뜻하게 해 줍니다."

그는 자랑스럽게 말하더군. 나도 이런 말을 하면 너무 노먼 록웰(미국의 전설적인 일러스트레이터로 소도시 중산층의 생활 모습을 친근하게 그렸다. —옮긴이) 같은 분위기가 든다는 걸 알지만 이런 이야기를 항상 듣곤 했소.

"저 신발 보이죠, 제가 만든 거라고요."

"저 스웨터요, 내가 키운 양에서 나온 양모로 짠 거예요."

"옥수수 맛있죠? 우리 집 텃밭에서 키운 거예요."

이런 이야기는 좀 더 지역화된 시스템의 결과였소. 이 시스템은 사람들에게 자신의 노동력의 결실을 볼 수 있는 기회를 주고, 전쟁에 승리하는 데 자신이 분명히 기여하고 있다는 걸 알려 줌으로써 개인적으로 자부심을 느끼게 해 주고, 나도 그 시스템의 일부라는 근사한 기분을 느끼게 해 줬소. 나는 그런 감정이 필요했소. 그런 감정 덕분에 다른 분야의 일을 처리하면서 미치지 않을 수 있었소.

'인재' 이야기는 이 정도로 해 둡시다. '도구'란 전쟁 무기와 이런 무기를 생산하는 산업 수단과 물류 수단을 가리키는 것이오.

(그는 앉아 있던 의자에서 빙그르르 돌더니 책상 위에 있던 그림을 가리켰다. 나는 그림을 가까이에서 보고, 그림이 아니라 목록을 액자에 끼워 놓았다는 것을 알게 됐다.)

〈재료〉

미국산 당밀

스페인산 아니스(지중해 지방산 미나리과 식물 — 옮긴이)

프랑스산 감초

마다가스카르(아프리카 남동부의 섬 — 옮긴이)산 바닐라(버번)

스리랑카산 계피

인도네시아산 정향

중국산 노루발풀

자메이카산 피멘토 오일

페루산 발삼 수지 오일

이건 그냥 루트 비어(알코올 성분이 거의 없는 음료 — 옮긴이) 한 병을 만드는 데 들어가는 재료일 뿐이오. 데스크톱 컴퓨터나 원자력을 동력으로 하는 항공모함 같은 것도 아니오.

연합군이 2차 세계 대전에서 어떻게 승리했는지 아무나 붙잡고 한번 물어보시오. 그런 일에 아는 게 별로 없는 사람들은 우리 측 머릿수가 많거나 통솔력이 탁월해서라고 대답하겠지. 그야말로 일자무식한 사람들은 레이더나 원자폭탄 같은 과학 기술의 경이 덕분이라고 그럴 것이고. (그가 얼굴을 찌푸렸다.) 전쟁에 대한 기본적인 상식이 있는 사람이라면 세 가지의 진정한 이유를 댈 거요. 먼저 더 많은 물자를 제조할 수 있는 능력, 적군보다 더 많은 탄환, 콩, 붕대를 생산할 수 있는 능력 말이지. 두 번째로 그런 물자를 제조할 수 있는 천연자원을 구할 수 있는가의 여부, 그리고 마지막으로 그런 자원을 공장으로 수송할 뿐 아니라 완제품을 최전방으로 수송할 수 있는 물류 수단을 갖추고 있는가가 관건인 거요. 연합군에게는 자원도 있었고, 산업도 탄탄했고, 전 지구를 누빌 수 있는 수송력을 갖추고 있었지. 반대로 추축국(독일, 이탈리아, 일본)은 국경 내에서 박박 긁어모은 빈약한 자산에 의존해야 했소. 이번엔 우리가 추축국이오. 좀비들이 전 세계의 광대한 대륙 대부분을 지배하는 반면 미국 전쟁 생산력은 주로 서부에 있는 주들 내에서 확보할 수 있는 것에 의존했소. 해외에 있는 안전지대에서 원자재를 공수해 온다는 꿈은 깨시지. 우리의 상선 선단은 갑판까지 피난민들로 꽉 찬 데다, 연료 부족 때문에 우리 해군의 대부분이 건선거에 들어가 있소.

우리에게도 유리한 점은 있지. 캘리포니아의 농업 기반 경제가 제대로 복구만 되면 최소한 기아 문제는 없앨 수 있소. 그런데 감귤 재배업자들이 순순히 물러서지 않더군. 목장 주인들도 마찬가지였고. 우량 농지로 전환시킬 수 있는, 대부분의 초지를 주무르고 있던 목축업계 거물들이 제일 고약했지. 돈 힐이란 배우 이름 들어 본 적 있소? 로이 엘리엇 영화에서 본 적 없소? 좀비 바이러스가 샌 호아킨 계곡에 창궐해서 좀비들이 목장 울타리에 벌떼처럼 몰려들어 그의 소 떼를 공격해서 아프리카 군대 개미처럼 찢어 버렸잖소. 그 난장판의 한복판에서 그 사람이 총질을 해대면서 「백주의 결투」에 나오는 그레고리 펙처럼 울부짖고 있었잖소. 나는 그 사람과 만나 대놓고 솔직하게 말했소. 다른 사람들에게 한 것처럼 그에게도 선택권을 줬소. 겨울이 다가오고 있고, 밖에는 굶주린 사람들이 아주 많다는 사실을 일깨워 줬소. 나는 그에게 굶주린 피난민들이 몰려와서 좀비들이 시작한 참극을 마무리할지도 모른다고 경고했고, 그런 일이 일어날 경우 정부 보호를 받을 생각은 꿈도 꾸지 말라고 했소. 힐은 똥고집에 배짱도 두둑

한 사내였지만 멍청하진 않았지. 그는 그와 다른 사람들이 키우고 있는 씨받이 가축은 절대 건드리지 않는다는 조건하에 땅과 소 떼를 양도한다는 데 동의하더군. 우리는 그렇게 담판을 지었소.

부드럽고 달콤한 육즙이 흘러나오는 스테이크라, 선생은 전쟁 전 우리의 인공적인 생활수준을 스테이크보다 더 잘 대변해 주는 걸 생각해 낼 수 있소? 그런데 결국은 그런 생활수준이 우리의 두 번째 장점이 됐소. 우리 자원 기반을 보충할 수 있는 유일한 방법은 바로 재활용하는 거였지. 이 방법은 새로운 방법은 아니었소. 이스라엘인들이 국경을 폐쇄했을 때 재활용을 시작했고 그 이후 모든 나라가 어떤 식으로든 이 방법을 받아들였소. 하지만 그들의 비축량은 우리가 마음대로 사용할 수 있었던 물자에 비하면 새 발의 피였지. 전쟁 전의 미국인들의 생활이 어땠는지 한번 생각해 보시오. 중산층으로 간주된 사람들이 누렸거나 당연하게 받아들였던 물질적인 풍요는 인류 역사상 어떤 시대, 어떤 나라에서도 듣지도 보지도 못했던 수준이었지. 로스앤젤레스 분지 내에 있던 의복, 부엌세간, 전자제품, 자동차 수만 해도 전쟁 전 인구를 3대 1로 앞지른 거였소. 모든 가구, 모든 지역에서 쏟아져 나온 차들이 수백만 대였지. 이 재활용 사업에서 수십만 명의 직원들이 일주일 내내 삼교대로 근무했소. 수집, 분류, 해체, 보관하고, 연안 전역에 있는 공장들에 부품들을 선적했소. 소소하게 말썽이 일긴 했지. 소를 키우는 농장주들처럼 허머 자동차나 중년의 위기가 닥쳐서 충동구매했던 이탈리아의 빈티지 자동차를 넘기고 싶어 하지 않는 사람들이 있었으니까. 웃기는 일이지, 운전할 기름도 없는데 여전히 붙들고 내놓질 않으려고 하니. 그건 사실 문제도 아니었소. 군부에 비하면 그런 사람들을 상대하는 건 애들 장난이지.

내 모든 적들 중에서 분명 가장 꼬장꼬장했던 치들은 군복을 입은 작자들이었소. 나는 군 연구 개발에 대해 직접적인 통제권이 없었소. 그 사람들은 원하는 건 뭐든 자유롭게 승인받을 수 있었소. 하지만 그들의 프로그램의 대부분이 민간 도급업자에게 청부되고, 그 도급업자들은 디스트레스가 주무르는 자원에 의존한 것을 따져 보면, 사실상 내게 전권이 있었던 셈이지.

"우리 스텔스 폭격기를 예비역으로 돌릴 순 없어."

그들은 이런 식으로 소리를 질러 대곤 했소.

"당신이 도대체 뭔데 우리 탱크 생산을 취소하는 거야?"

처음엔 나도 합리적으로 설득을 하려고 했소.

"M1 에이브러햄은 가스 터빈 엔진이 붙어 있소. 그런 막대한 연료를 어디 가서 찾을 셈이오? 레이더도 없는 적을 상대로 싸우는데 왜 스텔스 폭격기가 필요한 건데?"

난 우리가 처한 상황에 비해 상대적으로 열악한 자원을 가지고 싸워야 하는 상황을 고려해서, 정말로 투자한 것에 비해 최대의 효과를 거둬야 한다는 것을, 자기들 표현으로 말하면 최소의 달러로 최대의 충격을 줘야 한다는 걸 이해시키려고 진땀 뺐소. 그 인간들은 정말 밉살스러웠는데, 하루 종일 전화질을 해 대거나 아니면 통보도 하지 않고 내 사무실에 불쑥 나타나곤 했지. 하긴 그 사람들을 욕할 수도 없는 일이오. 마지막 국지전이 끝난 후에 우리가 그들을 몰아붙였던 때나 특히 용커스에서 좀비들에게 목숨을 내줄 뻔했던 걸 생각해 보면 말이오. 군대는 초전박살

나기 직전에 흔들리고 있었으니 어딘가 화풀이할 상대가 필요했을 거요.

(그는 자신만만한 표정으로 싱긋 웃었다.)

나도 뉴욕 증권 거래소 장에서 구르던 몸이라 제식 훈련 교관만큼이나 크고 오래 소리를 지를 수 있었소. 매번 그 작자들과의 '회의'가 끝날 때마다 난 전화가 걸려 올 거라고 예상했소. 두려워하면서도 내심 바라던 전화였소.

"싱클레어 씨, 대통령이오. 그간 국가를 위해 봉사해 준 점을 치하하는 바이며 이젠 그만……."

(그는 호기롭게 웃었다.) 그런 전화는 절대 안 오더군. 내 짐작엔 이 일을 하겠다고 덤비는 사람이 없었던 거요.

(그의 미소가 엷어졌다.)

내가 매사에 완벽했다는 말이 아니오. 나도 내가 공군 비행선단에 너무 신경질적으로 굴었다는 걸 알고 있소. 나는 그들의 안전 의례도 잘 몰랐고 그들의 비행선이 좀비 전쟁에서 진정 어떤 것을 성취할 수 있는지 이해하지 못했소. 내가 아는 것이라곤 우리의 보잘것없는 헬륨 공급량을 볼 때 유일하게 비용 효율이 높은 수송 연료는 수소이고 힌덴부르크호 참사(1937년 미국 뉴저지주에서 화염 속에 추락한 비행선 이름 —옮긴이)를 재현하여 귀중한 인명과 자원을 낭비할 생각은 전혀 없었다는 거요. 거기다 대통령은 리버모어에 있는 실험적인 저온 핵융합 프로젝트를 재개하라고 가열하게 설득하더군. 대통령은 잘해야 수십 년 뒤에 이 프로젝트의 진전이 보인다고 해도 미래를 계획해서 우리에게 미래가 있다는 걸 국민들에게 알려야 한다고 말씀하시더군. 나는 어떤 프로젝트는 너무 깐깐하게 굴었고 또 어떤 프로젝트는 너무 풀어 놨소.

말벌 프로젝트, 그것만 생각하면 아직도 내 발등을 찧고 싶소. 그 실리콘밸리 인텔리들, 자기 분야에선 모두 쟁쟁한 거물들이 이론적으로는 배치 48시간 만에 전쟁에서 승리할 수 있는 '마법의 무기'가 자기들에게 있다고 나를 설득했소. 이 인간들은 22구경 림파이어(뇌관을 탄피 바닥 테두리에 빙 둘러 장착한) 탄환만 한 초미니 미사일을 수백만 개 만들 수 있는데, 이 미사일을 비행기에서 지상에 풀어 놓고 위성으로 조작해서 북미에 있는 모든 좀비의 뇌를 공격하게 한다는 거요. 쌈박한 소리지 않소? 솔깃했지.

(그는 혼잣말로 투덜거렸다.)

우리가 거기에 얼마나 많은 것들을 퍼부었는지 생각할 때마다, 거기 말고 다른 곳에 투자했더라면 뭘 만들 수 있었을지, 아, 이제 와서 푸념해 봤자 소용없는 일이지만.

전시 내내 군부와 맞장 뜰 수도 있었지만 결국 그럴 필요가 없어서 고마웠소. 트라비스 담브로시아가 합참의장이 됐을 때, 우리가 보유한 자원 대 살상 비율을 발명해 냈을 뿐 아니라 그 비율을 적용할 종합적인 전략까지 개발해 냈소. 트라비스가 어떤 무기 시스템에 사활이 걸렸다고 말하면 난 항상 귀담아 들었소. 새로운 전투복이나 보병 제식 소총 같은 문제에 있어서는 그의 의견을 전적으로 신뢰했소.

자원 대 살상 비율을 따지는 문화가 말단 병사들 사이에 뿌리내리기 시작한 걸 지켜보는데 기분이 참 묘하더군. 거리에서, 술집에서, 기차에서 군인들이 이런 이야기를 하는 걸 듣게 됐소.

"왜 X를 택했지, 100배나 더 많은 좀비들을 죽일 수 있는 Y를 열 개는 살 수 있는데."

병사들은 심지어 자발적으로 아이디어를 내놓고, 우리가 구상한 것보다 훨씬 비용 효율이 높은 장비들을 발명하기 시작했소. 내 생각에 그들은 그게 신이 났던 것 같소. 임시변통으로 만들어서, 개조해 가면서 우리 관료들의 야코를 팍팍 죽이는 거 말이오. 내 뒤통수를 가장 세게 쳤던 작자들이 해병대였소. 해병대라고 하면 왜 금방 떠오르는 이미지 있잖소, 멍청한 해병대원, 터프하면서 지능은 좀 모자란데, 덩치는 산같이 크고, 입은 꽉 다문 데다, 남성호르몬이 넘치는 네안데르탈인 같은 종족 말이오. 해병대는 항상 해군을 통해서 물자를 조달해야 하는데 해군 제독들이 육상전에 대해 내켜 하지 않아서 임시변통이 해병대의 주특기 중 하나였다는 걸 전엔 몰랐소.

(싱클레어는 내 머리 위쪽 반대편 벽을 가리켰다. 벽에는 끝 부분이 삽과 양날이 달린 도끼를 합쳐 놓은 것처럼 생긴 무거운 강철봉이 걸려 있었다. 그것의 공식적인 호칭은 보병 제식 야전삽였지만 사람들은 대부분 로보토마이저(대뇌 절제기) 또는 그냥 간단하게 로보라고 불렀다.)

해병대원들이 저걸 발명했소. 아무것도 없이 재활용한 차에서 나온 강철 하나만 가지고. 우리는 전쟁을 치르는 동안 저걸 2300만 개나 만들었소.

(그는 의기양양한 미소를 지었다.)

그리고 지금도 생산 중이지.

## 버몬트 주 벌링턴

전쟁이 끝난 뒤 매년 그랬던 것처럼 올해도 겨울이 늦게 왔다. 집과 주변 농지는 눈으로 덮여 있었고 강가의 비포장도로를 그늘지게 하던 나무엔 서리가 얼어 있었다. 나와 같이 있는 남자를 제외하곤 주위 풍경은 평화롭기만 했다. 그는 자신을 '괴짜'라고 부르길 고집했다. "다른 사람들은 다 날 그렇게 부르는데 자네라고 그렇게 못 부를 것도 없잖아?" 그는 성큼성큼 빠르게 걸어가고 있었고, 의사가(부인이) 준 지팡이는 주로 허공에 대고 삿대질할 때만 썼다.

솔직히 말해서 부통령으로 지명된 게 의외라고 생각하지는 않았어. 모두 연합전당이 불가피하다는 걸 알고 있었으니까. 나도 최소한 '내 무덤을 파기' 전까지는 떠오르는 별이었잖아. 사람들이 날 그런 식으로 말했지, 맞지? 진정한 사나이가 가슴에 품은 뜻을 표현하는 걸 보느니 차라리 죽겠다는 겁쟁이들과 위선자 놈들이 그런 말을 했더랬지. 그래, 내가 세상에서 제일 훌륭한 정치가가 아니면 어쩔 건데? 난 내가 느낀 대로 당당하고 분명하게 말하는 게 두렵지 않았어. 바로 그게 날 부조종석에 앉힌 논리적인 이유 중 하나였지. 우리는 완벽한 드림 팀이었어. 대통령은 빛이고 난 정열이었지. 우리는 정당도 달랐고 성격도 달랐고 (까놓고 말해서) 피부색도 달랐잖아. 나도 내가 물망에 오른 후보 중 일 순위가 아니었다는 건 알아. 우리 정당에서 내심 밀던 후보가 누구인지 나도 알지. 하지만 미국은 그렇게 어리석고, 무지하고, 열 받을 정도로 구시대적인 인물을 받아들일 정도로까지 타락하지는 않았어. '그놈이 그놈인 놈들' 중 하나를 뽑느니 차라리 꽥꽥 소리 질러 대는 급진주의자를 부통령으로 원했던 거야. 그래서 부통령으로 임명된 것은 놀랍지 않았어. 그거 말고는 모든 게 놀랄 노 자였지.

**선거 말씀이신가요?**

선거? 호놀룰루는 혼돈 그 자체였어. 병사들, 하원의원들, 피난민들이 모두 먹을 것이나 잘 곳을 찾거나 아니면 도대체 무슨 일이 벌어지고 있는지 알아내려고 서로 치고받고 있었지. 그리고 본토에 비하면 거긴 천국인 셈이었어. 로키 산맥 방어선이 그때 막 설정됐는데, 그 산맥 서쪽으로는 모두 교전 지역이었지. 의회에서 비상 통치권에 대해 투표를 하면 될 일을 가지고 왜 번거롭게 선거를 치러야 하는데? 지금 법무장관이 뉴욕 주의 시장이었을 때 그렇게 하려다 거의 통과될 뻔했잖아. 나는 대통령에게 지금 우리는 사활을 걸고 싸우는 일 말고는 다른 일에 투자할 정력도 자원도 없다는 걸 설명했지.

**대통령 각하는 뭐라고 하시던가요?**

흠, 내 마음을 바꿔 놨다는 정도로만 대답해 주지.

**좀 더 자세히 말씀해 주실 수 없나요?**

할 수는 있지만 각하가 했던 말을 망쳐 놓고 싶지 않아. 이젠 내 두뇌도 예전처럼 빠릿빠릿하지 않아서 말이야.

**제발 해 주세요.**

대통령 도서관에 가서 다시 확인해 볼 거지?

**약속하겠습니다.**

그게 말이지. 우리는 호텔에 있는 '귀빈실'인 임시 집무실에 있었지. 각하는 막 에어 포스 투(부통령 전용기 — 옮긴이)에서 취임 선서를 하셨어. 전직 대통령 각하는 우리 사무실 옆에 있는 스위트룸에서 진정제를 맞고 안정 중이셨지. 창문에서는 거리의 난장판과 부두까지 한 줄로 죽 늘어선 바다에 떠 있는 배들, 30초마다 들어오는 비행기들을 얼른 활주로에서 치우고 연이어 도착하는 비행기들을 맞느라 분주한 지상 근무원들의 모습이 보였지. 나는 그들을 가리키면서 나의 트레이드 마크인 정열적인 몸짓을 해 대며 떠들었지.

"우리는 안정된 정부가 필요해요, 그것도 빨리!"

나는 계속해서 말했지.

"원칙적으로 선거야 좋은 거지만 지금은 이상을 좇을 때가 아닙니다."

대통령은 침착했어. 나보다 백배는 더 침착했지. 아마 그간 받은 군대 훈련 때문이었는지도 모르지. 각하가 말씀하시더군.

"지금이야말로 이상을 좇아야 할 유일한 때요. 우리가 지금 가진 거라곤 이상밖에 없으니까. 우리는 단순히 우리의 육체적 생존만을 위해 싸우고 있는 것이 아니라 우리의 문명을 살리기 위해 싸우고 있소. 우리는 유럽이 지니고 있는 지주 같은 사치품이 없소. 우리에겐 공통된 유산도 없고, 천 년에 걸친 역사도 없소.

우리가 가진 거라곤 우리를 하나로 묶어 주는 꿈과 약속밖에 없소. 우리가 가진 거라곤……(기억해 내려고 안간힘을 썼다.) 우리가 가진 건 우리의 이상뿐이오."

각하가 무슨 말씀을 하시는지 자네도 알겠지. 미국이 존재하는 이유는 사람들이 이 나라를 믿고 있기 때문이고, 만약 그 믿음이 우리를 이 위기로부터 보호해 줄 만큼 강하지 못하다면 도대체 우리는 어떤 미래를 꿈이나 꿀 수 있겠나? 대통령도 미국이 강력한 지도자를 원한다는 걸 알고 있었지만 그렇게 된다면 그것은 이 나라의 종말을 의미하는 거야. 사람들은 시대가 영웅을 만든다고 하지. 내 생각은 달라. 나는 수많은 나약함과 도덕적 타락을 목격했어. 도전에 맞서 분연히 일어나야 할 사람들이 그럴 수 없었거나 그렇게 하지 않았어. 탐욕, 공포, 우둔함, 증오 때문이었지. 전쟁 전에도 그걸 목격했고 지금도 그게 보여. 각하는 위대한 분이셨어. 그런 대통령이 있었다니 우리가 복이 터진 거야.

선거를 치르면서 대통령이 이끄는 행정부의 전반적인 분위기를 확실히 파악할 수 있었지. 대통령이 제시한 수많은 안건들이 언뜻 보면 황당해 보이지만 일단 그 껍데기를 벗겨 보면 그 속에 있는 반박할 수 없는 논리를 보고 무릎을 치게 돼. 예를 들어 신설된 형벌을 한번 생각해 봐. 고거 보고 배꼽 잡았지. 범죄자들에게 차꼬를 채우자고? 시내 광장에서 회초리로 때리자고? 도대체 여기가 올드 세일럼(모라비아 교도들이 사는 전통 마을—옮긴이)이야, 아니면 아프가니스탄의 탈레반이야? 들어 보면 아주 야만적이고 미국적이지 않은 소리지만, 달리 대안이 있나 심각하게 생가해 보면 또 이야기가 다르지. 노둑놈들과 약탈자들을 잡으면 어떻게 할 거야, 감방에 처넣어? 그렇게 하면 누가 이득을 보는데? 멀쩡한 시민들을 먹이고, 입히고, 감시하라고 또 다른 멀쩡한 시민들을 쓸 여력이 어디 있어? 더 중요한 점은 왜 범죄자들을 사회에서 격리를 시켜? 범죄를 억제하는 데 이 사람들이 중요한 역할을 할 수 있는데 말이야. 맞아, 고통에 대한 두려움도 있지. 채찍이나 회초리로 맞는다는 고통 말이야. 하지만 그것도 공개적으로 창피를 당하는 것에 비하면 상대가 안 돼. 사람들은 자신이 지은 죄가 공개되는 것을 제일 두려워해. 모두가 서로 힘을 합쳐 돕고 서로 보호하고 보살펴 주고 있는 때에, 자네가 누군가에게 할 수 있는 최악의 행위는, 사람들의 목에 "나는 이웃의 장작을 훔쳤다."라고 쓴 거대한 포스터를 걸고 광장으로 한 줄로 서서 가게 하는 거야. 수치심이란 강력한 무기이지만 그것도 다른 모든 사람들이 옳은 일을 하고 있을 때 효력을 발휘하지. 법 앞에서는 모두가 평등하고, 상원의원이 전시 착복 행위에 개입한 죄로 채찍을 열다섯 대 맞는 걸 보는 게, 거리 모퉁이마다 경찰을 한 명씩 세워 두는 것보다 범죄 예방 효과가 더 크다네. 그래, 갱단이 있긴 했는데 그놈들은 상습범인 데다 우리는 계속해서 죄를 반성할 기회를 줬지. 그 자식들을 싹 쓸어다 감염된 지역에 버려서 귀중한 자원이 낭비되는 것도 막고, 우리 사회에 지속적으로 해악을 끼치는 존재들도 제거해 버리자고 법무장관이 제안했던 게 기억나는군. 대통령과 나는 둘 다 이 제안에 반대했지. 나는 윤리적인 이유로 그랬고 대통령은 실용적인 면을 이유로 들었어. 아무리 감염된 지역이라고 해도 그곳도 여전히 미국 땅이고 잘만 되면 언젠가는 해방되어야 할 곳이라고 말이야. 대통령이 말씀하셨지.

"이 전과자들 중 하나가 덜루스의 새롭고 거대한 군벌이 돼서 우리와 격돌하게 되는 사태는 결코 원하지 않네."

난 대통령이 농담한다고 생각했는데 나중에 보니 다른 나라에서 정확하게 바로 그런 사태가 벌어지고 있더군. 추방된 범죄자들이 자신들만의 고립된 지역을 다스리다가 어떤 경우에는 강력한 봉토를 확보하게 된 거지. 나는 우리가 무시무시한 고속 탄환을 가까스로 피했구나 하는 실감이 들더군. 갱단들은 정치적으로나, 사회적으로나, 심지어 경제적으로까지 우리의 골칫거리였지만 무턱대고 다른 사람들을 괴롭히는 작자들을 우리가 어떻게 다뤄야 했겠나?

**사형 제도도 쓰셨잖아요.**

극단적인 경우에만 그랬어. 선동죄, 파괴 행위, 정치적인 분리 행위를 시도하는 자들에게만. 어쨌든 초기에는 좀비만 우리의 적이 아니었어.

**근본주의자들을 말씀하시는 건가요?**

우리에겐 우리 몫의 근본주의자들이 있었지, 안 그런 나라가 어디 있나? 우리가 어떤 면에선 신의 의지에 개입하고 있다고 많은 근본주의자들이 믿었어.

(그는 너털웃음을 웃었다.)

미안하네, 내가 좀 더 신중해지는 법을 배워야 하는데, 하지만 이렇게 말하고 보니 자네는 정말 무한한 우주의 최고의 조물주가 애리조나 방위군 몇 명 때문에 자신의 계획을 망칠 거라고 생각하나?

(그는 그 생각을 잊기 위해 손을 내저었다.)

그 자식들은 필요 이상으로 언론의 조명을 받았지. 그 미치광이가 대통령을 암살하려고 했기 때문이야. 현실적으로 보면 그 자식들은 우리보다 자신들에게 더 위험스러운 존재였어. 집단 자살이나 하고, 메드포드에서 아이들을 안락사시키고. 끔찍한 일이었지.

근본주의자의 좌파 버전인 환경주의자들도 거기서 거기였지만. 그 작자들은 좀비들이 식물이 아니라 동물만 먹기 때문에, 이는 다 동물보다 식물을 어여삐 여기는 '거룩한 여신'의 뜻이라고 믿었지. 그 인간들이 시내 상수도에 제초제를 풀고, 나무에 부비 트랩을 설치해서, 벌목꾼들이 전시 생산을 위해 나무를 벨 수도 없게 만들어 놔서 우리 머리를 좀 아프게 했지. 그런 식의 실력 행사는 신문의 헤드라인을 화려하게 장식해 주지만 사실상 국가 안보에 위협이 되지는 않아. 반면 무장하고 정치적으로 조직된 분리파들, 반역자들은 이야기가 달라지지. 이자들이야말로 능히 우리에게 가장 큰 위협이 됐지. 그리고 이때가 유일하게 대통령이 우려하는 모습을 본 때였고. 각하는 평상시의 그 위엄 있고 외교적인 수완이 넘치는 표정 너머로 그런 걱정을 드러내지는 않았지. 공개적으로는 그 문제를 식량 배급이나 도로 보수와 같은 또 다른 '문제'로만 취급했지. 하지만 사적인 자리에서는…….

"반드시 신속하고, 단호하게 모든 필요한 방법을 다 써서 그자들을 제거해야 하네."

물론 각하는 서부 안전지대에 있는 자들만 이야기한 걸세. 이

끈질긴 배신자들은 정부의 전시 정책에 불만이 있거나 아니면 이미 몇 년 전부터 분리를 획책해 오면서 이 위기를 단순히 핑계로 썼던 거지. 이자들이야말로 조국을 지키겠다고 맹세한 사람들에게는 '국가의 적'인 거야. 그자들에게 어떻게 매운맛을 보여 줘야 하냐에 대해선 두 번 생각할 필요도 없어. 하지만 고립된 지역, 좀비들이 진을 치고 있는 로키 산맥 동쪽에 있는 분리파들. 여기서 일이 '단단히 꼬였지.'

**왜 그렇죠?**

그게 왜 이런 말 있잖아.

"우리가 미국을 버린 것이 아니다. 미국이 우리를 버렸다."

그 말이 참 의미심장한 말이야. 우리가 그들을 버린 거지. 그래, 우리가 특수 부대 자원 봉사자 중 일부를 버렸어. 항공과 해상으로 물자를 보급하려고 노력은 했지만, 순전히 도덕적인 관점에서만 보자면 이 사람들은 사실 정말 버려진 거야. 그 사람들이 독자 노선을 걷겠다고 해도 욕할 수 없는 거지, 아무도 욕할 수 없는 거야. 그래서 우리가 잃어버린 영토를 회수하기 시작했을 때 모든 고립된 집단 거주지에 있던 분리파들에게 평화적으로 다시 합칠 수 있는 기회를 준 거지.

**하지만 폭력 사태가 있었죠.**

아직도 나는 볼리바와 블랙 힐 같은 곳의 악몽을 꾼다네. 난 실제로 거기서 일어난 일의 영상이나 폭력 사태나 그 여파를 본 적은 없어. 하지만 내 보스, 비범하고 강력하고 정력적이었던 분이 서서히 병약해지면서 시들어 가는 모습을 지켜봐야 했지. 그분은 너무 많은 역경을 이겨 내면서 너무나 거대한 짐을 지고 계셨어. 이거 아나? 그분은 자메이카에 있는 친지들에게 무슨 일이 일어났는지 한 번도 알아보려고 하지 않으셨다는 거. 심지어 물어보지도 않으셨어. 그분은 우리 국가의 운명에 철두철미하게 몰두했고, 미국을 건설했던 아메리칸드림을 지키기 위한 각오로 여념이 없으셨지. 시대가 영웅을 만든다는 건 모르겠지만 시대가 영웅을 죽일 수 있다는 건 나도 아네.

## 워싱턴 주 웨나치

조 무하마드는 그의 우람한 어깨만큼이나 큰 미소를 지었다. 그의 본업은 자전거 수리상 주인이지만 여가 시간에는 금속을 녹여 정교한 예술 작품을 만든다. 그의 가장 유명한 작품은 워싱턴 디시의 쇼핑 몰에 서 있는 청동 조각상, 두 명은 서 있고 한 명은 휠체어에 앉아 있는 시민들을 묘사한, 지역 안전 기념비라는 작품이다.

그 채용 담당자는 확실히 어찌할 바를 모르더군요. 날 설득해서 그 일을 못하게 하려고 애를 썼어요. NRA 대표와 직접 말은 해 봤는지? 내가 다른 모든 필수적인 전시 노동에 대해 알고는 있는지? 처음엔 이해를 못했죠. 난 이미 재활용 공장에 다니고 있다. 그게 바로 지역 안전 팀의 골자 아니겠냐? 이건 퇴근해서 남는 시간에 파트타임 자원 봉사로 하는 일이다. 오히려 내가 이 점을 그 여자에게 이해시키려고 노력했죠. 아마 내가 뭔가 모르는 다른 이유가 있었던 것 같아요. 그 여자가 성의 없게 약간 어이없는 핑계를 늘어놓으면서 내 휠체어를 힐끗 보는 게 문득 눈에 들어오더군요.

(조는 장애인이다.)

도대체 믿을 수 있겠어요? 지금 우리는 절체절명의 인류 멸종 직전의 사태에 처해 있는데 이 여자는 이 마당에 이 일이 정치적으로 올바른 일인지 따지고 있는 거잖아요? 난 웃었죠. 그 여자 얼굴에 대놓고 웃어 줬죠. 뭐 하는 짓거리냐고, 내가 해야 할 일이 뭔지도 모르고 무턱대고 여길 왔을 거라고 생각하냐고? 이 멍청한 여편네가 자기 안전 매뉴얼은 읽어 보기나 한 건지? 흠, 난 열심히 읽었단 말입니다. 지역 안전 팀 프로그램의 요지는 자신이 살고 있는 동네를 걷거나, 아니면 나 같은 경우에는 보도 위를 휠체어로 밀고 다니면서 집집마다 방문해서 점검하면서 순찰을 도는 겁니다. 만약 어떤 이유가 생겨서 집 안으로 들어가야 한다면, 최소한 팀원 두 명이 항상 밖에서 기다리기로 되어 있어요. (그는 자신을 손으로 가리켰다.) 여보세요! 그리고 도대체 그 여자는 우리가 누굴 상대하고 있다고 생각하고 있는 거죠? 우리가 담장을 펄쩍 넘고 뒷마당을 질러서 놈들을 쫓아가는 상황이 아니잖아요. 그 자식들이 우리에게 오는 거지. 그리고 만약에 놈들이 오면(일단 그렇다고 치고) 우리가 그것 하나 감당 못할 것 같아요? 놀고 있네, 정말, 내가 걸어 다니는 좀비 놈들보다 더 빨리 바퀴를 굴리지 못했다면 어떻게 지금까지 살아 있겠어요? 나는 이런 점을 차근차근 분명하게 그 여자에게 설명해 주고, 내 육체적 조건이 장애가 될 수 있는 시나리오를 한번 대 보라고 요구했죠. 그 여자는 꼼짝 못하더군요. 상사에게 물어봐야 한다고 웅얼거리면서 내일 다시 와 보라고 하더군요. 나는 거절하면서 그 여자에게 상사에게 전화하고, 그 상사의 상사와 곰*까지 이어지는 모든 상사들에게 물어보라고 했어요. 하지만 난 그 오렌지색 조끼 유니폼을 받을 때까지 여기서 한 발짝도 움직이지 않을 거라고 말했죠. 내가 얼마나 소리를 질렀던지 그 사무실에 있던 사람들 모두 들었죠. 모든 사람의 시선이 내게로 갔다가 다시 그 여자에게로 가더군요. 그걸로 오케이였죠. 난 조끼를 받고, 그날 신청하러 온 사람 중 일착으로 나왔죠.

아까 말했던 것처럼 지역 안전이란 글자 그대로 동네를 순찰하는 걸 말해요. 이건 준군사 조직이에요. 우리는 강의도 듣고 군사 훈련도 받았죠. 여기엔 지정된 리더들도 있고 정해진 규정도 있지만, 경례를 하거나 사람들을 '각하'라고 부르는 멍청한 짓은 하지 않아도 돼요. 병기도 제한이 없어요. 대부분 백병전으로 싸울 때 쓰는 무기들이죠. 손도끼, 야구 방망이, 쇠지레 몇 개, 칼, 우리에게 아직 로보는 없었어요. 한 팀당 최소 세 명은 권총을 휴대해야 하죠. 난 AMT 라이트닝이라는 조그만 반자동 22구경 카빈총을 가지고 다녔죠. 이 총은 발사해도 반동이 없어서 내 휠체어를 잠그지 않고도 총을 쏠 수 있죠. 좋은 총입니다. 특히 탄약이 규격화돼서 재장전할 수 있게 아직까지 구할 수 있었으니까.

각자 스케줄에 따라 팀이 바뀌곤 했어요. 당시에는 모든 게 혼

* 지역 안전 팀 프로그램의 최고 책임자는 걸프전 당시 다국적군 총사령관이었고 곰이라는 별명으로 불렸다.

란스러웠고 디스트레스에서 모든 것을 재편성하고 있었죠. 야간 교대조는 항상 힘들었어요. 가로등이 없는 밤거리가 얼마나 어두운지 선생은 잊어버렸죠? 게다가 주택가도 어둡긴 마찬가지였어요. 사람들은 그 당시 꽤 일찍 잠자리에 들었어요. 대개는 어두워지면 곧장 잠자리에 들어서 초 몇 개 켜 놓은 집이 고작이고, 집에서 전시에 필요한 작업을 하느라 발전기를 써도 된다는 허가를 받지 않는 한 주택가도 껌껌하긴 마찬가지였죠. 공기 중에 오염물질이 너무 많이 깔려서 더 이상 별도 달도 보이지 않았어요. 우리는 기본적으로 그냥 가게에서 살 수 있는 모델인 손전등을 가지고 순찰을 돌았어요. 그때까지 아직 배터리는 있어서 야간 시력을 보호하려고 손전등의 끝부분을 빨간 셀로판지로 싸 가지고 다녔죠. 우리는 집집마다 멈춰서 문을 두드리고, 망보고 있는 사람에게 괜찮은지 물었죠. 초기 몇 달은 새 이주 프로그램 때문에 프로그램이 제대로 돌아가지 않았어요. 너무 많은 사람들이 캠프에서 나와서 새로 순찰을 돌아야 할 이웃이 매일 한 다스는 늘었고, 심지어는 느닷없이 새로운 동거인이 생기기도 했죠.

나는 전쟁 전에는 내가 살던 좁고 답답한 교외 주택 단지에 처박혀 있어서 우리가 얼마나 잘살았는지 깨닫지 못하고 있었어요. 정말로 내가 100평짜리 집에서 침실 세 개에 욕실 두 개에 부엌 하나에 거실에 지하실에 사무실까지 두고 살 필요가 있었을까요? 난 몇 년간 혼자 살았는데 어느 날 앨라배마에서 온, 식구가 여섯 명인 대가족이 주택 공급 부서에서 보낸 편지 한 통을 들고 우리 집 문 앞에 서 있더군요. 처음엔 좀 마땅찮았지만 금방 적응됐어요. 새넌네 식구(그 가족의 이름이었죠.)와 사는 건 괜찮았어요. 우리는 꽤 사이가 좋았고, 나도 누군가가 망을 봐 줄 때 잠을 더 깊이 잘 수 있었죠. 그게 바로 집에 있는 사람들을 위한 새로운 규칙 중 하나였죠. 식구 중 하나를 뽑아 경비를 서야 했어요. 우리는 그 사람들의 이름을 모두 리스트에 올려서 불법 점거자나 도둑이 아닌지 확인했죠. 그 사람들의 신원을 확인하고, 얼굴을 보고 모든 것이 괜찮은지 물었어요. 대개는 그렇다고 대답하는데 가끔 우리가 확인해야 할 시끄러운 소리를 들었다는 보고를 했죠. 2년째로 접어들면서 피난민들이 더 이상 오지 않고, 모두 서로 친해지면서 리스트와 신원을 확인할 필요가 없어졌죠. 그때는 모든 게 안정됐죠. 첫해에는 경찰도 다시 조직하고 안전지대도 완벽하게 평화가 정착된 게 아니라서…….

(극적인 효과를 노리면서 그는 전율했다.)

아직 폐가도 많았어요, 총알을 맞아 벌집이 되거나 도둑이 들거나 아니면 그냥 문마다 활짝 열어 놓은 채 버려진 집들이 많았죠. 우리는 그런 집 문간과 창문 주변에 경찰 테이프를 빙 둘러 붙여 놨죠. 만약 그 테이프 중 하나가 끊어져 있다면 그건 좀비가 집 안에 있다는 걸 뜻했어요. 그런 일이 두어 번 있었죠. 나는 총을 준비하고 밖에서 기다리곤 했어요. 가끔 고함 소리가 들리기도 했고, 가끔은 총소리가 들리기도 했어요. 가끔은 그냥 신음 소리에, 난투를 벌이는 소리가 들리다가 팀원 중 하나가 피 묻은 무기와 잘린 머리통을 들고 나왔죠. 나도 몇 놈 골로 보내야 했죠. 가끔 팀원들은 집에 들어가 있고 난 거리를 보고 있는데 소리가 들렸죠. 발을 질질 끌고, 걸어오면서, 뭔가 덤불숲 사이로 끌고 오는 소리요. 그러면 난 손전등을 거기다 들이대고 지원을 요청한

다음에 숨통을 끊어 놓곤 했죠.

한번은 내가 당할 뻔했죠. 우리는 이층집을 확인하고 있었어요. 침실 네 개 욕실 네 개에 누군가 거실 유리창으로 지프 리버티를 몰고 들어와서 일부가 내려앉은 집이었죠. 내 파트너가 나보고 잠깐 볼일 좀 봐도 되겠냐고 물어보더군요. 난 그녀에게 덤불 숲 뒤로 가서 보라고 했죠. 내가 천치였지. 나는 딴생각을 하면서 동시에 집 안에만 신경 쓰고 있었죠. 그러느라 내 뒤에 뭐가 있는지 눈치 채지 못한 거죠. 갑자기 뭔가가 내 휠체어를 확 끌어당기더군요. 나는 휠체어를 돌리려고 했지만 뭔가가 오른쪽 바퀴를 꽉 잡고 있었어요. 나는 몸을 돌려서 전등을 주위로 휙휙 비췄죠. 그건 '드래거'라고 다리가 없는 좀비였죠. 그것이 아스팔트에서 날 보고 으르렁거리면서 바퀴를 잡고 올라오려고 안간힘을 쓰고 있더군요. 휠체어가 내 생명을 구했어요. 그 의자 때문에 내 소총을 돌리는 데 필요한 2.5초를 벌 수 있었죠. 내가 만약 서 있었다면 놈이 내 발목을 잡거나 아니면 이미 내 살맛을 실컷 봤겠죠. 그때 이후론 절대 근무 중에 한눈을 팔지 않게 됐어요.

그 당시엔 우리가 상대해야 할 게 좀비만이 아니었어요. 약탈자들도 있었는데 철면피한 범죄자라기보다는 그냥 살아남기 위해 필요한 물건을 훔치는 사람들이었죠. 불법 점거자들도 있었고. 두 경우 모두 대개는 잘 해결했죠. 그런 사람들은 집으로 불러들여서 필요한 물건을 주고, 주택 공급 부서에서 개입할 때까지 보살펴 주면 되는 거니까.

진짜로 전문적인 악당들도 있었죠. 내가 부상을 입었던 유일한 때가 바로 그때였어요.

(그는 셔츠를 끌어올리고 전쟁 전에 통용되던 10센트짜리 동전 크기만 한 동그란 흉터를 보여줬다.)

9밀리미터 탄환이 어깨를 관통했죠. 내 팀이 집 밖으로 그 빌어먹을 놈을 쫓아갔어요. 나는 그 자식에게 멈추라고 명령했죠. 다행스럽게도 내가 멀쩡한 사람의 목숨을 뺏은 건 그때가 처음이자 마지막이었어요. 새로운 법이 시행되면서 전통적인 범죄는 전반적으로 없어진 셈이죠.

그리고 야생의 아이들이 있었죠. 왜 있잖아요, 부모를 잃고 집도 없이 떠도는 고아들 말이에요. 우리는 지하실, 벽장, 침대 밑에서 잔뜩 웅크리고 있는 아이들을 발견하곤 했어요. 많은 아이들이 멀게는 동부에서부터 걸어왔더군요. 아이들은 모두 상태가 좋지 않았어요. 영양실조에다 앓고 있었죠. 대개 아이들은 도망을 쳐 버렸어요. 그때 참 기분이 안 좋았어요. 아시죠, 난 그 아이들을 쫓아갈 수 없잖아요. 다른 팀원이 쫓아가서 잡아오긴 했는데 항상 그랬던 건 아니에요.

더 큰 문제는 퀴즐링(배신자)이었죠.

**퀴즐링이라고요?**

거 왜 있잖아요, 꼭지가 돌아서 좀비처럼 행동하는 족속들.

**좀 더 자세히 말씀해 주시겠어요?**

어, 난 정신과 의사도 아니라서 전문적인 용어도 모르고.

**괜찮습니다.**

그렇다면야. 내가 알기론 싸우든가 아니면 죽는 것과 같은 극한적인 상황에 대처하지 못하는 타입의 사람들이 있다고 하더군요. 그런 사람들은 항상 두려워하는 대상에 매료된다고 하네요. 그 대상에 저항하는 대신 그들의 마음에 들려고 하고, 한패가 되고 싶어 하고, 그들처럼 되려고 하는 거죠. 납치 상황에서 그런 일이 일어난다고 하던데. 거 왜 있잖아요. 패티 하스트와 스톡홀름 증후군(인질이 범인에게 자진 협력하고 그 행위를 지지하는 증후군—옮긴이) 같은 타입, 아니면 일반적인 전시 같으면 자기 나라를 침략한 적군에 입대하는 그런 치들 있잖아요. 이런 이적 행위자들이 때로는 자신들이 닮으려고 하는 사람들보다 더 악질로 굴잖아요. 예를 들면 히틀러의 마지막 군대 중 일부였던 프랑스 파시스트 놈들같이. 아마 그래서 우리가 놈들을 퀴즐링이라고 부르는 걸 겁니다. 이 말이 불어인가 뭔가 그렇잖아요.*

하지만 이 전쟁에선 그렇게 할 수 없죠. 그냥 두 손 번쩍 들고 이렇게 말할 순 없잖아요.

"이봐, 쏘지 마, 나도 너희 편이야."

이 싸움엔 회색 지대, 중간 지대라는 것 자체가 없잖아요. 내 짐작에 어떤 사람들은 그런 당연한 사실을 결코 받아들일 수 없었던 것 같아요. 이 전쟁이 그들을 벼랑까지 몰고 간 거죠. 이들은 좀비처럼 움직이고, 좀비 같은 소리를 내고, 심지어는 다른 사람들을 공격하면서 먹으려고 했어요. 그렇게 해서 우리는 그런 부류의 첫 번째 사례를 발견했죠. 그 사람은 30대 중반의 성인 남

---

* Vidkum Abraham Lauritz Jonsson Quisling: 제2차 세계 대전 당시 나치가 심은 노르웨이의 대통령.

자였어요. 지저분하고 멍하니 발을 질질 끌면서 인도를 내려오고 있더군요. 우리는 그냥 그 남자가 좀비 충격 상태에 빠졌나 보다 고 생각하고 있었는데 그 남자가 갑자기 우리 팀원 중 하나의 팔뚝을 물었어요. 몇 초 동안 정말 끔찍했어요. 나는 그 남자의 머리를 총으로 쏴서 쓰러뜨리고, 돌아서서 동료의 상태를 확인했죠. 그는 모퉁이에 쓰러져서, 욕설을 퍼부으면서, 비명을 질러 대며 팔뚝에 난 깊은 상처를 보고 있었어요. 이건 사형선고와 같은 일이었고, 그도 그걸 알고 있었죠. 우리가 내가 쐈던 남자의 머리에서 붉은 피가 콸콸 쏟아지는 걸 보기 전까지, 동료는 자살하려고 맘을 먹고 있었죠. 그 남자의 살을 만져 보니 아직 온기가 있더군요. 우리 동료가 안도하는 모습을 선생도 봤어야 했는데. 하늘에 있는 높은 분에게 사형 집행 연기를 받는 게 흔한 일은 아니잖아요. 아이러니하게도 그 친구는 어쨌든 죽을 뻔했어요. 그 빌어먹을 인간의 입에 어찌나 박테리아가 많았던지 치명적인 포도상 구균 감염 증세를 일으켰거든요.

우리는 우연히 새로운 발견을 했다고 생각했지만 나중에 알아보니 그런 일이 이미 한동안 일어나고 있었더군요. 질병 통제 위원회에서 막 발표를 하려던 참이었죠. 위원회에서는 심지어 오클랜드에서 전문가를 파견해 우리에게 그런 사람들을 더 많이 보게 되면 어떻게 대처해야 하는지 교육까지 시켰어요. 우리는 완전히 넋이 나갔죠. 퀴즐링 때문에 사람들이 자기들은 좀비 바이러스에 면역됐다고 생각했던 걸 아세요? 이들은 또한 그 모든 엉터리 기적의 약들이 그렇게 열렬한 반응을 얻게 된 원인 제공자들이죠. 생각해 봐요. 누군가 팔랭스를 맞고 나서 좀비에게 물렸는데 살아님았어요. 그럼 그 사람이 도대체 무슨 생각을 하겠어요? 아마 그 사람은 퀴즐링이란 게 있는지조차 몰랐을걸요. 퀴즐링은 진짜 좀비만큼이나 적대적이면서 어떤 경우에는 좀비보다 더 위험했어요.

**어떻게 그럴 수 있죠?**

음, 우선 예를 하나 들면 그 사람들은 얼지 않잖아요. 내 말은, 그래요, 장시간 추위에 노출되면 얼겠지만 적당히 추우면 옷을 따뜻하게 껴입고 피해 있으면 괜찮을 거란 이야기죠. 그리고 인육을 먹으면서 점점 더 강해져요. 좀비들과는 또 달라요. 한동안 버틸 수 있는 거죠.

**하지만 좀비들보다는 더 쉽게 죽일 수 있잖아요.**

그렇기도 하고 아니기도 해요. 꼭 머리를 맞힐 필요는 없죠. 허파, 심장, 어디든 총을 쏘면 결국엔 출혈 과다로 죽게 되죠. 하지만 한 방에 제압하지 못하면 죽을 때까지 계속 다가오죠.

**그 사람들은 고통을 느끼지 못하나요?**

그건 아니겠죠. 왜 그런 거 있잖아요, 마음이 육체를 지배한다는 그런 소리, 그들은 완전 집중해 있어서 뇌에 보내는 모든 신호를 차단하는 거죠. 그런 건 전문가에게 물어보세요.

**계속해 주세요.**

그러죠, 흠, 바로 그런 이유로 그 사람들을 설득할 수 없었죠,

뭐 말할 거나 있어야 말이죠. 이 사람들은 좀비예요. 육체적으로는 아닐지 모르지만 정신적으로는 둘을 분간할 수 없어요. 심지어는 육체적으로도 구분하기 힘들어요, 지저분하고 피도 엄청 묻어 있고 질병 덩어리니까 말이에요. 좀비들은 개별적으로는 그렇게 고약한 냄새도 안 나요, 특히 좀비가 된 지 얼마 안 된 놈들은 더 그렇죠. 무지무지하게 심한 괴저를 앓고 있는 좀비 닮은꼴과 진짜 좀비를 어떻게 구분하겠어요? 구분 못하죠. 그렇다고 군대에서 우리에게 냄새 맡는 개를 내주는 것도 아니고, 뭐 장비가 없잖아요. 구분하려면 눈으로 시험해 봐야 해요.

구울들은 눈을 깜박이지 않아요, 그 이유는 나도 모르겠지만. 아마 모든 감각 기관을 동등하게 써서, 뇌에서 시각을 그렇게 중요하게 여기지 않는지도 모르겠어요. 아니면 체액이 별로 없어서, 눈을 덮기 위해 사용할 체액이 없는지도 모르죠. 그걸 누가 알겠어요. 다만 좀비는 눈을 깜박이지 않지만 퀴즐링은 눈을 깜박이죠. 그런 식으로 가려내면 돼요. 뒤로 몇 발짝 물러서서 몇 초 동안 기다리는 거죠. 어두울 땐 더 쉬워요. 그냥 얼굴에 빛을 들이대면 되니까. 만약 깜박이지 않으면 황천길로 보내 줘야죠.

**깜박이면요?**

그런 경우엔 가능하면 퀴즐링을 산 채로 잡고 자기 방어를 해야 할 때만 치명적인 살상 무기를 사용해야 해요. 미친 소리 같겠지만(미친 소리긴 하죠) 우리는 몇 명을 산 채로 잡아서 손과 발을 묶어서 경찰이나 방위군에 넘겼어요. 거기서 그 퀴즐링들을 어떻게 처리했는지는 나도 모르죠. 이런저런 이야기를 듣긴 했죠.

있잖아요, 수백 명의 퀴즐링들을 먹이고, 입히고, 심지어는 의학적으로 치료까지 해 준다는 감옥 이야기 말이에요. (그가 천장을 바라봤다.)

**선생님은 그 정책에 찬성하지 않는군요.**

이봐요, 난 그 부분은 건드리고 싶지 않아요. 해골 빼개지는 문제를 알고 싶다면 신문을 보면 되잖아요. 매년 모모 변호사나 신부나 정치가가 자기들 입맛에 맞는 대로 그 문제로 사회적 불화를 조장하더군요. 개인적으로는 난 관심 없어요. 그 퀴즐링 놈들에게는 호감도 반감도 없어요. 내 생각에 가장 애석한 점은 그들이 그렇게 많은 걸 포기했는데 결국엔 모든 것을 잃게 된다는 거죠.

**왜 그렇죠?**

왜냐면 우리는 눈을 깜박이기 전까지는 진짜 좀비와 짝퉁 좀비를 구분할 수 없지만, 진짜 좀비는 퀴즐링을 구분할 수 있으니까요. 전쟁 초기에 좀비들끼리 서로 싸우게 할 방법을 찾으려고 모두 방법을 강구했던 거 기억나요? 좀비들의 내분에 대한 '문서로 작성된 증거'가 많았잖아요. 목격자들의 증언과 심지어는 좀비들이 서로 공격하는 영상까지. 어리석은 짓이었죠. 그건 좀비들이 퀴즐링을 공격하는 장면이었는데 보기만 해서는 결코 알아낼 수 없었죠. 퀴즐링은 절대 비명을 지르지 않아요. 그 작자들은 그냥 거기에 누워서, 심지어는 싸워 볼 생각도 안 하고 천천히, 로봇같이 몸부림치면서 자신들이 그렇게 되고 싶어 했던 바로 그 생물체에게 산 채로 잡아먹히죠.

## 캘리포니아, 말리부

로이 엘리엇을 알아보기 위해 사진을 볼 필요도 없었다. 우리는 복구된 말리부 항구 요새에서 만나 커피를 마시기로 했다. 우리 주위에 있던 사람들은 즉시 로이를 알아봤지만 전쟁 전 시절과는 달리 모두 경의를 표하며 조심스럽게 거리를 뒀다.

에이디에스(ADS), 그게 나의 적이었지. 자각 증상 없는 사망 증후군(Asymptomatic Demise Syndrome) 또는 종말론적인 절망 증후군(Apocalyptic Despair Syndrome)이라고나 할까, 말하는 상대에 따라 다르겠지. 이름이 뭐든 간에 그것이 전쟁 초기 막다른 상황에 몰린 몇 달 동안 기아, 질병, 인간 간의 폭력, 혹은 좀비가 죽인 만큼이나 많은 사람들을 죽였어. 아무도 처음에는 무슨 일이 일어나고 있는지 이해하지 못했지. 우리는 로키 산맥 방어선을 안정시켰고, 안전지대를 위생 처리했는데도 하루에 100명이 넘는 사람들이 죽어 나갔어. 자살은 아니었어, 물론 자살하는 사람들도 많았지만. 아냐, 이건 경우가 달랐어. 어떤 사람들은 아주 작은 상처를 입었거나 쉽게 치료할 수 있는 질병을 앓고 있었고, 건강 상태가 완벽한 사람들도 있었지. 이 사람들은 그냥 밤에 잠자리에 들었는데 그다음 날 영영 저세상으로 가 버린 거야. 문제는 심리적인 거였지, 포기해 버리고 내일을 맞고 싶지 않았던 거야. 내일은 더 많은 고통을 겪게 될 거라는 걸 아니까. 믿음, 버텨내고자 하는 의지를 상실하는 일은 모든 전쟁에서 발생하기 마련이지. 평상시에도 이런 일이 일어나긴 하지만 이렇게 대대적인 규모로 발생하는 건 아니지. 이건 그야말로 글자 그대로 무력감, 혹은 무력하다고 인식하는 거야. 나도 그런 기분을 이해할 수 있어. 나는 성인이 되고 나서 내내 영화감독만 했지. 사람들은 내가 그렇게 실패를 많이 했는데도 결코 실패를 모르는 신동이라고 불렀어.

그랬는데 하루아침에 나는 아무것도 아닌 F6 등급으로 전락했지. 세상은 생지옥으로 변해 가고 있었는데, 그렇게 우쭐대던 내 재능이 그걸 멈추게 할 힘이 없었단 거지. 내가 에이디에스(ADS)에 대해 들었을 때 정부는 쉬쉬하고 있었어. 난 시더스 사이나이 병원(로스앤젤레스에 있는 고급 메디컬 센터 — 옮긴이)에 있는 연줄을 동원해서 개인적으로 알아내야 했지. 그 이야기를 들었을 때 이거다 싶은 생각이 들었어. 그건 마치 내가 처음으로 8밀리 단편 영화를 찍어서 부모님에게 보여 드릴 때 같더군. 이건 내 전공이야. 난 깨달았지. 이런 상대는 나도 싸울 수 있다!

**그리고 그 나머지 이야기는 전설이 됐군요.**

(껄껄 웃었다.) 그랬으면 좋겠군. 난 곧장 정부를 찾아갔는데 딱 잘라 거절하더군.

**정말로요? 감독님의 화려한 경력을 봐서 나는…….**

무슨 경력? 정부가 원한 건 군인들과 농부들이야. 일다운 일을 원한다고. 기억나? 이런 식이었지.

"죄송하지만 절대 안 됩니다. 근데 사인 한 장만 해 주시면 안 될까요?"

나도 똥고집이 있는 인간이라, 뭔가 해낼 수 있다고 믿으면 결코 물러서지 않아. 나는 디스트레스 대표에게 정부는 한 푼도 쓸 필요가 없다고 설명했지. 장비도 내 걸 쓰고, 사람도 내 사람들을 부를 거고, 내가 필요한 건 군대와 연결만 시켜 달라는 거였지.

"이 난리를 끝장내기 위해 정부에서 뭘 할 수 있는지 국민들에게 보여 줍시다."

나는 이렇게 말했지.

"사람들에게 의지할 수 있는 뭔가를 주자고요."

역시 말이 안 통하더군. 지금 군대는 카메라 앞에서 포즈 잡는 것보다 더 중요한 임무가 있다고 하더군.

**윗선과 이야기는 해 보셨나요?**

누구를 설득해? 하와이에는 보트가 한 척도 없었고, 싱클레어는 서부 해안을 정신없이 왔다 갔다 하고 있었는데. 도움을 줄 만한 자리에 있는 사람들은 모두 도움이 안 되거나 더 '중요한' 문제에 몰두해 있어서 내 말은 귓등으로도 안 듣더군.

**프리랜서 기자가 돼서 정부 언론 패스를 발급받을 순 없었나요?**

그럼 시간이 너무 오래 걸리지. 대부분의 언론사들은 쫄딱 망했거나 아니면 연방 정부 밑으로 들어갔어. 그나마 남은 것들은 일반 대중을 대상으로 한 안전 발표만 재방송해 대고 있었고. 누구든 방송을 틀면 어떻게 해야 할지 알려 주는 그런 것들 말이야. 모든 것이 혼란스러웠어. 도로는 이제야 다닐 만했고, 내게 상근 기자 지위를 줄 관료적으로 번잡한 절차도 말할 것 없었지. 아마 수개월은 족히 걸렸을 거야. 그 수개월 동안 매일 매일 사람들이 100명씩 죽는단 말이야. 죽치고 앉아서 기다릴 수 없었지. 특단의 조치를 취해야 했어. 나는 디브이 카메라와 여분의 배터리와 태양열 충전기를 챙겼지. 내 장남이 음향 기사이자 '조감독'으로 따라왔지. 우리는 한 주 동안 둘이서 산악자전거를 타고 도로를 달리면서 이야깃거리를 찾아다녔지. 그렇게 멀리 갈 필요도 없었어.

로스앤젤레스 바로 외곽에 클레몬트라는 도시가 있었는데 거기엔 다섯 개의 대학이 있지. 포모나, 피처, 스크립스, 하비 머드, 클레몬트 매케나. 대공포가 시작돼서 모두 산으로 도망갔을 때 300명의 대학생들이 좀비들과 한판 대결을 하기로 했지. 이들이 스크립스의 여대를 중세 도시 비슷하게 바꿔 놨더군. 이 아이들은 다른 캠퍼스에서 물자를 조달해 왔어. 무기는 조경 장비와 알오티시(ROTC) 연습용 라이플총이더군. 아이들은 채소밭을 가꾸고, 우물을 파고, 기존의 벽을 이용해서 요새를 만들었더군. 이 학생들 뒤에 있는 산이 불타 버리고 캠퍼스 주변이 폭력으로 무너지는 동안 이 300명의 아이들이 1만 명의 좀비들을 막아 냈단 말이지! 내륙 제국(Inland Empire)*이 마침내 평화를 회복할 때까지 그 넉 달 동안 1만 명의 좀비를 해치웠단 말이야. 우리는 운 좋게도 그 일이 끝나 갈 무렵 도착해서, 마지막 남은 좀비들이 쓰러지고 포모나 종탑에 걸어 놓은, 손으로 만든 특대 성조기가 바

* 캘리포니아의 인랜드 엠파이어는 안전하다고 선포된 마지막 지역 중 하나였다.

람에 펄럭이는 그 밑에서 학생들과 군인들이 손을 잡고 환호하는 모습을 볼 수 있었지. 이 얼마나 감동적인 스토리냐 말이야! 우리는 96시간 동안 정신없이 찍은 원판 필름을 필름 통에 넣어 왔지. 더 오래 머물면서 찍고 싶었지만 촌각을 다투는 일이라. 하루에 100명씩 죽는 걸 잊으면 안 되지.

이 필름을 가능한 한 빨리 사람들에게 보여 줘야 했어. 나는 필름을 집으로 가져와서 내 편집실에서 편집했지. 해설은 내 처가 했고. 우리는 모두 열네 벌을 복사했는데 모두 다른 형식으로 만들어서 엘에이 전역에 있는 각각 다른 캠프들과 수용소에서 그 주 토요일 밤에 상영했지. 그 영화의 제목은 「아발론의 승리: 다섯 개 대학의 전투」라고 지었어.

아발론이라는 이름은 성이 공격받았을 때 거기에 있었던 대학생 중 하나가 찍은 영화 제목에서 따온 거였어. 이것은 새로 동쪽에서 몰려온 좀비 떼가 지평선 위로 분명하게 보였던, 그들의 마지막이자 최악의 공격이 있기 전날 밤을 찍은 거였어. 학생들은 정신없이 작업하고 있었어. 무기를 예리하게 갈고, 방어 시설을 강화하고, 벽과 탑마다 보초를 세워 뒀어. 사기를 진작시키기 위해 확성기에서 캠퍼스 전체로 계속 노래가 흘러 나왔지. 천사 같은 목소리를 지닌 스크립스 학생 하나가 록시 뮤직의 노래를 부르고 있었어. 닥쳐올 격렬한 폭풍과 확연히 대조를 이룬 황홀한 공연이었지. 나는 그 노래를 나의 「전투를 준비하며」라는 몽타주에 깔았어. 그 노래를 들을 때마다 난 아직도 목이 메어.

**관객들의 반응은 어땠어요?**

꽝이었지! 그냥 한 장면만 그랬던 게 아니라 영화 전체 내내 그랬어. 적어도 나는 그렇게 생각했지. 좀 더 즉각적인 반응을 기대했더랬어. 환호하고, 박수 치고. 누구에게도, 심지어 나 자신도 인정하지 않은 사실이지만, 영화가 끝나면 사람들이 눈물을 글썽이면서 내게 와서 내 손을 덥석 잡고 드디어 기나긴 터널 끝에 빛을 보여 줘서 고맙다고 치하하는 그런 나르시스적인 환상을 꿈꾸고 있었는데. 웬걸, 날 쳐다보지도 않더군. 난 정복자처럼 의기양양하게 문 앞에 서 있었지. 사람들은 자기 신발만 내려다보면서 아무 말도 없이 한 줄로 서서 나가더군. 나는 그날 밤 집에 가서 생각했지.

'흠, 아이디어는 기똥찼는데. 아무래도 맥아더 공원에 있는 감자 농장에나 가서 일하는 게 낫겠어.'

**도대체 어떻게 된 거죠?**

2주가 그렇게 지나갔지. 나는 일다운 일자리를 얻었어. 토팡가(Topanga) 협곡에 있는 도로를 다시 개통하는 일을 돕고 있었지. 그러던 어느 날 한 남자가 우리 집으로 찾아왔지. 마치 세실 B 드밀의 서부활극에서 막 빠져나온 것 같은 말을 타고 왔더군. 그 남자는 샌타바버라에 있는 군 의료 기관에서 나온 정신과 의사였어. 그들은 내 영화의 성공에 대해 전해 듣고 내게 여벌의 복사본이 있는지 묻더군.

**성공이라고요?**

그래, 성공. 알고 보니 아발론이 데뷔한 바로 그날 밤, 엘에이에서 에이디에스 사례가 5퍼센트나 줄었다는 거야! 처음에는 당국에서 통계상의 예외로만 치부했는데 나중에 조사해 보니 내 영화를 상영한 지역에서 눈에 띄게 사망률이 줄었다는 거야!

**그런데 아무도 감독님에게 그런 말을 해 주지 않았단 말이에요?**

단 한 명도. (그는 너털웃음을 웃었다.) 군대도 아니고, 지방 자치 당국도 아니고 심지어는 내게 알리지도 않고 계속 그 영화를 상영한, 수용소 운영자들조차 함구하고 있었지. 나는 개의치 않았어. 요지는 그게 효과가 있었다는 거야. 그 영화가 변화를 이뤄냈고 덕분에 나는 전쟁이 끝날 때까지 할 일이 생겼지. 나는 예전의 내 작업 팀원들을 최대한 모으면서 자원 봉사자도 몇 명 모았지. 그 클레몬트 필름을 찍었던 그 아이, 말콤 반 리진,* 그래, 그 말콤이 내 디피(DP)**가 됐지. 우리는 웨스트 할리우드에 있는 녹음실을 징발해서 그 영화를 수백 벌씩 만들어내기 시작했지. 그 필름을 북쪽으로 가는 모든 기차, 대상, 연안 연락선에 실었어. 반응을 확인하기까지 시간이 좀 걸렸지. 하지만 반응이 왔을 때…….

(그는 미소를 지으면서 감사의 표시로 두 손을 번쩍 들었다.)

전체 서부 안전지대에서 에이디에스가 10퍼센트 떨어졌다더군. 그때 나는 이미 여행을 다니면서 더 많은 영화를 찍고 있었지. 「아나파카」는 이미 완성했고, 「임무 지역」은 절반 정도 찍었더랬지. 「도스 팔모스」를 극장에 올렸을 무렵 에이디에스는 23퍼센트

---

* 말콤 반 리진: 할리우드에서 가장 성공한 영화 촬영 기사 중 한 명.

** DP: Director of Phtography, 촬영감독.

감소했지. 그제야 정부가 마침내 관심을 보이더군.

**지원을 좀 해 주던가요?**

(그가 웃었다.) 아니지. 내가 먼저 도와 달라고 한 적도 없을 뿐더러 정부에서도 도움을 주려고 생각도 안 하고 있었어. 하지만 결국 군대와 연결이 돼서 그걸로 완전히 새로운 세상이 열렸어.

**그렇게 해서 그때 「신의 불」을 만드신 겁니까?**

(고개를 끄덕였다.) 군에는 활발하게 가동되는 레이저 무기 프로그램이 두 개가 있지. 제우스(Zeus)와 MTHEL이라고. 제우스는 원래 탄약 제거, 지뢰와 불발탄을 폭파시키기 위해 고안된 거야. 이건 작고 가벼워서 특수 개조한 험비에 탑재할 수 있지. 사수는 포탑에 있는 공축 카메라를 통해서 목표를 조준하지. 그다음에 지정된 면에 조준점을 정하고 아까 그 카메라의 조리개를 통해 펄스 빔을 발사하는 거야. 너무 전문적인 용어인가?

**전혀 그렇지 않습니다.**

미안하네. 내가 그 프로젝트에 완전히 빠져 있었거든. 그 빔은 고체 소자를 이용한 산업용 레이저로, 공장에서 철을 자를 때 쓰는 그런 레이저를 무기로 개조한 거야. 이 레이저는 폭탄 내용물 전체가 폭파될 때까지 폭탄의 외피를 태우거나 열을 가하는 원리로 작동되지. 이 원리를 좀비 살상에 적용하는 거야. 레이저의 조절점을 높게 맞춰 놓으면 레이저가 좀비의 이마에 정통으로 구멍을 뚫어 놓는 거야. 높이를 조금 낮추면 사실상 뇌가 귀, 코, 눈을 통해 터져 나올 때까지 뇌를 가열시키는 거지. 그걸 찍어 보니 휘황찬란하더군, 하지만 제우스도 MTHEL에 대면 완전 장난감 총이야.

MTHEL은 미사일 요격 레이저(Mobile Tactical High Energy Laser)의 약자야. 날아오는 로켓 추진 유탄 발사체를 제거하기 위해 미국과 이스라엘이 공동으로 개발한 거지. 이스라엘이 자체 검역 격리를 선포했을 때 수많은 테러리스트 단체들이 보안 벽을 넘어오는 박격포와 로켓을 퍼부어 댔어. 그것들을 한 방에 처리한 게 바로 MTHEL이었어. 2차 세계 대전 당시 사용되던 서치라이트 모양에 크기도 그 정도인데 이것이 사실 중수소 플루오르화물 레이저로, 제우스에 사용되는 고체 소자보다 훨씬 더 강력하지. 파괴력이 정말 죽여줘. 이걸 맞으면 먼저 뼈에서 살이 터져 나간 다음에 뼈가 하얗게 타다가 한 줌 재로 변해 버려. 그냥 찍어도 근사한 그림이 나오지만 이걸 슬로모션으로 하면…… 신의 불이 되는 거지.

**감독님 영화가 개봉된 후로 에이디에스 사례가 절반으로 줄었다는 게 사실입니까?**

그건 좀 과장 같지만 사람들이 퇴근하고 줄을 서서 영화를 보러 온 건 사실일세. 어떤 사람들은 매일 밤 보러 왔지. 영화 포스터에선 좀비가 원자탄으로 박살나는 걸 클로즈업으로 보여 주지. 그 이미지는 영화 필름에서 그대로 잘라낸 거야. 아침 안개가 걷히면서 빔이 보이는 고전적인 화면이었지. 그 화면 밑에 자막은 그냥 "다음"이라고 썼지. 그거 하나가 이걸 살린 거야.

**감독님의 영화를요?**

아니, 제우스와 MTHEL 말이야.

**둘에 문제가 있었나요?**

MTHEL은 촬영하고 한 달 뒤에 폐쇄하기로 했거든. 제우스는 이미 프로그램 자체가 중단된 상태였고. 우리는 촬영하기 위해 그걸 재가동해 달라고 애걸복걸하고, 빌려 달라 그러고 사실상 훔쳐서 촬영해야 했어. 디스트레스는 둘 모두를 무지막지한 자원 낭비로 보는 것 같더군.

**그랬나요?**

사실 그렇긴 했어. MTHEL에서 M은 '이동할 수 있다'란 뜻인데 이 말에는 사실 이놈을 이동시키기 위해 특수 개조한 차량 호송대가 따라다녀야 한다는 뜻이 숨어 있지. 그런 데다 이 차량들이 모두 관리하기 까다롭고, 모든 지형을 다닐 수 있는 차량도 아닌 데다가, 한 대 한 대가 서로 긴밀하게 연결이 돼 있어서 말이야. 그리고 MTHEL은 또 레이저를 쏘는 과정에 필요한 막대한 양의 동력과, 고도로 불안정하고 유독한 화학 물질이 있어야 해.

그런 면에선 제우스가 좀 더 경제적이기는 해. 그건 식히기도 쉽고, 관리하기도 쉽고, 험비에 탑재할 수 있으니까 필요한 곳은 어디든 갈 수 있지. 문제는 그게 왜 필요하냐는 거지? 고성능이라곤 하지만 여전히 사수가 움직이는 목표를 향해서 빔을 제자리에 몇 초 동안 잡고 있어야 해. 명사수라면 그 절반 정도 되는 시간에 좀비를 두 배로 쓸어 버릴 수 있는데. 이것 때문에 속사포를 쏠 수 있는 가능성은 사라진 거지. 좀비들의 대군 공격에서 절대적으로 필요한 게 이 속사포인데 말이야. 게다가 두 프로그램 모두 이 무기에 영구적으로 지정된 소총수 부대가 딸려 있어. 원래 사람들을 보호하기 위해 개발된 무기를 반대로 사람들이 지키고 있는 꼴이란 말이지.

**그 무기들이 그 정도로 형편없었나요?**

원래 개발된 목적을 달성하지 못했다는 이야기는 아니야. MTHEL은 테러리스트들의 폭격에서 이스라엘을 지켜 줬고, 제우스는 선발 부대가 진격하는 동안 불발된 무기들을 제거하느라 창고에 있다가 다시 나오긴 했어. 제구실은 완벽하게 해냈지. 좀비 킬러로서 실격이었다는 것뿐.

**그런데 왜 그 무기들을 찍으신 거죠?**

미국인들이 기술을 숭배하니까. 미국인들이 원래 그런 기질적 특징을 타고났잖아. 우리가 그걸 깨닫고 있건 그렇지 않건 간에, 심지어는 가장 극렬한 러다이트(영국의 산업혁명 당시 실직을 염려하여 기계 파괴 운동을 일으킨 직공들—옮긴이)들도 우리나라의 기술적 위용을 감히 부인하지는 못해. 우리는 모든 가정과 회사에 초기 과학 소설 작가들이 상상했던 것보다 더 많은 가전제품과 기계를 채워 넣었어. 그게 꼭 좋은 일인지는 나도 모르겠어, 내가 그걸 판단할 입장도 아니고. 하지만 피난처에 있는 과거 무신론자였던 사람들처럼, 대부분의 미국인들은 아직도 과학의 신이 자신을 구해 주길 기도하고 있어.

**하지만 그러지 못했잖아요.**

그건 중요한 게 아니야. 영화가 히트를 쳐서 시리즈로 만들어 달라는 요청을 받았어. 나는 「경이로운 무기」라는 제목으로 우리 군대의 최첨단 기술에 대한 일곱 편의 영화를 찍었어. 이중 어떤 것도 전술적으로 변화를 준 건 아니지만 심리전에선 승리를 거뒀단 말일세.

**그건…….**

거짓말이 아니냐고? 괜찮아. 그렇게 말해도 돼. 그래, 그건 거짓말이고 때로는 거짓말이 나쁜 게 아냐. 거짓말은 사실상 좋은 것도 나쁜 것도 아냐. 거짓말은 어떻게 사용하느냐에 따라 불처럼 사람들을 따뜻하게 데워 줄 수도 있고, 태워 죽일 수도 있지. 정부가 전쟁 전에 우리에게 한 거짓말들, 우리를 계속 아무것도 모르는 행복한 바보들로 만들려고 했던 거짓말들은 우리를 태워 버린 거짓말들이지. 그것 때문에 우리는 했어야 할 일들을 하지 못했어. 하지만 내가 아발론을 만들었을 때는 이미 모두가 살아남기 위해 할 수 있는 모든 일을 하고 있었어. 과거의 거짓말은 사라져 버린 지 오래고 이젠 사방에 진실이 넘쳐나서 거리를 휘청휘청 걸어 다니고, 문을 와지끈 부숴 버리고, 숨통을 할퀴어 대고 있잖아. 진실은 이런 거야. 우리가 무슨 짓을 한다고 해도, 전부는 아니더라도 우리 대부분은 결코 미래를 보지 못했을 거야. 진실은 우리가 인류라는 종족의 황혼기에 서 있을지 모른다는 것이고, 그 진실이 매일 밤 수백 명을 얼려 죽이고 있어. 그 사람들은 밤새 그들을 지켜 줄 따뜻한 뭔가가 필요했던 거야. 그래서 나는 거짓말을 했고, 대통령도 했고, 모든 의사와 신부와 소대장과 부모들이 거짓말을 했지.

"우리는 괜찮을 거야."

그게 우리의 메시지였어. 그게 전시에 만들어진 모든 필름이 전한 메시지였지. 「영웅 도시」라는 영화에 대해 들어 본 적 있나?

**물론이죠.**

위대한 영화야, 그렇지 않나? 마티가 포위 공격을 당하고 있을 때 찍은 거야. 혼자서 손에 잡히는 대로 뭐든 사용해서 만들었지. 대단한 걸작이야. 그 용기, 결단력, 강인함, 고귀함, 친절과 명예. 그 영화를 보면 정말 인류에 대한 믿음이 생기지. 내가 이제까지 만든 그 어떤 영화보다 더 나은 작품이야. 자네도 그걸 꼭 봐야 해.

**봤는데요.**

어떤 버전?

**네?**

어떤 버전을 봤냐고?

**전 잘 모르겠는데…….**

그 영화에 두 가지 버전이 있다는 걸 몰랐다고? 젊은이, 조사를 좀 제대로 해야겠는걸. 마티는 「영웅 도시」를 전시 버전과 전후 버전 두 개로 만들었어. 자네가 본 것은 90분짜리지?

그런 것 같습니다.

그 영화에서 영웅들의 암울한 면을 보여 주던가? 그 영화에서 일부 '영웅'들의 마음에 숨겨진 폭력과 배신과 잔혹함과 비행과 끝을 알 수 없는 사악함을 보여 주던가? 아, 물론 아니겠지. 왜 그래야 했겠나? 그게 바로 우리의 현실이고, 그래서 수많은 사람들이 이불 속으로 들어가서 촛불을 끄고 이승을 하직해 버린 것 아니겠는가? 그래서 마티는 대신 또 다른 면, 사람들을 아침에 잠자리에서 일어나게 하고, 누군가 그들에게 괜찮아질 거라고 말해 주기 때문에 사력을 다해 살아남게 만드는 면을 보여 주기로 한 거야. 그런 거짓말에는 또 다른 이름이 있지. 그건 희망이라고 부른다네.

## 테네시 주 파넬 공군 기지

개빈 블레어가 나를 비행 중대장인 크리스티나 엘리오폴리스 대령의 사무실로 안내했다. 혁혁한 전투 성과뿐 아니라 불같은 성질로도 유명한, 전설적인 존재인 그녀를 봤을 때 아이같이 자그마한 체격 어디에 그런 강렬한 기질이 숨어 있는지 꿰뚫어 보기 힘들었다. 그녀의 긴 앞머리와 섬세한 이목구비는 영원한 동안의 이미지를 더 강조해 줄 뿐이었다. 그때 그녀가 선글라스를 벗었고, 그녀의 눈에서 반짝이는 불꽃을 볼 수 있었다.

나는 FA22 랩터를 몰았죠. 랩터는 확실히 역대 전투기 사상 최고의 명품이었어요. 이놈은 하느님과 천사들을 모두 합친 것보다 더 빨리 날고, 싸움도 더 잘할 수 있었어요. 미국의 기술적 위용에 바치는 기념비와 같은 존재였는데, 이 전쟁에서는 그런 위용은 아무짝에도 쓸모가 없더군요.

**안타까웠겠군요.**

안타깝다고요? 당신이 평생을 바쳐 노력해 온 단 하나의 목표, 그 목표 때문에 모든 것을 희생하고, 고생하면서, 자신에게 미처 있는 줄도 몰랐던 한계까지 뛰어넘게 만든 그 목표가 이제 '전략적으로 가치 없다'는 말을 어느 날 갑자기 들으면 기분이 어떨 것 같아요?

**군대 내 전반적인 분위기가 그랬다는 겁니까?**

비유를 들어 보죠. 자국 정부가 열 명당 하나꼴로 군인들을 죽인 곳이 러시아 군대만이 아니에요. 3군 재건 법령이라는 게 근본적으로 공군을 거세시켜 버렸어요. 디스트레스의 '전문가' 몇이서 우리 공군의 자원 대 살상 비율이 육해공군 중 가장 처진다는 판단을 내렸죠.

**예를 들어 주시겠어요?**

통합 원거리용 무기*가 어땠는지 알아요? 그건 일단 투하하면 추진장치 없이 GPS와 관성 항법 장치를 이용해 표적까지 이동하는 폭탄인데, 최대 이동 거리가 60킬로미터가 넘어요. 기본형

---

* 통합 원거리용 무기는 용커스에서 다른 다양한 공중 발사 무기와 함께 사용됐다.

인 AGM-154A에는 BLU-97B라는 자탄이 140개 들어 있고 그것들은 각각 대전차용 성형 작약, 대인 살상용 파편, 살상 지대 전체에 불을 놓을 수 있는 지르코늄 고리가 들어 있어요. 이건 용커스 전투를 치르기 전까지는 성공작으로 간주됐죠. 그런데 이제 이 통합 원거리용 무기 한 벌 가격이, 그러니까 장비에 인원과 시간과 에너지에다 무기를 운반하는 항공기에 필요한 연료와 지상 근무 정비사들까지 모두 합친 돈으로, 우리가 죽이는 것보다 1000배는 더 많은 좀비를 훈제시킬 수 있는 보병 한 소대를 먹여 살릴 수 있다는 말을 들었단 말이죠. 과거 우리 군대의 수많은 신무기들처럼, 처들인 돈에 비해 충분히 쿵쾅거리지 못했다는 이야기죠. 이 전문가들이 산업용 레이저로 잘라내듯 잘라 버리더군요. B2 스피릿, 자르고. B1 랜서, 자르고. 심지어는 덩치만 크고 못생기고 뚱뚱한 놈인 오래된 B52까지 자르더군요. 거기에 F-15, F-16, F-14, F-18, F-35와 F/A-22까지 뭉뚱그려 보내 버렸죠. 지대공 미사일(SAM), 대공포(Flak), 역대 출현한 모든 적군 전투기보다도 이 전문가들의 펜 한 방에 더 많은 아군 전투기들이 사라졌죠.* 최소한 이 전투기들은 (고맙게도) 고철 공장으로 직행하지는 않고 그냥 창고나 아니면 사막에 있는 에이먹(AMARC)**이라고 거대한 고물 폐기장에 예비역으로 보관되어 있어요. 그 작자들은 그걸 '장기 투자'라고 하더군요. 그게 유일하게 항상 믿을 수 있는 한 가지죠. 지금 전쟁을 치르는 중에도 항상 다음 전쟁을 대비하

* 약간 과장한 말이다. 좀비 세계 대전에서 '이륙 금지된' 전투기는 세계 2차 대전에 격추당한 전투기 숫자보다 적다.

** AMARC: 애리조나 주 투스콘에 있는 항공기 보존 및 재생 센터.

는 거. 우리의 전투 능력, 최소한 공군의 조직적인 면에서만 본다면 거의 완벽한 상태로 남아 있었어요.

**거의라고요?**

C-17 수송기도 보내야 했고, 기름만 잡아먹는 제트기는 모두 같은 운명에 처했죠. 그렇게 하니까 프로펠러로 돌아가는 비행기만 달랑 남더군요. 나는 말하자면 최고급 전투기를 몰다가 트럭 비슷한 걸 몰게 된 셈이죠.

**공군은 주로 어떤 임무를 맡았죠?**

보급품을 공중 수송하는 것이 우리의 주목적이었고 그나마 유일하게 중요한 일이었죠.

(그녀는 벽에 있는 노란색 지도를 가리켰다.) 그 일이 있고 나서 기지 사령관님이 제게 주신 거죠.

(그 지도는 전시 북미 대륙의 지도였다. 로키 산맥 서쪽 땅은 옅은 회색으로 칠해져 있었다. 이 회색 지역들 사이로 여러 개의 동그라미들이 다양한 색깔로 그려져 있었다.)

좀비 바다에 있는 섬들. 초록색은 현재 활동 중인 군사 시설을 나타내요. 그중 일부는 난민 센터로 바뀌었고. 아직도 전투에 기여하고 있는 시설들도 있어요. 어떤 시설들은 방어는 잘돼 있지만 전략적으로 별다른 영향을 끼치지 못하는 곳도 있고.

붉은 지역은 '공격용으로 실용적인' 곳으로 분류돼서 공장, 광산, 발전소 같은 부분을 뜻해요. 군에서 대대적으로 철수하면서 이 지역엔 보호 관리 팀을 남겨 뒀죠. 이들의 임무는 우리가 전면

전에 이 시설들을 추가시킬 수 있을 때를 대비해서 한동안 이곳을 지키고 관리하는 거죠. 파란 지역은 민간인들이 있는 지역으로 여기서 사람들은 가까스로 좀비들을 막아내서 자그마한 땅뙈기를 차지하고 그 영토 내에서 살아갈 궁리를 모색하는 거죠. 이 모든 지역에 우리는 물자를 공급해야 하고 그게 바로 '대륙 공수 작전'이 하는 일이에요.

이건 대대적인 작전이었죠. 항공기와 연료라는 측면에서만 그런 게 아니라 조직 면에서도 그랬어요. 이 모든 섬들과 지속적으로 연락을 취하면서 이들의 요구 사항을 처리해서 디스트레스와 조정하고, 필요한 모든 물자들의 우선순위를 정해서 조달하고 공중 투하하는 이 일은 공군 역사상 통계적으로 볼 때 가장 큰 사업이었죠.

우리는 정기적으로 배달해야 하는, 식량과 약품 같은 소비재는 될 수 있으면 피하려고 했어요. 이 물품은 의존 물품으로 분류돼서 도구, 예비 부품, 그리고 예비 부품을 만들기 위한 도구와 같은 자급자족용 물품에서 우선순위에 밀렸죠.

"사람들은 물고기가 필요하지 않아."

싱클레어는 이렇게 말하곤 했죠.

"사람들에게 필요한 건 낚싯대야."

어쨌든 매년 가을이면 우리는 많은 양의 생선, 밀, 소금, 말린 채소와 유동식 같은 것들을 배달했죠. 겨울은 참혹했어요. 겨울이 얼마나 길었는지 기억나요? 사람들이 스스로를 도울 수 있도록 돕자는 것은 이론상으로는 근사하지만 그러려면 사람들을 계속 살려 둬야 하잖아요.

가끔 우리는 사람들, 의사나 엔지니어 같은 전문가들, 입문서에는 없는 그런 훈련을 받은 사람들을 보내야 했죠. 파란 지역에 그런 특수 부대 강사들을 많이 보냈는데, 이들은 사람들에게 자신을 더 잘 방어하는 법을 가르칠 뿐 아니라 공격을 해야 할 때를 대비하는 법도 가르쳤어요. 나는 이 강사들을 정말 존경했어요. 대부분 전쟁이 끝날 때까지 그 지역에 머물러야 한다는 걸 알고 있었죠. 대부분의 파란 지역에는 활주로가 없었어요. 그래서 그들은 누가 데리러 오리라는 희망도 품지 않은 채 낙하산으로 가야 했죠. 파란 지역의 모든 곳이 안전하지는 않았어요. 어떤 지역은 결국 좀비들이 차지하기도 했죠. 우리가 보낸 사람들은 자신이 어떤 위험을 감내해야 하는지 알고 있었어요. 정말 대단한 사람들이었죠.

**그건 조종사들도 마찬가지죠.**

물론, 우리가 처한 위험을 과소평가하는 게 아니에요. 매일 우리는 감염된 지역 위로 수백, 어쩔 땐 수천 킬로미터를 비행해야 했어요. 그래서 보라색 지역이 생긴 거죠. (그녀는 벽에 걸린 지도에 남은 마지막 색깔을 언급했다. 지도에 보라색 동그라미는 아주 드물었다.) 우리는 연료 보급을 받고 수리하는 시설로 이곳을 세웠죠. 많은 항공기들이 공중 급유를 하지 않으면 동부 해안에 멀리 떨어져 있는 투하 지점에 갈 만한 항속 거리가 없었어요. 그래서 이 시설 덕분에 공중 투하를 하러 가던 중 실종된 항공기와 승무원 수가 줄었죠. 덕분에 우리 비행대의 생존율이 92퍼센트로 올라갔죠. 불운하게도 나는 그 나머지 8퍼센트에 들었고.

나는 뭣 때문에 우리 비행기가 추락했는지 결코 알아내지 못할 것 같아요. 기계 고장인지 아니면 악천후와 겹친 금속 피로였는지. 어쩌면 유효 탑재량의 내용물에 라벨이 잘못 붙여졌거나 잘못 취급한 건지도 모르겠어요. 생각하기도 싫지만 그런 일들이 빈번히 일어나죠. 가끔 위험 물질이 제대로 포장이 안 됐거나(그런 일은 없어야겠지만) 머리에 똥만 찬 품질 관리 검사관이 부하 직원들에게 뇌관을 나무 상자에 넣어 부치기 전에 미리 조립하게 한다든지. 내 동료가 그런 일을 당했죠. 감염된 지역을 통과해 가는 것도 아니고, 팜데일에서 반덴버그로 늘 하는 비행이었죠. 200개의 모델 38 뇌관들이 완전히 조립된 채로 충전지까지 우연히 작동되고 있었는데, 공교롭게도 우리 무전기와 같은 주파수에 맞춰 폭파되도록 되어 있었죠.

(그녀는 손가락을 튕겼다.)

우리가 그런 일을 당했을 수도 있어요. 우리는 피닉스에서 플로리다 주의 탈라하시 외곽에 있는 파란 지역으로 바삐 돌아다니고 있었죠. 10월 하순이었는데 그 당시에는 한겨울이었죠. 호놀룰루에선 날씨 때문에 3월까지 비행기가 묶이기 전에 몇 번 더 물자를 공급하려고 안간힘을 쓰고 있었죠. 그날이 그 주에 우리가 아홉 번째로 비행하는 날이었어요. 우리는 모두 '트윅'이라고, 반사 신경이나 판단력을 흐리지 않으면서 계속 활동할 수 있게 해 주는 작은 파란색 알약을 먹었죠. 그게 효과는 좋았는데 20분마다 화장실을 가야 한다는 게 문제였어요. 내 동료들, 그러니까 '남자들'은, 여자들은 만날 화장실에 붙어산다는 둥, 불평을 많이 했죠. 나도 그 친구들이 진심으로 그런 건 아니라는 걸 알고 있었지만 어쨌든 가능한 한 오래 참으려고 노력했어요.

두 시간 동안 심각한 난기류 속에서 악전고투하다 마침내 나는 기진맥진해서 부조종사에게 조종간을 넘겼죠. 마치 하느님이 우리 비행기의 꼬리를 냅다 걷어찬 것처럼 비행기가 무지막지하게 요동을 쳤을 때 나는 막 바지 지퍼를 올리고 있었는데, 갑자기 비행기가 곤두박질치기 시작했어요. 우리 C130 기종의 화장실은 사실 화장실이라기보다 무거운 플라스틱 샤워 커튼 속에 휴대용 변기만 달랑 하나 놔둔 곳이었어요. 아마 그것 때문에 내가 살아남았던 것 같아요. 내가 진짜 화장실에 갇혔다면 기절했거나, 화장실 걸쇠를 열지 못했을 텐데. 갑자기 삐걱거리는 소리가 나더니 무지막지하게 센 대기가 몰려와서 난 비행기 뒷부분, 꼬리가 있어야 할 부분을 지나서 밖으로 빨려 나갔어요.

나는 걷잡을 수 없이 소용돌이처럼 떨어지고 있었죠. 간신히 내 비행기가 보였는데, 거대한 회색 덩어리가 떨어지면서 연기를 뿜으며 점점 작아지더군요. 나는 몸을 쫙 펴고 낙하산 버튼을 눌렀어요. 아직도 멍한 상태에다 머리는 어찔어찔한 와중에 숨을 몰아쉬려고 안간힘을 썼죠. 난 무전기를 찾아 더듬으면서 동료들에게 탈출하라고 소리를 질렀죠. 응답이 없었어요. 낙하산이 하나 더 보였는데 탈출한 또 다른 승무원이었어요.

그때가 최악의 순간이었죠, 바로 거기서 무기력하게 낙하산에 매달려 있던 그 순간, 또 다른 낙하산은 내 위 북쪽으로 3.5킬로미터 정도 떨어져 있었어요. 나는 또 다른 동료들을 찾았어요. 다시 무전기를 켜 봤지만 신호가 잡히지 않더군요. 내가 '탈출'하는 동안 망가진 거라고 생각했죠. 내가 있는 곳의 위치를 파악하려고 했는데 루이지애나 남부 어딘가, 끝도 없이 펼쳐진 늪지대가 있는 황무지 같았어요. 정확히 어딘지 확신도 안 섰고 머리는 아직도 흐리멍덩했죠. 아무튼 기본적인 사항을 확인할 만한 분별력은 남아 있었죠. 팔다리도 움직일 수 있었고, 아프다거나 피가 나는 곳도 없었어요. 허벅지에 가죽 끈으로 매달아 놓은 생존 장비가 괜찮은지 확인했는데, 내 무기인 멕*은 갈빗대 사이에 쑤셔 박혀 있더군요.

**공군에서 이런 상황에 대비시켰나요?**

우리는 모두 캘리포니아 클라매스 산에서 윌로 크리크 탈출 프로그램을 통과해야 했어요. 그 프로그램은 우리에게 실전과 같은 느낌을 주기 위해 진짜 좀비들 몇몇에게 꼬리표를 붙여서 추적할 수 있도록 특정 장소에 놔뒀죠. 이건 민간 매뉴얼에서 가르치는 것과 아주 비슷해요. 움직이다가, 몰래 사라져서 좀비가 내 위치를 소리 질러서 동족들에게 알리기 전에 해치우는 방법을 가르치는 거죠.

우리는 모두 해냈죠. 내 말은 살아남았단 말이에요. 물론 파일럿 두어 명은 8지구에서 낙오됐어요. 내 짐작에 그 친구들은 실전 같은 그 분위기를 도저히 참을 수 없었던 것 같아요. 적지에 홀로 남는 게 나한테는 그렇게 괴롭지 않았는데. 나로선 그게 생활이었으니까.

---

* 멕: 조종사들에게 지급되는 22구경 자동 권총의 별명이다. 그 권총의 긴 소음기, 접는 개머리판, 망원 조준경 모양으로 볼 때 그 권총은 해스브로 사에서 만든 트랜스포머 장난감 '메가트론'과 비슷한 것 같다. 이 부분은 아직 확인되지 않았다

**항상?**

적지에서 고독을 씹는 이야기를 듣고 싶다면 콜로라도 스프링스 사관학교에서 보낸 4년간의 학창 시절 회고담이 제격이겠군요.

**하지만 거기엔 다른 여자들도 있었잖아요.**

우연히 같은 생식기가 달린 생도들이자 경쟁자들일 뿐이에요. 진짜예요. 스트레스를 받게 되면 여자 간의 의리 같은 건 그냥 사라져 버려요. 항상 나 혼자였어요. 혼자서 모든 걸 해결하고 항상 자신감을 가져야 했죠. 그 덕에 사관학교에서의 4년간의 생지옥을 버텨 냈고, 좀비들이 버글거리는 땅 한가운데 있는 진창에 빠졌을 때 내가 유일하게 믿은 것도 바로 그것이었어요.

나는 낙하산의 걸쇠부터 풀었어요. 군에서는 낙하산을 감추는 일에 시간 낭비를 하지 말라고 가르쳤죠. 그리고 다른 낙하산이 떨어진 방향으로 갔어요. 두 시간 정도 차갑고 끈적거리는 진창 속을 철벅철벅 소리를 내면서 걸어갔는데 덕분에 무릎 아래로는 감각이 없어지더군요. 생각도 분명하게 정리가 되지 않았고, 머리는 아직도 뱅뱅 돌고 있었죠. 변명거리가 못 된다는 건 나도 알지만, 그래서 새들이 갑자기 반대 방향에서 날개를 퍼덕이는 것도 알아차리지 못했어요. 하지만 멀리서 희미하게 비명은 들었어요. 낙하산이 나무에 엉켜 있는 걸 볼 수 있었죠. 나는 달리기 시작했어요. 안 돼, 안 돼라고 소리를 지르면서 좀비가 있는지 멈춰 서서 들어 보지도 않고 무작정 달렸죠. 처음엔 아무것도 보이지 않고 그냥 벌거벗은 회색 나뭇가지만 보이다가 그들이 바로 내 앞에 들이닥치고서야 보이더군요. 내 부조종사인 롤린스가 아니었다면 나도 죽은 목숨이었겠죠.

그는 낙하산의 멜빵에 매달려 목숨이 끊어졌는데 아직도 경련을 일으키면서 대롱대롱 매달려 있었어요. 그의 비행복은 찢겨 벌어져 있었고* 창자가 밖으로 삐져나와 있었는데…… 적갈색 물안개 속에서 롤린스를 먹어 치우고 있는 좀비들 위로 창자가 늘어져 있더군요. 좀비 중 한 놈은 어떻게 했는지 소장 쪽에 목이 엉켜 있더군요. 그놈이 움직일 때마다 롤린스를 끌어당기면서 빌어먹을 종처럼 딸랑거리는 소리가 나게 하더군요. 놈들은 내가 있다는 걸 전혀 알아차리지 못했어요. 톡 건드릴 수 있을 만큼 가까이 다가갔는데 보지도 않더군요. 어쨌든 나는 총에 소음기를 장착할 만큼은 머리가 돌아갔죠. 탄창을 다 비울 필요도 없었는데 또 일을 망친 거죠. 화가 나서 그 좀비 놈들의 시체를 걷어차기 시작했어요. 너무 수치스럽고 자기혐오에 빠져서 아무것도 보이질 않았죠.

**자기혐오라고요?**

젠장, 내가 일을 망쳤잖아요! 내 비행기, 내 승무원들.

**하지만 그건 사고였어요. 당신 잘못이 아니었어요.**

그걸 당신이 어떻게 알아요? 당신은 거기 없었잖아요. 빌어먹을, 나조차도 거기 없었어요. 나는 도대체 무슨 일이 일어났는지 몰라요. 내 책임을 다하지 못했던 거예요. 염병할 계집애처럼 양동이 위에 쭈그리고 앉아 있었으니까요.

---

* 전쟁의 이 시점에서는 신형 전투복은 아직 대량 생산되지 않았다.

약이 오를 대로 올랐죠.

"못 말릴 약골이군."

나 자신에게 말해 줬죠. 이 빌어먹을 패배자야. 그냥 자신만 혐오하는 게 아니라 혐오하는 나 자신을 다시 혐오하는 악순환에 빠져 들고 있었죠. 내 말이 이해가 가요? 나는 분명 거기 하릴없이 덜덜 떨면서 무력하게 좀비들이 올 때까지 기다리고 있었을걸요.

그런데 바로 그때 무전기가 울리기 시작했어요.

"여보세요? 여보세요? 거기 누구 없나요? 그 비행기에서 빠져나온 사람 없나요?"

그건 여자 목소리였는데 말투로 봐서 분명 민간인이었죠.

나는 곧장 대답하면서 내 신원을 밝히고, 그녀에게도 같은 식으로 응답해 줄 것을 요구했죠. 그 여자는 자신이 방공 경계원이고 통신용 별명은 '메츠 팬' 아니면 줄여서 그냥 '메츠'라고 하더군요. 방공 경계 시스템은 고립된 아마추어 무선사들이 임시변통으로 급조한 네트워크였어요. 이 무선사들은 추락한 항공 승무원에 대해 보고하고 이들을 구조하기 위해 가능한 대로 도움을 주기로 되어 있었죠. 무선사들의 수가 너무 적어서 그다지 효율적인 시스템은 아니었지만 그날은 내가 운이 좋았던 거죠. 그녀는 연기와 추락하는 내 비행기의 잔해를 봤다고 말하면서, 자신이 내가 있는 곳에서 걸어서 하루도 안 걸리는 곳에 있을 것 같지만 자기가 있는 오두막집 주변을 좀비들이 포위하고 있다고 말하더군요. 내가 뭐라고 대답하기도 전에 그녀는 걱정하지 말라고 했어요. 이미 내 위치를 수색 구조 팀에 보고했으니 지금 할 수 있는 최선의 일은 나를 태우러 올 비행기를 만날 수 있는 탁 트인 장소로 가는 것이라고 하더군요.

나는 지피에스를 찾았지만 비행기에서 밖으로 빨려 나가면서 옷에서 찢겨 나갔더군요. 예비로 비상 지도가 있긴 했는데 너무 크고 자세하지도 않은 데다가 내 비행기로 너무 많은 주를 다녀서 사실상 그냥 미국 지도였죠. 나는 아직도 분노와 의심으로 머리가 흐려져 있었어요. 그녀에게 내 위치도 모르겠고 어디로 가야 할지도 모르겠다고 말했지요.

그녀가 웃더군요.

"당신 말은 한 번도 이런 식으로 탈출해 본 적이 없단 말이죠? 기억 구석구석에 이런 건 입력이 안 됐단 말인가요? 낙하산에 매달려 있을 때 당신이 어디에 있는지 못 봤어요?"

그녀는 나를 믿고 정답을 알려 주는 대신 스스로 생각하게 하려고 노력했어요. 나는 내가 이 지역에 훤하고, 지난 석 달 동안 이 위를 적어도 스무 번은 날아다녔으며 아차팔라야 분지 어딘가에 있을 거라는 사실을 불현듯 깨달았죠.

"생각을 해요. 낙하산에서 뭐가 보이던가요? 강이나 도로는 없었어요?"

그녀가 물었어요. 처음에 기억나는 것이라곤, 나무들과 뚜렷한 특징 없이 끝없이 펼쳐진 회색 풍경뿐이었는데 그러다가 서서히 머리가 맑아지면서 강과 도로 둘 다 본 것이 기억났어요. 나는 지도를 체크해 보고 여기 북쪽에 I-10 고속도로가 있다는 걸 깨달았죠. 메츠는 그곳이 수색 구조 팀이 나를 데리러 오기에 완벽한 장소라고 말했어요. 메츠는 해가 떠 있을 때 시간 낭비하지 말고 부지런히 가면 잘하면 하루나 이틀 이상은 안 걸릴 거라고 말했어요.

막 떠나려고 하는데 그녀가 날 제지하면서 뭔가 잊어버린 건 없냐고 물었죠. 그 순간이 또렷하게 기억나요. 나는 롤린스에게로 몸을 돌렸죠. 그는 막 다시 눈을 뜨려던 참이었어요. 나는 뭔가 말해야 할 것 같은, 아마도 사과를 해야 할 것 같은 기분이 들었는데 그러다 이마에 총알을 한 발 발사했죠.

메츠는 자책하지 말라고 하면서 무슨 일이 있더라도 지금 해야 할 일에 집중하라고 말했죠.

"꼭 살아야 해요, 살아서 의무를 다해야 해요."

그리고 덧붙이더군요.

"금쪽같은 시간을 낭비하지 말아요."

그녀는 배터리 충전에 대해 말하고 있었어요. 사소한 것 하나도 놓치지 않더군요. 그래서 나는 동의하고 늪지를 통과해서 북쪽으로 가기 시작했어요. 이제 정신이 명료해졌고 크리크 탈출 프로그램에서 배운 모든 것이 분명하게 떠올랐어요. 걸어가면서 잠깐씩 멈춰 서서 주위 소리를 듣곤 했어요. 가능한 한 마른땅만 밟으려 했고 걸을 때도 신중에 신중을 기했죠. 두 번 헤엄을 쳐야 했는데 정말 불안했어요. 손 하나가 내 다리를 두 번이나 스쳐 갔다는 걸 맹세할 수 있다니까요. 한번은 도로를 발견했는데 작은 2차선 도로로 끔찍하게 황폐하더군요. 그래도 진흙 속을 터벅터벅 걷는 것보단 나았어요. 나는 메츠에게 뭘 찾았는지 보고했고 그 길로 가면 곧장 고속도로로 가게 되는 건지 물었죠. 메츠는 그 도로와 분지를 교차하는 모든 도로에서 떨어지라고 경고했어요.

"도로가 있다는 건 차가 있다는 거잖아요. 그리고 차가 있다는 건 좀비가 있다는 걸 뜻해요."

그녀는 좀비에게 물려 죽은 운전기사들은 소생해서도 문을 열거나 안전벨트를 풀 만한 지능이 없기 때문에, 살아 있는 동안 내내 차 안에 갇혀 있게 된다는 말을 해 줬어요.

나는 그게 왜 위험한지 물었어요. 좀비들이 차 밖으로 나올 수 없다면 내가 열린 창문으로 다가가서 그들이 날 잡게 놔두지 않는 한, 도로에서 아무리 많은 버려진 차와 마주치건 상관없지 않겠냐는 말도 했어요. 메츠는 차에 갇혀 있는 좀비라도 여전히 신음 소리는 낼 수 있으니 그 소리를 듣고 다른 좀비들이 몰려올 수 있다는 점을 상기시켰죠. 이제 나는 정말로 혼란스러웠어요. 만약 좀비 몇 명이 갇혀 있는 차 때문에 도로를 피하자고 그렇게 시간을 많이 죽이면, 좀비들로 꽉꽉 차 있을 고속도로는 왜 가야 하는 건가?

메츠가 말했어요.

"당신은 소택지 위로 올라갈 거예요. 얼마나 많은 좀비들이 당신을 잡겠어요?"

그 도로는 늪지 위 높은 곳에 지어졌기 때문에 I-10 고속도로에서 이 부분이 분지 전체에서 가장 안전한 곳이었던 거죠. 나는 그 점은 생각하지 못했다고 고백했어요. 그녀가 웃으면서 말했죠.

"걱정 마요. 내가 다 생각해 뒀으니까. 내 말만 잘 들으면 내가 집에 갈 수 있게 해 줄게요."

그래서 그렇게 했죠. 나는 도로 비슷해 보이는 것은 옆에도 가지 않았고, 할 수 있는 한 순전히 황야로 난 길만 따라갔죠. '순전히'라곤 했지만 사실 인간이나 인간이었을 수 있는 것들의 흔적을 완전히 피할 수는 없었죠. 가던 길에는 신발, 옷, 쓰레기, 갈가리 찢어진 가방과 등산 장비가 있었어요. 불쑥 솟아오른 진흙 땅 위로 뼈 무더기가 있는 것도 보이더군요. 그 뼈가 사람 뼈인지 짐승 뼈인지는 분간할 수 없더군요. 한번은 흉곽도 봤어요. 내 추측으로는 커다란 악어 같더군요. 그 악어에 좀비 놈들이 도대체 몇이나 덤볐을지 생각하기도 싫었어요.

내가 처음 만난 좀비는 아주 작았어요. 아마 아이였을 것 같은데 구분을 할 수 없었어요. 얼굴이 좀비들에게 먹혔거든요, 피부, 코, 입술, 심지어는 머리카락과 귀까지. 완전히 사라진 건 아니고 벌거벗은 두개골에 부분적으로 살점이 남아 너덜거리고 있었어요. 아마 상처가 더 많았겠지만 그것조차도 확신할 수 없었죠. 그건 기다란 민간인용 등산 배낭 속에 처박혀 있었는데 배낭 끈에 목이 칭칭 감겨 있더군요. 또 다른 끈이 나무 그루터기에 엉켜 있었고, 그것이 물속에 반쯤 잠겨 물을 첨벙거리고 있었죠. 뇌는 손상되지 않았고 심지어 턱과 뇌를 연결해 주는 근섬유도 일부 남아 있었어요. 내가 가까이 다가가자 턱이 딱딱거리기 시작했죠. 내가 거기에 있는 걸 어떻게 알았는지 모르겠어요. 아마 비강이 아직 손상되지 않았는지도 모르고 어쩌면 집음관이 아직 제 기능을 하고 있었던 건지도 모르겠어요.

그것은 목구멍이 너무 심하게 망가져 있어서 신음을 낼 순 없었지만 물을 첨벙대서 다른 좀비들의 이목을 끌 수도 있었기 때문에 그 불쌍한 운명을 끝내 주고(정말 그게 불쌍하다면) 거기에 대해서는 더 이상 생각하지 않기로 했죠. 그게 바로 윌로 크리크에서 배운 또 다른 교훈이었죠. 군에서는 좀비들의 죽음에 대해 애도하지도 말고, 좀비가 되기 전에 그들이 어떤 사람이었는지, 어쩌다 여기 오게 됐는지, 어쩌다 이 지경이 됐는지 상상하려 들지 말라고 했죠. 나도 알아요, 안 그런 사람이 어디 있나요, 그렇죠? 이 좀비들을 보면 자연스럽게 궁금해지잖아요? 이건 마치 책의 마지막 페이지를 읽는 것과 같잖아요. 그냥 자연스럽게 상상력이 발동하는 건데. 그런데 바로 그때 집중력이 떨어지면서 대충 적당히 하면서 경계를 푸는 사이에 결국엔 다른 사람이 우리를 보면서 왜 이런 신세가 됐을까 궁금해하는 처지로 전락해 버리죠. 나는 그 여자 아이, 그것을, 마음속에서 밀어내려고 무진 애를 썼죠. 그 대신 왜 이것이 여기서 본 유일한 좀비인지 궁금해지더군요.

이건 한가하고 궁금해서 나온 질문이 아니라 실제적으로 목숨이 달린 문제였어요. 나는 무전기를 켜서 메츠에게 내가 이 지역에 대해 모르는 게 있는지, 피해 가야 할 지역이 있는 건 아닌지 물었죠. 메츠는 이 지역의 대부분에 인적이 끊긴 이유는 두 개의 파란 지역인 배톤 루지와 라피엣 양쪽에서 좀비들 대부분을 끌어가고 있기 때문이라는 걸 일깨워 줬죠. 안심이 되면서도 동시에 씁쓸한 정보였죠. 사람들이 북적거리는 두 지역의 바로 한가운데에 있다는 게. 메츠는 웃더니 다시 말했어요.

"걱정하지 마요. 당신은 괜찮을 거야."

앞에 뭔가 보이더군요. 덤불숲 정도 크기였는데 덤불숲이라고 하기엔 너무 네모지고 그 자리에서 반짝거리고 있었어요. 메츠에게 그 이야기를 했죠. 메츠는 그쪽 근처로는 가지 말고 계속 내가 가야 할 목표만 집중해서 가라고 경고하더군요. 이때쯤 나는 기분도 꽤 좋아졌고 원래의 나로 조금씩 돌아왔죠.

가까이 가 보니 그건 렉서스 하이브리드 에스유브이 차량이었어요. 진흙과 이끼에 덮여서 물속에 앉아 있는데 차 문까지 물이 차올라 있더군요. 뒤 창문은 생존 장비로 막혀 있었어요. 텐트, 침낭, 조리 기구, 사냥용 라이플과 탄피 상자가 여러 개 있었는데 어떤 건 아직 포장도 풀지 않았더군요. 운전석 창문 쪽으로 돌아가 보니 357 매그넘이 햇살에 번쩍 빛나더군요. 운전자는 쭈그러진 갈색 손에 아직도 그 총을 쥐고 있더군요. 그는 정면으로 앞을 보면서 똑바로 앉아 있었어요. 그의 두개골 옆으로 햇살이 통과해 비치더군요. 꽤 많이 부패해 있었는데 죽은 지 1년 정도, 아니면 더 됐을 수도 있을 것 같았어요. 그 사람은 값비싼 사냥 사파리 카탈로그에서 주문했을 법한 고급 카키색 군복을 입고 있더군요. 옷은 아직도 깨끗해서 새것 같았고, 유일한 핏자국은 머리에 입은 총상뿐이었어요. 다른 상처는 보이지 않더군요, 물린 자국도 없고, 말짱했어요. 그 사람을 보자 난 충격을 받았어요. 아까 그 얼굴 없던 꼬마를 만났을 때보다 더 큰 충격이었죠. 이 남자는 살아남기 위해 필요한 모든 것을 갖추고 있었어요, 모든 것을, 살고자 하는 의지만 빼고. 나도 내가 억측을 하고 있다는 건 알아요. 옷에 가려졌거나 아니면 부패 정도가 심해서 내가 볼 수 없었던 상처가 있었을 수도 있죠. 하지만 직감으로 알 수 있었어요. 그 차 창문에 얼굴을 기대고 이 남자를 보고 있노라니 포기하기란 아주 쉽다는 것을 말이에요.

나는 거기 한동안 서 있었어요. 메츠가 무슨 일이냐고 물어볼

만큼 오랫동안. 메츠에게 지금 보고 있는 것을 말해 줬더니 당장 떠나라고 하더군요.

나는 반박하기 시작했어요. 뭔가 필요한 게 있는지 보러 저 차를 수색해 봐야 한다. 그녀는 내가 원하는 게 아니라 필요한 게 있는지 엄하게 물었어요. 난 생각해 봤고 그런 것은 없다는 걸 인정했죠. 그 사람은 많은 장비를 갖추고 있었지만 모두 민간용이라 크고 거추장스러웠고, 식량은 조리를 해야 하는 것이었고, 무기에는 소음 장치가 없었죠. 내 생존 장비는 완벽하게 갖춰져 있었고, I-10 도로에서 기다리는 헬리콥터를 찾을 수 없다면 이 차량을 비상 보급품 은신처로 언제고 사용할 수 있었죠.

나는 이 차 자체를 쓸 수도 있지 않겠냐는 아이디어를 제시했죠. 메츠는 내게 레커차와 부스터 케이블이 있는지 물었어요. 아이처럼 난 없다고 대답했죠. 그녀가 물어보더군요.

"그런데 왜 그렇게 꿈쩍 않고 있는 거죠?"

뭐 대충 그런 말을 해서 내 등을 떠밀더군요. 나는 1분 정도만 기다리라고 말하고, 그 운전자의 옆 창문에 머리를 기대고 서 있었는데 한숨이 나오면서 다시 기운이 쏙 빠지더군요. 메츠는 다시 딱딱거리면서 날 밀어붙이더군요. 난 입 닥치라고 매섭게 쏴주었죠. 1분, 몇 초…… 시간이 필요하다고 했어요. 도대체 뭘 하려는 건지는 나도 모르겠지만.

전송 버튼을 엄지손가락으로 좀 오래 누르고 있었던 것 같아요. 갑자기 메츠가 묻더군요.

"저게 뭐죠?"

"뭐요?"

메츠는 내 뒤에서 나는 무슨 소리를 들었어요.

**대령님보다 그 여자 분이 먼저 들었단 말인가요?**

그랬던 것 같아요. 그 1초 사이에 정신이 버쩍 들면서 귀담아 들었더니 나도 들리기 시작했거든요. 그 신음 소리. 가까이서 크게 들리는 신음 소리에 이어 첨벙거리는 발소리.

나는 고개를 들어 그 차의 창문, 그 죽은 남자의 머리에 난 총구멍과 반대편 창문을 올려다보다가 첫 놈을 봤어요. 몸을 홱 돌렸더니 사방에서 다섯 놈이 날 향해 덤벼들고 있더군요. 그 뒤로는 열 놈, 열다섯 놈이 있었어요. 나는 처음 본 놈에게 한 방 갈기고 그다음에는 정신없이 연달아 쏴 버렸어요.

메츠는 꽥꽥거리면서 즉시 상황을 보고하라고 했죠. 그녀에게 좀비들의 머릿수를 말해 주니까 침착하게 굴라고 하면서, 뛰려고 하지 말고 그냥 그 자리에서 윌로 크리크에서 배운 대로 하라고 했어요. 그녀에게 윌로 크리크에 대해 어떻게 아냐고 물었더니 메츠는 입 닥치고 싸우기나 하라고 하더군요.

나는 차 지붕으로 올라갔죠. 이런 경우엔 가장 가까운 물리적 방어 시설을 찾아야 하는 법이죠. 그리고 사정거리를 재기 시작했어요. 제일 먼저 총알을 먹일 놈을 정하고서 심호흡을 한 번 하고 날려 줬죠. 전투기 조종사가 된다는 것은 체내의 전기화학적 충동이 허락하는 한 최대한 빠른 결정을 내릴 수 있어야 한다는 걸 의미해요. 처음에 진창에 추락했을 땐 그 순간적인 타이밍을 잃었더랬는데, 이제 그 타이밍이 돌아왔죠. 나는 침착했고, 100퍼센트 집중했고, 모든 의심과 나약함은 사라졌어요. 느낌으론 족히 열 시간은 싸운 것 같았지만 현실은 10분 정도였던 것 같아요. 물속에 떼로 잠긴 놈들이 모두 해서 61명이더군요. 나는 여유롭게 남은 탄환을 점검하고 또 다른 떼거리들이 몰려오길 기다렸죠. 아무도 오지 않았어요.

10분이 흐른 뒤 메츠가 상황 보고를 하라고 하더군요. 내가 혼내 준 놈들 숫자를 말해 주니까 다시는 날 열 받게 하지 않겠다고 하더군요. 나는 추락한 이후 처음으로 웃었죠. 다시 기분도 좋아지고 강해지고 자신감도 살아났죠. 메츠는 중간에 생긴 불상사들 때문에 밤이 되기 전에 I-10 고속도로에 도착할 가능성이 사라졌으니 오늘 밤 어디서 잘 건지 생각해 보는 게 좋겠다고 경고하더군요.

나는 어두워지기 전에 가능한 한 차에서 멀리 떨어져서 키가 큰 나무의 가지에서 높고 안전한 자리를 찾아냈죠. 내 생존 장비에는 군에서 지급한 마이크로 파이버(초미세 합성 섬유 — 옮긴이) 해먹이 있었죠. 가볍고 튼튼하면서 자다가 굴러 떨어지지 않게 막아 주는 버클도 달려 있는 대단한 발명품이었죠. 그 버클은 사람을 진정시켜 주면서 더 빨리 잠들 수 있도록 도와주는 역할을 하는 거였죠. 야호, 그래요! 내가 이미 48시간 가까이 잠을 자지 않았다는 건 중요하지 않았고, 크리크에서 배운 모든 호흡 연습을 다 해 봤다는 것도 중요하지 않았고, 심지어는 베이비 엘(L)*을 두 개나 먹었다는 것조차 중요하지 않아요. 원래는 하나만 먹어야 하는데 그건 날씬한 계집애 같은 놈들에게나 해당되는 거라고 생각했죠. 난 다시 나로 돌아왔으니까 괜찮을 거라 생각했고, 어쨌

* 베이비 엘(L): 공식적으로는 진통제이지만 많은 군인들이 수면제로 사용했다.

든 잠을 자 둘 필요가 있었잖아요.

나는 메츠에게 이제 할 일도, 생각할 것도 없으니 그녀 자신에 대한 이야기를 해 보는 게 어떻겠냐고 물었어요. 정말 당신은 누구냐? 어떻게 루이지애나 남부 한가운데 있는 외딴 오두막에 처박힌 신세가 됐냐? 당신은 말투가 거기 사람 같지도 않고, 심지어 억양도 남부 억양이 아니다. 그리고 어떻게 직접 받아 보지도 않은 조종사 훈련에 대해 그렇게 많이 알고 있냐? 난 점점 의심이 들기 시작했고 그녀의 정체에 대해 엉성하지만 그림이 그려지더군요.

메츠는 내게 나중에 다시 뷰(여자들이 나와서 수다 떠는 프로—옮긴이)에 대해 수다를 떨 만한 충분한 시간이 있을 거라고 말했죠. 지금은 눈을 좀 붙이고 새벽에 다시 이야기하자고 하더군요. 그녀가 '붙이고'라고 말하는데 수면제가 효과를 발휘하기 시작한 게 느껴졌어요. '새벽'이라는 말을 듣고 그대로 나가떨어졌죠. 완전히 곯아떨어졌어요.

눈을 떴을 때는 해가 중천에 걸려 있더군요. 나는 꿈을 꾸고 있었는데, 뭐, 좀비 꿈밖에 더 있나요. 퍼뜩 잠이 깼을 때 좀비 신음 소리가 아직도 들리는 것 같더군요. 그리고 밑을 내려다보고 그게 꿈이 아니란 걸 깨달았죠. 내가 자고 있던 나무 밑에 적어도 100명은 돼 보이는 놈들이 우글거리고 있더군요. 모두 흥분해서 팔을 뻗으면서 나를 잡기 위해 서로 밟고 올라오려고 난리를 치고 있더군요. 땅바닥이 단단하지 않아서 그나마 놈들이 내게 덤벼들 수 없었죠. 놈들을 모두 해치울 탄약도 없었고 총질을 하게 되면 더 많은 놈들이 나타날 시간을 벌어 주게 되니 나로선 짐을 꾸려서 탈출 계획을 실행하는 게 최선이다 싶더군요.

**그런 상황도 계획을 세워 뒀다는 말인가요?**

계획이라고 할 수준은 아니지만 이런 상황에 대비해서 훈련을 받았죠. 이건 비행기에서 뛰어내리는 것과 아주 비슷해요. 적절한 착륙 지점을 선택한 후에 몸을 둥글게 말아서 구른 다음 몸을 풀고 최대한 빨리 일어나는 거죠. 목표는 나와 적들 사이에 어느 정도 거리를 두는 거예요. 전력으로 뛰거나, 가볍게 달리거나 심지어는 '속보'로 도망치는 방법이 있어요. 정말이에요, 군에서는 이 방법도 '효과는 적지만' 대안 중 하나로 고려해 보도록 가르치고 있어요. 요지는 다음번 조치를 생각해 낼 수 있을 만큼 시간을 벌기 위해 충분히 적들로부터 멀리 떨어지라는 거죠. 내가 가진 지도로는 I-10 고속도로는 달려서 갈 수 있을 만한 거리에 있었고, 구조 헬기가 나를 보면 이 냄새나는 놈들이 날 따라잡기 전에 나를 끌어올릴 수 있을 거란 계산이 나왔어요. 나는 무전기를 켜고 메츠에게 상황을 보고하면서 즉시 날 태우러 오라고 수색 구조 팀에게 연락해 달라고 부탁했죠. 메츠는 조심하라고 하더군요. 나는 쪼그려 앉았다가 확 뛰어내리면서 물속에 잠겨 있던 바위에 발목을 세게 부딪쳤어요.

물 위에 그대로 얼굴을 처박고 떨어졌어요. 떨어지면서 다친 발목이 너무 아파서 기절할 뻔했는데 물이 너무 차가워서 그나마 정신을 차렸죠. 입속의 물을 뱉어내면서 숨이 막혀서 꺽꺽거리다가 고개를 들어보니 좀비 떼가 나를 향해 몰려오고 있더군요. 메츠는 내가 안전하게 착륙했다는 보고를 하지 않았기 때문에 이

때쯤 뭔가 일이 생겼을 거라는 걸 알았겠죠. 메츠가 내게 일어나서 도망가라고 소리치던 게 기억나요. 나는 발목에 힘을 실어 보려고 했지만 다리와 척추로 번개처럼 통증이 확 퍼지더군요. 발목으로 체중을 버틸 순 있었지만, 내가 어찌나 비명을 크게 질렀던지 아마 그녀가 있는 오두막집 창문까지 그 소리가 들렸을걸요.

"거기서 나오란 말이야."

그녀는 고함을 지르고 있었어요.

"가!"

나는 절뚝거리기 시작하면서 100명은 거뜬하게 넘는 좀비들을 내 꽁무니에 달고 물을 튀기며 걸었어요. 절름거리면서 미치광이처럼 정신없이 걷는 꼴이 꽤 웃겼을걸요.

메츠가 다시 소리쳤어요.

"그 발목으로 서 있을 수 있다면 뛸 수도 있어! 발목은 하중을 싣는 뼈가 아니야! 할 수 있어!"

"하지만 아프단 말이에요!"

나는 눈물을 질질 흘리면서, 점심거리로 날 잡아 잡수겠다고 울부짖는 좀비들을 달고 오면서 그렇게 말했죠. 마침내 로마의 수로 유적지처럼 보이는 습지 위로 불쑥 나타난 고속도로에 도착했어요. 고속도로가 상대적으로 안전하다는 메츠의 말은 맞았어요. 단지 내가 부상당한다거나 좀비를 꼬리에 달고 나타날 거라는 걸 우리 둘 다 생각 못한 거죠. 고속도로 입구로 직통으로 가는 길이 없어서 나는 절뚝거리면서 처음에 메츠가 가지 말라고 경고했던 고속도로로 이어지는 작은 도로로 가야 했어요. 도로 안쪽으로 들어가면서 메츠가 경고했던 이유가 이해되기 시작했어요. 망가지고 녹슨 차들이 수백 대씩 쌓여 있었는데 열 대 중 한 대당 좀비가 적어도 하나씩은 들어 있더군요. 그들이 날 보고 신음 소리를 내기 시작했는데 그 소리가 사방으로 수 킬로미터씩 퍼졌죠.

메츠가 소리쳤어요.

"지금은 그딴 거 신경 쓰지 마요! 그냥 진입로로 가면서 빌어먹을 그래버들만 조심해요!"

**그래버라뇨?**

차의 부서진 창문 틈으로 손을 뻗치는 놈들을 말한 거죠. 도로가 활짝 트여 있다면 어쨌든 피해 볼 기회라도 있는데 진입로에서는 양쪽으로 차들이 들어차 있어서 어찌할 수가 없었어요. 고속도로로 올라가려고 애를 먹던 그 몇 분간이 그때까지 있던 중 최악의 순간이었죠. 나는 차 사이를 지나가야 했어요. 발목이 말을 안 들어서 차 위로 올라갈 수도 없었죠. 그 썩어 가는 손들이 날 잡으려고 뻗치면서 내 비행복이나 손목을 잡으려고 안달했어요. 그렇지 않아도 시간이 없는데 한 놈씩 머리를 쏘려니 귀중한 시간이 마구 흘러갔죠. 게다가 경사가 급한 사면 때문에 이미 속도가 늦춰지고 있었어요. 발목은 사정없이 쑤시지, 헐떡대면서 제대로 숨도 못 쉬지, 좀비 떼는 이제 엄청 빠르게 날 따라잡고 있지. 메츠가 없었더라면…….

메츠는 그동안 내내 소리를 질러 대고 있었죠.

"엉덩이를 움직이란 말이야, 이 빌어먹을 년아!"

이때 그녀의 입이 무시무시하게 걸어졌죠.

"감히 이제 와서 포기할 꿈도 꾸지 마, 감히 내 앞에서 뻗을 생각은 하지 말라고!"

그녀는 한순간도 날 봐주거나 틈을 주지 않았죠.

"네가 도대체 뭐야, 약해빠진 희생자라도 되냐?"

그때는 마침 내가 희생자라고 생각하고 있던 참이었어요. 나는 내가 결코 살아남지 못하리라고 생각했죠. 너무 지쳤고, 아팠고, 무엇보다 일을 망쳤다는 분노로 참을 수가 없었죠. 사실 내 피스톨의 총구를 돌려서 나 자신을 벌주고 싶었어요. 그런데 메츠가 무지막지하게 충격적인 말을 했죠. 그녀가 포효하더군요.

"너는 뭐야, 네 빌어먹을 어머니야?"

그걸로 충분했죠. 나는 순간적으로 괴력을 내서 고속도로로 기어 올라갔어요. 메츠에게 도착했다고 말하고 물었죠.

"이제 내가 뭘 해야 하죠?"

그녀의 목소리가 갑자기 부드러워졌죠. 그녀는 내게 위를 올려다보라고 했어요. 떠오르는 태양에서 까만 점 하나가 날 향해 오고 있더군요. 그 점은 고속도로를 따라오더니 점점 커져서 UH60 블랙호크로 변하더군요. 나는 와 하고 소리를 지르면서 신호기의 불을 터뜨렸어요.

그들이 나를 헬기 위로 끌어올렸을 때 처음 안 것은 정부 수색 구조기가 아니라 민간용 헬리콥터였다는 거죠. 조종사는 거구의 루이지애나 주민으로 염소수염에 최신 유행의 선글라스를 끼고 있더군요. 그 남자가 물었어요.

"도대체 당신은 어디서 나타난 거요?"

내가 그 억양을 제대로 흉내 내지 못했다면 미안해요. 난 울음을 터뜨릴 뻔하면서 내 허벅지만 한 그의 팔뚝을 가볍게 쳤죠. 나는 웃으면서 빨리 와 줬다고 말했어요. 그는 도대체 무슨 소리냐는 듯이 보더군요. 나중에 알고 보니 이 헬기는 구조 팀도 아니고 그냥 바톤 루즈와 라파예트를 왕복하는 근거리 정기 항공편이었어요. 그때 나는 그걸 몰랐고 어차피 상관없었죠. 나는 메츠에게 헬기를 탔고 안전하다고 말했어요. 난 그녀가 내게 해 준 모든 것에 대해 감사하다고 말했고, 그리고 사실 그렇게 엉엉 울 생각은 아니었는데. 난 드디어 그 뷰 에피소드를 듣게 됐다는 농담으로 얼버무렸죠. 그런데 메츠는 응답하지 않았어요.

**듣고 보니 그분 정말 대단한 방공 경계 요원이었던 것 같군요.**

끝내 주는 여장부였죠.

**그때 '의심'이 들었다는 말씀을 하셨죠.**

어떤 민간인, 심지어는 베테랑 방공 경계 요원이라고 해도 조종사의 생활에 대해 그렇게 많은 걸 알 수는 없어요. 그녀는 이 바닥 사정에 너무 훤했고 박식한 데다 이런 훈련을 직접 거친 사람만이 알 수 있는 그런 지식을 갖추고 있었어요.

**그럼 그녀도 역시 파일럿이었군요.**

당연하죠. 공군은 아니에요. 그랬다면 내가 알았을 텐데. 아마 해병이었을 것 같아요. 해군도 나처럼 단거리 보급품 조달 비행을 하다가 많은 조종사들을 잃었고 열 명 중 여덟 명은 찾지 못했어요. 분명 그녀도 나 같은 상황에 처했을걸요. 불시착하고, 동료들은 다 죽고, 어쩌면 나처럼 그것 때문에 자책하고 있었을 수도 있죠. 어떻게 해서든 그녀는 그 오두막집을 찾아서 끝내 주는 방공 경계 요원으로 전시를 보내고 있었겠죠.

**그럴듯하군요.**

그렇죠?

(잠시 어색한 침묵이 흘렀다. 나는 그녀가 좀 더 말해 주기를 기다리면서 그녀의 얼굴을 유심히 봤다.)

**군에서는 그녀를 결코 찾지 못했죠.**

맞아요.

**오두막집도 찾지 못했죠.**

그래요.

**그리고 호놀룰루엔 메츠 팬이란 통신명을 가진 방공 경계 요원에 대한 기록이 전혀 없었죠.**

이미 조사를 다 해 오셨군요.

**전…….**

그러면 이미 내 교전 후 보고서도 읽으셨겠죠, 그렇죠?

**그렇습니다.**

그리고 공식적인 내 보고가 끝난 후 본부에서 실시한 내 정신 감정 보고서도 봤고.

**그게…….**

홍, 그건 다 헛소리예요, 아시겠어요? 그녀가 내게 알려 준 모든 정보가 이미 내가 다 알고 있었던 정보라면 어쩔 건데요. 만약 정신 감정 팀이 내 무전기는 추락하기 전에 이미 망가졌다고 '주장'하면 어쩔 거냐고요. 그리고 메츠가 아테네 여신의 엄마인 메티스, 폭풍 같은 회색 눈을 가진 그리스 여신의 이름의 약자라고 하면 또 어쩔 거냐고요. 아, 정신과 의사들은 그것 때문에 무척 신나 하더군요. 특히 내 어머니가 브롱스에서 성장한 걸 '알아냈을 때' 더 그랬죠.

**그리고 그녀가 당신 어머니에 대해 한 말도 있잖아요?**

도대체 엄마랑 아무 문제가 없는 사람이 있기나 해요? 메츠가 파일럿이었다면 그녀는 타고난 도박사였을 거예요. '엄마'를 들먹이면 성공할 가능성이 크다는 걸 알고 있었을 거라고요. 그녀는 위험하다는 걸 알면서도 모험을 한 거죠. 있죠, 군에서 내가 미쳤다고 생각한다면 왜 내가 아직도 비행을 하고 있는 거죠? 왜 자르지 않냐고요? 아마 그녀는 파일럿이 아니었을지도 몰라요. 아마 파일럿의 부인이거나 어쩌면 파일럿이 되고 싶었는데 나처럼 끝까지 가지 못했던 건지도 몰라요. 아마 그녀는 그냥 겁에 질린 외로운 사람이었는데 또 다른 겁에 질리고 외로운 사람이 자신처럼 될까 봐 사력을 다해 도운 건지도 몰라요. 그녀가 누구였든, 무엇이었든 무슨 상관이에요? 그녀는 내가 필요할 때 옆에 있어 줬고, 내 목숨이 다하는 날까지 옆에 있어 줄 건데요.

# 그 밖의 세계 여러 나라

## 유럽 연합의 보헤미아 주

거기 이름인 '코스트'는 '뼈'라는 뜻이며 부족한 미모를 넘치는 힘이 채워 주고 있는 형상이다. 단단한 반석의 토대에서 자라난 것처럼 보이는 이 14세기 고딕 양식의 '성'은 플라카네크 계곡 위로 위압적인 그림자를 드리우고 있는데 데이비드 앨런 포브스가 펜으로 묘사하고 싶어 할 만한 그런 이미지이다. 『좀비 전쟁의 성들: 대륙』이라는 책은 그의 두 번째 책이 될 것이다. 그 영국인은 나무 밑에 앉아 있었는데, 조각 천을 이어 만든 옷과 긴 스코틀랜드 칼을 차고 있는 모습이 아서 왕 시대 같은 주변 환경의 분위기를 한결 더 고조시키고 있었다. 그는 내가 도착하자 침착한 예술가에서 지독하게 안절부절못하는 이야기꾼으로 갑자기 태도를 바꾸었다.

신세계에는 우리와 같은 요새의 역사가 없다는 말을 했을 때, 제가 말한 신세계란 북아메리카만 가리킨 것입니다. 요새야 카리브 해를 따라 자연적으로 생긴 스페인의 연안 요새도 있고, 우리가 프랑스와 함께 소앤틸리스 열도에 지은 요새들도 있죠. 그리고 직접 포위당한 적은 없지만 안데스 산맥에 유적지로 남아 있는 잉카의 요새도 있고.* 마찬가지로 제가 '북아메리카'라고 할 때 여기에 멕시코의 마야와 아스텍 유적지는 넣지 않았습니다. 거 왜 있잖습니까, 지금은 톨텍이라고 하는 쿠쿨칸 전투 말이에요. 그 장엄한 피라미드 계단에서 그 사람들이 수많은 좀비를 막았을 때의 일요. 그래서 제가 '신세계'라고 말할 때 그 신세계란 미국과 캐나다만을 지칭하는 말입니다.

선생님도 아시겠지만, 이 말은 모욕하려고 하는 말이 아니니 제발 그렇게 받아들이지 말아 주세요. 미국과 캐나다는 둘 다 젊은 나라로 우리 유럽인들이 로마 제국이 몰락한 후 겪었던 그런 제도적인 무정부 상태를 겪은 적이 없어요. 이 두 나라에는 항상 격식을 갖춰 법과 질서를 행할 수 있는 군대를 보유한 국민의 정부가 있었습니다.

저도 미국의 서부 개척 시대나 남북 전쟁이 일어났을 때는 그렇지 못했다는 걸 알고 있고, 미국에도 남북 전쟁을 치르기 전에는 요새가 있었고 그것을 수호한 경험도 있다는 사실을 무시하려는 게 아니랍니다. 언젠가는 저도 제퍼슨 요새를 찾아가 보고 싶습니다. 그곳 생존자들이 대단한 일을 겪었다는 이야기는 저도 들

---

* 전시에 마추픽추는 대체적으로 평화로웠지만 빌카밤바의 생존자들이 소규모의 내부적인 질병 발병을 목격했다.

었습니다. 제가 말하고자 하는 것은, 유럽 역사에서는 1000년에 걸친 혼란스러운 시대에 가끔 육체적 안전이라는 개념이 군주가 있는 성의 흉벽 안으로 제한됐던 때가 있었다는 말입니다. 이해가 되시나요? 제가 지금 횡설수설하고 있나요? 다시 설명할까요?

**아뇨, 아뇨, 지금도 좋습니다. 제발, 계속해 주세요.**
이상한 부분은 편집해 주세요.

**그렇게 하겠습니다.**

좋습니다. 성에 대한 이야기를 하고 있었죠. 흠. 저는 한순간이라도 전투를 치를 때 성이 얼마나 중요한지 과장하고 싶진 않아요. 사실 성과 다른 종류의 고정된 방어 시설, 현대적이면서 개조된 방어 시설들을 비교해 보면 성이 전쟁에 기여한 역할이 꽤 하찮아 보일 수도 있어요. 선생님이 저 같은 사람이 아니라면 말이죠. 그런데 그 하찮은 기여 덕분에 목숨을 구하게 됐죠.

그렇다고 강력한 요새가 물론 우리의 신이라는 뜻은 아닙니다. 먼저 성과 궁전의 고유한 차이점부터 이해하셔야 합니다. 소위 성이라고 불리는 많은 것들이 사실은 그저 크고 장엄한 저택이거나 아니면 그 방어적인 가치가 쓸모없어진 뒤에 그렇게 개조된 것에 지나지 않습니다. 한때는 난공불락의 요새였는데 이제는 지상에 너무 많은 창문을 만들어서 그것들을 벽돌로 모두 막으려면 한도 끝도 없을 겁니다. 그것보다는 차라리 계단을 없애 버린 현대식 아파트 블록이 낫겠죠. 그리고 위세 성이나 프라하의 '성들'처럼 지위의 상징을 나타내기 위해 궁전을 지은 것을 생각해 보면 이것들도 다 사람 잡는 곳일 뿐이에요.

베르사유 궁전을 보세요. 그거야말로 대표적인 실패작이라고 할 수 있죠. 프랑스 정부가 그 궁전의 잿더미 위에 국립 기념비를 세우기로 한 것도 이해가 갑니다. 르나르가 쓴 그 시를 읽어 본 적이 있나요? 지금 기념 공원에서 자라는 들장미 꽃잎들이 망자들의 피로 붉게 물들었다는 시요.

오랫동안 목숨을 부지하기 위해 필요한 것이 높이 쌓은 벽 하나라는 말은 아니에요. 다른 고정된 방어물처럼 성도 외부뿐 아니라 내부적으로도 위험한 점이 많아요. 네덜란드에 있는 마두로담을 봐요. 폐렴 한 번 돌면 그걸로 끝이에요. 거기에 습하고 차가운 가을 날씨와 영양실조에 제대로 된 약이 부족하면…… 높은 석벽에 갇혀 있는데, 주위 사람들은 모두 중병을 앓고 있고, 당신 차례도 머지않았다는 것을 실감하면서 그나마 실낱같은 희망이라면 도망치는 것밖에 없다는 것을 알고 있는 심정을 한번 상상해 보세요. 절망 끝에 정신을 놓아 버리고 좀비들로 가득 찬 해자(도시 성곽 둘레에 판 못 — 옮긴이)에 뛰어내리는 사람들에 대한 이야기를 쓴, 죽어가는 사람들의 일기들도 있잖아요.

그리고 브라우바흐 성과 피에르퐁 성에서와 같은 대화재도 있었죠. 사방이 막힌 곳에 수백 명이 갇혀서 불꽃에 그을려 죽거나 연기에 질식돼 죽길 기다리고 있었어요. 그리고 어찌 된 일인지 민간인들이 폭탄을 발견했지만 다루는 법이나 심지어는 보관법을 몰라서 사고로 폭발하는 경우도 있었죠. 제가 알기로 헝가리의 미스콜크 디오스기오르(Miskolc Diosgyor)에서 누군가 주성분이 나트륨인 군용 폭발물이 숨겨진 곳을 발견했다고 하더군요.

그 폭발물이 정확히 무엇인지, 왜 그 사람들이 그걸 가지고 있었는지 제게 묻지 마세요. 하지만 불이 아니라 물이 그 폭탄의 촉매제라는 걸 아무도 몰랐던 것 같아요. 듣자 하니 누군가 무기고에서 담배를 피우다가 조그맣게 불을 내거나 뭐 그런 비슷한 소란이 났던 것 같은데. 그 어리석은 사람들은 폭탄이 든 나무 상자에 물을 끼얹으면 폭발을 방지할 수 있을 거라고 생각했지요. 물을 뿌리는 순간 벽에 구멍이 뻥 뚫리면서 댐이 무너져서 물이 쏟아지는 것처럼 시체가 쏟아져 내렸습니다.

적어도 그건 무지해서 한 실수입니다. 샤토 드 포그레(Chateau de Fougeres)에서 일어났던 일은 도저히 용서할 수 없는 일이었어요. 거기 사람들은 보급품이 바닥날 지경에 이르자 좀비들의 공격을 피하기 위해 지하 터널을 팔 생각을 했습니다. 도대체 자기들이 뭐라고 생각했는지, 「영광의 탈출」이라도 찍는 줄 알았나? 터널을 팔 때 전문 측량 기사라도 데리고 갔을까? 심지어 삼각법의 기본이라도 이해하고 있었을까요? 그 빌어먹을 터널 입구는 예상했던 것보다 0.5킬로미터 짧게 나왔고, 덕분에 그 빌어먹을 괴물들의 둥지 바로 앞에 터널 입구를 낸 겁니다. 그 멍청한 종자들은 심지어 터널에 폭탄을 설치해 둘 생각조차 하지 않았어요.

그렇습니다, 이렇게 실패한 이야기야 부지기수지만 한편으로 주목할 만한 승리도 있었어요. 많은 성들이 단기에 그친 포위 공격을 받았는데 운이 좋았던 편이었습니다. 스페인, 바바리아, 안토닌* 위쪽 스코틀랜드에 있던 성들은 몇 주 혹은 며칠만 버티면 됐으니까. 키시멀 같은 성은 위태로웠던 하룻밤만 무사히 넘기면 됐

* 영국의 주 방어선은 오래된 로만 안토닌 벽 유적지를 따라 설정됐다.

고요. 하지만 세르 강 위에 있는 다리 위에 세워진 그 기괴하고 작은 디즈니랜드같이 생긴 프랑스의 쉬농소 성 같은 진정한 승리도 있었어요. 육지와도 단절되고 마땅한 전략적인 계획도 없이 이들은 몇 년간 성을 사수했죠.

**몇 년간 버틸 만한 충분한 물자가 있었나요?**

웬걸요. 이 사람들은 무턱대고 첫눈이 올 때까지 기다렸다가 주변 지방을 습격했죠. 이건 성이든 아니든 포위당하고 있던 사람들은 통상적으로 하는 절차겠죠. 미국의 전략적인 '파란 지역'에 있는 사람들도, 설선 위에 있던 사람들도 같은 식으로 행동했을 거라고 생각합니다. 그런 면에서 유럽 대부분이 겨울에는 꽁꽁 언다는 게 우리로선 행운이었죠. 저와 이야기를 나눴던 많은 방어자들이, 불가피하게 닥쳐온 겨울이 길고 참혹하긴 했지만 덕분에 목숨을 구할 수 있는 집행유예를 받았다는 점에 동의하더군요. 동사하지 않는 한, 좀비들이 꽁꽁 언 틈을 타서 많은 생존자들이 몇 개월을 더 따뜻하게 보내기에 필요한 것을 찾으러 주변 지방을 습격할 수 있었으니까.

벨기에의 부용이든 스페인의 슬로바키아든 심지어 우리 영국의 웨일스에 있는 뷰마리스와 같은 곳 모두 도망칠 기회가 있었는데도 성을 버리지 않고 남기로 선택한 방어자들이 얼마나 많았는지 몰라요. 전쟁 전에 그곳은 시대에 뒤떨어진 박물관, 지붕이 없는 방들과 높은 동심원 모양의 벽들로 이루어진 텅 빈 껍데기에 지나지 않았죠. 자원을 모으고, 시민들을 조직화하고, 이 폐허에 이전의 영광을 돌린 시의회의 업적에 빅토리아 십자 훈장을 줘야 마땅해요. 그 위기가 자신들이 살던 영국 지방을 꿀꺽 삼키기 전에 이들에게 남은 시간은 몇 달뿐이었어요. 더 극적인 이야기는 마을 전체를 보호했던 성이자 중세 성벽이었던 코니 이야기죠. 그 성에 살고 있던 사람들은 그 막막하던 몇 년 동안 비교적 안전하고 편안하게 살았을 뿐 아니라, 바다에 접해 있어서 우리가 국토를 다시 회복하기 시작했을 때 코니가 우리 군대의 출발점이 됐죠. 『캐밀롯 광산』이란 책을 읽어 본 적 있습니까?

(나는 고개를 흔들었다.)

꼭 읽어 봐요. 작가가 케어필리의 방어자로서 자신이 직접 겪은 일을 토대로 쓴 훌륭한 책이에요. 작가가 웨일스의 러들로에 있는 자신의 아파트 이층에 있을 때 위기가 시작됐어요. 집에 있던 모든 비축 물자가 떨어지고 첫눈이 내렸을 때, 그는 더 오래 머무를 수 있는 곳을 찾아 여행을 시작했죠. 그러다 버려진 옛 성터를 우연히 발견했는데 그곳은 주민들이 열의 없이 좀비 공격을 막아내려다 결국 결실을 거두지 못했던 과거가 있는 곳이었습니다. 그는 사람들의 시체를 묻어 주고, 꽁꽁 언 좀비들을 빼개 버리고, 자신만의 성을 복구하기 시작했지요. 역사상 가장 혹독했던 겨울 내내 그는 쉬지 않고 일했습니다. 5월이 왔을 때 케어필리는 여름의 포위 공격에 완전하게 대비가 됐고, 다음 해 겨울에는 살아남은 다른 수백 명 생존자들의 피난처가 됐지요.

(그는 자신의 스케치 몇 장을 보여 줬다.)

걸작이지요, 그렇지 않습니까? 영국 성 중에서 두 번째로 큰 겁니다.

**제일 큰 건 뭐죠?**

윈저.

**윈저는 선생님의 성이죠.**

흠, 내 성이라고 하긴 그렇죠.

**제 말은 선생님이 거기 계셨다는 뜻이죠.**

(또다시 침묵이 흘렀다.)

그곳은 방어 관점에서 보면 완벽에 가까웠죠. 전쟁 전에는 면적이 거의 50제곱킬로미터로 유럽에서 사람들이 가장 많이 거주하는 성이었죠. 이곳에는 우물도 있었고, 10년은 배급할 수 있는 식량을 보관할 창고도 있었죠. 1992년 화재 때문에 최첨단 진압 시스템이 만들어지고 그 후로 잇따라 일어난 테러리스트들의 공격에 대비해서 영국에 있는 어떤 성에 비교해도 처지지 않게 보안 시스템도 향상됐죠. 일반 대중들도 자신들이 낸 세금이 어디에 쓰이고 있는지 몰랐죠. 방탄유리, 강화된 벽, 신축 자재로 만든 빗장에, 창턱과 문틀에 교묘하게 숨겨진 철 덧문 같은 것에 국민들의 세금이 들어갔어요.

그러나 윈저의 찬란한 성과 중에서도 최고는 성의 토대 밑에 몇 킬로미터에 걸쳐 매장된 원유와 천연가스를 끌어올린 것입니다. 그 매장지는 1990년대에 발견됐지만 정치적이고 환경적인 다양한 이유 때문에 개발하지 못했습니다. 그렇다고 정말로 개발을 안 한 건 아니겠죠. 왕실 엔지니어 파견단이 성벽 위로 비계를 설치해서 그것을 시추 현장까지 연결시켰어요. 그것은 대단한 성과였고 그것이 어떻게 요새화한 고속도로의 전조가 됐는지 선생도 이해하시겠죠? 내 개인적으로는 난방이 되고, 따뜻한 음식을 먹을 수 있다는 게 그저 고마울 따름이었죠. 절박한 상황에서는 화염병을 만들고 수로를 불태울 수 있었고. 그게 좀비를 막는 가장 효과적인 방법이 아니란 건 나도 알지만 놈들을 막다른 골목으로 몰아넣고 불태우면…… 게다가 총알도 다 떨어지고 중세에나 쓰던 무기들만 있는 상황에서 우리가 달리 뭘 할 수 있었겠어요?

그런 무기들이 꽤 많았습니다, 박물관이랑 개인적인 수집품이랑. 개중에는 장식용 가짜가 아닌 진품도 있었어요. 실제로 쓸 수 있는, 단단하고 검증된 무기였죠. 이 무기들은 다시 영국인들의 삶의 일부가 돼서, 평범한 사람들이 철퇴나 미늘창(창과 도끼를 겸한 15~16세기경의 무기 — 옮긴이)이나 양날 도끼를 들고 터벅터벅 걸어 다녔습니다. 이렇게 봐선 못 믿겠지만 나도 이 클레이모어(쌍날의 큰 칼로 스코틀랜드인이 사용했음 — 옮긴이)를 제법 다루지요.

(그는 자기 키만큼 긴 무기를 조금 부끄러워하면서 가리켰다.)

사실 이상적인 무기도 아니고 기술도 많이 써야 하지만 결국엔 자신의 역량만큼, 자신도 할 수 있으리라고 생각지도 못했던 역량을 발휘해서 주변 사람들이 모두 할 수 있는 일을 익히게 됩니다.

(데이비드는 말을 잇기 전에 망설였다. 분명 심기가 불편해 보였다. 나는 손을 내밀었다.)

**이렇게 시간을 내주셔서 감사…….**

할 이야기가…… 남았어요.

**불편하시면…….**

아뇨, 괜찮습니다. (심호흡을 했다.) 그녀는…… 그녀는 떠나려고 하지 않았어요. 의회가 반대했지만 윈저에 남겠다고 고집했죠. "전쟁이 끝날 때까지."라고 하더군요. 나는 이런 행동이 그릇된 고결함에서 비롯됐거나 아니면 여왕이 공포로 마비된 거라고 생각했죠. 나는 그녀를 설득하려고 하면서 무릎을 꿇고 빌다시피 했어요. 여왕은 자신의 모든 토지를 보호 지역으로 전환해서 누구든 거기 가서 방어할 수 있게 한다는 '발모럴 포고'로 할 도리를 다하지 않았나요? 왜 아일랜드나 맨섬에 있는 가족에게 가거나, 아니면 적어도 영국에 남아 있어야 한다고 그렇게 고집할 거라면 안토닌 북쪽에 있는 최고 사령부 본부에 가지 않았을까요?

**여왕은 뭐라고 하시던가요?**

"가장 고귀한 일이란 타인에게 봉사하는 것입니다."(그는 헛기침을 했는데 윗입술이 잠시 떨렸다.) 그녀의 아버지가 그 말씀을 하셨다고 하더군요. 바로 그 이유 때문에 그 부친은 2차 세계 대전 당시 캐나다로 가길 거부했고, 그것 때문에 여왕의 어머니는 독일군의 공습이 닥칠 때 런던 지하철에 웅크리고 있는 민간인들을 방문하면서 시간을 보냈고, 그 덕분에 우리는 지금까지 영국이라는 나라를 지킬 수 있었어요. 그들의 사명, 그들의 임무는 우리의 민족적 기상에서 위대한 모든 점을 온몸으로 구현하는 것이었습니다. 왕족들은 우리와 같은 평민에게 영원히 가상 상인하고,

용감하고, 절대적으로 최선의 본보기가 돼야 했죠. 어떤 면에선 그들이 우리를 지배한 게 아니라 우리가 그들을 지배했고, 이들은 반드시 모든 것, 모든 것을 희생해서라도 이 신성한 짐의 무게를 짊어져야 했죠. 그렇지 않았다면 도대체 뭐가 남겠어요? 빌어먹을 전통은 죄다 쓰레기로 만들어 버리고 단두대를 치워 버리고 그걸로 모두 끝내 버리는 거죠. 내 생각에 사람들은 왕족을 성과 아주 흡사한 존재로 생각했습니다. 무너져 내리는, 시대에 뒤처진 유물로 관광객을 끌어들이는 것 외에는 다른 실질적인 현대적 기능은 발휘하지 못하는 그런 존재. 하지만 하늘이 어두워지고 국가의 부름을 받았을 때 이 둘은 자신의 존재 의미를 다시 깨달은 거죠. 하나는 우리의 육체를 수호했고 다른 하나는 우리의 영혼을 수호했습니다.

## 미크로네시아 연방 율리티 환상 산호섬

2차 세계 대전 당시 이 거대한 환상 산호섬은 미 태평양 함대의 주요 전진 기지였다. 좀비 세계 대전을 치를 때 이곳은 미 해군뿐 아니라 수백 척의 민간 선박들에 피난처를 제공했다. 이 선박 중 하나가 라디오 자유 지구의 최초의 방송 센터인 유엔에스(UNS) 우랄이었다. 이제 그 프로젝트가 이룬 성과를 기념하는 박물관으로 변신한 이 배를 「전쟁 어록」이란 제목의 영국 다큐멘터리에서 집중적으로 다루고 있다. 바라티 팔시가는 이 다큐멘터리에서 인터뷰한 사람 중 하나다.

무지가 우리의 적이었어요. 거짓말과 미신, 오보, 허위 정보가 적이었죠. 가끔은 정보 자체가 존재하지 않았고. 무지가 수십억의 목숨을 앗아갔습니다. 무지가 좀비 전쟁을 일으켰어요. 우리가 지금 알고 있는 걸 그때도 알고 있었다면 어땠을지 한번 상상해 보세요. 만약 지금 우리가 결핵에 대해 알고 있는 만큼 그때 좀비 바이러스에 대해 잘 알고 있었다면 어땠을지 한번 상상해 보세요. 세계 시민들이, 아니면 적어도 이 시민들을 보호할 책임을 진 사람들이 자신들이 맞선 상대에 대해 정확히 알고만 있었더라도. 무지가 우리의 진정한 적군이었고 냉엄하고 확실한 정보가 무기였어요.

내가 처음 라디오 자유 지구에 들어왔을 때 이곳은 아직 건강과 안전 정보 국제 프로그램이라고 불렸습니다. '라디오 자유 지구'란 이름은 우리 방송을 모니터했던 개인들과 지역공동체에서 나온 것입니다.

이 방송은 남아프리카 플랜이 나온 지 불과 몇 달 뒤, 그리고 호놀룰루에서 그 회의가 열리기 몇 년 전에 최초로 실시한 실로 국제적인 규모의 사업이었습니다. 세계 대부분의 국가들이 레데커가 고안한 계획을 토대로 자신들의 생존 전략을 만들었던 것처럼 라디오 프리 지구의 모태는 라디오 우버니*입니다.

**라디오 우버니가 뭐였습니까?**

고립된 국민들을 대상으로 한 남아프리카 방송이었습니다. 남아프리카 정부는 물질적인 지원을 해 줄 자원이 없었고 해 줄 수

---

* 우버니: 통일이란 뜻으로 줄루어다.

있는 유일한 지원은 정보였습니다. 어쨌든(제가 알기론) 남아프리카 정부에서 처음으로 정규 다중 언어 방송을 시작했죠. 이 방송에서는 실용적인 생존 기술을 제공할 뿐 아니라 시민들 사이에 떠돌고 있는 모든 허위 정보를 수집해서 시정하는 일까지 했습니다. 우리는 라디오 우버니의 모델을 본떠서 그것을 전 세계 지역 공동체에 맞게 개조했습니다.

나는 글자 그대로 우랄 호의 리액터(원자로)가 다시 막 가동되기 시작하던 초창기에 이 프로그램에 참가했습니다. 우랄호는 과거 소련, 당시에는 러시아의 연방 해군 소속이었습니다. 과거에 SSV-33(러시아의 정보 수집선—옮긴이)은 여러 용도로 사용됐죠. 지휘와 통제를 맡고 있었고, 미사일 추적 플랫폼이자 전자 감시선이었습니다. 유감스럽게도 이 배는 처치 곤란한 존재였는데, 그 이유는 시스템이 너무 복잡해서 심지어 이 배의 승무원들조차 제대로 조작할 수 없었다는 겁니다. 그래서 이 배는 주로 블라디보스토크 해군 기지에 있는 부두에 정박돼 시간을 보내면서 기지에 추가 전력을 공급하는 역할을 했다고 하더군요. 나는 엔지니어가 아니라서 사람들이 어떻게 이 배의 다 써 버린 연료봉을 교체했는지, 또는 이 배의 거대한 커뮤니케이션 설비를 어떻게 전환시켜서 전 세계적인 위성 네트워크와 인터페이스로 접속할 수 있게 했는지 모릅니다. 제 전공은 인도아대륙 언어입니다. 저와 베르마 씨, 이렇게 단둘이서 10억의 인구를 다루고 있습니다. 흠, 그때는 아직 10억이었죠.

베르마 씨가 스리랑카의 난민 수용소에 있던 저를 발탁했죠. 그는 번역가였고, 저는 통역사였습니다. 우리는 런던에 주재한 우리 나라 대사관에서 그보다 몇 년 전에 같이 일했더랬죠. 그때는 우리가 격무에 시달린다고 생각했어요. 생각해 보면 그때는 정말 양반이었는데. 우리는 꼭지가 돌아 버리도록 하루에 열여덟 시간, 어떨 땐 스무 시간씩 일에 시달렸습니다. 언제 잠을 잤는지도 몰랐어요. 처리되지 않은 정보가 너무 많았고, 1분 간격으로 긴급 문서가 들어왔어요. 대부분의 정보가 기본적인 생존에 관한 것이었죠. 물을 정수하는 법, 실내 온실을 만드는 법, 페니실린을 만들기 위해 곰팡이 포자를 배양해서 가공 처리하는 법 등. 이렇게 머리를 멍하게 만드는 원고에는 종종 전에는 한 번도 들어 보지 못했던 사실이나 용어들이 강조되어 있었죠. '퀴즐링'이나 '야생의 아이들' 같은 말은 머리털 나고 한 번도 들어 본 적이 없는 말이었어요. '로보'가 뭔지, 팔랭스라는 가짜 치료약 같은 게 뭔지도 몰랐고. 내가 아는 것이라곤 갑자기 제복을 입은 남자가 눈앞에 단어 뭉치를 들이대면서 이렇게 말했다는 거죠.

"이 내용을 마라티어(인도어의 하나—옮긴이)로 번역해서 15분 내에 방송할 수 있게 준비해 줘요."

**어떤 종류의 오보와 싸우고 있었나요?**

어디에서부터 시작을 했으면 좋겠어요? 의학? 과학? 군대? 영적인 것? 심리적인 것? 나는 심리적인 면이 제일 열불 나더군요. 사람들은 걸어 다니는 세균 덩어리들을 인간적으로 미화하기를 간절히 바랐어요. 전통적인 전쟁이라면, 우리는 적군의 인간적인 면을 모두 없애 버리고, 정서적으로 거리를 두기 위해 막대한 시간을 투자하겠죠. 적군에 대한 나쁜 이야기를 지어 내거나 경멸

하는 별명을 붙이죠. 우리 아버지가 이슬람교도들을 어떻게 불렀는지 생각해 보면…… 그런데 이 전쟁에서는 모두가 적과 실낱같은 연결 고리라도 찾으려고, 명백히 비인간적인 존재에게 인간의 형상을 갖다 붙이려고 안간힘을 쓰는 것처럼 보이더군요.

**예를 들어 주실 수 있나요?**

사람들은 너무 많은 오해를 하고 있었어요. 어떻게 된 일인지 좀비에게 지능이 있다는 둥, 좀비들도 감정이 있고, 적응 능력이 있고, 도구와 심지어 인간의 무기까지 쓸 수 있다는 둥, 좀비가 인간이었을 때의 기억을 간직하고 있다는 둥, 때로는 좀비도 일종의 애완동물처럼 의사소통을 할 수 있고 훈련도 시킬 수 있다는 거였죠. 이런 잘못된 오해를 하나하나 불식시키는데 마음이 찢어지는 것 같았죠. 민간인이 제작한 생존 가이드가 도움이 되긴 했지만 한계가 있었어요.

**아, 그런 게 있었나요?**

그럼요. 에스유브이나 개인용 무기 같은 것을 언급한 것을 보면 분명 미국인이 쓴 거라는 걸 알 수 있었죠. 하지만 그 가이드는 문화적 차이점을 고려하지 않았어요. 좀비로부터 자신들을 구해 줄 거라고 사람들이 믿는 다양한 토착적인 해결법 같은 것들.

**예를 들면 어떤 것이 있나요?**

이런 '해결책들'을 생각해 낸 민족들을 암묵적으로 비난하지 않고서는 세세한 이야기는 할 수 없어요. 인도인으로서 나는 자기 파괴적으로 변한 인도 문화의 다양한 양상에 대처해야 했죠. 인도에는 지구 상에서 가장 오래된 도시 중 하나인 바라나시라는 곳이 있어요. 이 도시 근처에 부처님이 최초로 설법을 했다고 전해지는 곳이 있는데 수천 명의 힌두 순례자들이 죽음을 맞이하러 매년 이곳으로 순례를 옵니다. 정상적인 상황이면, 전쟁 전에는 이 도로에 주검들이 흩어져 있죠. 그런데 이제 이 시체들이 부활해서 공격을 해온 겁니다. 바라나시는 좀비들의 집결지인, '하얀 지역' 중에서도 가장 활발한 양상을 보인 곳이 됐죠. 이 집결지는 갠지스 강 전체를 다 덮어 버렸죠. 전쟁이 일어나기 수십 년 전에 이 갠지스 강의 치유력이 과학적으로 평가됐는데 물속의 높은 산소 함유량과 그 치유력이 관계가 있다고 하더군요.* 비극이었죠. 수백만 명이 갠지스 강의 물가로 몰려들어서 좀비들의 불길에 먹이가 되더군요. 정부가 히말라야로 철수한 후, 공식적으로 국토의 90퍼센트가 좀비들로 넘쳐났던 때에도 순례자들의 행렬은 멈추지 않았어요. 모든 나라에 비슷한 스토리가 하나씩은 있었죠. 우리 방송국의 국제 요원들 모두 자살에 가까운 무지한 상황에 직면해야 했던 경험이 적어도 하나씩은 있더군요. 한 미국인 동료는 '하느님의 양들'이라는 이름의 종교 분파에서 마침내 그리스도의 재림이 왔다고 하면서 더 빨리 감염될수록 더 빨리 천국에 가게 된다고 믿었다는 이야기를 해 주더군요. 또 다른 여자 동료는 (어느 나라 출신인지는 말할 수 없고) 처녀와 성관계를

* 이 문제에 대해 사람들의 의견이 엇갈리긴 하지만, 전쟁 전 많은 과학 연구에서 갠지스 강의 높은 산소 보유량이 인도인들이 오랫동안 숭배해 온 '기적'의 치유력의 근원이라고 입증했다.

하면 '저주'를 '정화'할 수 있다는 믿음을 불식시키기 위해 최선을 다했던 이야기를 해 주더군요. 이놈의 '정화' 때문에 얼마나 많은 여자나 소녀들이 강간당했는지는 나도 모르죠. 모두 자기 국민들에게 격분했죠. 모두 수치스러워했고. 한 벨기에 동료는 그 일을 어두워지고 있는 하늘에 비유했어요. 그는 이런 일들을 '인간의 집단적인 영혼의 죄악'이라고 말하곤 했죠.

나도 불평할 권리는 없다고 생각해요. 한 번도 위험에 처해 보지 않았고 배고파 본 적도 없으니까. 잠은 좀 못 잤을지 모르지만 적어도 두려움에 떨면서 자는 건 아니었어요. 무엇보다 난 우랄의 인포메이션 리셉션에서 일하지 않아도 됐죠.

**인포메이션 리셉션이라고요?**

정보를 접수하는 부서죠. 우리가 방송하는 데이터는 우랄 호에서만 나오는 게 아니에요. 이 정보는 전 세계 다양한 국가의 안전지대에 있는 전문가들과 두뇌 집단에서 나온 것이죠. 그 사람들이 알아낸 것을 우리 교환원에게 전송해 주면 이 교환원들이 그 정보를 우리에게 넘기는 거죠. 이 데이터의 대부분은 기존의, 개방된 민간인 주파수대를 통해서 우리에게 전송되는데 이 주파수대의 많은 부분이 도움을 청하는 보통 사람들의 비명으로 꽉 차 있었죠. 지구 상에 흩어져 있는 수백만 명의 비참한 영혼들이 자식들이 굶어 죽어 가고 있다거나, 임시로 머물고 있는 요새가 불타고 있다거나, 아니면 좀비들이 지금 방어선을 넘어 쳐들어오고 있다고 자기들이 가지고 있는 개인용 무전기 세트에 대고 비명을 질러 대고 있었어요. 그 언어를 당신이 이해하지 못한다고 해도

(우리 교환원들이 대부분 그랬듯이) 그 목소리에 서린 비통함까지 느끼지 못하는 건 아니잖아요. 이 교환원들은 거기에 응답하는 것도 금지되어 있었어요. 시간이 없었죠. 모든 방송은 공적인 업무에만 집중해야 했으니까. 교환원들의 업무가 얼마나 고통스러웠을까요.

부에노스아이레스에서 마지막 방송이 왔을 때, 유명한 라틴 가수가 스페인어로 자장가를 불렀을 때, 우리 교환원 중 하나는 더 이상 참지 못했죠. 그 친구는 부에노스아이레스 출신도 아니고 심지어 남미 사람도 아니었어요. 그 친구는 그냥 열여덟 살 먹은 러시아 선원이었는데 자신이 작동시키던 장비 위로 자신의 뇌를 날려 버렸죠. 그 친구가 처음이었고, 전쟁이 끝난 후로 나머지 교환원들이 모두 같은 전철을 밟았어요. 현재 살아 있는 교환원은 하나도 없어요. 마지막은 내 벨기에 친구였죠. 어느 날 아침 그 친구가 내게 이렇게 말하더군요.

"그 목소리가 항상 따라다녀."

우리는 갑판에 서서 다시는 만나지 못하리라는 걸 이미 알면서도 태양이 뜨길 기다리며 갈색 아지랑이를 보고 있었죠.

"그 비명들이 내가 죽는 날까지, 쉬지 않고, 생생하게, 자기들을 따라오라는 말을 할 거야."

## 대한민국: 비무장지대

한국 국가정보원 부원장인 최형철은 북쪽의 가파르고 메마른, 뚜렷

한 특징이 없는 풍경을 손으로 가리켰다. 인적이 끊긴 토치카, 색이 바랜 깃발과 수평선 양쪽으로 길게 뻗어 있는 녹슨 가시철조망만 없었다면 캘리포니아 남부로 착각할 만한 곳이었다.

무슨 일이 있었냐고요? 아무도 모르죠. 그 전염병을 격퇴하는 데 북한보다 대비가 더 잘된 나라는 없었어요. 압록강의 북쪽, 동해와 서해와 남쪽(그는 비무장지대를 가리켰다.) 국경을 지상에서 가장 철통같은 요새로 만들었으니까. 이곳이 산악 지대라 방어하기도 쉽다는 건 보셔서 아시겠지만 이 산이 수많은 군사 구조물들로 벌집같이 됐다는 건 선생도 모르시겠죠. 북한 정부는 1950년대 미군의 폭격 작전에서 혹독한 교훈을 배웠고, 그 이후로 국민들이 안전한 곳에서 다시 전쟁할 수 있는 지하 시스템을 만드느라 무지 고생했어요.

북한 사람들은 모두 중무장을 했고, 전투 능력으로 치면 이스라엘 군대가 울고 갈 수준이었죠. 현역 군인이 남녀 합쳐 100만 명이 넘었고, 거기에 예비군이 500만이었어요. 전체 인구의 4분의 1을 너끈히 넘기는 병력에다, 전 국민이 태어나서 한 번씩은 기초 군사 훈련을 받죠. 그리고 군사 훈련보다 더 중요하고 이런 전쟁에 가장 필수적인 것을 갖추고 있었는데 그건 바로 초인적인 수준의 국가 기강이었죠. 북한 사람들은 성장하는 내내 자신이 존재하는 유일한 이유는 국가, 혁명, 위대한 수령 동지의 뜻에 봉사하기 위해서이며 그 밖에는 무의미하다는 세뇌를 받았어요.

남한 사람들이 살던 세계와는 극과 극인 셈이죠. 남한은 개방된 사회였어요. 그럴 수밖에 없었죠. 국제 무역만이 우리의 살길이었으니까. 우리는 미국만큼은 아니지만 개인주의 사회였고 시위와 대중적인 소요도 겪을 만큼 겪었어요. 아주 자유롭고 동시에 분열된 사회였기 때문에 대공포 시절에는 창 독트린*도 간신히 실행했죠. 이런 내부적인 위기는 북한에서는 상상도 할 수 없어요. 북한 사람들은 정부가 집단 학살 수준의 기아를 야기했을 때조차 반항하는 시늉을 하느니 차라리 아이들을 잡아먹는 쪽을 택한 사람들이었으니까요.** 아돌프 히틀러가 부러워할 만한 수준의 복종이라고 할까요. 이 사람들에게 총이나 돌을 쥐여 주거나 그것도 아니면 맨손으로 다가오는 좀비들을 가리키면서 "싸워!"라고 명령하면 꼬부랑 할머니에서 꼬맹이들까지 모두 그렇게 했을 겁니다. 북한 사람들은 한국 전쟁이 끝난 후로 전쟁을 대비해 계획하고, 준비하고, 전투태세를 취하도록 길러졌습니다. 만약 우리가 처한 대참사에서 살아날 뿐 아니라, 승리하기까지 하는 나라를 꼽는다면 그 나라는 조선 민주주의 인민 공화국이 되겠죠.

그래서 어떻게 됐냐고요? 위기가 시작되기 약 한 달 전, 부산에서 첫 번째 발병 사례가 보고되기 전에, 북한이 갑자기 이해할 수 없는 이유를 대면서 모든 외교적인 관계를 끊어 버렸어요. 북한과 남한 양쪽을 잇는 유일한 육상 접속로인 철도가 왜 갑자기 끊겼는지 설명도 하지 않고, 수십 년 동안 만나지 못한 북한에 사는 친지들과의 상봉을 애타게 기다리던 우리 국민들의 꿈을 박살 내면서 관료적 절차 문제라는 군색한 변명만 하더군요. 그 외

* 레데커 플랜을 대한민국에 적용시킨 것.

** 1992년 대기근이 들었을 때 북한 사람들이 인육을 먹었는데, 그 희생자의 일부는 아이들이었다는 소문이 있다.

엔 어떤 설명도 하지 않았죠. 항상 내세우는 '국가 안보' 문제라고 매정하게 내치더군요.

다른 사람들과 달리 나는 북한의 이런 태도가 전쟁의 서곡이라는 확신이 들지 않았어요. 북한이 전쟁 위협을 할 때는 항상 같은 식으로 행동하는데. 그런데 이번에는 우리 것이든, 미국 것이든, 어떤 위성 데이터에도 적대적인 의도가 감지되지 않았어요. 군대 이동도 없었고, 항공기의 연료 보급도 없었고, 배나 잠수함 배치도 없었어요. 뭔가 있었다면 비무장지대에 배치된 우리 군대가, 상대편 군인들의 숫자가 줄어드는 것을 눈치 챘다는 정도죠. 우리는 그 군인들, 국경 수비대를 모두 알고 있었어요. 우리는 몇 년에 걸쳐 그 군인들의 사진을 찍고, 그들에게 뱀눈이나 불독 같은 별명을 붙여 줬고 심지어 우리가 추정한 그들의 연령, 배경, 개인적인 삶에 대한 서류까지 작성해 놨죠. 그런데 그들이 가 버렸어요. 북한에서 은폐한 참호와 방공호 뒤로 사라져 버렸죠. 우리의 지진 표시계도 마찬가지로 조용했어요. 만약 북한에서 땅굴을 파거나 비무장지대 반대편에 차량을 집결했다면 국립 오페라단의 노래를 듣는 것처럼 크게 들렸을 텐데.

비무장지대를 따라 남한과 북한이 대면 협상을 할 수 있는 유일한 장소가 판문점입니다. 우리는 판문점의 회의실을 공동 관리하고 있고, 탁 트인 안마당에서 남북 군인들이 몇 미터에 걸쳐 서로 상대를 마주 보며 보초를 서고 있습니다. 이 군인들은 교대조로 바뀌는데, 어느 날 밤 북한 파견대가 병영으로 들어간 후, 보충 부대가 나오지 않았습니다. 병영 문이 완전히 닫히고 불이 꺼졌죠. 그리고 다시는 그들을 볼 수 없었습니다.

마찬가지로 북한 스파이들의 남한 침투가 완전히 끊겼다는 것을 알게 됐습니다. 북한에서 온 스파이는 계절이 바뀌는 것처럼, 정기적으로 남한에 왔습니다. 대부분 스파이들은 알아채기 쉬웠죠. 유행이 지난 옷을 입거나 당연히 알고 있어야 할 생필품의 가격을 묻는 식으로 행동했죠. 그런 스파이들을 자주 체포했는데, 질병이 퍼지기 시작한 후로 스파이들은 하나도 보이지 않더군요.

**북한에 잠입한 남한 스파이는 어땠나요?**

우리의 모든 전자 감시망이 끊긴 것과 동시에 우리 스파이들도 모두 사라졌어요. 내 말은 우리를 불안하게 했던 무선 소통이 없었다는 게 아니라 소통 자체가 아예 없었다는 겁니다. 모든 일반과 군 채널이 하나씩 폐쇄되기 시작했어요. 위성 이미지에서 보이는 논밭에서 일하는 농부들의 숫자가 예전보다 줄었고, 도시 거리를 활보하는 통행인들의 숫자도 줄었고, 전에는 한 번도 없었던 일인데, 많은 공공사업 프로젝트에 참가한 '자원' 노동자들의 숫자도 줄었더군요. 우리가 미처 알아차리기도 전에 압록강에서 비무장지대까지 인간이라고는 하나도 남지 않았습니다. 순전히 정보기관의 관점에서만 보자면 국가 전체, 북한의 남녀노소 모두가 그냥 사라져버린 것처럼 보였습니다.

국내 상황을 봤을 때 북한의 미스터리는 우리의 불안감을 증폭시켰어요. 그때는 서울, 포항, 대구에 이미 질병이 발발한 상태였죠. 목포 시민들은 이미 대피시켰고, 강릉은 격리됐고, 미국 용커스식의 전투를 인천에서 치렀고, 그 와중에도 국군 정규 사단 병력의 최소 반을 북쪽 국경에 유지해야 했기 때문에 상황이 더 악화됐죠. 대다수의 국방부 사람들은 평양이 남한에 쳐들어오고 싶어서 안달이 났다고, 삼팔선을 넘어 천둥처럼 치고 내려오기 위해 우리의 최악의 순간이 오기를 간절히 기다리고 있다고 확신하고 있었습니다. 우리 정보계 사람들은 얼토당토않은 소리라고 일축했죠. 북한에서 우리의 최악의 순간을 기다리고 있었다면, 이미 쳐들어오고도 남았을 거라고 설명했죠.

대한민국은 국가 전체가 붕괴되기 직전이었습니다. 일본식의 재이주 프로그램을 위한 계획이 비밀리에 틀이 잡혀 가고 있었죠. 은밀하게 파견된 팀들이 캄차카 반도에서 적당한 곳을 찾고 있었죠. 창 독트린이 효과를 보지 못했더라면, 몇 개의 부대가 더 박살 나고, 몇 개의 안전지대가 더 무너졌다면…….

아마 우리가 이렇게 살아날 수 있었던 것도 따지고 보면 북한 덕분인지도 모릅니다. 그게 아니라면 북한에 대한 두려움 때문에 살아난 걸지도 모르고요. 우리 세대는 사실 북한을 위협적인 세력으로 본 적이 없어요. 내가 지금 말하는 사람들은 민간인들, 내 나이 또래의 사람들로, 북한을 정체되고 기아에 시달리는 실패한 나라로 보는 사람들을 말하는 것입니다. 우리 세대는 평화와 번영의 시대에서 자랐거든요. 우리가 유일하게 두려워했던 건 독일식 흡수 통일로 과거 공산주의자였던 수백만 명의 집 없는 사람들이, 공짜 원조를 바라며 남한에 몰려오는 것이었습니다.

우리 전 세대 사람들은 그렇지 않았죠. 우리 부모님과 조부모님들 말입니다. 북한 침략의 망령을 지고 다녔던 사람들, 언제고 공습경보가 울릴지 모르고, 조명이 흐릿해지면, 은행원들, 교사들, 택시 기사들이 무기를 집어 들고 조국을 지키기 위해 싸우라는 부름을 받게 될지 모른다는 점을 알고 있는 사람들 말입니다. 이들은 항상 정신적으로 경계를 늦추지 않았고, 결국엔 우리가 아니라 그들이 국가적인 충성심을 고무시켰습니다.

나는 그때까지도 북한에 원정대를 보내자는 주장을 펴고 있었습니다. 그때마다 안 된다는 대답만 들었죠. 할 일이 산더미라고 그러더군요. 모든 게 뒤죽박죽이었죠. 국제적으로 지켜야 할 의리도 있었고, 제일 중요한 것으로 규슈에 보낸 우리 난민들을 본국으로 송환시키는 문제가 있었죠. (그는 콧방귀를 뀌었다.) 일본인들이 우리에게 신세 한 번 크게 진 거죠.

뭐 정식 정찰대를 보내 달라고 한 것도 아니었어요. 헬리콥터 한 대나 어선 한 척만 주면 된다고 했습니다. 판문점만 열어 주고 내 발로 들어가게 해 달라고요. 그러다 부비 트랩이라도 건드리면 어떻게 할 건데? 그 사람들이 그렇게 반박하더군요. 만약 그게 핵무기면 어떻게 할 건데? 만약 네가 지하 도시의 문이라도 열어 버려서 2300만 명의 좀비들이 쏟아져 나오면 어떻게 할 건데? 그 사람들의 주장에도 일리는 있었습니다. 비무장지대에 어마어마한 양의 지뢰가 설치되어 있다는 걸 우리는 알고 있었죠. 지난달 북한 영공 근처를 날던 화물 수송기 한 대가 지대공 미사일의 공격을 받았습니다. 그 발사 장치는 자동화된 모델로, 전 인구가 이미 전멸했을 때를 대비해서 북한 사람들이 고안한 보복성 무기였죠.

상식적으로 생각해 보면 북한 사람들은 지하 단지로 대피한 게 틀림없었습니다. 그게 사실이라면 그 지하 단지의 크기와 깊이를 우리가 크게 오판한 거죠. 아마 그들의 '위대한 수령 동지'가 서양에서 들여온 독주와 미국 포르노 테이프를 보면서 헤동

거리고 있는 동안 북한 주민 전체가 지하에서 끊임없이 전쟁 프로젝트를 수행하느라 여념이 없는 건지도 모르죠. 전쟁이 끝났다는 걸 그 사람들이 알고는 있을까요? 그 지도자가 그들이 알고 있는 과거의 세계는 더 이상 존재하지 않는다고 또다시 거짓말을 한 걸까요? 북한 지도부로서는 좀비 출현이 '호재'였을 겁니다. 맹목적인 복종을 토대로 세운 사회에서 고삐를 바짝 조이기 위한 구실이 됐을 테니까요. 북한의 위대한 수령 동지는 항상 살아 있는 신이 되고 싶어 했는데 이제 국민들이 먹는 식량뿐 아니라 그들이 마시는 공기까지 지배하고 거기다 지하의 인공 태양 빛까지 지배하면서 그의 비틀린 환상이 마침내 실현된 건지도 모릅니다. 아마 원래 계획은 그랬는데 뭔가 끔찍하게 어긋난 건지도 모르죠. 파리 지하에 있었던 '두더지 도시'에 무슨 일이 일어났는지 한번 생각해 봐요. 거기서 일어난 일이 북한에 전국적인 규모로 일어났다고 하면 어떨까요? 아마 이 땅굴 속에서는 2300만 명의 좀비들, 어둠 속에서 으르렁거리면서 풀려나기만 기다리고 있는 수척해진 시체 로봇들이 도사리고 있을지도 모릅니다.

## 일본, 교토

다쓰미 곤도의 옛날 사진에는 빼빼 마르고, 여드름투성이의 얼굴에 빨갛게 충혈된 멍한 눈동자와 덥수룩한 머리에 중간 중간 금발로 하이라이트를 넣은 10대 남자 아이가 있었다. 지금 나와 이야기를 나누고 있는 곤도는 머리카락이 하나도 없다. 머리를 빡빡 밀고, 피부는 적당히 그을린 채 또렷하고 날카로운 시선을 내게 집중하고 있었다. 성의 있게 내 질문에 답해 주는 그에게는 경쾌한 분위기가 돌았지만, 이 무사 수도승은 몸에 힘을 빼고 있다가 언제라도 덤벼들지 모르는 육식 동물을 떠올리게 했다.

나는 '오타쿠'였어요. 이 오타쿠라는 말을 수많은 사람들이 다양하게 해석하고 있다는 건 알지만 내게 있어서 오타쿠란 그냥 '아웃사이더'에 지나지 않았어요. 나는 미국인, 특히 젊은 미국인들이 사회적 압력에 답답해하고 있다는 걸 잘 알고 있었죠. 인간이라면 다 그렇잖아요. 하지만 내가 정확히 이해했다면 미국 문화는 개인주의를 장려하더군요. 미국인들은 '반항아', 대중과 자랑스럽게 거리를 두고 있는 '악당'을 숭배하죠. 미국인들에게 있어서 개인주의란 영광의 배지죠. 일본인에게 개인주의는 수치의 훈장일 뿐입니다. 특히 전쟁 전 일본 사람들은 복잡하고, 끝이 없는 외부의 평가라는 미로 속에 살았죠. 외모, 하는 말, 다니는 직장에서부터 재채기를 하는 방식까지 경직된 유교의 가르침을 따르도록 정해져 있었죠. 어떤 이들은 힘이 넘쳐서, 어떤 이들은 나약해서 이 가르침에 순응하지 못했어요. 나 같은 부류는 더 근사한 세계로 피해 버렸죠. 그 세계는 사이버 공간이었는데 일본 오타쿠에게 딱 맞는 세상이었어요.

미국의 교육 제도나, 다른 나라의 교육 제도에 대해서는 할 말이 없지만 우리 교육 제도는 순전히 사실 암기 위주였어요. 전쟁 전 일본 아이들은 교실에 들어간 순간부터 실생활에는 아무짝에도 쓸모가 없는, 수십 권에 달하는 난순한 사실과 숫자들을 주입

식으로 교육받았죠. 이 사실은 도덕적인 요소도 없고 사회적인 맥락도 없고 바깥세상과 인간적으로 연결된 것도 없었어요. 낙제하지 않기 위해 필요하다는 것 말고는 아무런 존재 가치가 없는 쓰레기들이었어요. 전쟁 전 일본 아이들은 생각을 하도록 교육을 받은 게 아니라 달달 외는 교육만 받았죠.

이런 교육이 사이버 공간에서 얼마나 쉽게 자리 잡았는지 아시겠죠? 아무런 맥락이 없이 정보만 있는 세계, 정보 획득과 소유에 따라 지위가 결정되는 세계, 우리 세대는 사이버 공간을 신처럼 쥐락펴락할 수 있었죠. 나는 수상이 이끄는 내각의 혈액형이든, 혹은 마쓰모토와 하마다*의 세금 영수증이든, 또는 태평양 전쟁의 모든 신군도의 소재와 조건이든 내가 조사한 모든 부문의 선생이자 사부였죠. 나는 내 외모나 예의범절이나 성적이나 미래에 대한 전망을 걱정하지 않았어요. 아무도 날 비판할 수 없었고, 상처 줄 수 없었죠. 이 세상에서 난 강인했고 (더 중요한 것은) 안전했어요!

그 위기가 일본에 닥쳤을 때, 다른 사람들처럼 내 패거리도 이전에 품었던 강박관념을 죄다 잊어버리고 모든 에너지를 좀비에 쏟았죠. 우리는 좀비들의 생리 기능, 행동 양식, 약점, 인류를 공격하는 좀비에 대한 전 세계적인 대응책을 연구했죠. 이 마지막 주제는 우리 그룹 전문으로, 우리는 일본 본토 내 봉쇄 가능성에 대해 조사했습니다. 나는 인구 통계, 수송 네트워크, 치안 정책을 수집했죠. 나는 일본 상선 선단의 크기에서 군의 89식 자동소총

* 마쓰모토 히토시와 하마다 마사토시는 전쟁 전 일본에서 가장 성공한 즉흥극 코미디언들이었다.

에 탄환이 몇 개 들어가는지를 망라한 모든 정보를 암기했죠. 우리에게 너무 사소하거나 모호한 사실은 하나도 없었습니다. 우리는 특수 임무를 수행하고 있었고, 잠도 거의 안 잤죠. 결국 휴교령이 내렸을 때 24시간 가까이 인터넷을 할 수 있었죠. 난 고마쓰 박사의 개인 컴퓨터 하드 드라이브에 침입했던 최초의 해커로, 박사의 따끈따끈한 연구 결과가 의회에 발표되기 일주일 전에 읽어 봤죠. 내가 한 짓은 쿠데타였어요. 덕분에 내 팬들 사이에서 내 위상이 한층 더 올라갔죠.

**고마쓰 박사가 처음으로 대피를 권했던 분입니까?**

그랬죠. 박사도 우리와 같은 사실들을 수집하고 있었어요. 하지만 우리가 그걸 암기한 반면 박사는 분석하고 있었죠. 일본은 인구 밀도가 지나치게 높았어요. 산악 지대거나 지나치게 도시화된 섬들로 이루어진 37만 제곱킬로미터밖에 안 되는 땅덩어리에 1억 2800만 명이 몰려 살고 있었죠. 일본은 범죄율이 낮아서 선진국 중에서 경찰력의 규모나 무장 정도가 가장 경미했죠. 또 비무장 국가나 다름없었고. 미국의 '보호' 덕분에 일본 자위군은 1945년 이래 실질적인 전투를 한 적이 없었죠. 심지어는 걸프 만에 배치된 허울뿐인 군대조차 한 번도 심각한 교전을 치러 본 적 없이 대부분의 시간을 격리된 영지 내에서 안전하게 보냈죠. 이런 단편적인 정보를 모두 손에 넣긴 했지만 이것이 무엇을 뜻하는지 판단할 만한 수단이 우리에겐 없었어요. 그래서 고마쓰 박사가 상황이 절망적이기 때문에 일본을 즉시 떠야 한다고 공개적으로 선포했을 때 우리 모두 경악했죠.

**정말 무서웠겠군요.**

천만에요. 박사의 발표 때문에 우리는 흥분의 도가니에 빠졌죠. 일본인들이 정착할 만한 곳이 어딘지 먼저 발견하려는 경주가 시작된 겁니다. 남쪽으로 갈 것인가, 중부와 남태평양의 환상 산호섬인가, 그것도 아니면 북쪽 쿠릴 열도, 사할린 아니면 시베리아 어딘가를 식민지로 개척할 것인가? 그 해답을 찾는 사람이 사이버 역사상 가장 위대한 오타쿠로 등극하는 거죠.

**그럼 당신의 개인적인 안전에 대해선 관심이 없었나요?**

전혀요. 일본은 망할 거지만 난 일본에서 살고 있지 않았어요. 자유롭게 떠다니는 정보의 세계에 살고 있었죠. 일본 사람들은 바이러스에 감염된 사람들을 시아푸*라고 부르는데 이 시아푸는 두려워해야 할 대상이 아니라 연구 대상이었죠. 내가 세상과 얼마나 단절되어 있었는지 선생님은 상상도 못할 겁니다. 일본 문화, 내가 그동안 받았던 교육, 현재 오타쿠로서의 생활양식이 모두 혼합되어 나는 완벽하게 고립되어 있었죠. 일본 사람들이 집단 피난을 갈지도 모르고, 일본이 망할 수도 있지만 나는 안전한 디지털 세계의 정상에서 이 아수라장을 지켜보리라 생각했죠.

**부모님은 어쩌고요?**

부모님이 어쨌다고요? 우리는 한 아파트에서 살고 있었지만 한 번도 제대로 대화해 본 적이 없어요. 부모님은 내가 공부하고 있

---

* 시아푸는 아프리카 군대 개미의 별명이다. 이 표현은 고마쓰 유키오 박사가 의회에서 연설할 때 사용됐다.

다고 생각했을 겁니다. 심지어 휴교령이 내렸을 때도 나는 시험공부를 해야 한다고 말했죠. 부모님은 한 번도 묻지 않았어요. 아버지와 나는 거의 대화가 없었죠. 아침저녁으로 엄마가 내 방문 앞에 밥상을 차려 놓으셨어요. 처음에 엄마가 밥상을 차리지 않으셨을 때는 아무 생각이 없었죠. 그날 아침도 나는 다른 날처럼 일어났어요. 으레 그랬던 것처럼 딸딸이를 치고 습관처럼 컴퓨터를 켰죠. 정오 가까이 되니까 배가 고프더군요. 배고픔, 피곤함, 최악의 경우 성욕 같은 이런 감정들이 너무 싫었어요. 정신 집중을 방해하는 주범들이니까. 이런 느낌이 들면 짜증이 나죠. 어쩔 수 없이 일어나서 방문을 열었어요. 밥이 없더군요. 엄마를 불렀어요. 대답이 없었죠. 나는 부엌으로 가서 생라면을 들고 다시 책상으로 달려왔죠. 그날 밤에도 똑같이 했고, 다음 날 아침에도 같은 짓을 했죠.

**부모님이 어디 계신지 궁금하지도 않았단 말이에요?**

내가 유일하게 걱정했던 건 혼자서 밥을 찾아 먹느라 귀중한 시간을 까먹는다는 거였죠. 내 세계에서는 흥미진진한 일들이 너무 많이 일어나고 있었거든요.

**다른 오타쿠들은 어땠나요? 오타쿠들끼리 공포에 대해 말해 본 적은 없나요?**

우리는 다른 오타쿠들이 사라지기 시작했을 때도 감정을 토로하기보다는 사실만 공유했죠. 패거리 중 하나가 이메일에 답장을 하지 않거나 한동안 블로그 포스팅을 하지 않는다는 걸 알아차리긴 했지만. 그 자식들이 하루쯤 로그인을 하지 않았거나 아니면 서버가 다운됐다고 생각했죠.

**그것 때문에 무섭진 않았어요?**

신경질이 났죠. 정보원을 하나 잃었을 뿐 아니라 내 팬 중 하나를 잃은 거잖아요. 일본 탈출 항구에 대해 새로운 사실로 추정되는 내용을 포스팅하면 댓글이 60개 올라올 게 50개가 올라오고, 그러다 그 50개가 45개로 떨어지고 그러다 30개로…….

**얼마 동안이나 그런 식으로 지냈죠?**

한 사흘 정도. 센다이에 살던 한 오타쿠가, 자기 아파트와 같은 구에 있는 도호쿠 대학 병원에서 좀비들이 쏟아져 나오고 있다는 내용을 올린 포스팅이 마지막이었어요.

**그런데 당신은 걱정이 안 되던가요?**

왜 걱정을 해요? 나는 탈출 과정에 대해 할 수 있는 걸 모두 다 캐느라 눈이 돌아가게 바빴어요. 어떻게 그 계획을 실시할 것인지, 어떤 정부 기관이 관련되어 있는지? 난민 캠프는 캄차카일까, 사할린일까, 아니면 그 둘 다일까? 그리고 지금 내가 읽고 있는, 전국을 휩쓸고 있는 자살 열풍은 도대체 뭔 일이란 말인가?* 의문도 너무 많았고, 조사해야 할 정보도 너무 많았죠. 그날 밤 잠을 자야 하는 나 자신이 저주스럽더군요.

잠에서 깼을 때 컴퓨터 화면이 나오지 않았어요. 계속 켜 보려

* 대공포 기간 동안 일본의 자살률이 전 세계에서 가장 높았다는 사실이 확인됐다.

고 했죠. 아무런 변화가 없었어요. 다시 부팅을 하려고 했죠. 역시 아무것도 뜨질 않았어요. 내가 백업 배터리를 쓰고 있다는 걸 알게 됐죠. 그건 괜찮았어요. 10시간 동안 계속 쓸 수 있는 예비 전력이 있었으니까. 그러다 인터넷 신호 강도가 제로라는 것도 알게 됐죠. 믿을 수가 없었어요. 고쿠라는 일본의 다른 곳처럼 절대 다운되지 않는 최첨단 무선 네트워크를 보유하고 있는데. 서버가 한두 개 다운될 수는 있지만 네트워크 전체가 다운되다니? 내 컴퓨터에 문제가 있다고 생각했죠. 그래야만 했어요. 나는 노트북을 켜서 다시 로그인을 하려고 했어요. 아무 신호도 잡히지 않더군요. 나는 욕설을 퍼부으면서 부모님 컴퓨터를 좀 써야겠다고 말하려고 일어났어요. 부모님은 아직도 집에 안 계시더군요. 울화가 치밀어서 엄마 휴대전화에 전화하려고 전화기를 집었죠. 어댑터로 충전하는 무선전화기였죠. 신호가 안 잡히더군요. 내 휴대전화로도 걸어 봤어요. 하지만 전화가 걸리지 않았어요.

**부모님에게 무슨 일이 생겼는지 알아요?**

아뇨, 지금까지도 모르고 있어요. 분명한 건 부모님이 날 버린 건 아니라는 겁니다. 아마 아버지는 회사에서 변을 당하셨을 거고, 엄마는 장을 보러 갔다가 잡히신 것 같아요. 아니면 두 분이서 함께 재이주 사무실에 가거나 집에 오는 길에 당하셨을 수도 있고. 무슨 일이든 일어날 수 있었죠. 쪽지도 없고 아무것도 없었어요. 계속 부모님의 행방을 찾으려고 하긴 했지만.

나는 부모님의 방으로 다시 가서 거기 안 계신다는 것을 확인했죠. 다시 전화를 해 봤어요. 아직까지는 상태가 그렇게 나쁘지 않았어요. 아직 조금이나마 자제할 수 있는 상태였죠. 다시 로그인을 해 보려고 했어요. 웃기지 않아요? 생각나는 것이라곤 다시 도망치는 거였죠. 안전한 내 세계로 돌아가려고 발버둥을 친 거죠. 아무것도 잡히지 않았어요. 나는 겁에 질리기 시작했죠. 순전히 내 의지로 컴퓨터를 통제해 보려고 소리를 지르기 시작했죠.

"나와, 당장, 당장, 당장! 당장! 당장."

나는 모니터를 때리기 시작했어요. 손가락 관절이 찢어졌는데 피를 보자 무시무시하게 겁이 났죠. 어렸을 때 운동을 해 본 적도 없고, 다쳐 본 적도 없어서 피를 보는 것 자체가 감당하기 힘들었어요. 나는 모니터를 들어서 벽에 대고 던졌죠. 아이처럼 엉엉 울면서, 소리 지르고, 숨을 제대로 쉬지 못했어요. 그러다 바닥에 토하기 시작했죠. 이윽고 일어나서 비틀거리면서 현관문으로 걸어갔어요. 내가 뭘 찾는지도 몰랐지만 그냥 나가야만 했죠. 문을 열고 어둠을 내다봤어요.

**이웃집 문을 두드려 보려고 했나요?**

아뇨, 거 참 묘하죠? 철저하게 망가지는 순간에도 사회적 불안이 너무 커서 다른 사람들과 개인적인 접촉을 시도한다는 것 자체가 아직도 꺼려졌어요. 나는 어둠 속으로 몇 발짝 나갔다가 미끄러져서 뭔가 부드러운 것 위로 쓰러졌어요. 차갑고 끈적끈적한 것이 손과 옷에 묻었어요. 냄새가 지독하더군요. 아파트 복도 전체에 지독한 냄새가 났어요. 갑자기 뭔가 복도 저편에서 나를 향해 질질 끌면서 오는, 낮고 규칙적으로 삐걱거리는 소리가 들리더군요.

나는 소리쳤죠.

“안녕하세요?”

부드럽게 꼴까닥거리는 신음 소리가 들리더군요. 눈이 막 어둠에 익숙해지고 있었죠. 크고 인간 같은 형체가 배로 기어오는 모양이 하나 보이더군요. 나는 거기서 꼼짝 못하고 앉아 있었는데, 도망치고 싶었지만 동시에 확실히 보고 싶었어요. 희미한 회색 불빛이 우리 집 현관에서 저쪽 벽을 좁게 직사각형으로 비추고 있었어요. 그것이 움직여서 그 불빛 속으로 들어왔을 때 마침내 얼굴을 봤어요. 손상되지 않은 완벽한 얼굴, 완벽한 인간의 얼굴이었는데 단지 오른쪽 눈이 없더군요. 왼쪽 눈은 뚫어져라 날 쳐다보고 있었고, 그 꼴깍거리는 신음 소리는 꺽꺽거리는 숨 막히는 소리로 바뀌었죠. 나는 벌떡 일어나서 냅다 우리 집으로 뛰어 들어가서 문을 쾅 닫았죠.

몇 년 만에 처음으로 머리가 맑아지더군요, 그리고 갑자기 연기 냄새가 나면서 희미한 신음이 들린다는 느낌이 들었어요. 나는 창가로 가서 커튼을 열어젖혔죠.

고쿠라는 아비규환이었어요. 불길에 잔해들. 시아푸가 사방에 있었어요. 시아푸가 와지끈 문을 부수고 아파트로 쳐들어가서 구석이나 발코니에 웅크리고 있는 사람들을 잡아먹는 광경을 봤죠. 사람들이 발코니에서 뛰어내리다 다리와 척추가 부러지거나 죽는 장면도 봤어요. 뛰어내린 사람들은 보도에 누워서 움직이지 못하다가 좀비들이 모여들면 고통스럽게 울부짖었죠. 내가 사는 아파트 바로 건너편에 살던 한 남자는 골프 클럽을 가지고 좀비들을 물리치려고 했죠. 머리를 맞은 좀비는 멀쩡했고 클럽만 휘어진 채 좀비 다섯 놈이 덤벼서 그 아저씨를 바닥으로 질질 끌고 가더군요.

그러다…… 문을 두드리는 소리가 났어요. 우리 집 문이었죠. 그……(주먹을 흔들었다.) 쾅 쾅쾅 쾅…… 바닥 근처 문 밑에서 나는 소리였어요. 나는 그것이 밖에서 내는 신음 소리를 들었죠. 다른 집에서도 소리가 들리더군요. 우리 이웃집이었죠. 항상 내가 피하려고 했던 사람들이라 얼굴과 이름도 기억이 날 듯 말 듯해요. 그 사람들은 비명을 지르면서 뭔가 애원하고, 몸싸움을 벌이면서 흐느껴 울고 있더군요. 우리 집 위층에서 목소리가 들렸는데, 젊은 여자거나 어린아이 같았는데 누군가의 이름을 부르면서 제발 멈추라고 빌더군요. 하지만 그 목소리는 여러 명이 내는 신음에 묻혀 버렸죠. 우리 집 문을 두드리는 소리가 더 커졌어요. 더 많은 좀비들이 나타난 거죠. 나는 거실에 있던 가구로 문을 막으려고 했어요. 쓸데없는 짓이었죠. 우리 아파트는 미국 기준으로 보면 세간이 별로 없는 편이었거든요. 문이 부서지기 시작했어요. 경첩이 팽팽히 늘어지는 게 보이더군요. 도망가려면 몇 분밖에 안 남았다는 계산이 나오더군요.

**도망이라고요? 하지만 문이 막혔는데.**

창문으로 해서 아래층 아파트 발코니로 가는 거죠. 침대 시트를 밧줄처럼 묶을 수 있을 거라고 생각했어요. (그는 수줍은 미소를 지었다.) 미국 드라마 「프리즌 브레이크」를 봤던 오타쿠에게서 들은 요령이에요. 내 지식의 보고에서 뭔가를 적용해 보는 게 그때가 처음이었죠.

다행히도 그 침대 시트는 내 몸무게를 지탱해 줬어요. 나는 우리 아파트를 기어 내려와서 아래층 아파트로 가기 시작했죠. 곧장 팔에 쥐가 나기 시작했어요. 평생 운동이라곤 해 본 적이 없었는데 이제 그 대가를 치르게 된 거죠. 나는 움직임을 조절하려고 애를 쓰면서 내가 매달린 곳이 19층이란 사실을 떠올리지 않으려고 했죠. 치솟는 불길 때문에 뜨겁고 건조한 바람이 지독히도 불어오더군요. 세찬 바람이 날 잡아서 아파트 옆으로 쾅쾅 두들기더군요. 콘크리트 벽에 부딪치면서 시트를 놓칠 뻔했어요. 발바닥이 발코니 난간에 부딪치는 게 느껴져서 나는 가진 용기를 다 쥐어짜서 긴장을 풀면서 몇 미터를 더 내려왔죠. 나는 엉덩방아를 찧으며 발코니에 떨어졌고 연기 때문에 헐떡거리면서 기침했죠. 우리 아파트의 현관문을 좀비들이 부수고 들어온 소리를 들을 수 있었어요. 우리 집 발코니를 올려다봤더니 외눈박이 시아푸의 머리가 보였어요. 그놈이 난간과 발코니 사이에 난 구멍으로 비집고 내려오려고 하고 있더군요. 구멍으로 몸이 반만 들어가서 한동안 그렇게 매달려 있더니 내 쪽으로 또 한 번 기울어지고는 옆으로 미끄러지더군요. 나는 그것이 추락하는 와중에도 날 잡으려고 손을 뻗치던 모습을 결코 못 잊을 겁니다. 그것이 공중에 매달려서 팔을 벌리고 이마 위로 달랑거리던 눈알이 언뜻 보이던 악몽 같은 모습 말입니다.

우리 집 발코니에서 또 다른 시아푸가 내는 신음이 들려서, 지금 내려온 집에도 시아푸가 있는지 보기 위해 몸을 돌렸죠. 다행히 이 집 현관문도 우리 집처럼 바리케이드를 쳐 놨더군요. 하지만 우리 집과는 달리 밖에서 좀비들이 공격하는 소리는 들리지 않았습니다. 그리고 카펫에 깔린 재를 보고 안도했죠. 두껍게 깔려 있는 재 위에 발자국이 없어서, 이 위로 며칠 동안 걸어 다닌 사람이나 괴물이 없었다는 것을 알 수 있었죠. 잠시 이 집에 나밖에 없다고 생각하고 있었는데 냄새가 나더군요.

나는 목욕탕 문을 밀어서 열었다가 희미하게 떠도는 악취에 충격을 받고 넘어졌죠. 그 여자가 욕조 안에 있었어요. 확실히 목숨을 끊기 위해 동맥을 따라 길게 수직으로 손목을 그었더군요. 그녀의 이름은 레이코였습니다. 내가 유일하게 친해 보려고 노력했던 이웃이었죠. 레이코는 외국인 사업가들을 대상으로 한 클럽의 고급 창녀였어요. 난 항상 그녀의 벗은 모습이 어떨지 상상해 보곤 했죠. 이제 그 상상이 현실로 실현된 거죠.

이상하게 들리겠지만 그때 가장 마음에 걸렸던 건 망자를 위한 기도라곤 아는 게 하나도 없었다는 겁니다. 어렸을 때 조부모님이 가르쳐 주려고 하셨는데 구식이라고 거부하면서 다 잊어버렸죠. 전통과 이렇게 멀어져 버렸다니 유감스러운 일이죠. 내가 할 수 있는 일이라곤 거기에 얼간이처럼 서서, 침대 시트를 가져가서 미안하다는 어쭙잖은 변명을 속삭이는 것뿐이었습니다.

**침대 시트라뇨?**

밧줄을 더 길게 만들려고요. 거기 오래 있을 수 없다는 걸 알고 있었죠. 시체 옆에 있어서 건강에 좋을 것도 없고, 그 층에 있는 시아푸가 언제 내가 여기 있다는 걸 알아차리고 바리케이드를 공격할지 모르잖아요. 나는 이 아파트, 이 도시를 벗어나서 잘만 되면 일본을 탈출할 방법을 찾으려고 했죠. 뭐 용의주도하게 계획을 세워 놓은 건 아니었어요. 그냥 계속 한 번에 한 층씩, 길바닥에 도착할 때까지 내려가야 한다는 것만 알고 있었죠. 내려가는 도중에 한 번씩 남의 집에 들러서 대충 가져갈 물건도 챙기고, 침대 시트로 만든 밧줄이 위험하긴 하지만 아파트의 복도와 계단통에 숨어 있을 게 확실한 시아푸보다는 덜 위험할 거라고 생각한 거죠.

**거리로 나가면 더 위험하지 않았을까요?**

아뇨, 더 안전하죠. (그는 내 의중을 알아차렸다.) 정말 더 안전해요. 그게 인터넷에서 배운 것 중 하나예요. 좀비들은 천천히 걷기 때문에 뛰거나 심지어 더 빨리 걸어서 좀비를 제칠 수 있어요. 실내라면 구석으로 몰릴 위험이 있지만 이렇게 열린 야외에서는 무제한적으로 선택할 수 있죠. 인터넷에 나온 생존자 보고서에서 배운 건데, 질병이 본격적으로 퍼져서 거리가 아수라장이 되면 개인적으로는 이롭다고 하더군요. 수많은 사람들이 겁에 질려서 난리를 피우느라 시아푸가 산만해져 있는데 어떻게 내 존재를 알아차릴 수 있겠냐는 거죠. 내가 앞을 똑바로 보고, 재빨리 걸으면서, 도망가는 자동차에 치이거나 우연히 날아온 총알에 맞지 않는 이상, 길거리의 난장판 속에서 요리조리 빠져나갈 확률이 꽤 높았던 거죠. 문제는 거리까지 어떻게 내려가는가, 이것이었죠.

지상 층까지 내려가는 데 꼬박 사흘이 걸렸어요. 그렇게 지체된 이유는 부분적으로는 망신스러운 체력 때문이었죠. 제대로 훈련받은 운동선수라면 임시변통으로 만든 밧줄쯤이야 장난이겠지만 내겐 어땠을지 상상이 가시죠. 이제 와서 생각해 보면 내가 떨어져 죽지 않은 거나, 내려가느라 까지고 긁힌 상처가 감염돼서 죽지 않은 게 기적이에요. 나는 온몸을 타고 흐르는 아드레날린과 진통제로 버텼죠. 기진맥진한 데다, 불안했고, 끔찍한 수면 부족에 시달리고 있었어요. 평범한 의미의 휴식은 취할 수 없었어요. 일단 어두워지면 움직일 수 있는 모든 걸 문 앞에 옮겨 놓고 구석에 앉아서 울면서 상처를 치료하고 동이 틀 때까지 나 자신의 나약함을 저주했죠. 하룻밤은 간신히 눈을 붙이고 몇 분 토끼잠을 자다가 앞문을 두드리는 시아푸 소리에 허둥지둥 창가로 달려갔어요. 그날 밤 내내 그 옆 아파트 발코니에서 웅크리고 있었죠. 발코니와 방을 이어 주는 미닫이문이 잠겨 있었는데 그 문을 발로 차서 깨고 들어갈 힘이 없었죠.

늦어진 두 번째 이유는 육체적인 것이 아니라 정신적인 것이었죠. 아무리 오래 걸리더라도 적절한 생존 장비를 찾으려는 오타쿠로서의 강박관념 때문에요. 인터넷 정보를 캐면서 모든 적절한 무기와 의복과 식량과 약에 대해 배웠거든요. 문제는 도시 샐러리맨들이 사는 아파트 단지에서 그걸 찾아야 한다는 거였죠.

(그는 껄껄 웃었다.)

회사원들이 입는 프렌치 코트를 입고 레이코의 밝은 핑크 빈티지 헬로 키티 가방을 메고, 그 침대 시트로 만든 밧줄을 흔들거리면서 내려오는 내 모습이 꽤나 볼만했을 텐데. 시간이 꽤 걸렸지만 마침내 사흘째 되던 날 쓸 만한 무기를 제외하고는 필요한 모든 것을 거의 다 챙겼죠.

**무기가 아무것도 없었나요?**

(씩 웃었다.) 여긴 미국이 아니에요. 거긴 예전에는 사람보다 총이 더 많았죠. 이건 사실이에요. 고베에 사는 한 오타쿠가 전미총기 협회 사이트를 해킹해서 직접 알아낸 사실이에요.

**내 말은 망치나 쇠지레 같은 수공구가…….**

어떤 샐러리맨이 자기 집을 보수한답니까? 처음엔 골프 클럽을 가져갈까 생각했어요. 아파트에 많더군요. 그러다 우리 집 건너편 아저씨가 당한 꼴을 봤죠. 알루미늄 야구 방망이를 찾긴 했는데 너무 많이 써서 제대로 쓰지도 못하게 휘어져 있더군요. 샅샅이 뒤졌어요, 정말이에요. 하지만 나 자신을 방어할 수 있을 만큼 단단하거나, 강하거나, 뾰족한 물건이 없었어요. 또 일단 거리로 내려가면 뭔가 있을 거라고 판단했죠. 죽은 경찰에게서 경찰봉을 가져오거나 심지어 군인의 총 같은 거 말이죠.

그런 생각을 하다가 황천 갈 뻔했어요. 나는 아파트 4층 정도 높이에 있었는데 밧줄 길이가 간당간당했죠. 서너 층 정도를 내려갈 수 있는 길이로만 밧줄을 묶어서, 길이가 다 되면 다시 시트를 가져와 만들었거든요. 이번에 가져오는 시트가 마지막이 될 거라는 걸 알고 있었죠. 이때쯤은 탈출 계획도 다 세워 놨죠. 4층 발코니에 뛰어내려서 그 집으로 들어가 시트를 몇 장 더 묶고(그때는 무기를 찾을 희망은 이미 버린 상태였죠.) 그 밧줄로 보도까지 죽 타고 내려가서, 타기 편한 오토바이를 한 대 훔쳐서(오토바이도 탈 줄 모르면서) 옛날 옛적 폭주족*처럼 거리를 질주하면서 가는 길에 여자 아이들을 하나나 둘 태울 생각까지 했죠.

---

* 폭주족: 일본의 젊은이들로 이루어진, 오토바이를 타고 다니던 갱들.

(큰 소리로 웃었다.) 그때는 그야말로 제정신이 아니었어요. 그 계획의 첫 부분만이라도 제대로 풀려서 그 상태로 거리까지 간신히 내려갔더라면. 흠……, 중요한 건 일이 그렇게나 안 풀렸다는 거죠.

나는 4층 발코니에 내려서 미닫이문을 향해 손을 뻗으면서 얼굴을 들었다가 시아푸 한 놈과 정면으로 눈이 마주쳤죠. 20대 중반의 젊은 놈이었는데 찢어진 양복을 입고 있더군요. 코는 물어 뜯겨서 보이질 않았는데 미닫이문 유리에 대고 피투성이 얼굴을 문지르더군요. 나는 펄쩍 뛰어서 로프에 매달려 다시 기어 올라가려고 했어요. 그런데 팔이 말을 안 듣더군요. 아프지도 않고, 타는 것 같은 통증도 없는데. 한계에 이른 거죠. 그 시아푸는 으르렁거리면서 유리문을 주먹으로 치기 시작하더군요. 절망적인 심정으로 나는 밧줄에 매달려 이리저리 흔들리면서 건물 옆으로 하강해서 옆집 발코니에 떨어지길 빌었어요. 유리문이 산산조각이 나면서 그 시아푸가 내 다리를 향해 덤벼들더군요. 나는 밀려 떨어지면서 밧줄을 놓치고 전력을 다해 몸을 던졌는데…… 놓치고 말았어요.

우리가 지금 이렇게 이야기를 할 수 있는 유일한 이유는 내가 비스듬하게 떨어지면서 내가 노렸던 아파트 밑층 발코니로 떨어졌기 때문이에요. 나는 두 발로 착지했다가 앞으로 비틀거리다 다시 뒤로 넘어질 뻔했어요. 허겁지겁 아파트 안으로 들어가서 즉시 시아푸가 있는지 찾아봤죠. 거실은 비어 있었고 유일하게 남아 있던 가구인 작은 상은 현관문에 세워 놨더군요. 집주인은 다른 사람들처럼 자살했던 게 분명했죠. 악취가 나지 않기에 투신

자살을 했나 보다고 추측했죠. 나 혼자 있다는 판단이 서자 안도감에 다리가 풀리더군요. 거실 벽에 기대서 푹 쓰러졌는데 피곤해서 제정신이 아니었죠. 그러다 반대쪽 벽에 장식된 여러 장의 사진을 보게 됐어요. 그 아파트의 주인은 노인이었는데, 사진을 보니 풍족한 삶을 살았다는 걸 알 수 있겠더군요. 대가족에 친구들도 많았고 전 세계의 흥미롭고 이국적인 장소는 모두 찾아다녔던 것 같아 보였어요. 나는 그런 삶을 사는 건 고사하고, 내 방에서 나오는 것조차 상상할 수 없었는데 말이죠. 나는 이 악몽에서 빠져나가면 그냥 목숨을 부지하는 게 아니라, 사는 것처럼 살아보리라고 다짐했죠!

그러고는 방에 있던 유일한 세간인 가미다나(집 안에 신위를 모셔 두고 제사 지내는 선반—옮긴이)를 보게 됐죠. 그 사당 밑에 뭔가 있었는데 유서라고 짐작했죠. 내가 들어오면서 바람에 그 종이가 날렸던 것 같아요. 그 종이를 그냥 거기 둬선 안 될 것 같았어요. 나는 절뚝거리면서 방으로 들어가서 그것을 주우려고 허리를 굽혔죠. 대부분의 가미다나에는 한가운데에 거울이 있어요. 그 거울을 통해, 침실 쪽에서 뭔가 휘청거리며 일어선 모습이 언뜻 보이더군요.

내가 몸을 홱 돌리는데 온몸에 아드레날린이 확 퍼지더군요. 그 노인은 아직 거기에 있었는데 얼굴에 감은 붕대로 봐서 조금 전에 부활했다는 걸 알 수 있었어요. 노인이 내게 덤벼들었죠. 나는 피했어요. 내 다리가 아직 후들거리고 있었는데 노인은 가까스로 내 머리채를 잡았죠. 나는 몸을 비틀면서 벗어나려고 했어요. 그가 내 얼굴을 자기 얼굴 쪽으로 끌어당겼죠. 노인은 연세에 비해서 놀랄 정도로 짱짱했고 근력도 나보다 셌으면 셌지 약하진 않더군요. 하지만 뼈가 약해서 날 잡은 팔을 내가 홱 잡아채는 순간 대깍 부러지는 소리가 났어요. 노인의 가슴을 차자 홱 날아가 버렸는데 부러진 팔은 아직도 내 머리 터럭을 쥐고 있었죠. 노인이 벽에 부딪쳐서 넘어졌고 사진들이 떨어지면서 유리 조각들이 비처럼 노인 위로 쏟아졌어요. 노인은 으르렁거리면서 다시 내게 덤벼들었죠. 나는 다시 일어서서 잔뜩 긴장해서 노인의 성한 팔을 잡았어요. 나는 그 팔을 노인의 등 뒤로 꺾으면서, 내 다른 팔로 노인의 허리를 잡고 생각도 못했던 고함을 지르면서 발코니 쪽으로 홱 밀어서 떨어지게 했죠. 노인은 그대로 보도에 얼굴을 부딪치며 떨어졌는데, 바삭바삭 바스러진 몸으로 고개를 쳐들고 나를 향해 쉭쉭거리는 소리를 질렀어요.

갑자기 현관문을 쾅쾅 두드리는 소리가 났죠. 우리가 벌이는 격투 소리를 듣고 시아푸들이 몰려온 겁니다. 이제 나는 순전히 본능적으로 움직이고 있었죠. 나는 노인의 침실로 달려가서 침대 시트를 찢기 시작했죠. 별로 많이 필요하지는 않을 거다, 3층만 더 내려가면 된다, 그러면…… 그러다 나는 사진처럼 동작을 멈추고 얼어 버렸죠. 내 시선을 사로잡았던 것, 그 마지막 사진이 침실의 텅 빈 벽에 걸려 있더군요. 희미하게 찍힌 전통적인 흑백 가족사진이었어요. 사진 속에는 엄마, 아버지, 꼬마 남자 아이, 그리고 군복을 입은, 아까 그 노인의 10대 시절 모습이라고 추측되는 한 남자가 있었죠. 그는 손에 뭔가 쥐고 있었는데 그걸 보자 내 심장이 멎는 줄 알았어요. 나는 사진 속의 그 남자에게 고개를 숙여 인사하면서 울먹이는 소리로 말했죠.

"고맙습니다."

**그 사람이 뭘 쥐고 있었죠?**

나는 침실에 있던 장롱 맨 밑에서, 장정된 서류들과 사진에서 본 낡은 유니폼 조각 밑에서 그걸 찾았죠. 초록색으로 가장자리가 닳은, 군대에서 지급한 알루미늄으로 만든 칼집에, 임시변통으로 만든 가죽 손잡이는 원래 있었던 상어 가죽을 갈아 놓은 것이었지만 그 강철은…… 은처럼 반짝이면서 구부러지는 것으로 기계에서 찍어낸 것이 아니라 얇고 둥글게 뒤틀렸는데, 끝은 곧고 날카롭더군요. 평평하고 넓은 양날에는 일본 제국의 국화인 국화(菊花) 문양이 있었는데, 진품이었어요. 산으로 얼룩지지 않은, 물결무늬가 불로 단련된 칼날에 새겨져 있었어요. 절정의 기량을 뽐내는 장인의 작품으로서, 전쟁을 위해 만든 진검이었죠.

(나는 그의 옆에 있던 칼을 가리켰다. 그러자 다쓰미는 싱긋 웃었다.)

## 일본, 교토

**도모나가 이치로 선생은 내가 방에 들어오기 몇 초 전에 내가 누구인지 정확히 알았다. 분명 내가 걷는 방식, 내게서 풍기는 체취, 심지어는 숨 쉬는 법도 미국식이었나 보다. 일본의 다테노카이, '방패회'의 설립자는 나와 악수를 하고 고개를 숙여 인사를 하면서 학생처럼 자기 앞에 앉으라고 권했다. 도모나가의 제자인 다쓰미 곤도는 차를 내**

오고 늙은 스승 옆에 앉았다. 도모나가는 자신의 외모 때문에 내가 불편을 느낄까 봐 사과를 하면서 인터뷰를 시작했다. 선생은 사춘기 이후에 시력을 잃었다.

나는 '히바쿠샤'입니다. 나는 양력으로 1945년 8월 9일 오전 11시 2분에 시력을 잃었습니다. 나는 곤피라 산(金比羅山)에 서서 같은 반 친구 몇 명과 공습 경계 기지에 배치돼 있었습니다. 그날은 흐려서 B29 폭격기가 머리 위로 가까이 스치고 지나가는 것을 보지는 않고 소리로 들었죠. 비행기는 그것 딱 한 대였는데 정찰기였던 것 같고 보고할 만한 가치도 없는 것이었습니다. 같은 반 친구들이 참호로 냅다 뛰어 들어갔을 때 웃음을 터뜨릴 뻔했죠. 나는 그 미 전투기를 보려고 계속 우라카미 계곡을 쳐다보고 있었습니다. 대신 내가 마지막으로 본 것은 섬광이었습니다.

일본에서 '히바쿠샤'란 '피폭자'를 뜻하는 말로, 우리 국가의 사회적 계급에서 독특한 자리를 차지하고 있습니다. 우리는 동정과 슬픔을 불러일으키는 존재로 희생자이자 영웅이며 모든 정치적 의제의 상징이었습니다. 그러나 인간으로서의 우리는 사회적 부랑자에 지나지 않았습니다. 자식을 둔 부모 중에 우리를 사위나 며느리로 삼으려고 하는 사람은 없었습니다. 히바쿠샤는 일본의 순수한 유전적 온센*에 흐르는 불결한 피였습니다. 나는 이런 치욕을 개인적으로 처절하게 느꼈습니다. 나는 히바쿠샤였을 뿐 아니라 장님이라서 짐밖에 되지 못했기 때문입니다.

나는 요양소의 창문 밖으로 일본이 재건하려고 몸부림치는 소

* 온센(Onsen): 공동 목욕탕으로 쓰던 자연 온천.

리를 들을 수 있었습니다. 그런데 이런 노력에 내가 어떻게 보탬이 될 수 있겠습니까, 아무것도 없었죠!

나는 아무리 사소하거나 천한 일이라도 좋으니 일자리를 달라고 무수히 간청했습니다. 나를 고용해 주는 사람은 아무도 없었습니다. 나는 여전히 히바쿠샤였고, 공손하게 거절당하는 수많은 법을 익혔죠. 형은 와서 자기와 같이 살자고 애원하면서 형과 형수가 날 돌봐 주고 집에서 할 수 있는 '쓸모 있는' 일도 찾아봐 주겠다는 말까지 하더군요. 나로서는 거기가 요양소보다 더 나쁜 곳이었죠. 형은 이제 막 제대해서 형수와 둘째를 가지려고 계획 중이었습니다.

그런 중요한 때에 부담이 된다는 것은 생각할 수도 없는 일이었습니다. 물론 자살할 생각도 했죠. 여러 번 시도도 했습니다. 매번 수면제를 더듬어 찾거나 깨진 유리를 잡을 때마다 뭔가 나를 막고, 내 손을 붙들더군요. 제 나약한 성정이 문제였죠. 그것 말고 달리 뭐가 있겠습니까? 히바쿠샤, 기생충, 이젠 치욕스러운 바보. 그 당시 나는 끝도 없이 자학을 했습니다. 천황이 국민에게 항복 연설을 하면서 말했던 것처럼 나는 참으로 '감내할 수 없는 일을 감내하고' 있었던 거죠.

나는 형에게 알리지 않고 요양소를 나왔습니다. 어디로 가는지도 모르고 단지 내 삶, 내 기억, 내 자신으로부터 가능한 한 멀리 가야 했죠. 주로 구걸을 하면서 여행했습니다. 더 이상 잃어버릴 명예도 없었죠. 그러다 홋카이도 섬에 있는 삿포로에 정착했습니다. 이 추운 북쪽 황무지는 항상 일본에서 가장 사람들이 적게 사는 현으로, 일본이 사할린과 쿠릴 열도를 잃어버린 후로 이곳은 미국 속담에서 하는 말처럼 '엔드 오브 더 라인(종점, 죽음, 관계의 종말을 은유하는 숙어로 많은 책이나 노래의 제목에서 볼 수 있다. — 옮긴이)'이었죠.

삿포로에서 나는 히데키 오타라고 하는 한 아이누 정원사를 만났습니다. 아이누인들은 일본에서 가장 오래된 토착민들로 우리의 사회적 계급 단계에서 한국 사람들보다 더 낮은 지위에 있었습니다.

아마 그래서 야마토 일족이 던져 준 또 다른 최하층 천민 배역을 맡은 나를 그분이 동정했는지도 모릅니다. 어쩌면 자신의 기술을 이어 받을 사람이 하나도 없어서 그랬는지도 모르고. 그분의 아들은 만주에서 돌아오지 않았죠. 오타 씨는 과거에 고급 호텔이었다가 지금은 중국에서 온 일본 이주자들을 위한 본국 송환 센터인 아카카제에서 일하고 있었습니다. 처음에 정부에서는 정원사를 한 명 더 고용할 자금이 없다고 불평했죠. 오타 씨가 사비로 내 월급을 줬습니다. 그는 내 스승이자 유일한 친구였고, 그분이 돌아가셨을 때 나는 뒤를 따를까 고민했죠. 그러나 겁쟁이였던 나는 차마 그렇게 할 수 없었죠. 대신 그냥 질긴 목숨을 이어가면서, 아카카제가 송환 센터에서 다시 고급 호텔로 바뀌고 일본이 정복된 폐허에서 경제 부국으로 승승장구하는 동안 정원을 가꾸며 조용히 살았죠.

일본에서 처음 그 질병이 발발했다는 소식을 들었을 때 나는 아직도 아카카제 호텔에서 일하고 있었습니다. 레스토랑 주위에 있는 서양식 울타리를 다듬다가 손님 중 몇 사람이 나구모 살인 사건에 대해 이야기하는 걸 들었죠. 사람들이 하는 이야기를 들어보니 한 남자가 부인을 살해하고 마치 들개처럼 그 시체를 먹었다고 하더군요.

그때 처음으로 '아프리카 광견병'이란 말을 들었어요. 나는 그 이야기를 무시하고 하던 일을 계속하려고 했지만 다음 날 잔디밭과 수영장 주위에서 사람들이 목소리를 죽여 가며 더 많은 이야기를 하더군요. 나구모 이야기는 오사카의 스미토모 병원에서 발생한 더 심각한 발병 사례에 비하면 이미 한물간 뉴스더군요. 그 다음 날에는 나고야, 센다이, 그러다 교토까지 그런 일이 발생했죠. 나는 사람들의 이야기를 떠올리지 않으려고 노력했죠. 나는 세상에서 도망쳐서 죽는 날까지 치욕과 불명예 속에서 살려고 홋카이도로 왔으니까요.

정말로 위험이 닥쳤다는 걸 알아차린 건 융통성도 없고 고지식한 샐러리맨인 호텔 매니저가 격식을 갖춰 연설을 할 때였습니다. 히로사키에서 그 질병이 발생한 뒤 그는 직원회의를 열어서 죽은 시체들이 살아난다는 온갖 소문을 일시에 잠재우려고 기를 썼죠.

내가 의지할 거라곤 그 사람의 목소리뿐이었죠. 한 사람이 하는 말을 들어 보면 그 사람에 대한 모든 것을 다 파악할 수 있답니다. 스가와라 씨는 단어 하나하나를 극도로 신경 써서 발음했는데 특히 자음을 딱딱하고 날카롭게 발음하더군요. 그는 극도로 불안하면 말을 더듬는 습관이 있었는데 그 고쳤던 습관이 다시 나오려는 것을 감추려고 무진 애를 썼죠. 쉽게 동요하지 않는 것처럼 보이던 이 매니저의 언어에서 드러난 방어 기제를 전에도 들은 적이 있는데 1995년 지진이 일어났을 때 처음 그랬고, 1998년 북한이 일본 영토 위로 날아간 장거리 핵무기급 테스트 미사일을 발사했을 때 다시 들었습니다. 스가와라 씨의 발음이 그때는 아주 미묘하게 차이가 났는데 지금은 내가 젊었을 때 들었던 공습 경보 사이렌보다 더 큰 비명으로 들리더군요.

그래서 내 인생에서 두 번째로 나는 도망쳤습니다. 형에게 경고할까 생각했지만 너무 오랜 시간이 흘렀고, 연락할 방법도 없었고, 심지어 형이 아직 살아 있는지조차 몰랐죠. 그것이 아마도 내 모든 치욕스러운 행동 중에서도 무덤까지 지고 갈 마지막 큰 짐이 될 것입니다.

**왜 도망치셨나요? 죽을까 봐 두려웠나요?**

물론 아닙니다. 그랬다면 두 손 들고 환영이죠! 죽는다는 것, 마침내 살아생전의 모든 비참함에 종지부를 찍을 수 있다는 건 이루어질 수 없는 꿈과 같았죠. 내가 두려웠던 건, 다시 한 번 내 주변 사람들에게 짐이 된다는 것이었죠. 누군가의 발목을 잡고, 중요한 자리를 차지하고, 구할 가치도 없는 노인을 구하려다 다른 사람들이 위험에 빠지게 된다면? 그리고 죽은 사람들이 다시 소생한다는 게 사실이면 어떻게 하죠? 만약 내가 감염됐다가 부활해서 내 동포의 목숨을 위협하면 어떻게 해요? 안 되죠, 그것은 이 치욕스러운 히바쿠샤의 운명이 될 수 없습니다. 내가 죽는다면 그간 살아왔던 것과 같은 방식으로 죽음을 맞이해야 했습니다. 잊히고, 고립된 채, 홀로 말입니다.

나는 밤에 떠나 홋카이도의 도 고속도로를 따라 남쪽으로 히치하이크를 하기 시작했습니다. 가진 것이라곤 물병 한 개, 갈아 입을 옷 한 벌, 이쿠보시*라고 대팻날 모양의 날이 붙은 창과 비슷한 길고 평평한 삽인데 오랜 세월 내 지팡이로도 썼던 것 하나뿐이었습니다. 당시만 해도 차가 꽤 많이 다녔어요. 인도네시아와 걸프 만에서 들여온 석유가 아직 있었고, 많은 트럭 기사들과 개인 운전자들이 친절하게도 나를 '태워' 줬어요. 누구를 만나든 우리는 그 위기에 대한 이야기를 하게 됐습니다.

"자위군이 동원됐다는 소식 들었나요?"

"정부가 국가 비상사태를 선포할 거라고 하더군요."

"간밤에 여기 삿포로에서 질병이 발생했다는 이야기를 들었나요?"

아무도 내일 무슨 일이 일어날지, 그 참사가 얼마나 멀리 확산될지, 누가 다음번 희생자가 될지 모르고 있었지만 누구와 대화를 하든, 그들이 얼마나 겁에 질려 있든 모든 대화는 결국 이런 식으로 끝났죠.

"하지만 당국에서 어떻게 하라고 지시할 겁니다."

한 트럭 기사가 이렇게 말하더군요.

"언제고 아시게 될 겁니다. 끈기 있게 기다리면서 공공연하게 소란만 일으키지 않으면 말입니다."

그 목소리가 내가 마지막으로 들은 인간의 목소리로, 그다음 날 나는 문명을 떠나서 히다카 산으로 들어갔습니다.

---

* 이쿠보시: 아이누인들이 기도할 때 쓰는 작은 막대기를 뜻하는 말. 이것과 삽의 차이에 대해 나중에 질문했을 때 도모나가 씨는 그 이름은 그의 스승인 오타 씨가 가르쳐 준 것이라고 대답했다. 오타 씨가 이 원예 도구에 영적인 의미를 부여하려고 했는지, 아니면 자신의 문화를 잘 몰라서 그렇게 불렀는지는 결코 알 수 없을 것이다.

이 국립공원은 내 손바닥처럼 훤했죠. 매년 오타 씨가 식물학자들, 등산객들, 일본 전역에서 온 미식가 요리사들을 유혹하는 산채를 캐러 나를 이곳에 데리고 와 주셨어요. 한밤중에 자주 일어나는 사람이 어두운 침실에 있는 모든 물건의 정확한 위치를 알고 있는 것처럼 나는 모든 강과 바윗돌과 나무와 이끼가 깔린 곳을 정확히 알고 있었죠. 지표면으로 부글거리며 솟는 자연 온천들까지 죄다 알고 있어서 자연이 베푸는 따뜻하고 깨끗한 미네랄 목욕을 실컷 할 수 있었습니다. 매일 나는 자신에게 이렇게 말했죠.

"이곳은 죽기에 완벽한 곳이다. 나는 곧 사고를 당할 것이다. 어디서 떨어지거나, 몸이 아플 수도 있고, 병에 걸리거나, 독 뿌리를 먹거나 아니면 마지막으로 명예롭게 곡기를 끊을 수도 있을 것이다."

그러나 나는 매일 먹을 것을 찾아다니며, 목욕을 하고, 옷을 따뜻하게 입고, 조심조심 걸어 다녔죠. 간절히 죽음을 바라는 한편으로 계속해서 죽음을 막을 수 있는 모든 조치를 다 취했습니다.

우리나라에서 도대체 무슨 일이 벌어지고 있는지 나는 알 길이 없었습니다. 멀리서 헬리콥터 소리, 전투기 소리, 꾸준하게 높은 곳에서 윙윙거리는 제트 여객기 소리가 들리긴 했습니다. 어쩌면 내가 잘못 알고 있는지 몰라. 위기가 끝난 건지도 몰라. 내가 아는 거라곤 '당국'이 승리를 거두고 있었고, 위험이 빠르게 잊히고 있다는 거였죠. 아마 사서 걱정을 하는 내가 떠나 아카카제에서는 쌍수를 들고 환영하면서 새 직원을 뽑았을지도 모르고, 어쩌면 어느 날 아침 화가 머리끝까지 난 산림 감시원이 호령하는 소리나 소풍 온 아이들의 깔깔거리는 소리와 속삭이는 목소리에 잠이 깰지도 몰라. 어느 날 아침 뭔가 날 깨우긴 했지만 그 소리는 깔깔거리는 아이들 목소리가 아니었어요, 그렇죠, 그건 아이 목소리가 아니었습니다.

그건 홋카이도 황야를 배회하는 덩치가 큰 갈색 곰이었죠. 이 곰은 원래 캄차카 반도에서 이주해 왔는데 시베리아 사촌들의 사나움과 야생의 힘을 그대로 간직하고 있었어요. 이놈은 거대한 놈이었어요. 놈의 숨소리의 고저와 울림으로 알 수 있었죠. 내 판단으로 놈은 내게서 4, 5미터 정도 떨어진 데에 있는 것 같더군요. 나는 두려워하지 않고 천천히 일어섰죠. 내 옆에 이쿠보시가 있었죠. 그게 내가 가진 것 중 제일 무기로 쓸 만한 것이었고, 내 생각에 그걸 무기로 써야 한다면 무시무시한 방어 무기가 될 거라고 생각했죠.

**그걸 쓰지 않으셨죠?**

쓰지도 않았고 쓰고 싶지도 않았어요. 그 동물은 어쩌다 마주친 굶주린 야수 이상의 의미가 있었어요. 이놈이 내 운명이라고 난 믿었어요. 가미의 뜻으로 우리가 만났다고 난 생각했죠.

**가미가 누구죠?**

가미는 인간이 아닙니다. 가미는 우리 존재의 모든 면에 깃들인 정령입니다. 우리는 가미에게 기도하고, 공경하고, 가미를 기쁘게 하길 바라고, 그들의 비위를 맞춥니다. 일본 회사들이 곧 완공

될 공장 건물 터에 복이 깃들기를 바라고, 우리 세대 일본인들이 천황을 신으로 숭배하게 만든 정령이 가미입니다. 가미는 신도의 토대인, 글자 그대로 '신들의 방식'이며 자연 숭배는 가미의 가장 오래되고 성스러운 원칙 중 하나입니다.

그래서 나는 그날 그 일이 신의 뜻이라고 믿었습니다. 나 자신을 황야로 유배시켜서 자연의 순수함을 더럽혔기 때문입니다. 나 자신, 내 가족, 내 조국의 명예를 더럽힌 후 난 마침내 마지막 단계를 밟아서 신의 명예를 실추시킨 것입니다. 이제 그 신들이 내가 그 오랜 세월 차마 하지 못했던 일, 내가 풍기는 악취를 지우라고 자객을 보낸 것입니다. 나는 자비로운 신에게 감사를 드렸죠. 나는 그놈이 달려들기를 기다리며 울었습니다.

아무 일도 일어나지 않았습니다. 곰은 헐떡이는 걸 멈추더니 아이처럼 높은 소리로 낑낑거렸습니다.

"도대체 뭐가 잘못됐니?"

나는 그 300킬로그램짜리 육식동물에게 실제로 그렇게 말했습니다.

"얼른 와서 날 해치우란 말이다!"

곰은 계속해서 겁에 질린 강아지처럼 낑낑거리더니 사냥꾼에게 쫓기는 짐승처럼 재빨리 내 곁을 떠나갔습니다. 그때 그 신음 소리가 들렸습니다. 나는 몸을 홱 돌리면서 집중해서 들으려고 했습니다. 입 높이로 봐서 그놈이 나보다 크다는 걸 알 수 있었죠. 놈이 부드럽고 축축한 흙을 한쪽 발로 질질 끌고 오는데, 가슴의 벌어진 상처에서 공기가 송송 새어나오는 소리가 들렸습니다.

그놈이 내게로 손을 뻗치면서, 신음하며 허공을 강타하는 소리가 들렸습니다. 나는 놈의 어설픈 공격을 간신히 피해 내 이쿠보시를 와락 잡아챘죠. 나는 그 생물체의 입 주위를 집중적으로 노려서 재빨리 거기를 후려쳤습니다. 와지끈 부서지는 소리가 내 팔을 통해 울렸죠. 놈이 땅에 쓰러지자 나는 승리의 고함을 질렀습니다.

"만세!"

그때 내 기분을 제대로 표현하긴 힘듭니다. 심장에서 분노가 폭발했고, 태양이 천국에서 밤을 몰아내면서 내 수치심을 말끔히 쓸어 버린 힘과 용기가 솟아올랐습니다. 나는 신들이 나를 어여삐 여기신다는 것을 갑자기 깨달았습니다. 그 곰은 내 목숨을 끊기 위해 보낸 것이 아니라 경고를 하기 위해 보낸 것이었습니다. 그때는 그 이유를 몰랐지만 그 이유가 마침내 드러나는 날까지 살아남아야 한다는 건 알고 있었습니다.

그래서 다음 몇 개월간 내가 한 일이 바로 그것입니다. 나는 살아남았죠. 나는 히다카 산맥을 마음속에서 일련의 수백 개의 지타이*로 나눴습니다. 각 지타이에는 육체적인 보안물이 있었습니다. 나무라든가, 키가 크고 평평한 바위라든가, 어디든 즉각적인 공격을 당할 위험 없이 평화롭게 잠들 수 있는 곳이 있었습니다. 나는 항상 낮에 잠을 자고, 밤에만 다니면서, 먹을 것을 찾거나 사냥했습니다. 좀비들이 인간처럼 시력에 의존했는지 모르지만 놈들에게 조금이라도 이로울 행동은 하지 않을 작정이었죠.**

시력을 잃은 뒤로 또 나는 항상 긴장하면서 움직이는 습관이

* 지타이(chi-tai): 지역.

** 현재까지 좀비들이 시력에 얼마나 의존했는가는 밝혀지지 않았다.

생겼습니다. 눈이 보이는 사람들은 걸어 다니는 것을 당연하게 받아들이는 경향이 있습니다. 그렇지 않다면 뻔히 보이는데도 어떻게 뭔가에 걸려 넘어질 수 있겠어요? 실수는 눈으로 하는 게 아니라 마음으로 하는 겁니다. 평생 시신경에만 의존하면서 사고를 단련시키는 것을 게을리 한 거죠. 나 같은 사람들에겐 해당되지 않는 이야기입니다. 난 잠재적인 위험에 항상 대비해서, 집중하고, 경계하면서 '발밑을 조심했죠'. 비유를 하자면 그렇다는 말입니다. 거기에 위험을 하나 더한다고 해서 새삼스레 괴로울 것도 없었죠. 매번 나는 수백 보 이상은 걷지 않았습니다. 그다음에 멈추고 주변 소리를 들으면서 바람의 냄새를 맡았고 때로는 땅바닥에 귀를 대고 들어 보기도 했죠. 이 방법은 백발백중이었습니다. 한 번도 기습당한 적이 없었으니까.

**장거리는 감지를 못하셨나요? 수 킬로미터 바깥에 공격자가 있을 땐 알아차리지 못했다는 거죠?**

나는 밤에 다녔기 때문에 정상적으로 보지 못했을 테고, 몇 킬로미터 밖에 있는 야수는 내게 위험한 존재가 아니었어요. 오히려 내가 놈들에게 위협이 됐을 테죠. 놈들이 내 귀, 코, 손가락 끝, 발의 감각이 미치는 최대 범위, '감각 보호 원'에 들어오기 전까지는 경계할 필요도 없었죠. 몸 상태가 최고일 때, 주위 환경도 맞고, 하야지*가 자비로운 마음을 품고 있을 때는, 그 원이 500미터 정도로 커지죠. 일진이 나쁠 땐 그 범위가 30보 이상, 기껏해야 50보 정도로 줄어들 수도 있고. 그런 경우는 별로 없었는데, 가미를 진

* 하야지: 바람의 신(가상의 일본의 신).

정 화나게 만들지 않는 한(그게 도대체 어떤 건지 난 상상도 할 수 없지만) 거의 일어나지 않았어요. 그 괴물들도 마찬가지로 도움이 많이 됐죠. 항상 공격하기 전에 내게 경고를 해 줄 만큼 친절했죠.

놈들이 먹잇감을 발견한 순간을 밝히는 그 울부짖는 경고음은, 내게 공격자의 존재뿐 아니라 방향, 범위, 공격할 정확한 위치까지 경고해 줬죠. 나는 언덕과 들판을 떠도는 그 신음 소리를 들으면 30분 내지 1시간 사이에 그 좀비 중 하나가 날 찾아올 거라는 걸 알고 있었습니다. 그러면 나는 모든 동작을 멈추고 끈기 있게 그 공격에 대비했죠. 가방을 내려놓고, 팔다리를 쫙 편 채, 가끔은 조용히 앉아서 명상할 자리를 찾기도 했죠. 나는 항상 놈들이 공격할 만큼 가까이 다가왔을 때를 알고 있었죠. 나는 여유롭게 놈들에게 고개 숙여, 내게 경고해 줄 만큼 예의 바른 점에 고맙다는 인사를 했죠. 놈들이 풍기는 그 무심한 악취에 미안할 정도였어요. 이 먼 길을 그렇게 쉬지도 않고 천천히 와서 결국엔 두개골이 깨지거나 목이 잘린 채 그 여행을 마감하게 되니까요.

**적들을 항상 일격에 쓰러뜨리셨나요?**

항상 그랬죠.

(그는 손으로 이쿠보시의 모양을 만들어 보였다.)

휘둘러 치지 않고 앞으로 쑤셔 넣었죠. 처음에는 목 밑을 노렸어요. 나중에 시간이 흐르고, 경험이 쌓여 노련해지면서 나는 여기를 치는 법을 배웠죠.

(그는 이마와 코 사이 움푹 들어간 곳에 손을 수평 방향으로 댔다.)

그냥 간단하게 목을 베는 것보다는 조금 더 힘들었죠. 두껍고 단단한 뼈 때문에. 하지만 그렇게 하면 뇌가 완전히 파괴되죠. 반면에 목을 치면 그 목은 살아 있으니까 한 번 더 쳐야 하죠.

**떼로 몰려오는 좀비들은 어떻게 했죠? 좀 더 어려웠나요?**

처음에는 그랬죠. 좀비들의 숫자가 불면서 나는 점점 포위되고 있다는 걸 깨닫기 시작했어요. 초기에 치른 격전은…… '깔끔하지 못했죠'. 내가 감정적으로 손을 휘둘렀다는 건 인정합니다. 나는 번갯불이 아니라 태풍이었어요. '도카치 다케(홋카이도에 있는 활화산)'에서 치른 혼전 중 41분 만에 41명의 좀비들을 해치웠죠. 내 옷에서 놈들의 체액을 없애기 위해 2주 동안이나 빨래를 했어요. 나중에 좀 더 전술적인 창의력을 발휘하기 시작하면서 전장에서 신이 함께하시도록 했죠. 나는 야수 떼를 키가 큰 바위 밑으로 몰고 가서 그 바위 위에서 놈들의 두개골을 으깨 버렸습니다. 어떤 때는 적당한 바위를 찾아서 놈들이 날 찾아 올라오게 한 다음에, 모두 한 번에는 못 올라오죠(선생도 아시겠지만), 하나씩 올라오게 해서 후려갈겨 밑에 있는 깔쭉깔쭉 튀어나온 광맥으로 떨어지게 했죠. 나는 놈들을 수천 미터 밑으로 떨어지게 한 바위, 절벽, 폭포의 정령에게 모두 감사를 드렸습니다. 이 폭포 싸움은 별로 자주 하고 싶지는 않았습니다. 시체를 회수하러 오랫동안 힘들게 기어 다녀야 했으니까.

**시체를 찾으러 갔단 말씀입니까?**

묻어 주려고요. 그것들을 그냥 거기 놔둬서 시냇물의 신성을 더럽힐 수 없었습니다. 그건…… '적절'하지 않았거든요.

**시체를 모두 다 찾으셨나요?**

하나도 빼먹지 않고요. 도카치 다케 사건 이후, 사흘 동안 무덤을 팠습니다. 머리는 항상 분리시켰죠. 대부분은 그냥 불태웠는데, 도카치 다케에서는 오야마쓰미노카미*의 분노가 그들의 악취를 정화시킬 수 있게 화산 분화구에 던졌습니다. 왜 그런 행동을 했는지 나도 완전히 알 수는 없었습니다. 단지 그렇게 악의 근원을 분리시켜야 옳다고 느꼈습니다.

유배된 뒤 두 번째 겨울이 오기 직전에 그 답을 알게 됐습니다. 그때가 큰 나뭇가지에서 마지막으로 보내는 밤이 됐죠. 일단 눈이 내리면 작년 겨울을 났던 동굴로 돌아가려고 했어요. 막 나뭇가지 위에 편안하게 자리를 잡고 새벽의 온기가 나를 달래서 재워 주길 기다리고 있는데, 갑자기 야수의 것이라고 하기엔 너무 빠르고 힘이 넘치는 발소리를 들었어요. 하야지가 그날 밤은 내 편이었죠. 그는 오직 인간만이 풍기는 냄새를 싣고 왔죠. 나는 좀비에게서는 놀랄 정도로 냄새가 나지 않는다는 것을 깨달았어요. 그래요, 희미하게 썩는 냄새가 났고, 소생한 지 시간이 좀 지났다면 그 냄새가 좀 더 강하기도 했고 아니면 그 물린 살이 창자를 비집고 나와 속옷에서 뭉쳐서 썩어 가는 냄새가 나기도 했죠. 그 냄새 빼고는 좀비에게는 '냄새 없는 악취'라고 부르는 그런 냄새가 났죠. 좀비는 땀도 흘리지 않았고, 오줌이나 일반적인 의미의 똥도 누지 않아요. 심지어 살아 있는 인간에게서는 악취를 일으킬 박테리아가 위나 이빨에도 없었죠. 내 위치로 재빨리 다가오고 있는 두 발 달린 동물에게서는 이런 점이 하나도 없었죠. 그의

* 오야마쓰미노카미: 산과 화산의 지배자.

숨결, 몸, 의복, 모든 게 며칠 동안 씻지 않았던 것 같더군요.

아직 어두워서 그는 내가 있다는 걸 눈치 채지 못했어요. 나는 그가 지금 오는 길로 계속 오면 내가 있는 나무 바로 밑으로 오게 될 거라는 걸 알 수 있었죠. 나는 천천히, 조용하게 쭈그려 앉았죠. 난 그가 적대적인지, 미쳤는지, 심지어는 최근에 물렸는지조차 확신할 수 없었어요. 나는 결코 위험을 무릅쓰고 싶지 않았죠.

(이때 곤도가 끼어들었다.)

곤도: 선생님은 내가 알아차리기도 전에 내 위에 올라탔어요. 내 칼은 날아가고, 발이 꺾였죠.

도모나가: 나는 그의 견갑골 사이에 내려앉았는데 완전히 영구적인 손상을 입힐 정도로 세게 친 건 아니지만 가냘프고 영양실조에 시달리는 체격을 넘어뜨릴 정도는 됐죠.

곤도: 선생님은 날 쓰러뜨리고, 얼굴을 흙바닥에 누르고, 삽 같은 것의 날로 내 목뒤를 세게 누르고 있었죠.

도모나가: 나는 그에게 꼼짝 말라고 하면서 움직이면 죽인다고 했죠.

곤도: 나는 기침하는 사이에 헐떡이면서, 나는 적이 아니고 당신이 거기 있었던 것도 몰랐고, 내가 원하는 것은 그냥 여기를 통과해서 가던 길을 가는 것뿐이라고 말했죠.

도모나가: 나는 어디로 가냐고 물었고요.

곤도: 대피 장소인 홋카이도 항구 네무로로 마지막 교통수단이나 어선이나, 나를 캄차카 반도로 데려다 줄 뭔가가 있을지 모르는 곳으로 간다고 했죠.

도모나가: 당최 무슨 말을 하는 건지 이해가 안 됐죠. 그래서 설명하라고 명령했습니다.

곤도: 그래서 그 역병과 대피에 대한 모든 것을 설명했어요. 일본이 완전히 버려졌으며, 일본은 이제 아무것도 아니라는 말을 하면서 울었어요.

도모나가: 갑자기 전광석화처럼 깨달음이 왔죠. 왜 신이 내 시력을 앗아갔는지, 왜 신이 나를 홋카이도로 보내서 땅을 보살피는 법을 배우게 했는지, 왜 그 곰을 보내서 경고를 했는지 알게 됐죠.

곤도: 선생님은 나를 놔 주고 내 옷에서 흙을 떨어내는 것을 도와주면서 웃기 시작했죠.

도모나가: 나는 곤도에게, 신이 정원사로 택한 이들은 일본을 버리지 않았다고 했죠.

곤도: 처음에는 무슨 소린가 싶더라고요.

도모나가: 그래서 설명했죠, 정원처럼 일본도 시들어서 죽게 놔둘 수 없다. 우리는 일본을 보살피고, 보존하고, 일본을 감염시키고 더럽힌 걸어 다니는 역병을 멸종시키고 일본의 자손들이 다시 돌아오는 날까지 일본의 아름다움과 순수함을 복구할 것이다.

곤도: 아무래도 좀 돈 것 같아서 대놓고 그렇게 말해 줬죠. 우리 둘이서 수백만 명의 시아푸를 상대하자고요?

도모나가: 나는 그에게 칼을 돌려줬죠. 내가 만져 본 그 칼의 무게와 균형은 왠지 손에 익은 것이더군요. 나는 우리가 5000만 명의 괴물들을 상대해야 할지 모르지만, 이 괴물들은 신들을 상대해야 한다고 그에게 말했습니다.

## 쿠바, 시엔푸에고스

세로샤 가르시아 알바레즈는 자기 사무실에서 만나자고 제안했다. "경치가 끝내 줍니다. 실망하지 않으실 겁니다."라고 그는 장담했다. 하바나의 호세 마르티 다음으로 큰 빌딩인 말피카 상호 은행의 69층 구석에 있는 알바레즈 씨 사무실은 반짝거리는 도심과 활기가 넘치는 항구를 내려다보고 있었다. 말피카처럼 에너지가 필요 없는 빌딩에는 지금이 '마법의 시간'이다. 지금이 광발전으로 작동되는 창문이 은은하게 자홍색으로 물들어 저물어 가는 해를 완벽하게 보여 주는 시간이다. 알바레즈 씨 말이 맞았다. 장관이었다.

쿠바는 좀비 전쟁에서 승리했어요. 다른 나라들이 겪은 일을 생각해 보면 그리 겸손한 말은 아닙니다만 20년 전 쿠바와 지금의 쿠바를 한번 비교해 보세요.

전쟁 전에 우리는 냉전이 절정에 달했던 때보다 더 악화된 반고립 상태에 살았죠. 적어도 제 아버지 시대에는 구소련과 코메콘(공산권 경제 상호 원조 협의회 — 옮긴이)의 꼭두각시가 주는 경제 복지 원조라도 의지할 수 있었죠. 그러나 공산권이 몰락한 뒤 우리는 끊임없는 가난에 시달려야 했죠. 식량 배급에, 연료 배급에. 가장 비슷한 사례를 찾아본다면 2차 대전 당시 독일군의 공습을 받던 영국을 들 수 있겠고 다른 포위된 섬들처럼 우리 역시 항상 존재하는 적의 음침한 그늘 아래 살았죠.

미국의 봉쇄 정책은 냉전 당시처럼 가혹하지는 않았지만 우리나라와 공개적으로 자유 무역을 시도했던 나라에 즉각 보복함으로써 우리의 돈줄을 자르려고 했죠. 미국의 전략이 성공을 거두긴 했지만 가장 큰 이익을 본 쪽은 계속 권좌에 남기 위한 구실로 미 압제자를 이용할 수 있었던 피델이었어요. 피델은 이렇게 말하곤 했죠.

"여러분의 삶이 얼마나 힘겨운지 아시죠. 봉쇄 정책 때문에 이렇게 살기가 팍팍해요. 양키들이 우리에게 이런 만행을 저질렀어요. 내가 없으면 놈들은 지금이라도 우리 해변으로 돌격해 왔을 겁니다."

피델 카스트로는 영악했죠, 마키아벨리의 애제자가 될 만한 인물이죠. 그는 적이 코앞에 있는 한 우리가 그를 몰아내지 않을 거라는 걸 알고 있었죠. 그래서 우리는 학대와 억압을 참아 가면서 배급을 받느라 긴 줄을 서면서도 목소리를 죽이곤 했죠. 이게 바로 내가 성장했던 쿠바의 모습이고 내가 상상할 수 있는 유일한 모습입니다. 즉 좀비들이 일어서기 전까지는 그랬다는 거죠.

쿠바에서의 발병 사례는 소소했고 즉시 제압됐는데 주로 중국 난민들과 소수의 유럽 사업가들이 희생자였죠. 미국 여행은 여전히 강한 규제를 받고 있어서 1차 집단 이주의 타격을 피할 수 있었어요. 요새 같은 쿠바 사회의 억압적인 본성 덕분에 정부는 감염의 확산을 막을 조치를 확실히 취할 수 있었어요. 모든 국내 여행이 일시 중지됐고, 상비군과 민병대 모두 동원됐죠. 그리고 쿠바에는 1인당 의사 비율이 아주 높았기 때문에 우리 지도자는 첫 번째 질병 사례가 보고된 후 몇 주 내로 감염의 정체를 알게 됐죠.

대공포가 시작됐을 때, 세계가 마침내 문을 부수고 들어온 악몽의 중요성을 깨달았을 때 쿠바는 이미 전쟁 준비를 하고 있었죠.

쿠바의 지형 덕분에 우리는 육상에서 대규모로 몰려드는 난민들을 피할 수 있었죠. 우리의 침략자들은 바다로 왔는데 특히 보트 피플이 함대를 이루어 왔죠. 이들은 세계 도처에서 우리가 목격한 것처럼 그 전염병을 퍼뜨릴 뿐 아니라 그들이 찾아온 나라를 현대판 신대륙 정복자처럼 지배해야 한다고 믿고 있는 사람들도 있었어요.

아이슬란드에 어떤 일이 벌어졌는지 한번 보세요. 전쟁 전에는 그렇게 안전하고 평화로워서 상비군을 둘 필요를 못 느꼈던 지상천국이었는데. 미군이 철수했을 때 그 사람들이 무슨 힘이 있었겠어요? 어떻게 그들이 유럽과 서러시아에서 물밀듯이 밀려드는 난민들을 막을 수 있었겠어요? 한때는 목가적이었던 북극 지방의 은신처가 어떻게 얼어붙은 피의 가마솥이 됐고, 왜 아직도 지구상에서 가장 심하게 좀비 바이러스에 오염된 '하얀 지역'이라는 게 굳이 궁금하지 않을까요? 우리나라보다 더 작은 윈드워드 제도(서인도 제도 남동부 — 옮긴이)와 리워드 제도에 있는 동포들의 본보기가 없었다면 우리도 분명 그런 지경에 처했을 겁니다.

앙길라에서 트리니다드(서인도 제도 최남단 섬 — 옮긴이)에 이르는 지대에 사는 사람들은 가장 위대한 전쟁 영웅 중 하나라는 자리를 당당하게 차지할 수 있을 겁니다. 이들은 먼저 자기들이 살고 있는 군도에 발생한 다수의 발병 사례를 박멸하고 나서, 숨 돌릴 사이도 없이 바다에서 쳐들어온 좀비들을 격퇴했을 뿐 아니라 끊임없이 몰려오는 인간 침략자들도 막아냈죠. 이들이 흘린 피 덕분에 우리가 피를 쏟지 않아도 됐던 겁니다. 이 동포들은 우리 국토를 뺏으려고 의도하던 자들에게 자신들의 정복 계획을 재고해 보고 휴대용 무기와 칼밖에 없는 민간인들 몇 명이서 저렇게 끈질기게 조국을 지킨다면, 전차에서 레이더로 유도하는 대선박 미사일까지 철저하게 무장한 쿠바의 해변에서 과연 어떤 상대와 대적해야 할지 깨달을 수 있도록 몰아붙였죠.

물론 소앤틸리스 열도(서인도 제도 중의 열도 — 옮긴이)의 주민들이 쿠바의 이익을 위해 싸웠던 건 아니었지만 그들의 희생 덕분에 우리는 우리가 원하는 조건을 내세울 수 있는 호사를 누리게 됐죠. 쿠바에 피난을 오고 싶은 사람은 누구나 노르테아메리카노(스페인어를 사용하지 않는 미국인 — 옮긴이) 부모들이 흔히 하는 말을 듣게 됐죠.

"내 집에 사는 한 내 법을 따르라."

모든 피난민들이 양키는 아니었어요. 우리도 남아메리카 본토와 아프리카와 서유럽과 특히 스페인에서 우리 몫의 난민을 받았죠. 많은 스페인인들과 캐나다인들이 사업이나 휴가차 쿠바를 방문했죠. 전쟁 전에 나도 그런 사람들 여러 명과 사귀었는데 아주 선량하고 예의 바른 사람들이었어요. 캔디 한 주먹을 허공에 던지고 그것을 줍겠다고 서로 다투는 쿠바 아이들을 보면서 야비하게 웃어 대던 내 젊었을 적 동독인들과는 영 달랐죠.

그러나 우리가 받아 주었던 대부분의 보트 피플은 미국에서 왔어요. 매일 더 많은 미국인들이 큰 배나 소형 선박 심지어는 손수 만든 뗏목을 타고 와서 우리는 씁쓸한 미소를 지었죠. 정말 많은 난민들이 왔는데 모두 해서 우리 쿠바 인구의 딱 절반인 500만 명에다 다른 국적의 난민들까지 합치시 정부의 '검역 격리

재식민 프로그램'의 관할로 들어갔죠.

그 재식민센터를 포로수용소라고까지 부르지는 못할 겁니다. 이 난민들은 작가와 교사 같은 쿠바의 반체제 인사들이 고생했던 것과는 비교할 수도 없는 생활을 했으니까요. 내겐 동성연애자로 고발당했던 '친구'가 하나 있었죠. 아무리 혹독한 재식민센터라도 내 친구가 수용소에서 겪었던 사연과는 비교할 수 없었죠.

그러나 난민들의 삶도 쉽지만은 않았어요. 전쟁 전에 어떤 직업이나 신분을 가졌건 이 사람들은 처음에는 농장 노동자로 배정받아 과거 국가에서 운영했던 설탕 농원에서 야채를 가꾸며 하루에 12시간에서 14시간씩 일했습니다. 적어도 기후는 난민들의 편이었습니다. 기온이 떨어지고 하늘이 어두워지기 시작했죠. 자연이 난민들에게 자비를 베푼 거죠. 그러나 감독들은 그렇지 않았습니다.

"목숨이 붙어 있는 것만도 고마운 줄 알아."

이들은 난민들을 때리거나 걷어차면서 그렇게 소리 질렀죠.

"계속 그렇게 투덜대면 좀비 밥으로 던져 버린다."

각 난민 캠프마다 '말썽꾸러기'를 던져 버린다는 구멍, 사람들이 두려워하는 '좀비 구덩이'에 대한 소문이 떠돌고 있었어요. 정보국장은 심지어 일반인들 사이에 죄수를 심어 놓고, 굴들이 들끓고 있는 호수에 사람들을 거꾸로 머리부터 떨어뜨리는 모습을 개인적으로 목격했다는 이야기를 퍼뜨리게 했죠. 이런 모든 소문은 질서를 바로잡기 위해 하는 소리였지(선생도 아시겠지만) 실제로 이중에서 사실인 것은 없었어요. 그런데…… '마이애미 백인들'에 대한 이야기도 있었죠. 미국에서 살고 있던 쿠바인들이 고국으로 돌아왔을 때 모두 대대적인 환영을 받았죠. 나도 데이토너에 친척이 몇 명 살고 있었는데 모두 간신히 목숨만 건져서 왔죠. 초기, 그 광란의 시기에 이루어진 수많은 재회에서 흘린 눈물로 카리브 해도 채웠을 겁니다. 그러나 혁명이 끝난 후 미국으로 이민 갔던 사람들, 구정권에서 번창하던 부유한 엘리트들로 우리가 그렇게 힘들게 노력해서 세우려고 했던 모든 것을 무너뜨리려고 여생을 보냈던 놈들, 그 귀족 놈들이 쿠바에 돌아왔을 때 이야기는…… 놈들의 뚱뚱하고 반동적인, 버카디 블랑카나 마셔대던 궁둥짝을 구울들에게 던져 줬다는 증거가 있다고는 말하지 못하겠지만…… 만약에 그랬다면 놈들은 지옥에서 열나게 삽질하고 있을 겁니다.

(엷고 흡족한 미소가 그의 입가에 떠올랐다.)

물론 미국인들을 이런 식으로 처벌할 수는 없었죠. 소문과 위협은 그런대로 먹히지만, 물리적인 행동은…… 사람을 너무 들볶는 것이고, 누구든 너무 들볶으면 폭동이 일어날 각오를 해야 합니다. 500만 명의 양키들이 집단 봉기해서 반란을 일으킨다면? 감히 상상도 할 수 없는 일이죠. 난민 수용소를 관리하느라 이미 너무 많은 병력이 배치됐는데 그것이 바로 양키의 쿠바 정복의 근본적인 성공 원인이었습니다.

우리는 정말 500만 명의 억류자들과 4000킬로미터에 달하는 해안선을 지킬 인력이 없었습니다. 두 전선에서 동시에 싸울 여력이 없었던 거죠. 그래서 나온 결정이 난민 센터를 해산하고 양키 억류자들의 10퍼센트에 달하는 인원이 특수 가석방 프로그램에 소속돼서 센터 밖에서 활동할 수 있도록 하자는 것이었습니다.

이 양키들은 쿠바인들이 꺼려하는 일을 했죠. 날품팔이, 접시 닦기, 거리 청소부 같은 일인 데다 급료는 보잘것없었지만 노동 시간으로 계산한 점수제로 다른 억류자들의 자유를 살 수 있도록 해 주었습니다.

정말 기가 막힌 아이디어였어요. 플로리다에서 온 쿠바인들이 그 아이디어를 생각해 냈죠. 그 뒤 난민 캠프는 6개월 만에 완전히 문을 닫게 됐습니다. 처음에는 정부에서 이 난민들을 모두 추적하려고 했지만 곧 불가능하다는 것이 밝혀졌습니다. 1년 만에 이 양키들은 거의 완벽하게 우리 사회에 통합돼서 우리 사회의 구석구석에 '노르테쿠바노(스페인어를 하는 미국인 — 옮긴이)'로 스며들었습니다.

공식적으로는 그 난민 캠프들은 '감염'의 확산을 막기 위해 설립된 것이지만 좀비들이 퍼뜨린 것은 그런 감염이 아니었습니다.

처음에는 이런 기미를 알아차리지 못했고, 포위당하고 있을 때도 몰랐습니다. 아직 꽁꽁 닫힌 문 뒤에서 모두 소곤거릴 뿐이었습니다. 그 뒤 몇 년에 걸쳐 일어난 일은 혁명이 진화됐다고 보기보다는 여기서 경제 개혁이 조금 이뤄지고, 저기서 개인 소유의 합법화된 신문사가 생기는 그런 정도였습니다. 사람들은 좀 더 대담하게 생각하고, 좀 더 대담하게 자신의 의견을 표현하기 시작했죠. 서서히, 조용하게 그 씨가 뿌리를 내리기 시작했어요. 피델은 이제 막 움트기 시작한 자유에 기꺼이 철권을 휘둘러 진압하고 싶어 했을 거라고 확신합니다. 아마 세계 정세가 우리를 지지하는 쪽으로 변하지 않았다면 그렇게 했을지도 모릅니다. 세계 정부들이 공격하기로 결정했을 때 모든 것이 영원히 바뀌었습니다.

갑자기 우리는 '승리의 무기고'가 됐습니다. 우리는 곡창지대이자, 제조 센터이자, 군사 훈련지이자 도약대가 됐죠. 우리는 북미와 남미 양쪽의 공군 기지의 중추이자 선박 1만 척의 거대한 건선거가 됐습니다.* 우리는 모두 돈을 아주 많이 벌었고, 그 돈으로 하룻밤 사이에 중산층과 노르테쿠바노의 숙련 기술과 실질적인 경험을 필요로 하는, 번영하는 자본주의 경제가 태어났습니다.

우리는 내가 보기에 결코 깨지지 않을 유대 관계를 맺었습니다. 우리는 그들이 자신의 나라를 되찾을 수 있도록 도와줬고, 그들은 우리가 우리 나라를 되찾을 수 있도록 도와줬습니다. 그들은 우리에게 민주주의의 의미, 자유, 막연히 애매하고 추상적인 용어가 아니라 아주 현실적이고 개별적으로 인간적인 수준에서 자유의 의미를 보여 줬습니다. 자유란 그냥 단순히 가지고 있는 뭔가가 아니라, 먼저 뭔가를 원하고 그것을 위해 싸울 수 있는 자유를 갈망해야 하는 겁니다. 이것이 바로 우리가 노르테쿠바노에게서 배운 교훈입니다. 이들은 모두 아주 원대한 꿈을 품고 있었고, 그 꿈을 실현하기 위한 자유를 얻기 위해 기꺼이 목숨을 던진 것입니다. 그러지 않았다면 왜 엘 제페(가끔 피델 카스트로의 별명으로 쓰이며, '우두머리' '보스'라는 뜻이다. — 옮긴이)가 그렇게 그들을 두려워했겠습니까?

나는 피델이 자유의 물결이 자신을 권좌에서 쓸어가 버리리라는 것을 알고 있었을 때 놀라지 않았습니다. 나는 그가 그 파도를 너무 노련하게 탔다는 점이 놀라울 뿐입니다.

* 전시 중 연합군과 중립국 선박이 쿠바에 정확히 몇 척이나 정박했는지 아직까지 밝혀지지 않았다.

(그는 껄껄 웃으면서 파르크 센트럴에서 연설하고 있는 늙은 카스트로의 사진이 걸린 벽을 가리켰다.)

선생은 그 너구리 같은 노친네가 이 나라의 새로운 민주주의를 기꺼이 받아들였을 뿐 아니라 실제로 그에 대한 공까지 자기 몫으로 돌린 것을 믿을 수 있습니까? 피델은 진정한 천재였죠. 쿠바의 첫 자유선거를 직접 주재하면서 공식적으로 그가 마지막으로 한 행동이 투표로 권력에서 물러난 것이었습니다. 그래서 바로 피델의 유산이 벽에 뿌려진 핏자국이 아니라 동상으로 남은 겁니다. 물론 우리의 새로운 라틴 초강대국에도 문제가 없는 건 아닙니다. 쿠바에는 수백 개의 정당이 있고 해변의 모래보다 더 많은 특별 이익 단체들이 존재합니다. 거의 매일 파업이나 폭동이나 시위가 일어나는 것 같습니다. 혁명이 끝난 뒤 왜 체 게바라가 자취를 감췄는지 이해하실 겁니다. 기차를 제시간에 운행하게 만드는 것보다는 날려 버리는 게 훨씬 쉽거든요. 처칠 총리가 뭐라고 했나요?

"민주주의란 다른 모든 형태의 정부를 제외했을 때 최악의 정부 형태다."

(그가 웃었다.)

## 중국, 베이징의 자금성, 우국지사 기념비

나는 쉬즈차이 제독이 내가 사진기자를 대동하리라는 가능성을 염두에 두고 이 특별한 장소를 골랐다는 의심이 들었다. 전후로 제독이나 제독의 승무원들의 애국심에 이의를 제기한 사람이 하나도 없었는데도 그는 '외국 독자들'의 시선을 두려워했다. 처음에는 방어적으로 나왔던 그는 내가 '그의' 편에서 본 이야기를 객관적으로 듣겠다는 조건을 걸고서야 이 인터뷰를 수락했다. 사실 그의 편 말고 다른 편은 없다고 내가 설명한 뒤에도 그는 계속 그 조건을 물고 늘어졌다.

주의: 이해를 돕기 위해 중국어 지명을 서구의 해군 지명으로 대체했다.

우리는 매국노가 아닙니다. 인터뷰를 시작하기 전에 먼저 이 말부터 해야겠습니다. 우리는 조국과 국민들을 사랑했고, 이 둘 다를 지배한 우리 지도부에 대한 애정은 없었을지 모르겠지만 확실히 충성했습니다.

우리는 상황이 그렇게 절망적이지 않았다면 우리가 했던 짓을 하게 되리라고 상상도 하지 않았을 겁니다. 천 함장님이 처음 그 제안을 했을 때 우리는 이미 벼랑 끝에 몰려 있었습니다. 그들이 모든 도시, 모든 마을에 있었습니다. 950만 제곱킬로미터의 우리 국토 전역에서 1센티미터의 평화도 찾을 수 없었죠.

거만한 육군 놈들은 생긴 대로, 자기들이 상황을 완전히 통제하고 있으며 매일 매일이 전환기이고 첫눈이 내리기 전에 전국적으로 평화를 회복시키겠다고 계속 주장하더군요. 전형적인 군바리 사고방식이죠. 지나치게 공격적이고 과하게 자신만만하고. 남자나 여자 한 무리 모아서, 대강 맞는 옷 입혀서, 몇 시간 훈련시킨 다음에, 무기가 될 만한 것을 쥐여 주면 짜잔 하고 육군이 만들어지는 거죠. 최정예 육군은 아닐지 몰라도 어쨌든 육군은 육군이죠.

해군은 그럴 수 없어요, 어떤 해군이라도. 아무리 조잡한 배라도 제조하려면 상당한 양의 에너지원과 재료가 들어갑니다. 육군에서는 총알받이로 쓸 인원을 몇 시간 내에 보충할 수 있죠. 해군은 그러려면 족히 몇 년이 걸립니다. 그래서 초록색 군복을 입은 우리 동료보다 우리가 더 실용적으로 사고하기 쉽죠. 우리는 상황을 좀 더…… 신중하다고 말하고 싶지는 않지만, 전략적으로 좀 더 보수적으로 본다고 해 두죠. 자원을 회수해서, 통합하고 절약해서 관리하는 것. 그것은 레데커 플랜과 같은 철학이었지만, 물론 육군은 들으려고 하지 않았죠.

**육군에서 레데커 플랜을 반대했단 말입니까?**

고려해 보는 시늉도 안 하고 내부 토론도 없이 그냥 반대했죠. 어떻게 육군이 패배할 수 있단 말입니까? 그 방대한 재래식 무기 비축분과 '바닥을 알 수 없는 우물'과 같은 병력을 가지고…… '바닥을 알 수 없는 우물'이라니, 도저히 용서할 수 없는 생각이었죠. 왜 중국에서 1950년대에 그렇게 인구 폭발이 일어났는지 아십니까? 마오쩌둥 주석이 그것만이 핵 전쟁에서 승리할 수 있는 유일한 방법이라고 믿었기 때문입니다. 제가 한 말은 정치적 선전이 아니라 진실입니다. 원자 폭탄재가 마침내 완전히 땅에 다 내려앉으면 수천 명 남은 미국이나 소련의 생존자들은 수천만의 중국인들에게 완전히 제압될 것이라는 게 그 당시 통용되던 상식이었죠. 숫자는 우리 조부모 세대의 인생철학이자, 우리의 노련하고 전문적인 군대가 발병 초기 단계에 몰살당했을 때 육군이 재빨리 채택했던 전략이었습니다. 이 장군들, 안전한 벙커에 퍼질러 앉아 10대 아이들을 끊임없이 징발해 전선으로 내몰았던 변태 범죄자 새끼들. 그 자식들은 사망한 모든 병사가 이제 좀비로 살아난다는 것을 생각이라도 해 봤을까요? 그 자식들은 우리의 바닥도 모르는 우물에 좀비들을 익사시키는 대신, 지구 상에서 가장 인구가 많은 나라인 우리가 그 우물에 빠져 질식해서 죽어 가고 있다는 걸 알고나 있었을까요? 역사상 처음으로 중국이 숫자 면에서 치명적으로 압도될 위험에 처했다는 걸 알기나 했을까요?

바로 그 점 때문에 천 함장님은 극단적인 행동을 취했던 겁니다. 그는 지금 이 상태로 전쟁이 지속되면 무슨 일이 일어날지, 그리고 우리가 살아남을 가능성이 얼마나 될지 알고 있었던 겁니다. 실낱같은 희망이라도 있었다면 함장님은 라이플을 거머쥐고 좀비들을 향해 덤벼들었을 겁니다. 그는 곧 더 이상 중국인들이 남아 있지 않을 것이며 아마 결국엔 인간은 한 명도 살아남지 못할 거라고 확신하고 있었습니다. 그래서 그는 직속 부하 장교들에게 자신의 의도를 밝히면서 우리가 우리의 문명 비슷한 것을 보존할 수 있는 유일한 희망이 될 것이라고 단언하셨습니다.

**함장님의 제안에 동의하셨나요?**

처음에는 제 귀를 의심했습니다. 우리 보트, 원자력 잠수함을 타고 탈출하자고요? 이건 우리의 한심한 목숨 하나 살려 보자고 전쟁이 한창인 와중에 도망가는, 단순한 탈영이 아닙니다. 이것은 조국의 가장 귀중한 국가 자산 중 하나를 도둑질하자는 것이었죠. 기함 정화는 중국에 세 척밖에 없는 탄도 미사일 잠수함

중 하나로 서양에서 타입 94라고 부르는 것 중에서도 최신형이었습니다. 이 잠수함에게는 부모가 넷이 있었습니다. 러시아의 지원과 암시장의 기술과 대미 첩보 활동의 결실과 (잊지 마요.) 근 5000년에 걸쳐 면면히 흐르는 중국 역사의 절정에서 태어난 것이죠. 이 잠수함은 그중 가장 고가에, 가장 고도의 기술이 투입됐으며, 우리 나라가 건설한 가장 강력한 기계였죠. 그 잠수함을 훔친다는 것은 그야말로 중국이라는 가라앉는 배에서 구명보트를 훔치는 것과 같이 상상도 못할 일이었습니다. 천 함장님의 강한 성격, 깊고 열광적인 애국심 덕분에 저는 결국 그 대안을 택하게 됐죠.

**준비하는 데 얼마나 걸렸나요?**

3개월요. 피가 마르는 시간이었죠. 우리 소속항인 칭다오는 계속 포위 상태였어요. 치안을 유지하기 위해 점점 더 많은 육군 부대가 투입됐는데 시간이 지날수록 훈련도 덜 받고, 장비도 부족하고, 그 전에 왔던 병사들보다 더 젊거나 나이 든 병사들이 오더군요. 수상함 함장들 중 몇몇은 기지 방어를 보충하기 위해 '소모성' 승무원을 우리에게 제공해야 했죠. 우리 방어선은 거의 매일 공격받았어요. 그리고 그 모든 일을 해치우는 한편으로 바다로 나갈 배와 식량을 준비해야 했죠. 우리는 정기적으로 예정된 정찰을 돌기로 돼 있었습니다. 우리는 잠수함에 비상용 보급품과 가족들을 몰래 실어야 했죠.

**가족이라고요?**

네, 그게 그 계획의 핵심이었죠. 천 함장님은 승무원들이 가족과 함께 가지 않는 한 항구를 떠나지 않을 거라는 걸 알고 있었죠.

**어떻게 그런 일이 가능했죠?**

가족들을 찾는 거요, 아니면 배에 몰래 태우는 거요?

**둘 다요.**

가족들을 찾는 게 쉽지 않았죠. 승무원들의 가족들이 대부분 전국 각지에 흩어져 있었거든요. 최선을 다해 가족들과 연락을 했죠. 전화선을 가동시키거나, 가족이 있는 쪽으로 진군하는 육군 부대에 전갈을 부탁하거나 하는 식으로. 메시지는 항상 같았어요. 우리는 곧 정찰하러 다시 바다로 나가야 하는데 그 의식에 가족들이 참석해야 한다고 했죠. 가끔 누군가 죽어 가고 있으니 임종하기 전에 가족을 봐야 한다는 식으로 더 긴박한 메시지를 보내기도 했죠. 그게 우리가 할 수 있는 최선이었어요. 누구도 기지를 빠져나가 식구들을 직접 데려올 수 없었어요. 너무 위험했죠. 우리는 미국의 미사일 함정처럼 승무원이 많지 않아요. 수병 하나하나가 아쉬운 판이죠. 나는 하릴없이 기다려야 하는 동료 선원들의 고통스러운 모습을 보면서 딱하게 여겼죠. 나는 운이 좋았던 게 내 처와 아이들이…….

**아이들이라고요? 제가 알기로는…….**

우리는 아이를 하나만 낳을 수 있다고요? 그 법은 전쟁이 나기 수년 전에 이미 개정됐어요. 아들만 가지려는, 인구 성비의 불균

형이 심한 나라에서 나온 현실적인 해결책이었죠. 나는 딸만 둘이었어요. 운이 좋았죠. 내 처와 아이들은 위기가 닥쳤을 때 이미 기지 안에 있었어요.

**함장님은 어땠나요? 가족이 있었나요?**

사모님은 80년대 초반에 함장님을 떠났습니다. 당시로 봐서는 정말 충격적인 스캔들이었죠. 아직도 난 함장님이 어떻게 모가지 당하지 않고 아들을 키우셨는지 놀라울 따름입니다.

**함장님께 아드님이 있었나요? 그 아들도 그럼 같이 배에 탔나요?**

(쉬 제독은 그 질문을 슬쩍 피했다.)

승무원들이 가장 힘들었던 점은 가족들이 간신히 칭다오에 온다고 해도 우리가 이미 출항했을 가능성이 클 거라는 걸 알면서 기다리는 것이었죠. 그 죄책감이 얼마나 클지 한 번 상상해 보세요. 가족들에게 비교적 안전하게 숨어 있던 곳을 떠나서 자기에게 오라고 해 놓고, 막상 항구에 와 보니 버림받았다는 걸 알게 된다면.

**가족들이 많이 왔나요?**

우리가 예상했던 것보다 훨씬 많이 왔죠. 우리는 그 식구들에게 군복을 입혀서 밤에 몰래 배에 태웠어요. 아이들과 노인들 몇 명은 보급품 상자에 숨겨서 운반했죠.

**가족들은 대체 무슨 일이 벌어지고 있는지 알았나요? 당신들은 어**

떻게 할 생각이었죠?

그러지는 않았을 겁니다. 우리 승무원 모두 철저한 함구령을 지시받았죠. MSS에서 우리가 무슨 모사를 꾸미고 있는지 냄새를 맡게 되면 좀비 따위는 게임이 안 되게 무시무시한 일이 닥칠 테니까요. 우리의 계획이 철저하게 비밀에 부쳐졌기 때문에 우리는 정기 정찰 스케줄에 따라 출발해야 했습니다. 천 함장님은 늦게 오는 사람들, 어쩌면 며칠, 몇 시간만 더 기다리면 도착할지도 모르는 식구들을 간절하게 기다려 주고 싶어 하셨죠! 그러나 그렇게 하면 모든 것이 허사로 돌아갈 수 있다는 것을 알고 계셨고, 그래서 어쩔 수 없이 출발하라는 명령을 내리셨어요. 함장님은 감정을 드러내지 않으려고 애쓰셨고, 대부분의 사람들은 눈치 채지 못했던 것 같아요. 칭다오의 멀어지는 불길이 반사되는 함장님의 눈에서 그게 보이더군요.

목적지가 어디였죠?

먼저 배정된 순찰 구역으로 가서 매사가 정상처럼 보이게 해야 했죠. 그다음엔 아무도 몰랐고.

새 조국을 찾아가는 것은, 적어도 한동안은 불가능했죠. 그때 그 세균은 지구 상 구석구석까지 모조리 퍼졌으니까요. 어떤 중립국도, 아무리 멀리 떨어져 있더라도, 우리의 안전을 보장할 수 없었죠.

그럼 우리 측, 미국이나 다른 서구 국가에 가는 건 어땠나요?

(그는 차갑고 사나운 눈빛으로 나를 노려봤다.)

당신이라면 그렇게 했겠어요? 우리 잠수함에는 16개의 쥐랑(巨浪)2호 미사일이 실려 있었어요. 1기만 빼고 나머지 15기 전부 재돌입 탄두를 4개씩 탑재하고 있었는데, 위력이 각각 90킬로톤이나 됐어요. 이것 때문에 우리의 잠수함은 세계에서 가장 강력한 나라들과 맞먹었고 열쇠 한 번 돌리면 전 도시를 몰살시킬 수 있는 살상력을 가지고 있었죠. 당신이라면 그런 힘을 다른 나라, 그것도 과거에 열 좀 받았다고 핵무기를 쏴 버린 유일한 나라에 고이 넘겨주겠어요? 다시 그리고 마지막으로 말하지만 우리는 매국노가 아니었어요. 우리 지도부가 아무리 돌았더라도 우리는 여전히 중국 해군이었으니까.

**그래서 당신들은 홀로 있었군요.**

철저하게 혼자였죠. 집도 없고, 친구도 없고, 아무리 폭풍이 거세게 휘몰아쳐도 찾아갈 수 있는 안전한 항구도 없었죠. 정화 호가 우리의 완벽한 우주였어요. 천국이자 지구이자, 태양이자 달이었죠.

**고생이 막심했겠군요.**

처음 몇 달은 그냥 정기 순찰처럼 지나갔어요. 미사일 잠수함은 원래 숨기 위해 고안된 거였고 우리가 한 일도 숨는 거였죠. 물속 깊이 조용하게 숨었어요. 우리는 중국의 공격용 잠수함이 우리를 찾아 나섰는지도 알 수 없었죠. 십중팔구 우리 정부는 다른 걱정거리가 많았겠죠. 우리는 여전히 정기 전투 훈련을 실시했고, 민간인들은 소리를 내지 않는 훈련을 받았죠. 함장님은 심지어 임시변통으로 식당에 방음 장치를 해서 거기가 아이들의 교실도 되고 놀이터도 될 수 있게 만드셨죠. 아이들, 특히 꼬마들은 무슨 일이 벌어지고 있는지 몰랐죠. 많은 아이들이 가족들과 함께 감염된 지역까지 통과해 오면서 간신히 살아남았어요. 아이들이 아는 것이라곤 괴물들이 사라졌고, 가끔 꾸는 악몽에서만 나타난다는 거였죠. 이제 아이들은 안전해졌고, 중요한 건 그것뿐이었어요. 내가 보기엔 처음 몇 달은 우리 모두 그런 기분이었던 것 같아요. 우리는 살아 있었고, 가족과 함께 있었고, 안전했죠. 이 행성의 다른 곳에서 벌어지는 일들을 생각해 보면 더 뭘 바라겠어요?

**그 위기를 감시할 방법은 있었나요?**

직접 할 수는 없었죠. 우리 목표는 상업용 대양 항로와 잠수함 순찰 구역…… 우리 영역과 미국 영역 둘 다 피해서 몰래 숨는 거였어요. 추측은 했죠. 도대체 얼마나 멀리 확산된 것일까? 어떤 나라가 가장 큰 타격을 입었을까? 핵무기 카드를 꺼낸 나라는 없었을까? 그랬다면 인류의 종말이 될 텐데. 방사능이 방출된 행성에서는 좀비들이 유일하게 '살아 있는' 생물이 될지도 모르는데. 우리는 얼마나 많은 방사능이 좀비의 뇌에 어떤 영향을 끼칠지 확신할 수 없었죠. 방사능이 좀비의 회색 뇌에 여러 개의, 크기가 커지는 종양들이 생기게 해서 결국 뇌에 벌집처럼 구멍이 나서 죽게 될까? 정상적인 인간이 방사능에 노출됐을 때는 그런 반응이 나타나지만 좀비들은 자연의 모든 법칙을 거스르는 마당이니 방사능에만 별다르게 반응하란 법이 없잖아요? 장교용 선실에서 밤을 보내면서, 비번일 때 차를 마시면서 우리는 낮은 목소리로 치타처럼 빠르고, 유인원처럼 민첩한, 좀비의 돌연변이 뇌가 점점 커지다가 욱신거리면서 결국엔 두개골 속에서 터져 나가는 이미지에 대한 이야기를 만들어 냈어요. 원자로 담당 장교였던 송 대위는 잠수함에 수채화 물감을 가져와서 폐허가 된 도시 풍경을 그렸죠. 그는 특별히 어떤 도시를 생각하고 그린 것은 아니라고 말했지만 우리는 그의 그림에서 푸동의 지평선의 비뚤어진 잔해를 알아봤죠. 송 대위는 상하이에서 자랐어요. 그 끊어진 지평선은 핵겨울의 칠흑 같은 하늘을 배경으로 우중충한 자홍색을 발하고 있었죠. 재로 된 비가, 녹아내린 유리로 만들어진 호수에서 불쑥 솟아오른 파편들이 쌓여 생긴 섬 위에 덮여 있었죠. 이 종말론적인 배경의 한가운데를 뱀처럼 꿈틀거리며 흐르는 강이 있었는데 그 초록빛을 띤 갈색 강물이 모여 수천 구의 서로 연결된 시체들의 머리가 됐죠. 갈라진 피부, 드러난 뇌, 살점이 뚝뚝 흘러내리는 앙상한 팔이 벌겋게 불타오르는 눈동자가 번득이는, 입을 짝 벌린 얼굴에서 튀어나와 있었죠. 나는 송 대위가 언제 이 그림을 시작했는지 몰랐는데 바다에 나온 지 3개월째 되던 때에 장교들 몇 명에게 몰래 그 그림을 보여 줬다는 것만 압니다. 그는 천함장님에게 그 그림을 보여 줄 생각이 없었죠. 무슨 소리를 들을지 알고 있었던 거죠. 그러나 누군가 이른 게 분명했고 노인네가 곧 그런 그림을 그리지 못하게 했습니다.

송 대위는 그 그림 위에 뭔가 유쾌한 것을 덧그리라는 명령을 받아서 쿤밍 호 위로 지는 여름 일몰을 그렸죠. 대위는 그 후로 잠수함의 비어 있는 칸막이벽마다 '긍정적인' 벽화를 몇 점 더 그렸습니다. 함장님은 또한 비번 시간에 하는 모든 추측을 중지하라는 명령을 내렸습니다. "승무원들의 사기가 저하된다."고요. 그러나 이 일 때문에 함장님은 바깥 세계와 다시 접촉하기로 마음을 먹은 것 같습니다.

**적극적으로 교신했다는 겁니까, 아니면 수동적으로 감시를 했다는 겁니까?**

후자였죠. 함장님은 송 대위의 그림과 우리가 나눈 종말론에 대한 이야기가 모두 오랫동안 고립된 결과라는 걸 알고 있었죠. 더 이상의 '위험한 생각'을 불식시키는 유일한 방법은 추측을 확실한 정보로 대체하는 거죠. 우리는 거의 100일 동안 세상으로부터 고립돼 있었습니다. 도대체 어떤 일이 일어나고 있는지 알아야 했습니다. 현실이 송 대위의 그림만큼이나 어둡고 절망적이라고 해도 말입니다.

그때까지는 잠수함 탐지기 담당 장교와 부하들만이 잠수함 밖의 세상에 대해 조금이라도 정보를 접한 유일한 사람들이었죠. 이 친구들은 바다 소리를 들었습니다. 해류, 물고기와 고래 같은 '생물들' 근처에 있는 프로펠러가 물살을 때리는 희미한 소리 같은 것을 들었죠. 아까 우리가 택한 수로가 세계 대양의 가장 인적이 드문 곳으로 가는 것이었다고 말씀드렸죠. 우리는 통상적으로 어떤 배도 발견되지 않을 곳만 의도적으로 골라서 다녔죠. 그러나 과거 몇 개월 동안 리우의 팀은 점점 우연찮게 만나는 배가 늘어났다는 것을 알게 됐죠. 수천 척의 배들이 바다 표면에 몰려 있었는데 그중 많은 것들이 우리 컴퓨터 아카이브에 있는 정보와 일치하지 않는 이름이었죠.

함장님은 잠망경을 볼 수 있는 깊이로 잠수함을 높이 띄우라고 명령했습니다. 전파 수집용 안테나가 올라가자 이내 수백 개의 레이더 신호가 잡혔습니다. 무선 마스트에도 마찬가지로 수많은 신호가 잡히더군요. 마침내 수색과 주공격용 잠망경이 수면 위로 떠올랐죠. 이건 영화에서 보는 것처럼 사람이 핸들을 돌리면서 망원경을 통해 보는 게 아닙니다. 이 잠망경들로 선체 밖을 볼 수 있는 게 아닙니다. 각 망원경에 장착된 비디오 카메라에서 전송한 신호들이 선내 모니터에 뜨는 거죠. 우리는 우리의 눈을 의심해야 했죠. 이건 마치 인간이 바다에 띄울 수 있는 건 모조리 띄운 것 같은 광경이었습니다. 유조선, 화물선, 유람선이 보이더군요. 바지선을 견인해 가는 예인선도 보이고, 수중익선에 쓰레기 짐배에 화물선 준설기선 같은 배들이 한 시간 사이에 모두 보이더군요.

그 뒤 몇 주 동안 우리는 수십 척의 군 선박도 봤는데 우리의 존재를 알아챈 배가 분명히 있었을 테지만 모두 신경 쓰지 않는 눈치더군요. 미 해군 항공모함 사라토가 호를 아나요? 우리는 남대서양을 횡단해서 견인돼 가는 그 배를 봤는데 갑판이 완전히 텐트 천국이 됐더군요. 그리고 포츠머스 항에 있어야 할 영국 해군 범선 빅토리 호임에 분명한 배도 봤는데 임시변통으로 만든 여러 개의 돛을 달고 왔다 갔다 하고 있더군요. 우리는 볼셰비키 혁명의 기폭제가 된 폭동을 일으켰던 2차 세계 대전 시대의 순양함인 '오로라'도 봤어요. 어떻게 그 사람들이 상트페테르부르크에서 그 배를 끌어냈는지, 또 어떻게 보일러를 돌릴 만한 충분한 석탄을 찾아냈는지 아직도 모르겠어요.

바다에는 여러 해 전에 폐기시켰어야 할 낡은 폐선들이 아주 많이 떠 있었죠. 한가한 호수나 내륙 지방의 호수를 다니던 소형 범선, 나룻배, 거룻배들, 설계된 목적대로 한다면 항구를 떠나지 말았어야 할 근해 연안선들. 우리는 뒤집힌 마천루 크기의 떠다니는 건선거도 봤는데 갑판에는 임시변통으로 만든 아파트 역할을 하는 건축 비계들이 꽉 차 있더군요. 그 배는 견인선도 없고, 지원해 주는 배도 보이지 않은 채 정처 없이 표류하고 있었어요. 그 사람들이 어떻게 살아남았는지, 심지어 그 사람들이 살아남기나 했는지도 알 수 없었죠. 표류하는 배들이 아주 많았는데 연료 벙커는 말라 있었고, 동력을 만들 방법도 없었어요.

수많은 민간인들이 보트, 요트, 유람용 대형 모터보트들을 밧줄로 한데 묶어서 거대한 뗏목이 되어 무작정 떠돌고 있는 것이 보였어요. 그리고 통나무나 타이어로 특별한 목적을 두고 만든 뗏목도 여러 척 봤습니다. 우리는 심지어 스티로폼 포장으로 가득 채운 수백 개의 자루 위에 세운 판자촌 배와도 마주쳤죠. 그걸 보니 '핑퐁 선단'이 생각나더군요. 거 왜 있잖아요. 문화 혁명 당시 탁구공이 가득 든 자루로 만든 배를 타고 홍콩으로 도망쳤던 피난민들요.

우리는 그 사람들을 딱하게 여겼고 그들의 가망 없어 보이는 운명을 동정했죠. 바다 한가운데 표류해서 굶주림, 갈증, 일사병, 그것도 아니면 바다에 희생된다는 것을. 송 대위는 이를 두고 '인류의 가장 큰 퇴보'라고 하더군요.

"우리는 바다에서 태어났어요."

대위는 이런 말을 하곤 했죠.

"그런데 지금 다시 바다로 달려가고 있군요."

달린다는 말이 정확한 표현이었죠. 이 사람들은 바다라는 '안전한' 곳에 도착하면 뭘 해야 할지 아무 생각도 하지 않았어요. 육지에서 갈기갈기 찢기는 것보다는 낫겠지 하는 생각만 했을 뿐. 공황 상태에 빠져서 자신이 한 행동이 어쩔 수 없이 닥쳐올 운명을 늦춘 것에 불과하다는 것을 깨닫지 못했죠.

**그 사람들을 도우려고 노력해 보셨나요? 식량이나 물을 주거나 아니면 견인하는 식으로.**

어디로요? 안전한 항구가 어디 있는지 우리가 알고 있었다고 해도 함장님은 절대 발각될 위험을 무릅쓰려고 하지 않으셨을 겁니다. 누가 무전기를 가지고 있었는지도 모르고, 누가 그 신호를 듣고 있을지도 몰랐으니까요. 우리는 그때까지도 우리가 쫓기고 있는 건지 아닌지조차 몰랐어요. 그리고 또 다른 위험이 도사리고 있었죠. 좀비들의 즉각적인 위협 말입니다. 우리는 감염자들이 탄 배를 많이 봤는데 승무원들이 아직 목숨을 걸고 싸우고 있는 배들도 있었고, 어떤 배는 좀비들만 남아 있기도 했죠. 한번은 세네갈의 다카르 근처에서 '노르딕 엠프레스'라는 이름의 4만 5000톤이 나가는 호화 정기선과 마주쳤어요. 우리 수색 잠망경 광학 렌즈가 성능이 뛰어나서 무도실의 유리창에 문지른 피투성이 손자국, 갑판의 시체들 위에 내려앉은 파리들까지 모두 볼 수 있었죠. 좀비들이 2분당 한 놈꼴로 바다로 떨어지더군요. 좀비들은 멀리서 뭔가, 내 생각엔 저공비행하는 비행기나 심지어 우리 잠망경이 남긴 항적을 보고 그것을 잡으려다 바다에 떨어지는 것 같았어요. 그걸 보니 아이디어가 하나 떠오르더군요. 몇 백 미터만 떠올라 좀비들이 물로 뛰어들게 꾀어낼 수 있는 일을 한다면, 우리는 총 한 방 쏘지 않고 그 배를 깨끗하게 비울 수 있다는 거죠. 난민들이 배에 뭘 싣고 있을지는 아무도 모르잖아요? '노르딕 엠프레스'가 어쩌면 떠다니는 연료 보급 창고일지도 모르잖아요. 나는 선임 위병 하사관에게 그런 제안을 한 다음 둘이서 함장님의 의견을 물으러 갔죠.

**함장님은 뭐라고 하시던가요?**

"절대 안 돼."

그 죽어 버린 정기선에 얼마나 많은 좀비들이 타고 있을지 아무도 몰랐죠. 설상가상으로 함장님은 비디오 스크린을 가리키면서 물속으로 떨어지고 있는 좀비들 중 몇 놈을 가리켰죠.

"봐라. 좀비들이 모두 가라앉고 있는 게 아냐."

함장님 말씀이 맞았죠. 구명 재킷을 입고 있던 놈들 중 몇 놈은 소생을 했고 다른 놈들은 부패 가스가 차서 부풀어 오르기 시작했죠. 그때 나는 처음으로 떠다니는 구울을 봤죠. 그때 그런 일이 자주 일어나리란 걸 깨달았어야 했는데. 피난민들이 탄 배의 10퍼센트만 감염됐다고 해도 그 10퍼센트가 수백 척에 이르렀죠. 수백만 좀비들이 바다로 떨어지고 있었고 낡은 폐선 중 하나가 악천후로 뒤집히면 거기서 수백 명이 또 와르르 쏟아지곤 했죠. 폭풍이 치면 좀비들이 바다 위 수평선 상에 쫙 깔려 머리들이 불쑥불쑥 떠오르면서 팔을 격렬하게 허우적거리곤 했어요. 한번은 수색 망원경을 올렸는데 비뚤어지고 흐릿한 초록색 아지랑이가 보이더군요. 처음에는 우리가 떠다니는 잔해를 쳐서 망원경 렌즈에 이상이 생겼다고 생각했는데, 공격용 망원경을 보니 수색 망원경이 좀비 한 놈의 가슴팍을 관통했더군요. 그런데 이놈이 아직도 꿈틀거리고 있는 겁니다. 우리가 잠망경을 내린 후에도 계속 그랬을 겁니다. 만약 뭔가 일이 생겨서 좀비가 안으로 들어온다면…….

**하지만 물속에 계셨잖아요? 어떻게 좀비들이 그럴 수가…….**

우리가 떠오르면 좀비 한 놈이 갑판이나 함교에 걸렸죠. 처음에 내가 해치를 조금 열었을 때 물에 잔뜩 젖은 구린내 나는 손이 날아와서 내 소맷자락을 잡더군요. 나는 발을 헛디뎌서 밑에 있는 망대로 떨어지면서 여전히 내 옷을 쥐고 있는 그 잘린 손과 함께 갑판에 떨어졌어요. 내 위로 열린 해치의 환한 원반 위에 그 팔 주인의 그림자가 보였어요. 나는 권총을 꺼내 아무 생각 없이 그대로 쏴 버렸죠. 뼈와 뇌 조각이 우리 위로 비처럼 쏟아졌죠. 우리는 운이 좋았어요. 우리 중 하나라도 아물지 않은 상처가 있었다면, 죽을 죄를 지은 거죠. 그때부터 우리는 표면으로 떠오르기 전에 항상 철저하게 망원경으로 수색했죠. 적어도 세 번에 한 번은 좀비 몇 놈이 선체를 기어 다니고 있더군요.

그때는 그야말로 정탐의 시절이었죠. 우리가 하는 일이라곤 우리 주변 세계를 보고 듣는 일뿐이었어요. 망원경 외에도 우리는 민간 무선 통신과 위성 텔레비전 방송까지 감시할 수 있었죠. 보기 좋은 광경은 아니었어요. 도시들, 전 국가들이 죽어 가고 있었죠. 부에노스아이레스에서 하는 마지막 보도와 일본 본토의 대피

소식도 들었어요. 러시아 군대에서 일어난 폭동에 대한 단편적인 정보도 들었고. 이란과 파키스탄이 벌인 '소규모 핵전쟁'에 대한 보도를 듣고 미국이나 러시아가 핵전쟁을 일으킬 거라고 우리가 왜 그렇게 확신하고 있었는지 우리 스스로 놀랐죠. 중국 소식은 아무것도 없었어요. 불법적인 방송도 없었고 관제 보도조차 없었어요. 해군에서 전송하는 메시지를 탐지하긴 했지만 우리가 떠난 후 암호가 모두 바뀌었어요. 이 점이 직접적인 위험신호이긴 했지만(우리 함대가 우리를 추적해서 침몰시키라는 명령을 받았는지조차 우리는 모르고 있었죠.) 최소한 우리나라 전체가 좀비들의 뱃속으로 사라지진 않았다는 건 입증이 됐죠. 도망자로서 이 정도 생활했으면 어떤 소식이든 반갑기만 했죠.

식량이 문제가 됐는데 절박하지는 않지만 대안을 고려해야 할 때가 왔죠. 약품이 더 골치를 썩였어요. 양약과 다양한 한약들이 민간인들 때문에 바닥나고 있었죠. 많은 사람들이 특별한 약을 먹어야 했어요.

우리 어뢰 담당 수병 중 한 명의 어머니였던 페이 부인은 만성 기관지 질환을 앓고 있었어요. 배에 칠한 페인트나 아니면 기계기름, 하여튼 쉽게 없앨 수 없는 뭔가에 알레르기가 생긴 거죠. 부인은 놀라운 속도로 소염제를 먹어 치웠어요. 무기 담당 장교였던 친 대위가 사무적인 어조로 그 노부인을 안락사시키자고 제안하더군요. 함장님은 대위를 일주일간 숙소에 감금시키고 식량 배급을 반으로 줄이면서 배에 있는 약사에게 생명이 위독한 질병이 아닌 경우에는 치료하지 말라고 지시했어요. 친 대위는 피도 눈물도 없는 놈이었지만 적어도 그가 한 제안 때문에 우리는 여러 가지 대안을 고려해 보게 됐죠. 소비재 물품을 재활용할 방법을 찾진 못하더라도 사용 기간이나마 늘려야 했어요.

버려진 배를 공격하는 것은 아직 엄격하게 금지되어 있었죠. 사람이 없는 것처럼 보이는 배를 발견했을 때조차 선실 문을 두드리는 좀비 몇 놈의 소리가 들렸어요. 낚시도 한 방법이었지만 우리에겐 그물을 만들 재료도 없었고, 배 옆으로 낚싯바늘과 낚싯줄을 드리운 채 몇 시간씩 수면에 떠 있고 싶지도 않았죠.

해결책은 승무원이 아니라 민간인들이 생각해 냈죠. 개중에 이 재앙이 닥치기 전에 농부였거나 약초 채집자였던 사람들이 몇 있었는데 그중 몇 명이 씨앗이 든 봉지를 몇 개 가져 왔더군요. 그 사람들에게 필요한 장비를 제공해 주면 지금 있는 식량의 양을 늘려서 몇 년간 넉넉하게 먹을 수 있을 수도 있었죠. 대담한 발상이었지만 영 쓸모없는 건 아니었어요. 미사일실은 채소밭을 가꿀 수 있을 만큼 충분히 넓었어요. 배에 있는 재료를 두들겨서 단지와 그릇 같은 걸 만들 수 있었고, 승무원들의 비타민 D 결핍증을 치료하기 위해 쓰는 자외선 램프로 인공 태양을 만들 수 있었죠.

유일한 문제는 흙이었어요. 우리 중에서 수경법이나 기경법(물과 양분을 노출된 뿌리에 직접 분무하는 재배법 — 옮긴이)이나 다른 대체 농사 방법에 대해 아는 사람이 하나도 없었어요. 흙이 필요했는데 흙을 얻는 방법은 하나뿐이었어요. 함장님은 이 문제를 신중하게 고려하셔야 했죠. 상륙 전초 부대를 배치하는 것은 감염된 배에 타려고 시도하는 것만큼 위험한 일이거나 어쩌면 더 위험한 일이었거든요. 전쟁 전에 세계 인구의 절반 이상이 해안선이나 해안선 근처에 살았죠. 감염 때문에 피난민들이 바다로 도망치려고 하면서 그 인구는 더 늘어났고.

우리는 조지타운에서 가이아나, 그다음엔 수리남과 프랑스령 기아나 해변을 따라 남아메리카의 중부 대서양 연안 수색을 시작했죠. 사람이 살지 않는 정글이 길게 뻗은 땅을 발견했는데 잠망경으로 정찰해 보니 그 해안은 깨끗해 보였어요. 우리는 수면으로 올라와서 함교에서 두 번째로 눈으로 확인했죠. 다시 봤지만 아무것도 없었어요. 나는 상륙 전투 부대를 물가로 데리고 가게 해 달라고 요청했죠. 함장님은 아직 안심을 못하셨어요. 함장님이 안개 경보를 울리라고 지시하셨죠. 오래오래…… 그러자 그들이 나타났어요.

처음에는 누더기를 입고 눈을 크게 뜬 좀비들이 몇 명 정글에서 비틀거리면서 나오더군요. 그들은 바다로 들어왔다는 것도 알아차리지 못하는 것 같았어요. 파도가 그들을 쓰러뜨려서 다시 해변으로 밀어 올리거나 더 깊이 끌고 들어가려고 했죠. 좀비 하나는 바위에 부딪쳐서 가슴이 박살나면서 부러진 갈빗대가 살을 뚫고 나왔어요. 그놈이 우리에게 으르렁대면서 검은 거품이 뿜어져 나왔는데 그 와중에도 여전히 우리가 있는 쪽으로 걸으려고 하다 기어오더군요. 더 많이 나타났는데 한 번에 한 다스씩 몰려들었어요. 몇 분 지나자 파도로 백 명이 넘는 좀비들이 뛰어들더군요. 우리가 수면으로 떠오를 때마다 항상 이런 일이 일어났죠. 바다로 들어올 만큼 운이 좋지 못했던 피난민들이 우리가 방문했던 모든 해안선을 따라 치명적인 좀비 장벽을 만든 거죠.

**상륙 전초 부대를 투입하려고 시도는 해 보셨나요?**

(그는 고개를 흔들었다.) 너무 위험했어요. 감염된 배에 타는 것보다 더 심했죠. 우리가 유일하게 할 수 있었던 일은 섬에 가서 흙을 가져오는 거였죠.

**세계 도처의 섬에서 어떤 일이 일어나고 있는지 아셨을 텐데요?**

선생님도 놀라실 겁니다. 태평양 순찰 기지를 떠난 뒤 우리는 대서양이나 인도양 쪽으로만 다녔죠. 우리는 아주 작은 섬들에서 전송되는 메시지를 듣거나 정찰을 했죠. 너무 많은 피난민들이 몰려들어서 폭력 사태가 일어난 것도 알게 됐죠. 윈드워드 제도에서 총이 번득이는 것도 봤습니다. 그날 밤, 수면에 떠 있다가 카리브 해 동쪽에서 흘러나오는 연기 냄새를 맡을 수 있었죠. 마찬가지로 별로 운이 없었던 섬에 대한 소식도 들을 수 있었어요. 세네갈 해안 근처에 있는 카보베르데(아프리카 서쪽의 군도로 된 공화국 — 옮긴이)에서는 사람들의 모습을 보기도 전에 울부짖는 소리부터 먼저 들리더군요. 피난민들은 너무 많았는데 너무 무질서했던 거죠. 감염자 한 명만 있으면 그걸로 끝이었어요. 전쟁 후에 얼마나 많은 섬이 검역 격리된 채로 남아 있었죠? 얼마나 많은 얼어붙은 북부 지방의 암석들이 여전히 위험한 하얀 지역에 남아 있었죠?

태평양으로 돌아오는 게 가장 그럴듯하긴 했는데 그렇게 되면 다시 중국의 코앞으로 돌아오게 되는 꼴이라.

다시 말하지만 우리는 중국 해군이 우리를 추격하고 있는지 아니, 아직 중군 해군이 있기나 한지조차 모르고 있었죠. 우리가 아는 것이라곤 식량이 필요하다는 것과, 다른 인간과 직접적으로 접촉하는 걸 갈망하고 있었단 거죠. 함장님을 설득하는 데 시간이 좀 걸렸죠. 함장님은 결코 우리 해군과 대면하게 되는 걸 원하지 않으셨더군요.

**함장님은 아직도 정부에 충성하셨나요?**

그랬죠, 그리고…… 개인적인 문제도 있으셨고.

**개인적이라고요? 왜요?**

(그는 그 질문을 피했다.)

마니히에 가 본 적이 있나요?

(나는 고개를 설레설레 저었다.)

마니히는 전쟁 전 열대 천국의 이상적인 이미지 그 자체인 곳입니다. '모투스'라고 야자나무로 뒤덮인 평평한 섬들이 얕고 투명한 석호 주변에 빙 둘러 있죠. 이곳은 진짜 흑진주를 양식할 수 있는, 지구 상에서 몇 안 되는 곳이었죠. 투아모투스로 신혼여행 갔을 때 아내에게 주려고 진주 목걸이를 하나 샀는데, 내가 직접 가 본 경험도 있고 해서 그 환상 산호섬이 가장 적절한 행선지로 결정됐죠.

마니히는 내가 갓 결혼한 소위였을 때 봤던 모습과 180도 달라졌더군요. 흑진주는 사라졌고, 진주조개는 몽땅 먹어치웠고, 석호는 민간인들이 탄 수백 척의 작은 배들로 북적거렸죠. 모투스도 텐트나 쓰러질 것 같은 오두막집에 뒤덮여 있었죠. 임시로 만든 통나무배들이 바깥쪽 모래톱 사이를 돛을 달고 가거나 아니면 노를 저어서 왔다 갔다 하고 있었고, 역시 그 정도로 많은 큰 배들이 더 깊은 곳에 정박해 있었죠. 그 모든 풍경이 전후 역사가들이 현재 '태평양 대륙'이라고 부르는, 팔라우에서 폴리네시아까지 쭉 뻗어 있는 피난민 섬 문화의 전형적인 모습이라고 난 짐작했죠. 그것은 새로운 사회이자 새 나라였고, 전 세계에서 온 피난민들이 생존이라는 공동의 깃발 아래 뭉친 곳이죠.

**그 사회에 어떻게 들어가셨죠?**

무역의 힘이죠. 무역은 태평양 대륙의 핵심 지주였어요. 만약 배에 대형 증류소가 있다면 담수를 파는 거죠. 기계 공장이 있다면 정비사가 되는 겁니다. '마드리드 스피릿'이라고 액화 천연 가스 운반선이 있었는데 요리용 연료로 가스를 팔았죠. 그때 송씨가 우리도 '틈새시장'이 있다는 아이디어를 냈죠. 송씨는 송 부함장의 부친이셨는데 선전 출신의 헤지 펀드 브로커였죠. 그분이 해상 전력선을 석호에서 가동시켜서 우리 원자로에서 나오는 전기를 대여해 주자는 아이디어를 생각해 내셨죠.

(그는 싱긋 웃었다.)

우리는 갑부가 됐죠. 적어도 물물 교환 경제 차원에서 말이죠. 식량, 약품, 필요한 부품이나 그 부품을 만드는 데 들어가는 원료를 원 없이 받았어요. 잠수함에 온실도 만들고, 거기에다 분뇨를 받아서 귀중한 비료를 만들 수 있도록 소형 폐기물 재생 설비도 만들었어요. 체육관, 모든 것을 완비한 바, 사병 식당과 고급 사관실에 둘 가정용 오락 기기 시스템을 갖출 수 있는 장비도 '샀죠'. 아이들은 섬에 남아 있는 장난감과 캔디를 듬뿍 받았고, 더 중요한 것으로 바지선 몇 척을 합쳐서 국제 학교로 개조한 곳에서 교육도 받았어요. 우리는 모든 집과 보트에서 환영하는 손님이었죠. 우리 사병들과 심지어 장교들 몇몇까지 석호에 정박한 '사창가' 보트에서 공짜 서비스를 받기도 했어요. 그런 대접을 받을 만했죠. 우리가 사람들의 밤을 밝혀 주고, 기계에 동력을 공급해 줬잖아요. 에어컨디셔너와 냉장고같이 오래전에 잊어버린 사치품들을 다시 살려냈고, 컴퓨터를 다시 켤 수 있게 해 줬고. 우리 덕분에 대부분의 섬 주민들이 몇 달 만에 처음으로 뜨거운 물로 샤워를 할 수 있었죠. 우리에게 얼마나 고마워했던지 섬 평의회에서 섬 주변 보안 활동에 참여하지 않아도 된다고 면제까지 해 주더군요. 우리가 정중하게 사양하긴 했지만.

**바다에서 오는 좀비들을 대비해서요?**

놈들은 항상 위험했어요. 매일 밤 돌아다니면서 모투스나 저지대에 있는 보트의 닻줄을 잡고 올라오려고 했죠. 마니히에 머무는 '시민으로서 내야 할 세금'의 일부는 좀비들을 찾아 해변과 보트를 순찰하는 것을 돕는 것이었죠.

**닻줄이라고 하셨죠. 좀비는 어디 올라가는 데 서투르지 않나요?**

물이 중력을 약화시킬 땐 상황이 달라지죠. 좀비들은 그냥 닻줄을 잡고 수면까지 따라오면 됩니다. 만약 그 닻줄이 보트로 이어지는데 그 보트의 갑판이 해안선에서 불과 몇 센티 위에 있다면…… 그렇게 되면 석호 수만큼이나 많은 해안 습격을 받게 되죠. 야간엔 항상 상황이 훨씬 더 안 좋아요. 우리가 그렇게 열렬한 환영을 받은 데는 그런 이유도 있었죠. 우리가 수면 위아래로 어둠을 몰아낼 수 있었잖아요. 손전등을 물에 비췄는데 닻줄을 잡고 기어 올라오는 청록색 좀비의 윤곽이 보이면 등골이 오싹하죠.

**빛이 좀비들을 더 많이 끌어들이는 경향이 있지 않나요?**

물론 그렇죠. 선원들이 밤에 불을 켜 놓은 뒤로 좀비들의 야간 공격이 근 두 배로 늘었죠.

그러나 민간인들은 불평하는 법이 없었고, 섬의 평의회도 별 말 없더군요. 내 생각에 사람들은 대부분 어둠 속에서 상상하는 공포보다는 빛에 비친 적의 진짜 얼굴을 보는 편을 택했던 것 같아요.

**마니히에서 얼마나 오래 계셨죠?**

몇 개월. 그때가 우리의 호시절이었다고 하긴 좀 그렇지만 그때는 정말 그런 기분이 들었어요. 긴장을 풀기 시작하면서 더 이상 우리는 스스로 도망자라는 생각을 하지 않게 됐죠. 거기에는 심지어 중국인들도 있었어요. 집단 이주민이나 대만인이 아니라 진짜 중국 시민들요. 그 사람들이 우리에게 상황이 너무 악화돼서 정부가 간신히 국민들을 단결시키고 있다고 하더군요. 그 사람들은 인구 절반 이상이 감염되고 육군 예비군이 계속 줄어드는 마당에 정부가 사라진 잠수함 한 척을 찾는데 쏟을 시간이나 자산이 있을지 모르겠다고 하더군요. 한동안은 이 작은 섬 공동체를 우리의 집으로 삼아서 재앙이 끝나거나 아니면 세상의 종말이 닥쳐올 때까지 여기 살 수 있을 것 같았죠.

(그는 베이징에 있던 마지막 좀비가 죽었다고 추정된 바로 그 자리에 세워진, 우리 위에 있는 기념비를 올려다봤다.)

송과 나는 그날 밤 그 일이 일어났을 때 해안 순찰을 돌고 있었죠. 우리는 섬 주민의 라디오를 듣기 위해 캠프파이어 하는 곳에서 멈췄죠. 라디오에서는 중국에서 일어난 수상쩍은 자연재해에 대한 방송이 나오더군요. 그때까지는 아무도 그 재해가 뭔지 몰랐고, 그것 말고도 이리저리 생각해 봐야 할 소문이 많았죠. 난 석호를 등진 채 라디오를 보고 있었는데 그때 우리 앞바다가 갑자기 시뻘겋게 타오르기 시작했어요. 나는 때 맞춰 고개를 돌렸다가 '마드리드 스피릿'이 폭발하는 광경을 봤어요. 그 운반선에 얼마나 많은 천연가스가 있었는지 모르겠지만, 불덩어리가 밤하늘 높이 솟아올라 폭발하면서 배에서 가장 가까운 곳에 있었던 두 개의 모투스에 있던 모든 생명체를 태워 버렸죠. 처음엔 사고라고 생각했어요. 밸브가 부식됐거나, 조심성 없는 갑판원 때문에 사고가 일어났다고. 그러나 송 부함장은 바로 그 광경을 지켜보고 있었고, 미사일이 날아온 것도 봤어요. 0.5초 뒤에 잠수함의 안개 경보가 울렸죠.

보트로 죽으라 뛰어가는 동안 내 주위를 둘러싸고 있던 평정과 안정감이 모두 무너져 내렸습니다. 난 그 미사일이 중국 잠수함 중 한 대에서 발사됐다는 걸 알고 있었죠. '마드리드 스피릿'이 그 미사일에 격추된 유일한 이유는 그 배가 수면 위로 높게 올라와 있어서 그 잠수함의 레이더에 크게 잡혔기 때문이죠. 그 배에는 얼마나 많은 사람들이 타고 있었을까? 그 모투스에는 또 얼마나 많은 사람들이 있었을까? 나는 순간 우리가 여기 있는 시간이 길어질수록 민간인인 섬 주민들이 또 다른 공격을 받을 위험에 처한다는 것을 깨달았죠. 함장님도 저와 같은 생각을 하셨던 게 분명해요. 우리가 갑판에 도착했을 때 함교에서 출발하라는 명령이 나왔죠. 우리는 전력선을 끊고, 인원수를 모두 확인하고, 해치 고리를 걸었죠. 그리고 바다로 나가서 전투 위치로 잠수했어요.

90미터 깊이에서 함 아래로 저주파 소나를 전개했는데 즉시 다른 잠수함이 깊이를 바꾸면서 선체에서 소리가 나는 것을 감지했죠. 강철에서 나는 부드러운 '펑펑' 소리가 아니라 금속성 티타늄에서 빠르게 나오는 '팝팝팝' 소리가 났어요. 공격용 보트에 티타늄 선체를 사용한 나라는 세계에서 단 두 나라밖에 없었죠. 러시아연방과 중국. 프로펠러에 달린 날의 수를 세어 보니 그것은 중국 잠수함으로 신형 95식 공격형 잠수함이었죠. 우리가 항구를 떴을 때 두 대의 공격형 잠수함이 항해 중이었는데. 둘 중 어느 쪽인지 분간할 수 없었죠.

**그게 중요했나요?**

(그는 또다시 대답하지 않았다.)

처음에 함장님은 피하려고 하셨죠. 함장님은 바다 바닥, 잠수함이 압력을 받아 짜부러지기 직전 단계인 높고 편평한 땅에 잠수함을 내려놓으셨죠. 공격형 잠수함은 능동형 소나를 발사하기 시작했죠. 그 음향 파동이 물결에 메아리쳤지만 우리가 바다 밑바닥에 있어서 우리 위치를 정확히 찾아낼 순 없었어요. 95식은 수동 탐지 방식으로 전환하여 우리가 내는 소리를 잡기 위해 강력한 수중 청음기로 듣고 있었죠. 우리는 원자로를 최저 출력으로 낮추고, 모든 불필요한 기계를 끄고, 보트 내에서 승무원들이 움직이지 못하게 했어요. 수동 탐지 방식은 음파를 내보내지 않기 때문에 95식이 어디 있는지 알 길이 없었고, 심지어는 그 잠수함이 아직 근처에 있는지조차 몰랐습니다. 그 잠수함의 프로펠러 소리를 들어 보려고 했지만 그 배도 우리처럼 침묵을 지키고 있더군요. 우리는 움직이지도 않고, 거의 숨도 쉬지 않은 채 30분을 기다렸습니다.

내가 잠수함 탐지기실에 서서 위쪽을 보고 있었는데 리우 소위가 내 어깨를 툭툭 치더군요. 리우 소위는 선체 측면에 장착한 소나에서 뭔가 잡혔는데 잠수함이 아니라 뭔가 더 가까운 곳에서 우리 주위를 둘러싸고 있다고 했어요. 헤드폰을 꼈더니 쥐새끼가 긁는 것처럼 뭔가 긁는 소리가 들렸어요. 나는 함장님에게 들어 보라고 아무 말 없이 손짓을 했죠. 우리는 둘 다 그게 뭔지 알아내지 못했죠. 바닥에서 흐르는 해류 소리는 아니었어요. 그런 소리가 나기엔 해류가 너무 잔잔했거든요. 게나 다른 바다 동물이 잠수함에 온 거라면 수천 마리가 몰려왔어야 그런 소리가 났을 겁니다. 나는 의심이 들기 시작했어요. 잠깐이라도 소리를 내면 공격형 잠수함에 들킬 수 있다는 것을 알면서도 잠망경을 보게 해 달라고 요청했죠. 함장님이 승낙하셨어요. 잠망경 튜브가 위로 미끄러져 올라가는 동안 우리는 모두 이를 악물었죠. 그러다 화면에 나온 것은…….

수백 명의 좀비들이 선체 위에 진을 치고 있었어요. 매초마다 더 많은 놈들이 몰려들고 있었죠. 황량한 모래를 비틀거리며 걸어와 서로를 밟고 올라와서 잠수함의 철을 할퀴고, 문지르고, 물어뜯고 있더군요.

**좀비들이 안으로 들어올 수 있었나요? 해치를 열거나…….**

아뇨. 모든 해치는 안에서 잠그게 되어 있고, 어뢰 발사구는 함머리에 따로 차폐 장치가 있었죠. 우리가 걱정했던 건 원자로였습니다. 원자로는 바닷물을 순환시켜서 식힙니다. 원자로의 통풍 구멍은 사람이 비집고 들어올 만큼 크지는 않지만 쉽게 막힐 수는 있죠. 한 놈이 원자로의 보호 장치를 뜯어내고 그 통풍 구멍에 박혀 있더군요. 원자로 중심부의 온도가 올라가기 시작했어요. 원자로를 끄면 우리는 전력을 잃게 됩니다. 함장님은 이동해야겠다는 결단을 내리셨죠.

가능한 한 천천히, 조용히 바닥에서 올라오려고 했습니다. 하지만 역부족이었죠. 95식의 프로펠러 소리가 들리기 시작했어요. 그 잠수함이 우리 소리를 듣고 공격하려고 움직이는 거였죠. 우리는 95식의 어뢰 발사구에 물이 차면서 차폐 장치가 딸각 열리는 소리를 들었습니다. 함장님은 우리 수중 음파 탐지기를 '가동시키라고' 하셨죠. 그러면 핑 소리가 나면서 우리의 정확한 위치가 드러나지만 대신 95식에 공격을 가할 수 있는 완벽한 위치에 서게 되니까요.

우리는 동시에 발사했죠. 두 어뢰가 서로 스쳐 지나갔고, 잠수함 두 척 모두 피하려고 했습니다. 95식이 조금 더 빨랐고, 조금 더 조종하기 쉬웠지만 그 배에는 없는 게 하나 있었습니다. 바로 우리 함장님이죠. 함장님은 어떻게 다가오는 '물고기'를 정확히 피해야 하는지 알고 계셨고, 우리가 그놈을 쉽게 피한 그 순간 우리가 발사한 어뢰가 목표를 맞혔죠.

우리는 95식 잠수함의 각 선실들이 차례차례 파열되면서 칸막이들이 무너지며 죽어 가는 돌고래처럼 비명을 지르는 소리를 들었습니다. 군에서는 이런 상황에서는 모든 일이 너무 빨리 일어나서 승무원들이 알아차리지 못한다고 말합니다. 잠수함 내의 압력 변화의 충격 때문에 모두 의식을 잃든가 아니면 폭발이 일어나면서 불이 난다는 거죠. 최소한 승무원들이 빨리, 고통 없이 죽었기를 우리는 바랐습니다. 한 가지 고통스러웠던 건 그 운이 다한 잠수함 소리를 들으면서 함장님의 눈에 어린 불꽃이 사그라지는 것을 지켜보는 것이었습니다.

(그는 내 다음 질문을 예상하고 주먹을 꽉 쥔 채 코로 거친 숨을 내쉬었다.)

함장님은 혼자서 아들을 키우셨어요. 훌륭한 해군으로 키우셨죠. 국가를 사랑하고, 국가에 봉사하면서 명령에 결코 이의를 제기하지 않는, 역대 중국 해군 중에서 최고의 장교로 키우셨어요. 함장님이 살아오면서 가장 행복하셨던 때는 첸지샤오가 최신형 95타입 공격형 잠수함의 부함장으로 임명됐을 때였습니다.

**제독님의 잠수함을 공격했던 바로 그 종류의 잠수함이란 말입니까?**

(고개를 끄덕인다.) 그래서 천 함장님이 무슨 수를 써서라도 중국 함대와 마주치지 않으려고 했던 겁니다. 그래서 어떤 잠수함이 우리를 공격했는지 아는 게 그렇게 중요했던 겁니다. 결론이야 어떻든 알고 있는 것이 더 나았죠. 함장님은 이미 국가에 대한 맹

세를 어겼고, 조국을 배신했고 이제 그 배신 때문에 자신의 아들을 죽였을지도 모른다고 믿으시니…….

다음 날 아침 함장님은 첫 번째 당직에 나오지 않으셨죠. 그래서 난 함장님이 괜찮은지 뵈러 선실로 갔어요. 선실이 어둑어둑해서 나는 함장님의 이름을 불렀습니다. 다행히 함장님은 대답을 하셨지만 밝은 곳으로 나오셨을 때…… 함장님의 머리카락이 전쟁 전에 본 눈처럼 하얗게 세어 버리셨더군요. 피부는 흙빛에 눈은 움푹 꺼져 있었어요. 함장님은 이제 정말로 쇠약하고 시들어 버린 노인으로 변해 버리셨죠. 죽었다가 부활한 괴물들은 우리가 마음속에 품은 회한에 비하면 아무것도 아닙니다.

그날 이후로 우리는 외부 세계와 모든 접촉을 끊었습니다. 북극 지방의 얼음으로, 우리가 찾을 수 있는 가장 멀고 어둡고 황량한 공간으로 향했습니다. 그리고 계속해서 일상생활을 영위하려고 노력했죠. 잠수함을 수리하고, 양식을 재배하고, 아이들을 가르치고, 키우고 할 수 있는 한 최선을 다해 아이들을 달랬습니다. 함장님이 활기를 잃으면서 승무원들의 사기도 떨어졌죠. 그 당시 함장님을 직접 뵌 건 나 혼자였습니다. 내가 식사를 가져다 드리고, 빨랫감을 챙겨 나오고, 잠수함의 상태에 대해 매일 보고 드리고 나머지 승무원들에게 함장님의 명령을 전달했습니다. 매일이 똑같았죠.

이런 단조로운 일상도 어느 날 잠수함 탐지기에서 또 다른 95식 공격 잠수함이 다가오고 있는 걸 감지하면서 박살 났습니다. 우리는 전투태세를 취했고, 처음으로 천 함장님이 선실에서 나오신 것을 봤습니다. 함장님은 공격 센터에 자리를 잡으시고,

발사 위치를 정하라고 명령하시면서 어뢰 1번과 2번을 장전하라고 하셨습니다. 탐지기에는 상대편 잠수함이 우리와 같은 반응을 보이지 않는 걸로 나왔죠. 천 함장님은 이것이 우리의 기회라고 생각하셨습니다. 이때 함장님의 마음은 확고했죠. 이 적은 어뢰를 발사하기 전에 죽을 것이다. 함장님이 명령을 내리시기 직전에 우리는 '거투르드'(수중 전화를 뜻하는 미국 용어죠.)에 신호가 잡힌 것을 발견했습니다. 전화는 함장님의 아들인 천 부함장이 건 것으로, 우리를 해칠 의도가 없음을 밝히면서 우리에게 전원 배치를 해산할 것을 요청했죠. 천 부함장이 우리가 마니히에서 들었던 '자연재해'에 대한 소문의 출처인 삼협 댐에 대한 모든 이야기를 해줬습니다. 그는 삼협 댐이 파괴되면서 촉발된 내전 때문에 또 다른 95식 잠수함이 우리와 전투를 치른 것이라고 설명했습니다. 우리를 공격했던 잠수함은 정부 편이었죠. 천 부함장은 반군에 가담했습니다. 그가 맡은 임무는 우리를 찾아내서 조국으로 데리고 오는 것이었죠. 우리가 지른 함성 때문에 잠수함이 수면으로 올라와 버리는 줄 알았습니다. 얼음을 깨고 두 잠수함의 승무원들이 북극의 황혼 밑에서 서로에게 달려가는 동안, 나는 마침내, 우리가 고국에 돌아갈 수 있다, 우리나라를 되찾고 좀비들을 몰아낼 수 있겠다고 생각했습니다. 마침내 모든 것이 끝났죠.

**하지만 그게 아니었죠.**

우리에게 남은 임무가 아직 하나 있었습니다. 권력 집단, 이미 수많은 고통을 초래했던 그 급살 맞을 노인네들이 아직도 시린하오터에 있는 지도부 벙커에 꽁꽁 숨어서 점점 줄어만 가는 중국 지상군의 절반을 주무르고 있었죠. 이 꼰대들은 결코 굴복하지 않을 것이고, 우리 모두 그걸 알고 있었죠. 이 작자들은 미친 듯이 권력을 움켜쥔 채 우리 군대에 그나마 남은 것들을 탕진해 버리겠죠. 내전을 조금 더 질질 끌게 되면, 중국은 좀비들만 살아남게 될 판이었습니다.

**그래서 내전을 끝내기로 결정하셨군요.**

그 일을 할 수 있는 건 우리뿐이었어요. 지상에 있는 유도탄 지하 격납고는 이미 좀비들이 접수했고, 공군은 이륙 금지됐고, 나머지 두 개의 미사일 잠수함은 아직도 항구에 묶여서 훌륭한 군인이 의당 그래야 하는 것처럼 좀비들이 해치 주변을 포위하고 있는데 명령이 떨어지기만을 기다리고 있었죠. 천 부함장은 반군의 무기고에 유일하게 남은 핵무기 자산이 바로 우리라고 가르쳐줬죠. 우리가 1초 지연시킬 때마다 100명의 목숨이, 좀비에게 쏟아 부을 총알 100개가 낭비되고 있었죠.

**그래서 조국을 구하기 위해 그 핵무기를 발사하신 겁니까?**

저희가 마지막으로 짊어져야 할 짐이었죠. 함장님은 발사 직전에 제가 떨고 있는 걸 눈치 채셨습니다.

"내 명령이야. 내 책임이라고."

함장님이 선언하셨죠. 그 미사일에는 하나의, 거대한, 다중 메가톤 탄두가 들어 있었죠. 이놈은 원형 탄두로 콜로라도 주의 샤이엔 산에 있는 북미 방공 사령부 기지의 단단한 표면을 관통할 수 있게 설계됐어요. 아이러니하게도 중국의 권력 집단의 벙커 역시 거의 모든 면에서 샤이엔 산의 그 시설을 본떠서 만들었어요. 우리가 항해를 시작하는데 천 부함장이 지린홋이 직통으로 맞았다고 연락해 왔습니다. 우리가 수면 밑으로 미끄러져 가는데 정부군이 항복하고 반군과 다시 합쳐서 진짜 적과 싸우기로 했다는 소식을 들었습니다.

**그들이 남아프리카 플랜의 중국식 플랜을 실시하기 시작했다는 것을 알고 있었나요?**

유빙군에서 나오던 날 들었습니다. 그날 아침 당직을 서러 나왔다가 벌써 천 함장님이 공격 센터에 계신 걸 봤습니다. 함장님은 옆에 차 한 잔을 두고 함장님 전용석에 앉아 계시더군요. 아주 지쳐 보이셨는데 아무 말 없이 옆에 있는 승무원들을 보시면서 마치 아이들의 행복한 모습을 지켜보며 흡족해하는, 아버지 같은 미소를 짓고 계셨습니다. 나는 함장님의 차가 식은 걸 보고 새로 한 잔 드시겠냐고 여쭤봤죠. 함장님은 여전히 미소 띤 얼굴로 저를 올려다보면서 고개를 천천히 흔드셨습니다.

"알겠습니다, 함장님."

나는 그렇게 말하고 다시 내 일을 볼 준비를 했죠. 함장님은 손을 내밀어서 내 손을 잡으시면서 저를 올려다보셨지만 내 얼굴을 알아보지 못하셨죠. 함장님의 목소리가 너무 가냘파서 간신히 들을 수 있었습니다.

**뭐라고 하시던가요?**

"착한 아이야, 지샤오, 넌 정말 착한 아이였어."

함장님이 영원히 눈을 감으셨을 때 아직도 제 손을 잡고 계셨죠.

## 오스트레일리아, 시드니

클리어워터 기념관은 오스트레일리아에서 가장 최근에 세운 병원이자 전쟁이 끝나고 지어진 병원 중 가장 큰 병원이다. 테리 녹스의 병실은 17층, '귀빈실'에 있다. 그 병실의 사치스러운 환경과 구하기 극히 힘든 고가의 약물 치료는 오스트레일리아 정부가 최초이자 지금까지 유일한 오스트레일리아인 국제 우주 정거장 사령관에게 할 수 있는 최소한의 예우이다. 테리의 표현을 빌리자면, '안다무카의 오팔 광부 아들치고는 나쁘지 않은' 대우이다. 그의 시든 육체는 우리가 대화를 나누는 동안 조금 활기를 찾은 것처럼 보였다. 얼굴에도 혈색이 조금 돌아왔다.

사람들이 우리에 대해 떠들어 대는 이야기가 사실이면 좋겠네. 우리가 정말 영웅인 것 같잖나. (그는 미소를 지었다.) 사실 우리는 갑자기 문제가 생겼다거나 예상치 못하게 발목이 잡혔다는 의미의 '좌초'를 당한 건 아니었네. 우리보다 사태를 더 잘 파악하고 있었던 사람들은 없었지. 바이코누르에서 교체 승무원이 오지 못했을 때나, 휴스턴에서 X-38*에 몽땅 올라타고 대피하라고 했을 때 놀란 사람은 하나도 없었어. 우리가 명령에 반항했다거나 누가

* 우주 정거장의 재진입 '구조선'.

남아야 하는지 결정하느라 멱살잡이를 했다는 이야기를 들려주고 싶긴 한데, 현실은 좀 더 평범하고 순리대로 흘러갔지. 나는 과학 팀과 그 외에 꼭 있지 않아도 될 승무원들에게는 지구로 돌아가라고 지시하고 나머지 대원들에게는 선택권을 줬지. X-38 재진입 '구조선'이 떠나 버리면 우리는 기술적으로 보면 오도 가도 못하게 되는 거지만, 그때 우리가 처했던 상황을 생각해 보면 우리 중 누구도 떠나고 싶어 한다는 걸 상상조차 할 수 없었네.

국제 우주 정거장은 인간 공학의 가장 큰 경이 중 하나일세. 우리가 지금 말하는 건 지구에서 그냥 맨눈으로 봐도 보일 정도로 큰, 궤도에 있는 플랫폼을 말하고 있는 걸세. 이놈을 완성시키는 데 16개의 나라가 10년 동안 힘을 합쳐서 매달렸고, 200번의 우주 유영을 하고, 든든한 직장을 가진 사람이 아니라면 누구도 인정하지 않으려고 할 정도로 막대한 돈을 쏟아 부었단 말이지. 이런 걸 또 만들려면 도대체 뭐가 얼마나 더 들어갈 것이며, 과연 또 만들 수나 있을까?

우주 정거장보다 더 중요한 것은 무한하고, 대체 불가능한 우리 행성의 인공위성 네트워크의 가치라네. 당시에는 궤도 안에 3000개가 넘는 인공위성이 있었는데 인류는 커뮤니케이션에서 항해, 감시에서 규칙적이고 믿을 수 있는 일기 예보와 같이 평범하지만 중요한 것들을 모조리 인공위성에 의존하고 있었지. 이 네트워크는 고대 시대의 도로, 산업화 시대의 철도만큼 현대 세계에 중요한 존재라네. 만일 이렇게 중요한 통신수단들이 어느 날 하늘에서 그냥 떨어져 버리기 시작한다면 인류에게 어떤 일이 일어나겠나?

이걸 다 구할 계획은 아니었네. 비현실적이고 또 그럴 필요도 없었지. 우리가 해야 할 일은 전쟁에 절대적으로 필요한 시스템에 집중해서 몇 십 개의 위성만 떠 있을 수 있도록 유지하는 거였지. 그것 하나만으로도 남아야 하는 위험을 무릅쓸 가치가 있었다네.

**구조하러 오겠다는 약속을 받기는 하셨나요?**

아니, 기대하지도 않았다네. 문제는 우리가 어떻게 지구로 돌아가느냐가 아니라, 어떻게 그 위에서 살아 있을 수 있냐는 거였지. 탱크에 저장해 둔 산소와 비상 과염소산염 양초*와 우리 물 재활용 시스템**이 풀가동하고 있다고 해도 우리에겐 대략 27개월 정도 버틸 식량밖에 없었고 그나마 실험실 모듈에 있는 실험동물까지 포함한 분량이었지. 백신 테스트를 하기 위해 사용한 동물이 없었으니 모두 아직 먹을 수 있는 놈들이었어. 아직도 그놈들이 가냘프게 지르던 비명이 들리고, 극미 중력 상태에서 떠다니던 핏방울이 보여. 우주에서조차 피를 안 볼 수가 없더군. 나는 과학적인 태도로 이 상황을 보려고 하면서 공기 중에 떠다니는 붉은 방울을 내가 빨아 마실 때마다 얻게 될 영양학적인 가치를 계산하려고 했지. 난 이게 다 임무를 위한 것이지, 내 게걸스러운 허기 때문에 그런 것이 아니라고 계속 우겼다네.

**그 임무에 대해 더 이야기해 주세요. 만약 정거장에 갇혔다면 어떻**

---

* 국제 우주 정거장은 물 절약의 한 방법으로 산소를 만들기 위한 전해 사용을 중단했다.

** 전쟁 전 시방서에 따라 국제 우주 정거장의 물 재활용 시스템은 95퍼센트로 가동됐다.

게 위성들을 제 궤도에 유지하실 수 있었나요?

우리는 에이티브이(ATV)*'쥘 베른 3호'를 사용했지. 이건 프랑스령 기아나가 좀비들로 뒤덮이기 전에 마지막으로 발사한 보급품을 실은 비행정이었네. 원래는 편도 운반선으로 짐을 내린 다음엔 쓰레기를 채워 지구로 보내서 대기권에서 태워 버리게 설계됐지.** 우리가 수동 조종 시스템과 파일럿 의자를 가지고 이걸 개조했어. 제대로 된 뷰포트(화면 상의 화상 표시 영역 — 옮긴이)를 가지고 고쳤더라면 좋았을 텐데. 비디오로 조종하는 것은 재미가 덜하다네. 그리고 제대로 된 선외 활동 장비를 갖출 공간이 없기 때문에, 재진입 복장을 갖추고 우주 산책을 하고 우주선 바깥으로 나가 활동해야 하는 것도 고역이었어.

대부분 내가 유람을 간 곳은 애스트로(ASTRO)***였지. 이건 우주에 있는 주유소라고 생각하면 되네. 군사 위성이건, 감시 위성이건 위성들은 모두 때때로 새 목표를 포착하기 위해 궤도를 바꿔 줘야 하네.

조종 제어 로켓을 발사해서 자체적으로 보유한 소량의 히드라진(로켓 연료용 유성 액체) 연료를 모두 써서 궤도를 바꾸는 거지. 전쟁이 일어나기 전 미군은 유인 특무 비행대를 여러 번 보내는 것보다 궤도 내에 연료 보급 기지를 설치하는 것이 훨씬 비용 효율이 높다는 것을 깨달았지. 거기서 애스트로가 등장해 준 걸세.

---

* ATV: Automated Transfer Vehicle, 자동화 운반선.

** 일회용 에이티브이의 두 번째 용도는 정거장의 궤도를 유지하기 위해 이 운반선의 부스터(보조 추진 로켓)를 사용하는 것이다.

*** ASTRO: Autonomous Space Transfer And Robotic Orbiter, 자율 우주 운반 및 로봇을 이용한 우주선.

우리는 이걸 개조해서 기존 궤도에서 멀어지기 전에 여분의 연료를 보충해 주기 위해 가끔 연료를 넣어 줘야 하는, 민간용 모듈 같은 다른 위성들에 연료를 보급해 줬지. 이건 시간 절약에 유용한 끝내 주는 기계였지. 우리에게는 그런 과학 기술이 많았네. '캐나다암'이라고 정거장 외장에서 필요한 정비 업무를 보는 1500미터 크기의 로봇 자벌레도 있었어. '보바'라고 가상현실로 작동되는 로보넛에 우리가 자세 제어 로켓을 설치해서 보바는 정거장 주변에서도 작업할 수 있고, 정거장 밖 위성에서도 작업할 수 있었지. 또 모양이랑 크기가 그레이프프루트만 한, 자유롭게 떠다니는 로봇인 PSA* 비행대도 있었네. 이 모든 경이로운 기술들이 우리 일을 쉽게 하도록 고안된 것이었어. 이놈들이 그렇게 부지런을 떨지 않아도 좋았을 텐데.

우리는 할 일이 없어서 하루에 한 시간이나 두 시간 정도 일했지. 나머지 시간엔 잠을 자도 되고, 운동을 해도 되고, 읽었던 책을 또 읽어도 되고, 자유 지구 방송을 듣거나 우리가 가져온 음악을 들어도 되지. (듣고 또 듣고 또다시 듣고). 레드검(Redgum, 오스트레일리아의 포크 음악 그룹 — 옮긴이) 노래를 도대체 몇 번이나 들었는지 모르겠네.

"하느님, 도와주세요, 난 이제 열아홉밖에 안 됐어요."

이 노래는 우리 아버지 18번이었네. 베트남에서 고생하던 시절이 떠오른다나 뭐라나. 나는 아버지가 그때 받은 군대 훈련 덕분에 부모님이 아직 살아 계시기를 간절히 기도했지. 오스트레일리아 정부가 태즈메니아(오스트레일리아 남동의 섬 — 옮긴이)로 이

---

* PSA: Personal Satellite Assistance, 개인용 위성 보조.

동한 뒤 아버지건 누구건 소식을 전혀 듣지 못했지. 나는 부모님이 무사하다고 믿고 싶었지만 지구에서 벌어지는 일을 보면(우리 대부분이 비번에 그랬거든) 희망을 품기가 불가능했지.

사람들은 냉전 당시 미국 첩보 위성에서 소련 국민들이 들고 있는 프라우다(구소련 공산당 기관지 — 옮긴이)를 읽을 수 있다고 했지. 그게 100퍼센트 사실인지는 나도 모른다네. 그 세대 하드웨어의 기술 수준을 잘 모르니까. 하지만 중계 위성에서 우리가 훔쳐낸 현대 첩보 위성들의 신호로 본 영상에선 사람들의 근육이 찢어지고 뼈가 부러지는 게 다 보였다네. 좀비에게 당하는 사람들이 자비를 호소하며 비명을 지르는 입술의 움직임도 읽을 수 있었고, 마지막 숨을 내쉬면서 부풀어 오르는 눈동자 색깔도 볼 수 있었지. 언제 붉은 피가 갈색으로 변하는지, 그 피가 케이프코드의 하얀 모래에서 보이는 피와는 반대로 런던의 시멘트 위에서는 어떻게 갈색으로 보이는지도 봤고.

우리는 첩보 위성들이 관찰하기로 선택한 이미지를 통제할 수 없었네. 그 목표들은 미군이 결정한 것이라서 말이야. 전투 장면도 많이 봤지. 충칭 전투, 용커스 전투. 우리는 인도의 보병 중대가 델리의 암베드카르 축구장에 갇힌 민간인들을 구조하려고 하다가 자기들까지 갇혀서 간디 공원으로 퇴각하는 것도 봤지. 그 중대 사령관이 부하들을 정사각형으로 대오를 갖추게 하는 것도 봤지. 영국 식민지였을 때 영국인들이 썼던 방법이었지. 그게 효과가 있었네. 얼마 못 가서 문제였지만. 그게 인공위성 감시에서 유일하게 불쾌한 부분이었지. 볼 수는 있는데 들을 수가 없는 거야. 우리는 그 인도인들이 탄약이 바닥나고 있다는 걸 몰랐어. 다만 좀비 무리들이 점점 좁혀 오기 시작하는 게 보이더군. 헬기 한 대가 군인들 머리 위에 공중 정지해서 사령관이 부하들과 말다툼을 벌이고 있는 것을 보고 있더군. 우리는 그 사령관이 라지 싱 장군인지 몰랐네. 우리는 심지어 라지 싱이 누군지도 몰랐지. 상황이 급박해지니까 라지 싱 장군이 도망쳤다고 남 말하기 좋아하는 인간들이 떠들어 대는 소리는 절대 믿지 말게나. 우리가 다 봤으니까. 장군은 정말 온몸으로 저항했는데 부하 중 하나가 라이플 개머리판으로 장군 얼굴을 냅다 치더군. 기절한 장군을 부하들이 질질 끌고 대기하고 있는 헬리콥터로 가서 태운 거야. 정말 미칠 것 같았지, 이 모든 것을 그렇게 가까이 보면서도 아무것도 할 수 없다는 게 말이야.

우리도 관측 장비가 있었는데 민간 연구 위성과 장비 둘 다 기지 안에 있었네. 여기서 본 이미지는 군 위성에서 본 것처럼 선명하지는 않지만 그래도 여전히 무서울 정도로 또렷하게 보였다네. 그 위성으로 우리는 처음으로 중앙아시아와 미국의 대초원 지대에 몰려든 좀비 대군을 봤네. 놈들은 한때 미국 물소들이 그랬던 것처럼 몇 킬로미터에 걸쳐서 대규모로 뭉쳐 다니더군.

우리는 일본의 대피 작전을 보면서 그 놀라운 규모에 넋을 잃었지. 수백 척의 배와 수천 척의 작은 보트들이 떠 있었으니까. 옥상에서 함대로 사람들을 실어 나르느라 얼마나 많은 헬리콥터들이 왔다 갔다 했는지, 얼마나 많은 제트 여객기들이 북쪽 캄차카 반도로 마지막 비행을 했는지 세다가 잊어버렸지.

우리는 또 최초로 좀비 구멍을 발견했네. 굴을 파는 동물들을 쫓아가느라고 좀비들이 파는 구덩이 말이야. 처음에 봤을 때는 그냥 한두 번 있는 일이겠거니 했는데 나중에 전 세계적으로 그 구덩이들이 퍼져 가고 있다는 걸 알게 됐지. 가끔은 바로 옆에 있는 구덩이 옆에 또 구멍이 한두 개씩 생기더군. 영국 남부에 들판이 하나 있는데(거기 토끼가 아주 많았나 보네.) 거기는 크기와 깊이가 제각각인 구덩이로 벌집이 됐더군. 많은 구덩이 주위에 크고 거무스름한 얼룩이 져 있었네. 영상을 크게 확대할 수 없었지만 그게 피라는 건 꽤 확실했지. 나로서는 그게 우리의 적의 추진력이 얼마나 강한지 보여 주는 끔찍한 예였네. 좀비에게는 의식적인 사고란 전혀 없고 순전히 생물학적인 본능만 있어. 한번은 한 좀비 놈이 뭔가 쫓아가는 걸 봤어. 나미브 사막에 있는 황금 두더지였을 걸세. 그 두더지는 모래 언덕 비탈에 깊게 구멍을 파고 숨어 버렸지. 좀비가 그 두더지를 쫓아가려고 하니까 모래가 계속 흘러내려 그 구덩이를 채워 버리는 거였네. 그 좀비는 멈추지도 않고, 아무런 반응도 하지 않고, 그냥 무식하게 계속 파더군. 그 광경을 5일 동안 지켜봤어. 이 좀비 놈이 땅을 파는 희미한 화면을 봤지. 이놈은 파고, 또 파고, 또 파고 그러다 어느 날 갑자기 일어서더니 아무 일도 없었단 듯이 발을 질질 끌면서 가 버리더군. 두더지 냄새를 잃어버린 게 틀림없었네. 운이 억세게 좋은 두더지였지.

아무리 성능이 강화된 광학 기구가 있다지만 맨눈으로 보는 것만은 못하지. 우리의 연약하고 작은 생물권을 뷰포트로 보기만 해도, 대대적인 생태 파괴를 보면 어떻게 현대 환경 보호 운동이 미국 우주 프로그램에서 시작됐는지 이해가 될 걸세. 지구에선 수많은 화재가 일어났는데, 건물이나 숲이나 길잡을 수 없이 타오르는 석유 굴착 장비(사우디아라비아인들이 실제로 거기에 불을 질러 버렸지.)*만 말하는 게 아니야. 적어도 10억 개는 될 모닥불이 한때 전깃불이 있던 자리에서 작은 오렌지색 점으로 지구를 뒤덮고 있더군. 매일, 매일 밤 이 행성 전체가 불에 타고 있는 것 같았네. 거기에 쏟아져 내리는 재는 차마 셀 수도 없었는데 우리는 미국과 과거 소련 연방 사이에 소규모 핵전쟁이 벌어진 정도의 양이라고 추정했지. 거기에 실제로 이란과 파키스탄 사이에 벌어진 핵전쟁은 넣지도 않았는데. 우리는 이 사건들을 지켜보고 모두 기록했는데 그 섬광과 불길을 보느라 며칠 동안 내 눈에 점이 생겼지. 이미 핵 가을이 시작됐고 회갈색 장막이 매일 두꺼워졌다네.

마치 외계 혹성이나 아니면 지구 최후의 집단 대멸종을 내려다보고 있는 것 같았네. 결국 전통적인 광학 기구는 장막 때문에 쓸모없게 돼 버렸고, 우리에게 남은 건 열 센서와 레이더 센서밖에 없었지. 지구의 원래 얼굴은 원색의 풍자만화 속에 숨어 버렸고. 테라 위성에 있는 애스터 센서를 통해 우리는 삼협 댐이 무너지는 것을 봤지.

파편, 침적토, 바위, 나무, 차, 집, 집 크기의 댐 조각들을 실고 다니는 약 40조 리터의 물이 쏟아졌어! 살아 있는 갈색 용이 동해로 질주하더군. 그 물이 지나간 자리에 있었던 사람들을 생각할 때면…… 바리케이드를 친 건물에 갇혀 문밖에서 지키고 있는 좀비들 때문에 해일을 피할 수 없었던 사람들. 아무도 그날 밤

* 현재까지 왜 사우디아라비아 왕실이 사우디아라비아 왕국의 유전을 태우라고 명령했는지 아무도 그 이유를 모르고 있다.

얼마나 많은 사람들이 죽었는지 모른다네. 지금까지도 시체가 나오고 있다더군.

(그는 피골이 상접한 한 손으로 주먹을 쥐면서 다른 손으로 '자기치료' 버튼을 눌렀다.)

중국 지도부에서 어떻게 그 사건을 해명해서 빠져나가려고 했는지 생각할 때면…… 중국 국가 주석의 연설 의사록을 읽어 본 적 있나? 우리는 중국 방송 통신 위성 신눠 2호에서 신호를 훔쳐서 실제로 그 방송을 봤다네. 그 대통령은 그 사건을 '예측하지 못했던 비극'이라고 하더군. 정말? 예측하지 못했다고? 그 댐이 활단층선 위에 세워졌다는 것도 예측하지 못한 일이었을까? 그 거대한 저수지의 늘어난 무게 때문에 과거에 여러 차례 지진이 발생했고,* 댐이 완공되기 전 기초 공사를 하던 때 금이 갔던 걸 이미 알고 있었는데도 예측하지 못했단 말인가?

그 대통령은 '피할 수 없는 사고'였다고 하더군. 빌어먹을 놈. 거의 모든 대도시에 야전을 치를 군대는 있으면서 확실하게 일어날 재앙에 대비할 교통순경 몇 명은 남겨 두지 못했단 말인가? 지진 경고 연구소와 비상 방수로 통제 장치를 포기했을 때의 여파를 아무도 내다보지 못했네. 그러다 중간에 이야기를 바꾸면서 사실 댐을 보호하기 위해 할 수 있는 일을 다 했고, 참사가 발생했을 때 중국의 용맹스러운 군대가 댐을 지키기 위해 목숨을 바쳤다고 하더군. 흠, 내가 개인적으로 그 참사가 일어날 때까지 그 삼협 댐을 1년 동안 지켜보고 있었는데 내가 본 유일한 중국 군인들은

* 레소토의 캐츠 댐(Katse Dam)은 1995년 완공된 후 수많은 지진 및 지각 변동을 야기한 것으로 확인됐다.

아주 오래전에 목숨을 바쳤단 말일세. 그 인간들은 정말로 국민들이 그런 뻔뻔스러운 거짓말을 믿을 거라고 기대했을까? 정말로 대대적인 반란이 일어날 거라는 생각은 하지 못한 걸까?

혁명이 시작된 지 2주 뒤에 우리는 중국 우주 정거장인 양 리 웨이에서 처음이자 유일하게 보낸 신호를 받았지. 그 정거장은 우리 말고 궤도 내에 있는 유일한 유인 시설이었지만 우리와 같은 대단한 시설은 아니었네. 그것보다는 오래된 미국 유인 우주 실험실의 크기만 키운 것같이, 선저우 모듈과 대장정 연료 탱크를 조잡하게 맞춰 날림으로 지은 시설이었지.

우리는 그쪽과 연락을 취하려고 몇 달 동안 애를 태우고 있었어. 사실 거기에 승무원이 있는지조차 확실하지 않았지. 우리가 들은 것이라곤 '치명적인 공격'을 받고 싶지 않으면 가까이 다가오지 말라고 완벽한 홍콩 영어로 녹음된 메시지뿐이었지. 정말 어이없는 낭비였다네! 우리는 협력해서 보급품과 전문적인 기술 지식을 교환할 수 있는 것 아닌가. 정치는 접어 버리고 빌어먹을 인간 대 인간으로 뭉치면 우리가 뭘 해낼 수 있었을지 모르는 일이지 않나.

우리는 그 정거장에는 처음부터 사람이 없었고, 치명적인 공격 경고는 계략에 불과하다고 스스로를 설득했네. 우리 햄 라디오* 로 그 신호가 왔을 때 우리는 경악했지. 그건 살아 있는 인간의 목소리로 피곤하고 겁에 질려 있었는데 몇 초 들리더니 그냥 끊어지더군. 그것으로도 베른 호를 타고 양 기지로 가기는 충

* 국제 우주 정거장에는 승무원들이 학생들과 얘기할수 있도록 민간용 아마추어 무선 통신기가 있었다.

분했네.

수평선 위로 올라가자 난 양 기지의 궤도가 심하게 바뀐 것을 분간할 수 있었네. 가까이 가서 보니 왜 그랬는지 알겠더군. 탈출정이 아직 주 에어로크에 도킹된 상태에서 해치가 날아가 버리면서 기지 전체가 몇 초 만에 기압이 내려가 버렸더군. 경고 조치로 나는 도킹 허가를 요청했지. 아무런 반응이 없었네. 기지에 가 보니 7, 8명 정도의 승무원이 지낼 수 있을 정도로 넓긴 했지만 2인용 침대와 개인용 장비만 있다는 걸 발견했지. 양 기지에는 최소한 5년은 너끈히 버틸 수 있는 비상 보급품과 식량과 물과 산소 초가 있었네. 내가 처음에 어리둥절했던 게 바로 그 이유였다네. 기지에는 아무런 과학적인 장비도 없었고, 정보 수집 기기도 없었거든. 이건 마치 중국 정부가 남자 두 명을 별다른 목적 없이 그냥 우주에 있으라고 보낸 것 같더군. 15분 동안 둥둥 떠다니다가 나는 기지 내에서 기지를 폭파시킬 수 있는 폭탄을 여러 개 찾았다네. 이 우주 정거장은 궤도를 도는 거대한 거짓말 덩어리에 지나지 않았어. 만약 이 폭탄들을 폭파시키면 이 400톤의 우주 정거장에서 나오는 파편이 궤도 내에 있는 다른 플랫폼에 피해를 주거나 파괴시킬 뿐 아니라 향후 우주 발사는 몇 년간 금지될 것이 분명했지. 이건 '우주판 초토화' 정책이지. 우리가 가질 수 없다면, 다른 사람들도 가질 수 없다는 심보랄까.

기지 내 모든 시스템은 아직 작동하고 있었네. 불도 안 났고, 구조적인 피해도 입지 않았고, 왜 탈출정의 해치에 사고가 났는지 그 이유를 찾지 못했지. 그러다 아직도 해치 해제 버튼을 움켜쥐고 있는, 우주비행사 한 명의 시신을 찾았어. 그는 탈출 기압복을 입고 있었는데 안면 보호용 금속 유리판이 총알에 맞아 박살이 났더군. 내 짐작에 이 우주비행사를 쏜 사람이 우주로 날아가 버린 것 같았지. 나는 중국 혁명이 지상에서만 일어난 게 아니며 해치를 폭파시킨 그 남자 역시 우리에게 신호를 보내려고 했던 사람이라고 믿고 싶었네. 이 남자의 동료는 보수주의자 편에 섰겠지. 아마 정부에 충성하는 동료가 기지 내 폭탄을 폭파시키라는 명령을 받았을 걸세. 자이(개인 소지품에 있던 그의 이름)가 그 동료를 우주로 날려 버리려다가 그 와중에 총을 맞았던 것으로 생각되네. 꽤 그럴듯한 이야기로군. 난 그렇게 생각했네. 그 일을 그렇게 기억하기로 했어.

**그렇게 해서 그토록 오래 견딜 수 있었던 겁니까? 양 기지에 있는 보급품을 사용해서?**

(그는 내게 엄지손가락을 치켜세워 보였다.) 우리는 부품과 원료를 얻기 위해 그 기지 전체를 해부했지. 우리 기지와 그 기지를 합쳤으면 싶었지만 그런 대사업을 벌일 만한 도구나 인력이 없었다네. 그 탈출정을 사용해서 지구로 돌아올 수도 있었지. 거기엔 열 차폐막과 세 명이 탈 공간이 있더군. 구미가 당겼지. 그러나 정거장의 궤도가 빠르게 이탈하고 있어서 바로 거기서 선택해야 했지. 지구로 도망칠 것이냐 아니면 국제 우주 정거장에 물자를 재보급할 것인가. 우리가 어떤 선택을 했는지는 자네도 알겠지.

그 기지를 마지막으로 포기하기 전에 친구 자이의 장례를 지냈지. 침대에 자이의 시신을 묶고, 그의 개인용 장비는 국제 우주 정거장에 갖다 놓고, 양 기지가 지구의 대기권에서 타는 동안 그의 명예를 기리는 말을 몇 마디 했지. 어쩌면 양은 반군이 아니라 정부 편이었을지도 모르지만 어쨌든 그 덕분에 우리가 살아 있을 수 있었네. 우리는 3년을 더 궤도 내에 머물러 있었다네. 중국 소비재가 없이는 견뎌 내지 못했을 3년의 세월을.

나는 우리 교체 승무원들이 민간인이 소유한 민간 우주선을 타고 오게 된 전쟁의 위대한 아이러니를 아직도 생각하곤 한다네. '스페이스십 3(미국 유인 로켓 스페이스십 1의 후속 모델)'은 원래 전쟁 전에 우주 관광 여행용으로 개발된 거였지. 조종사는 카우보이모자를 쓰고 자신만만한 양키 미소를 짓고 있더군.

(그는 최선을 다해 텍사스 억양을 흉내 냈다.) "여기서 나가고 싶으신 분?"

(그는 껄껄 웃더니 몸을 움츠리고 다시 자기 치료 버튼을 눌렀다.)

가끔 나는 우주에 남기로 결정했던 걸 후회했느냐는 질문을 받는다네. 내 동료들의 심정까지 내가 대변할 수 있는 건 아니고, 임종을 앞두고 동료들이 그러더군. 다시 해야 한다면 또 그렇게 할 거라고. 내가 어떻게 거기에 반대할 수 있겠나? 나는 내 몸에 붙은 뼈와 다시 친해지고, 왜 하느님이 애초에 우리에게 다리를 주셨는지 기억해 내는 물리 치료를 받게 된 걸 후회하지 않아. 우주선의 방사능에 그렇게 노출된 것도, 그렇게 무방비로 다녔던 선회 활동도, 국제 우주 정거장의 부적절한 차폐물 안에서 지냈던 것도 후회스럽지 않네. 난 이것도 후회스럽지 않아. (그는 병실과 몸에 부착된 기계를 가리켰다.) 우리는 선택을 했고, 결국엔 우리가 변화를 이뤄낸 걸세. 안다무카 오팔 광부의 아들치곤 나쁘지 않았지.

테리 녹스는 이 인터뷰가 끝나고 3일 뒤 사망했다.

## 칠레의 칠로에 섬, 앙쿠드

공식적인 수도는 산티아고로 돌아왔지만 한때 난민 기지였던 이곳은 현재 칠레의 경제와 문화의 중심지로 남아 있다. 에르네스토 올긴은 상선의 선장이라서 1년 중 대부분을 바다에서 보내야 하지만, 이 섬의 반도에 있는 비치 하우스를 드 라쿠이 홈이라고 부른다.

역사책에서는 그 회의를 '호놀룰루 회의'라고 하지만 사실은 '사라토가 회의'라고 하는 게 맞죠. 우리가 본 거라곤 그게 다였으니까. 우리는 그 비좁은 선실과 축축하고 숨 막히는 복도에서 14일 동안 있었어요. USS 사라토가는 항공모함에서 취역 해제된 폐선이 됐다가 피난민 수송 바지선으로 변했다가 떠다니는 유엔 본부가 됐죠.

그리고 이런 건 회의라고 부르면 안 되죠. 굳이 이름을 붙여야 한다면 복병이라는 게 더 맞는 말이죠. 우리는 원래 이 회의에서 전술과 전투 기술을 교환하기로 돼 있었어요. 모두 영국인들이 고속도로를 요새화한 방법을 보고 싶어 했는데 그건 쿵가 라엠* 시범만큼이나 흥미진진했죠. 그리고 또 국제 무역 조치를 재도입하기로 예정되어 있었죠. 그게 내 임무였어요, 특히 우리 해군의 나머지 병력을 새 국제 호송 기구에 통합시키는 것이죠. 사라토가에

* Mkunga Lalem: (The Eel and the Sword), 세계 최고의 좀비 격퇴 무술.

서 시간을 보내면서 뭘 예상해야 할지 그때는 잘 몰랐어요. 아무도 그 일이 일어나리라고 예상한 사람은 없을걸요.

회의 첫날 우리는 소개를 하기 위해 한자리에 모였죠. 나는 덥고 기운도 쭉 빠져서 재미없는 연설은 그냥 건너뛰고 회의나 진행했으면 좋겠다고 하느님께 빌고 있었죠. 그러다 미국 대사가 일어서면서 전 세계가 비명을 지르며 그 자리에 멈춰 버렸죠.

대사는 지금은 공격해야 할 때라고 했어요. 안정된 방어 시설에서 뛰쳐나와 좀비들이 들끓는 영토를 되찾기 시작할 때라고. 처음에는 그 대사가 단순히 국지전을 의미하는 줄 알았어요. 사람들이 거주할 수 있는 섬을 더 확보한다거나 아니면 수에즈 파나마 운하 지대를 다시 개통한다든지 하는 거 말이죠. 내 추측은 그리 오래가지 않았죠. 대사는 이 전쟁이 일련의 전술적인 공격이 아니라고 분명하게 밝혔죠. 미국은 영원히 공세를 취하기로, 매일 (그의 표현을 따르자면) "지구 표면에서 좀비들의 모든 흔적을 스펀지로 닦아 내고, 정화하고, 필요하다면 폭파시키는" 그날까지 진격할 작정이라고 하더군요. 대사는 처칠의 어록을 슬쩍 모방하면 우리를 감동시킬 수 있다고 생각한 모양이더군요. 감동받은 사람은 없었어요. 대신 회의장은 자연스럽게 격렬한 토론장으로 변했죠.

한쪽에선 적들이 그냥 썩어 문드러지는 동안 우리는 안전한 곳에서 퍼질러 있으면 되는데 도대체 왜 더 많은 목숨을 위태롭게 하고, 불필요한 인명 손실을 입어야 하는지 묻더군요. 이미 그런 일들이 일어나고 있지 않나? 초기 발병했던 좀비들의 부패가 더 심화됐다는 징후가 나타나기 시작하지 않았나? 시간은 우리 편이지, 좀비 편이 아니란 말이지. 자연이 알아서 우리 적들을 치워 주게 내버려 두지.

반대편은 모든 좀비들이 썩어 문드러지고 있는 것은 아니라고 반박했죠. 그 나머지 사례들은 어떻게 하고, 아직도 강하고 튼튼한 놈들은 어쩌란 말인가? 좀비 한 놈만 있어도 이 역병을 재발시킬 수 있지 않나? 그리고 설선 위로 어슬렁거리고 다니는 좀비들은 어떻게 할 건데? 우리가 얼마나 오랫동안 놈들이 썩기를 기다려야 하는데? 수십 년? 수백 년? 이런 나라에서 온 난민들은 다시 고국으로 돌아갈 기회나 있을까?

바로 그때부터 상황이 추해지기 시작했죠. 많은 추운 나라들은 대부분 '선진국'이잖아요. 전쟁 전에 '개발도상국'이었던 나라에서 온 대표 중 한 명이 다소 노기 띤 어조로, 아마 이건 '남반구의 희생자'들을 강간하고 약탈한 선진국들이 받는 벌일 거라고 말하더군요. 그 대표가 이렇게 말했죠. 좀비가 창궐하는 바람에 '백인 헤게모니'가 자신의 문제로 정신없는 동안, 나머지 나라들이 '제국주의자들의 간섭 없이' 발전할 수 있도록 돕고 있는 건지도 모르겠다고요. 어쩌면 좀비들은 세상에 재앙만 불러온 게 아닌지도 모른다. 어쩌면 좀비들이 미래를 위한 정의를 불러왔는지도 모른다. 우리 칠레인들도 북반구 백인들에 대해 별다른 애정이 없고, 우리 가족도 아까 그 대표와 같은 개인적인 원한을 품을 만큼 피노체트 정권에서 혹독하게 고생했지만 개인적인 감정보다 객관적인 사실을 먼저 생각해야 할 때가 있는 법입니다. 전쟁 전 가장 역동적인 경제력을 뽐내던 나라는 중국과 인도였고, 전시 체제에서 가장 큰 부국은 이론의 여지없이 쿠바였는데 어떻게

'백인 헤게모니'란 말이 나올 수 있습니까? 히말라야와 우리 칠레의 안데스 산맥에서 그렇게 수많은 사람들이 간신히 목숨을 이어 가고 있는 마당에, 어떻게 추운 나라들의 문제를 북반구의 문제라고만 할 수 있습니까? 아니죠, 이 남자와 이 남자에게 동조하고 있는 사람들은 미래를 위한 정의를 논하고 있는 게 아니었죠. 이들은 그냥 과거에 대한 복수를 원했던 겁니다.

(그는 한숨을 쉬었다.) 이야기를 나눌 만큼 나눴는데도 서로 상대방의 입장 차이를 이해하지도, 극복하지도 못했죠.

나는 러시아 대표 옆에 서서 그 여자가 의자 위로 기어 올라가지 못하게 막고 있다가 또 다른 미국인의 목소리를 들었죠. 미국 대통령의 목소리였습니다. 그는 소리 지르지도 않았고, 질서를 회복하려는 시도도 하지 않았죠. 그는 그 이후 어떤 세계 지도자도 흉내 내지 못했던 그 침착하고 단호한 어조로 계속 이야기를 이어 가더군요. 그는 심지어 '소중한 의견'을 내준 점에 대해 '동료 대표들'에 대해 감사를 표하고, 순전히 군사적인 관점에서 보면 '지나치게 자신만만하게 행동할' 이유가 없다는 점을 인정하더군요.

"우리는 좀비와 싸워서 놈들을 궁지에 몰아넣었고, 결국 우리 후세가 이 지구상에서 육체적인 위험이 거의, 혹은 전무한 상태에서 다시 살 수 있을지도 모른다. 그렇다, 우리의 방어 전략은 인류를 구했지만 인류의 정신은 어떠한가? 좀비는 우리에게서 땅과 사랑하는 사람들보다 더한 것을 빼앗아 갔다. 좀비는 만물의 영장으로서의 인간의 자신감을 약탈해갔다. 우리는 혼란스러워하고 시들시들한 종으로 멸종 직전까지 몰리면서, 내일이 있다는 사실만으로도 김지덕지하면시 오늘보다는 고통이 줄이들길 비리고 있다. 이것이 우리 아이들에게 물려주고 싶은 유산인가? 우리 유인원 조상들이 키가 큰 나무에서 웅크리고 있던 시대 이후로 유례없이 높은 불안과 신념 상실이라는 이런 유산을? 아이들은 어떤 종류의 세상을 다시 세우게 될까? 아이들이 세상을 다시 세우기는 할까? 과거에 미래를 되찾을 수 없이 무력했다는 걸 알면서도 이 아이들이 계속해서 발전할 수 있을까? 그리고 미래에 좀비들이 또 일어선다면? 우리 후손들이 좀비를 전장에서 맞을 것인가, 아니면 그냥 패기 없이 항복해서 무너지면서 그것이 인류의 어쩔 수 없는 멸종이라고 받아들일 것인가? 이 이유 하나만으로도 우리는 우리 행성을 되찾아야 한다. 우리는 할 수 있다는 것을 스스로에게 입증해야 하고, 그 증거를 이 전쟁의 가장 위대한 금자탑으로 남겨야 한다. 인류로 돌아가는 길고 힘든 길을 택할 것인가, 아니면 지구 상에서 한때 자부심에 넘쳤던 영장류의 퇴행성 권태를 택할 것인가? 그게 우리가 선택해야 할 것이고, 지금 당장 해야 하는 선택이다."

정말 전형적인 백인들의 헛소리였죠. 궁둥이는 진흙탕에 빠져 허우적거리면서 별을 잡아 보겠다고 용을 쓰는 꼴이라니. 이게 만약 백인 영화였다면 얼간이 몇 놈이 일어나서 천천히 박수를 치고, 거기에 화답해서 나머지 관객들이 기립박수를 쳐 대고, 누군가는 감격의 눈물을 흘리는 식의 인위적인 개지랄을 보겠죠. 침묵이 흘렀습니다. 모두 움직이지도 않았죠. 대통령은 쉬면서 오후에 그의 제안을 검토해 보고 황혼 녘에 만나서 전체 투표를 하자고 말했어요.

나는 해군 대사관원이라 그 투표에 참가할 수 없었죠. 대사가 나의 사랑하는 칠레의 운명을 결정하는 동안 나는 태평양의 일몰을 감상하는 것 말고는 할 일이 없었어요. 갑판의 프로펠러와 태양 전지 사이에 끼어 앉아서 프랑스와 남아프리카에서 온 동료들과 시간을 죽이고 있었죠. 우리는 일 이야기는 피하려고 노력하면서 할 수 있는 한 전쟁과 거리가 먼 공통의 소재를 찾아 헤맸죠. 와인 이야기면 괜찮겠다 싶은 생각이 들더군요. 우연히도 우리 모두 포도원 근처에 살았거나 거기서 일을 했거나 아니면 포도원 일을 하는 가족이 있었어요. 아콩카과, 스텔렌보쉬, 보르도 포도원이었죠.

아콩카과는 우리나라가 파괴적인 네이팜탄 실험을 하면서 잿더미로 사라졌죠. 스텔렌보쉬는 이제 자급용 농작물을 키우고 있고. 사람들이 굶어 죽을 지경인데 포도를 키우는 건 사치라고 생각한 거죠. 보르도는 좀비들 세상이 돼서 프랑스 대륙 전체가 그렇듯이 그 흙을 좀비들이 밟고 다닌다더군요. 에밀 르나르 부함장은 무시무시하게 낙관적이더군요.

"누가 아냐, 또 좀비 시체가 흙에 영양분을 팍팍 줄지? 어쩌면 일단 보르도를 찾게 되면, 찾는다면, 좀비 덕분에 포도주 맛이 좋아질지도 모르잖아."

태양이 떨어지기 시작하면서 르나르는 여행 가방에서 뭔가를 꺼냈는데 그건 바로 1964년산 샤토 라투르였어요. 우리는 눈을 의심했죠. 그 64년산은 전쟁 전에도 극히 구하기 힘든 일류 와인이었거든요. 순전히 운으로 그 포도원에서는 그해 작황이 풍작이어서 전통적으로 9월에 수확하는 대신 8월 말에 포도를 수확했죠. 그해 9월은 일찍 폭우가 쏟아졌고 그 비에 다른 포도원들이 모두 물에 잠기면서 샤토 라투르가 거의 성배와 같은 등급에 오르게 됐어요. 르나르가 들고 있던 병은 아마 그 1964년산에서 마지막으로 남은 와인이자, 어쩌면 우리가 다시는 보지 못할 세계를 완벽하게 상징하고 있었죠. 대피 기간에 그가 유일하게 가지고 나올 수 있었던 개인 용품이 바로 이 와인이었답니다. 그는 가는 곳마다 이 와인을 가지고 다니면서……그가 이걸 남겨 놨던 이유는…… 아마 어쩌면 이 모든 포도원들이 다시는 부활하지 못할 것 같은 상황이니. 그러나 이제 양키 대통령의 연설을 들은 뒤에는…….

(그는 무의식중에 입술을 핥으면서 그 기억을 음미했다.)

와인은 운반 상태가 좋지 않았고, 플라스틱 머그잔에 따라 마시는 것도 와인에 대한 예의가 아니었지만. 우리는 상관하지 않았어요. 한 모금 한 모금을 음미했죠.

**투표에 대해서는 꽤 확신하고 계셨죠?**

만장일치는 아닐 거라고 생각했는데 적중했죠. 17명이 반대표를 던졌고 31명이 기권했어요. 적어도 반대한 투표자들은 자신들이 내린 결정의 장기적 여파를 감당할 용의가 있었던 거죠. 그리고 그들은 대가를 치렀어요. 새 유엔의 대표부가 72명으로 구성된 걸 생각해 보면 지지율은 상당히 저조했죠. 나나 다른 두 명의 아마추어 소믈리에들에게는 별로 상관없는 일이었지만. 우리, 우리 나라, 우리 아이들을 위한 선택은 내려졌죠. 공격.

# 전면전

핀란드, 발라야르비 90킬로미터 위
마우로 알티에리 호에서

나는 미국의 거대한 D29 지휘 통제 비행선 본부에 상응하는 유럽 기구인 CIC(전투 정보 센터)에 있는 담브로시아 장군 옆에 서 있다. 승무원들은 아무 말 없이 반짝거리는 모니터를 지켜보고 있다. 가끔 그중 한 명이 헤드폰에 대고 프랑스어, 독일어, 스페인어 가끔은 이탈리아어로 재빨리 소곤소곤 응답한다. 장군은 비디오 차트 테이블에 기대서 신의 눈과 가장 비슷한 기계로 작전 전체를 주시하고 있다.

"공격."
이 말을 처음 들었을 때 본능적으로 이런 말이 나왔소.
"이런 씨팔."

내가 이런 말을 해서 놀랐소?

당연히 그럴 테지. 선생은 공격하자는 말에 '장성들'이 흥분해서 지랄을 떨면서 "놈들의 궁둥이를 차 줄 때까지 코빼기를 확 틀어 버려."라는 식으로 반응할 줄 알았을 거요.

(고개를 설레설레 저었다.) 도대체 어떤 자식이 장군들은 출세를 위해 물불을 안 가리고, 머리에선 깡통 소리가 나는, 고등학교 축구 코치 같은 사람들일 거라는 고정관념을 만들었는지 모르겠소. 할리우드에서 그랬는지, 아니면 언론에서 그랬는지, 어쩌면 맥아더와 윌리엄 핼지 제독과 커티스 르메이 대장*같이 무미건조하고 이기적인 어릿광대들이 국민들에게 장군이란 이런 인간이다 하고 이미지를 심어 주게 놔둔 우리 잘못인지도 모르고. 요지는 그들 제복에서 풍기는 이미지가 현실과는 하늘과 땅 차이라는 거요. 나는 우리 3군을 끌고 공격해야 한다는 게 겁나 죽을 지경이오. 왜 그렇게 무서운가 하면 총알을 맞는 게 내 궁둥이가 아니기 때문이지. 나는 다른 사람들을 사지로 내몰고 있는 것이고, 이게 바로 내가 그들에게 맞서 싸우라고 하는 상대요.

(그가 저쪽 벽에 있는 또 다른 스크린 기사에게 고개를 끄덕여 보이자 화면이 미 대륙 전시 지도로 오버랩됐다.)

좀비가 자그마치 2억이오.** 이런 머릿수와 싸우는 것은 고사하고, 누가 감히 이런 규모를 상상이나 할 수 있겠소? 적어도 이번에는 적의 정체에 대해 알긴 하지만 그간의 경험과 놈들의 태생,

* 2차 대전 당시 일본에 대한 강경한 입장을 고수한 미국의 장군들

** 이 2억 명의 좀비 중 적어도 2500만 명은 캐나다 북쪽으로 가려다 살해된 라틴 아메리카 출신 난민들이 소생된 숫자인 것으로 확인됐다.

생리 기능, 강점과 약점, 동기, 정신 상태에 대해 수집한 데이터를 모두 더해 보면 여전히 이길 전망이 암울하기 짝이 없소.

유인원 한 놈이 다른 유인원 놈의 싸대기를 후려쳤을 때부터 인간이 써 온 전쟁 교과서는 이런 상황에서는 완전히 무용지물이지. 우리는 처음부터 다시 새로운 책을 써야 하는 거요.

기갑화됐건 아니면 그냥 산악 게릴라건 모든 군대에는 세 가지 기본적인 제약이 있소. 군대란 키우고, 먹이고, 이끌어 줘야 하는 거요. 먼저 키워야 한다고. 송장들을 데리고 군대를 만들 수는 없잖소. 그리고 먹여야지. 일단 군대가 있으면 식량이 있어야 해. 그리고 이끌어 줘야지. 아무리 오합지졸인 군대라고 해도 개중에는 "날 따르라"고 말할 수 있는 권한을 가진 사람이 있어야 하는 거요. 키워 주고, 먹이고, 이끌어 주는 것. 그런데 이 셋 중에 좀비에게 적용되는 건 하나도 없소.

『서부 전선 이상 없다』를 읽어 본 적 있소? 레마르크는 그 소설에서 독일이 '텅 비어 가는' 모습을 생생하게 묘사했지. 전쟁이 끝날 무렵 군인들이 모자라기 시작했다는 말이오. 군인들 수를 날조하고, 노인과 남자 아이들을 전선으로 보낼 수도 있지만 결국 그것도 한계가 있는 법이지. 매번 적군을 죽일 때마다 그 적군이 부활해서 우리 편으로 넘어오지 않는 한 말이오. 그런데 좀비가 바로 그런 식으로 돌아가지 않소. 우리 측 씨를 말려서 자기 세를 불리고 있잖소. 그리고 지금 이 상황은 완전 일방통행이오. 인간 하나를 감염시키면 좀비가 되고 좀비 하나를 죽이면 그냥 시체가 되는 거니까. 우리는 점점 약해지는 반면 좀비는 사실상 더 강해지고 있지.

인간의 군대는 보급품이 필요하지만 이 군대는 그렇지도 않소. 식량도 필요 없고, 탄환도, 연료도, 심지어는 마실 물이나 숨 쉴 공기도 필요 없어! 끊어 놓을 병참선도 없고, 폭파할 창고도 없소. 그냥 마구잡이로 포위해서 굶겨 죽일 수도 없고 놈들이 '아무런 결과를 맺지 못하고 흐지부지 사라지도록' 놔둘 수도 없소. 방 하나에 한 100명쯤 가둬 놓고 3년 뒤에 가 보면 여전히 치명적인 존재로 나타날 거요.

좀비를 죽이는 유일한 방법이 뇌를 파괴하는 것이라는 게 아이러니요. 좀비란 게 한 무리로 모아 놔도 딱히 공동의 두뇌라고 할 만한 게 없잖소. 지도부도 없고, 명령 계통도 없고, 이렇다 할 의사소통이나 협력도 전무하고. 암살해야 할 대통령도 없고 칼로 난도질해 버리고 싶어도 쳐들어갈 본부 은신처도 없어. 좀비 하나 하나가 스스로 자급자족하는, 자동화된 부대이고 이 마지막 이점이 이 전투의 본질을 한 마디로 요약해 주는 거요.

선생도 '전면전'이라는 표현을 들어 봤을 거요. 인류 역사상 꽤 흔한 개념이라고 할 수 있지. 각 세대마다 허풍선이가 등장해서 자기 국민들이 어떻게 적에 대해 '전면전'을 선포했는지, 즉 자기 나라에 있는 남녀노소 모두 승리하는 순간까지 목숨을 걸고 싸웠다는 헛소리를 나불거리곤 했소. 이건 두 가지 측면에서 완전 허풍이오. 우선 어떤 나라나 집단도 100퍼센트 완벽하게 전쟁만 할 수는 없소. 물리적으로 가능하지가 않으니까. 높은 비율, 아주 많은 사람들이 아주 오랫동안 치열하게 싸울 순 있겠지만 모두가 항상 싸운다고? 그럼 꾀병을 부리는 놈들이나 양심적인 전쟁 반대자는 어떻게 할 건데? 환자들, 부상병들, 파파노인들과 꼬맹이들은 어떻게 할 건데? 잠을 자거나, 밥을 먹거나, 샤워를 하고 있거나, 큰일을 보고 있을 때도 싸우나? 그럼 그게 승리를 위한 똥인가? 그래서 인간은 전면전을 할 수 없다는 게 첫 번째 이유요.

두 번째는 모든 나라에 그만의 한계가 있다는 거요. 한 집단 내에는 기꺼이 목숨을 바칠 사람들도 있소. 전체 인구 대비 그 비율이 상당히 높을 수도 있지만 국민들은 언젠가는 감정적으로나 심리적으로 한계에 부딪치게 돼 있지. 일본은 미국에서 원자 폭탄 두 개 날리니까 그냥 뻗어 버렸잖소.

베트남도 우리가 그런 폭탄을 두 개 정도 던져 줬다면 항복했을 수도 있었겠지만(하나님이 보우하사) 그 전에 우리가 두 손 두 발 들어 버렸지.* 그게 바로 인간 전쟁의 본질이오. 양편이 서로 상대방이 버틸 수 있는 한계까지 밀어붙이는 것이 전쟁이고, 아무리 전면전이 좋다고 떠들어도 항상 한계는 있기 마련이오. 우리가 좀비가 아닌 이상.

역사상 처음으로 우리는 적극적으로 전면전을 펼치고 있는 상대와 맞서고 있소. 좀비에게는 인내의 한계란 게 없소. 놈들은 결코 타협하지도 않고 항복하지도 않소. 놈들은 최후의 순간까지 싸울 거요.

우리와 달리 놈들 하나하나가 매 순간 이 지구상의 생명체를 깡그리 잡아먹는 데 100퍼센트 몰두해 있으니까. 그게 바로 로키 산맥 너머에서 우리를 기다리고 있는 적의 정체요. 바로 우리가 그런 전쟁을 치러야 한다는 거지.

---

* 베트남전 당시 미 군부의 몇몇이 원자폭탄을 사용하자는 의견을 공개적으로 지지했다는 소문이 있었다.

## 미국, 콜로라도 주 덴버

**우리는 웨이니오의 집에서 막 저녁을 먹었다. 토드의 부인 앨리슨은 이층에서 아들 애디슨의 숙제를 봐주고 있다. 토드와 나는 아래층 부엌에서 설거지를 하고 있다.**

이건 마치 과거로 돌아간 것 같았죠. 내 말은 새 군대 말입니다. 이 전쟁은 전에 참전해서 골로 갈 뻔했던 용커스 전투의 복사판이었죠. 우리는 제대로 무장도 하지 못했죠. 탱크도 없고, 대포도 없고, 트레드 잡*도 없고, 브래들리조차 없었어요. 브래들리는 우리가 도시를 되찾아야 할 때 쓰기 위해 개조하느라 아직 대기 중이었죠. 우리가 가진 바퀴 달린 차량이라고는 험비와 M1117 장갑차** 몇 대로, 모두 탄환과 물자를 수송하는 데 사용됐어요. 우리는 남북 전쟁 그림에 나오는 것처럼 일렬종대로 끝까지 행군했죠. '그레이'와 '블루'란 말이 많이 나왔는데 좀비의 피부색과 우리의 새 전투복 색깔을 가리키는 거였죠. 군에선 더 이상 전투복에 신경 쓰지 않았어요. 어쨌든 별로 중요한 것도 아니잖아요? 내 짐작에는 짙은 감색이 당시에 가장 싼 염료였을 겁니다. 우리 전투복 자체는 경찰 특공대가 입는 작전복같이 생겼어요. 가볍고 편안하면서 물림 방지 처리된 케블라***(내 생각엔 케블라였어요.)를 섞어 짰죠. 여기에 장갑과 얼굴 전체를 덮는 두건이 있는 옵션

---

* 트레드 잡: 궤도 차량을 가리키는 Z 대전 중의 속어

** M1117 장갑차: The Cadillac Gauge M1117 Armored Security Vehicle, 장갑 보호 차량.

*** 육군 전투복의 화학 합성물의 내용은 여전히 기밀로 처리됐다.

도 있었죠. 나중에 도시 백병전을 치를 때 그 옵션이 사람 여럿 구했죠.

모든 것이 복고풍이었어요. 우리 로보는 어떻게 생겼다고 해야 하나, 흠, 『반지의 제왕』에 나온 무기 같다고 해야 하나? 로보는 필요할 때만 쓰라는 하나 마나 한 지시가 내려왔지만, 장담하는데 우리가 필요하게 만들었죠. 그 단단한 철 뭉치를 휘두르면 기분이 정말 죽여 줬죠. 자신이 개인적으로 강해지는 느낌이랄까. 로보로 좀비를 내려치면 실제로 두개골이 쪼개지는 걸 느낄 수 있었어요. 다시 내 인생을 되찾는 것 같은 환상적인 느낌이었죠. 그렇다고 내가 총을 마다한 건 아니지만.

우리의 주 무기는 SIR, 즉 보병 제식 소총(Standard Infantry Rifle)이었어요. 총에 달린 나무 부속품 때문에 2차 세계 대전 때 쓰던 총 같아 보였죠. 합성 소재를 대량생산하기 힘들었나 봐요. 이 라이플이 어디서 왔는지는 나도 모르겠어요. 듣기로 이 총은 AK 자동소총을 개조한 것이라고 하더군요. 또 다른 말로는 군에서 차세대 공격 무기로 밀고 있는 XM8 라이플에서 쓸데없는 장비를 모두 제거한 다이어트 버전이라고 하더군요. 심지어는 이 총이 영웅 도시가 포위됐을 때 거기서 발명해서 실험하고 처음 만든 것이라는 말까지 나왔고, 그 계획이 호놀룰루로 전송됐다는 소리가 있더군요. 솔직히 나도 이런 사정은 잘 모르고 관심도 없어요. 이 총은 발사하면 반동으로 어깨를 세게 때리고 반자동으로만 발사할 수 있지만 적중률이 기가 막혔고 결코 고장이 안 나는 놈이었죠. 진흙탕에 끌고 다니고, 모래에 놔두고, 바닷물에 떨어뜨리고 며칠 동안 거기 놔둬도 상관없었어요. 이 예쁜 놈에게 무슨 짓을 하건 이건 절대 우리를 실망시키는 법이 없죠.

요놈의 유일한 액세서리는 예비 부품과 부속품과 길이가 각각 다른 총신이 들어 있는 전환 장비였죠. 이 총으로 장거리 저격도 할 수 있었고, 중거리 라이플로도 쓸 수 있었고, 접전용 카빈총으로도 쓸 수 있었는데 모두 한 시간 안에 바꿀 수 있었고 멀리 갈 것도 없이 배낭에 손만 넣으면 되는 일이었죠. 이 장비에는 로보가 없을 때 위급한 상황에서 쓸 수 있는 20센티미터 길이의 총검(밀어서 펼칠 수 있는 종류)이 있었죠. 우리는 종종 이런 농담을 했어요.

"조심해, 그러다 눈 찌를라."

물론 그렇게 남들 눈을 찌른 것도 부지기수였죠. SIR는 아주 훌륭한 접전용 무기였고, 총검이 없었다고 해도 다른 모든 장점들을 생각해 보면 왜 우리가 공손하게 이 총을 '선생님(sir)'이라고 불렀는지 이해가 갈 겁니다.

5.56밀리 NATO탄, 일명 '체리 파이(PIE)'였어요. 파이는 불꽃 발화식 폭발 탄두(Pyrotechnically Initiated Explosive)라는 단어의 약자였죠. 근사한 작품이었어요. 이놈이 좀비의 두개골을 박살 내면서 안으로 들어가면 그 파편들이 뇌를 튀겨 버리는 식으로 작동됐죠. 좀비의 회색 고름이 사방으로 퍼지면서 감염될 염려도 없었고, 쓸데없이 불을 질러야 할 필요도 없었죠. 비에스(BS)* 근무 설 때 좀비들을 묻기 전에 목을 칠 필요도 없었죠. 그냥 구덩이를 파서 몸뚱이 그대로 굴리면 되는 거였어요.

아, 다른 것도 그렇지만 군인들이 바뀌었다는 면에서 새 군대

* Battlefield Sanitization, 전장 소독

이기도 했어요. 신병 모집이 변경돼서 보병의 의미가 예전과 사뭇 달라졌어요. 물론 여전히 갖춰야 할 것들도 있었죠. 체력이 받쳐 줘야 하고, 정신 상태도 빠릿빠릿해야 하고, 극한의 조건에서 어려운 임무를 수행해야 하는 동기 부여도 돼 있고, 훈련도 잘 받아야 하긴 하는데 이것도 장기간에 걸친 좀비 충격을 이겨 내지 못하면 소용없는 거죠. 나는 많은 훌륭한 친구들이 과도한 스트레스에 시달리다가 무너지는 걸 봤어요. 어떤 친구들은 그냥 쓰러져 버리고, 또 어떤 친구들은 총구를 자신이나 전우들에게 돌려 버리더군요. 그건 용기와는 아무 상관없는 일이었죠. 한 번은 영국의 특수부대 서바이벌 가이드를 읽은 적이 있는데 거기서 '전사'의 성격에 대해 늘어놨더군요. 이를테면 영웅의 가족이 어떻게 정서적이고 재정적으로 안정돼야 하는지, 그리고 정말 젊은 남자더라도 영웅이라면 색을 탐하면 안 된다는 등등의 헛소리였는데. (툴툴댔다.) 서바이벌 가이드 좋아하시네. (엿 먹으란 동작을 했다.)

하지만 그 신병들은 어디에서고 볼 수 있는 그런 사람들이었죠. 예를 들어 당신의 이웃, 이모, 변태 대리 교사 그것도 아니면 운전면허 갱신하러 갔을 때 본 뚱뚱하고 게으른 굼벵이. 과거에 보험 설계사였던 사람에서부터 마이클 스타이프(음악 그룹 R.E.M의 멤버 — 옮긴이)임에 분명했던 친구까지. 물론 스타이프에게 인정하라고 다그치지는 않았지만.

물론 납득이 가는 조치였죠. 뭔가 자신만의 비결이 있지 않는 한 지금까지 이렇게 살아 있을 수 없었으니까. 모두가 어떤 의미에서 이미 베테랑이었어요. 내 전우인 몬토야 수녀님은 52세였는데 아직도 수녀일 겁니다. 160센티미터도 안 되는 키에 50킬로그램 정도 나가는 수녀님이 아무것도 없이 철로 만든 180센티미터 크기의 촛대 하나 가지고 9일 동안이나 주일학교 반 학생들을 지켜냈죠. 수녀님이 어떻게 그 배낭을 지고 다녔는지 모르겠지만 불평 한 번 하지 않고 니들스에 있는 집결 지역에서 뉴멕시코에 있는 호프의 바로 외곽에 있는 접촉 지점까지 그 먼 길을 오셨어요.

희망. 농담이 아니라 정말로 그 도시 이름이 희망이더군요. 사람들은 장군들이 거길 고른 이유가 지세 때문에, 앞에는 사막이 있어서 탁 트이고, 뒤에는 산이 받쳐 주고 있어서였다고 말하더군요. 교전을 시작하기에 완벽한 곳이라서 고른 거지, 이름과는 아무런 상관이 없다고 하더군요. 웃기는 소리.

장군들은 이 시험 작전이 매끄럽게 진행되기를 바랐어요. 이 전투는 용커스 이후 우리가 치르는 최초의 대규모 지상전이었어요. 이 순간 바로, 거 왜 있잖아요, 다른 많은 것들이 하나로 합쳐지는 때라고 할까요.

**분수령을 말하는 건가요?**

흠, 그런 것 같네요. 모두 신병에, 새 물건에, 새 훈련에, 새 계획에. 이 모든 것이 이 거대한 시작을 위해 뭉친 셈이죠.

가는 도중에 좀비들 몇 십 명과 맞닥뜨렸어요. 개들이 냄새로 좀비를 발견하면 소음기를 가진 조련사들이 놈들을 쓰러뜨렸어요. 우리는 준비가 완벽하게 될 때까지 좀비들을 너무 많이 끌어들이고 싶지 않았죠. 우리 식대로 이 전투를 치르고 싶었어요.

그리고 '정원'을 가꾸기 시작했어요. 10미터 간격으로 말뚝을 박고 테이프를 쳐 놨어요. 이것이 우리의 사정거리 표지로 정확히 어디를 조준해야 하는지 보여 주는 거죠. 부대원들 중 일부는 관목을 쳐내거나 탄약 상자를 정리하는 것 같은 잔일을 하기도 했고.

나머지는 기다리거나, 뭘 좀 먹거나, 물병에 물을 채워 놓거나, 가능한 경우엔 배낭을 베고 잠깐 눕기도 했죠. 용커스 전투 후로 우리는 많은 것을 배웠어요. 장교들은 우리가 쉬기를 바랐죠. 문제는 그렇게 쉬다 보면 잡념이 든다는 거죠.

그 영화 봤어요? 로이 엘리엇이 만든 군인 영화. 보병들이 모닥불 가에 앉아서 재치가 번득이는 수다 떠는 장면 있잖아요. 미래에 대한 꿈과 이야기를 나누면서 그중 하나는 하모니카까지 불잖아요. 염병할, 어쩌면 그렇게 비현실적인 영화를 찍었는지. 우선 우리는 한낮에 전투를 하기 때문에 모닥불도 없고, 별빛 아래 부는 하모니카도 없고, 모두 정말 무시무시하게 조용해요. 하지만 다른 사람들이 뭘 생각하고 있는지 다 알았죠. 도대체 우리가 여기서 뭐 하고 있는 건가? 여기는 좀비의 홈그라운드고, 우리로서는 굳이 여기를 차지하고 싶은 생각도 없었죠. 우리는 모두 '인간 정신의 미래'라는 식의 격려 연설을 많이 들었어요. 우리가 대통령의 연설을 얼마나 많이 봤는지는 하느님이나 아시겠지만, 지금 여기 좀비 앞마당에 있는 건 대통령이 아니잖아요. 로키 산맥 뒤에서 놀던 때가 좋았는데. 지금 여기서 도대체 뭘 하고 있는 건가?

오후 1시가 됐을 때 무전기가 꽥꽥거리기 시작했는데, 개들이 좀비를 발견했다는 조련사의 보고였죠. 우리는 밀집 대형으로 전진해서 장전하고 사선에 자리를 잡았습니다.

그것이 다른 모든 것들처럼 과거와 한결같은, 새 전투 원칙의 핵심이었죠. 두 계급이 함께 일렬로 집결했어요. 하나는 현역, 하나는 예비군. 예비군이 거기 있었던 이유는 첫 줄에 있는 사람 중 누군가가 무기를 재장전해야 할 때 생기는 공백을 채우는 역할을 했죠. 이론적으로는 모두 총을 쏘거나 장전하고 있는 상황에서 탄환이 남아 있는 한 계속해서 좀비들을 쓰러뜨릴 수 있었고요.

개들이 짖는 소리가 들리더군요. 놈들을 몰고 오는 소리요. 지평선 위로 수백 명의 좀비들이 오는 것이 보이기 시작했어요. 용커스 전투 뒤로 좀비를 처음 본 게 아닌데도 떨리기 시작했어요. 나는 로스앤젤레스 일제 소탕 작전에도 참전했더랬죠. 태양이 길을 녹이던 때 로키 산맥에서도 복무했고. 그런데도 매번 좀비들을 볼 때마다 무지하게 떨리더군요.

우리는 개들을 불러들여 전선 뒤로 달려오게 했습니다. 유인 작전으로 전환했죠. 그때는 모든 육군이 그런 것을 하나씩 가지고 있었어요. 영국인들은 백파이프를 썼고, 중국인들은 나팔을 불었고, 남아프리카인들은 애서가이*로 자신의 라이플을 두드리면서 줄루족의 전쟁 노래를 힘차게 불렀습니다. 우리는 하드코어 록 그룹인 아이언 메이든의 노래를 틀었죠. 사실 난 개인적으로는 헤비메탈을 좋아하지 않아요. 난 순수 클래식 록 그룹의 팬이고 지미 헨드릭스의 「남쪽으로 드라이브를(Driving South)」이 그나마 참고 들을 수 있는 헤비메탈이죠. 하지만 그 사막의 바람을 맞으며 거기 서서 「용사(The Trooper)」의 가사가 내 가슴을

* 애서가이(Assegai): 철로 만들어진 다목적 도구로 줄루족의 전통적인 단창 이름을 따서 애서가이라고 한다.

쿵쾅쿵쾅 울리고 있자니 기분이 묘하더군요. 이 유인 작전은 사실 좀비 좋으라고 한 게 아니었습니다. 이 프로그램은 우리의 사기를 진작시키고 좀비의 부적을 빼앗아 오라는, 영국인들이 하는 말 있잖아요, 거시기를 빼 오라는 그런 용도로 만든 것이었죠. 브루스 디킨슨(아이언 메이든의 보컬 — 옮긴이)이 "당신이 죽음으로 떨어질 때"라고 소리를 지르던 바로 그때 난 기운이 퍼뜩 났죠. 총에 장전을 하고 대기한 채 점점 커지면서 좁혀 오는 좀비 떼에 시선을 고정시키고 있었습니다.

"덤벼 봐, 좀비 놈아, 이제 한번 해 보자!"

놈들이 첫 사격 표지에 닿기 직전에 음악이 약해지기 시작했죠. 분대장이 소리를 질렀습니다.

"제1열, 준비!"

그러자 1열에 있던 군인들이 무릎을 꿇었죠. 그다음에 "조준!"이란 명령이 떨어지고 우리 모두 숨을 죽인 가운데 음악이 갑자기 쾅 울리면서 모두 "발사!"란 말을 들었습니다.

첫 줄은 전자동 경기관총처럼 쿵쾅 소리를 내면서 첫 번째 표지를 넘어오는 모든 좀비들을 쓰러뜨렸습니다. 우리는 줄을 넘어오는 놈들만 쏘라는 엄격한 명령을 받았죠. 다른 놈들은 기다리는 거죠. 이런 식으로 수개월 동안 훈련받았어요. 지금은 완전 본능이 됐죠. 몬토야 수녀는 총을 어깨 위로 올렸는데 탄창이 비었다는 신호였죠. 우리는 자리를 바꿔서 내가 조종간을 젖히고 첫 번째 목표를 조준했죠. 여자는 눕*으로, 죽은 지 1년 정도 됐을 것 같더군요. 그녀의 더러운 금발 머리가 탄탄한, 가죽 같은 피부

* 눕: '뉴비'의 줄임말로 대공포 이후 소생한 좀비를 가리킨다.

위 여기저기 늘어져 있더군요. 그녀의 부풀어 오른 배가 'G는 갱이다(G is for Gansta, 유머러스한 티셔츠 제작 판매 회사 Weara Tshirt의 제품 ― 옮긴이).'라고 쓰인, 색이 바랜 검은 티셔츠 밑에서 헐떡거리고 있었어요. 나는 그녀의 시들어 가는 부연 파란색 눈 사이를 겨냥했죠. 선생도 아시겠지만 좀비들의 눈이 원래 그렇게 흐린 게 아니라 좀비들이 눈물을 흘리지 않아 눈 표면에 수천 개의 조그만 먼지 조각들이 달라붙어서 그런 겁니다. 내가 방아쇠를 당겼을 때 그 생채기투성이의 파란 눈 한 쌍이 날 똑바로 보고 있더군요. 그 한 방에 그녀는 풀썩 쓰러졌는데 이마에 난 구멍으로 김이 나오더군요. 난 심호흡을 하고 두 번째 목표물을 조준하는데 거기서 끝이었습니다. 그때부터 나는 100퍼센트 완벽하게 집중했죠.

전투 원칙은 1초당 한 발을 쏘는 겁니다. 천천히, 서서히, 기계적으로.

(그는 손가락을 튕기기 시작했다.)

사격 연습장에서는 메트로놈을 가지고 연습했는데 교관이 항상 이렇게 말했죠.

"좀비들은 바쁠 거 없다. 우리가 바쁠 필요 있나?"

이것은 평정을 유지하면서 보조를 유지해서 걷는 한 방법이었죠. 우리는 좀비처럼 천천히, 로봇같이 행동해야 했어요.

"좀비를 해치우려면 좀비가 돼야 해."

교관들은 그런 말을 하곤 했죠.

(그가 완벽한 리듬으로 손가락을 튀겼다.)

쏘고, 바꾸고, 재장전하고, 물을 마시고, '샌들러'에게서 탄창을 받고.

**샌들러요?**

아, 재장전 팀 말이에요. 이 특수 예비군은 우리의 탄환이 떨어지지 않도록 하는 일만 해요. 군인들이 각자 소지하는 탄창은 양이 제한돼 있고 각자 자기 탄창을 갈려면 시간이 아주 많이 걸리죠. 샌들러는 빈 탄창을 모으는 선 위아래로 뛰어다니면서 상자에 든 탄환 상자에서 탄환을 넣어 누구든 신호를 보낸 사람에게 갖다 주죠. 전해지는 이야기로는 군대에서 이 재장전 팀을 훈련시키고 있는데 그중 한 남자가 애덤 샌들러 성대모사를 했대요. 왜 있잖아요, 「워터보이」란 영화에서 애덤 샌들러가 운동선수들한테 물 날라 주는 워터보이로 나오잖아요. 여기서는 '탄약소년'이 된 거죠. 장교들은 그 별명을 별로 맘에 들어 하지 않았지만 재장전 팀은 좋아했어요. 샌들러들은 수호천사와 같아요, 발레리나처럼 무지무지하게 훈련을 받았죠. 그날 전투에서 낮이건 밤이건 총탄이 떨어진 군인은 없었던 것 같아요.

**그날 밤요?**

좀비들은 끝도 없이 계속 몰려왔죠.

**대대적인 공격이었나 봐요?**

그 이상이었죠. 좀비 한 놈이 나를 보고 쫓아오면서 신음하죠. 그거 한 놈 자빠뜨리면 또 다른 놈이 그 신음을 듣고 쫓아와서 신음하고 그럼 또 그놈을 자빠뜨리면 또 다른 놈이 오고, 제기랄, 그 지역에 좀비들이 대량으로 있고, 그 좀비의 물결이 끊어지지 않았다면 도대체 얼마나 많이 끌어들일 수 있었는지 아무도 모르죠. 우리는 그냥 거기서 오는 순서대로 족족 잡아 쳤죠. 1킬로미터에 열 명, 백 명, 천 명. 놈들의 시체가 쌓여 가기 시작해서 첫 번째 사격 표지에 인공적인 울짱이 만들어지면서 1분씩 지날 때마다 시체 봉우리의 높이가 올라갔죠. 우리는 사실상 좀비로 된 요새를 만들어서 거기를 넘어오는 대가리만 족족 갈겨 주면 되는 그런 상황이 된 거죠. 상부에서는 이걸 노렸던 겁니다. 이들은 장교들이 좀비들로 만들어진 벽을 넘어서 볼 수 있게 해 주는 잠망경 타워 탑* 같은 걸 설치했죠. 그리고 도대체 상부에서 뭘 보고 있는지 몰랐지만 위성과 무인 비행 물체에서 실시간으로 다운링크를 받았죠. 랜드 워리어는 사라진 지 오래라서 우리는 마주 보고 있는 놈들에게만 집중해야 했죠.

좀비들이 사방에서 쳐들어오기 시작했어요. 벽을 돌아서 오거나 우리 옆과 심지어는 뒤에서도 몰려오더군요. 상부에선 이것도 계산에 넣고 있었고, 우리에게 RS 대형으로 모이라고 했죠.

RS란 방진 강화(Reinforced Squre) 말인가요?

그것일 수도 있고 '라지 싱(Raj-Singh)'을 뜻할 수도 있죠. 이 전술을 생각해 낸 장군 있잖아요. 우리는 현역과 예비군 두 계급으로 빽빽하게 사각형으로 대열을 만들고 중앙에 차량과 그 밖의 이것저것을 넣었죠. 이런 식으로 우리를 차단시키는 건 위험한

* M43 전투 관측 장비.

게임이었어요. 내 말은, 음, 인도에서 이 전술이 실패했던 이유는 탄환이 바닥났기 때문이라는 겁니다. 우리에게도 그런 일이 안 일어나리라는 보장이 없잖아요. 만약 상부에서 오판했다면, 탄약을 충분히 챙기지 않았거나 그날 좀비의 전투력을 과소평가했다면? 그럼 용커스와 같은 난장판이 다시 벌어지는 거죠. 사실 그보다 더 악화될 수 있었던 게 이번에는 아무도 거기서 살아 나올 수 없으리라는 거였죠.

**하지만 탄약은 충분했잖아요.**

차고 넘쳤죠. 차의 지붕까지 탄약으로 꽉꽉 채웠으니까. 우리에겐 물도 있고 보충병도 있었죠. 5분 휴식이 필요하면 총만 들어 올리면 샌들러 중 하나가 뛰어 와서 빈자리를 채워 주니까요. 그럼 아이레이션*도 먹고, 얼굴에 물도 축이고, 기지개도 켜고, 볼일도 보는 거죠. 아무도 휴식 시간을 요청하지 않았지만 군대에는 케이오** 팀이라고 부대원 전원의 성과를 관찰하는 전투 정신과 의사 팀이 있었어요. 이 의사들은 사격 연습을 받던 초창기부터 우리와 함께 지내면서 우리 이름과 얼굴을 모두 알고 있었고, 전투 스트레스가 성과에 영향을 미치기 시작하는 때를 알고 있었어요.(어떻게 알았냐고 내게 묻지 마요.) 우리는 몰랐어요, 나는 분명 몰랐으니까. 가끔 명중을 시키지 못하거나 한 번 쏘는 데 1초 대신 0.5초가 걸리거나 그런 때가 있죠. 그럼 갑자기 그 의사가

---

* I-레이션: 지능형 레이션의 줄임말로 최대한 영양학적 효율을 높여서 고안된 군대 식량.

** KO: '녹아웃'의 줄임말이다.

와서 내 어깨를 툭툭 치고 그럼 난 5분간 쉴 수 있다는 걸 알게 되죠. 그건 정말 효과 만점이었어요. 그 짧은 순간에 소피도 보고, 배도 편안해지고, 근육 경련이랑 쥐가 나는 것도 좀 괜찮아지면서 사선으로 돌아오게 되는 거죠. 그것만으로도 큰 차이가 났고, 우리가 그런 휴식 없이도 계속 버틸 수 있다고 생각하는 인간은 15시간 동안 1초마다 움직이는 과녁을 쏘게 해 봐야 해요.

**밤에는 어땠나요?**

차에서 야간 시력과 혼동을 일으키지 않도록 빨간색으로 코팅을 한, 강력한 빔이 나오는 서치라이트를 사용했죠. 밤에 싸울 때 유일하게 무서운 점은, 서치라이트에서 나오는 빨간빛 말고 총알이 좀비의 머리에 박힐 때 나는 불빛 색깔이에요. 그래서 우리가 그 총알을 '체리 파이'라고 부른 거죠. 총알의 화학 합성물이 제대로 섞이지 않았을 경우엔 총알이 너무 밝게 타서 좀비들의 눈이 시뻘겋게 빛이 나더군요. 변비에 걸린 데는 특효약이었죠. 특히 나중에 밤에 보초 서고 있는데 누군가 어둠 속에서 와락 덤벼들면, 그 번쩍거리는 붉은 눈, 쓰러지기 바로 직전에 얼어붙었던 그 눈을 생각하면. (그는 몸서리를 쳤다.)

**전쟁이 끝난 건 어떻게 알았죠?**

우리가 총질을 멈췄을 때죠? (너털웃음을 웃었다.) 아니, 사실 좋은 질문이에요. 4시경에 좀비들의 수가 줄어들기 시작했어요. 불쑥불쑥 튀어나오는 머리도 그렇게 많지 않았고 신음 소리도 사그라지더군요. 장교들이 공격이 거의 끝나 간다고 말해 주지는 않았지만 망원경을 보면서 무전기에 대고 말하는 폼으로 알 수 있었죠. 얼굴에 안도의 기색이 어린 것도 보이고. 내 생각에 마지막으로 총을 쏜 게 동트기 직전이었던 것 같아요. 그 후론 그냥 막연히 해가 뜨기만 기다렸죠.

좀 으스스한 광경이었어요. 시체가 산처럼 둥그렇게 쌓인 위로 태양이 둥실 떠오르더군요. 우리는 완전히 갇혀 있었어요. 사방이 최소 높이 6미터, 깊이 30미터로 시체들이 쌓여 있었죠. 우리가 그날 얼마나 많은 좀비들을 해치웠는지 잘 모르겠어요. 통계란 건 항상 어디서 발표하느냐에 따라 다르니까.

불도저 날이 달린 험비들이 우리가 나갈 수 있도록 좀비들을 밀고 나가면서 길을 텄죠. 아직 살아 있는 놈들이 있었는데 파티에 너무 늦게 온 지각생들이거나 아니면 죽은 친구들의 몸뚱이를 타고 넘어오다가 그 무더기 밑으로 미끄러져 떨어진 놈들이었죠. 우리가 놈들을 묻기 시작할 때 그런 놈들이 튀어나오더군요. 그때 로보 선생의 활약이 눈부셨죠.

적어도 이번에는 전장 소독을 하러 남아 있을 필요가 없었어요. 상부에서 청소하기 위해 대기 중인 또 다른 예비 부대를 배치해 뒀더군요. 우리가 그만하면 하루치 일은 충분히 했다고 생각한 거겠죠. 우리는 동쪽으로 16킬로미터를 행군해 가서 감시탑과 방호벽*이 있는 야영지를 세웠죠. 나는 무지하게 피곤했어요. 화학 샤워도, 소독하라고 내 장비를 제출한 것도, 검사하라고 내 무기를 제출한 것도 기억이 안 났어요. 부대 전체에서 고장 난 무

* 방호벽: 케블라로 만들어진 조립식의 속이 텅 빈 방책으로 그 속에 흙이나 파편을 채워 만든다.

기는 하나도 없었죠. 침낭에 어떻게 기어 들어갔는지조차 기억이 안 나요.

상부에선 다음 날 우리가 실컷 자도록 내버려 뒀어요. 정말 달콤했죠. 결국 사람들 목소리 때문에 깼어요. 모두 수다 떨면서 웃어 대며 이야기를 하고 있더군요. 이틀 전과는 180도로 다른 분위기가 느껴졌어요. 내가 느끼는 감정이 어떤 것인지 정확히 표현은 못 하겠지만 아마 그건 대통령이 말씀하신 '우리 미래를 되찾는 것' 같은 감정인지도 모르겠어요. 나는 그냥 기분이 좋아졌다는 것, 전쟁 내내 느꼈던 그 어느 때보다 벅찬 기분이었다는 것만 알아요. 나도 이것이 정말 길고 힘든 길이 될 거라는 걸 알아요. 전미 공격 작전이 이제 막 시작이라는 걸 알지만, 보세요, 대통령이 그 첫날 밤 말했던 것처럼 이것은 드디어 종말의 시작이 된 겁니다.

## 미국, 네브래스카 주 아인스워드

다넬 해크워스는 수줍음을 타는, 말투가 부드러운 사람이었다. 다넬 부부는 육군에서 은퇴한 군용견 농장을 운영하고 있다. 10년 전만 해도 미국 연합의 거의 모든 주에 이런 농장들이 있었다. 지금은 유일하게 이 농장만이 남았다.

제 생각에 이 아이들은 한 번도 그 공을 제대로 인정받은 적이 없어요. 동화책에 '닥스'가 나오기는 하지만 이야기가 너무 단순해요. 달랑 달마시안 한 마리가 부모 잃은 아이를 도와 안전한 곳으로 데려다 준다는 거잖아요. 닥스는 군용견도 아니고, 길 잃은 아이들을 도와주는 건 전쟁에서 개가 하는 일의 극히 일부에 지나지 않아요.

군에서 처음 개를 쓴 건 구분하기 위해서였어요. 냄새를 맡게 해서 감염된 사람을 가려내는 거죠. 대부분의 나라에서 이스라엘에서 하던 본을 떠서 사람들이 우리에 있는 개들 사이를 지나가게 했죠. 개들은 항상 우리에 넣어 둬야 했어요. 그러지 않으면 그 사람을 공격할 수도 있고 아니면 개들끼리 공격할 수도 있고 심지어 조련사까지 공격할 수 있으니까요. 전쟁 초기에는 광분해 버리는 개들이 많았어요. 경찰견이건 군용견이건 구분 없이. 그게 바로 그 본능이죠, 부지불식간에 튀쳐나오는, 타고난 공포 말이에요. 싸울 것이냐, 도망칠 것이냐, 그런데 이 개들은 싸우도록 길러졌죠. 많은 조련사들이 손이나 팔을 잃었고 목구멍이 찢어진 경우도 많았어요. 그렇다고 그 개들을 탓할 수는 없죠. 사실 이스라엘인들이 의지했던 것도 개의 그런 본능이고, 그 본능이 수백만 명의 목숨을 살렸을 겁니다.

아주 대단한 프로그램이긴 했지만 (다시 말씀드리지만) 이것도 개들이 정말 해낼 수 있는 일의 극히 일부에 지나지 않아요. 이스라엘인들과 그 뒤 다른 많은 나라들이 그 공포 본능만 이용하려고 했던 반면 우리는 그 본능을 정규 훈련에 넣을 수 있겠다고 생각했죠. 못할 것도 없잖아요. 우리도 이미 그런 과정을 거친 데다가, 우리가 개보다 그렇게 많이 진화한 것도 아니잖아요?

이건 모두 훈련에 달려 있었죠. 이것도 일찍 시작해야 해요. 가장 철저하게 훈련받은, 전쟁 전 베테랑 개들조차 원래 타고난 전사들이었어요. 이 재앙이 일어난 뒤에 태어난 강아지들은 글자 그대로 자궁에서부터 좀비 냄새를 맡고 나왔죠. 그 냄새가 공기 중에 떠다니면서 우리로서는 감지할 수 없을 정도의 분자 몇 개가 강아지의 무의식에 들어오게 되는 거죠. 그런 식으로 개들은 자동적으로 싸움꾼이 됩니다. 이 첫 유도 과정이 훈련의 첫 단계이자 가장 중요한 단계입니다. 강아지들을 무작위로 한 그룹 모으거나, 아니면 한 배에서 태어난 새끼들을 철조망으로 나눠진 방으로 데려갑니다. 강아지들을 한쪽에 놔두고 그 반대편에 좀비들이 있는 거죠. 강아지들의 반응을 보는 데 그렇게 시간이 오래 걸리지도 않아요. 첫 번째 그룹을 B군이라고 부릅니다. 이놈들은 낑낑거리거나 길게 짖습니다. 좀비와의 싸움에서 진 거죠. 이놈들은 A군과는 완전 다릅니다. A군 놈들은 좀비를 뚫어져라 노려보는데 그게 관건이죠. 이 자식들은 자기 자리에 떡 버티고 서서, 이빨을 드러내면서, 낮고 길게 으르렁거립니다. 이런 말을 하는 거죠.

"냉큼 물러서!"

개들은 스스로를 통제할 수 있고 그것이 우리 프로그램의 기초입니다.

그런데 개들이 스스로 통제할 수 있다고 해서 우리가 개들을 통제할 수 있다는 뜻은 아닙니다. 기본 훈련은 통상적인 전쟁 전 프로그램과 거의 같습니다. 개들이 PT*를 견딜 수 있을까요? 개들이 명령을 따를 수 있을까요? 개들이 병사가 될 만한 지능이 있고, 기강이 설까요? 이것은 힘든 일이었고, 실패율이 60퍼센트

* PT: Physical Training, 체육.

에 이르렀습니다. 새로 들어온 개들이 심하게 다치거나 죽는 일도 종종 있었죠. 요즘 많은 사람들이 비인간적인 행위라고 비난하면서 조련사에 대해서는 그렇게 동정적인 것처럼 보이지 않더군요. 그럼요, 우리 조련사들도 마찬가지로 개들 옆에서 기본 훈련 첫날부터 AIT*10주 훈련까지 같이 해야 했습니다. 혹독한 훈련이었는데, 특히 살아 있는 적을 대상으로 한 연습이 더 그랬습니다. 우리가 보병 전에, 특수 부대 전에, 심지어는 윌로 크리크에 있는 부대 전에, 전투 훈련 사상 처음으로 좀비를 사용했다는 걸 아세요? 이 방법만이, 개별적으로만 그런 게 아니라 한 팀으로 우리가 버텨 낼 수 있는지 확인할 수 있는 유일한 방법이었습니다.

그렇게 하지 않고서는 어떻게 그렇게 각기 다른 수많은 작전에 개들을 투입할 수 있었겠어요? 희망 전투를 유명하게 만들어 준 미끼 작전이 있었죠. 꽤 간단해요. 당신의 파트너견이 좀비들을 쫓아가서 우리 사선으로 인도해 오는 겁니다. 초기 작전에 투입됐던 군용견들은 아주 빨리 달려 들어와, 짖으면서 살상 지대로 좀비를 몰아넣었죠. 나중에는 좀 더 편해졌어요. 놈들은 좀비들에게서 몇 발짝 떨어져 천천히 뒤로 물러나면서 최대한 많은 좀비들을 끌어모았죠. 그런 면에서 사실상 군용견들이 전투를 주물렀죠.

그리고 유인 작전도 있었어요. 지금 사선을 설치하고 있기는 한데, 좀비들이 너무 일찍 나타나면 곤란한 상황이라 치죠. 그러면 당신의 파트너견이 감염 지대 주변을 빙빙 돌면서 멀찍이서 짖기 시작하는 거죠. 그게 여러 작전에서 효과를 봤고, 덕분에 '레

* AIT: Advanced Individual Training, 고급 개별 훈련.

밍' 전술을 개발하게 됐죠.

덴버 공격 당시 큰 건물이 하나 있었는데 거기서 200명 정도의 난민들이 우연히 감염자들과 함께 갇혔다가 나중에 완전히 집단 좀비가 됐죠. 군인들이 출구에 쳐들어가기 전에 군용견 중 한 마리가 거리 맞은편에 있는 한 건물의 지붕으로 올라가 짖어 대서 좀비들을 더 높은 층으로 올라가게 유인을 하더군요. 그러자 마법 같은 일이 벌어졌죠. 좀비들은 지붕으로 올라가서 먹잇감을 보고 잡으려고 하다가 옆으로 모두 굴러 떨어졌죠. 덴버 작전 이후 레밍은 곧바로 전투 계획에 포함됐죠. 군용견이 없을 때는 보병들이 그 방법을 쓰기도 했고요. 건물 지붕 위에 보병 하나가 서서 근처에 있는 건물에서 좀비들이 나오도록 소리를 질러 대는 광경을 심심찮게 볼 수 있었죠.

하지만 모든 군용견 팀의 주된 임무이자 가장 통상적인 임무는 바로 스위프 클리어와 롱 레인지 패트롤에서 정찰하는 겁니다. 스위프 클리어란 일제 소탕 작전으로, 기존의 전통적인 전투처럼 정규 부대에 소속된 팀이었어요. 바로 여기서 우리가 한 훈련이 진가를 발휘했죠. 군용견들은 우리가 알아차리기 전에 수 킬로미터 밖에서도 좀비 냄새를 맡을 수 있었고, 개들이 내는 소리로 우리는 정확히 무엇을 예상해야 할지 알 수 있었죠. 개들이 으르렁거리는 소리의 높낮이와 짖는 빈도로 알아야 할 필요가 있는 모든 정보를 파악할 수 있었어요. 가끔 입을 다물게 해야 할 때면 몸짓으로도 소통이 잘됐죠. 개의 등이 활처럼 굽은 모양, 털이 꼿꼿이 일어선 모양만 봐도 충분했어요. 작전 몇 번만 같이 뛰고 나면 유능한 조련사들(우리는 무능한 조련사는 안 키웁니다.)은

파트너견이 보내는 신호를 모두 읽을 수 있었죠. 진흙 속에 반쯤 잠겨 있는 놈들이나 긴 풀 속에 숨어 있는 다리 없는 좀비들을 개들이 정찰하다 발견해서 수많은 목숨을 구할 수 있었죠. 하마터면 자기 발목을 물어뜯었을지도 모르는 좀비들을 발견해 줘서 고맙다고, 얼마나 많은 보병들이 개인적으로 우리를 찾아와서 치하했는지 셀 수도 없을 정도였어요.

롱 레인지 패트롤은 장거리 순찰로 그때는 파트너견이 작전 지대를 넘어서 멀리 정찰을 나가는데, 가끔은 감염 지대를 정찰하기 위해 며칠씩 여행을 하기도 합니다. 이 정찰견들은 좀비들의 정확한 수와 위치에 대한 실시간 정보를 전송해 주는 비디오 업링크와 지피에스 추적기가 달린 특수 장치를 착용하고 갑니다. 전송된 좀비의 위치를 기존에 있던 지도 위에 깔아서 정찰견이 본 위치와 지피에스 상의 위치를 맞추는 거죠. 기술적인 관점에서 보면 꽤 대단한 거죠. 전쟁 전에 군에서 보유했던 것과 같은 종류의 확실한 실시간 정보였죠. 상부에서는 그 장치에 열광했지만 나는 아니었어요. 나는 항상 내 파트너견들을 걱정했죠. 개들이 컴퓨터가 가득 찬, 에어컨이 나오는 방에 서서 안전하고 편하긴 하지만 완전히 속수무책으로 얼마나 스트레스를 받았는지 말도 못할 정도입니다. 나중에 나온 장비 모델에는 라디오 업링크가 있어서 조련사가 명령을 전송하거나 적어도 작전을 중단시킬 수 있었죠. 나는 그런 장비들은 써 본 적이 없습니다. 그런 장비를 쓰는 팀은 처음부터 그런 훈련을 받아야 합니다. 경험이 풍부한 베테랑 정찰견들에게 다시 처음으로 돌아가서 재훈련을 받게 하는 건 불가능하죠. 늙은 개에게 새로운 묘기를 가르칠 순 없는 겁니다. 미안해요, 별로 재미없는 농담이죠. 정보부 자식들이 이런 형편없는 농담을 많이 하더군요. 그 빌어먹을 모니터를 지켜보는 놈들 옆에 서 있으면 자신들의 새로운 '디오에이(DOA, Data Orientation Asset, 데이터 위치 확정 장비—옮긴이)'의 경이에 대해 흡족해하면서 그런 주접을 떨더군요. 놈들은 자기들이 꽤나 재치가 있다고 생각했죠. 우리로선 디오에이가 '도착 시 이미 불량(Dead On Arrival)'이란 뜻도 된다는 게 아주 통쾌했답니다.

(그는 고개를 흔들었다.)

나는 그냥 거기 서서, 어찌할 바를 모르면서 내 파트너견이 숲속이나 늪지대나 마을을 살금살금 기어 다니는 모습을 봐야만 했죠. 마을과 도시가 가장 힘든 곳이죠. 거기가 바로 우리 팀 전공이었어요. 하운드 타운. 들어 보신 적 있나요?

**군용견 도시 전투 학교 말씀이신가요?**

맞아요. 학교 전체가 진짜 하나의 마을이에요. 오리건 주 미첼에 있죠. 버려진 마을 전체를 봉쇄했는데 아직도 살아 있는 좀비들로 가득하죠. 하운드 타운이라고. 사실 여긴 테리어 타운이라고 불러야 할 만큼 미첼에 있는 개들이 대부분 작은 테리어종이거든요. 덩치가 조그만 케른(테리어 개의 일종—옮긴이)과 노리치와 JR 같은 놈들은 잔해 더미나 좁은 지역을 다니는 데 그만이죠. 제 개인적으로는 하운드 타운에 있는 하운드도 난 좋아요. 난 닥스훈트와 다녔죠. 이 종이 개들 중에서는 단연 최고의 도시 전투견이죠. 강하고 영리하고, 특히 미니종들은 좁은 공간에서 편하게 움직이죠. 사실 원래 이런 목적으로 키운 거니까. 닥스훈트가 독일어로 '오소리 개'란 뜻이잖아요. 그래서 닥스훈트가 핫도그처럼 생긴 겁니다. 낮고 좁은 오소리 굴을 사냥할 수 있게 말이죠. 그런 품종 개량 덕분에 닥스훈트는 도시 전투 지역의 덕트 같은 곳을 기어 다닐 수 있죠. 파이프든, 통풍 공간이든, 벽 사이든 어디든 침착하게 통과할 수 있는 것이 그 아이들이 살아남을 수 있는 최고의 자산이었죠.

(우리의 대화가 잠깐 끊겼다. 누가 부르기라도 한 것처럼 개 한 마리가 절뚝거리면서 다넬의 옆으로 왔다. 늙은 암캐였다. 주둥이는 하얗고 귀와 꼬리털이 다 빠져서 가죽이 다 보일 정도였다.)

(개에게) 안녕, 아가씨.

(다넬은 조심스럽게 개를 무릎에 올려 앉혔다. 3, 4킬로그램 정도 나가 보이는 조그만 개였다. 털이 부드러운 미니 닥스훈트와 닮긴 했지만 등 길이가 순종보다 짧았다.)

(개에게 말한다.) 기분 좋지, 메이즈? 괜찮니? (내게) 원래 이름은 메이지인데 그렇게 안 불러요. '메이즈'란 이름이 꽤 잘 어울리지 않나요?

(그는 한 손으로 개의 뒷다리를 쓰다듬으면서 다른 손으로 목 밑을 문질러 줬다. 메이즈는 뿌연 눈으로 그를 바라보다가 그의 손바닥을 핥았다.)

순종들은 100퍼센트 낙오됐죠. 신경과민에다 건강 문제도 많았어요. 순전히 미적인 가치만 생각해서 그런 품종을 만드니까 당연한 결과였죠. 신세대(무릎에 있던 그 잡종 개를 가리켰다.) 정찰견은 항상 잡종견이었어요. 체력도 뛰어나고 정신적으로도 더 안정돼 있었죠.

(개는 잠이 들었다. 다넬은 목소리를 낮췄다.)

놈들은 아주 튼튼했죠. 개별 훈련만 받은 게 아니라 장거리 정찰 임무를 그룹으로 하기 위해 혹독하게 훈련을 받았어요. 장거리 정찰, 특히 야생 지대는 항상 위험했죠. 좀비들만 문제였던 게 아니라 야생 개들도 위험했어요. 들개들이 얼마나 위험했는지 기억하시죠? 애완동물들과 길 잃은 가축들이 모두 살인자 집단으로 퇴화해 버린 거. 이놈들이 항상 걱정거리였는데 대개 감염도가 낮은 지역을 다닐 때 그랬죠. 호위견을 배치하기 전에는 초기 장거리 정찰 임무는 대부분 중지됐더랬죠.

(그가 잠자는 개를 가리켰다.)

이 아가씨에게는 두 마리 호위견이 있었죠. 퐁고라고 핏랏(pit-rot) 잡종견하고 퍼디. 퍼디는 무슨 종인지 모르겠는데 아마 절반은 목양견이고 절반은 공룡의 피가 섞였던 것 같기도 하고. 이 두 마리 호위견의 조련사와 기본적인 훈련을 거치지 않고서는 메이즈를 이 두 마리 옆에 얼씬도 못하게 했을 겁니다. 그 두 마리는 알고 보니 1등급 호위견이었어요. 열네 차례나 들개 무리를 쫓아 줬고, 두 번은 놈들에게 직접 덤벼들었죠. 한번은 퍼디가 90킬로그램이나 나가는 마스티프를 쫓아가서 놈의 머리를 꽉 무는 걸 봤는데 정말로 장비 감시 마이크를 통해 두개골이 부서지는 소리가 들리더군요.

제일 힘들었던 건 메이즈가 임무에만 충실하도록 만드는 거였죠. 메이즈는 항상 싸우고 싶어 안달을 했거든요. (그는 자고 있는 닥스훈트를 보며 살짝 미소 지었다.) 퍼디와 퐁고는 훌륭한 호위견이었죠. 항상 메이즈가 목표물을 발견할 수 있도록 해 주고, 기다렸다가 집으로 안전하게 데리고 왔죠. 심지어는 이 호위견들이 오는 길에 좀비도 몇 놈 쓰러뜨렸답니다.

**좀비 피부는 독성이 있지 않나요?**

아하. 아뇨, 아뇨, 개들은 절대 물지 않아요. 그러면 치명적이었겠죠. 전쟁 초기에 죽은 군용견들을 많이 보셨을 겁니다. 상처도 없는데 그냥 죽어 있는 놈들 말이죠. 그런 놈들은 감염된 살을 물어서 그렇게 된 거죠. 바로 그런 이유로 훈련이 중요해요. 개들은 스스로를 보호하는 방법을 익혀야 했죠. 좀비에게는 육체적인 장점들이 많았지만 균형 감각은 없어요. 덩치가 큰 군용견들은 항상 좀비의 견갑골이나 허리를 치거나 아니면 얼굴을 그대로 쳐버릴 수 있었죠. 작은 개들은 발을 걸어 넘어뜨리거나, 발밑에서 거치적거리게 하거나, 아니면 무릎을 쳤죠. 메이즈가 그걸 좋아했어요. 놈들을 쳐서 뒤로 벌러덩 넘어지게 했죠.

(개가 움직였다.)

(개에게) 아, 미안, 아가씨. (개의 뒷목을 쓰다듬었다.)

우리도 나름대로 사상자가 있었죠. 어떤 군용견들은 떨어져서 뼈가 부러지기도 하고. 그런 아이들이 우군 가까이 있으면 조련사가 쉽게 안전한 곳으로 데려갈 수 있었는데. 대부분 이런 놈들은 다시 전쟁터로 돌아왔죠.

**다른 때는 어땠나요?**

너무 멀리 있다면, 미끼 작전이나 장거리 정찰을 나갔다면……구하러 가기도 너무 멀고, 좀비들에게 너무 가까이 있었죠……

우리는 '자비의 폭탄'이라고 군용견이 메고 다니는 장비에 작은 폭발물을 매서, 구조할 가능성이 없어 보일 경우 폭파시킬 수 있게 해 달라고 청원했죠. 위에서는 들은 척도 안 하더군요. 귀중한 자원 낭비라고 하더군요. 썩을 놈들. 부상당한 개의 고통을 끊어주는 건 낭비지만, 개들을 프라그무트로 만드는 건, 그건, 고려해 보겠죠!

**뭐라고 하셨죠?**

프라그무트. 상부의 승인을 받을 뻔했던 프로그램의 비공식적인 이름이죠. 어떤 참모 나부랭이가 2차 세계 대전 당시 러시아군이 '지뢰 개'라고 개 등에 폭발물을 메고 나치 탱크 밑으로 달려가게 훈련을 시켰다는 내용을 읽었다더군요. 러시아에서 그 프로그램을 끝냈던 바로 그 이유 때문에 우리는 그 프로그램을 시작하지 않았죠. 그 이유는 상황이 그렇게까지 절박하지 않다는 것이었습니다. 도대체 얼마나 절박해야 그런 잔인무도한 짓을 하겠어요?

상부에서는 결코 인정하지 않겠지만 그 결정을 내린 이유는 또 다른 에크하르트 사고가 생길 걸 우려해서였을 겁니다. 그 사건으로 정말 정신이 버쩍 든 거죠. 그 사건 알죠? 에크하르트 하사관, 하느님이 그녀에게 축복을 내리시길. 그녀는 고참 조련사로 에이지엔(AGN)*에서 활동했죠. 한 번도 만나본 적은 없어요. 그녀의 파트너견은 리틀록 외곽에서 미끼 작전을 하다 도랑에 떨어져서 다리가 부러졌어요. 좀비 떼들이 바로 몇 발짝 떨어진 곳에

* AGN: Army Group North, 북부 지역 육군.

있었죠. 에크하르트는 라이플을 들고 개를 구하러 가려고 했어요. 어떤 장교 놈이 그녀 얼굴에 대고 주저리주저리 규정이 어떠니, 쓸모없는 짓이라는 식으로 만류하고 설득했나 봐요. 에크하르트는 그 자식의 아가리에 탄창을 절반이나 써 버렸죠. 헌병들이 와서 그녀를 한 방 먹이고 제압했죠. 좀비들이 그 개를 둘러싸는 소리를 그녀는 모조리 들을 수 있었죠.

**그래서 어떻게 됐나요?**

군에서 사형에 처했는데 아주 떠들썩했죠. 교수형이었어요. 난 이해해요, 정말 이해해요. 군에서는 기강이 최고예요, 규칙, 우리는 규칙 없이는 존재할 수 없어요. 하지만 그다음에 변화가 좀 생겼죠. 조련사들은 설사 자신의 목숨을 거는 한이 있더라도 파트너들을 쫓아갈 수 있는 허가를 받았어요. 조련사들은 더 이상 군대의 자산이란 취급을 못 받은 거죠, 기껏해야 절반의 자산 정도. 사상 처음으로 군대는 조련사와 군용견이 한 팀이라는 것을, 개라는 건 그냥 '망가지면' 대체할 수 있는 기계가 아니란 걸 이해했어요. 이들은 파트너견을 잃은 후 자살한 조련사들의 통계 수치를 보기 시작했어요. 3군의 모든 부대 중에서 우리 조련사들의 자살률이 가장 높다는 걸 아시나요. 특수 부대보다 높고, 무덤 등록 부대보다 높고, 심지어는 차이나 레이크에 있는 미치광이들*보다 더 높았어요. 하운드 타운에서 나는 열세 곳의 다른 나라에서 온 조련사들을 만났죠. 모두 같은 말을 했어요. 어느 나라 출신이건, 문화나 배경이 어떻건 그 정서는 같았죠. 누가 그런 상

* 시에라네바다 사막에 있는 무기 연구 시설.

실감을 겪으면서 제대로 목숨을 부지할 수 있겠어요? 그러고도 괜찮은 사람이 있다면 애초에 조련사 재목이 아니었던 거죠. 바로 그런 점이 우리를 별종으로 만든 겁니다. 우리 종도 아닌 존재와 아주 강한 유대를 맺을 수 있는 그 능력 말이에요. 우리 동료들을 자살하게 만든 바로 그 능력 때문에, 우리는 미군에서 가장 높은 성과를 거둔 부대가 될 수 있었죠.

군에서는 콜로라도 로키 산맥 어딘가에 있는, 인적이 끊긴 길가에서 그날 내게 그런 자질이 있다는 걸 간파했죠. 나는 애틀랜타에 있는 아파트에서 탈출한 후 걸어서 거기까지 왔는데 석 달 동안을 도망치고, 숨어 다니면서, 쓰레기를 뒤져 가며 살았죠. 나는 구루병에 걸려 있었고, 열도 났고, 몸무게는 47킬로그램까지 떨어졌죠. 나무 밑에 두 남자가 있는 게 보이더군요. 둘이서 불을 피우고 있었어요. 옆에는 작은 잡종 개가 한 마리 있더군요. 발과 코는 구두끈으로 묶어 놨는데, 얼굴에 피가 덕지덕지 말라붙어 있었어요. 그 개는 그냥 거기 누워서 멍한 눈으로 조용히 낑낑거리고 있었죠.

**무슨 일이 일어났죠?**

솔직히 말해서 나도 기억이 잘 안 나요. 내가 가지고 있던 방망이로 그 남자들 중 하나를 쳤을 겁니다. 어깨를 치니까 방망이가 부러지더군요. 그리고 또 다른 남자에게 덤벼들어 얼굴을 냅다 갈겼죠. 47킬로그램밖에 안 나가는 몸으로 죽어 가는 와중에 이 남자를 반쯤 죽여 놨죠. 보초들이 와서 날 떼어내서 차에 수갑으로 채우고, 정신 차리라고 날 몇 번 갈겼죠. 그건 생생하게 기억이 나네요. 내가 공격했던 남자 중 하나는 팔을 잡고 있었고, 또 다른 한 명은 피를 흘리면서 그대로 땅에 누워 있었죠. 소위가 내게 물어봤어요.

"제발 진정하란 말이야. 도대체 뭐가 불만이야? 왜 친구들에게 그런 짓을 한 거야?"

"그 자식은 우리 친구가 아니에요! 미친놈이라고요!"

팔이 부러진 남자가 소리를 질렀죠. 그런데 난 계속 이렇게 말했어요.

"그 개를 해치지 마요! 개를 해치지 마요!"

보초들이 웃던 게 기억나요.

"세상에."

보초 중 하나가 누워 있던 두 남자를 내려다보면서 말했죠. 그 소위가 고개를 끄덕이더니 날 바라보고 말했어요.

"이봐. 자네에게 딱 맞는 일이 있어."

나는 그렇게 해서 조련사가 됐죠. 가끔 사람은 스스로의 운명을 찾을 때도 있지만 어쩔 땐 운명이 나를 찾아오죠.

(다넬이 메이즈를 어루만졌다. 메이즈는 실눈을 뜨더니 가죽만 남은 꼬리를 흔들었다.)

**그 개는 어떻게 됐죠?**

그 녀석이 내 파트너가 됐다거나, 아니면 화재나 뭐 그런 일에서 고아원 하나를 통째로 구했다는 디즈니식 결말을 이야기해 주고 싶지만 쉽지 않군요. 그 자식들이 녀석을 돌멩이로 쳤던 겁니다. 체액이 그 개의 귀의 도관까지 꽉 차 있었어요. 한쪽 귀는 완전히 먹고 다른 쪽 귀는 일부만 들렸죠. 하지만 코는 아직 쓸 만해서 새 주인을 찾아 줬더니 쥐를 꽤 잘 잡았죠. 그해 겨울 그 가족들을 먹여 살릴 만큼 쥐를 많이 잡아 줬어요. 그것도 디즈니식 결말이라고 하면 그럴 수 있겠죠. 미키 마우스 스튜가 들어간 디즈니 이야기. (부드럽게 웃었다.) 황당한 이야기 하나 들어 볼래요? 난 과거에는 정말 개를 싫어했어요.

**정말요?**

혐오했죠. 더럽고, 냄새나고, 침만 흘리는 세균 덩어리인 데다, 사람들 다리를 잡고 망측한 짓을 해 대고, 카펫에 온통 오줌 냄새나 배게 하는 놈들이라고 생각했죠. 진짜로 진절머리를 쳤어요. 그런 사람 있잖아요. 남의 집에 놀러 가면서 그 집 개는 쓰다듬어 주기 싫어하는 사람. 책상에 강아지 사진을 놔두는 사람들을 놀리는 직장 동료. 밤에 똥개가 짖어 대면 동물 관리 센터에 전화하겠다고 협박하는 사람 있잖아요?

(자신을 가리켰다.)

나는 애완동물 가게에서 한 블록 떨어진 곳에 살았죠. 매일 회사 가는 길에 거기를 지나면서 어떻게 이렇게 감상적이고 사회적으로 무능한 패배자들이, 짖기만 하는 덩치 큰 햄스터들에게 그렇게 많은 돈을 써 대는지 황당해하곤 했죠. 대공포가 일어났을 때 좀비들이 그 애완동물 가게 주변에 모이기 시작했어요. 가게 주인은 어디 있었는지 몰라요. 가게 셔터는 내려놨는데 안에 동물들은 그대로 놔뒀더군요. 내 침실 창문에서 동물들 소리가 들렸죠. 하루 종일, 밤새 내내. 그냥 강아지들이, 있죠, 태어난 지

2주밖에 안 된 놈들. 겁에 질린 조그만 놈들이 엄마를 찾아서, 누구건 와서 자기들을 구해 달라고 비명을 질렀어요.

나는 그 새끼들이 하나씩 빈 물통을 핥으며 죽는 소리를 들었죠. 좀비들은 결코 가게 안으로는 들어가지 않았어요. 놈들은 내가 아파트에서 도망쳐 나올 때 아직도 가게 문밖에 모여 있더군요. 난 바로 그 옆을 죽어라 달려서 지나치면서 멈춰 서서 볼 생각도 하지 못했죠. 내가 뭘 할 수 있었겠어요? 내겐 무기도 없었고, 훈련도 안 받았는데. 나는 그 강아지들을 돌볼 수 없었어요. 내 한 몸도 못 챙기는 내가 뭘 할 수 있었을까요? ……뭔가. (메이즈는 잠결에 한숨을 쉬었다. 다넬은 개를 다정하게 쓰다듬었다.) 내가 뭔가 해 볼 수도 있었을 텐데.

## 신성 러시아 제국, 시베리아

이 판자촌에 살고 있는 사람들은 세상에서 가장 열악한 환경에서 살아가고 있었다. 여기에는 전기도 들어오지 않고, 수돗물도 나오지 않았다. 이 오두막집들은 주변을 둘러싸고 있는 여러 그루의 나무들의 빈틈에 한데 모여 있었다. 그중에서 가장 작은 오두막집이 세르게이 리지코프 신부의 집이었다. 그 늙은 신부가 아직도 움직일 수 있는 것을 보니 경이로웠다. 그의 걸음걸이에서 전시와 전쟁이 끝난 뒤에 입은 수많은 상처가 드러났다. 악수를 하면서 그의 열 손가락이 모두 부러졌다는 것도 알았다. 미소를 지어 보이려고 하자 썩지 않은 이빨은 모두 오래전에 맞아서 빠졌다는 걸 알 수 있었다.

러시아가 어떻게 '종교적인' 나라가 됐는지, 그리고 그런 상태가 어떻게 나 같은 사람 때문에 시작됐는지 이해하려면 좀비에 맞선 우리 전쟁의 본질을 이해해야 합니다.

다른 수많은 전투처럼, 우리의 최대의 아군은 동장군이었습니다. 살을 에는 추위, 지구의 어두워진 하늘 때문에 길어지고 강해진 겨울이 조국의 해방을 준비하는 데 필요한 시간을 벌어 줬죠. 미국과 달리 우리는 두 전선에서 전쟁을 치르고 있었습니다. 서쪽으로는 우랄 방벽이 있었고, 남동쪽으로는 아시아 좀비들이 몰려오고 있었죠. 마침내 시베리아가 안정되긴 했지만 절대 완전히 안전해진 것은 아니었습니다. 인도와 중국에서 너무 많은 난민들이 왔고, 매년 봄마다 너무 많은, 꽁꽁 언 구울들이 녹아서 살아났죠. 우리는 이 겨울 동안 군대를 개편하고, 국민들을 집결하고, 군의 방대한 비축 무기 목록을 만들어서 배포해야 했습니다.

우리는 다른 나라처럼 전시 생산을 하지 않았습니다. 러시아에는 전략적 자원 부서란 게 없습니다. 국민들의 목숨을 연명할 만큼의 식량을 찾는 것 외에 산업이란 것 자체가 존재하지 않았죠. 우리가 가진 것이라곤 군대 산업 복합 국가라는 우리의 유산뿐이었습니다. 나도 서구인들이 이런 '어리석은 짓'을 비웃었다는 것을 알고 있습니다. '편집증에 걸린 이반', 당신네들은 항상 우리를 이렇게 불렀죠.

"국민들은 차와 버터를 달라고 울부짖고 있는데 탱크와 총만 만들다니."

그렇습니다. 소련 연방은 정체됐고, 무능했고, 군사적 세력이라는 산을 쌓느라 경제를 말아먹지만, 모국이 필요로 할 때 그 아이들을 구했던 것이 바로 그 산이었습니다.

(그는 자신의 뒤쪽 벽에 있던 빛바랜 포스터 이야기를 한 것이었다. 포스터에는 천국에서 한 늙은 소련 군인이 고마워하는 한 젊은 러시아 청년에게 조잡한 기관단총을 건네주는 장면이 유령같이 희미하게 보였다. 그림 밑에 제목이 한 줄로 적혀 있었다. 「제두시카, 스파시바(고마워요, 할아버지.)」)

나는 32기계화 보병 사단의 군목이었습니다. 우리는 D등급 부대였습니다. 장비도 4등급으로 무기고에서 가장 낡은 것을 썼죠. 우리는 PPSH 기관단총과 수동 노리쇠가 장착된 모신나강 라이플을 가지고 낡은 애국 전쟁 영화에 나오는 엑스트라들 같았습니다. 우리에게는 미군처럼 화려한 새 전투복도 없었습니다. 할아버지들이 입으시던 거칠고, 곰팡내 나고, 좀이 먹은, 추위는 고사하고 좀비들이 물어도 대책이 없는 모직 튜닉을 입었죠.

러시아군의 사상자 비율은 아주 높았는데 대부분이 도시 전투에서 나온 것이고, 또 그 대부분이 불발탄 때문이었습니다. 이 탄환들은 우리보다 더 나이가 많았죠. 어떤 것들은 스탈린이 유명을 달리한 때부터 공기 중에 노출된 채로 나무 상자에 보관됐던 것들도 있었습니다. 언제 사달이 날지 전혀 예측할 수 없었습니다. 구울이 덤벼드는 순간에 총에서 '딸각' 소리가 날 수도 있었죠. 우리 부대에서는 그런 일이 다반사였죠.

우리 군대는 미군처럼 깔끔하고 조직적이지도 않았습니다. 우리는 미군이 만드는 그 빽빽하고 작은 라지 싱의 정사각형 전술도 없었고, '한 방에 한 놈'이라는 검소한 전투 원칙도 없었습니다. 우리의 전투는 너절하면서 무지막지했죠. 우리는 DShK 기관총으로 놈들을 인정사정없이 두들겨 댔고, 화염방사기와 카추샤 로켓에 익사시켰고, 선사시대에 쓰던 T34 탱크로 밟아서 아작을 냈죠. 비효율적이고 소모적이어서 결과적으로 쓸데없이 수많은 생명을 잃었습니다.

우파는 우리가 처음으로 대대적으로 공격한 곳입니다. 우파 때문에 우리는 더 이상 도시로 들어가지 않고 겨울에 도시 주위로 담을 쌓기 시작했습니다. 그 겨울 초기 몇 개월간 우리는 몇 시간에 걸쳐 무자비하게 대포를 쏜 뒤, 그 파편 더미에 무턱대고 들어가서 블록별로, 가구별로, 방별로 좀비들과 싸우면서 많은 교훈을 배웠습니다. 거기에는 좀비들이 너무 많았고, 불발탄도 너무 많았고, 너무 많은 군인들이 좀비에게 물렸습니다.

우리에게는 미군이 가진 L 알약*이 없었습니다. 감염된 사람들을 처리하는 유일한 방법은 총알밖에 없었습니다. 하지만 누가 방아쇠를 당기겠습니까? 당연히 다른 병사들은 절대 안 하죠. 전우를 살해한다는 것(감염과 같은 상태에서는 그렇게 하는 것이 자비로운 일이 될지라도)은 좀비 전쟁 초기에 러시아 군에서 자행된 열 명당 한 명 죽이기 전술을 너무 쉽게 떠올리게 하니까요. 그게 바로 이 모든 일의 아이러니였습니다. 그 열 명당 한 명 죽이기 전술 때문에 러시아군은 상부에서 명령하는 것은 무엇이든 할 수 있는 힘과 규율을 갖추게 됐지만, 차마 이 일만은 할 수 없었던 겁니다. 다른 전우를 죽이라고 부탁하거나 심지어 명령하게 되면 이 마지막 선을 넘어서게 되고, 결국 또 다른 폭동을 불러오

* L(Lethal, 치명적인) 알약: 독약을 뜻하는 용어로 세계 대전 Z에서 좀비에게 감염된 미군들에게 주어진 선택권 중 하나였다.

게 될 것입니다.

한동안 그 책임은 지도부, 장교와 선임 하사들에게 떨어졌습니다. 정말 치명적인 오판을 한 거죠. 이 군인들이 자신이 책임졌고, 옆에서 나란히 싸웠고, 빵과 담요를 나눠 쓰고, 자신이 한때 목숨을 구해 줬거나 자신의 목숨을 구해 줬던 군인들의 얼굴을 봐야 한다니. 그런 일을 저지른 후에 누가 지도력이라는 막중한 부담에 전념할 수 있었겠어요?

곧 우리 전투 사령관들이 타락하는 모습이 눈에 띄기 시작했죠. 근무 태만에, 알코올 중독에, 자살에. 장교 군단 사이에서 자살이 전염병처럼 퍼졌습니다. 우리 사단에서만 노련한 지휘관 네 명, 소위 셋에 소령 한 명을 그 작전이 실시된 첫 주에 잃었습니다. 소위 두 명은 총으로 자살했는데 한 명은 부하를 총살한 직후에 그랬고, 다른 한 명은 부하를 쏜 그날 밤 그랬죠. 세 번째 소대장은 좀 더 수동적인 방법을 택했는데 우리는 그런 방법을 '전투 자살'이라고 부르기 시작했죠. 그 소대장은 극도로 위험한 임무를 자원하면서 중책을 맡고 있는 지도자라기보다는 물불 안 가리는 사병처럼 행동했습니다. 그는 총검 하나로 한 다스의 구울들과 격투하다 죽었습니다.

코브파크 소령은 그냥 증발했죠. 언제 그랬는지는 아무도 정확히 몰랐습니다. 좀비들이 소령을 끌고 갔을 리는 없다는 걸 우리는 알고 있었습니다. 그 지역은 철저하게 좀비를 소탕했고 아무도, 절대 아무도 호위 없이 그 주변을 벗어나지 않았죠. 어떤 일이 벌어졌을지 우리 모두 알고 있었습니다. 사비체프 대령은 소령이 장거리 정찰 임무를 맡고 갔다가 돌아오지 않았다는 공식 성명을 발표했습니다. 대령은 여기서 한 발 더 나아가 소령에게 일등급 로디나(Rodina) 훈장을 주자고 추천하기까지 했습니다. 소문이란 막을 수 없는 법이고, 장교가 탈영했다는 것보다 부대원들의 사기를 더 저하시키는 것도 없죠. 나는 소령을 비난할 수 없었습니다. 지금도 그렇습니다. 코브파크 소령은 훌륭한 분이었고, 강인한 지도자였습니다. 재앙이 발생하기 전에 그는 체첸 공화국에서 세 번 그리고 다게스탄에서 복무했습니다. 좀비들이 창궐하기 시작했을 때 그는 부대원들의 폭동을 막았을 뿐 아니라 이들을 이끌고 보급품과 부상병들을 짊어지고 살리브 산의 커타(Curta)에서 카스피 해의 마나스켄트까지 행군해서 데려왔습니다. 꼬박 65일 동안 서른일곱 번의 격전을 치르면서 말입니다. 서른일곱 번이나요! 소령은 교관도 될 수 있었습니다.(자격이야 차고 넘쳤죠.) 소령의 폭넓은 전투 경험 덕분에 비밀경찰인 체카에서 교관으로 와 달라는 요청까지 받았죠. 그러나 어림없는 일이었죠, 소령은 즉각 전투 현장으로 복귀하게 해 달라고 자원했습니다. 그런데 그런 사람이 지금 탈영병이 된 겁니다. 사람들은 이를 두고 '두 번째 10대 1 처형' 전술이라고 했죠. 그 당시 장교 열 명당 한 명이 자살했기 때문인데, 이 정책 때문에 우리 전쟁은 급정거를 하게 됐죠.

논리적이면서 유일한 대안은 따라서 감염된 아이들이 스스로 목숨을 끊게 하는 것이었죠. 지저분하고, 여드름투성이에, 눈 둘레가 붉어진 아이들이 눈을 크게 뜨고 소총을 입에 물던 그 장면이 아직도 기억이 납니다. 우리가 달리 뭘 할 수 있었겠어요? 오래지 않아 아이들은 집단으로 자살하기 시작했죠. 전투에서 좀비에게 물렸던 아이들이 야전 병원에 모여 모두 동시에 방아쇠를 당기는 거죠. 내 짐작에는 그나마 위로가 됐던 것 같아요. 혼자만 죽는 게 아니라는 것을 아는 게. 그것이 아마 아이들이 기대할 수 있는 유일한 위로였을 겁니다. 그 아이들은 분명 내게서는 위로받지 못했으니까요.

나는 오래전에 믿음을 잃어버린 나라의 종교인이었습니다. 수십 년에 걸친 공산주의가 끝난 후 불어닥친 유물론적인 민주화로 현재의 러시아 세대는 '민중의 아편'에 대해 아는 것도 없고 필요로 하지도 않았죠. 군목으로서 내 임무는 주로 저주를 받은 아이들이 가족에게 보내는 편지를 걷고, 가까스로 찾아낸 보드카가 있으면 나눠 주는 정도였습니다. 그야말로 있으나 마나 한 존재였고, 나라 꼴을 봐선 이런 상황이 당최 바뀔 것 같지 않더군요.

코스트로마 전투 직후, 공식적으로 모스크바를 공격하기 몇 주 전에 그 일이 일어났습니다. 나는 감염된 병사들에게 마지막 권리를 주기 위해 야전 병원에 가야 했습니다. 병사들은 상태가 모두 달랐는데 어떤 아이들은 아주 심하게 다쳤고, 어떤 아이들은 아직 건강하고 의식도 또렷했습니다. 첫 번째 아이는 아무리 봐도 열일곱 살이 넘을 것 같지 않더군요. 그 아이는 좀비에게 물린 게 아니었습니다. 그랬더라면 차라리 나았을 뻔했죠. 좀비 하나가 SU152 자주포의 궤도에 한쪽 팔이 찢겨 나갔죠. 남은 거라곤 건들거리는 살과 부러진 상박골 뼈뿐이었는데 그 뼈의 끝부분이 창처럼 날카롭게 날이 서 있었어요. 그 뼈가 그대로 아이의 튜닉을 뚫고 찔러 버렸는데 아마 두 손 다 있었다면 그냥 아이를 잡기만 했겠죠. 아이는 침대에 누워 있었는데 배에서 피를 흘리면서 핏기 없는 얼굴로 라이플을 쥔 손을 가늘게 떨고 있었죠. 그 옆에는 감염된 다섯 명의 군인들이 한 줄로 누워 있었습니다. 나는 그들의 영혼을 위해 기도하겠다는 의례적인 말을 성의 없이 했죠. 아이들은 어깨를 으쓱하거나, 공손하게 고개를 끄덕였습니다. 나는 항상 했던 것처럼 아이들이 건네는 편지를 받고, 술을 주고, 그 아이들의 사령관에게서 받은 담배까지 몇 개비 줬죠. 이런 일을 수도 없이 했는데 그날따라 왠지 기분이 이상하더군요. 뭔가 내 안에서 꿈틀거리고 있었어요. 조마조마하면서, 뭔가 설레는 느낌이 온몸으로 퍼지면서 가슴과 폐까지 올라왔죠. 병사들이 총구를 턱 밑에 대고 있는데 온몸이 떨리기 시작하는 게 느껴졌죠.

"셋에 당긴다."

가장 나이 많은 아이가 말했습니다.

"하나…… 둘……."

아이들은 거기까지 셌습니다. 그 열일곱 살짜리가 뒤로 날아가서 땅에 퍽 쓰러졌어요. 나머지 아이들은 그 아이의 이마에 난 총구멍을 보면서 경악하다가 내 손에, 하느님의 손에, 연기가 나고 있는 피스톨을 보게 됐죠.

하느님이 제게 말씀하고 계셨습니다. 머릿속에서 하느님의 말씀이 울리는 것을 느낄 수 있었어요.

"더 이상의 죄악은 안 된다. 더 이상의 영혼을 지옥으로 보내지 마라."

아주 분명하고 단순한 일이었습니다. 장교들에게 병사를 살해하게 해서 너무 많은 아까운 장교들을 잃었고, 병사들이 자살하게 해서 하느님이 너무 많은 선한 영혼들을 잃으신 겁니다. 자살은 죄악이고, 우리(하느님의 종들), 지상에서 하느님의 목자가 되기로 선택한 이들이 감염된 육체 안에 갇힌 영혼을 풀어 줄, 십자가를 질 유일한 사람들이었죠! 사단장이 내가 한 짓을 발견한 뒤 내가 그에게 한 이야기가 바로 이것이었습니다. 이 메시지는 먼저 전장에 있는 모든 군목들에게 전달됐고, 나중에는 러시아 전역에 있는 모든 민간인 신부들에게 퍼져 나갔죠.

'최후의 정화' 행위로 나중에 알려지게 된 이 의식은 1980년대 이란 종교 혁명조차 능가할 종교적 열정의 첫 단계에 지나지 않았죠. 하느님은 자신의 어린양들이 너무 오랫동안 사랑받지 못했다는 걸 아십니다. 이 어린양들은 지도와 용기와 희망이 필요했죠! 바로 이 덕분에 우리는 믿음의 나라로서 그 전쟁에서 일어섰고 그 믿음을 토대로 우리 국가를 계속해서 다시 세울 수 있었던 겁니다.

**그 철학이 담긴 이야기가 정치적 이유로 악용된 게 사실인가요?**

(잠시 침묵 끝에) 무슨 말씀이신지 모르겠군요.

**대통령이 자신이 교회 수장이라고 선포했다고 하던데요.**

국가 지도자는 하느님의 사랑을 느낄 수 없나요?

**신부들을 '암살대'로 조직해서 '감염된 희생자들을 정화시킨다'는 구실로 사람들을 암살했다는 이야기는 어떻게 생각하시나요?**

(침묵하다가) 무슨 말씀을 하시는지 모르겠군요.

결국 그것 때문에 신부님과 모스크바 정치부의 사이가 나빠진 것 아닙니까? 그래서 여기 계신 것 아닙니까?

(오랜 침묵이 흘렀다. 다가오는 발소리가 들렸다. 누군가 문을 두드렸다. 세르게이 신부가 문을 열자, 남루한 옷을 입은 꼬마 아이가 서 있었다. 창백하고 겁에 질린 얼굴에 진흙이 묻어 있었다. 아이는 극도로 흥분해서 지방 방언으로 소리를 지르면서 길을 가리켰다. 신부는 진지하게 고개를 끄덕이더니 아이의 어깨를 토닥여 주고 나를 봤다.)

이렇게 와 주셔서 감사합니다. 이제 그만 나가 주시겠습니까?

(내가 떠나려고 일어서는데 신부가 침대 발치에 있던 큰 나무 상자를 열어서 성경 한 권과 제2차 세계 대전 당시 쓰이던 피스톨을 꺼냈다.)

## USS 홀로 카이 호를 타고 하와이 섬의 해안가에서

딥 글라이더 7은 미니 잠수함이라기보다 쌍둥이 비행기 동체처럼 보였다. 나는 선체 우현에 배를 깔고 누워 두껍고 투명한 원추형 두부를 통해 밖을 내다보았다. 이 잠수함의 조종사인 연안 경비대의 마이클 최 원사는 좌현에서 내게 손을 흔들었다. 최는 미 해군 심해 전투단에서 가장 경험이 풍부한 '고참' 다이버 중 하나일 것이다. 그의 회색 관자놀이와 풍상에 시달린 눈가의 주름살은 그의 10대 소년 같은 열정과 격렬한 대조를 이루었다. 모선이 우리를 물결이 거친 태평양

심해로 내려 주자 최의 별다른 특징이 없는 억양에서 '파도타기꾼'의 말투가 배어나는 것이 느껴졌다.

내 전쟁은 결코 끝나지 않았어. 그보다는 계속 커지고 있다고 해야 할걸. 매달 우리는 작업 구역을 확대하고 장비와 인적 자산을 향상시키고 있지. 듣자 하니 아직도 2000만에서 3000만에 이르는 좀비들이 해변에 나타나거나 어부의 그물에 걸린다고 하더군. 연안 석유 굴착 장치를 가동시키거나, 대서양 케이블을 수리할 때 좀비와 마주치지 않고는 작업 자체가 불가능해. 그게 바로 이 다이빙의 목적이지. 좀비들을 찾아내고, 추적해서, 놈들의 움직임을 예측해서 일종의 조기 경보를 받는다는 거지.

(우리가 탄 잠수함은 귀에 거슬리는 쿵 소리를 내며 흰 파도를 때렸다. 최는 싱긋 웃으면서 기계를 체크하고 자신의 무전기 채널을 내 채널에서 모선의 채널로 바꿨다. 내가 지켜보고 있던 관측 돔 앞의 물이 1초 정도 하얗게 거품이 일더니, 잠수함이 밑으로 내려가자 다시 옅은 파란색 물로 바뀌었다.)

자네는 내게 스쿠버 장비나 티타늄 상어잡이 옷 같은 것에 대해 물어보려고 하는 건 아니지? 그런 허접한 놈들은 내 전쟁과는 아무 상관이 없어. 수중총과 뱅 스틱과 좀비 그물…… 그런 것도 설명해 줄 수 없어. 그런 문제라면 민간인을 찾아봐.

하지만 군에서도 그런 방법을 쓰긴 했잖아요.

흙탕물 작전에만 썼고 그것도 거의 죄다 육군 자식들만 쓴 거야. 개인적으로 난 한 번도 그물로 된 작업복이나 스쿠버 장비를 써 본 적이 없어. 흠, 전투에서는 안 썼단 말이지. 내 전쟁은 철저하게 대기압 잠수복으로 치렀어. 요놈은 말하자면 우주복과 갑옷을 하나로 합쳤다고 생각하면 돼. 이 기술은 사실 200년도 더 된 거야. 어떤 남자*가 통에 안면 보호용 금속 유리판과 진동 둘레를 넣어서 발명한 거지. 그 뒤론 트리토니아와 네펠드 쿤케 같은 제품들이 생겼지. 이놈들은 1950년대 과학 영화에서 나온 것같이 생겼어. 「로비 로봇」 같은 촌스러운 영화 있잖아. 이런 것들이 모두 언제 찬밥 신세가 됐냐면……. 그런데 정말 이런 이야기를 듣고 싶어?

**그럼요, 계속해 주세요.**

흠, 그런 기술은 스쿠버가 발명됐을 때 찬밥 신세가 됐는데. 그러다 잠수부들이 연안 석유 굴착 장치 공사를 하기 위해 깊이, 정말 깊이 들어가야 할 때 다시 인기를 끌었지. 자네도 알겠지만 물속 깊이 들어갈수록 압력이 커지는 법이야. 압력이 커질수록 스쿠버나 이것과 비슷한 혼합 가스 삭구 장비를 착용하는 게 더 위험해지지. 이러고 난 다음에는 며칠씩, 때로는 몇 주 동안 감압실에서 있어야 하는데, 어떤 이유로든 물 표면으로 갑자기 올라가야 한다면, 색전증이 생기는 거야. 혈액에 가스 기포가 차서 뇌에…… 지금 여기서 말하는 건 치명적인 자연환경에 노출됐다가 뼈가 썩는 병을 말하는 게 아니야.

(그는 말을 멈추고 기계를 체크했다.)

더 깊이, 오래 다이빙할 수 있는 가장 안전한 방법은 물 표면

* 존 레드브리지, 대략 1715년경.

압력의 거품으로 몸 전체를 싸는 거지.

(그는 우리 주위에 있는 칸막이들을 손으로 가리켰다.)

지금처럼 안전하고 보호받는 상태에서는 우리 몸은 아직도 표면에 있는 거야. 바로 이게 이 잠수복이 하는 일이야. 잠수복과 생명 유지 장치에 따라 우리가 다이빙할 수 있는 수심과 지속 기간이 결정되는 거지.

**그렇다면 개인용 잠수함과 같은 거네요?**

잠수정이라고 할 수 있지. 잠수함은 몇 년 동안 바다 속 깊은 곳에서 머무르면서 자체적으로 동력과 공기를 만들 수 있어. 잠수정은 제2차 세계 대전 당시 사용된 잠수함이나 지금 우리가 있는 것처럼 잠깐 있는 거지.

(물 색깔이 어두워지기 시작하면서 짙은 자주색 잉크 색깔로 변했다.)

대기압 잠수복은 평범한 잠수복에 불과하다는 그 특징 때문에 수중 전투에 아주 이상적이야. 상어잡이 옷이나 다른 편물로 만든 삭구 장비를 트집 잡자는 게 아니야. 이런 옷들은 기동성, 스피드, 민첩성이 열 배는 뛰어나지만 철저하게 얕은 물에서만 사용할 수 있고, 그것도 그 괴물 놈들 두어 명이 자네를 잡으면…… 나는 메시 다이버(편물 잠수복을 입은 다이버 — 옮긴이)들의 팔이 부러진 것도 봤고, 갈빗대가 부러진 것도 봤고, 목이 부러진 것도 세 번이나 봤어. 만약 공기 파이프에 구멍이 뚫렸거나 입에서 공기 조절 장치가 찢겨 나가면 익사하는 거지. 아무리 단단한 헬멧을 썼거나 편물로 안감을 댄 드라이 잠수복을 입었다고 해도 놈들이 공기가 다 빠져나갈 때까지 자네를 누르고 있으면 끝장인 거야. 그런 식으로 황천길로 간 사람들을 너무 많이 봤어. 아니면 물 표면으로 질주하다가 좀비들이 시작해 놓은 색전증이 완료되면서 죽기도 많이 죽었고.

**메시 다이버들이 그런 일을 많이 당했나요?**

가끔, 특히 초기에 그랬지만 우리는 절대 그런 일을 당하지 않았지. 우리 일은 육체적으로 위험할 일이 없었어. 다이버의 몸과 생명 유지 장치 모두 알루미늄 거푸집이나 초강력 합성 용기에 싸여 있으니까. 대부분의 잠수복 모델의 이음매는 철이나 티타늄으로 되어 있지. 좀비가 어떤 방향으로 우리의 팔을 비틀건, 심지어는 팔이나 다리를 단단히 잡았다고 해도(모든 게 부드럽고 동글동글해서 그렇게 하기도 힘들지만) 사지를 부러뜨리기는 물리적으로 불가능해. 뭔가 이유가 있어서 물 표면으로 급히 올라가야 한다면 그냥 밸러스트를 버리거나, 자세 제어 로켓이 있다면 그걸 버리면 되고. 모든 잠수복은 아주 쉽게 물에 뜨거든. 코르크처럼 퐁 하고 바로 물 위로 뜰 거야. 여기서 유일하게 위험한 점은 이렇게 올라갈 때 좀비가 물귀신처럼 우리를 잡고 있을 때지. 한 두어 번 내 동료들이 살아 보겠다고(아님 죽어 보겠다고 그랬나) 간절히 매달리는 불청객들을 끌고 물 위로 올라오는 걸 본 적이 있지. (껄껄 웃는다.)

전투에서는 그렇게 급상승할 일이 거의 없다고 할 수 있지. 대부분의 대기압 잠수복 모델은 48시간 유지되는 비상 생명 유지 장치가 장착돼 있어. 아무리 많은 좀비들이 우리에게 들러붙어도, 아무리 큰 파편 덩어리가 머리 위로 무너져 내려도, 혹은 수중 케이블에 다리가 엉켜도 편안하고 기분 좋게 앉아서 기갑부대를 기다리면 되는 거야. 다이버들은 절대 혼자 다이빙하지 않아. 내 생각에 다이버가 가장 오래 기다렸던 시간이 6시간이었던 것 같아. 우리 중 누군가가 어디에 발이 걸렸다고 보고하면서, 그런데 지금 당장 위험한 건 아니니까 나머지 팀원들은 임무를 다 마친 후에 도와 달라던 적이 내 열 손가락을 다 세도 모자랄 만큼 많았지.

**대기압 잠수복 모델에 또 다른 종류가 있었나요?**

많았지. 민간용, 군용, 오래된 것, 새것. 흠, 비교적 새것이었지. 전시 모델을 만들 수 없으니 이미 있는 걸 가지고 작업을 해야 했지. 오래된 것 중 어떤 놈들은 70년대까지 거슬러 올라간 걸로 짐(JIM)과 샘(SAM)이란 놈들이었어. 작업할 때 그런 걸 안 입어도 돼서 얼마나 기뻤는지 몰라. 이런 잠수복에는 자재 커플링과 헬멧 대신에 현창(舷窓)이 달려 있었지. 적어도 초기 짐은 그랬어. 영국 특수 보트 부대에서 나온 친구를 하나 알았는데, 그 친구는 짐의 다리 이음매에 살이 집혀서 허벅지 안쪽에 커다란 물집이 무수하게 나 있더군. 그 영국군들이 끝내 주는 다이버이긴 했지만 절대로 그 친구들과 내 자리를 바꾸고 싶진 않더군.

우리는 세 가지 기본적인 미 해군 모델이 있었지. 하드 잠수복 1200 모델과 2000 모델과 마크 1 엑소 모델. 내 애인은 엑소였지. 공상 과학 같은 이야기를 하자면 이 엑소라는 아가씨는 거대한 우주 흰개미와 맞장 뜨려고 만든 것처럼 생겼지. 이 모델은 다른 두 모델보다 훨씬 더 날씬하고 가벼워서 이걸 입고 수영도 할 수 있지. 이 점이 바로 다른 것에 비해 압도적인 장점이었고, 사실 다른 모든 대기압 잠수복 중에서도 단연 두각을 나타낸 부분이지. 동력 썰매나 자세 제어 로켓 없이도 적의 위에서 작업할 수 있다는 점만으로도, 가려운 부분을 긁을 수 없다는 단점을 상쇄하고도 남았지. 이 단단한 잠수복들은 아주 커서 팔을 중앙의 텅 빈 부분으로 쑥 넣어서 2차 장비를 조작할 수 있었지.

**어떤 종류의 장비죠?**

조명, 비디오, 측방 감시용 수중 음파 탐지기. 대기압 잠수복이 모든 서비스를 완비한 백화점이라고 치면, 엑소는 지하 특매장과 같아. 정보 판독과 기계장치에 대해 걱정할 필요가 별로 없지. 다른 잠수복을 입었을 때처럼 한꺼번에 여러 가지 일을 하느라 산만해질 필요가 없다는 말이야. 엑소는 날씬하고 기능이 단순해서 무기와 바로 눈앞에 보이는 부분만 집중하면 됐어.

**어떤 종류의 무기를 쓰셨나요?**

처음에는 M9이라고 러시아에서 쓰는 에이피에스를 개조한 싸구려 짝퉁 같은 종류를 썼지. 개조라고 한 이유는, 대기압 잠수복에는 팔이라고 부를 만한 것이 없었거든. 길게 쫙쫙 늘인 집게발이 네 개 있거나 아니면 간단한 산업용 집게발이 있을 뿐이야. 둘 다 좀비와 일대일로 붙었을 때 효과를 발휘했지. 냅다 좀비의 머리를 잡아서 으스러뜨리는 거야. 그러나 이런 집게발로 총을 쏘는 건 불가능했어. M9은 아래 팔뚝에 붙어 있었는데 전기로 발사할 수 있었어. 여기에는 정확성을 보장하기 위해 레이저 포인터가 달려 있었고, 10센티미터 길이의 철 막대를 쏠 수 있는, 공기로 싼 탄약통이 있었어. 가장 큰 문제는 이 무기들이 원래 수심이 얕은 곳에서만 쓰도록 고안됐다는 거야. 우리가 써야 하는 깊이에서는 달걀 껍데기처럼 터져 버렸지. 1년 만에 우리는 M11이라고 좀 더 효과적인 모델을 받았는데, 대기압 잠수복과 엑소를 발명한 남자가 이것도 발명했다고 하더군. 그 정신 나간 프랑스계 캐나다 남자가 우리에게 해 준 걸 생각하면 훈장도 곱빼기로 줘야 해. 그 모델의 유일한 문제는 디스트레스에서 생산비가 너무 많이 든다고 생각했다는 거지. 그 작자들은 집게발과 기존에 있던 건설 장비로 좀비들을 때려잡기 충분하다고 계속 씨부렁대더군.

**뭣 때문에 맘이 바뀌었나요?**

트롤에서 있었던 일 때문이야. 우리는 북해에서 노르웨이 천연가스 플랫폼을 수리 중이었는데 갑자기 놈들이…… 공격해 올 거라고 예상은 했어. 건설 현장의 소음과 조명이 항상 적어도 몇 놈은 끌어들이니까. 근처에 좀비 떼거리가 있을 거라고는 생각 못 했어. 우리 파수병 중에 하나가 경보를 울려서 그 등대로 가는데 갑자기 좀비들이 개떼처럼 몰려드는 거야. 물속에서 일대일로 싸운다는 건 정말 끔찍한 일이야. 바닥의 물과 흙을 휘저어서 보이는 것도 별로 없는 게 마치 우유병 안에서 싸우는 것 같아. 좀비들은 치면 그냥 죽는 게 아니라 대부분 분해돼서 근육, 장기, 뇌에서 나온 물질이 침적토와 섞여서 다이버 주위를 소용돌이치며 돌아가. 요즘 아이들은, 이런, 나도 우리 꼰대 같은 소리를 하네,

어쨌건 이건 사실이야. 요즘 아이들, 마크 3과 4에 있는 새 대기압 잠수복 다이버들은 '제브데크'라고 가시성이 제로인 상태에서 탐지할 수 있는 장비를 가지고 있어. 여기에는 칼라 이미지 탐지기와 낮은 조도의 광학 기구가 달려 있지. 마치 전투기처럼 잠수복의 헬멧으로 곧장 경고 화면 표시 장치를 통해서 영상이 전송되는 거야. 여기에 스테레오 수중 청음기까지 갖추면 좀비보다 감각적으로 월등히 뛰어나게 되는 거지. 내가 처음 엑소를 입었을 때는 그런 게 없었어. 우리는 볼 수도 없고, 들을 수도 없었지. 심지어는 좀비가 뒤에서 우리를 끌고 가려고 해도 느낄 수조차 없었어.

**왜 그랬죠?**

대기압 잠수복의 한 가지 근본적인 결함은 촉각 기능이 없다는 거야. 잠수복이 딱딱하다는 단순한 사실은, 바깥세상의 어떤 것도 느낄 수 없다는 것을 뜻해. 심지어 좀비가 뒤에서 잡아채더라도 말이야. 그것이 실제로 몸을 잡아당겨서 뒤로 끌고 가려고 하거나, 홀라당 뒤집으려고 하지 않는 한 좀비랑 얼굴을 떡 마주치기 전까진 거기 있는 것도 모를 거야. 그날 밤 트롤에서, 우리의 헬멧에 달린 전구 때문에 상황이 더 악화됐지. 전구가 비칠 때마다 좀비의 손이나 얼굴만 보였거든. 그때 유일하게 떨리더군. 있잖아, 무서운 게 아니라 떨렸다고. 둔탁하고 짙은 액체 속에서 흔들거리고 있는데 갑자기 썩어 가는 얼굴이 내 헬멧에 부딪치니까 말이지.

민간 정유 업계 노동자들은 징계할 것이라고 위협해도 그들을 호위해 주는 우리가 더 중무장하지 않는 한 일터로 돌아가려고 하지 않았지. 그 직원들도 어둠 속에서 매복해 있는 좀비들 때문에 동료들을 많이 잃었거든. 그 사람들 심정이 어땠을지 도대체 상상이 안 가. 마른 잠수복을 입고, 빛 한 점 없는 깜깜한 어둠 속에서 용접 불대 때문에 눈은 따끔거리지, 추워서 몸에 감각이 없거나 아니면 시스템에서 쏟아지는 뜨거운 물에 델 것 같은 환경에서 일을 하는데. 그러다 갑자기 손이나 이빨이 느껴지는 거야. 그럼 몸부림을 치면서 도움을 청하고, 놈들이 끌고 올라가는 동안 싸우거나 헤엄쳐 보려고 하지. 나중에 신체 부위 몇 점이 물 표면으로 떠오를 수도 있고, 그냥 끊긴 구명 밧줄을 우리가 끌어 올릴 수도 있겠지. 그렇게 해서 심해 전투단이 공식적인 조직이 된 거지. 우리가 맡은 첫 번째 임무는 정유 굴착 장비 다이버들을 보호해서 석유가 계속 나올 수 있게 하는 거였어. 나중에 교두보 위생 처리와 항구 청소로까지 확대됐지.

**교두보 위생 처리가 뭐죠?**

기본적으로는 해병대원들이 육상으로 올라갈 수 있도록 돕는 거야. 첫 육해군 공동 상륙 작전을 감행했던 버뮤다에서 우리가 배운 것은 바다에서 나오는 좀비들이 끊임없이 교두보를 공격한다는 거지. 우리는 지정된 상륙 지점 주위로 배들이 다닐 수 있을 만큼 깊지만, 좀비들은 오지 못할 만큼 수위가 높은 곳에 반원 모양의 그물로 방어선을 쳐야 했어.

바로 거기에 우리가 등장한 거지. 상륙 작전을 감행하기 2주 전에 해안에서 몇 킬로미터 떨어진 곳에 배가 정박해서 주변 지역을 능동 탐지기로 두들겨 대는 거야. 해변에서 좀비를 끌어내기 위한 목적이었지.

그렇게 하면 더 깊은 곳에 있는 좀비들도 유인하게 되지 않나요?

상부에서는 '용인할 수 있는 위험'이라고 하더군. 내 생각에는 더 나은 방법이 없었던 거지. 그래서 이 임무가 메시 다이버들이 아니라 우리에게 온 거지. 좀비 떼들이 그 핑핑거리는 배 밑에 모여 있는데 일단 탐지기를 끄면 우리가 좀비들의 가장 큰 목표가 되는 거야. 사실 이건 우리가 한 일 중에 제일 쉬운 일이었어. 좀비들의 공격 빈도가 그때까지 있던 중 가장 낮았고, 방어선을 세웠을 때 성공률이 거의 100퍼센트에 이르렀지. 필요한 것이라곤 지속적으로 경계를 설 최소한의 인원을 갖춘 부대와 가끔 방벽을 기어오르려고 하는 좀비 한두 놈에게 총알을 먹이면 됐어. 사실 이런 작전에 우리는 별로 필요 없었어. 세 번의 상륙 작전을 치르고 다시 메시 다이버들을 쓰더군.

항구 청소는요?

그건 좀 까다로웠어. 그 일은 전쟁 말기에 했는데 그때는 단순히 교두보를 여는 것뿐 아니라 심해 선박을 위해 항구를 다시 개방하는 때였어. 그것은 대대적인 공조 작전이었지. 메시 다이버들, 대기압 잠수복 부대, 심지어 스쿠버 장비와 수중총만 가진 민간 자원 봉사자들까지 참여했지. 나는 찰스턴, 노퍽, 보스턴, 그 염병할 보스턴과 그중에서도 최악의 수중 악몽이었던 영웅 도시의 청소를 도왔지. 나도 보병들이 도시에서 좀비들을 쓸어 버리기 위해 애쓰느라 툴툴거리는 걸 알지만 물밑 도시, 침몰된 배와 차들과 비행기와 상상할 수 있는 모든 잔해들이 가라앉은 도시를 한 번 상상해 봐. 많은 컨테이너선에서 사람들을 대피시킬 때 최대한으로 공간을 확보하려고 배에 있던 짐을 바다 속에 버렸지. 소파, 토스터 오븐, 산처럼 쌓인 옷가지들. 플라스마 텔레비전 위로 걸어 다닐 때면 항상 우두둑 깨지는 소리가 났지. 나는 항상 그 텔레비전이 뼈라고 상상했어. 그리고 또 세탁기와 건조기 뒤에 좀비가 보인다거나 망가진 에어컨 더미 위로 좀비가 기어오르는 걸 상상하곤 했지. 가끔은 상상에 그쳤지만 가끔은…… 최악은…… 최악은 침몰된 배를 청소하는 일이었지. 항상 항구 경계 내에 침몰된 배가 몇 척 있었지. 항구 바로 입구에 대형 잠수함 부속선에서 난민 수송 배로 변신한 '프랭크 케이블'같이 가라앉은 배가 두어 척 있었지. '프랭크 케이블' 호를 인양하기 전에 우리가 먼저 가서 선실별로 샅샅이 청소해야 했어. 그때 유일하게 엑소가 무겁고 거추장스럽다는 느낌을 받았지. 복도를 지나다닐 때마다 머리를 찧은 건 아니지만 기분은 그랬다는 이야기야. 많은 해치들이 파편에 막혀 있었어. 그럴 때마다 파편을 잘라서 통과하거나, 갑판과 칸막이벽을 통해서 빠져나갔지. 가끔은 갑판이 망가지거나 부식돼서 약해져 있었지. 케이블 호의 기관실 위쪽 칸막이벽을 자르고 있었는데 그때 갑자기 내가 딛고 서 있던 갑판이 무너져 내리더군. 내가 헤엄칠 수 있기도 전에, 뭘 생각하기도 전에 기관실에 수백 명의 좀비들이 들어와 버렸어. 나는 수많은 팔다리와 고깃덩어리 속에 빨려 들어가 익사할 뻔했어. 내가 반복해서 꾸는 악몽이 있다면, 뭐 꼭 그렇단 말은 아니지만(안 꾸니까) 하지만 꾼다면 바로 거기로 돌아가는 꿈인데 이번에는 내가 완전히 홀딱 벗고 있는 거야. 내 말은, 꿈에서 그럴 거라는 거지.

(나는 우리가 탄 잠수정이 아주 빨리 바닥에 도착했다는 게 놀라웠다. 그곳은 영원한 어둠을 배경으로 하얗게 빛나는 사막의 황무지 같아 보였다. 좀비들이 밟고 지나가서 깨진 야생 산호 그루터기가 보였다.)

놈들이 저기 있군.

(내가 고개를 들자 약 60명 정도 돼 보이는 좀비 떼들이 사막의 어둠 속에서 걸어 나오는 게 보였다.)

이제 우리가 나가신다.

(최가 잠수정을 조종해서 좀비들 위로 갔다. 모두 눈을 크게 뜨고 입을 헤벌린 채 잠수정의 서치라이트를 향해 손을 뻗었다. 레이저의 희미한 빨간 빔이 첫 번째 목표를 비추는 것을 볼 수 있었다. 1초 뒤 그 좀비의 가슴에 작은 다트가 꽂혔다.)

(그는 두 번째 목표에 빔을 조정했다.) 두 번째 놈.

(그는 좀비 떼를 향해 내려가면서 좀비들의 목숨에 지장이 없게 전자 추적 장치를 달았다.) 놈들을 못 죽이는 게 한이야. 내 말은 이 모든 일의 요지는 좀비들의 행동을 연구해서 조기 경보 네트워크를 세우는 거란 걸 알아. 놈들을 모두 제거할 만한 자원이 있다면 우리가 그렇게 할 거라는 건 나도 알지. 하지만…….

(그는 여섯 번째 목표에 다트를 발사했다. 다른 좀비들처럼 이놈도 흉골에 작은 구멍이 났다는 것을 모르는 눈치였다.)

놈들은 어떻게 한 걸까? 어떻게 아직까지 살아 있을 수 있는 거지? 세상의 어떤 것도 소금물보다 부식성이 강한 건 없어. 여기 좀비들은 육지에 있는 놈들이 죽기 훨씬 전에 죽었어야 했는데.

놈들의 옷은 벌써 그렇게 됐는데, 천이나 가죽으로 된 유기체는 다 그렇거든. (우리 앞에 있는 놈들은 사실상 벌거벗고 있었다.) 옷은 그런데 왜 좀비들은 안 그런 걸까? 심해의 온도 때문일까, 아니면 압력 때문일까? 그리고 놈들은 압력에 어떻게 그렇게 잘 견디는 걸까? 이 정도 깊이면 사람의 신경 체제는 완전히 젤리처럼 흐물흐물해질 텐데. 놈들은 서 있는 건 고사하고, 걷거나, '생각'도 못해야 정상인데. 놈들의 그 생각이란 게 뭐든지 말이야. 어떻게 그럴 수 있냐고? 높은 양반들 중 누군가는 그 답을 알고 있겠지만 우리에게 그 이유를 말해 주지 않는 유일한 이유는 내 생각에…….(갑자기 계기판에 비치는 불빛 때문에 그는 다른 곳으로 신경을 돌렸다.)

이런, 이런, 이런. 이것 좀 봐.

(나는 계기판을 내려다봤다. 화면은 판독할 수 없었다.)

뜨거운 놈이 하나 걸렸네, 라드(방사능 단위 — 옮긴이) 수치가 상당히 높군. 인도양이나 이란이나 파키스탄이나 어쩌면 마니히로 간 중국 공산당 공격 원잠에서 나온 건지도 모르지. 이건 어떠냐? (그는 다트를 또 하나 발사했다.)

자네가 운이 좋은 거야. 이번이 마지막 유인 정찰 다이빙이야. 다음 달부터는 모두 로브, 100퍼센트 원격 조종 보트가 나올 거야.

**전투에 로브를 사용하는 것에 논란이 많다고 하더군요.**

그런 일은 없어. 철갑상어*의 카리스마가 엄청 강하지. 의회에

* 철갑상어 장군: 민간인들이 현 심해 전투단의 사령관을 부르는 오래된 별명.

서 우리를 엿 먹이게 놔두지 않을걸.

**의원들의 주장에 타당성은 있는 겁니까?**

뭔데, 로브가 대기압 잠수복을 입은 다이버보다 훨씬 더 뛰어난 무사라는 거? 절대 아니지. '인적 손실을 줄이자'는 이야기는 다 구라지. 우리는 전투에서 한 번도 전우를 잃은 적이 없었어, 단 한 명도! 그치들이 계속 거론하는 그 작자, 체르노브는 전쟁이 끝난 뒤에, 육지에서 필름이 끊겨서 전차 궤도에서 쓰러져 자다가 사고를 당한 거야. 지옥에 떨어질 정치가 새끼들.

로브가 비용 면에서는 이로울지 모르지만 한 가지 우리보다 못한 게 있어. 단순히 인공 지능 이야기를 하는 게 아니야. 내가 말하는 건 가슴, 본능, 주도권, 우리를 인간으로 만드는 모든 것을 말하는 거야. 그래서 내가 아직 여기 살아 있는 거고, 철갑상어 장군도 마찬가지고, 전쟁 중에 다이빙했던 모든 전우들이 살아 있는 거야.

우리 다이버들이 대부분 아직도 현역으로 뛰고 있는 건 그래야 하기 때문이야. 군에서는 아직 우리를 대체할 만한 칩과 비트 덩어리 기계를 만들어 내지 못했어. 믿어도 좋아. 일단 군에서 그런 놈을 만들어 내면 나는 두 번 다시 엑소는 쳐다보지도 않고, 해군을 관두고 알파 노벰버 알파를 할 거야.

**그게 뭔데요?**

북대서양에서 벌어지는 액션 활극으로, 낡은 흑백 전쟁 영화야. 그 영화에 배우가 하나 나오는데. 왜 있잖아. 「길리건 아일랜드」에 나오는 '선장' 아버지.* 그 배우가 이런 대사를 쳤지.

"나는 어깨에 노 하나 메고 섬을 하나 세울 거야. '그 어깨에 있는 게 뭐요?'라고 누가 묻는 그때 바로 거기서 여생을 보낼 거야."

## 캐나다, 퀘벡

그 작은 농가에는 담도 없고, 창문에 창살도 없고, 문도 잠겨 있지 않았다. 주인에게 그런 취약한 부분에 대해 이야기하자 그는 그냥 웃어넘기면서 계속 점심을 먹었다. 전설적인 전쟁 영웅인 에밀 르나르의 형인 안드레 르나르는 그가 있는 정확한 위치를 비밀로 해 달라고 요청했다. 그가 아무런 감정도 실리지 않은 목소리로 말했다.

"좀비가 날 찾아내는 건 상관없어요. 단지 내가 인간들이랑 좀 안 친해서."

과거 프랑스인이었던 그는 서부 유럽의 공식 전투가 끝난 뒤 이곳으로 이민했다. 프랑스 정부가 수차례 그를 초청했지만 그는 다시는 고국으로 돌아가지 않았다.

모두 다 거짓말하고 있는 거죠. 자기들이 치른 전투가 '전쟁 전체를 통틀어 가장 힘들었다'고 주장하는 치들 말이에요. 가슴을 땅땅 치면서 '산악 전투'니 '정글 전투'니 '도시 전투'에 대한 무용담을 늘어놓는 허세꾼들. 도시라, 놈들이 도시 전투에 대해 유세 떠는 걸 얼마나 좋아하던지! "도시에서 싸우는 것보다 더 무서운

* 헬린 헤일(1892~1950).

일은 없다."고? 참말 그런가? 그럼 도시 밑에서 한번 싸워 보시지.

왜 파리 하늘에 그렇게 고층 건물이 안 보이는지 알아요? 내 말은 전쟁 전에, 제대로 된 파리 하늘 말이에요. 왜 프랑스인들이 도시 중심에서 그렇게 멀리 떨어진 곳에 유리와 철로 된 흉물스러운 방어선을 세웠는지 알아요? 그래요, 미적인 면도 있고 연속성과 시민의 자부심도 있죠. 런던이라고 하는 건축학적 똥개들과 우리는 다르잖아요. 그러나 진실은, 파리에 미국식 고층 건물이 없었던 논리적이고 실질적인 이유는 파리인들이 밟고 있는 땅에 터널이 너무 많이 뚫려 있어서 그 고층 건물을 지탱할 수 없었던 겁니다.

그 지하에는 로마식 무덤들도 있었고, 도시에서 사용하는 대부분의 석회석을 공급했던 채석장들도 있었고, 심지어 제2차 세계 대전 당시 레지스탕스들이 사용했던 은신처까지 있었어요. 그랬습니다, 레지스탕스란 것도 있었어요! 거기에 지하철도 있고, 전화선도 있고, 가스 공급 본관도 있고, 수도관도 있고, 지하 묘지도 있었습니다. 대략 600만 구의 시신이 거기 묻혀 있었는데 혁명 전 묘지에서 파낸 시신들을 마치 쓰레기처럼 거기에 버렸죠. 묘지의 벽 전체가 무시무시한 양식으로 배열된 두개골과 뼈들로 이뤄져 있어요. 심지어 이런 양식은 서로 맞물린 뼈들이 그 밑에 있는 시체 언덕을 지탱하고 있다는 점에서 실용적이기까지 했죠. 거기 있는 두개골들은 항상 나를 보며 웃는 것 같았죠.

나는 그런 지하 세계에서 살아남으려고 했던 민간인들을 욕할 수 없다고 생각해요. 그때는 민간용 생존 가이드도 없었고, 자유 지구 방송도 없었어요. 그야말로 대공포였죠. 아마 이 지하 터널을 잘 안다고 생각하는 사람들 몇이서 터널로 가 보자고 시도했을 거고, 그 사람들을 따라서 몇 명이 들어가고, 또 그 사람들을 따라서 몇 명 들어가고. 그런 식으로 소문이 퍼졌겠죠. "지하는 안전하대."라는 말. 모두 해서 25만 명, 지하에 있는 뼈를 세어 본 바로는 25만 명의 난민들이 지하에 뼈를 묻었어요. 이 사람들이 조직을 이뤄 음식과 도구를 가져올 생각을 했거나, 아니면 자신들 뒤에 있는 출구를 막아서 들어오는 사람들이 감염되지 않도록 하는 상식만 있었어도…….

어떻게 자신이 겪은 일과 우리가 참아낸 일을 비교할 수 있다고 주장하는 인간들이 있을 수 있을까요? 그 암흑과 그 악취, 우리에겐 어둠 속에서 볼 수 있는 고글도 거의 없다시피 했죠. 소대당 하나 정도밖에 없었고 그것도 운이 좋아야 있었죠. 손전등에 넣을 여분의 배터리도 마찬가지로 별로 없었어요. 가끔은 분대 전체에 손전등이 작동하는 게 딱 하나 있었는데, 그걸 수색대의 선봉에 선 병사에게 줘서 빨갛게 코팅한 빔으로 어둠을 가르곤 했죠.

공기는 하수 오물, 화학 약품, 살이 부패하는 냄새로 독성을 띠고 있었죠. 가스 마스크의 필터는 이미 오래전에 유효기간이 지난 거라 허울뿐이었죠. 우리는 찾을 수 있는 건 뭐든 썼어요. 낡은 군용 모델이나 머리 전체를 덮는 소방용 두건을 썼는데, 그걸 쓰면 돼지처럼 땀을 흘리면서 눈도 멀고 귀도 먹게 되죠. 자신이 어디 있는지도 모르면서 그 김 서린 마스크를 통해 보고, 부대원들의 멍멍한 목소리를 듣고, 무전기병의 지지직거리는 소리를 들었죠.

우리는 하드웨어에 장착된 세트를 써야 했는데, 채널 전송 상태를 믿을 수 없었기 때문이죠. 낡은 전화선을 사용했는데 광섬유가 아니라 구리 전화선이었죠. 그 전화선을 전선관에서 떼어내서 수신 범위를 확장시키기 위해 돌돌 말아서 가지고 다녔어요. 그것만이 연락을 유지할 수 있는 유일한 방법이었고, 때로는 길을 잃지 않을 유일한 방법이었죠.

길을 잃는 건 아주 쉬웠어요. 모든 지도가 전쟁 전 지도라서 생존자들이 바꿔 놓은 부분도 반영되지 않았고, 연결된 터널과 벽감도 없었고, 갑자기 앞에서 입을 쫙 벌리고 나타날 구멍들도 없었죠. 적어도 하루에 한 번, 어떤 때는 더 많이 길을 잃었고 그럴 때면 다시 전화선을 따라 되짚어 가면서 지도 상에서 현재 위치를 확인하고 뭐가 잘못됐는지 확인하려고 하죠. 가끔은 그렇게 하는 데 몇 분이 걸리고, 가끔은 몇 시간 걸리고, 심지어 며칠씩 걸릴 때도 있었어요.

또 다른 분대가 공격을 받았을 때는 무전기나 터널을 통해 울려 퍼지는 비명이 들렸어요. 그 소리는 악마 같았어요. 우리를 조롱하는 소리죠. 사방에서 비명과 신음이 들렸어요. 어디에서 그 소리가 나는지 결코 알 수 없었죠. 최소한 무전기라도 있으면 전우의 위치를 찾아보려고 노력이라도 했을 겁니다. 만약 그 친구들이 공황 상태에 빠지지 않았다면, 자기들의 위치를 알고 있었다면, 우리가 그들이 어디 있는지 알았다면…….

우리는 죽으라 달렸어요. 터널 통로들을 질주하면서, 천장에 머리를 쿵쿵 찧어 가면서, 기어가면서, 젖 먹던 힘까지 내서 성모 마리아에게 조금만 더 전우들이 버티게 해 달라고 기도를 했죠.

그래서 가 보면 틀린 곳이거나, 비어 있는 곳이었고 도와 달라는 비명은 아직도 멀리서 희미하게 들렸죠.

그래서 마침내 도착하면 뼈 무더기와 피만 남아 있었죠. 운이 좋으면 아직 거기 있는 좀비들을 찾아서 복수를 해 줄 기회도 있었지만. 거기 도착하는 데 시간이 너무 오래 걸리면 그 복수 대상에 이제 부활한 전우들까지 넣어야 하죠. 접전이었어요. 너무 가까워서…….

(그는 테이블 맞은편으로 몸을 기울여서 내 얼굴 가까이에 자기 얼굴을 들이댔다.)

규격 무기는 없었죠. 각자 자신에게 맞는다고 생각한 건 뭐든 썼어요. 선생도 아시겠지만 화기는 쓸 수 없었어요. 공기, 가스가 너무 가연성이 높았죠. 총에서 불꽃이라도 튀면……. (그는 폭발 소리를 냈다.)

우리는 이탈리아제 공기 카빈총인 베레타 그레치오를 썼어요. 이건 아이들의 탄산가스 탄알 총의 전시 모델이었죠. 총알을 꾹꾹 눌러서 채우면 대여섯 발, 일곱 발까지 쏠 수 있어요. 훌륭한 무기이긴 했는데 이것도 물량이 딸린다는 게 문제였죠. 그리고 조심해야 했어요! 만약 명중시키지 못하면 총알이 돌을 치게 되고, 만약 그 돌이 말라 있으면 불꽃이 튀겨…… 터널 전체가 그 불꽃을 잡아서 폭발하면서 사람들을 산 채로 묻어 버리거나 아니면 불길이 치솟아서 사람들이 쓰고 있는 마스크가 얼굴 위로 녹아 버리겠죠. 일대일로 붙는 게 항상 더 나았죠. 여기…….

(그는 맨틀피스에서 뭔가 보여 주기 위해 일어났다. 그 무기의 손잡이는 반원형 철공에 싸여 있었다. 이 공에서 튀어나온 두 개의 20센

티미터 길이의 철로 만든 대못이 적당한 각도로 서로 마주 보고 있었다.) 왜 이런 모양인지 이해가 되죠? 칼을 휘두를 공간이 없어요. 이놈은 아주 빠르죠. 눈을 찔러 버리거나 이마 위를 찌르는 거죠. (그는 재빨리 치고 찌르는 동작을 선보였다.) 베르됭에서 우리 증조부님이 쓰시던 걸 현대식으로 내가 개조한 거죠. 베르됭 전투 알죠? "놈들을 통과시키지 마라."(1차 세계 대전 당시 베르됭 전투에서 한 로베르 니벨 장군의 명언 — 옮긴이)

(그는 다시 점심을 먹었다.)

공간도 없는데 경고도 없이 갑자기 놈들이 덮칩니다. 아마 바로 눈앞에 불쑥 나타나거나 아니면 거기 있는지도 몰랐던 옆길에서 잡아채는 거죠. 모두 어떤 식으로든 갑옷을 입었어요. 사슬 갑옷이나 두꺼운 가죽을 입었거나. 항상 그런 옷들은 너무 무겁고, 숨 막혔어요. 축축한 가죽 재킷과 바지, 무거운 금속 체인 링크 셔츠 같은 옷들. 싸우려고 하긴 하지만 이미 너무 지친 사람들이 마스크를 찢어 버리고 공기를 마시려고 하다가 악취만 들이마시죠. 많은 사람들이 지상으로 데려가기 전에 죽었어요.

나는 갑옷의 정강이받이를 썼어요, 여기 보호대로 쓰고(아래팔을 가리켰다.) 장갑을 끼고 체인으로 덮은 가죽 옷을 입었는데 전투 중이 아닐 때는 벗기 쉬웠죠. 그것들도 다 내가 만든 겁니다. 우리에겐 미군 전투복은 없었지만 좀비들의 이빨이 들어오지 않는 직물로 안감을 댄 긴 방수 부츠, 습지 커버가 있었죠. 우리는 이게 필요했어요.

그해 여름은 물이 높게 찼어요. 비가 많이 왔고 센 강에서는 급류가 맹위를 떨치고 있었죠. 거기는 항상 축축했어요. 손가락,

발가락, 가랑이에는 물집이 잡혔죠. 물은 항상 발목까지 차 있었는데 가끔은 무릎이나 허리까지 올라왔죠. 어떤 곳에서는 걷거나 기어가고, 어떨 때는 팔꿈치까지 차오른, 악취가 나는 걸쭉한 액체 속을 기어가야 했죠. 그러다 갑자기 바닥이 꺼져 버리기도 하죠. 그러면 지도에도 안 나온 구덩이 속으로 물을 튀기면서 머리부터 곤두박질치는 겁니다. 마스크에 물이 꽉 찰 때까지 일어서려면 몇 초밖에 시간이 없죠. 발버둥치면서 몸부림치면 전우들이 와서 재빨리 잡아끌고 가죠. 익사하는 걸 걱정하는 게 아니었어요. 구덩이 물속에 빠진 사람들은 물을 튀기면서 그 무거운 장비를 입고 물에 떠 있으려고 애를 쓰다가 갑자기 눈이 튀어나오면서 비명을 지르죠. 놈들이 공격한 순간을 느낄 수 있을 정도입니다. 뭔가 부러지거나 찢어지는 소리가 나면서 갑자기 머리 위로 날아온 그 불쌍한 친구와 함께 쓰러지게 되죠. 만약 그 친구가 부츠를 신고 있지 않았다면…… 발 한쪽이나 아니면 다리 하나가 몽땅 사라졌죠. 만약 그 친구가 기고 있다가 얼굴부터 당했다면…… 가끔은 얼굴이 사라졌죠.

그때는 우리가 방어 위치로 모두 퇴각하고 쿠스토들, 이렇게 범람한 터널에서 작업하면서 전투하도록 특별 훈련을 받은 스쿠버 다이버들을 기다리는 때죠. 서치라이트 하나와 기껏해야 두 시간 분의 공기가 든 상어잡이 잠수복 하나만 입고(이것도 운이 좋아서 있다면) 그 다이버들이 거길 들어가는 거죠. 이 다이버들은 안전선을 착용해야 했지만 대부분 거부했어요. 발에 걸려서 잠수부들이 제대로 앞으로 나갈 수가 없었거든요. 이 다이버 남녀들의 생존율은 0.05퍼센트밖에 안 됐죠. 남들이 뭐라고 하건 내가 알기론 육군 부대 중에서 생존율이 가장 낮아요.* 이 사람들이 자동으로 레종 도뇌르 훈장을 받았다는 게 이상할 게 없는 거죠?

그런데 이 모든 게 다 뭘 위한 겁니까? 1만 5000명이 죽거나 실종됐어요. 쿠스토들뿐 아니라 우리 부대, 핵심 부대원들 모두요. 3개월 만에 1만 5000명의 영혼이 희생됐어요. 전 세계적으로 전쟁이 끝나 가는 판에 1만 5000명이라니.

"진격! 진격! 쳐부숴! 쳐부숴!"

그런 식으로 할 필요가 없었는데. 영국이 런던 전역을 되찾기까지 얼마나 걸렸나요? 5년, 전쟁이 공식적으로 끝나고도 3년이 걸렸어요. 영국인들은 천천히 안전하게 한 번에 한 구역씩, 느릿느릿, 강도를 낮춰서 사상자 비율도 낮췄죠. 다른 대부분의 대도시들처럼 천천히 안전하게. 그런데 우리는 왜 그랬죠? 그 영국 장군이 뭐라고 했더라. "다 끝난 마당에 그만하면 죽은 영웅들은 충분하다."고…….

영웅. 그게 바로 우리였죠. 그게 바로 우리 지도자들이 원했던 것이고, 그게 바로 우리 국민들이 필요하다고 느낀 존재였죠. 그 모든 참화를 다 겪고 난 후에. 이 전쟁에서만 그런 게 아니라 알제리와 인도차이나, 나치와 같이, 전에 치렀던 수많은 전쟁에서…… 내가 무슨 말을 하는지 선생은 이해하시겠어요? 이 슬픔과 애석함을 이해하겠어요? 우리는 그 미국 대통령이 말한 '우리의 자신감을 회복'하는 것이 뭔지 잘 알고 있습니다. 다른 무엇보다도 더 잘 이해합니다. 우리는 자부심을 되찾기 위해 영웅들, 새로운 이름들과 장소들이 필요했던 겁니다.

---

* 전군 중에서 가장 높은 사망률이 어느 부대에서 나왔는지는 아직 논쟁 중이다.

납골당, 포트 마혼 채석장, 그 병원. 그때가 우리의 빛나는 순간이었죠. 그 병원. 전설에 따르면 나치는 정신병자들을 수용하기 위해 그 병원을 짓고 환자들이 그 콘크리트 벽 뒤에서 굶어 죽게 내버려 뒀다고 하더군요. 전시에 그곳은 최근에 좀비들에게 물린 사람들을 위한 치료소였죠. 나중에 더 많은 사람들이 소생하고, 생존자들의 인류애가 전등처럼 희미해지면서 사람들은 감염된 환자들과 다른 사람들(누구를 던졌는지 과연 누가 알까요)을 그 좀비 지하 납골당에 던지기 시작했다고 하더군요. 선봉대가 반대편에 뭐가 있는지도 모르고 그곳을 뚫고 지나갔죠. 이 부대들은 철수하면서 터널을 봉쇄해 버리고 그 안에 있던 사람들을 영원히 가둬 놓을 수도 있었죠. 한 분대당 300명의 좀비를 막아야 했으니까요. 그중 한 부대의 지휘관이 내 막내동생이었어요. 그들의 무전기가 끊기기 전에 우리가 그 녀석의 마지막 말을 들었죠. 마지막 말은…… "On ne passé pas, 놈들을 통과시키지 마라!"였어요.

## 미국, 콜로라도 주 덴버

근처에서 빅토리아 공원으로 소풍을 나오기에 완벽한 날씨였다. 올해 봄 좀비를 목격한 사람이 한 명도 없었다는 기록 때문에 축하할 이유가 더 많아졌다. 토드 웨이니오는 외야에 서서 '결코 오지 않을 거라고' 주장하면서도 높게 날아오는 플라이 볼을 기다리고 있었다. 그 옆에 서 있는 나를 아무도 신경 쓰지 않는 모습을 보니 토드의 말이 옳은 것 같았다.

사람들은 그걸 '뉴욕으로 가는 길'이라고 불렀는데 그건 정말 기나긴 길이었어요. 미국에는 북군, 중부군, 남군 이렇게 세 개의 주력 육군 부대가 있었죠. 우리의 원대한 전략은 모두 함께 진격해서 대초원 지대를 횡단하고 중서부를 횡단한 후 애팔래치아 산맥에서 찢어져서, 북군과 남군이 양 날개로 북쪽과 남쪽을 쓸어 버린 다음에 메인과 플로리다에 총질을 해 주고, 그다음에 연안 지대를 밟아 준 다음에 힘겹게 산을 넘어온 중부군과 합류하는 거였어요. 그렇게 하는 데 3년이 걸렸죠.

왜 그렇게 느렸나요?

이보세요, 이유야 차고 넘치죠. 행군에, 악천후에, 적군에, 전투 원칙에. 원칙적으로 우리는 2열로 서서 캐나다에서 아즈틀란까지 진격해야 했어요. 아니다, 멕시코까지지, 아직 아즈틀란은 아니었구나. 비행기가 한 대 추락하면 소방수든 누구든 잔해를 찾기 위해 들판 전체를 수색하는 거 아세요? 모두 한 줄로 서서, 정말 천천히 걸어가면서 땅 한 뼘도 놓치지 않아야 하잖아요. 우리가 바로 그렇게 했어요. 로키 산맥에서 대서양까지 빌어먹을 땅 한 뙈기도 빼놓지 않았어요. 좀비를 발견하면, 그룹으로 다니건 혼자 다니건 FAR 그룹이 멈춰서…….

FAR라고요?

적절한 무력 대응(Force Appropriate Response)의 약자예요.

좀비 한두 놈 때문에 군부대 전체가 멈출 순 없잖아요. 오래된 좀비들, 전쟁 초기에 감염된 놈들은 상당히 역겨워지기 시작했어요. 공기가 빠져나가고, 두개골 한쪽이 드러나기 시작하고, 어떤 놈들은 뼈가 살을 뚫고 나왔어요. 개중에 어떤 놈들은 서 있지도 못했는데 그런 놈들을 정말 조심해야 했죠. 놈들은 배를 질질 끌면서 다가오거나 아니면 그냥 진흙탕에 얼굴을 처박고 몸부림을 치고 있었죠. 그러면 그 마주친 좀비들의 숫자에 따라 소대 반 아니면 소대 하나, 어쩌면 중대 하나가 몽땅 다 멈춰서 놈들을 쓰러뜨리고 전장을 위생 처리할 수도 있지요. 부대의 FAR 그룹이 전선에 남긴 공백은 바로 뒤에 따라오는 제2열에서 동급의 병력이 나와 채워 주고. 그런 식으로 해서 전선은 결코 깨지지 않습니다. 우리는 미국 전역을 이런 식으로 앞서거니 뒤서거니 하며 나아갔어요. 이건 확실히 효과가 있긴 한데 시간을 너무 많이 잡아먹었죠. 밤에도 역시 브레이크가 걸렸고. 일단 해 떨어지면 아무리 자신감이 넘쳐도, 아무리 그 지역이 안전해 보여도, 다음 날 새벽까지 쇼는 막을 내린 거죠.

그리고 안개도 있었습니다. 내륙 지방에서 그렇게 안개가 짙을 수 있는지 난 몰랐죠. 그 점에 대해 항상 기후학자나 뭐 그런 전문가에게 물어보고 싶었는데. 기상 전선 전체가 충돌하곤 했는데 가끔씩은 그게 며칠 갔어요. 한 치 앞도 못 보는 상태에서 멍하니 앉아 있으면 가끔 군용견들 중 한 마리가 짖기 시작하거나, 열 아래쪽에 있는 친구가 "좀비다!"라고 소리치곤 했어요. 그러면 신음이 먼저 들리고 나서 형체가 나타나곤 했죠. 그냥 거기 꼼짝 않고 서서 기다리는 것만도 힘들었어요. 한번 이 영화를 본 적이 있는데.* 영국의 안개가 너무 짙어져도 영국 육군은 결코 공격을 멈추지 않는다는 그런 내용의 BBC 다큐멘터리였는데. 거기 나오는 장면 중에 카메라가 진짜 포격전을 촬영한 게 있었는데. 무기에서 불꽃이 일면서 희미한 그림자들이 쓰러지더군요. 그렇게 음산한 배경음악을 깔 필요도 없었는데.** 보고만 있어도 소름이 확 끼치더군요.

그리고 멕시코와 프랑스계 캐나다와 같은 다른 나라들과 보조를 맞추느라 늦어진 것도 있죠. 양쪽 모두 자기네 국토 전체를 해방시킬 만한 병력이 없었어요. 그래서 우리가 집안 단속을 하는 동안 두 나라는 우리 국경으로 좀비들이 넘어오지 못하게 한다는 거래를 맺었어요. 일단 미국이 안전해지면 두 나라에서 필요한 모든 것을 제공해 주기로 했습니다. 그렇게 해서 유엔 다국적군이 생겼지만 나는 그렇게 되기 훨씬 전에 제대했고요. 나로서는 항상 서두르다가 대기하면서 황무지나 건물이 빽빽하게 들어찬 지역을 기어 다니는 것 같은 기분이 들었어요. 아, 그리고 과속 방지턱에 대한 이야기가 듣고 싶다면 도시 전투 이야기를 해 드리지요.

우리의 전술은 항상 목표 지역을 포위하는 겁니다. 반영구적인 방어 시설을 먼저 설치한 다음 위성에서 냄새 맡는 군용견까지 모든 수단을 동원해서 정찰한 후, 모든 수를 다 써서 좀비들을 불러내고 더 이상 놈들이 나오지 않는다고 확신했을 때만 들어가는 거죠. 현명하고 안전하고 비교적 쉬운 방법입니다.

---

* 「사자의 포효」, BBC 방송국에서 포맨 필름에 외주 의뢰한 작품.

** 「얼마나 빠른 것이 지금인가(How Soon Is Now)」라는 제목의 앨범 커버로 원래 모리시와 조니 마르가 작곡했고 스미스가 녹음했다.

그 '지역'을 포위하는 문제인데 말입니다, 누구 나한테 그 지역이 실제로 어디에서 시작되는지 말해 줄 사람 있을까요? 선생도 알다시피 도시는 이제 더 이상 도시가 아니라 그냥 교외까지 불규칙하게 뻗어 나간 땅덩어리일 뿐이에요. 우리 위생병 중 하나였던 루이즈 부인이 그런 곳을 '공지 이용'이라고 부르더군요. 그 부인은 전쟁 전에 공인중개사였는데, 항상 가장 인기가 좋은 땅은 기존의 두 도시 사이에 있는 땅이라더군요. 그 염병할 '공지 이용', 우리는 그 말을 모두 증오하게 됐어요. 우리에게 그 말은 검역 방어선을 설치하려는 생각조차 하기 전에 블록별로 그 교외 지역에 있는 좀비들을 모두 몰아내야 한다는 뜻이었어요. 패스트푸드 레스토랑, 쇼핑센터, 끝도 없이 늘어선 판에 박은 주택들.

겨울조차 완벽하게 안전하고 포근하지는 않았어요. 나는 북군 소속이었어요. 처음엔 우리가 행운아라고 생각했어요. 1년의 반을 살아 있는 좀비를 보지 않아도 되니까. 사실 8개월이었죠, 전시 날씨를 생각해 보면. 난 생각했어요.

'이봐, 일단 온도가 떨어지면 우리는 청소부나 다름없겠네. 놈들을 찾아서 로보 한 방 먹여 주시고, 땅이 녹으면 묻어 버리게 표지를 꽂아 두고, 이거야 정말 싱거운 일이네.'

하지만 거기서 좀비만이 악당이라고 생각했던 내가 로보를 맞아 마땅한 놈이었어요.

우리에게는 좀비와 똑같은 퀴즐링이 있었지만 이 퀴즐링들은 방한 준비를 철저히 한 놈들이었어요. 우리에게는 인간 교화 부대라는 게 있었는데, 동물 관리 부서를 미화한 것일 뿐이에요. 이 사람들은 우리가 놈들을 사회로 복귀시킬 수 있다고 생각했던 당시 최선을 다해서 우리가 발견한 퀴즐링들에게 다트를 발사하고, 묶은 다음에 사회 복귀 클리닉으로 데려갔어요.

야생의 아이들과 동물들은 그보다 훨씬 더 위험이 큰 존재였어요. 많은 아이들이 이제 더 이상 아이들이 아니었는데, 어떤 아이들은 10대였고 완전 성인이 된 아이들도 있었어요. 이 아이들은 빨랐고 영리했는데 만약 이 아이들이 도망치는 대신 싸우기로 하면 정말 낭패였어요. 물론 교화 부대에서 그런 아이들을 다트를 꽂아서 데려가려고 하긴 했지만 항상 효과가 있는 건 아니었어요. 90킬로그램 나가는 야생의 황소가 궁둥이를 노리면서 달려들 때는, 명중을 시키지 않는 한 진정제 2시시 놓는다고 그 소가 쓰러지진 않습니다. 많은 교화 부대 대원들이 심하게 두들겨 맞았고, 몇몇은 시체 부대에 담겨 나갔어요. 상부에서 개입해서 호위대로 보병 분대를 붙여 줘야 했죠. 다트로 야생의 아이들을 막지 못하면 우리가 확실하게 끝냈어요. 배에 총알이 박혀서 울부짖는 야생의 아이들보다 더 크게 비명을 지르는 것도 없었죠. 교화 부대 인간들은 그것을 정말 역겨워했어요. 이 인간들은 모두 자원 봉사자로, 인간의 생명은 어떤 인간의 생명이든 구할 가치가 있다는 원칙을 철저히 고수하고 있었어요. 역사를 보면 그 자식들이 옳은 거 같긴 해요. 그 인간들이 진땀 흘려서 사회에 복귀시킨 사람들을 보면, 우리라면 그 자리에서 쏴 버렸을 인간들 말이죠. 만약 이 인간들에게 충분한 자원이 있었으면 동물들에게도 같은 일을 해 줬을 겁니다.

정말 야생 동물 떼보다 더 무서운 것도 없었어요. 그냥 개들만 말하는 게 아닙니다. 개라면 어떻게 다루어야 할지 알죠. 개들은 항상 공격 신호를 보내잖아요. 내가 말하는 건 '파리들'*입니다. 염병할 야생의 동물들, 고양이들, 반은 산사자고 반은 빙하 시대의 괴물 같은 놈들요. 아마 이놈들은 퓨마였을 거고, 어떤 놈들은 정말 그렇게 보이기도 했고 아니면 아마 집고양이 새끼가 살아남기 위해서 그런 흉측한 괴물로 변신했는지도 모르지. 북쪽에 있는 놈들은 더 크게 자란다는 말을 들었어요. 뭐 자연의 법칙이거나 진화의 법칙 같은 그딴 것 때문이었나 보던데.** 전쟁 전에 동물의 왕국 몇 번 본 거 빼고는 정말 생태학은 젬병이라서 말이죠. 내가 듣기로 쥐가 요즘은 소처럼 커졌다더군요. 좀비에게서 도망치면서 빠르고 영리해졌는데, 시체를 먹고 살면서 나무와 도시 폐허에서 수백만 마리의 새끼를 쳤다더군요. 이 쥐들도 아주 고약해져서 이놈들을 사냥할 놈들은 그보다 훨씬 더 고약해져야 했다죠. 이게 바로 신세대 야생의 동물들입니다. 전쟁 전에는 말불버섯만 하던 놈들이 두 배로 커져서 이빨과 발톱을 가지고 뜨거운 피를 즐기는 놈들이 됐죠.

**군용견들에게는 아주 위험했겠군요.**

지금 농담하시나요? 놈들은 환장했죠. 심지어 그 조그만 닥스훈트도 좋아서 어쩔 줄 몰라 했어요. 다시 진짜 개가 된 기분이었는지. 겁을 낸 건 우리였어요. 나뭇가지나 지붕에서 뛰어내리고. 놈들은 빌어먹을 사냥개처럼 덤벼드는 게 아니라 무기를 들지도

---

* 이 동물들이 공격할 때 와락 덤벼드는 모양이 나는 것 같은 착각을 불러일으키기 때문에 '파리들'이라고 했다.

** 현재로선 전시 중 베르크만의 법칙의 적용을 입증할 충분한 과학적인 데이터가 없다.

못할 정도로 가까이 다가올 때까지 달콤하게 기다리죠.

미니애폴리스 밖에서 우리 분대는 쇼핑센터를 치우고 있었어요. 나는 스타벅스 창문으로 들어갔는데 갑자기 세 마리가 카운터 뒤에서 휙 덤벼들더군요. 놈들이 날 쓰러뜨리고 내 팔과 얼굴을 찢기 시작했어요. 내게 왜 이런 게 생겼겠어요? (뺨에 난 흉터를 말한 것이었다.)

그날 유일한 사망자는 내 팬티였어요. 좀비 물림 방지 전투복과 방탄복에다가 우리는 조끼와 헬멧을 입고 쓰기 시작했는데, 하드커버(물림 방지 전투복의 별칭 — 옮긴이)를 입은 지가 하도 오래되고 부드러운 옷에만 익숙해져 있어서 그게 얼마나 불편한지 잊어버렸죠.

**야생, 야생의 아이들 말이에요, 그 아이들이 화기 쓰는 법을 아나요?**

그 아이들은 인간적인 일에 대해선 하나도 몰라요. 그래서 야생의 아이들인 거죠. 아니, 방탄복은 우리가 발견한 정상인 중 일부에 대한 방어책이었어요. 조직화된 반군들을 말하는 게 아니라 기괴한 레이모*(지구 상에 남은 마지막 인간 — 옮긴이)들을 말하는 거죠. 모든 마을에는 한두 명, 간신히 살아남은 남자나 여자가 한두 명 있었어요. 어디선가 읽었는데 세계에서 미국의 레이모 비율이 가장 높다고 하더군요. 아마 우리의 개인주의적인 성향 때문이거나 뭐 그런 비슷한 이유 때문이겠죠. 이 사람들은 진짜 인간을 너무 오랫동안 보지 못해서 처음에 그 사람들이 사고로 총

---

* LaMOE: E가 묵음으로 레이모라고 발음한다.

을 쏘거나 그냥 반사적으로 그런 거였어요. 대부분 우리는 대화로 진정시켰어요. 우리는 점잖았던 사람들을 예의 바르게 로빈슨 크루소라고 불렀어요.

레이모라고 우리가 부른 작자들은 왕 노릇하는 데 너무 빠져 있었어요. 뭐의 왕인지는 나도 모르죠, 좀비와 쥐즐링과 미친 동물들의 왕인가? 어쨌든 내 생각에 이치들은 자기들이 나름대로 멋진 삶을 살고 있는데 우리가 와서 그걸 뺏어간다고 느꼈던 겁니다. 그래서 내가 한 번 당했죠.

우리는 시카고에 있는 시어스 타워를 좁혀 들어가고 있었어요. 시카고는 인생을 세 번 산다 해도 거듭해서 악몽에 나올 만한 곳이었어요. 한겨울이라 호수를 불어오는 바람이 어찌나 매섭게 후려치는지 간신히 서 있는데 뇌신 토르의 철퇴가 머리를 내려치더군요. 고성능 사냥총을 맞은 거죠. 그다음부터는 하드커버에 대해 결코 불평하지 않았어요. 그 탑에 있던 갱들은 자신들만의 왕국을 소유하고 있었고, 그걸 누구에게도 내놓으려고 하지 않았던 겁니다. 그때가 우리가 완전히 재래식 무기로 무장했던 몇 번 안 됐던 때로, 경기관총, 수류탄, 그때 브래들리도 컴백했죠.

시카고 사건 이후로 상부에서는 우리가 완전히 사방팔방에서 위협적인 환경에 처했다는 걸 알았어요. 심지어는 한여름에도 모두 하드커버와 방탄복을 다시 착용하게 됐어요. 고맙다, 바람 잘 날 없는 도시. 모든 분대에 '위협 피라미드'가 있는 팸플릿이 배포됐어요.

그 위협 등급은 치명성이 아니라 개연성에 따라 매겨진 거예요. 제일 밑에 좀비가 있었고, 그 위에 야생의 동물들이 있었고,

그 위에 야생의 아이들, 퀴즐링 그리고 꼭대기에 레이모가 있었어요. 나도 남군 친구들이 자기들 일이 더 고되다고 항상 투덜대는 걸 알죠. 우리 북군은 겨울에 좀비들의 위협 수준이 확 낮아지니까. 아, 그건 그렇지, 그 좀비들이 낮춘 위협 수준을 대신 끌어올려 주는 게 뭔지 아세요? 바로 겨울이에요.

사람들이 평균 온도가 어떤 지역에서는 10도, 15도씩 떨어진다고 했던가요?* 아하, 우리 일이 정말 쉽긴 쉬웠죠, 궁둥이까지 회색 눈이 쌓여서 우리가 깨 버리는 좀비 얼음땡 하나당 봄이 되면 그만큼 많은 놈들이 녹을 거라는 걸 알고 있었으니까. 적어도 남쪽에 있는 친구들은 일단 한 지역을 쓸어 버리면 계속 안전지대로 남아 있다는 걸 알잖아요. 우리처럼 후방에서 좀비들이 공격해 올까 봐 걱정하지 않아도 됐잖아요. 우리는 모든 지역을 적어도 세 번씩 치워야 했어요. 탄약 꽂을대에서 냄새 맡는 군용견에서 고성능 지상 레이더까지 모든 것을 동원했죠. 거듭 말하지만 이 모든 일을 한겨울에 했어요. 다른 것보다 동상에 더 많은 전우들을 잃었어요. 그런데도 매년 여름이면 알게 되죠, 그냥 알게 되고말고요. 이런 식으로.

"이런 씨부랄, 놈들이 다시 왔네."

내 말은 현재까지도 모든 소탕 작전과 민간 자원 봉사 단체들의 노력에도 불구하고 봄은 예전의 겨울 같다는 겁니다. 자연이 우리에게 당분간 좋은 시절은 지났다는 걸 알려 주는 거죠.

**고립된 지역을 해방시킨 이야기를 좀 해 주시죠.**

---

* 전시 기상 패턴의 수치는 공식적으로 아직 확인되지 않았다.

항상 힘든 싸움이었어요. 매번 그랬죠. 이 지대들이 수백 어쩌면 수천 명의 좀비들에 포위되어 있었다는 걸 잊지 마세요. 쌍둥이 요새 코메리카 공원과 포트 필드에 숨어 있었던 사람들은 모두 합쳐 적어도 100만 명의 좀비 모트(우리는 모트라고 불렀어요.)에 포위됐어요. 거기서 3일 동안 혼전을 벌였는데 거기 비하면 호프 전투는 비교도 안 되었어요. 그때 유일하게 난 우리가 괴멸될 것이라고 생각했어요. 좀비 시체가 어찌나 높게 쌓였는지 글자 그대로 시체 산이 무너져서 우리가 묻혀 버리겠다는 생각이 들었어요. 그런 전쟁을 치르면 그야말로 혼쭐이 나서 심신이 피폐해지죠. 그럴 때는 배도 안 고프고, 목욕할 생각도 안 나고, 심지어 성욕도 일지 않아요. 그냥 자고만 싶지. 그냥 어딘가 따뜻하고 마른 자리를 찾아서, 눈을 감고, 모든 것을 잊어버리고 싶죠.

**당신이 해방시킨 사람들의 반응은 어땠나요?**

복합적이었어요. 군사 지대는 상당히 감정을 절제했어요. 공식적인 의식을 많이 치렀죠, 깃발을 올렸다 내렸다 하면서 이런 말을 주절거렸어요.

"귀하가 우리를 구했습니다."

이런 헛소리 말이죠. 마찬가지로 허풍을 떠는 치들도 있었어요. 왜 있잖아요,

"우리는 안 구해 줘도 괜찮았는데."

이런 거. 나도 이해해요. 모든 보병의 로망은 언덕 위를 달리는 거지, 요새에 남아 있고 싶어 하는 인간들은 없으니까. 정말 구해 줄 필요가 없었겠지, 웃긴 자식들.

어떨 땐 그 말이 진심이었어요. 예를 들면 오마하 외곽에 있는 부대. 그곳은 공중 투하의 전략적 요충지로 거의 정시에 비행기가 규칙적으로 뜨곤 했어요. 이 사람들은 실제로 우리보다 더 잘살고 있더군요. 신선한 음식을 먹고, 뜨거운 물로 샤워하고, 보드라운 침대에서 잠을 자고 말이죠. 이건 마치 우리가 구원받은 느낌이었어요. 반면 록 아일랜드에선 해병대원들이 있었어요. 그 친구들은 얼마나 힘든 시간을 보냈는지 절대 드러내지 않으려고 했는데 그것도 괜찮았어요. 그 친구들이 고생한 것을 생각하면 그 정도 허풍 떨 권리야 얼마든 줄 수 있죠. 개인적으로 만나 본 사람은 없지만 이런저런 이야기를 많이 들었어요.

**민간 지대는 어땠나요?**

이야기가 180도 달라지죠. 우리는 그야말로 영웅이었어요! 사람들이 환호하면서 소리를 질렀는데, 이건 그야말로 전쟁이란 이래야 한다는 본보기를 보여 주는 것 같았어요. 그 왜 오래된 흑백 영화에서 미군 병사들이 파리나 뭐 다른 나라로 행진할 때 보는 그런 장면 있잖아요. 우리는 록 스타 같았어요. 나는 더…… 흠…… 여기와 영웅 도시 사이에 나같이 생긴 꼬맹이들이 있다면…… (웃는다.)

**하지만 예외도 있었죠.**

아, 그랬겠죠. 항상 그랬던 건 아니지만 한 사람 정도, 군중 속에서 화난 얼굴로 어이없는 소리를 하기도 했죠.

“뭐 하느라 이렇게 늦게 온 거야?”

"우리 남편이 2주 전에 죽었어!"

"우리 엄마가 너희들 기다리다 돌아가셨어!"

"작년 여름에 우리 주민의 반을 잃었어!"

"우리가 필요로 할 때 너희들은 어디 있었던 거야?"

사람들은 죽은 이들의 사진을 들어 올렸어요. 위스콘신 주의 제인스빌에 행군해서 들어갔을 때 누군가가 미소 짓고 있는 꼬마 여자 아이의 사진을 붙인 표지판을 들고 있었어요. 그 사진 위에 이런 말을 써 놨더군요.

"안 온 것보다는 늦게 온 게 낫나?"

사람들이 그 남자를 대신 때려 주더군요. 그러지 말았어야 했는데. 그게 바로 우리가 본 엿 같은 일이었어요. 5일 동안이나 잠을 못 잤는데도 밤잠을 못 이루게 하는 그런 엿 같은 일.

아주 가끔 우리를 불쾌해하는 지역에도 갔어요. 노스다코타 주의 밸리 시티에서는 이런 식이었어요.

"군대는 엿이나 먹어라! 우리를 놔두고 도망친 주제에, 너희들 필요 없어!"

**거기는 분리주의 지역이었나요?**

아뇨, 적어도 여기 사람들은 우리를 들어오게는 해 주니까. 반군들은 총알로 환영하죠. 나는 이런 지대에는 가까이 가 본 적 없어요. 상부에서는 이런 반군들을 처리하는 특수 부대를 따로 배치했어요. 한번은 길에서 블랙 힐로 가고 있는 그 부대를 본 적이 있어요. 로키 산맥을 넘은 뒤 처음으로 그때 탱크를 봤어요. 감이 안 좋았어요. 결말이 어떨지 알고 있었죠.

어떤 고립된 지대에서는 미심쩍은 생존 방법을 썼다는 이야기들이 있던데.

아, 그런가요. 그 사람들에게 직접 물어보시지요.

당신은 뭐 본 게 없나요?

아뇨, 알고 싶지도 않고. 사람들, 우리가 해방시킨 사람들이 내게 말하려고 했어요. 그 사람들은 마음의 부담이 너무 커서 그냥 털어놓고 싶었던 거예요. 내가 그 사람들에게 뭐라고 했냐면.

"그냥 혼자 간직하세요. 당신의 전쟁은 끝났습니다."

내 마음도 한 짐인데. 내 말뜻 알겠어요?

그다음엔 어땠나요? 그 사람들 중 누군가와 이야기를 해 보셨나요?

그랬어요. 그리고 여러 재판에 대한 이야기도 읽었고.

기분이 어떻던가요?

빌어먹을, 나도 몰라요. 내가 뭐라고 이 사람들을 심판하겠어요? 난 거기 없었고 그런 상황에 대처해야 할 필요도 없었어요. 우리가 지금 나누는 대화, '만약 그랬더라면'이라는 질문, 그 당시에는 그럴 시간이 없었어요. 아직 해야 할 일이 있었으니까.

미군이 전진하는 동안 얼마나 사상자 비율이 낮았는지에 대해 역사가들이 떠들어 대길 좋아한다는 거 나도 알고 있어요. 낮다는 거, 중국이나 아마 러시아 같은 다른 나라들과 비교해서 그렇겠죠. 낮다는 건 단순히 좀비 때문에 죽은 사상자 수만 세서 그랬을 겁니다. 그 수치를 계산하는 방법은 100만 가지나 있는데 3분의 2가 넘는 경우가 그 피라미드에 올라와 있지도 않죠.

질병도 한 건 크게 올렸어요. 이미 사라졌어야 했던 그런 질병들, 이를테면 중세 시대에 박멸됐어야 할 그런 놈들 있잖아요. 물론 우리는 약도 먹고, 주사도 맞고, 밥도 잘 먹고, 정기적으로 건강 검진을 받았지만 사방에, 흙 속에, 물속에, 빗물 속에, 우리가 마시는 공기 속에 병균이 너무 많았어요. 도시나, 해방된 지대를 들어갈 때마다 전우가 최소 하나씩은 사라졌는데 그때 죽지 않았더라도 격리됐죠. 디트로이트에서는 스페인 독감 때문에 소대 하나를 통째로 잃었어요. 상부에서는 그 사건 때문에 잔뜩 겁을 집어먹고 2주 동안 대대 전체를 격리시켰어요.

거기에 지뢰와 부비 트랩이 있었는데 어떤 건 민간인들이 설치해 놨고 어떤 건 우리가 서부로 전선을 옮기면서 심어 놓은 거였어요. 그 당시엔 그럴듯한 조치였어요. 2킬로미터 간격으로 심어 놓고 좀비들이 와서 자폭하기를 기다리는 거죠. 유일한 문제는 지뢰는 그런 식으로 작동되지 않는다는 겁니다. 지뢰는 인간의 몸 전체를 날리는 게 아니라 다리 하나, 발목 한 개 혹은 불알을 떼 버리는 목적으로 고안된 거니까요. 사람들을 죽이는 게 아니라 다치게 해서, 군대에서 귀중한 자원을 써 가면서 그런 사람들을 살려서 휠체어에 태워 집에 보내, 민간인 부모가 매번 자식을 볼 때마다 이 전쟁을 지지하는 게 썩 좋은 생각이 아니었다는 걸 일깨워 주기 위한 게 지뢰입니다. 그러나 좀비에겐 집도 없고, 엄마와 아버지 민간인도 없어요. 모든 전통적인 지뢰가 하는 일이라곤(그나마 하는 일이 있다면) 좀비 병신들을 대량으로 만들어

내는 건데 그것 때문에 우리 일은 100배 더 힘들어지죠. 우리는 놈들이 똑바로 서서 쉽게 찾아낼 수 있기를 바라지, 지뢰처럼 밟히기를 기다리면서 잡초 사이를 기어 다니길 원치 않아요. 지뢰들 대부분이 어디 있는지 당최 알아낼 수가 없었어요. 후퇴하면서 지뢰를 설치했던 많은 부대들이 정확히 표시를 해 놓지 않았거나, 좌표를 잃었거나, 그 자리를 일러 줄 사람이 몽땅 전사했거나. 거기다 빌어먹을 멍청한 레이모 놈들이 밟으면 찔리게끔 장치한 죽창과 걸리면 폭발하도록 설치된 산탄총 포탄도 있죠.

그런 식으로 뉴욕 주 로체스터에 있는 월마트에서 내 친구를 하나 잃었어요. 그 친구는 엘살바도르에서 태어났지만 칼리에서 컸어요. 보일 하이츠 보이즈라고 들어 본 적 있어요? 이들은 LA 출신의 강경파들로, 법적으로는 불법이기 때문에 엘살바도르로 추방됐어요. 내 친구는 전쟁 직전에 거기 떨어졌어요. 멕시코를 통해서 대공포의 최악의 시절에 맨몸으로 아무것도 없이 긴 칼 하나 들고 싸우면서 걸어서 미국으로 돌아왔어요. 그에겐 남아 있는 가족도 없고, 친구도 없고, 자신을 키워 준 나라만 있었어요. 그는 이 나라를 정말 사랑했어요. 그 친구를 보면 우리 할아버지가 떠올랐어요. 그 왜 이민자들의 정서 있잖아요. 그러다 얼굴에 12구경을 맞았죠. 아마 오래전에 숨쉬기를 멈춰 버린 레이모 놈이 설치해 놓은 것에 당했겠죠. 징그러운 지뢰와 부비 트랩들.

그리고 그냥 사고도 많아요. 아주 많은 건물들이 전쟁 때문에 약해져 있었어요. 그런 데다 관리도 하지 않고 수년에 걸쳐 방치해 둔 데다 눈도 몇 십 센티미터씩 쌓였잖아요. 경고도 없이 지붕 전체가 무너졌고 건물 전체가 폭삭 주저앉기도 했어요. 그런 식으로 또 한 사람을 잃었죠. 그녀는 건너편에 있던 황폐한 차고로 야생의 아이가 뛰어가는 걸 봤어요. 그녀가 총을 쐈는데 그걸로 끝이었어요. 그 지붕이 무너지는데 얼마나 많은 눈과 얼음이 쌓여 있었는지 나도 모르겠어요. 그녀는…… 우리는…… 아슬아슬했어요. 우리는 결코 그 점에 대해 아무런 조치도 하지 않았어요. 내 짐작에 우리는 그렇게 해야 그 일이 '공식적인 일'이 될 거라고 생각했던 것 같아요. 우리 중 하나가 변을 당하면 상부에서 관심을 가질 거라고 생각했던 것 같아요.

(그는 외야석을 쳐다보면서 부인에게 씩 웃어 보였다.)

효과가 없었어요.

(그는 얼마간 긴 한숨을 쉬었다.)

그리고 심리적인 사상자도 있었는데 이 경우가 다른 모든 걸 합친 것보다 더 많았어요. 가끔 우리는 바리케이드를 친 지대로 행군해 갔는데 아무것도 없이 쥐가 갉아먹은 해골밖에 없었어요. 내가 말한 지대는 좀비들이 들끓는 지대는 아닌데, 사람들이 기아나 질병에 희생됐거나 아니면 그냥 더 이상 내일을 보는 게 의미가 없다고 생각해서 스스로 목숨을 끊었거나 했겠죠. 한번은 캔자스에 있는 한 교회에 들어갔는데 어른들이 아이들부터 먼저 죽인 게 확실하더군요. 우리 소대원 중 하나가 암만파 신도가 있었는데, 그런 사람들의 유서를 한 번씩 읽으면서 암기를 하고 그렇게 암기할 때마다 몸 어딘가에 작게 1센티미터 정도 상처를 내서 그들을 '결코 잊지 않으려고' 했어요. 그런데 그 미친놈이 한번은 자기 목에서 발가락 끝까지 몽땅 그어 버린 겁니다. 상부에서 이 일을 알았을 때 그 자리에서 제대시켜 버렸죠.

대부분의 미친놈들은 전쟁 말기에 생겼어요. 스트레스를 받아서가 아니라(당신도 알겠지만) 스트레스가 부족해서였어요. 우리 모두 전쟁이 곧 끝날 거라는 걸 알고 있었고, 너무 오랫동안 참고 있던 많은 사람들이 이런 작은 목소리를 들었을 겁니다.

"이봐, 친구, 이젠 괜찮아. 이젠 놔 버려도 돼."

한 친구를 알았는데 이 친구는 전쟁 전에 프로 레슬러였던 거대한 공룡 같은 자식이었어요. 우리는 뉴욕 주 플라스키 근처에 있는 고속도로를 따라 올라가고 있었는데 지나가던 트럭에서 어떤 냄새가 났어요. 향수 냄새가 물씬 풍겼는데 고급 향수는 아니고 그냥 쇼핑센터에서 살 수 있는 싸구려 향수 냄새였어요. 그는 옴짝달싹못하더니 아이처럼 엉엉 울기 시작했어요. 도무지 그치질 않더군요. 그 친구 손에 죽은 좀비만 해도 2000명에 이르렀고, 한번은 좀비 하나를 집어서 곤봉으로 쓸 정도로 도깨비 같은 놈이었는데. 그 자식을 들것에 실어 나르는데 장정 넷이 달려들었어요. 우리는 그 향수 때문에 누가 생각난 것 같다고 추측했어요. 그 사람이 누구인지는 결국 알아내지 못했지만.

또 다른 사내가 있었는데, 아주 평범한 40대 후반으로 머리는 벗어지고, 배도 좀 나왔는데(다른 사람들이 나온 만큼 나왔죠.)전쟁 전 가슴 통증 약 광고에 나왔을 법한 그런 외모였어요. 우리는 인디애나 주 해몬드에서 포위된 시카고의 방어 시설을 정찰하고 있었어요. 그 친구가 인적이 끊긴 길가 끝에 있는 집 한 채를 봤어요. 판자로 막아 놓은 창문과 앞문이 부서져 열려 있는 걸 빼면 집도 망가진 데 없이 그대로였어요. 그가 그 집을 보면서 씩 웃더군요. 그 친구가 대형에서 이탈하기 전에, 총소리를 듣기 전에 알았어야 했는데. 그 친구는 거실에 있는 낡은 안락의자에 앉아서 총을 무릎 사이에 끼우고 있었는데 아직도 얼굴에 미소가 남아 있더군요. 나는 벽난로 선반에 있는 사진을 봤어요. 그 집은 그 친구의 집이었던 거예요.

이런 예들은 아주 극단적인 예로 그나마 원인을 짐작할 수 있었던 일들이고, 다른 많은 사건들은 결코 이유를 알아내지 못했어요. 나로서는 누가 돌아 버리는가가 문제가 아니라 누군들 돌지 않는 게 이상했어요. 내 말이 납득이 가요?

한번은 메인 주 포틀랜드에 있는 디어링 오크 공원에서 하룻밤을 보내면서 대공포 시절부터 있었던 하얗게 바랜 뼈 무더기를 정찰하고 있었어요. 보병 둘이 이 해골들을 집어 들더니 촌극을 하기 시작하더군요. 「자유로워지고 싶어, 너와 나(Free to be… You and me)」에 나오는 두 배우 있잖아요. 내가 그걸 알아봤던 이유는 내 큰형이 그 음반을 가지고 있었기 때문이에요. 그때도 약간 한물간 음반이었는데. 보병 중에서 좀 나이 든 세대, 엑스 세대들은 열광하더군요. 사람들이 모여들기 시작했는데 모두 이 두 개의 해골을 보면서 웃고 소리를 질러 댔어요.

"안녕, 안녕, 난 베이비예요. 흠, 도대체 내가 뭐라고 생각한 거야, 빵 한 덩어리?"

쇼가 끝났을 때 모두 자연스럽게 노래를 불렀어요.

"자유로운 아이들이 있는 땅을 보았네."

빌어먹을 넓적다리뼈를 가지고 밴조처럼 연주를 하더군요. 나는 그 군중 속에 있던 우리 중대 정신과 의사를 바라봤어요. 나는 그 사람의 본명을 제대로 발음해 본 적이 없어요. 찬드라 뭐시기 박사였는데.* 나는 그와 눈을 마주치며 이런 표정을 지었어요.

'이봐요, 박사님, 모두 돌았죠, 그렇죠?'

박사는 내가 뭘 묻고 있는지 알았던 게 분명해요. 웃으면서 고개를 설레설레 저었으니까. 그걸 보고 난 갑자기 소스라쳤어요. 내 말은 미치광이 짓을 하고 있는 인간들이 미치지 않았다면 미쳤다는 걸 어떻게 알 수 있냐는 거예요.

우리 분대장은, 아마 선생도 알아볼 거예요. 그녀는 「다섯 개 대학의 전투」에 나왔죠. 디치 블레이드를 가지고 그 유명한 노래를 불렀던 키가 큰 아마존 여전사 같은 여자 기억나요? 그녀는 영화에 나왔던 모습과는 영 딴판이었어요. 고생을 해서 그 쭉쭉빵빵했던 몸매는 뼈만 남았고, 숱 많고 반짝거리던 긴 검은 머리는 스포츠머리로 바뀌어 있었어요. 그녀는 훌륭한 분대장 '아발론 하사관'이었어요. 하루는 들판에서 거북을 발견했어요. 그 당시 거북은 유니콘과 같은 존재였어요. 아주 희귀했거든요. 아발론의 얼굴에 표정이 떠올랐는데, 뭐랄까, 아이 같다고 할까. 그녀가 미소를 지었어요. 한 번도 미소를 지은 적이 없었는데. 그녀가 거북에게 뭐라고 속삭이는 소리를 들었는데 나는 그냥 횡설수설하는 거라고 생각했어요. 그녀는 이렇게 말했어요.

"미타구에 오야신."

나중에 나는 그 말이 라코타 말로 '내 모든 친척'이라는 뜻이라는 걸 알았어요. 나는 심지어 그녀에게 수 인디언족의 피가 흐르고 있다는 것도 몰랐어요. 그녀는 자신에 대한 어떤 것도 말하지 않았어요. 그런데 갑자기 유령처럼 찬드라 박사가 나타나서 항

* 테드 찬드라세크하르 소령.

상 그랬던 것처럼 다정하게 어깨에 팔을 두르고 부드러운 목소리로 아무것도 아니라는 듯이 말하더군요.

"헤이, 하사관, 가서 커피나 한잔 하지."

바로 그날 대통령이 운명하셨어요. 대통령도 그 작은 목소리를 들으신 게 분명해요.

"이봐, 친구, 이제 괜찮아. 이제 놔 버려도 돼."

나도 많은 사람들이 부통령을 흡족해하지 않는다는 걸 알고 있어요. 어쨌든 부통령이 그 위대한 거인을 대신하는 건 불가능하니까. 나는 정말 그 부통령을 동정했어요. 왜냐하면 이제 내가 같은 입장에 서게 됐으니까. 아발론 하사관이 떠나고 이제 내가 분대장이 됐어요.

전쟁이 거의 끝난 건 중요하지 않았어요. 아직 수많은 전투가 남아 있었고, 너무 많은 아까운 사람들이 세상을 떴죠. 우리가 용커스에 도착했을 때 나는 호프 전투를 치른 무리 중 마지막으로 살아남은 사람이었어요. 나도 버려진 탱크, 찌그러진 언론사 트럭, 인간의 주검들과 같은 녹슬어 가는 잔해를 지나치면서 어떤 느낌을 받았는지 잘 모르겠어요. 뭐 별다르게 느낀 건 없는 것 같아요. 분대장이라는 자리에 있을 때는 할 일도 너무 많고, 보살펴야 할 신참들도 너무 많죠. 나는 찬드라 박사가 뚫어지게 날 지켜보는 걸 느낄 수 있었어요. 그러나 내 옆으로 한 번도 다가오지 않았고, 뭔가 잘못됐다고 밝히지도 않았어요. 허드슨 강둑에 있는 바지선에 올라탔을 때 우리는 가까스로 눈을 마주쳤어요. 그는 그냥 웃으면서 고개를 흔들었어요. 나는 살아남았다는 뜻이죠.

# 작별

미국, 버몬트 주 벌링턴

눈이 내리기 시작했다. 마지못해서 '괴짜'는 집으로 향했다.

클레멘트 애틀리란 이름을 들어 본 적이 있나? 물론 아니겠지. 뭐 하러 그러겠어? 그 남자는 패배자에 평범 그 자체인 인물이었는데 공식적으로 2차 세계 대전이 끝나기 전에 윈스턴 처칠의 자리를 빼앗았다는 이유 하나만으로 우연히 역사책에 등장했지. 유럽에서의 전쟁은 끝났고, 영국 사람들은 고생할 만큼 했다는 정서가 팽배했는데 처칠이 계속 밀어붙여서 미국이 일본을 쳐부술 수 있게 도우면서, 온 세상의 전쟁이 끝날 때까지는 아무것도 끝난 게 아니라고 했지. 그래서 그 늙은 사자가 어떤 꼴을 당했는지 보라고. 우리 행정부는 그런 일이 벌어지는 걸 원치 않아. 바로 그 이유 때문에 일단 미 대륙이 안전해지자 승리를 선포하기로 결정한 거야.

모두 사실 전쟁이 끝나지 않았다는 걸 알고 있었지. 우리는 아직도 우방들을 도와야 하고, 완전히 좀비들이 지배하고 있는 부분을 치워야 했어. 아직 해야 할 일이 아주 많지만 집안 단속은 끝났으니 사람들에게 집으로 돌아갈 수 있는 선택권을 줘야 했지. 바로 그때 유엔 다국적군이 창설됐고 그 첫 주에 수많은 자원봉사자들이 입대하겠다고 찾아와서 기분 좋게 놀랐지. 사실상 우리는 그중 일부는 돌려보내면서 예비군 명단에 넣거나 미국을 횡단한 그 질주에 미처 참가하지 못했던 젊은이들을 훈련시키는 임무를 맡겼지. 완전히 미국만의 십자군 전쟁을 벌이지 않고 유엔을 도운 내 조치에 혹독한 비난이 쏟아졌다는 건 알지만 솔직히 난 개뿔만큼도 신경 안 써. 미국은 공정한 국가이고, 국민들은 공정한 거래를 기대하고, 그 거래가 대서양 해안에 마지막으로 해병을 보낸다는 것으로 끝난다고 했으면, 악수하고, 돈 줄 것 주고, 다시 자신의 삶을 찾고 싶다는 사람들은 놓아 주는 게 도리야.

아마 이것 때문에 해외 작전이 조금 더 더뎌졌을 거야. 우리 우방들은 다시 일어서기는 했지만 아직 치워야 할 하얀 지역이 몇 개 남아 있지. 산맥과 설선 섬들과 바다 바닥과 아이슬란드가 있지. 아이슬란드는 좀 힘들 거야. 시베리아 일을 도울 수 있게 러시아 놈들이 허용해 주면 좋겠지만, 그 성질이 어디 가겠냐. 그리고 여기 본국에서도 아직도 매년 봄 무렵에 호수나 해변에서 좀비들의 공격을 받고 있잖아. 다행히 그 숫자가 줄어들고 있기는 하지만 그렇다고 경계를 늦춰서는 안 되지. 우리는 아직 전쟁 중이고 좀비의 모든 흔적을 스펀지로 닦아 내고, 정화하고, 필요하다면 지구상에서 폭파해 버려야 하고 그러기 위해서는 모두 협조해서 각자 맡은 일을 해야 해. 이 모든 불행에서 사람들이 배운 교훈이 있다면 선해야 한다는 거지. 우리는 모두 한 배를 탔으니 협조해서 각자 맡은 일을 해야 해.

(우리는 오래된 떡갈나무 한 그루 옆에 멈춰 섰다. 내 이야기 상대가 그 나무를 위아래로 보면서 지팡이로 가볍게 두드렸다. 그리고 그 나무에게…….)

넌 잘하고 있어.

## 신성 러시아 제국
## 바이칼 호, 알혼 아일랜드, 후지르

**마리아 주가노브가 임신부를 위한 비타민을 먹는지 확인하기 위해 간호사가 우리 인터뷰를 중단시켰다. 마리아는 임신 4개월째였다. 이 아이가 그녀의 여덟 번째 아이가 될 것이다.**

나의 유일한 회한은 우리의 과거 공화국들의 '해방'을 위해 군대에 있을 수 없다는 겁니다. 우리는 조국에서 좀비라는 불결함을 정화했고 지금은 그 전쟁을 국경 너머로 확산시킬 때입니다. 나도 거기 있으면 좋을 텐데, 우리가 공식적으로 러시아 제국에 벨로루시를 다시 흡수하는 그날 말입니다. 사람들은 거기가 곧 우크라이나가 될 거라고 말하는데 그다음엔 아무도 모르죠. 나도 거기 참가하고 싶지만, 난 '다른 임무들'이 있어서.

(그녀는 자신의 배를 부드럽게 다독였다.)

로디나 전체에 이런 병원들이 몇 개나 있는지 나도 잘 모르겠습니다. 확실한 건 충분하진 않다는 거죠. 우리, 마약이나 에이즈나 좀비의 악취에 죽지 않고, 아이를 낳을 수 있는 젊은 여자들이 별로 없어요. 우리 지도자는 러시아 여성이 휘두를 수 있는 가장 위대한 무기는 그녀의 자궁이라고 하셨죠. 그 말이 내 아이들의 아버지를 모른다거나 아니면…….

(그녀는 잠시 시선을 바닥에 뒀다.)

그가 내 아이들을 모른다고 해도, 그렇게 해야죠. 나는 진심으로 조국에 충성을 다하고 있습니다.

(그녀가 내 눈을 바라봤다.)

선생님은 어떻게 이런 '생활양식'이 우리의 새로운 근본주의적인 상태와 공존할 수 있는지 궁금해하고 계신 거죠? 흥, 그만 궁금해하시죠, 공존할 수 없으니까. 모든 종교적인 도그마는 민중들을 위한 겁니다. 사람들에게 그들이 원하는 아편을 던져 주고 달래는 거죠. 내 생각에 지도부에 있는 그 누구도, 심지어 교회조차도 그들이 설교하고 있는 것을 정말로 믿지는 않을 겁니다. 단 한 사람, 늙은 리지코프 신부만 믿었겠지만 그것도 그들이 신부님을 황야에 갖다 버리기 전 일이죠. 신부님은 저와는 달리 내놓을 게 하나도 남아 있지 않았거든요. 나는 적어도 조국에 바칠 아이가 몇 명 더 남았죠. 그래서 내가 이런 대접을 받고 있는 겁니다, 이야기도 자유롭게 할 수 있고.

(마리아는 내 뒤에 있던 한쪽 방향에서만 투명하게 보이는 유리

를 힐끗 봤다.)

놈들이 내게 무슨 짓을 하겠어요? 내 단물을 다 빨아먹었을 때쯤이면 난 이미 평균 여성 수명보다 훨씬 더 오래 산 셈인데.

(그녀는 그 유리를 향해 아주 무례한 손짓을 했다.)

게다가 놈들은 선생님이 내 이야길 듣길 원해요. 그래서 선생님의 입국을 허락하고, 우리 이야기를 듣고, 질문을 하게 한 겁니다. 아시겠지만 선생님도 이용당하고 있는 겁니다. 선생님의 임무는 선생님의 세계에 우리 세계에 대한 이야기를 하고, 사람들이 우리를 엿 먹이려고 하면 어떤 뜨거운 맛을 보게 될지 보여 주는 겁니다. 이 전쟁이 우리의 뿌리로 돌아가게 해 줬고 러시아인이라는 것이 어떤 의미인지 기억하게 해 줬습니다. 우리는 다시 강해졌고, 다시 사람들의 두려움을 사는 존재가 됐고 러시아인들에게 이건 오직 한 가지를 의미합니다. 우리는 마침내 다시 안전해진 겁니다! 근 1세기 만에 처음으로 우리는 마침내 시저가 보호하는 손 안에서 몸을 녹일 수 있게 됐습니다. 선생님도 시저가 러시아어로 무슨 뜻인지 아시리라 믿습니다.(영어의 시저는 러시아어로 차르 즉 황제이다. — 옮긴이)

## 서인도 연방, 바베이도스, 브리지타운

바는 거의 비어 있었다. 손님들 대부분은 자력으로 떠났거나 경찰에 실려 갔다. 야간 근무 직원 중 마지막 남은 직원이 깨진 의자들과 깨진 유리를 치우고 바닥에 흥건히 고인 피를 닦고 있었다. 구석에서

**마지막까지 남아 있던 남아프리카인들이 조니 클레그의 전시 연주곡 인 「아심보나가(Asimbonaga)」를 취한 목소리로 애절하게 부르고 있다. T 숀 콜린스는 몇 소절을 멍하니 콧노래로 부르면서, 럼주를 한 잔 마시고 급히 또 한잔을 달라고 신호했다.**

나는 살인에 중독됐어. 이렇게 말하는 게 그나마 가장 고상하게 표현하는 거야. 선생은 내 말이 법적으로는 사실이 아니다, 왜냐하면 놈들은 이미 죽었기 때문에 내가 사실 죽이는 것도 아니란 말을 할지도 모르지. 다 구라야. 이건 살인이고 이것만큼 나를 찌릿하게 만드는 것도 없지. 그래, 난 실컷 전쟁 전의 용병들을 욕할 수도 있어. 베트남 베테랑들이랑 오토바이 폭주족들 말이야. 하지만 이 시점에서는 나나 그 자식들이나 별반 다를 게 없단 말씀이지. 결코 집으로 돌아오지 않았던 정글의 용사들과도 다를 게 없고, 놈들이 설사 돌아왔다고 해도, 아니면 호그 기와 머스탱을 바꿔 먹은 2차 세계 대전 당시의 파일럿 자식들과도 다를 바 없지. 인생을 맛이 간 상태에서, 항상 극도로 흥분된 상태에서 살고 있기 때문에 그 밖에 다른 것은 죽음처럼 보이지.

나도 적응하려고 해 봤어. 정착해서 친구도 사귀고, 직장도 얻고, 미국의 재건을 돕기 위해 내 역할을 하려고 했지. 그러나 나는 이미 죽었을 뿐 아니라, 죽이는 것 외엔 아무것도 생각할 수 없었어. 난 사람들의 목과 머리를 연구하기 시작했지. 이런 식으로 생각했어.

"흠, 저 남자는 아마 전두엽이 두꺼울 것 같아, 눈구멍을 찔러야겠어."

"저 계집의 후두부에 강타를 한 방 먹이면 골로 보내겠는데."

새 대통령 '괴짜'(지금 내가 누굴 보고 괴짜라고 부를 처지는 아니지만)가 집회에서 연설하는 것을 듣고 있을 때 그 사람을 죽이는 방법을 최소 50가지는 생각해 냈을 거야. 바로 그때 나는 빠져나왔지. 나만 생각한 게 아니라 다른 사람들을 생각해서. 언젠가는 한계에 이르러서, 술에 취해, 쌈질을 하다 돌아 버릴 거라는 걸 난 알고 있었지. 일단 발동이 걸리면 멈출 수 없다는 것도 알고 있었어. 그래서 난 작별을 고하고, 임피시라고 하는 남아프리카 특수 부대에 입대했어. 임피시란 줄루어로 하이에나라고 하지. 시체 청소부 하이에나 말이야.

우리는 민간 조직이라 규칙도 없고, 번잡한 관료 절차도 없었어. 그래서 내가 유엔 임시군 대신 거길 택한 거지. 근무 시간도 우리가 정했고, 무기도 각자 골랐어.

(그는 옆에 있던 날카롭게 벼린 강철 노같이 생긴 물건을 가리켰다.)

'포훼나'라고 전쟁 전에 올 블랙스(뉴질랜드 럭비 팀 — 옮긴이)에서 뛰던 마오리 형제에게서 얻었지. 마오리족은 진짜 골 때리는 놈들이었지. 원 트리 힐 전투에서 마오리족 500명 대 오클랜드에서 부활한 좀비 절반이 붙었지. 포훼나는 강력한 무기였지. 그 전투에 썼던 놈들은 철이 아니라 나무로 만든 거였지만. 그러나 이것이 또 용병의 묘미 아니겠어? 방아쇠를 당기면서 쾌감을 느끼는 사람이 어디 있나? 힘들고 어려운 일이 되겠지만 더 많은 좀비들을 쳐낼수록 더 좋아. 물론 조만간 좀비들도 씨가 마를 날이 오겠지. 그때가 되면…….

(그때 임핑고 호에서 낡은 종을 울렸다.)

저게 내가 타고 갈 배야.

(T 숀은 웨이터에게 신호를 보내더니 테이블 위로 남아프리카 공화국의 은화를 몇 개 던졌다.)

내겐 아직도 희망이 있어. 미친 소리 같겠지만 그건 모르는 거잖아. 그래서 내가 받은 사례금을 날 받아 준 나라에 돌려주거나, 아무도 모를 곳에 탕진하지 않고 모아 두는 거지. 마침내 이 중독을 끊는 날이 올 수 있을 거야. 배핀 아일랜드를 쓸어 버리고 난 직후에 캐나다 형제 '매키' 맥도널드가 이만하면 충분하다고 바로 결정해 버리더군. 지금 그 친구는 그리스 수도원인가 어디에 있다고 들었어. 그런 일도 일어날 수 있는 거야. 아마 내게도 아직 삶이 남아 있을지 몰라. 이봐, 사람이 꿈은 꿀 수 있는 거잖아, 안 그래? 물론 일이 그렇게 안 풀려도, 아직 살인에 중독돼 있는데 좀비가 없다면…….

(그는 떠나려고 일어서면서 무기를 어깨에 짊어졌다.)

그러면 마지막으로 까야 할 해골은 아마 내 해골이 되겠지.

## 캐나다, 마니토바 주 샌드 레이크 지방 국립공원

**제시카 헨드릭스는 그날 '잡은 것'의 마지막 남은 것들을 썰매에 실었다. 15구의 시신과 산처럼 쌓인 절단된 신체 부위들이었다.**

나는 이 일의 부당함에 대해 화를 내거나 비통해하지 않으려고 노력하고 있어요. 제발 납득이나 할 수 있었으면 좋을 텐데. 한

번은 정착할 곳을 찾아 캐나다 전국을 여행하고 다니던, 과거 이란의 파일럿이었던 사람을 만난 적이 있어요. 그 사람은 자기가 만나 본 사람 중에서, 착한 사람들에게도 나쁜 일이 일어날 수 있다는 걸 받아들이지 못한 유일한 민족이 미국인이라고 하더군요. 어쩌면 그 사람 말이 옳을 수도 있죠. 지난주 라디오를 듣고 있다가 우연히 그 사람 쇼를 듣게 됐어요. (법적인 이유로 그 사람의 이름은 밝히지 않음.) 그 사람은 항상 하던 대로 머저리 같은 농담에, 사람들을 모욕하면서, 10대 남자 아이들이나 할 음담패설을 떠들어 대고 있었는데 이런 생각이 들었던 게 기억나요.

"이런 남자도 살았는데 우리 부모님은 돌아가시다니."

아뇨, 나는 비통해하지 않으려고 해요.

## 미국, 몬태나 주 트로이

**밀러 부인과 나는 뒤쪽 테라스에 서서 안뜰에서 아이들이 놀고 있는 것을 지켜봤다.**

선생님은 정치가들, 사업가들, 장군들, 이른바 '핵심 세력'을 비난할 수 있지만, 사실 누군가를 비난하려고 찾고 있다면 저를 비난하세요. 제가 미국의 체제이자 핵심 세력입니다. 그것이 바로 민주주의 안에서 살아가는 대가입니다. 우리 모두 벌을 받아야 합니다. 나는 왜 중국이 민주주의를 마침내 수용하기까지 그렇게 오랜 시간이 걸렸는지, 그리고 왜 러시아인들이 '내버려 둬'라고 말하고, 뭐라고 부르는지도 모르겠지만 자기들만의 체제로 돌아갔는지 알 수 있습니다. "이봐, 날 보지 마, 내 잘못이 아냐."라고 말할 수 있는 건 좋죠. 흠, 그렇습니다. 이건 제 잘못이고 우리 세대 모두의 잘못입니다.

(그녀는 아이들을 내려다봤다.)

미래 세대는 우리에 대해 뭐라고 할지 궁금하군요. 우리 할아버지들은 대공황과 제2차 세계 대전을 버티고 미국으로 오셔서 인류 역사상 가장 위대한 중산층을 만드셨죠. 그분들이 완벽하지 않으셨다는 건 하느님도 아시지만 이분들은 아메리칸드림에 가장 가깝게 다가가셨어요. 그러다 내 부모님 세대가 와서 이 모든 것을 망쳐 놨죠. 베이비 붐 세대, '나만 아는' 세대. 그다음에 우리 세대가 등장했습니다. 그래요, 우리는 좀비의 저주를 막긴 했지만 애초에 그것이 저주가 되도록 방치해 둔 사람들이 바로 우리입니다. 적어도 우리는 우리가 어질러 놓은 것은 청소를 하고 있는 중이고, 그게 바로 우리가 바랄 수 있는 최고의 묘비명인지도 모르겠어요.

"Z세대, 자신들이 망친 것은 치워 놓고 간 사람들."

## 중국, 충칭

광진슈는 그날 마지막 왕진으로 일종의 호흡기 질환을 앓고 있는 꼬마를 보러 갔다. 아이 엄마는 결핵일까 두려워하고 있었다. 의사가 그냥 기침 감기라고 안심시키자 그녀의 얼굴에 화색이 돌아왔다. 그녀는 먼지투성이 길가까지 우리를 배웅하며 눈물을 흘리며 고마워했다.

아이들을 다시 보게 되니 마음이 놓여요. 내 말은 전쟁 후에 태어난 아이들, 좀비들이 있는 세상 말고 다른 세상은 모르는 아이들 말입니다. 이 아이들은 물가에서 놀아서는 안 되고 혼자 외출하거나 봄 또는 여름에 어두워진 후에 나가서는 안 된다는 걸 압니다. 이들은 두려움을 모르는데, 그것이 제일 큰 선물이자 우리가 아이들에게 남길 수 있는 유일한 선물입니다.

가끔 나는 구다창에 있던 그 노파를 생각합니다. 그녀가 겪었던 일들, 그녀의 세대를 규정했던 끝이 없어 보이던 그 격변을 생각해 보죠. 이제 내가 그런 노인이 됐죠, 조국이 수차례 갈가리 찢기는 것을 목격한 노인. 그러나 매번 우리는 정신을 차리고 우리 나라를 새롭게 세웠습니다. 그리고 우리는 다시 일어설 겁니다. 중국도 그렇고 세계도 그렇고. 난 사실은 내세를 믿지 않아요. 끝까지 늙은 혁명 분자 기질이 남아 있는 거죠. 그러나 내세란 게 있다면, 내가 진심으로 모든 것이 괜찮아질 거라고 말할 때 내 오랜 전우인 구가 날 보고 웃는 모습이 상상이 되네요.

## 미국, 워싱턴 주 웨나치

조 무하마드는 막 그의 마지막 걸작을 끝냈다. 찢어진 셔츠를 입고 발을 질질 끌며 걸어가다가 생명이 없는 눈으로 앞을 바라보는 한 남자를 묘사한, 30센티미터 크기의 작은 조각상이었다.

전쟁이 잘된 일이라는 말을 하려는 게 아닙니다. 난 그렇게 돈 놈도 아니지만 전쟁이 사람들을 단결시켰다는 점은 인정해야 할 겁니다. 우리 부모님은 항상 파키스탄에 있을 때 나누던 이웃 간의 정이 얼마나 그리웠는지 말씀하셨어요. 부모님은 한 번도 미국 이웃들에게 말도 걸어 본 적이 없고, 놀러 오라는 초대도 한 적이 없고, 음악 소리가 시끄럽다거나 개 짖는 소리를 불평할 때를 빼놓고는 이웃의 이름도 거의 몰랐습니다. 지금 우리가 사는 세상이 그렇다곤 못하죠. 우리 동네만 그렇다거나 우리나라만 그렇다는 것도 아닙니다. 전 세계 어디든, 누구와 이야기를 하건, 우리 모두 강력하게 공유하는 경험이 있습니다. 나는 2년 전 팬 퍼시픽 라인이라고 섬들을 한 바퀴 도는 유람선을 탄 적이 있습니다. 세계 도처에서 사람들이 왔는데 자잘한 부분은 틀릴 수도 있겠지만 이야기 자체는 똑같았죠. 나는 내가 너무 낙관적으로 말한다는 걸 압니다. 상황이 '정상'으로 돌아가자마자, 일단 우리 아이들이나 손자들이 평화롭고 안락한 세계에서 성장하게 되면, 이놈들은 아마 우리가 그랬던 것처럼 이기적이고 옹졸하고 버르장머리 없는 인간들이 될 겁니다. 그러나 다시 한 번 말하지만 우리가 겪은 이 모든 것들이 그냥 사라져 버릴까요? 이런 아프리카 속담을 들은 적이 있습니다.

"물에 젖지 않고서는 강을 건널 수 없다."

나도 그렇다고 믿고 싶습니다.

오해는 하지 말아 주세요. 그렇다고 내가 과거 세상을 그리워하지 않는 건 아닙니다. 주로 물건들, 내가 가지고 있었거나 언젠가는 다시 가지고 싶다고 생각하는 물건들이 그리워요. 지난주에

이 동네에 사는 한 총각을 위해 총각 파티를 열었죠. 우리는 동네에서 유일하게 하나 작동되는 디브이디 플레이어와 전쟁 전 포르노 영화를 몇 편 빌렸습니다. 한 장면에서 러스티 캐넌이 이 회백색 베엠베 Z4 컨버터블의 보닛 위에서 세 명의 남자랑 정사를 벌이고 있었는데 나는 이런 생각을 하고 있었죠.

'와우, 요즘 이런 차는 더 이상 안 만들겠지.'

### 미국, 뉴멕시코 주 타오스

**스테이크가 거의 다 구워졌다. 아서 싱클레어는 지글지글 끓는 고기 조각을 뒤집으면서 연기를 만끽했다.**

내가 해 본 일 중에 화폐 경찰이 최고였소. 새 대통령이 내게 물러나서 증권 거래 위원회 의장을 맡아 달라고 했을 때 그 자리에서 키스를 할 뻔했지. 물론 디스트레스 시절처럼 내게 그 자리가 온 이유는 다른 사람들이 다 질색을 했기 때문일 거요. 아직 난제가 산적하고, 나라 전체가 달러가 아닌 식량 위주로 경제를 바라보고 있었소. 사람들을 교환 경제에서 끌어내서 미국 달러에 다시 믿음을 가지게 한다는 게 쉽지 않았소. 여전히 쿠바 페소화가 왕이었고 유복한 시민들은 아직도 하바나에 은행 계좌가 있었지.

남아도는 돈의 딜레마를 해결하는 것만으로도 정부 하나가 몽땅 매달려야 할 일이지. 전쟁이 끝난 후 버려진 금고, 폐가와 시체에서 돈이 억수로 나왔소. 그런데 도둑놈들하고 실제로 힘들게 번 돈을 꽁꽁 감춰 놨던 사람들하고 어떻게 구분할 수 있겠소? 특히 소유권 기록이라는 게 석유만큼이나 희귀한 시대에. 그래서 화폐 경찰이 된 게 지금까지 내가 맡은 일 중 가장 중요한 일이라는 거지. 우리는 미국 경제에 자신감이 돌아오지 못하게 막는 악당들을 때려잡아야 하오. 그냥 시시한 장사꾼만 잡는 게 아니라 대어도 잡아야지. 생존자들이 다시 권리를 주장하기 전에 집을 사들이는 비열한 놈들이나 식품과 다른 필수 소비재에 대한 규제를 풀어 달라고 로비하는 놈들. 그리고 썩어문드러질 브레킨리지 스콧, 맞아, 그 팔랭스 사기꾼, 아직도 남극 요새에 쥐새끼처럼 숨어 있는 놈을 잡아야지. 그 자식은 아직 모르겠지만 그곳 임대기간을 연장해 주지 말라고 러시아 정부와 지금 협상 중이오. 고국에서 그 자식을 기다리는 사람들이 많지. 특히 국세청에서 무지 반가워할 거요.

(그는 미소를 지으면서 두 손을 싹싹 비볐다.)

자신감, 그게 자본주의 기계를 돌리는 연료요. 우리 경제는 사람들이 믿음을 가질 때 돌아갈 수 있소. 프랭클린 루스벨트 대통령도 이렇게 말했지 않소.

"우리가 두려워해야 할 것은 두려움 그 자체이다."

내 부친이 대통령을 위해 쓴 말이오. 흠, 아버진 그렇다고 주장하셨소.

느리긴 하지만 확실하게 변화가 시작되고 있소. 매일 몇 명씩 미국 은행에 계좌를 트고, 몇 명이 개인 회사를 차리고, 다우 지수가 몇 포인트씩 올라가고 있소. 마치 날씨 같지. 매년 여름이 조금씩 길어지고 하늘이 조금 더 파래지고 있잖소. 점점 나아지고 있으니 두고 보시오.

(그는 냉장고에서 갈색 병을 두 병 꺼냈다.)

루트 비어 들겠소?

## 일본, 교토

오늘은 방패 사회에 있어 역사적인 날이다. 이들은 마침내 일본 자위군의 독립 분과로 받아들여졌다. 이들의 주 임무는 일본 민간인들에게 좀비에 대항한 호신술을 가르치는 것이다. 또 계속 진행되는 임무로 일본이 아닌 외국 조직에서 무장과 비무장 기술을 배워 그 기술을 전 세계에 전파하는 것이 포함된다. 이 방패 사회의 국제 존중 메시지와 반총기 정서는 즉각적인 성공을 거둬, 거의 모든 유엔 국가의 기자들과 고위 인사들을 끌어들이고 있다.

도모나가 이치로는 맨 앞에서 사람들을 맞이하면서, 미소를 지으며 밀려오는 손님들의 행렬에 인사하고 있다. 곤도 다쓰미 역시 미소를 지으며 방 맞은편에서 스승을 바라보고 있다.

사실 나는 이 영적인 '구라'에 대해선 믿지 않아요, 알죠? 내가 보기에 도모나가는 그냥 정신 나간 늙은 히바쿠샤일 뿐이지만, 그는 뭔가 근사한 것, 내가 생각하기에 일본의 미래에 절대적으로 필요한 뭔가를 시작했어요.

그의 세대는 세계를 지배하고 싶었고, 우리 세대는 세계가, 다시 말하면 당신네 나라가 우리를 지배하는 데 만족했죠. 양쪽 방법 모두 우리 조국을 거의 파탄 지경에 이르게 했어요. 더 나은 방법이 있어야 해요. 우리가 책임지고 스스로를 보호할 수 있는 정도, 그러나 우리 이웃 국가들에게 불안과 증오를 불러일으킬 정도는 아닐 만큼의 방법이 있을 겁니다. 이 길이 옳은 길인지는 말할 수 없죠. 미래를 내다보기엔 넘어야 할 산들이 너무 많으니. 그러나 나는 도모나가 스승님을 따라 매일 우리에게 동참하는 다른 사람들과 함께 이 길로 갈 겁니다. 오직 '신들'만이 그 길 끝에 뭐가 우리를 기다리는지 아시겠죠.

### 아일랜드, 아마

필립 아들러는 잔을 비우고 떠나려고 일어섰다.

우리는 좀비에게 버리고 간 사람들보다 훨씬 더 많은 사람들을 잃었어요. 내가 할 말은 이게 답니다.

### 이스라엘, 텔아비브

점심을 다 먹자 위르겐은 내 손에서 계산서를 홱 낚아챘다.

내가 먹자고 했으니 내가 내야죠. 전에는 난 이런 음식은 역겨워했어요. 마치 토해 놓은 뷔페 같다고 생각했죠. 어느 날 오후엔가 직원들이 날 여기로 끌고 오더군요. 젊은 토박이 이스라엘 친구들로 이국적인 입맛을 가지고 있었죠.

"그냥 한 번 드셔 보세요, 에케 님."

그 친구들은 이렇게 말했죠. 그 인간들은 날 '에케'라고 부릅니다. 이 말은 꼬장꼬장하다는 말이지만 공식적인 정의는 독일계 유태인을 뜻합니다. 뭐 양쪽 다 맞는 말이죠.

나는 독일에서 유태인 아이들을 빼내는 마지막 기회인 '킨더트랜스포트'였습니다.

그때 우리 가족이 살아 있는 걸 마지막으로 봤죠. 폴란드에 작은 마을이 하나 있는데 거기 있는 작은 연못에 사람들이 재를 던졌다고 하더군요. 그 연못은 반세기가 지난 뒤에도 아직 회색이라고 합니다.

나는 홀로코스트에는 생존자가 없다는 말을 들었습니다. 엄밀히 말해 간신히 목숨을 부지한 사람들조차 치료할 수 없을 정도로 정신과 영혼이 망가져서, 예전의 모습이 완전히 사라져 버렸다는 겁니다. 그 말이 진실이 아니라고 생각하고 싶습니다. 그러나 그게 만약 진실이라면, 이 전쟁에서 살아남은 사람은 지구 상에 하나도 없습니다.

## USS 트레이시 보덴 호 위에서

**마이클 최는 난간에 기대서 지평선을 바라보고 있다.**

세계 대전 Z에서 누가 졌는지 알고 싶나? 고래야. 수백만 명의 굶주린 보트 피플과 전 세계 해군의 절반이 어선 함대로 개조된 상황에서 고래가 이길 가능성이 희박하긴 했지. 필요한 것도 별로 없어, 그냥 헬리콥터에서 어뢰 하나만 떨어뜨리면, 그것도 뭐 육체적으로 손상을 입을 정도로 가까운 곳에 떨어뜨릴 필요도 없고 고래들이 귀가 멀고 멍해질 정도의 거리에만 떨어뜨리면 되거든. 그러면 고래들은 포경선이 코앞에 올 때까지 눈치를 못 채는 거지. 탄두가 폭발하면서 고래들이 내는 비명을 몇 킬로미터 밖에서도 들을 수 있지. 물만큼 음파 에너지를 잘 전달하는 게 없거든.

이런 끔찍한 손실을 꼭 파출리 냄새 풍기는 재수 없는 천재라야 알 수 있는 건 아니잖아. 우리 아버지는 스크립스에서 근무하셨지. 클레몬트 여학교가 아니라 샌디에이고 밖에 있는 해양학 연구소 말이야. 그래서 내가 처음에 해군에 입대하게 됐고, 그렇게 바다를 사랑하는 법을 배운 거야. 자네도 어쩔 수 없이 캘리포니아 그레이를 보게 될 거야. 위엄이 넘치는 동물인데 마침내 거의 멸종 직전까지 몰렸다 살아나게 됐어. 놈들은 우리를 더 이상 두려워하지 않게 됐고, 가끔은 만질 수 있을 만큼 가까이 노를 저어 갈 수도 있지. 놈들은 한 번에 우리를 황천길로 보낼 수 있지. 4미터짜리 꼬리로 살짝 쳐 주거나 30톤 가까이 나가는 몸으로 한 번 냅다 쳐 주면 우리는 그냥 끝장 나는 거야. 초기 포경선에서는 놈들을 아귀라고 했지. 궁지에 몰리면 지독한 싸움꾼으로 변하거든. 그러나 이 자식들도 우리가 자기들을 해칠 의도가 없다는 걸 알아. 심지어는 우리가 자기들을 토닥이도록 놔두기도 하고, 새끼를 보호하려고 들면 그냥 부드럽게 우리를 밀어 버리지. 아주 강력한 힘을 지닌 데다, 잠재력인 파괴력이 엄청난 놈들이야. 캘리포니아 그레이는 경이로운 창조물인데 이제 이놈들도 사라졌고 거기에 블루스, 긴수염고래, 혹등고래도 사라졌지. 가끔 북극 얼음 밑에서 살아남은 흰돌고래와 긴이빨고래들이 몇 마리 보인다는 말을 듣긴 했는데 아마 이 종들을 유지할 만한 유전자 풀이 바닥났을 거야. 아직 완벽하게 남아 있는 범고래 떼들이 있다는 건 알고 있지만 바다 오염도 심각하고, 애리조나의 수영장 수보다 더 적게 남아 있는 물고기들을 생각해 보면 놈들이 살아남을 가능성이 별로 밝지 않아. 자연이 이 킬러들에게 일종의 유예 기간을 줘서 몇몇 공룡처럼 적응하게 한다고 쳐도 이 다정한 거인들은 영원히 사라진 거야.

이건 마치 영화 「존 덴버의 할렐루야」 같군. 거기서 전지전능하신 하느님이 인간에게 아무것도 없는 상태에서 고등어를 만들어 보라고 하시잖아. "넌 할 수 없어."라고 하느님이 그러셨지. 그리고 그 어뢰가 고래를 맞히기 전에, 그 자리에 유전 기록 보관자가 있지 않는 한 캘리포니아 그레이도 만들 수 없지.

(태양이 수평선 밑으로 떨어졌다. 마이클은 한숨을 쉬었다.)

그러니 다음번에 누군가 자네에게, 이 전쟁에서 우리가 진실로 잃어버린 것은 '우리의 순수함'이라거나 '인류애의 일부'라고 한다면…….

(그는 물에 침을 뱉었다.) 좋으실 대로, 친구. 고래에게 그 이야기를 해 봐.

## 미국, 콜로라도 주 덴버

**토드 웨이니오는 기차까지 걸어서 나를 배웅하면서 내가 이별 선물로 준 100퍼센트 쿠바 시가를 음미했다.**

아, 가끔 내가 정신을 놓긴 하지요. 몇 분 정도, 아마 한 시간 정도일 때도 있고. 찬드라 박사는 그 정도는 괜찮다고 하더군요. 박사는 바로 여기 재향군인국에서 상담해 주고 있어요. 박사는 이건 완전히 건강한 거라고, 단층에서 작게 지진을 일으켜서 압력을 빼는 것과 같은 이치라고 하더군요. 박사는 이런 '사소한 두려움'이 없는 사람들이 오히려 조심해야 한다고 하더군요.

뭐 큰일이 일어나서 발작을 일으키는 것도 아닙니다. 가끔 뭔가 냄새를 맡거나 누군가의 목소리가 정말 친숙하게 들릴 때가 있지요. 지난달에 저녁을 먹고 있는데 라디오에서 이 노래가 나오더군요. 이 노래가 내가 치른 전쟁에 대한 것인 것 같지도 않고 더군다나 미국 노래 같지도 않았어요. 그 억양과 용어는 모두 달랐지만 그 코러스 부분이…….

"하느님, 날 도와주세요, 난 열아홉밖에 안 됐어요."

(내가 타고 갈 기차의 출발을 알리는 종소리가 울렸다. 주위에 있던 사람들이 하나 둘 타기 시작했다.)

우스운 점은 내 가장 생생한 추억이 국가적 승리의 상징으로 변해 버렸다는 겁니다.

(그는 우리 뒤에 있던 거대한 벽화를 가리켰다.)

저게 바로 우리입니다. 저지 강둑에 서서 뉴욕 위로 해가 떠오르는 걸 지켜보고 있지요. 우리는 막 소식을 들었어요. 오늘이 미국이 승리한 날이라고. 환호도 없고, 축하도 없었지요. 그냥 모든 게 현실 같지 않았어요. 평화? 도대체 그게 무슨 뜻인데? 너무나 오랫동안 두려움에 떨면서, 싸우고, 죽이고, 죽기를 기다렸는데 이제야 평화를 정상적인 상태로 받아들인 것 같아요. 나는 그게 꿈이었다고 생각했습니다. 가끔 아직도 꿈처럼 느껴집니다. 그날을 떠올려 보면, 영웅 도시 위로 해가 떠오르던 그날.

〈끝〉

# 감사의 글

내 아내인 미셸에게, 그녀가 보여 준 사랑과 지지에 대해 특별히 고맙다는 말을 하고 싶습니다. 이 일을 시작하게 해 준 빅터 편집자와 스티브 로스와 루크 뎀세이와 크라운 퍼블리셔 팀 전원에게 감사하다는 말을 하고 싶습니다. 제 뒤를 봐준 T.M도 고맙습니다.

워싱턴 포스트의 브래드 그래험, Drs 코헨, 화이트맨, 헤이워스. 그린버거 교수님과 통건 교수님, 앤디 랍비님, 프레이저 신부님, STS2SS 보르도, 'B'와 'E', 짐, 존, 줄리, 제시, 그레그, 호느포, 아버지 모두에게 '인간적인 지원'을 해 주신 것 감사드립니다.

그리고 마지막으로 이 책을 쓸 수 있도록 영감을 주신 세 분에게 감사하다는 말을 전하고 싶습니다. 스터스 터클, 고 존 해캣 장군, 천재이자 두려움의 원천인 조지 A 로메로에게.

# 밀리언셀러 클럽을 펴내면서

지난 수백 년 동안 소설은 기묘하면서도 교양 넘치고, 자유로우면서도 현실에 뿌리 박고 있으며, 흥미진진하면서도 감동적인 이야기로 독자들의 사랑을 독차지해 왔다.

민담이나 전설 등에 비해 비교적 최근에 탄생한 이야기 형식인 소설이 순식간에 이야기 왕국의 제왕으로 올라선 것은 현대인들이 살아가면서 느끼는 희망과 절망, 불안과 평화 등 온갖 삶의 양상들을 허구 속에 온전히 녹여 내어 재창조함으로써 이야기를 읽는 기쁨과 더불어 삶을 재발견하는 즐거움을 주어 온 까닭이다.

사실 이야기를 읽음으로써 삶을 다시 생각하고, 삶을 생각함으로써 이야기를 다시 만들어 온 것은 인간이라면 피할 수 없는 숙명이다.

그런데도 최근 이야기의 제왕이라는 소설의 위기를 말하는 목소리가 점점 늘어나고 있다. 만약에 이 말이 사실이라면, 그리하여 사람들이 소설을 점차 외면하고 있다면, 핏속에 스며들어 있으며 뼛속에 틀어박힌 이야기 본능이 무언가 다른 것에 홀려 있음에 틀림없다.

사람들은 이제 이야기를 소설이 아니라 거리에서, 인터넷에서, 영화에서, 드라마에서, 광고에서, 대중가요에서 즐기고 있는 것이다.

'밀리언셀러 클럽' 은 이러한 소설의 위기를 넘어서려는 마음에서 기획되었다. 국내뿐만 아니라 전 세계 각국에서 독자들의 사랑을 한껏 받은 작품들을 가려 뽑아 사람들 마음을 다시 소설로 되돌리고 이야기를 한껏 즐길 수 있도록 배려하였다.

'밀리언셀러' 라는 이름을 단 것은 소설이 다시 사람들의 마음을 끌어 널리 읽히기를 바라기 때문이고, '클럽' 이라는 이름을 단 것은 소설을 사랑하는 독자들이 이 작품들을 가운데 놓고 오랫동안 이야기를 나누기를 바라기 때문이다.

앞으로 '밀리언셀러 클럽' 에는 예로부터 오늘날까지, 동양에서 서양까지 시대와 장소를 가리지 않고 널리 독자들의 사랑을 받아 온 작품들 중에서 이야기로서 재미에 충실할 뿐만 아니라 인간 본연의 모습을 확인시켜 줄 수 있는 소설들이 엄선되어 수록될 것이다.

이 작품들이 부디 독자들을 소설의 바다로 끌어들여 읽기의 즐거움을 극대화함으로써 이야기 본능을 되살려 주어 새로운 독서 세대를 창출하기를 바라는 마음 간절하다.

**옮긴이** | 박산호

한국외국어대학교 인도어과와 한양대학교 영어교육학과 졸업, 영국 브루넬 대학교 영문학과 석사 수료. 번역서로는 『세계대전 Z』, 『퍼시픽 림』, 『무덤으로 향하다』, 『비독 소사이어티』, 『더 이상 숨을 곳이 없다』, 『라스트 차일드』, 『차일드 44』, 『아이언 하우스』, 『아버지들의 죄』, 『죽음의 한가운데』, 『석유 종말 시계』, 『도살장』, 『어떻게 배울 것인가』, 『존은 끝에 가서 죽는다』, 『내 안의 살인마』, 『연기와 뼈의 딸』, 『내 인생은 로맨틱 코미디』, 『콜드 그래닛』, 『콰이어트 걸』, 『라인업』, 『도살장』, 『마법사들』, 『솔로이스트』, 『마네의 연인 올랭피아』, 『얼렁뚱땅 슈퍼 히어로』 외 다수가 있다.

# 세계 대전 Z

1판 1쇄 펴냄 2008년 6월 12일
1판 40쇄 펴냄 2025년 10월 27일

**지은이** | 맥스 브룩스
**옮긴이** | 박산호
**발행인** | 박근섭
**편집인** | 김준혁
**펴낸곳** | 황금가지

**출판등록** | 2009. 10. 8 (제2009-000273호)
**주소** | 06027 서울 강남구 도산대로 1길 62 강남출판문화센터 5층
**전화** | **영업부** 515-2000 **편집부** 3446-8774 **팩시밀리** 515-2007
**홈페이지** | www.goldenbough.co.kr

도서 파본 등의 이유로 반송이 필요할 경우에는 구매처에서 교환하시고
출판사 교환이 필요할 경우에는 아래 주소로 반송 사유를 적어 도서와 함께 보내주세요.
06027 서울 강남구 도산대로 1길 62 강남출판문화센터 6층 민음인 마케팅부



ISBN 978-89-6017-137-4 03840

㈜민음인은 민음사 출판 그룹의 자회사입니다.
황금가지는 ㈜민음인의 픽션 전문 출간 브랜드입니다.